ISTO É O QUE VOCÊ DEVE LEMBRAR:
O FIM DE UMA HISTÓRIA
É APENAS O COMEÇO DE OUTRA.
AFINAL, ISSO JÁ ACONTECEU ANTES.
PESSOAS MORREM.
VELHAS ORDENS PASSAM.
NOVAS SOCIEDADES NASCEM.
QUANDO DIZEMOS
"O MUNDO ACABOU",
GERALMENTE É MENTIRA,
PORQUE O *PLANETA* ESTÁ BEM.

MAS É ASSIM QUE O MUNDO ACABA.

É ASSIM QUE O MUNDO ACABA.

É ASSIM QUE O MUNDO ACABA.

PELA ÚLTIMA VEZ.

A QUINTA ESTAÇÃO

A TERRA PARTIDA: LIVRO UM

N. K. JEMISIN

MORROBRANCO
EDITORA

Copyright: *The Fifth Season* © 2015 por N.K. Jemisin
Publicado em comum acordo com a autora, The Knight Agency e Julio F-Yáñez Agência Literária, S.L.
Título original em inglês: *The Fifth Season*

TRADUÇÃO: Aline Storto Pereira
REVISÃO: Mellory Ferraz e Valentina Amaral
PREPARAÇÃO: Petê Rissatti
CAPA E DESIGN DE CAPA: © 2015 Hachette Book Group. Inc. and Lauren Panepinto
IMAGEM DE CAPA: © Shutterstock,com
ADAPTAÇÃO DA CAPA ORIGINAL: Luana Botelho
MAPA: © Tim Paul
DIAGRAMAÇÃO E PROJETO GRÁFICO: Desenho Editorial

ESSA É UMA OBRA DE FICÇÃO. NOMES, PERSONAGENS, LUGARES, ORGANIZAÇÕES E SITUAÇÕES SÃO PRODUTOS DA IMAGINAÇÃO DO AUTOR OU USADOS COMO FICÇÃO. QUALQUER SEMELHANÇA COM FATOS REAIS É MERA COINCIDÊNCIA.

TODOS OS DIREITOS RESERVADOS. PROIBIDA A REPRODUÇÃO, NO TODO OU EM PARTES, ATRAVÉS DE QUAISQUER MEIOS. OS DIREITOS MORAIS DO AUTOR FORAM CONTEMPLADOS.

DADOS INTERNACIONAIS DE CATALOGAÇÃO NA PUBLICAÇÃO (CIP)

J49q Jemisin, N.K.
A Quinta Estação/ N.K. Jemisin; Tradução Aline Storto Pereira. – São Paulo: Editora Morro Branco, 2017.
p. 560; 14x21cm.

ISBN: 978-85-92795-23-8

1. Literatura americana – Romance. 2. Ficção americana. I. Storto Pereira, Aline. II. Título.
CDD 813

TODOS OS DIREITOS DESTA EDIÇÃO RESERVADOS À:
EDITORA MORRO BRANCO
Alameda Campinas 463, cj. 23.
01404-000 – São Paulo, SP – Brasil
Telefone (11) 3373-8168
www.editoramorrobranco.com.br

Impresso no Brasil
2017

*Para todos aqueles que têm
de lutar pelo respeito que
todos os outros recebem sem
questionamentos*

Prólogo

VOCÊ ESTÁ AQUI

Vamos começar com o fim do mundo, por que não? Acabamos logo com isso e passamos a coisas mais interessantes.

Primeiro, um fim pessoal. Há uma coisa sobre a qual ela vai pensar repetidamente nos dias que estão por vir, enquanto imagina como seu filho morreu e tenta entender algo tão inerentemente sem sentido. Ela cobrirá o corpinho destruído de Uche com um lençol... menos a cabeça, porque ele tem medo do escuro... e se sentará ao seu lado, entorpecida, e não prestará atenção ao mundo que está acabando lá fora. O mundo já acabou dentro dela, e nenhum dos dois fins acontece pela primeira vez. A essa altura, ela já está calejada.

O que ela pensa naquele momento, e dali em diante, é: *Mas ele estava livre.*

E é o seu amargurado e fatigado ser que responde a essa quase pergunta toda vez que seu perplexo e horrorizado ser consegue fazê-la:

Ele não estava. Não de verdade. Mas agora vai estar.

✦   ✦   ✦

Mas você precisa de contexto. Vamos tentar o fim de novo, escrito em termos continentais.

Aqui é uma terra.

É comum, no que se refere a terras. Montanhas e planaltos e cânions e deltas de rios, o de costume. Comum, exceto por seu tamanho e dinamismo. Mexe-se muito, esta terra. Como um velho deitado e inquieto, ela arqueja e suspira, contrai-se e solta gases, boceja e engole. Naturalmente, o povo desta terra a chamou de *a Quietude*. É uma terra de silenciosa e amarga ironia.

A Quietude já teve outros nomes. No passado, foi várias outras terras. É um continente vasto e contínuo agora, mas em algum momento no futuro será mais de um outra vez. Muito em breve, na verdade.

O fim começa em uma cidade: a mais antiga, a maior e a mais magnífica cidade ativa do mundo. Ela se chama Yumenes e foi um dia o coração de um império. Ainda é o coração de muitas coisas, embora o império tenha definhado um pouco desde que floresceu pela primeira vez, como os impérios tendem a fazer.

Yumenes não é única por conta de seu tamanho. Há muitas cidades grandes nesta parte do mundo, encadeadas ao longo do equador como um cinturão continental. Em outras partes do mundo, os povoados raramente se tornam vilarejos, e os vilarejos raramente se tornam cidades, porque todas essas organizações políticas são difíceis de se manter vivas quando a terra fica tentando devorá-las... Mas Yumenes tem permanecido estável durante a maior parte de seus 27 séculos.

Yumenes é única porque somente aqui os seres humanos ousaram construir não pela segurança, não pelo conforto, nem mesmo pela beleza, mas por bravura. Os muros da cidade são uma obra-prima de delicados mosaicos e gravações em relevo que detalham a longa e brutal história de seu povo. O amontoado de seus edifícios é pontilhado por torres altas como dedos de pedra, lanternas forjadas à mão e alimentadas pela maravilha moderna da hidroeletricidade, pontes com arcos delicadamente entrelaçadas com vidro e audácia, e estruturas arquitetônicas chamadas *sacadas*, que são tão simples e, no entanto, tão incrivelmente tolas, que ninguém nunca as construiu antes na história escrita. (Mas muito da história não está escrito. Lembre-se disso.) As ruas não são pavimentadas com pedras fáceis de substituir, mas com uma substância lisa, contínua e milagrosa a que os moradores apelidaram de *asfalto*. Até os casebres de Yumenes são ousados, porque são apenas barracos de paredes finas que seriam derrubados por um vendaval forte, que dirá por um tremor. No entanto, estão de pé, como têm estado há gerações.

No centro da cidade há muitos prédios altos, então talvez não seja surpresa que um deles seja maior e mais ousado do que todos os demais juntos: uma estrutura maciça cuja base é uma pirâmide em formato de estrela feita de tijolos de obsidiana esculpidos com precisão. Pirâmides são as formas arquitetônicas mais estáveis, e essa é uma pirâmide vezes cinco, então, por que não? E como essa é Yumenes, temos no topo da pirâmide uma vasta esfera geodésica, cujas paredes facetadas se assemelham a âmbar translucido, parecendo se equilibrar de leve ali... Embora, na verdade, todas as partes da estrutura estejam focadas no propósito único de sustentá-la. *Parece* precário; isso é tudo o que importa.

A Estrela Negra é onde os líderes do império se encontram para fazer suas coisas de liderança. A esfera de âmbar é onde eles mantêm seu imperador, cuidadosamente preservado e perfeito. Ele vaga por seus corredores dourados em refinado desespero, fazendo o que mandam e temendo o dia em que seus mestres decidam que sua filha será um adorno melhor.

A propósito, nenhum desses lugares ou pessoas importa. Simplesmente os aponto para dar contexto.

Mas há um homem que importará muito.

Você pode imaginar como é sua aparência, por enquanto. Também pode imaginar no que ele está pensando. Isso pode estar errado, pode ser mera conjectura, mas, de qualquer forma, existe certa dose de probabilidade mesmo assim. Com base em suas ações subsequentes, há apenas alguns pensamentos que ele poderia ter em mente nesse momento. Ele está em uma colina não muito longe das paredes de obsidiana da Estrela Negra. Daqui consegue ver a maior parte da cidade, sentir o cheiro de sua fumaça, perder-se em sua tagarelice. Há um grupo de jovens mulheres andando por uma das vias de asfalto lá embaixo; a colina pertence a um parque muito amado pelos moradores da cidade. (*Mantenha as terras verdes do lado de dentro dos muros*, aconselha o Saber das Pedras, mas, na maioria das comunidades, a terra é semeada com legumes e outros cultivos que enriquecem o solo. Só em Yumenes o verde é transformado em beleza.) As mulheres riem de algo que uma delas disse, e o som chega ao homem carregado por uma brisa. Ele fecha os olhos e saboreia o ligeiro tremular de suas vozes, a reverberação mais suave ainda de seus passos, como o bater de asas de borboletas contra seus sensapinae. Veja bem, ele não consegue sensar todos os sete milhões de habitantes da cidade; ele é bom, mas não tão bom assim. Contudo, a maioria deles, sim, está lá. *Aqui*. Ele respira fundo e se conecta à terra. Eles pisam sobre os filamentos de seus nervos; suas vozes arrepiam os finos pelos de sua pele; suas respirações agitam o ar que ele puxa para dentro dos pulmões. Estão sobre ele. Estão dentro dele.

Mas ele sabe que não é e nunca será um deles.

– Você sabia – diz ele em uma conversa – que o primeiro Saber das Pedras foi realmente *escrito* em pedra? Para que não pudesse ser alterado a fim de se adequar às tendências ou à política. Para que não desaparecesse.

– Eu sei – diz sua acompanhante.

– Hã. Claro, você provavelmente estava lá quando foi escrito pela primeira vez, eu esqueço. – Ele suspira, observando as mulheres andando até sumirem de vista. – É seguro amar você. Não vai me desapontar. Não vai morrer. E eu já sei o preço antecipadamente.

Sua acompanhante não responde. Ele não estava mesmo esperando uma resposta, embora uma parte dele tivesse esperança. Tem estado tão só.

Mas a esperança é irrelevante, assim como muitos outros sentimentos que, ele sabe, só vão lhe trazer desespero se os considerar outra vez. Já considerou isso por tempo suficiente. A hora de hesitar já passou.

– Um mandamento – diz o homem, abrindo os braços – está gravado na pedra.

Imagine que esse rosto dói de tanto sorrir. Ele está sorrindo há horas: dentes cerrados, cantos dos lábios erguidos, olhos enrugados de modo que os pés de galinha aparecem. Há uma arte em sorrir de uma forma que os outros vão acreditar. É sempre importante incluir os olhos; caso contrário, as pessoas vão saber que você as odeia.

– Palavras talhadas são absolutas.

Ele não fala para ninguém em particular, mas do lado do homem há uma mulher... de certa maneira. Sua emulação do gênero humano é apenas superficial, uma gentileza. Do mesmo modo, o vestido drapeado solto que ela veste não é de tecido. Ela simplesmente modelou uma porção de sua substância dura para se adequar às preferências das criaturas frágeis e mortais por entre as quais ela caminha no momento. À distância, a ilusão serviria para fazê-la se passar por uma mulher parada, pelo menos por um tempo. De perto, no entanto, qualquer observador hipotético perceberia que sua pele é branco-porcelana; isso não é uma metáfora. Como escultura, ela seria bela, embora realista demais para o gosto local. A maioria dos yumenescenses preferiria uma respeitosa abstração a uma vulgar realidade.

No momento em que ela se vira para o homem... devagar (os comedores de pedra são lentos na superfície, exceto quando não são), esse movimento a leva além de uma beleza artística, transformando-se em algo completamente diferente. O homem se acostumou com isso, mas, mesmo assim, não olha para ela. Ele não quer que a repulsa estrague o momento.

– O que vai fazer? – ele pergunta a ela. – Quando terminar. Os da sua espécie vão se levantar em meio aos destroços e se apoderar do mundo em nosso lugar?

– Não – responde ela.

– Por que não?

– Poucos de nós estão interessados nisso. De qualquer forma, você ainda estará aqui.

Ele entende que ela quer dizer você no plural. *A sua espécie. A humanidade.* Ela o trata com frequência como se ele representasse a espécie toda. Ele faz o mesmo com ela.

– Você parece ter muita certeza.

Ela não diz nada em resposta a esse comentário. Comedores de pedra raras vezes se dão ao trabalho de dizer o óbvio. Ele fica contente porque, de qualquer maneira, a fala dela o irrita; ela não faz o ar vibrar da forma como a voz humana faz. Ele não sabe como isso funciona. Não *se importa* como funciona, mas quer que ela fique em silêncio agora.

Ele quer que *tudo* fique em silêncio.

– Finalize – diz ele. – Por favor.

E então ele se projeta para a frente com todos os tênues controles que o mundo lhe tirou à base de lavagem cerebral, punhaladas pelas costas e brutalidade, e toda a sensibilidade que seus mestres engendraram nele através de gerações de estupros e coerção e seleção altamente antinatural. Seus dedos se espalham e se contraem quando sente vários pontos ecoando no mapa de sua consciência: seus companheiros de escravidão. Não pode libertá-los, não no sentido prático. Ele já tentou antes e fracassou. Ele pode, no entanto, fazer o sofrimento deles servir a uma causa maior do que a insolência de uma cidade e o medo de um império.

Então ele se projeta profundamente e assume o controle da vastidão sussurrante, ritmada, agitada, reverberante e ondulante da cidade, e do leito de rocha mais quieto debaixo dela, e do agitado movimento de calor e pressão debaixo dele. Então, ele se projeta de maneira ampla, tomando o controle da grande peça deslizante de quebra-cabeça que é a casca de terra sobre a qual o continente repousa.

Por fim, ele se projeta para o alto. Em busca de energia.

Ele absorve tudo isso, os estratos e o magma e as pessoas e a energia, em suas mãos imaginárias. Tudo. Ele os retém. Não está sozinho. A terra está com ele.

Então, *ele a despedaça*.

+   +   +

Aqui está Quietude, que não é quieta nem em um bom dia.

Agora ela ondula, reverbera, em cataclismo. Agora há uma linha, aproximadamente de leste a oeste e reta demais, quase metódica em sua manifesta anormalidade, abrangendo a circunferência do equador da terra. O ponto de origem da linha é a cidade de Yumenes.

A linha é profunda e áspera, um talho até o âmago do planeta. O magma transborda em seu despertar, fresco e vermelho brilhante. A terra é boa em curar a si mesma. Essa ferida cicatrizará rápido em termos geológicos, e depois o oceano purificador seguirá sua linha para dividir a Quietude em duas terras. Até que isso aconteça, contudo, a ferida se inflamará não apenas com calor, mas com gás e cinza escura e arenosa... O suficiente para obstruir o céu sobre a maior parte da face da Quietude dentro de algumas semanas. As plantas morrerão em toda parte, e os animais que dependem delas morrerão de fome, e os animais que comem estes morrerão de fome. O inverno chegará cedo, será rigoroso e durará muito, muito tempo. Ele *vai* acabar, claro, como todos os invernos, e depois o mundo voltará a ser como antes. Eventualmente.

Eventualmente.

O povo de Quietude vive perpetuamente preparado para o desastre. Construiu muros e cavou poços e guardou alimentos, e pode facilmente durar cinco, dez, até vinte anos em um mundo sem sol.

Eventualmente significa, neste caso, *em alguns milhares de anos.*

Veja, as nuvens de cinzas já estão começando a se espalhar.

+   +   +

Enquanto estamos fazendo as coisas em âmbito continental, *em âmbito planetário*, deveríamos considerar os obeliscos, que flutuam sobre tudo isso.

Os obeliscos já tiveram outros nomes, lá atrás quando foram construídos, mobilizados e usados pela primeira vez, mas ninguém se lembra quais eram ou do propósito desses grandes aparatos. As memórias são frágeis como ardósia na Quietude. Na verdade, nos dias de hoje, ninguém realmente presta muita atenção àquelas coisas, embora sejam enormes, belos e um pouco aterrorizantes: maciços cacos cristalinos que flutuam entre as nuvens, girando devagar e seguindo incompreensíveis trajetórias de voo, transformando-se volta e meia em borrões, como se não fossem reais... Embora isso possa ser apenas um truque da luz. (Não é.) É óbvio que os obeliscos não são nada naturais.

É igualmente óbvio que são irrelevantes. Impressionantes, mas sem propósito: apenas mais uma lápide de apenas mais uma civilização destruída com sucesso pelos esforços incansáveis do Pai Terra. Há muitos outros desses dólmens pelo mundo: mil cidades que foram arruinadas, um milhão de monumentos a heróis ou deuses de quem ninguém se lembra, várias dezenas de pontes que não levam a lugar nenhum. Essas coisas não devem ser admiradas, diz a sabedoria vigente na Quietude. As pessoas que construíram essas velharias eram fracas e morreram como os fracos inevitavelmente devem fazer. O mais condenável ainda é que *falharam*. Os que construíram os obeliscos só falharam mais do que a maioria.

Mas os obeliscos existem e desempenham um papel no fim do mundo e, portanto, são dignos de nota.

✦   ✦   ✦

De volta ao âmbito pessoal. É preciso manter os pés no chão, rá rá.

A mulher que mencionei, aquela cujo filho morreu. Ela não estava em Yumenes, felizmente, ou esta seria uma história muito curta. E você não existiria.

Ela está em um vilarejo chamado Tirimo. No linguajar da Quietude, um vilarejo é um tipo de *comu*, ou comunidade... Mas no que se refere a comus, Tirimo quase não é grande o suficiente para merecer esse nome. Tirimo está em um vale de mesmo nome, ao pé das Montanhas Tirimas. O corpo de água mais próximo é um riacho intermitente que os habitantes do lugar chamam de Pequeno Tirika. Em uma língua que não existe mais, a não ser nesses persistentes fragmentos linguísticos, *eatiri* significa "silencioso". Tirimo fica longe das cidades cintilantes e estáveis dos Equatoriais, então as pessoas daqui fazem suas construções para a inevitabilidade dos tremores. Não há torres engenhosas ou tetos ornamentados, só paredes construídas com madeira e tijolos marrons baratos ali da cidade, assentados sobre alicerces de pedra talhada. Não há estradas asfaltadas, apenas ladeiras cobertas de grama divididas por trilhas de terra; somente algumas dessas trilhas foram cobertas com tábuas de madeira ou paralelepípedos. É um local pacífico, embora o cataclismo que acabou de ocorrer em Yumenes logo vá enviar ondas sísmicas em direção ao sul para aplainar a região inteira.

Nessa cidade há uma casa como outra qualquer. Essa casa, que está em uma dessas ladeiras, é pouco mais do que um buraco cavado na terra que foi revestido com barro e tijolos para torná-lo impermeável, depois recoberto com cedro e grama cortada. O povo sofisticado de Yumenes ri (ria) de moradias tão primitivas quando se digna (se dignava) a falar de tais assuntos... Mas, para o povo de Tirimo, viver na terra é tão sensato quanto simples. Mantém as coisas frias no verão e quentes no inverno; resiste aos tremores, bem como às tempestades.

O nome da mulher é Essun. Ela tem 42 anos. É como a maioria das mulheres das latmedianas: alta quando está de pé, tem as costas retas e pescoço comprido, com quadris que facilmente deram à luz duas crianças e seios que facilmente as alimentaram, bem como mãos largas e ágeis. Semblante forte, corpo robusto: essas coisas são valorizadas na Quietude. Seu cabelo recai em torno de seu rosto em cachos espiralados como uma corda, cada um talvez do diâmetro de seu dedo rosado, preto clareando para castanho nas pontas. Sua pele é de um desagradável tom ocre-marrom, segundo alguns padrões, e de um desagradável tom moreno pálido, segundo outros. Latmedianos vira-latas, assim os yumenescenses chamam (chamavam) pessoas como ela... Há traços típicos de sanzed suficientes para se notar nela, mas não suficientes para se ter certeza de sua origem.

O menino era seu filho. O nome dele era Uche, tinha quase três anos de idade. Era pequeno para a sua idade, tinha olhos grandes e nariz pequeno e arredondado, era precoce e tinha um sorriso doce. Não lhe faltava nenhuma das características que as crianças humanas têm usado para conquistar o amor de seus pais desde que a espécie evoluiu em direção a algo que se assemelha à razão. Era saudável e esperto e ainda deveria estar vivo.

Esta era a saleta da casa deles. Era aconchegante e silenciosa, um cômodo no qual a família toda podia se reunir e conversar ou comer ou brincar ou se abraçar ou fazer cócegas uns nos outros. Ela gostava de amamentar Uche aqui. Ela acha que ele foi concebido aqui.

O pai dele o espancou até a morte aqui.

+   +   +

E agora o último fragmento de contexto: um dia depois, no vale que circunda Tirimo. A essa altura, os primeiros ecos do cataclismo já passaram, embora vá haver outros tremores mais tarde.

No extremo norte desse vale há devastação: árvores quebradas, pedras caídas, um manto suspenso de poeira que não se dissipou no ar parado, tingido de enxofre. No ponto atingido pela onda de choque inicial, nada ficou de pé: foi o tipo de tremor que deixa tudo em pedaços e transforma esses pedaços em pedrinhas. Há corpos também: pequenos animais que não conseguiram fugir, veados e outros animais maiores que hesitaram durante a fuga e foram esmagados pelos destroços. Alguns desses são pessoas que tiveram o azar de estar viajando pela rota comercial exatamente no dia errado.

Os sentinelas de Tirimo que vieram por esse caminho para verificar o estrago não subiram nos destroços; apenas o viram a partir do que sobrara da estrada por meio de longa-visões. Admiraram-se de que o resto do vale, a parte em volta de Tirimo propriamente dita, vários quilômetros em todas as direções, formando um círculo quase perfeito, estivesse ileso. Bem, na verdade, *admirar-se* não é o termo exato. Eles olharam uns para os outros com um sorriso de desconforto, pois todos sabem o que essa sorte aparente significa. *Procure o centro do círculo*, adverte o Saber das Pedras. Há um rogga em algum lugar em Tirimo.

Uma ideia aterrorizante. Mas mais aterrorizantes são os sinais vindos do norte e o fato de que o chefe de Tirimo lhes ordenou que no caminho de volta recolhessem tantas carcaças frescas de animais mortos quanto fosse possível. A carne que não estragou pode ser seca, o pelo e o couro podem ser esfolados e curados. Só para garantir.

Os sentinelas enfim vão embora, seus pensamentos preocupados com o *só para garantir*. Se não estivessem tão preocupados, poderiam ter notado um objeto quase ao pé da colina recentemente fendida, discretamente aninhado entre um pinheiro retorcido e as pedras rachadas. O objeto seria digno de nota por seu tamanho e formato: oblongo, em formato de rim, composto de calcedônia malhada, de um cinza esverdeado escuro, marcadamente diferente do arenito mais claro ao redor dele. Se tivessem ido até perto dele, teriam notado que chegava à altura do peito e tinha quase o tamanho de um corpo humano. Se o tivessem tocado, poderiam ter ficado fascinados com a densidade da superfície do objeto. É uma coisa que parece pesada, com um odor semelhante ao do ferro e que evocava ferrugem e sangue. Teriam ficado surpresos com o fato de ser quente ao tato.

Em vez disso, ninguém está por perto quando o objeto range levemente e depois se parte, fissionando-se com perfeição ao longo de seu comprido eixo, como se fosse serrado. Ouve-se um sibilo estridente de gás pressurizado e calor saindo quando o objeto se abre, o que faz as criaturas sobreviventes da floresta que estejam por perto se retirarem em busca de abrigo. Num piscar de olhos quase instantâneo, uma luz se derrama das bordas da fissura, algo como uma chama ou um líquido, deixando vidro queimado no chão em torno da base do objeto. Então, este fica imóvel por bastante tempo. Esfriando.

Passam-se vários dias.

Depois de um tempo, algo empurra o objeto pelo lado de dentro e rasteja alguns metros antes de desmaiar. Outro dia se passa.

Agora que esfriou e se partiu, uma crosta de cristais irregulares, alguns com um tom branco enevoado e outros de um tom tão vermelho quanto sangue venoso, marcam a superfície interna do objeto. Um líquido fino pálido faz uma poça perto do fundo de cada uma das metades da cavidade, embora a maior parte do fluido que o geodo continha tenha sido absorvida pelo solo abaixo dele.

O corpo que o geodo continha está de barriga para baixo entre as pedras, nu, sua pele seca, mas ainda arquejando, aparentemente exausto. Aos poucos, entretanto, ele se levanta. Cada movimento é proposital e muito, muito lento. Demora bastante tempo. Quando ele está de pé, caminha aos tropeções, devagar, até o geodo e recosta contra o seu bojo para se apoiar. Escorado desse modo, ele se curva... devagar... e se inclina para dentro. Com um movimento repentino e brusco, quebra a ponta de um cristal vermelho. É um pedaço pequeno, talvez do tamanho de uma uva, pontudo como vidro quebrado.

O menino (pois é o que ele parece ser) coloca o cristal na boca e mastiga. O barulho produzido também é alto: um triturar e chocalhar que ecoa ao redor da clareira. Depois de alguns instantes mastigando, ele engole. Então começa a tremer, violentamente. Ele se abraça por um momento, soltando um gemido suave, como se de repente tivesse lhe ocorrido que está nu e com frio e que isso é uma coisa horrível.

Com esforço, o garoto retoma o controle de si mesmo. Ele se inclina para dentro do geodo, mexendo-se mais rápido agora, e solta mais alguns cristais. Coloca-os em uma pequena pilha em cima do objeto conforme vai soltando-os. Colunas de cristal grossas e cegas são esmigalhadas em seus dedos como se fossem feitas de açúcar, embora sejam na realidade muito, muito mais duras. Mas ele não é uma criança de verdade, então isso é fácil para ele.

Por fim, ele fica de pé, hesitante e com os braços cheios de pedras leitosas e sanguíneas. Sopra um vento penetrante por um momento, e sua pele reage formigando. Quando isso acontece, ele se contrai, desta vez rápido e agitado como um boneco de corda. Então, olhando para baixo, ele franze a testa para si mesmo. Ao passo que se concentra, seus movimentos vão ficando mais suaves, mais igualmente compassados. Mais *humanos*. Como que para enfatizar esse fato, ele acena para si mesmo, talvez satisfeito.

O menino então se vira e começa a andar em direção a Tirimo.

✦   ✦   ✦

ISTO É O QUE VOCÊ DEVE SE LEMBRAR: O FIM DE UMA HISTÓRIA É APENAS O COMEÇO DE OUTRA. AFINAL, ISSO JÁ ACONTECEU ANTES. PESSOAS MORREM. VELHAS ORDENS PASSAM. NOVAS SOCIEDADES NASCEM. QUANDO DIZEMOS "O MUNDO ACABOU", GERALMENTE É MENTIRA, PORQUE O *PLANETA* ESTÁ BEM.

MAS É ASSIM QUE O MUNDO ACABA.

É ASSIM QUE O MUNDO ACABA.

É ASSIM QUE O MUNDO ACABA.

PELA ÚLTIMA VEZ.

1

VOCÊ, NO FINAL

Você é ela. Ela é você. Você é Essun. Lembra? A mulher cujo filho está morto.

Você é uma orogene que está morando nessa cidadezinha de nada de Tirimo há dez anos. Só três pessoas aqui sabem o que você é, e você deu à luz duas delas.

Bem. Só resta mais uma pessoa que sabe, agora.

Durante os últimos dez anos, você viveu a vida mais comum que pôde. Veio para Tirimo de outro lugar; os moradores da cidade não se importam de onde ou por quê. Já que você obviamente era instruída, virou professora na creche local para crianças de dez a treze anos. Você não é nem a melhor professora nem a pior; as crianças a esquecem quando passam para a série seguinte, mas aprendem. A açougueira provavelmente sabe o seu nome porque gosta de flertar com você. O padeiro não sabe porque você é calada e porque, como todo o resto do vilarejo, só pensa em você como a mulher de Jija. Jija é um homem nascido e criado em Tirimo, um britador da casta de uso Resistente; todos o conhecem e gostam dele, então gostam de você por tabela. Ele é o primeiro plano da pintura que é a vida de vocês dois juntos. Você é o plano de fundo. Você gosta que seja assim.

Você é mãe de dois filhos, mas um deles está morto e a outra está desaparecida. Talvez esteja morta também. Você descobre tudo isso quando volta do trabalho um dia. Casa vazia, silenciosa demais, menininho pequeno todo ensanguentado e ferido no chão da saleta.

E você... se fecha. Você não faz isso por querer. É que é um pouco demais, não é? Demais. Você passou por muita coisa, é muito forte, mas existem limites até para o que você consegue suportar.

Passam-se dois dias antes que alguém venha procurá-la. Você passou esse tempo dentro de casa com seu filho morto. Você se levantou, usou o banheiro, comeu alguma coisa da caixa-fria, tomou a última gota de água da torneira. Essas coisas você podia fazer sem pensar, por hábito. Depois, você voltou para o lado de Uche.

(Você pegou um lençol para ele numa dessas saídas. Cobriu-o até o queixo destruído. Costume. Os tubos de vapor pararam de retinir; está frio dentro de casa. Ele poderia pegar alguma doença.)

No dia seguinte, à tardezinha, alguém bate à porta da frente. Você não se mexe para atender. Isso exigiria que você se perguntasse quem está ali e se deveria deixar a pessoa entrar. Pensar nessas coisas faria você levar em consideração o cadáver do seu filho debaixo do lençol, e por que você ia querer fazer isso? Você ignora a batida à porta.

Alguém bate com força na janela da sala. Persistente. Você ignora isso também.

Por fim, alguém quebra o vidro da porta dos fundos. Você ouve passos no corredor entre o quarto de Uche e o de Nassun, sua filha.

(Nassun, sua filha.)

Os passos chegam à saleta e param.

– Essun?

Você conhece essa voz. Jovem, masculina. Familiar, e tranquilizadora de um modo conhecido. Lerna, o menino de Makenba, lá do fim da rua, que se foi por alguns anos e voltou médico. Não é mais um menino, já não o é mais faz algum tempo, então você se lembra novamente de começar a pensar nele como um homem.

Opa, pensar. Cuidadosamente, você para.

Lerna inspira, e a sua pele reverbera o horror do rapaz quando ele chega perto o bastante para ver Uche. Extraordinariamente, ele não grita. Nem encosta em você, embora vá para o outro lado de Uche e a olhe com atenção. Estará tentando ver o que está acontecendo no seu interior? *Nada, nada.* Então, ele puxa o lençol para dar uma boa olhada no corpo de Uche. *Nada, nada.* Puxa o lençol para cima de novo, desta vez sobre o rosto do seu filho.

– Ele não gosta – você diz. É a primeira vez que você fala em dois dias. Parece estranho. – Ele tem medo do escuro.

Depois de um momento de silêncio, Lerna puxa o lençol até um pouco abaixo dos olhos de Uche.

– Obrigada – você diz.

Lerna acena com a cabeça.

– Você dormiu?

– Não.

Então, Lerna rodeia o corpo e pega seu braço, fazendo-a levantar. Ele é delicado, mas suas mãos são firmes, e não desiste quando, de início, você não se mexe. Só pressiona um pouco mais, inexoravelmente, até que você tenha que se levantar ou cair. Ele lhe dá essa escolha. Você se levanta. Depois, com a mesma firmeza delicada, ele a conduz à porta da frente.

– Pode descansar na minha casa – ele diz.

Você não quer pensar, então não protesta dizendo que tem uma cama que é sua e está perfeitamente boa, obrigada. Nem diz que está bem e não precisa da ajuda dele, o que não é verdade. Ele a leva para fora e pela rua até o fim do quarteirão, segurando-a pelo cotovelo o tempo todo. Algumas pessoas estão reunidas lá fora, na rua. Algumas se aproximam de vocês, dizendo coisas às quais Lerna responde; você não ouve nada. As vozes são um ruído confuso que sua mente não se dá ao trabalho de interpretar. Lerna fala com eles em seu lugar, algo pelo que você ficaria agradecida se conseguisse se importar.

Ele a leva para a casa dele, que cheira a ervas e produtos químicos e livros, e a coloca em uma cama comprida, onde há um gato gordo e cinzento. O gato sai do lugar o suficiente para permitir que você se deite, depois encosta ao seu lado quando você fica parada. Isso a reconfortaria se o calor e o peso não a lembrassem do pequeno Uche quando tira uma soneca com você.

Tirava uma soneca com você. Não, mudar o tempo verbal requer que você pense. *Tira uma soneca.*

– Durma – diz Lerna, e é fácil obedecer.

✦　　　✦　　　✦

Você dorme por bastante tempo. Em algum momento, acorda. Lerna colocou comida em uma bandeja do lado da cama: uma sopa rala e clara, pedaços de fruta e uma xícara de chá, todos em temperatura ambiente há muito tempo. Você come e bebe, depois vai ao banheiro. O vaso sanitário não dá descarga. Há um balde do lado dele, cheio de água, que Lerna deve ter colocado lá para esse propósito. Você fica intrigada com isso, então sente a iminência de pensar e tem que lutar, lutar, *lutar* para permanecer no silêncio cálido da ausência de pensamento. Você joga um pouco de água no vaso, abaixa a tampa e volta para a cama.

✦　　　✦　　　✦

No sonho, você está no quarto enquanto Jija faz aquilo. Ele e Uche estão do modo como você os viu pela última vez: Jija está rindo, com Uche sobre um de seus joelhos, brincando de "terremoto" enquanto o menino ri e se segura com as coxas e balança os braços em busca de equilíbrio. Então, Jija para de rir de repente, levanta-se (jogando Uche no chão) e começa a chutá-lo. Você sabe que não foi assim que aconteceu. Viu os sinais do punho de Jija, um hematoma com quatro marcas paralelas, na barriga e no rosto de Uche. No sonho, Jija dá pontapés, porque sonhos não são lógicos.

Uche continua rindo e balançando os braços, como se ainda fosse uma brincadeira, mesmo quando o sangue cobre seu rosto.

Você acorda gritando, o que se transforma em soluços que você não consegue parar. Lerna entra, tenta dizer alguma coisa, tenta abraçá-la e, por fim, faz você beber um chá forte de gosto ruim. Você dorme de novo.

✦   ✦   ✦

– Aconteceu algo lá no norte – Lerna lhe diz.

Você se senta na beirada da cama. Ele está em uma cadeira de frente para você. Você está tomando mais um pouco do chá ruim; sua cabeça dói mais do que em uma ressaca. É de noite, mas o quarto está iluminado com uma luz fraca. Lerna acendeu só metade dos lampiões. Pela primeira vez, você nota o estranho cheiro no ar, não muito bem camuflado pela fumaça do lampião: enxofre, intenso e acre. O cheiro se fez sentir o dia todo e foi ficando cada vez pior. Estava mais forte quando Lerna estava lá fora.

– A estrada que passa pelo vilarejo está há dois dias lotada de pessoas vindas daquela direção. – Lerna suspira e esfrega o rosto. Ele é quinze anos mais novo que você, mas já não parece. Tem fios de cabelo grisalho naturais como muitos cebaki, mas são as novas linhas de expressão que o fazem parecer mais velho, elas e as novas sombras em seus olhos. – Houve algum tipo de tremor. Um dos grandes, faz dois dias. Não sentimos nada aqui, mas em Sume... – Sume está no vale ao lado, a um dia de viagem a cavalo. – A cidade inteira está... – Ele chacoalha a cabeça.

Você aquiesce, mas sabe de tudo isso que ouviu, ou pelo menos consegue adivinhar. Dois dias antes, quando estava sentada na sua saleta olhando para seu filho destruído, algo veio em direção à cidade: uma convulsão de terra tão poderosa que você jamais sensara algo igual. A palavra *tremor* é inadequada. O-que-quer-que-tivesse-sido teria derrubado a casa em cima de Uche, então você colocou alguma coisa no caminho, uma espécie de quebra-ondas, composto de seu desejo concentrado e um pouco de energia cinética emprestada da própria coisa. Fazer isso não exigia nenhum pensamento; um recém-nascido poderia fazê-lo, embora talvez não com tanta perfeição. O tremor se dividiu e fluiu ao redor do vale, depois seguiu adiante.

Lerna passa a língua pelos lábios. Olha para você, depois para outro lado. Ele é a outra pessoa, além dos seus filhos, que sabe o que você é. Ele já sabe há algum tempo, mas esta é a primeira vez que foi confrontado com a realidade do fato. Você também não pode pensar a respeito disso.

– Rask não está deixando ninguém entrar ou sair. – Rask é Rask Inovador Tirimo, o chefe eleito do vilarejo. – Não é um bloqueio total, ele diz, ainda não, mas eu ia me dirigir a

Sume, ver se podia ajudar. Rask disse que não e então colocou os malditos mineiros para ajudar os Costas-fortes na muralha enquanto enviamos sentinelas. Mandou especificamente que eles *me* mantivessem dentro dos portões. – Lerna cerrou os punhos, com uma expressão amarga. – Há pessoas lá fora, na Estrada Imperial. Muitos deles estão doentes, feridos, e aquele ferrugento desgraçado não quer me deixar *ajudar*.

– Primeiro vigie os portões – você sussurra. A voz sai áspera. Você gritou muito depois daquele sonho com Jija.

– O quê?

Você dá mais um gole no chá para abrandar a dor.

– O Saber das Pedras.

Lerna olha para você. Ele conhece as mesmas passagens; todas as crianças as aprendem na creche. Todos crescem ouvindo histórias ao redor da fogueira sobre doutos sabedoristas e inteligentes geomestas que alertam os céticos quando os sinais começam a aparecer, não são levados em consideração e depois salvam as pessoas quando o saber se confirma.

– Você acha que chegou a esse ponto, então – diz ele pesadamente. – Pelo fogo-debaixo-da-Terra, Essun, você não pode estar falando sério.

Você está falando sério. As coisas chegaram a esse ponto. Mas você sabe que ele não vai acreditar se tentar explicar, então apenas chacoalha a cabeça.

Um silêncio doloroso e estagnado recai. Após um longo instante, Lerna diz com delicadeza:

– Eu trouxe Uche para cá. Ele está na enfermaria, no, ahn, compartimento frio. Vou providenciar, ahn... os preparativos.

Você concorda lentamente com a cabeça.

Ele hesita.

– Foi Jija?

Você aquiesce novamente.

– Você, você o viu...

– Vim da creche.

– Ah. – Outra pausa embaraçosa. – As pessoas disseram que você faltou um dia no trabalho, antes do tremor. Tiveram que mandar as crianças de volta para casa, não conseguiram achar um substituto. Ninguém sabia se você estava doente em casa ou o quê. – Bem, é isso. Você provavelmente está despedida. Lerna inspira fundo, expira. Tendo essa pausa como aviso, você está quase pronta. – O tremor não nos atingiu, Essun. Ele passou ao redor do vilarejo. Fez algumas árvores tremerem e uma pedra cair virada para cima perto do riacho. – O riacho fica no extremo norte do vale, onde ninguém notou um grande geodo de calcedônia soltando vapor. – No entanto, tudo dentro e em torno da cidade está bem. Quase formando um círculo perfeito. Tudo está bem.

Houve um tempo em que você teria disfarçado. Você tinha motivos para esconder naquela época, uma vida para proteger.

– Eu fiz isso – você diz.

O maxilar de Lerna se mexe um pouco, mas ele acena com a cabeça.

– Eu nunca contei para ninguém. – Ele hesita. – Que você era... ahn... orogênica.

Ele é tão educado e correto. Você já ouviu todos os termos mais feios para aquilo que você é. Ele também já ouviu, mas jamais os pronunciaria. Nem Jija, toda vez que alguém soltava um *rogga* perto dele. *Não quero que as crianças ouçam esse tipo de linguagem*, ele sempre dizia...

Acontece rápido. Você se inclina para a frente de forma abrupta com ânsia de vômito. Lerna se sobressalta, levantando-se com um pulo para pegar algo que estivesse por perto... um penico, de que você não havia precisado. Mas não sai nada do seu estômago e, depois de um momento, as ânsias param. Você respira com cuidado uma vez, depois outra. Sem dizer uma palavra, Lerna oferece um copo de água. Você começa a fazer um gesto de que não quer, então muda de ideia e o pega. Sua boca tem gosto de bile.

– Não fui eu – você diz enfim. Ele franze a testa, confuso, e você percebe que ele acha que ainda está falando do tremor. – Jija. Ele não descobriu sobre mim. – Você pensa. Não devia pensar. – Não sei como, o que, mas Uche... Ele é pequeno, não tem muito controle ainda. Uche deve ter feito alguma coisa e Jija percebeu...

Que seus filhos são como você. É a primeira vez que você estrutura esse pensamento por completo.

Lerna fecha os olhos, expirando longamente.

– Foi isso, então.

Não foi isso. Esse fato nunca deveria ter sido o bastante para fazer um pai assassinar o próprio filho. Nada deveria ter levado a algo desse tipo.

Ele passa a língua pelos lábios.

– Você quer ver Uche?

Para quê? Você olhou para ele durante dois dias.

– Não.

Com um suspiro, Lerna se levanta, ainda esfregando uma das mãos no cabelo.

– Vai contar para o Rask? – você pergunta. Mas o olhar que Lerna lhe dirige faz você se sentir grosseira. Ele está bravo. Ele é um menino tão calmo e pensativo; você não achava que pudesse ficar bravo.

– Não vou contar nada pro Rask – dispara ele. – Não contei nada em todos esses anos e não vou contar.

– Então o quê...

– Vou encontrar Eran. – Eran é a porta-voz da casta de uso Resistente. Lerna havia nascido um Costa-forte, mas, quando voltou a Tirimo depois de se tornar médico, os Resistentes o adotaram; o vilarejo já tinha Costas-fortes o bastante, e os Inovadores perderam quando foram tirar a sorte. Você também declarou ser uma Resistente. – Vou avisá-la de que você está bem e pedir que dê a notícia a Rask. *Você* vai descansar.

– Quando ela perguntar a você por que Jija...

Lerna chacoalha a cabeça.

– Todo mundo já imagina, Essun. Eles sabem ler mapas. Está claro como um diamante que o centro do círculo foi este bairro. Sabendo o que Jija fez, não foi difícil para ninguém tirar conclusões apressadas sobre o *porquê*. O *timing* está todo errado, mas ninguém está pensando tão longe. – Enquanto você o encara, entendendo lentamente, Lerna faz uma careta de desgosto. – Metade deles está horrorizada, mas o resto está feliz que Jija tenha feito isso. Porque *é claro* que uma criança de três anos de idade tem o poder de começar tremores a mil quilômetros a partir de Yumenes!

Você chacoalha a cabeça, meio perplexa com a raiva de Lerna e meio incapaz de conciliar seu menino alegre e risonho com pessoas que acham que ele faria... que ele poderia... Mas, Jija pensou assim.

Você se sente enjoada de novo.

Lerna respira fundo outra vez. Ele tem feito isso durante toda a conversa; é um hábito dele que você já viu antes. O jeito dele de se acalmar.

– Fique aqui e descanse. Vou voltar logo.

Ele sai do quarto. Você o ouve fazendo coisas na frente da casa que parecem ter um propósito. Depois de alguns minutos, ele sai para ir à reunião. Você contempla a ideia de descansar e decide não fazê-lo. Em vez disso, você se levanta e vai ao banheiro de Lerna, onde lava o rosto e depois para quando a água quente vinda da torneira respinga e de repente fica marrom avermelhada e malcheirosa, e então começa a gotejar. Cano quebrado em algum lugar.

Aconteceu algo lá no norte, disse Lerna.

Os filhos são a nossa ruína, alguém lhe disse certa vez, há muito tempo.

– Nassun – você sussurra para o seu reflexo. No espelho estão os olhos que a sua filha herdou de você, cinzentos como a ardósia e um pouco melancólicos. – Ele deixou Uche na saleta. Onde colocou você?

Sem resposta. Você fecha a torneira. Então sussurra para ninguém em particular:

– Preciso ir agora. – Porque precisa. Você precisa encontrar Jija e, de qualquer forma, sabe que é melhor não se demorar. Os moradores do vilarejo vão vir procurá-la logo.

+   +   +

O TREMOR QUE PASSA ECOARÁ. A ONDA QUE RECUA VOLTARÁ. A MONTANHA QUE RONCA RUGIRÁ.

– *Tábua Um, "Da sobrevivência", versículo cinco*

2

DAMAYA, EM INVERNOS PASSADOS

A palha está tão quentinha que Damaya não quer sair de lá. Como um cobertor, pensa ela em meio ao turvo estado de quem está bêbada de sono; como a colcha que sua bisavó fez para ela certa vez com retalhos de tecido de uniforme. Anos atrás e antes de ela morrer, Mia Querida trabalhou como costureira para a milícia de Brevard e conseguiu guardar os restos de todos os consertos que precisaram de tecido novo. A colcha que fez para Damaya era malhada e escura, azul marinho e cinza acastanhado e cinza e verde em faixas ondulantes que pareciam colunas de homens marchando, mas vinham das mãos de Mia Querida, então Damaya nunca se importou que fosse feia. Sempre tinha um cheiro doce e cinza e um pouco mofado, de modo que agora é fácil imaginar que a palha (que tem cheiro de mofo e estrume velho, mas com um toque frutado de fungo) é a colcha de Mia. A verdadeira colcha está no quarto de Damaya, na cama onde ela a deixou. A cama na qual jamais vai dormir outra vez.

Ela pode ouvir vozes do lado de fora da pilha de palha agora: Mamãe e outra pessoa conversando conforme se aproximam. Ouve-se um rangido quando a porta do celeiro é aberta, e elas entram. Outro rangido quando a porta se fecha atrás delas. Então a Mãe ergue a voz e diz:

– DamaDama?

Damaya se encolhe ainda mais, cerrando os dentes. Odeia aquele apelido idiota. Odeia o modo como a Mãe o pronuncia, todo suave e doce, como se fosse de fato um termo carinhoso e não uma mentira.

Quando Damaya não responde, a Mãe diz:

– Ela não pode ter saído. Meu marido mesmo verificou todas as fechaduras do celeiro.

– Lamentavelmente, os da espécie dela não podem ser presos com fechaduras. – Essa voz pertence a um homem. Não é seu pai nem seu irmão mais velho, nem o chefe da comu, nem ninguém que ela reconheça. A voz é grave e ele fala com um sotaque que não se parece com nenhum que ela já tenha ouvido: agudo e pesado, com "os" e "as" bem arrastados e estalando as sílabas iniciais e finais de cada palavra. Parece esperto. Ele produz um leve tinido quando anda, tanto que ela se pergunta se ele está carregando um grande molho de chaves. Ou talvez tenha muito dinheiro nos bolsos? Ela ouviu dizer que as pessoas usam dinheiro de metal em algumas partes do mundo.

Pensar em chaves e em dinheiro faz Damaya encolher-se, abraçando os joelhos, porque é claro que ela também já ouviu outras crianças da creche cochichando sobre mercados onde se vendem crianças em cidades distantes de pedra chanfrada. Nem todos os lugares do mundo são civilizados como as Latmedianas do Norte. Ela riu dos cochichos naquela época, mas tudo é diferente agora.

– Aqui – diz a voz do homem, não muito longe agora. – Rastro fresco, eu acho.

A Mãe faz um barulho que denota nojo, e Damaya morre de vergonha ao perceber que eles viram o canto que ela usa como banheiro. O lugar tem um cheiro horrível, apesar de ela jogar palha por cima toda vez.

– Agachada no chão como um animal. Eu lhe criei melhor do que isso.

– Há um banheiro aqui? – pergunta o comprador de crianças em um tom de educada curiosidade. – A senhora lhe deu um balde?

A Mãe fica em silêncio, que se prolonga, e Damaya demora a perceber que o homem *repreendeu* a Mãe com aquelas perguntas em voz baixa. Não é o tipo de reprimenda com que Damaya está acostumada. O homem não alterou a voz nem xingou ninguém. No entanto, a Mãe fica imóvel e chocada, como se, depois de ouvir as palavras dele, houvesse levado um tapa na cabeça.

Uma risadinha lhe sobe pela garganta e, de imediato, a garota pressiona o punho contra a boca para impedir que ela saia. Eles vão ouvir Damaya rindo do constrangimento da mãe, e então o comprador de crianças vai saber que menina horrível ela é. Será que isso é uma coisa tão ruim assim? Talvez seus pais recebam menos por ela. Esse fato por si só quase faz a risada escapar, porque Damaya odeia os pais, *odeia*, e qualquer coisa que os faça sofrer a faz sentir-se melhor.

Então, ela morde a mão com força e sente ódio de si mesma, porque *é claro* que a Mãe e o Pai vão vender Damaya se ela é capaz de pensar esse tipo de coisa sobre eles.

Passos por perto.

– Está frio aqui – comenta o homem.

– Nós a teríamos deixado na casa se estivesse congelando – responde a Mãe, e Damaya quase ri de novo de seu tom rabugento e defensivo.

Mas o comprador de crianças ignora a Mãe. Seus passos chegam mais perto e são... estranhos. Damaya consegue sensar passos. A maioria das pessoas não consegue; elas sensam coisas grandes, tremores e sei lá o que mais, mas não algo tão delicado como um passo. (Ela soube dessa sua característica a vida inteira, mas só recentemente se deu conta de que era um aviso.) É mais difícil perceber quando ela não está em contato direto com o solo, tudo transmitido pela madeira da estrutura do celeiro e do metal dos pregos que a mantém unida... Mas, ainda assim, mesmo estando um andar acima, ela sabe o que esperar. *Toc* toc. O passo e depois sua reverberação nas profundezas, *toc* toc, *toc* toc. Entretanto, os passos do comprador de crianças não vão a parte alguma e não fazem eco. Ela consegue apenas ouvi-los, não sensá-los. Isso nunca tinha acontecido antes.

E agora ele está subindo a escada até o palheiro onde ela está aninhada debaixo da palha.

– Ah – diz ele, terminando de subir. – Aqui está mais quente.

– DamaDama! – a Mãe parece furiosa agora. – Desça já aqui!

Damaya se encolhe ainda mais sob a palha e não diz nada. Os passos do comprador de crianças se aproximam.

– Você não precisa ter medo – diz ele com aquela voz retumbante. Mais perto. Ela sente a reverberação de sua voz atravessando a madeira, passando pelo chão, chegando às rochas e voltando. Mais perto. – Eu vim ajudá-la, Damaya Costa-forte.

Outra coisa que ela odeia, seu nome de uso. Ela não tem costas fortes de modo algum, e nem a Mãe. A única coisa que "Costa-forte" significa é que suas ancestrais femininas tiveram sorte o bastante de entrar para uma comu, mas eram medíocres demais para conquistar um lugar mais seguro dentro dela. *Costas-fortes são descartados como os sem-comu quando os tempos ficam difíceis*, como seu irmão Chaga certa vez lhe disse para importuná-la. Depois ele riu, como se fosse engraçado. Como se não fosse verdade. Claro, Chaga é um Resistente, como o Pai. Todas as comus gostam de tê-los por perto, não importa quanto os tempos sejam difíceis, em caso de doença e fome e coisas do tipo.

Os passos do homem param bem ao lado da pilha de palha.

– Você não precisa ter medo – ele repete, falando mais delicadamente agora. A Mãe ainda está no térreo e provavelmente não pode ouvi-lo. – Não vou deixar sua mãe machucá-la.

Damaya inspira.

Ela não é boba. O homem é um comprador de crianças, e compradores de crianças fazem coisas terríveis. Mas porque ele diz essas palavras e porque uma parte de Damaya está cansada de sentir medo e raiva, ela se desencolhe. Abre caminho em meio à pilha quentinha e se senta, espiando o homem por entre cachos de cabelo e palha suja.

Ele tem uma aparência tão estranha quanto os sons que produz e não é de nenhum lugar perto de Palela. Sua pele é quase branca, de um tom pálido como o papel; ele deve soltar fumaça e se retorcer quando exposto à luz forte do sol. Tem cabelo comprido e reto, o que, junto com a pele, poderia distingui-lo como um Ártico, embora a cor do cabelo (um preto bem escuro, como o chão ao redor de uma explosão antiga) não combine. O cabelo dos costeiros do leste é preto daquele jeito, só que é fofo e não reto, mas as pessoas do leste têm pele negra para combinar. E ele é grande... Mais alto e de ombros mais largos que o Pai. Mas enquanto os ombros largos do Pai se encontram com um peito largo e uma barriga grande, esse homem meio que fica mais *estreito*. Tudo sobre o estranho parece esguio e atenuado. Nada nele faz sentido racial.

Mas o que mais impressiona Damaya são os olhos do comprador de crianças. São *brancos*, ou quase isso. Ela consegue ver o branco de seus olhos, e então um disco de cor cinza prateada que mal consegue distinguir do branco, mesmo de perto. As pupilas de seus olhos são grandes na penumbra do celeiro e surpreendentes em meio ao deserto da ausência de cor. Ela já ouviu falar sobre olhos como aqueles, que são chamados de olhos *branco-gelo* nas histórias e no Saber das Pedras. São raros e sempre mau presságio.

Mas então o comprador de crianças sorri para Damaya, e ela nem pensa duas vezes antes de sorrir de volta. Ela confia nele de imediato. Sabe que não deveria, mas confia.

– E aqui estamos nós – diz ele, ainda falando baixo para que a Mãe não ouça. – DamaDama Costa-forte, eu suponho.

– Só Damaya – responde ela automaticamente.

Ele inclina a cabeça de forma graciosa e estende a mão para ela.

– Anotado. Você vem conosco, então, Damaya?

Damaya não se mexe e ele não a agarra. Ele apenas fica onde está, paciente como uma pedra, a mão se oferecendo e não pegando. Dez respirações se passam. Vinte. Damaya sabe que terá que ir com ele, mas gosta do fato de que ele faz *parecer* uma escolha. Então, por fim, ela pega sua mão e deixa que a levante. Ele continua segurando a mão da menina enquanto ela remove tantos fios de palha quanto consegue e depois a puxa para mais perto, só um pouquinho.

– Um momento.

– Ahn? – Mas a outra mão do comprador de crianças já está atrás de sua cabeça, pressionando dois dedos na sua nuca com tanta rapidez e destreza que ela não se assusta. Ele fecha os olhos por um instante, estremece minimamente e então expira, soltando-a.

– Primeiro, o dever – diz ele, de modo enigmático. Ela toca a nuca, confusa e ainda experimentando a sensação prolongada da pressão de seus dedos. – Agora, vamos descer.

– O que o senhor fez?

– É só um tipo de pequeno ritual. Algo que tornará mais fácil encontrá-la, caso algum dia se perca. – Ela não consegue imaginar o que isso significa. – Venha, preciso contar à sua mãe que você irá embora comigo.

Então, era mesmo verdade. Damaya morde os lábios e, quando o homem se vira para voltar à escada, ela segue um ou dois passos atrás dele.

– Bem, é isso – diz o comprador de crianças quando chegam perto da Mãe no andar térreo. (A Mãe suspira ao vê-la, talvez exasperada.) – Se a senhora puder arrumar uma bolsa para ela... uma ou duas mudas de roupa, algum lanche para viagem que a senhora puder providenciar, um casaco... nós já vamos seguir o nosso caminho.

A Mãe se endireita, surpresa.

– Nós doamos o casaco dela.

– Doaram? No inverno?

Ele fala em um tom brando, mas a Mãe parece repentinamente desconfortável.

– Uma prima dela precisava. Nem todos nós temos guarda-roupas cheios de peças sofisticadas ao dispor. E... – Aqui a Mãe hesita, olhando para Damaya, que desvia o olhar. Ela não quer ver se a Mãe parece lamentar o fato de ter dado o casaco. Especialmente, não quer ver se a Mãe *não* lamenta.

– E você ouviu dizer que os orogenes não sentem frio da forma como os outros sentem – diz o homem com um suspiro aborrecido. – Isso é lenda. Suponho que a senhora tenha visto sua filha ficar resfriada antes.

– Ah, eu... – A Mãe parece perturbada. – Sim. Mas pensei...

Que Damaya poderia estar fingindo. Foi isso que dissera a Damaya naquele primeiro dia, depois que ela chegou da creche e enquanto a instalavam no celeiro. A Mãe se enfureceu, o rosto marcado por lágrimas, enquanto o Pai só ficou ali sentado, quieto, com os lábios brancos. Damaya havia escondido aquilo deles, a Mãe disse, havia escondido tudo, havia fingido ser uma criança quando na verdade era um monstro, era isso o que os monstros *faziam*, ela sempre soubera que havia algo *errado* com Damaya, sempre fora uma pequena *mentirosa*...

O homem chacoalha a cabeça.

– Não obstante, ela precisará de alguma proteção contra o frio. Vai ficar mais quente quando nos aproximarmos dos Equatoriais, mas vamos passar semanas na estrada para chegar até lá.

A Mãe mexe o maxilar.

– Então você vai mesmo levá-la a Yumenes.

– Claro que eu... – O homem a encara. – Ah. – Ele olha para Damaya. Os dois olham para Damaya, seus olhares fixos causando uma comichão. Ela se contorce. – Então, mesmo pensando que eu vinha para matar a sua filha, você fez o chefe da comu me chamar.

A Mãe fica tensa.

– Não. Não foi, eu não... – Ela flexiona as mãos, estendidas ao lado do corpo. Depois, abaixa a cabeça, como se estivesse envergonhada, o que Damaya sabe que é mentira. A Mãe não está envergonhada de nada do que fez. Se estivesse, por que teria feito?

– As pessoas comuns não conseguem cuidar de... de crianças como ela – diz a Mãe bem baixinho. Seus olhos se dirigem aos de Damaya uma vez e desviam rápido. – Ela quase matou um garoto na creche. Nós temos outro filho, e vizinhos, e... – Abruptamente, ela endireita os ombros, levantando o queixo. – E é meu dever de cidadã, não é?

– É verdade, é verdade tudo o que diz. Seu sacrifício vai tornar o mundo melhor para todos. – As palavras são uma frase feita, um elogio. O tom unicamente é que não é. Damaya olha para o homem outra vez, confusa agora, porque compradores de crianças não matam crianças. Isso seria contra todo o propósito da coisa. E que negócio era esse sobre os Equatoriais? Aquelas terras ficavam bem longe, bem ao sul.

O comprador de crianças dá uma olhada de relance para Damaya e, de algum modo, entende que ela não compreende. A expressão de seu rosto se suaviza, o que deveria ser impossível com aqueles olhos assustadores dele.

– Para Yumenes – diz o homem para a Mãe, para Damaya.
– Sim. Ela é jovem o bastante, então vou levá-la ao Fulcro. Lá ela será treinada para usar sua maldição. O sacrifício dela também tornará o mundo melhor.

Damaya o encara de volta, percebendo o quanto estava errada. A Mãe não vendeu Damaya. Ela e o Pai *deram* Damaya. E a Mãe não a odeia; na verdade, ela *teme* Damaya. Existe diferença? Talvez. Damaya não sabe como se sentir em relação a todas essas revelações.

E o homem, o homem não é um comprador de crianças de maneira alguma. Ele é...

– Você é um Guardião? – pergunta ela, embora, a essa altura, já soubesse. Ele sorri de novo. Ela não pensava que os Guardiões fossem assim. Em sua cabeça, eles eram altos, de semblante frio, cheios de armas e de conhecimentos secretos. Bom, pelo menos ele é alto.

– Sou – responde ele e a pega pela mão. Ele gosta muito de tocar as pessoas, pensa ela. – Sou *seu* Guardião.

A Mãe suspira.

– Posso dar um cobertor a ela.

– Isso será suficiente, obrigado. – E então o homem fica em silêncio, esperando. Após alguns instantes assim, a Mãe percebe que ele está esperando que ela vá buscá-lo. Ela concorda com movimentos bruscos, depois sai, as costas duras durante o caminho todo até deixar o celeiro. Então, o homem e Damaya ficaram sozinhos.

– Tome – ele diz, levando a mão ao ombro. Ele está vestindo algo que deve ser um uniforme: a parte do ombro é maciça, as linhas das mangas e das pernas da calça são firmes, o tecido vinho parece resistente, porém áspero. Como a colcha de Mia. É uma capa curta, mais decorativa do que útil, mas ele a tira e a enrola em torno de Damaya. É comprida o bastante para lhe servir de vestido, e guarda o calor do corpo dele.

– Obrigada – ela diz. – Quem é você?

– Meu nome é Schaffa Guardião Garantia.

Ela nunca ouvira falar de um lugar chamado Garantia, mas devia existir, porque para que outra coisa serve um nome de comu?

– "Guardião" é um nome de uso?

– Para os Guardiões, sim. – Ele diz isso com uma pronúncia arrastada, e as bochechas dela queimam de vergonha. – Afinal, não temos muita utilidade para nenhuma comu no curso normal das coisas.

Damaya franze a testa, confusa.

– Vão expulsar *o senhor* quando chegar a Estação, não é? Mas... – Os Guardiões são muitas coisas, ela sabe pelas histórias: grandes guerreiros e caçadores e às vezes... com frequência... assassinos. As comus precisam de pessoas assim quando chegam os tempos difíceis.

Schaffa dá de ombros, afastando-se para se sentar em um fardo de feno velho. Há outro fardo atrás de Damaya, mas ela continua de pé porque gosta de ficar da mesma altura que ele. Mesmo sentado ele é mais alto, mas, pelo menos, não tanto.

– Os orogenes do Fulcro servem o mundo – diz ele. – Você não terá nome de uso a partir de agora porque a sua utilidade está no que você é, não só em alguma aptidão de família. Desde o nascimento, uma criança orogene consegue deter um tremor; mesmo sem treinamento, você é uma orogene. Dentro de uma comu ou sem nenhuma, *você é orogene.* No entanto, com treinamento e com a orientação de outros orogenes habilidosos no Fulcro, você poderá ser útil não apenas para uma única comu, mas para toda a Quietude. – Ele faz um gesto largo com as mãos. – Como Guardião, por meio dos orogenes que estão sob meus cuidados, eu assumi um propósito semelhante, com uma amplitude semelhante. Portanto, é adequado que eu compartilhe do possível destino de meus encarregados.

Damaya fica tão curiosa, tão cheia de perguntas, que não sabe o que perguntar primeiro.

– O senhor tem... – Ela esbarra no conceito, nas palavras, na aceitação de si mesma. – Outros, como eu, eu... – e ela fica sem palavras.

Schaffa ri, como se percebesse a ansiedade dela e isso o agradasse.

– Sou Guardião de seis neste exato momento – ele explica, inclinando a cabeça para mostrar a Damaya que esse é o modo correto de dizer isso, de pensar isso. – Incluindo você.

– E o senhor levou todos para Yumenes? O senhor os encontrou assim, como me encontrou?

– Não exatamente. Alguns foram colocados sob os meus cuidados, nascidos dentro do Fulcro ou herdados de outros Guardiões. Alguns eu encontrei desde que fui designado para percorrer esta parte das Latmedianas do Norte. – Ele esparramou as mãos. – Quando seus pais informaram sobre a filha orogênica ao chefe de Palela, ele telegrafou a notícia a Brevard, que a enviou a Geddo, que a enviou a Yumenes... E eles, por sua vez, telegrafaram a notícia para mim. – Ele suspira. – É sorte eu ter parado na estação de ligação perto de Brevard um dia depois que a mensagem chegou. Do contrário, eu não a teria visto por mais duas semanas.

Damaya conhece Brevard, embora Yumenes seja só uma lenda para ela e os outros lugares que Schaffa mencionou sejam apenas palavras em um livro didático da creche. Brevard é a cidade mais próxima de Palela e é muito maior. É aonde o Pai e Chaga vão para vender o excedente de produção no começo de cada período de plantio. Então, ela registra as palavras dele. Mais duas semanas naquele celeiro, congelando e fazendo cocô num cantinho. Ela também ficou feliz que ele tenha recebido a mensagem em Brevard.

– Você tem muita sorte – ele diz, talvez lendo a expressão dela. A dele ficou séria. – Nem todos os pais fazem a coisa certa. Às vezes, eles não mantêm a criança isolada, como o Fulcro e nós, Guardiões, recomendamos. Às vezes, eles mantêm, mas nós recebemos a mensagem tarde demais e, quando o Guardião chega, uma multidão já levou a criança e a espancou até a morte. Não leve seus pais a mal, Dama. Você está viva e bem, e isso não é pouca coisa.

Damaya se contorce um pouco, relutante em aceitar essa ideia. Ele suspira.

– E, às vezes – continua ele –, os pais de um orogene tentam esconder a criança. Ficar com ela, sem treinamento e sem Guardião. Isso sempre dá errado.

Foi isso que passou em sua mente durante as últimas duas semanas, desde aquele dia na creche. Se os pais a amassem, não a teriam trancado no celeiro. Não teriam chamado esse homem. A Mãe não teria dito aquelas coisas horríveis.

– Por que eles não podem... – ela deixa escapar antes de perceber que ele disse isso de propósito. Para ver se *por que eles não podem me esconder e me manter aqui* é algo em que ela esteve pensando... E agora ele sabe a verdade. Damaya aperta a capa com as mãos na parte que a mantém fechada, mas Schaffa apenas acena com a cabeça.

– Primeiro porque eles têm outro filho, e qualquer pessoa pega abrigando um orogene não registrado é excluída de sua comu como punição mínima. – Damaya sabe disso, embora não goste de saber. Pais que se importassem com ela se *arriscariam*, não se arriscariam? – Talvez seus pais não quisessem perder a casa, o meio de subsistência e a custódia dos dois filhos. Escolheram ficar com alguma coisa em vez de perder tudo. Mas o maior perigo está no que você é, Dama. Você não consegue esconder isso do mesmo modo que não consegue esconder que é uma menina, ou que tem uma mente jovem e inteligente. – Ela cora, sem saber ao certo se isso é um elogio. Ele sorri para ela saber que é.

Ele continua:

– Toda vez que a terra se mexer, você vai ouvir seu chamado. Em cada momento de perigo, você vai procurar instintivamente a fonte mais próxima de calor e movimento. A habilidade de fazer isso, para você, é o que os punhos são para um homem forte. Quando uma ameaça é iminente, claro que você vai fazer o que for preciso para se proteger. E, quando fizer isso, as pessoas vão morrer.

Damaya se encolhe. Schaffa sorri outra vez, tão amável como sempre. E então ela pensa sobre aquele dia.

Foi depois do almoço, no pátio de brincar. Ela havia comido seu rolinho de feijão sentada perto do lago com Limi e Shantare, como costumava fazer enquanto as outras crianças brincavam ou jogavam comida umas nas outras. Algumas das outras crianças estavam reunidas num canto do pátio, raspando a terra e murmurando umas com as outras; tinham uma prova de geomestria aquela tarde. E então Zab se aproximou delas três, embora houvesse olhado para Damaya em particular quando disse:

– Me deixa colar de você.

Limi deu uma risadinha. Ela achava que Zab gostava de Damaya. No entanto, Damaya não gostava *dele* porque ele era terrível... Sempre pegando no pé de Damaya, xingando-a, cutucando-a até ela lhe pedir aos gritos para parar e arranjar problemas com a professora por fazer isso. Então disse a Zab:

– Não vou arranjar problemas por sua causa.

– Não vai, se fizer tudo certo – ele falou. – É só colocar sua prova...

– *Não* – ela disse novamente. – Não vou fazer nada certo. Não vou fazer *nada*. Vá embora. – Ela voltou a se virar para Shantare, que estava falando antes de Zab interromper.

Quando Damaya se deu conta, estava no chão. Zab a empurrara da pedra usando as duas mãos. Ela caiu literalmente de cabeça e foi parar no chão de costas. Mais tarde... ela tivera duas semanas no celeiro para pensar sobre isso... ela se lembraria do olhar de choque na cara dele, como se não tivesse percebido que ela cairia com tanta facilidade. Mas, naquele momento, a única coisa que ela sabia era que estava no chão. No chão *lamacento*. Suas costas inteiras estavam frias, molhadas e sujas, tudo cheirava a lodo fermentando e grama esmagada, estava em seu *cabelo*, e aquele era seu melhor *uniforme*, e a Mãe ia ficar *furiosa* e *ela* estava furiosa e então puxou o ar e...

Damaya estremece. *As pessoas vão morrer.* Schaffa aquiesce como se tivesse ouvido esse pensamento.

– Você é vidro de montanha de fogo, Dama. – Ele diz isso bem baixinho. – Você é um presente da terra... Mas o Pai Terra nos odeia, nunca se esqueça, e seus presentes não são nem gratuitos nem seguros. Se nós a pegarmos, aprimorarmos sua precisão e a tratarmos com o cuidado e o respeito que merece, então você se tornará valiosa. Mas se apenas a deixarmos por aí, estraçalhará a primeira pessoa que cometer um erro com você. Ou pior... destruirá e machucará muitos.

Damaya se lembra do olhar na cara de Zab. O ar ficara frio só por um instante, rodeando-a como um balão estourado. Isso foi suficiente para criar uma crosta de gelo na grama debaixo dela e solidificar gotas de suor na pele de Zab. Eles pararam e estremeceram e olharam um para o outro.

Ela se lembra do rosto dele. *Você quase me matou*, ela havia visto naquele momento.

Schaffa, observando-a de perto, não parou de sorrir em nenhum momento.

– Não é culpa sua – comenta ele. – A maior parte do que dizem sobre orogenes não é verdade. Você não fez nada para nascer assim, seus pais não fizeram nada. Não fique brava com eles, nem consigo mesma.

Ela começa a chorar porque ele está certo. Tudo aquilo, tudo o que ele diz, está certo. Ela odeia a Mãe por tê-la colocado ali, odiou o Pai e Chaga por terem deixado a Mãe fazer isso, odeia a si mesma por ter nascido do jeito que é e desapontado todos eles. E agora Schaffa sabe como ela é fraca e horrível.

– Shh – diz ele, levantando-se e caminhando até ela. Ele se ajoelha e pega sua mão; ela começa a chorar ainda mais. Mas Schaffa a aperta de forma brusca, o suficiente para doer, e ela se assusta e respira e olha para ele piscando através do borrão causado pelas lágrimas. – Não pode, pequenina. Sua mãe vai voltar logo. Nunca chore onde possam vê-la.

– O-o quê?

Ele parece tão triste... por Damaya?... quando estende o braço e põe a mão em sua bochecha.

– Não é seguro.

Ela não faz ideia do que isso significa.

De qualquer modo, ela para. Depois que ela enxugou as bochechas, ele limpa com o dedo uma lágrima que ficou para trás, então acena com a cabeça após uma rápida inspeção.

– Sua mãe provavelmente vai perceber, mas deve servir para todos os outros.

A porta do celeiro range, e a Mãe está de volta, desta vez com o Pai a reboque. O maxilar do Pai está tenso e ele nem olha para Damaya, apesar de não tê-la visto desde que a Mãe a colocou no celeiro. Os dois se concentram em Schaffa, que se levanta e se coloca um pouco à frente de Damaya, acenando em agradecimento ao aceitar o cobertor dobrado e o embrulho amarrado com um barbante que a Mãe lhe entrega.

– Demos água para o seu cavalo – diz o Pai com firmeza. – Quer levar alimento para ele?

– Não é necessário – responde Schaffa. – Se viajarmos rápido, devemos chegar a Brevard pouco depois do anoitecer.

O Pai franze a testa.

– É uma viagem puxada.

– Sim. Mas em Brevard, ninguém deste vilarejo vai ter a ótima ideia de vir nos procurar ao longo da estrada e se despedir de Damaya de uma forma mais rude.

Demora um instante para Damaya entender, e então ela compreende: as pessoas de Palela querem matá-la. Mas isso é errado, não é? Eles não podem estar querendo fazer isso mesmo, podem? Ela pensa em todas as pessoas que conhece. Os professores da creche. As outras crianças. As velhas senhoras da hospedaria que costumavam ser amigas de Mia antes de ela morrer.

O Pai também pensa nisso; ela consegue ver no rosto dele, e ele franze as sobrancelhas e abre a boca para dizer o que ela está pensando: *Eles não fariam algo assim*. Mas para antes de as palavras saírem de sua boca. Ele olha para Damaya uma vez e com o rosto cheio de angústia antes de se lembrar de desviar os olhos.

– Aqui está – Schaffa diz a Damaya, entregando-lhe o cobertor. É a colcha de Mia. Ela olha para a colcha, depois olha para a Mãe, mas a Mãe não olha de volta.

Não é seguro chorar. Mesmo quando ela tira o manto de Schaffa e ele enrola o cobertor nela, familiarmente mofado, áspero e perfeito, ela mantém o rosto completamente calmo. Schaffa pisca os olhos para ela; ele acena com a cabeça, só um pouquinho, num gesto de aprovação. Depois pega a sua mão e a conduz em direção à porta do celeiro.

A Mãe e o Pai vão atrás, mas não dizem nada. Damaya não diz nada. Ela olha para a casa uma vez, vendo alguém de relance através de uma brecha na cortina antes dela se fechar. Chaga, seu irmão mais velho, que lhe ensinou a ler e a cavalgar em um burro e a saltar pedras em um lago. Ele nem sequer lhe deu um aceno de adeus... Mas não é porque a odeia. Ela entende isso agora.

Schaffa ergue Damaya e a coloca sobre um cavalo maior do que qualquer um que ela já tinha visto, um grande baio lustroso com pescoço comprido, e então Schaffa monta na sela atrás dela, arrumando o cobertor ao redor de suas pernas e sapatos para a menina não ter nenhuma irritação de pele ou frieira, e depois eles vão embora.

– Não olhe para trás – aconselha Schaffa. – É mais fácil desse jeito. – Então ela não olha. Mais tarde, ela vai perceber que ele estava certo sobre isso também.

Muito mais tarde, contudo, ela vai desejar ter olhado mesmo assim.

✦   ✦   ✦

[OCULTADO] OLHOS BRANCO-GELO, O CABELO DE CINZAS SOPRADAS, O NARIZ FILTRANTE, OS DENTES AFIADOS, A LÍNGUA RACHADA DE SAL.

– TÁBUA DOIS, "A VERDADE INCOMPLETA", VERSÍCULO OITO

3

VOCÊ ESTÁ A CAMINHO

Você ainda está tentando decidir quem deve ser. A pessoa que você tem sido ultimamente não faz mais sentido; aquela mulher morreu com Uche. Ela não é útil, reservada como é, calada como é, comum como é. Não quando coisas tão extraordinárias aconteceram.

Mas você ainda não sabe onde Nassun está enterrada, se é que Jija se deu ao trabalho de enterrá-la. Até se despedir de sua filha, você precisa continuar sendo a mãe que ela amava.

Então, você decide não esperar a morte chegar.

Ela *está* vindo até você... Talvez não neste exato momento, mas em breve. Embora o grande tremor do norte não tenha atingido Tirimo, todos sabem que *deveria* ter atingido. Os sensapinae não mentem, ou pelo menos não com uma força tão gritante, desesperadora e penetrante. Todos, desde recém-nascidos até velhos caquéticos, sensaram que ele estava vindo. E, a essa altura, com refugiados vagando pela estrada vindos de vilarejos e povoados menos afortunados (refugiados que estão todos indo para o sul), o povo de Tirimo deve ter começado a ouvir histórias. Deve ter notado o cheiro de enxofre no ar. Deve ter olhado para o céu cada vez mais estranho e deve ter visto a mudança no alto como um mau presságio. (E é.) Talvez o chefe, Rask, tenha enfim mandado alguém para ver Sume, a cidade do vale ao lado. A maioria dos tirimos tem família lá: as duas cidades têm intercambiado bens e pessoas há gerações. A comu vem antes de qualquer coisa, claro, mas, contanto que ninguém esteja passando fome, parentesco e raça podem significar alguma coisa também. Rask ainda pode se dar ao luxo de ser generoso, por enquanto. Talvez.

E quando os sentinelas voltarem e relatarem a devastação que você sabe que vão encontrar em Sume... e os sobreviventes que você sabe que *não vão* encontrar, ou pelo menos não em grande número... não será mais possível negar. Restará apenas o medo. Pessoas assustadas procuram por bodes expiatórios.

Então, você se obriga a comer, desta vez tomando o cuidado de não pensar em outros tempos e outras refeições com Jija e as crianças. (Lágrimas incontroláveis seriam melhores do que vômitos incontroláveis, mas ei, você não pode escolher o seu sofrimento.) Então, saindo silenciosamente pela porta da casa de Lerna que dá para o jardim, você volta para a sua casa. Não há ninguém por perto lá fora. Devem estar todos na casa de Rask esperando notícias ou atribuição de tarefas.

Em casa, um dos esconderijos de provisões ocultos debaixo dos tapetes guarda a bolsa de fuga da família. Você se senta no chão onde Uche foi espancado até a morte e ali vasculha a bolsa, tirando tudo de que não vai precisar. O conjunto de roupas surradas e confortáveis para viagem de Nassun é pequeno demais; você e Jija prepararam essa bolsa antes de Uche nascer, e você foi negligente por não reabastecê-la. Uma barra de frutas secas ficou coberta por um fungo branco e penugento; talvez ainda seja comestível, mas você não está desesperada a esse ponto. (Ainda.) A bolsa contém papéis que provam que você e Jija são os donos da casa e outros papéis que mostram que estão em dia com os impostos distritantes e que ambos são membros registrados da comu Tirimo e da casta de uso Resistente. Você deixa isso para trás, toda a sua existência financeira e jurídica durante os últimos dez anos, em uma pequena pilha de coisas descartadas com a fruta embolorada.

O maço de dinheiro em uma carteira de borracha, papel, já que há tanto papel, será irrelevante quando as pessoas perceberem a gravidade das coisas, mas até lá tem valor. Será um bom material inflamável quando não o tiver. A faca de esfolar de obsidiana, que Jija insistiu em colocar lá e que é pouco provável que vá usar (você tem armas naturais e melhores), você guarda. Um bem que pode ser negociado, ou pelo menos um alerta visual. As botas de Jija também podem ser negociadas, uma vez que estão em boas condições. Ele nunca as usará outra vez, porque logo você vai encontrá-lo e então acabará com ele.

Você faz uma pausa. Revê esse pensamento e o transforma em algo que se adequa melhor à mulher que escolheu ser. Melhor: você vai encontrá-lo e perguntar a ele por que fez o que fez. *Como* pôde fazer aquilo. E, mais importante, vai perguntar a ele onde está sua filha.

Refazendo a bolsa de fuga, você a coloca dentro de um dos caixotes que Jija usava para fazer entregas. Ninguém vai pensar duas vezes quando a vir carregando o caixote pela cidade porque, até alguns dias atrás, você fazia isso com muita frequência para ajudar no trabalho de Jija com cerâmica e britagem com ferramentas. Vai acabar ocorrendo a alguém de se perguntar por que você está entregando pedidos quando o chefe provavelmente está prestes a declarar Lei Sazonal. Mas a maior parte das pessoas não vai pensar nisso *de início*, que é o que importa.

Ao sair, você passa pelo lugar no chão onde Uche ficou durante dias. Lerna levou o corpo e deixou o lençol; não dá para ver os respingos de sangue. Ainda assim, você não olha para aquela direção.

Sua casa é uma das muitas neste canto da cidade, aninhada entre o extremo sul do muro e os campos verdejantes da cidade. Você escolheu a casa, quando você e Jija decidiram comprá-la, porque fica isolada em uma viela estreita e rodeada por árvores. É uma caminhada em linha reta atravessando o campo verde até chegar ao centro da cidade, algo de que Jija sempre gostou. Esse era um assunto sobre o qual você e Jija sempre discutiam: você não gostava de estar no meio de outras pessoas mais do que o necessário, ao passo que ele era sociável e agitado, ficava frustrado com o silêncio...

A onda de raiva absoluta, opressiva e violenta pega-a de surpresa. Você precisa parar na entrada de sua casa, escorando a mão no batente e respirando fundo para não começar a gritar, ou talvez para não esfaquear alguém (a si mesma?) com a maldita faca de esfolar. Ou pior, para não fazer a temperatura cair.

Tudo bem. Você estava errada. Comparativamente falando, a náusea não é tão ruim como reação ao sofrimento.

Mas você não tem tempo para isso, não tem *forças* para isso, então se concentra em outras coisas. Quaisquer outras coisas. A madeira da soleira da porta abaixo da sua mão. O ar, que você percebe mais agora que está do lado de fora. O cheiro de enxofre não parece estar piorando, pelo menos por enquanto, o que talvez seja uma coisa boa. Você sensa que não há nenhuma abertura na terra ali por perto, o que significa que aquilo está vindo do norte, onde está a ferida, aquela grande e supurante fenda de costa a costa que você *sabe* que existe, apesar de os viajantes da Estrada Imperial terem trazido apenas rumores até agora. Você espera que a concentração de enxofre não piore muito porque, se piorar, as pessoas vão ter ânsia de vômito e sufocar e, da próxima vez que chover, os peixes do riacho vão morrer e o solo vai ficar ácido...

Sim. Melhor. Depois de um momento, você consegue enfim se afastar da casa, sua aparência de tranquilidade está firme de volta no lugar.

Não há muitas pessoas andando por aí. Rask deve ter finalmente declarado bloqueio oficial. Durante os bloqueios, os portões da comu são fechados, e dá para adivinhar, pelas pessoas se mexendo perto de uma das torres de vigilância do muro, que Rask tomou a medida preventiva de colocar guardas a postos. Isso não devia acontecer até que se declarasse uma Estação; intimamente, você amaldiçoa a cautela de Rask. Você tem esperança de que ele não tenha feito mais nada que vá tornar sua fuga ainda mais difícil.

O mercado está fechado, pelo menos por enquanto, de modo que ninguém vai estocar produtos nem fixar preços. O toque de recolher começa ao anoitecer, e todos os estabelecimentos que não são cruciais para a proteção ou para o abastecimento da cidade têm que fechar. Todos sabem como as coisas devem acontecer. Todo mundo tem tarefas a fazer, mas muitas delas podem ser realizadas dentro de casa: tecer cestas para armazenamento, secar e conservar todos os alimentos perecíveis do lar, reutilizar roupas e ferramentas. É tudo Imperialmente eficiente e ao pé da letra do Saber das Pedras, seguindo regras e procedimentos que devem, ao mesmo tempo, ser práticos e manter ocupado um grande grupo de pessoas ansiosas. Só para garantir.

No entanto, enquanto caminha pela trilha em torno da borda dos campos verdejantes (durante bloqueios ninguém caminha por eles, não por conta de alguma regra, mas porque tais momentos fazem as pessoas lembrarem que aqueles campos são *futuras terras cultiváveis* e não só um trecho de trevos e flores selvagens), você avista alguns outros habitantes de Tirimo andando por ali. Costas-fortes, em sua maioria. Um grupo está formando o pasto e levantando o estábulo que vai separar uma parte do campo para o gado. É trabalho pesado, construir alguma coisa, e as pessoas que estão fazendo isso estão envolvidas demais na tarefa para prestar muita atenção em uma mulher carregando um caixote. Alguns rostos você reconhece vagamente enquanto anda, pessoas que viu antes no mercado ou por conta do trabalho de Jija. Alguns deles a olham também, mas esses olhares são breves. Eles conhecem seu rosto bem o bastante para saber que você Não É Uma Estranha. Por enquanto, estão ocupados demais para se lembrar de que você também pode ser a *mãe de um rogga*.

Ou para imaginar de qual dos pais o seu filho rogga poderia ter herdado a maldição.

No centro do vilarejo há mais pessoas andando de um lado para outro. Aqui você se mistura, andando no mesmo ritmo que todos os demais, acenando quando acenam para você, tentando não pensar em nada, de modo que seu rosto assuma uma expressão entediada e distante. Está movimentado ao redor do escritório do chefe, capitães de quarteirão e porta-vozes de casta vindo relatar quais tarefas de bloqueio estão terminadas, antes de voltar e organizar mais. Outros perambulam, claramente esperando uma notícia sobre o que aconteceu em Sume e em outras partes... Mas, mesmo aqui, ninguém se importa com você. E por que deveriam? O ar fede a terra despedaçada e tudo além de um raio de pouco mais de trinta quilômetros foi destruído por um tremor maior do que qualquer um jamais viu. As pessoas têm questões mais importantes com que se preocupar.

Contudo, isso pode mudar rápido. Você não relaxa.

O escritório de Rask na verdade é uma casinha aninhada entre os depósitos para grãos construídos sobre palafitas e a fábrica de carruagens. Ao ficar nas pontas dos pés para ver por cima da multidão, você não fica surpresa em ver Oyamar, o auxiliar de Rask, na varanda, conversando com dois homens e uma mulher com mais argamassa e lama no corpo do que roupa. Escorando o poço, provavelmente; essa é uma das coisas que o Saber das Pedras aconselha em caso de tremores e que o procedimento de bloqueio Imperial encoraja também. Se Oyamar está aqui, então Rask está em outro lugar trabalhando ou, conhecendo Rask, dormindo, depois de ter ficado exausto nesses três dias desde o acontecimento. Ele não estará em casa porque as pessoas podem encontrá-lo com muita facilidade. Mas como Lerna fala demais, você sabe onde Rask se esconde quando não quer ser perturbado.

A biblioteca de Tirimo é uma vergonha. O único motivo por que eles têm uma é que o avô do marido de uma chefe anterior fez o maior escândalo e escreveu cartas para o governador do distritante até que ele enfim fundou uma biblioteca para calar a sua boca. Poucas pessoas a usaram desde que o velho morreu, mas, embora sempre haja propostas para fechá-la nas reuniões entre todas as comus, essas propostas nunca conseguem votos suficientes para prosseguir. Por isso ela continua existindo: um velho barraco molambento não muito maior do que a saleta de sua casa, quase totalmente lotado de estantes de livros e pergaminhos. Uma criança magra poderia andar entre as prateleiras sem se contorcer; você não é nem magra nem criança, então tem que passar de lado, meio que andando como um caranguejo. Trazer o caixote está fora de questão: você o deixa do lado de dentro da porta. Mas isso não importa, porque não há ninguém para espiar dentro dele... A não ser Rask, que está encolhido em um minúsculo pallet nos fundos do barraco, onde a menor estante deixa um espaço amplo o suficiente para o seu corpo.

Quando você finalmente consegue passar por entre as pilhas, Rask se assusta com seu próprio ronco e olha para você, piscando, já começando a fazer cara feia para quem quer que o tenha perturbado. Aí ele *pensa*, porque é um cara sensato e foi por isso que Tirimo o elegeu, e você vê no rosto dele o momento em que passa de esposa de Jija a mãe de Uche, e depois a mãe de rogga e, oh Terra, a rogga também.

Isso é bom. Facilita as coisas.

– Não vou machucar ninguém – você diz rapidamente antes que ele possa recuar ou gritar ou fazer qualquer coisa que pretendesse fazer. E, para sua surpresa, ao ouvir essas palavras, Rask pisca e *pensa* de novo, e o pânico se dilui de seu rosto. Ele se senta, recostando-se contra uma parede de madeira, e a observa por um longo e pensativo instante.

– Suponho que não tenha vindo aqui só para me dizer isso – ele fala.

Você passa a língua pelos lábios e tenta se agachar. É embaraçoso porque não há muito espaço. Você tem que escorar a bunda contra uma estante e os joelhos invadem mais do espaço de Rask do que você gostaria. Ele dá um meio sorriso ao ver seu óbvio desconforto, então seu sorriso desaparece quando se lembra do que você é, e depois franze a testa para si mesmo como se ambas as reações o irritassem.

– Você sabe aonde Jija poderia ter ido? – você pergunta.

O rosto de Rask se contrai. Tem quase idade suficiente para ser seu pai, mas é o homem menos paternal que você já conheceu. Você sempre quis se sentar em algum lugar e tomar uma cerveja com ele, embora isso não combine com a camuflagem comum e tímida que construiu em torno de si mesma. A maioria das pessoas na cidade pensa nele dessa forma, apesar do fato de que, até onde você sabe, ele não bebe. No entanto, a expressão que seu rosto assume nesse momento a faz pensar pela primeira vez que ele daria um bom pai, se algum dia tivesse filhos.

– Então, é isso – diz ele. Sua voz está rouca por conta do sono. – Ele matou o garoto? É o que as pessoas pensam, mas Lerna disse que não tinha certeza.

Você confirma com a cabeça. Também não conseguiu pronunciar a palavra *sim* para Lerna.

Os olhos de Rask examinam seu rosto.

– E o garoto era...?

Você confirma com a cabeça outra vez, e Rask suspira. Você percebe que ele não pergunta se *você* é alguma coisa.

– Ninguém viu para que lado Jija foi – ele fala, mudando de posição para erguer os joelhos e repousar um dos braços sobre eles. – As pessoas têm falado sobre o... o assassinato... porque é mais fácil do que falar sobre... – Ele levanta as mãos e as abaixa em um gesto impotente. – Quero dizer, há muita boataria, e a maioria é mais incerta do que concreta. Algumas pessoas viram Jija carregar sua carroça e ir embora com Nassun...

Seus pensamentos vacilam.

– *Com* Nassun?

– Sim, com ela. Por que... – Então Rask entende. – Ah, merda, ela também é?

Você tenta não começar a tremer. Cerra os punhos em um esforço para evitar isso, e a terra bem abaixo de você parece momentaneamente mais próxima, o ar imediatamente ao seu redor parece mais frio, antes de você conter o seu desespero e a sua alegria e o seu horror e a sua fúria.

– Eu não sabia que ela estava viva – é a única coisa que você diz depois do que pareceu um instante muito longo.

– Ah – Rask pisca e aquela expressão compassiva volta.

– Bem, sim. Em todo caso, estava viva quando foi embora. Ninguém sabia que havia algo de errado nem acharam nada de mais. A maioria das pessoas pensou que era apenas um pai tentando ensinar o negócio à filha mais velha ou manter uma criança entediada longe de problemas, o de costume. Então aconteceu aquela merda lá no norte, e todos esqueceram isso até Lerna dizer que encontrou você e... e seu filho. – Ele faz uma pausa aqui, movendo o maxilar uma vez. – Jamais teria imaginado que Jija era desses. Ele bateu em você?

Você nega com a cabeça.

– Nunca.

Talvez fosse mais fácil de suportar se Jija tivesse sido violento antes. Aí você poderia ter se culpado por ter avaliado mal as coisas ou por ter sido complacente, e não apenas pelo pecado de ter reproduzido.

Rask suspira lenta e profundamente.

– Merda. Só... merda.

Ele chacoalha a cabeça, passa a mão na penugem grisalha que é seu cabelo. Não é grisalho de nascimento, como Lerna e outros com cabelo de cinzas sopradas; você se lembra de quando o cabelo dele era castanho.

– Vai atrás dele?

Ele desvia o olhar e depois volta a fitá-la. Não chega a ser esperança, mas você entende o que ele omite por ser diplomático demais para dizer. *Por favor, saia da cidade o mais rápido possível.*

Você concorda com a cabeça, feliz em atendê-lo.

– Preciso que me dê um salvo-conduto para atravessar o portão.

– Feito. – Ele faz uma pausa. – Você sabe que não pode voltar.

– Eu sei. – Você se obriga a sorrir. – Eu realmente nem quero.

– Não a culpo. – Ele suspira, depois se mexe de novo, desconfortável. – Minha... minha irmã...

Você não sabia que Rask tinha uma irmã. Então, você entende.

– O que aconteceu com ela?

Ele dá de ombros.

– O de sempre. Morávamos em Sume naquela época. Alguém percebeu o que ela era, contou para um monte de gente, e eles vieram e a levaram durante a noite. Não me lembro de muita coisa sobre esse assunto. Eu só tinha seis anos. Meus pais se mudaram para cá comigo depois disso. – A boca dele se contorce, mas sem realmente sorrir. – Por isso que nunca quis ter filhos.

Você também tenta sorrir.

– Eu também não queria. – Mas Jija sim.

– Pelas ferrugens da Terra. – Ele fecha os olhos por um momento, depois se põe em pé de forma abrupta. Você se levanta também, já que, do contrário, seu rosto vai ficar perto demais da velha calça manchada dele. – Acompanho você até o portão, se já estiver indo embora.

Isso a deixa surpresa.

– Eu estou indo agora. Mas você não precisa me acompanhar. – Você não sabe ao certo se é boa ideia. Poderia chamar mais atenção do que você quer. Mas Rask chacoalha a cabeça com um ar impassível e grave.

– Preciso, sim. Venha.

– Rask...

Ele olha para você e, desta vez, é você quem recua. Não tem mais a ver com você. A multidão que tirou a irmã dele não teria ousado fazer aquilo se ele tivesse sido homem naquela época.

Ou talvez só o tivessem matado também.

Ele carrega o caixote quando vocês descem a Sete Estações, a rua principal do vilarejo, até chegar ao Portão Principal. Você está inquieta, tentando parecer confiante e relaxada, apesar de sentir qualquer coisa menos isso. Você não teria escolhido trilhar esse caminho, em meio a todas essas pessoas. Rask chama toda a atenção em princípio, já que todos acenam ou o chamam ou se aproximam para perguntar-lhe se há notícias... Mas então notam você. As pessoas param de acenar. Param de se aproximar e começam, à distância, em grupos de dois ou três, a observar. E ocasionalmente a seguir. Não há nada de mais nisso a não ser a costumeira curiosidade de cidades pequenas, pelo menos na superfície. Mas você também vê esses grupos de pessoas *sussurrando* e os sente *olhando*, e isso faz seus nervos tilintarem da pior maneira.

Rask saúda os guardas do portão quando vocês se aproximam. Mais ou menos uma dúzia de Costas-fortes, que provavelmente são mineradores e fazendeiros em circunstâncias normais, estão ali, apenas perambulando de um lado para o outro diante do portão sem nenhuma organização de fato. Dois estão lá em cima nas torres de vigilância construídas no alto do muro, de onde podem cuidar do portão; dois estão perto da vigia do portão no nível térreo. O restante só está por ali, parecendo entediado ou conversando ou fazendo brincadeiras uns com os outros. Rask provavelmente os escolheu por sua habilidade de intimidar, pois todos eles são grandes como um típico sanzed e parecem conseguir se virar mesmo sem as facas de vidro e as balestras que carregam.

O que dá um passo adiante para cumprimentar Rask é na verdade o menor deles, um homem que você conhece, embora não lembre seu nome. Seus filhos participaram de suas aulas na creche do vilarejo. Ele se lembra de você também, pois percebe quando os olhos dele se fixam em você e se estreitam.

Rask para e coloca o caixote no chão, abrindo-o e entregando-lhe a bolsa de fuga.

– Karra – ele diz para o homem que você conhece –, está tudo bem por aqui?

– Tava até agora – responde Karra sem tirar os olhos de você. O modo como ele a encara faz sua pele se retesar. Dois outros Costas-fortes estão observando também, seus olhares indo de Karra para Rask e de volta para Karra, prontos para seguir o comando de alguém. Uma mulher a está encarando abertamente, mas o resto parece satisfeito de olhar você de relance e desviar o rosto em movimentos rápidos.

– Bom saber – comenta Rask. Você o vê franzir um pouco a testa, talvez ao ler os mesmos sinais que você está percebendo. – Mande seu pessoal abrir o portão um instante, sim?

Karra não tira os olhos de você.

– Acha que é uma boa ideia, Rask?

Rask fecha a cara e dá um passo brusco em direção a Karra, ficando cara a cara com ele. Ele não é um homem grande, o chefe Rask, é um Inovador, não um Costa-forte, não que isso ainda tenha importância, e nesse exato momento ele não precisa ser.

– Sim – diz Rask, sua voz tão baixa e tão firme que Karra enfim se concentra nele, endireitando o corpo, surpreso. – Tenho. Abra o portão, se não se *importar*. Se não tiver ferrugentamente *ocupado*.

Você pensa em um verso do Saber das Pedras, Estruturas, versículo três. *O corpo esmorece. Um líder que perdura depende de algo mais.*

Karra cerra o maxilar, mas depois de um instante ele concorda com a cabeça. Você tenta parecer absorvida em ajustar a bolsa de fuga no ombro. As tiras estão largas. Jija foi o último que a experimentou.

Karra e os outros funcionários que cuidam do portão se mexem, fazendo funcionar o sistema de roldanas que ajuda a abri-lo. A maior parte do muro de Tirimo é feita de madeira. Não é uma comu abastada com recursos para importar boas pedras e contratar o número de pedreiros necessários, embora esteja em melhores condições do que comus mal administradas, ou novas comus, que nem sequer têm muros ainda. O portão, no entanto, é de pedra, porque é a parte mais fraca do muro de toda comu. Eles só precisam abrir um pouco para você e, depois de alguns lentos instantes de rangidos e gritos dos que estavam arrastando o portão para os que estavam vigiando se invasores se aproximavam, eles param.

Rask se vira para você, obviamente desconfortável.

– Lamento por... lamento pelo Jija – ele fala. Não por Uche, mas talvez seja melhor assim. Você precisa manter as ideias no lugar. – Por tudo, que merda. Espero que encontre o desgraçado.

Você apenas balança a cabeça. Sente um nó na garganta. Tirimo foi seu lar durante dez anos. Você só começou a pensar no vilarejo dessa maneira, como lar, mais ou menos na época do nascimento de Uche, mas isso é mais do que jamais esperou fazer. Você se lembra de correr atrás de Uche pelos campos logo que ele aprendeu a correr. Você se lembra de Jija ajudando Nassun a fazer uma pipa e a soltá-la, não muito bem; os restos da pipa ainda estão em uma árvore em algum lugar ao leste da cidade.

Mas não é tão difícil partir quanto você pensou que seria. Não agora, com os olhares de seus ex-vizinhos deslizando pela sua pele como um óleo rançoso.

– Obrigada – você murmura com a intenção de incluir muitas coisas nesse agradecimento. Rask não precisava ajudá-la. Prejudicou-se ao fazer isso. Os trabalhadores que cuidam do portão o respeitam menos agora, e vão falar. Logo vão saber que ele é simpatizante dos roggas, o que é perigoso. Chefes não podem se dar ao luxo de ter esse tipo de fraqueza quando uma Estação está a caminho. Mas neste momento o que mais lhe interessa é esse instante de decência pública, que é uma gentileza e uma honra que você nunca esperou receber. Você não sabe ao certo como reagir.

Ele acena com a cabeça, sentindo-se desconfortável também, e vira as costas quando você começa a andar em direção à abertura no portão. Talvez ele não esteja vendo Karra fazer um sinal com a cabeça para outro dos funcionários do portão; talvez não esteja vendo aquela última mulher posicionar rapidamente a arma no ombro e apontá-la para você. Talvez, você vai pensar mais tarde, Rask tivesse detido aquela mulher ou, de alguma forma, impedido tudo que estava por vir, se tivesse visto.

Mas *você* a vê, em grande parte com sua visão periférica. Então, as coisas acontecem rápido demais para pensar. E como você *não* pensa, porque tem tentado *não* pensar e isso significa que está desacostumada, pois pensar significa se lembrar de que sua família está *morta* e de que tudo o que significava felicidade agora é uma *mentira*, e pensar nisso fará você *explodir* e começar a gritar e gritar e gritar

e como no passado, em outra vida, você aprendeu a reagir a súbitas ameaças de um modo muito particular, você

busca o ar ao seu redor e *absorve* e

apoia seus pés contra a terra debaixo de seus pés e *ancora* e *estreita* e

quando a mulher dispara a balestra, a flecha voa como um borrão em sua direção. Pouco antes de a flecha atingi-la, ela se despedaça em um milhão de pontinhos cintilantes, congelados.

(*Perversa, perversa*, repreende uma voz em sua cabeça. A voz de sua consciência, profunda e masculina. Você esquece esse pensamento quase no momento em que ele surge. Aquela voz é de outra vida.)

Vida. Você olha para a mulher que acabou de tentar te matar.

– Mas que... Merda! – Karra olha para você, como que chocado pelo fato de não ter caído morta. Ele agacha, os punhos cerrados, quase pulando de agitação. – Atire nela outra vez! Mate-a! Atire, que a Terra a amaldiçoe, antes que...

– Que diabos vocês estão fazendo? – Rask, que finalmente percebe o que está acontecendo, vira-se. É tarde demais.

Debaixo de seus pés e dos pés de todos os outros, começa um tremor.

É difícil de distinguir a princípio. Não há nenhum ruído de alerta de sensuna, como haveria se o movimento da terra viesse *da* terra. É por isso que pessoas como essas temem pessoas como você, porque você está além do sentido e da preparação. Você é uma surpresa, como uma súbita dor de dente, como um ataque do coração. A vibração do que você está fazendo aumenta rápido para se tornar um estrondo de tensão que pode ser sentido com os ouvidos e com os pés e com a pele e também com os sensapinae, mas a essa altura é tarde demais.

Karra franze as sobrancelhas, olhando para o chão onde pisa. A mulher da balestra para quando estava prestes a colocar outra flecha, arregalando os olhos ao ver a corda trêmula de sua arma.

Você fica cercada de partículas de neve e da flecha de balestra desintegrada. Em torno de seus pés, há um círculo de uns sessenta centímetros de gelo cobrindo a terra compacta. Seus cachos flutuam suavemente na brisa em ascensão.

– Você não pode – Rask sussurra as palavras, arregalando os olhos ao ver a expressão em seu rosto. (Você não sabe que expressão tem neste exato momento, mas deve ser ruim.) Ele balança a cabeça, como se a negação fosse fazer tudo parar, dando um passo atrás e depois mais um. – Essun.

– Você o matou – você diz a Rask. Isso não é uma coisa racional. Você quer dizer "você" no plural, apesar de estar falando com um "você" específico. Rask não tentou matá-la, não teve nada a ver com Uche, mas o atentado contra a sua vida ativou algo cru e furioso e frio. *Seus covardes. Seus animais, que olham para uma criança e veem uma presa.* Jija é o culpado pelo que aconteceu com Uche, alguma parte de você sabe disso, mas Jija cresceu aqui em Tirimo. O tipo de ódio que pode fazer um homem matar o próprio filho? Veio de todos à sua volta.

Rask respira.

– Essun...

E então o chão do vale se abre.

O primeiro abalo que isso causa é violento o suficiente para jogar no chão todos os que estavam de pé e chacoalhar todas as casas em Tirimo. Depois essas casas trepidam e rangem quando o abalo se acalma, transformando-se em uma vibração firme e contínua. A Loja de Conserto de Carroças de Saider é a primeira a desmoronar, a velha estrutura de madeira da construção deslizando para fora do alicerce. Há gritos lá dentro, e uma mulher consegue sair correndo antes que o batente caia no interior da loja. No extremo leste da cidade, mais próximo da cordilheira de montanhas que emolduram o vale, começa uma avalanche. Uma parte do muro ao leste da comu e três casas ficam enterrados sob uma repentina e trovejante mistura pastosa de lama e árvores e pedras. Bem abaixo do solo, onde ninguém além de você consegue detectar, as paredes de argila do aquífero subterrâneo que abastecem os poços do vilarejo se rompem. O aquífero começa a se esvaziar. Eles vão demorar semanas para perceber que você matou a cidade neste momento, mas vão se lembrar quando os poços secarem.

Aqueles que sobreviverem aos próximos momentos lembrarão, pelo menos. O círculo de gelo e o redemoinho de neve começam a se expandir a partir de seus pés. Rapidamente.

Eles atingem Rask primeiro. Ele tenta correr quando a extremidade da espiral que você forma se estende em sua direção, mas simplesmente está perto demais. A espiral o atinge num meio golpe, cristalizando seus pés e solidificando suas pernas e subindo de forma voraz pela sua espinha até que, no espaço de um instante, ele cai ao chão duro como uma pedra, seu corpo ficando tão cinzento quanto o cabelo. O próximo a ser consumido pelo círculo é Karra, que ainda está gritando para alguém matá-la. O grito morre em sua garganta quando ele cai, instantaneamente congelado, o último hálito quente chiando por entre dentes cerrados e congelando o chão enquanto você rouba o calor do solo.

Você não está infligindo a morte apenas a seus colegas de vilarejo, claro. Um pássaro empoleirado em uma cerca próxima cai congelado também. A grama estala, o solo endurece e o ar assobia e uiva ao passo que a umidade e a densidade são arrebatadas de sua substância... Mas ninguém jamais chorou a morte de minhocas.

Rápido. O ar gira energicamente sobre a Sete Estações agora, fazendo as árvores farfalharem e qualquer um por perto gritar alarmado ao perceber o que está acontecendo. O solo não parou de se mexer. Você balança com o solo, mas, como conhece seus ritmos, é fácil deslocar o peso junto com ele. Faz isso sem pensar porque só existe espaço dentro de você para um pensamento.

Essas pessoas mataram Uche. Seu ódio, seu medo, sua violência gratuita. Elas provocaram.

(Ele provocou.)

A morte de seu filho.

(Jija provocou a morte do seu filho.)

As pessoas correm para a rua, gritando e se perguntando por que não houve nenhum alerta, e você mata qualquer um deles que é idiota o bastante ou está apavorado o bastante para chegar perto.

Jija. Eles são Jija. Essa cidade ferrugenta inteira é *Jija*.

Entretanto, duas coisas salvam a comu, ou pelo menos a maior parte dela. A primeira é que a maioria das construções não desmorona. Tirimo podia ser pobre para construir com pedras, mas a maioria de seus construtores é suficientemente ético e bem pago para usar apenas as técnicas recomendadas pelo Saber das Pedras: a estrutura suspensa, a viga central. A segunda é que a falha geológica do vale (que você está atualmente afastando com o pensamento) na verdade fica a alguns quilômetros a oeste. Por esses motivos, a maior parte de Tirimo sobreviverá a isso, pelo menos até que os poços sequem. Por esses motivos. E por conta do grito aterrorizado e vigoroso de um menininho quando o pai sai de uma construção que chacoalhava violentamente.

Você se vira na direção do som instantaneamente, por força do hábito, dirigindo a atenção ao ponto de origem com ouvidos de mãe. O homem agarra o menino com os dois braços. Ele nem ao menos tem uma bolsa de fuga; a primeira e única coisa que teve tempo de pegar foi o filho. O garoto não se parece nada com Uche. Mas você vê a criança se mexendo e estendendo os braços em direção à casa por conta de algo que o homem deixou para trás (O brinquedo favorito? A mãe do menino?) e, de repente, finalmente, você *pensa*.

E então você para.

Porque, oh Terra indiferente. Olhe o que você fez.

O tremor para. O ar assobia de novo, desta vez quando um ar mais quente e úmido se precipita no espaço que a circunda. O chão e a sua pele ficam instantaneamente úmidos devido à condensação. O estrondo do vale desvanece, deixando apenas gritos e o rangido de árvores caindo e a sirene do sistema de alerta contra tremores que só tardia e desoladamente começou a tocar.

Você fecha os olhos, sentindo dor e tremendo e pensando. *Não. Eu matei Uche. Por ser sua mãe.* Há lágrimas em seu rosto. E, nesse momento, você pensou que não podia chorar.

Mas não há ninguém entre você e o portão agora. Os funcionários do portão que puderam fugir, fugiram; além de

Rask e Karra, vários outros foram lentos demais para escapar. Você coloca nos ombros a bolsa de fuga e se dirige à abertura do portão, esfregando o rosto com uma das mãos. No entanto, também está sorrindo, e isso é uma coisa amarga e dolorosa. Você simplesmente não consegue deixar de reconhecer a ironia de tudo aquilo. Você não queria esperar a morte vir buscá-la. Certo.

Mulher burra, burra. A morte sempre esteve aqui. A morte é você.

✦   ✦   ✦

NUNCA SE ESQUEÇA DO QUE VOCÊ É.

– *TÁBUA UM, "DA SOBREVIVÊNCIA", VERSÍCULO DEZ*

4

SYENITE, LAPIDADA E POLIDA

Isto é uma merda, Syenite pensa por trás da proteção de seu agradável sorriso.

Contudo, ela não permite que a ofensa transpareça em seu rosto. Nem tampouco faz o mínimo movimento em sua cadeira. Suas mãos, quatro dedos adornados com anéis simples respectivamente de cornalina, opala branca, ouro e ônix, estão pousadas sobre os joelhos. Estão abaixo da beira da mesa fora do alcance da visão, da perspectiva de Feldspar. Ela poderia apertá-los sem que Feldspar notasse. Mas não aperta.

– Recifes de corais *são* desafiadores, percebe? – Feldspar, as próprias mãos ocupadas com a grande xícara de madeira de segura, sorri por sobre a borda do objeto. Ela sabe muito bem o que está por trás do sorriso de Syenite. – Não é como as rochas comuns. O coral é poroso, flexível. O controle sutil necessário para despedaçá-lo sem provocar um tsunami é difícil de alcançar.

E Syen podia fazê-lo durante o sono. Uma pessoa de nível dois anéis podia fazê-lo. Até um grão poderia fazê-lo, embora evidentemente não sem danos colaterais consideráveis. Ela estende o braço para pegar o próprio copo de segura, virando o hemisfério de madeira nos dedos de modo que não vá chacoalhar e depois tomando um gole.

– Estou grata que tenha me designado um mentor, sênior.

– Não está, não. – Feldspar sorri também e bebe um gole de sua xícara de segura, levantando no ar o dedo mindinho adornado com um anel. É como se estivessem tendo uma competição particular, etiqueta *versus* etiqueta, o melhor sorriso de quem está comendo merda fica com tudo. – Se serve de consolo, ninguém vai menosprezá-la.

Porque todos sabem do que realmente se trata. Isso não apaga o insulto, mas dá a Syen um grau de conforto. Pelo menos seu novo "mentor" é um dez anéis. Isso também é reconfortante: que a tivessem em tão alta conta. Ela vai raspar quaisquer migalhas de autoestima que puder dessa situação.

– Ele terminou recentemente de fazer um percurso pelas Latmedianas do Sul – diz Feldspar em um tom gentil. Não há nenhuma gentileza quanto ao assunto da conversa, mas Syen reconhece o esforço da velha senhora. – Em geral, daríamos a ele mais tempo para descansar antes de mandá-lo de volta para a estrada, mas o governador do distritante insistiu que fizéssemos alguma coisa quanto à obstrução do porto de Allia assim que possível. Você é quem vai fazer o serviço; ele estará lá só para supervisionar. Chegar lá deve demorar mais ou menos um mês, se vocês não fizerem muitos desvios e viajarem em um ritmo tranquilo... E não há pressa, visto que o recife de coral não é exatamente um problema inesperado.

Ao dizer isso, Feldspar parece momentânea, porém verdadeiramente, aborrecida. O governandor do distritante de Allia, ou talvez Liderança de Allia, deve ter sido particularmente irritante. Durante os anos em que Feldspar foi designada como sua sênior, Syen nunca viu a velha senhora demonstrar qualquer expressão que não fosse um leve sorriso. Ambas conhecem as regras: orogenes do Fulcro, orogenes imperiais, jaquetas-pretas, aqueles que você provavelmente não deveria matar, como quer que as pessoas queiram chamá-los, devem ser sempre educados e profissionais. Os orogenes do Fulcro devem transmitir confiança e competência sempre que estiverem em público. Jamais devem demonstrar raiva, porque isso deixa os quietos nervosos. Só que Feldspar nunca seria imprópria a ponto de usar um insulto como *os quietos*, mas é por isso que ela é uma sênior e recebeu responsabilidades de supervisão, enquanto Syenite apenas apara suas próprias arestas sozinha. Ela vai ter que demonstrar mais profissionalismo se quiser o emprego de Feldspar. Terá que fazer isso e, aparentemente, algumas outras coisas.

– Quando vou conhecê-lo? – pergunta Syenite. Ela toma um gole de segura de modo que essa pergunta pareça natural. Só uma conversinha entre velhas amigas.

– Quando quiser – Feldspar encolhe os ombros. – Os aposentos dele ficam no corredor dos seniores. Nós enviamos a ele informações e um pedido para participar desta reunião. – Outra vez ela parece um pouco irritada. Essa situação toda deve ser terrível para ela, terrível. – Mas é possível que não tenha recebido a mensagem, uma vez que, como eu disse, ele está se recuperando de sua viagem. Viajar pelas Montanhas Likesh sozinho é difícil.

– Sozinho?

– Os cinco anéis não precisam mais ter um parceiro ou Guardião quando viajam para fora do Fulcro. – Feldspar bebe um gole de sua xícara de segura, alheia ao choque de Syenite. – A essa altura, somos considerados estáveis o bastante em nosso domínio da orogenia para receber um mínimo de autonomia.

Cinco anéis. Ela tem quatro. É besteira que isso tenha algo a ver com o domínio da orogenia; se um Guardião tem dúvidas quanto à boa vontade de um orogene em seguir as regras, esse orogene não chega ao primeiro anel, quanto menos ao quinto. Mas...

– Então, seremos só ele e eu?

– Sim. Achamos que esse plano de ação é mais eficiente em circunstâncias como essa.

Claro.

Feldspar continua:

– Você o encontrará em Proeminência Talhada. – É o complexo de edifícios que abriga a maior parte dos seniores do Fulcro. – Torre principal, último andar. Não há alojamentos à parte para os orogenes mais experientes porque há tão poucos... Ele é o nosso único orogene dez anéis no momento, mas pudemos ao menos conceder-lhe um pouco de espaço extra lá em cima.

– Obrigada – diz Syen, virando a xícara de novo. – Vou procurá-lo depois desta reunião.

Feldspar faz uma longa pausa, seu rosto tornando-se ainda mais agradavelmente impenetrável do que de costume, e esse é o alerta de Syenite. Então, Feldspar diz:

– Como um dez anéis, ele tem direito de recusar qualquer missão que não seja uma emergência declarada. Você deveria saber disso.

Espere. Os dedos de Syen param de virar a xícara e seus olhos se erguem para encarar os da mulher mais velha. Será que Feld está dizendo o que parece estar dizendo? Não pode ser. Syen estreita os olhos, não se importando mais em esconder sua desconfiança. Mesmo assim. Feldspar lhe deu uma saída. Por quê?

Feldspar dá um sorriso tênue.

– Eu tenho seis filhos.

Ah.

Não há mais o que dizer, então. Syen dá outro gole, tentando não fazer uma careta ao ver o mingau esbranquiçado perto do fundo da xícara. A segura é nutritiva, mas não é uma bebida de que qualquer um gosta. É feita do leite de uma planta que muda de cor na presença de qualquer contaminante, até mesmo cuspe. É servida para convidados e em reuniões porque, bem, é segura. Um gesto educado que diz: *Não estou envenenando você. Pelo menos não neste exato momento.*

Depois disso, Syen se despede de Feldspar e então sai do Principal, o prédio administrativo. O Principal está no meio de um aglomerado de edifícios menores no extremo da área esparramada e meio deserta que compreende o Jardim do Anel. O jardim tem alguns acres de largura e se estende em uma ampla faixa em torno do Fulcro por vários quilômetros. É assim tão gigantesca, o Fulcro, uma cidade em si mesma, aninhada dentro do corpo maior de Yumenes como... Bem, Syenite teria continuado o pensamento com *como uma criança na barriga de uma mulher*, mas essa comparação parece especialmente grotesca hoje.

Ela acena para os colegas juniores que estão passando quando os reconhece. Alguns deles estão de pé ou sentados em grupos e conversando, enquanto outros se recostam em canteiros de gramado ou de flores e leem, ou paqueram, ou dormem. A vida para os que viviam no sistema de níveis de anel era fácil, exceto durante as missões para além dos muros do Fulcro, que são breves e raras. Um amontoado de grãos caminha com passos pesados ao longo da trilha pavimentada, todos em uma fila organizada, supervisionados por juniores que se voluntariaram como instrutores, mas grãos não têm permissão para desfrutar do jardim ainda; esse é um privilégio reservado aos que passaram pela prova do primeiro anel e foram aprovados para a iniciação pelos Guardiões.

E, como se pensar em Guardiões os invocasse, Syen avista algumas silhuetas de uniforme vinho agrupadas perto de um dos muitos lagos do Jardim. Há outro Guardião do outro lado do lago, recostado em uma alcova cercada de roseiras, que parece estar ouvindo educadamente enquanto um jovem orogene júnior canta para uma pequena plateia sentada perto dali. Talvez o Guardião *esteja* apenas ouvindo educadamente; às vezes fazem isso. Às vezes, precisam relaxar também. No entanto, Syen percebe que o olhar desse Guardião se demora sobre um dos membros da plateia em particular: um jovem branco e magro que não parece estar prestando muita atenção ao cantor. Em vez disso, está olhando para as mãos, que estão pousadas sobre o colo. Há uma atadura envolvendo dois de seus dedos, mantendo-os unidos e retos.

Syen continua.

Ela para primeiro no Escudo Recurvado, um dos muitos aglomerados de edifícios que abrigam as centenas de orogenes juniores. Seus colegas de quarto não estão em casa para vê-la pegar alguns itens necessários em sua cômoda, o que lhe dá um extremo alívio. Logo vão ouvir falar de sua missão por rumores. Depois ela sai de novo, chegando enfim à Proeminência Talhada. A torre é um dos edifícios mais antigos do complexo do Fulcro, construído em uma estrutura baixa e ampla com pesados blocos de mármore branco e ângulos impassíveis, aspecto incomum na arquitetura mais ampla e extravagante de Yumenes. As grandes portas duplas se abrem em um saguão espaçoso e elegante, com cenas da história de Sanze gravadas em relevo nas paredes e no chão. Ela mantém o passo lento, acenando para os seniores que vê, quer os reconheça ou não (afinal, ela *quer* o emprego de Feldspar) e subindo a grande escada aos poucos, parando aqui e ali para admirar os padrões artisticamente dispostos de luz e sombra que incidem das janelas estreitas. Na verdade, ela não sabe ao certo o que torna os padrões tão especiais, mas todos dizem que são obras de arte maravilhosas, então ela precisa ser vista apreciando-os.

No andar mais alto, onde o tapete felpudo da extensão do corredor é coberto por um padrão de luz em ziguezague, ela para a fim de recuperar o fôlego e verdadeiramente admirar algo: o silêncio. A solidão. Não há ninguém andando nesse corredor, nem mesmo juniores de nível baixo em tarefas de limpeza ou de entrega de recados. Ela ouviu os boatos e agora sabe que são verídicos: o orogene dez anéis tem o andar inteiro somente para si.

Esta é, então, a verdadeira recompensa pela excelência: privacidade. E escolha. Depois de fechar os olhos por um instante em doloroso desejo, Syen segue pelo corredor até chegar à única porta com um tapete do lado de fora.

Neste momento, contudo, ela hesita. Não sabe nada sobre esse homem. Ele obteve a graduação mais alta que existe dentro da ordem deles, o que significa que ninguém se importa mais com o que ele faz, contanto que mantenha quaisquer comportamentos constrangedores em segredo. E é um homem que foi reprimido durante a maior parte de sua vida, só recentemente recebeu autonomia e privilégio sobre os outros. Ninguém irá rebaixá-lo por algo tão trivial como perversão ou abuso. Não se sua vítima for apenas outro orogene.

Hesitar não faz sentido. *Ela* não tem escolha. Com um suspiro, Syenite bate à porta.

E como não está esperando *uma pessoa*, e sim *uma provação a ser suportada*, ela fica de fato surpresa quando uma voz irritada retruca com aspereza:

– *O que é?*

Ela ainda está pensando em como responder a essa pergunta quando pisadas ressoam contra a pedra (vigorosas, irritadas até mesmo no som que produzem) e a porta se abre rapidamente. O homem que está ali olhando para ela veste um roupão amarrotado, um lado do cabelo achatado, fios de tecido formando um mapa acidental sobre a bochecha. Ele é mais jovem do que ela esperava. Não *jovem*; ele tem quase o dobro de sua idade, pelo menos quarenta anos. Mas ela havia pensado... Bom, ela conheceu tantos orogenes seis e sete anéis na casa dos sessenta e dos setenta que havia esperado que um dez anéis fosse idoso. E mais calmo, respeitoso, mais senhor de si. Algo assim. Ele não está sequer usando os anéis, embora ela possa ver uma faixa mais clara em alguns de seus dedos em meio aos seus gestos raivosos.

– *O que é*, em nome de todas as sacudidas de terra de dois em dois minutos? – Quando Syen fica apenas fitando-o, ele começa a falar em outra língua, algo que ela nunca ouviu antes, embora soe vagamente costeiro e nitidamente zangado. Então, ele passa uma das mãos pelo cabelo e Syen quase ri. O cabelo dele é espesso e bem enrolado, o tipo de cabelo que precisa ser modelado para ficar estiloso, e o que ele está fazendo só o deixa mais bagunçado.

– Eu disse a Feldspar – diz ele, voltando a falar com perfeita fluência em idioma sanze e fazendo um claro esforço para ter paciência – e àqueles outros intrometidos tagarelas do conselho consultivo sênior para *me deixarem em paz*. Acabei de chegar de viagem, não tive duas horas para mim neste último ano que não fossem divididas com um cavalo ou com um estranho e, se está aqui para me dar ordens, vou congelá-la aí mesmo onde está.

Ela tem certeza de que isso é uma hipérbole. É o tipo de hipérbole que ele não deveria usar; orogenes do Fulcro não brincam com certas coisas. É uma das regras tácitas, mas talvez um dez-anéis esteja acima dessas regras.

– Não exatamente ordens – ela consegue falar, e ele contorce o rosto.

– Então, não quero ouvir o que quer que você tenha vindo aqui para me dizer. *Se ferruge daqui.* – E ele começa a fechar a porta na cara dela.

Em princípio, ela não consegue acreditar. Que tipo de... É sério? É uma injúria em cima de outra; já é bem ruim ter que fazer isso, para começar, mas ser desrespeitada durante o processo?

Ela coloca o pé na entrada antes que a porta ganhe muito impulso e se inclina para dentro para falar:

– Sou Syenite.

O nome não significa nada para ele, ela pode ver em seu olhar agora furioso. Ele inspira para começar a gritar (ela não faz ideia do que), mas não quer ouvir e, antes que ele comece, ela retruca sem demora:

– Estou aqui para *trepar* com você, maldita seja a Terra. Será que é o suficiente para perturbar o seu sono de beleza?

Parte dela fica chocada com a própria linguagem e a própria raiva. O restante dela está satisfeito porque isso cala a boca ferrugenta dele.

Ele a deixa entrar.

Agora fica embaraçoso. Syen se senta à pequena mesa na suíte dele (uma *suíte*, ele tem uma suíte inteira com cômodos mobiliados *só para si*) e observa enquanto ele se remexe, inquieto. Está sentado em um dos sofás do quarto, praticamente empoleirado na beirada. Na beirada *do outro lado*, ela nota, como se temesse sentar-se muito perto dela.

– Não pensei que fosse começar de novo tão cedo – diz ele olhando para as mãos, que estão entrelaçadas diante de si. – Quero dizer, sempre me dizem que há necessidade, mas... eu não... – Ele suspira.

– Então, não é a primeira vez para você – comenta Syenite. Ele apenas obteve o direito de se recusar com o décimo anel.

– Não, não, mas... – Ele respira fundo. – Nem sempre eu soube.

– Nem sempre soube o quê?

Ele fez uma careta.

– Com as primeiras mulheres... pensei que estivessem *interessadas*.

– Você... – Aí ela entende. A possibilidade de se negar sempre existe, claro; até mesmo Feldspar nunca foi direta e disse *Sua missão é produzir um filho com esse homem dentro de um ano*. Não admitir que era assim que funcionava deveria tornar as coisas mais fáceis de algum modo. Ela nunca entendeu o motivo: por que fingir que a situação é qualquer coisa menos o que é? Mas ela percebe que, para ele, não era fingimento. O que a deixa perplexa, porque, ora essa, até que ponto ele pode ser tão ingênuo?

Ele olha para ela, e sua expressão assume um ar de mágoa.

– Sim. Eu sei.

Ela balança a cabeça.

– Eu entendo.

Não importa. Isso não tem a ver com a inteligência dele. Ela se levanta e abre o cinto do uniforme.

Ele fica olhando.

– Desse jeito? Eu nem a conheço.

– Não precisa conhecer.

– Eu não *gosto* de você.

O sentimento é mútuo, mas Syen evita ressaltar o óbvio.

– Minha menstruação terminou faz uma semana. É uma boa hora. Se preferir, pode ficar parado e me deixar cuidar das coisas. – Ela não é extraordinariamente experiente, mas aquilo não é nenhuma placa tectônica. Ela tira a jaqueta do uniforme e depois pega algo do bolso para mostrar a ele: um frasco de lubrificante, ainda quase cheio. Ele parece um tanto horrorizado. – Na verdade, provavelmente é melhor se você não se mexer. Já vai ser constrangedor o bastante do jeito que é.

Ele se levanta também, mas, na realidade, afastando-se. O ar de agitação no rosto dele... Bem, não é engraçado, não mesmo. Mas Syenite não consegue deixar de sentir um mínimo de alívio por conta da reação dele. Não, não é só alívio. *Ele* é o fraco aqui, apesar de seus dez anéis. É ela que vai ter que carregar no ventre um filho que não quer, que poderia matá-la e, mesmo que não mate, vai mudar seu corpo para sempre, se não sua vida... Mas, aqui e agora, pelo menos, ela é quem tem todo o poder. Isso torna as coisas... Bem, não certas. Mas é melhor, de certa forma, que ela é quem esteja no controle.

– Não precisamos fazer isso – diz ele de maneira brusca.

– Eu posso me recusar. – Ele faz uma careta. – Sei que você não pode, mas eu posso. Então...

– Não se recuse – retruca ela, carrancuda.

– O quê? Por que não?

– Você mesmo disse: eu tenho que fazer isso. Você não. Se não for com você, será com outro. – Seis filhos Feldspar teve. Mas Feldspar nunca foi uma orogene particularmente promissora. Syenite é. Se Syen não tomar cuidado, se irritar as pessoas erradas, se se deixar ser tachada de *difícil*, vão destruir sua carreira e designá-la permanentemente para o Fulcro, não lhe deixando alternativa a não ser deitar de costas e transformar os grunhidos e os peidos dos homens em bebês. Ela terá sorte de ter só seis se as coisas acontecerem assim.

Ele está olhando como se não entendesse, apesar de ela saber que ele entende.

– Quero terminar logo com isso – diz ela.

Então, ele a surpreende. Ela espera mais hesitação e protestos. Em vez disso, ele cerra uma das mãos ao lado do corpo. Desvia o olhar, um músculo do maxilar se contorcendo. Ele ainda parece ridículo naquele roupão e com aquele cabelo retorcido, mas a expressão no seu rosto... Parecia que tinham lhe pedido para se submeter à tortura. Ela sabe que não é atraente, pelo menos não pelos padrões equatoriais. Ela tem muita mistura de sangue latmediano. Mas ele obviamente também não tem boa origem: aquele cabelo, e uma pele tão negra que chega a ser quase azul, e ele é pequeno. Isto é, da altura dela, que é alta tanto para mulheres quanto para homens... Mas ele é magro, não é nem um pouco musculoso ou intimidador. Se seus ancestrais incluíam pessoas de Sanze, eram muito remotos e não lhe passaram nada de sua superioridade física.

– Terminar – murmura ele. – Certo. – O músculo de seu maxilar está quase pulando para cima e para baixo, ele está rangendo os dentes com tanta força. E... alto lá. Ele não está olhando para ela, e de repente ela fica feliz. Porque aquilo no rosto dele *é ódio*. Ela já viu isso em outros orogenes... ferrugens, ela mesma já sentiu, quando teve o luxo da solidão e da honestidade irrestrita, mas nunca deixou *transparecer* daquele modo. Então ele ergue a cabeça e a encara, e ela tenta não se encolher.

– Você não nasceu aqui – diz ele em um tom frio agora. Ela se dá conta um pouco tarde de que é uma pergunta.

– Não. – Ela não gosta de estar do lado de quem recebe as perguntas. – Você nasceu?

– Ah, sim. Fui concebido por encomenda. – Ele sorri, e é estranho ver um sorriso por sobre todo aquele ódio. – Nem sequer de forma tão fortuita quanto o nosso filho será concebido. Sou o produto de duas das mais antigas e promissoras linhagens do Fulcro, pelo menos foi o que me disseram. Tive um Guardião praticamente desde o nascimento. – Ele enfia as mãos nos bolsos do roupão amarrotado. – Você é uma selvagem.

Isso sai do nada. Na verdade, Syen fica pensando por um segundo se essa é uma maneira nova de falar rogga e depois percebe o que ele quer dizer de fato. Ah, isso é o limite.

– Olha, não me importa quantos anéis você tem...

– É assim que *eles* chamam vocês, quero dizer – Ele sorri outra vez, e a amargura dele se identifica tanto com a sua que ela se cala, confusa. – Caso você não saiba. Os selvagens... os de fora... em geral não sabem, ou não se importam. Mas quando um orogene nasce de pais que não eram assim, de uma linhagem que nunca apresentou a maldição antes, é isso que pensam de você. Um vira-lata selvagem, se comparado à minha domesticada raça pura. Um acidente, se comparado à minha concepção planejada. – Ele balança a cabeça, o que faz sua voz tremer. – O que isso significa de fato é que eles não podiam *prever* você. Você é a prova de que nunca vão entender a orogenia; não é uma ciência, é outra coisa. E eles nunca vão nos controlar, não de verdade. Não completamente.

Syen não sabe ao certo o que dizer. Ela não sabia sobre esse negócio de selvagem, sobre ser de algum modo diferente, apesar de que, agora que está pensando no assunto, a maioria dos orogenes que ela conhece é nascida no Fulcro. E, sim, ela notou como a olham. Só pensou que fosse porque eram equatoriais e ela era das Latmedianas do Norte, ou porque conseguiu o primeiro anel antes deles. E, no entanto, agora que ele mencionou isso... ser selvagem é uma coisa ruim?

Deve ser. Se o problema é que os selvagens não são previsíveis... Bem, os orogenes precisam provar que são confiáveis. O Fulcro tem uma reputação a manter, e isso faz parte. Por essa razão existem os treinamentos, os uniformes e as infindáveis regras que devem seguir, mas a procriação *faz* parte disso também, ou então por que ela estaria aqui?

É um tanto lisonjeiro pensar que, apesar de seu *status* de selvagem, realmente queiram que algo seu seja transmitido às linhagens do Fulcro. Por isso ela se pergunta por que uma parte de si está tentando encontrar algum valor na degradação.

Ela está tão ensimesmada que ele a surpreende ao fazer um som aborrecido de rendição.

– Você está certa – diz ele secamente, indo direto ao ponto agora porque, bem, isso só podia terminar de um jeito mesmo. E serem práticos vai permitir que ambos mantenham alguma aparência de dignidade. – Desculpe. Você está... pelas ferrugens da Terra. É. Vamos fazer isso logo.

Então, eles entram no quarto, e ele tira a roupa e se deita e tenta se preparar durante algum tempo, o que não dá muito certo. O risco de ter que fazer isso com um homem mais velho, decide Syen... Embora, na verdade, provavelmente tenha mais a ver com o fato de que o sexo não flui bem quando você não está com vontade. Ela mantém a expressão neutra quando se senta ao lado do orogene e tira as mãos dele do caminho. Ele parece constrangido, e ela trapaceja porque, se ele ficar inibido, vai levar o dia todo.

No entanto, ele cede quando ela toma as rédeas, talvez porque pode fechar os olhos e imaginar que as mãos dela pertencem a quem ele quiser. Então, ela range os dentes e monta nele e cavalga até suas coxas doerem e seus seios ficarem doloridos de tanto pular. O lubrificante só ajuda um pouco. Ele não é tão bom quanto um vibrador ou seus dedos. No entanto, as fantasias dele devem ser suficientes porque, depois de um tempo, ele faz um tipo de gemido forçado e, então, está terminado.

Ela está enfiando as botas quando ele suspira, senta-se e olha em sua direção com tanta tristeza que ela fica vagamente envergonhada pelo que fez com ele.

– Qual você disse que era o seu nome?

– Syenite.

– Foi esse o nome que os seus pais te deram? – Quando ela se volta para fitá-lo, os lábios dele se retorcem, formando algo que não chega a ser um sorriso. – Desculpe. Só estou com inveja.

– Inveja?

– Concebido no Fulcro, lembra? Sempre tive só um nome.

Ah.

Ele hesita. Isso aparentemente é difícil para ele.

– Você, ahn, você pode me chamar...

Ela o interrompe porque já sabe seu nome e, de qualquer forma, não pretende chamá-lo de nenhuma outra coisa a não ser de *você*, o que deve ser suficiente para distingui-lo dos cavalos do Fulcro.

– Feldspar disse que devemos partir para Allia amanhã.

Ela enfia a segunda bota e se levanta para ajeitar o salto.

– Outra missão? Já? – Ele suspira. – Eu devia saber.

Sim, devia.

– Você vai me orientar e me ajudar a remover alguns corais de um porto.

– Certo. – Ele também sabe que essa missão é uma besteira. Só há um motivo pelo qual o mandariam junto para fazer algo assim. – Me deram um relatório ontem. Acho que enfim vou ler. Nós nos encontramos no estábulo ao meio-dia?

– Você é o dez-anéis.

Ele esfrega o rosto com as duas mãos. Ela se sente um pouco mal, mas só um pouco.

– Tudo bem – diz ele, sério outra vez. – Ao meio-dia.

Então, ela sai, dolorida, irritada porque pegou um pouco do cheiro dele e estava cansada. Provavelmente é o estresse que a está deixando exausta, a ideia de passar um mês na estrada com um homem que não suporta, fazendo coisas que não quer fazer, em nome de pessoas que despreza cada vez mais.

Mas é isso que significa ser *civilizada*; fazer o que seus superiores dizem que ela deveria fazer pelo bem ostensivo de todos. E não é como se não fosse se beneficiar disso: mais ou menos um ano de desconforto, um bebê que ela não precisa se dar ao trabalho de criar, porque será entregue ao berçário assim que nascer, e uma missão de alto nível cumprida sob a supervisão de um sênior poderoso. Com a experiência e a reputação fortalecida, estará muito mais perto do quinto anel. Isso significa o seu próprio apartamento, sem colegas de quarto. Missões melhores, mais tempo fora, mais poder de decisão sobre a própria vida. Vale a pena. *Pelo fogo da Terra, sim*, vale a pena.

Ela fica dizendo isso a si mesma o caminho inteiro de volta ao quarto. Depois prepara a bagagem para partir, arruma-se para voltar ao seu estado normal de organização e asseio e toma um banho, esfregando metodicamente cada pedaço do corpo que consegue alcançar até a pele queimar.

✦   ✦   ✦

"Diga a eles que podem ser grandes um dia, como nós. Diga a eles que seu lugar é entre nós, não importa como os tratemos. Diga a eles que devem conquistar o respeito que todos recebem automaticamente. Diga a eles que há um padrão para serem aceitos; esse padrão é simplesmente a perfeição. Mate aqueles que debocham dessas contradições e diga ao resto que os que morreram mereciam a aniquilação por sua fraqueza e sua dúvida. Então, eles se destruirão tentando conseguir algo que nunca alcançarão."

– Erlsset, vigésimo terceiro imperador da Afiliação Equatorial Sanzed, no décimo terceiro ano da Estação dos Dentes. Comentário gravado em uma festa, pouco antes da fundação do Fulcro.

5

VOCÊ NÃO ESTÁ SOZINHA

aiu a noite e você está sentada no escuro, em uma colina.

Você está tão cansada. Exige muito de você matar tantas pessoas. É pior porque você não fez tanto quanto poderia ter feito, depois que preparou tudo. A orogenia é uma equação estranha. Pegue movimento e calor e vida do seu entorno, amplifique isso por meio de um processo indefinível de concentração ou catálise ou risco semi-previsível, projete movimento e calor e morte a partir da terra. A energia entra, a energia sai. Entretanto, manter a energia dentro, *não* transformar o aquífero do vale em um gêiser ou despedaçar o solo, requer um esforço que faz os seus dentes e o fundo dos seus olhos doerem. Você andou por bastante tempo para tentar queimar um pouco do que absorveu, mas a energia ainda transborda sob sua pele mesmo quando seu corpo está exausto e os seus pés doem. Você é uma máquina destinada a mover montanhas. Uma simples caminhada não consegue tirar isso de você.

Ainda assim, você andou até a escuridão chegar, e depois andou mais um pouco, e agora está aqui, encolhida e sozinha na extremidade de um velho campo não cultivado. Você tem medo de acender uma fogueira apesar de estar esfriando. Sem uma fogueira, você não pode ver nada, mas nada pode vê-la: uma mulher sozinha, com uma mochila cheia e apenas uma faca para se defender. (Você não está indefesa, mas um agressor não saberia disso até que fosse tarde demais, e você prefere não matar mais ninguém hoje.) À distância, você consegue ver o arco escuro de uma estrada alta erguendo-se por sobre a planície como uma provocação. As estradas altas geralmente têm lanternas elétricas, cortesia de Sanze, mas não a surpreende que essa esteja escura: mesmo que o tremor do norte não houvesse acontecido, o procedimento padrão da Estação é parar todos os serviços hídricos e geotermais não essenciais. De qualquer forma, está longe demais para o desvio valer a pena.

Você está vestindo uma jaqueta, e não há nada a temer no campo exceto os ratos. Dormir sem fogueira não vai matá-la. De todo modo, você consegue ver relativamente bem, apesar de não haver fogo nem lanternas. Faixas de nuvens ondulantes, como canteiros capinados no jardim que você teve um dia, cobriram o céu. São fáceis de ver porque algo ao norte jogou um pouco de luz nas nuvens, formando faixas de brilho vermelho e sombra. Quando você olha para aquele lado, há uma fileira irregular de montanhas no horizonte norte e o cintilar de um distante obelisco cinza azulado no local, sua ponta mais baixa aparece por entre um conjunto de montanhas, mas essas coisas não querem lhe dizer nada. Mais perto há uma revoada do que poderia ser uma colônia de morcegos se alimentando. É tarde para os morcegos, mas *todas as coisas mudam durante uma Estação*, o Saber das Pedras adverte. Todos os seres vivos fazem o que é necessário para se preparar e sobreviver.

A fonte do brilho está além das montanhas, como se o sol, ao se pôr, houvesse ido para o lado errado e ficado preso ali. Você sabe o que está causando esse brilho. Deve ser uma coisa incrível de ver de perto, aquela grande fenda terrível cuspindo fogo no céu, exceto pelo fato de que você nunca vai *querer* vê-la.

E você não vai ver, porque está indo para o sul. Mesmo que Jija não houvesse ido naquela direção de início, com certeza teria virado para o sul depois que o tremor vindo do norte passou. É o único caminho sensato a seguir.

Claro que um homem que espancou o filho até a morte pode não se encaixar mais sob o rótulo de *sensato*. E uma mulher que encontrou esse filho e parou de pensar por três dias... Hum, você também não. No entanto, não há nada a fazer a não ser seguir sua loucura.

Você comeu algo da sua mochila: pão armazenado com pasta salgada de akaba do pote que você colocou ali há muito tempo e uma família atrás. A akaba demora para estragar depois de aberta, mas não para sempre e, agora que você abriu, vai ter que comê-la nas próximas refeições até terminar. Tudo bem porque você gosta. Você bebeu água do cantil que encheu alguns quilômetros antes, no poço motorizado de uma hospedaria. Havia pessoas lá, várias dezenas, algumas acampando ao redor da hospedaria e algumas apenas parando rapidamente naquele lugar. Todos tinham a expressão que você está começando a identificar como um pânico que se instala aos poucos. Porque todos começaram enfim a entender o que o tremor e o brilho vermelho e o céu cheio de nuvens significam, e estar do lado de fora dos portões de uma comunidade em um momento desses, a longo prazo, é uma sentença de morte, exceto para um punhado que esteja disposto a se tornar brutal o bastante ou depravado o bastante para fazer o que têm que ser feito. Mesmo esses só têm uma chance de sobrevivência.

Nenhuma das pessoas na hospedaria quis acreditar que era capaz disso, você viu quando deu uma olhada em volta, avaliando rostos e roupas e corpos e ameaças. Nenhuma delas parecia fetichista da sobrevivência ou pretendente a senhor da guerra. O que você viu na hospedaria foram pessoas comuns, alguns ainda cobertos de sujeira depois de conseguirem sair de baixo da terra que havia deslizado ou de dentro de prédios que haviam desabado, alguns com sangue ainda escorrendo de ferimentos enfaixados ao acaso ou totalmente não tratados. Viajantes, pegos longe de casa; sobreviventes, cujas casas não existem mais. Você viu um velho ainda vestindo uma camisola meio esfarrapada e empoeirada de um lado, sentado com um jovem trajando apenas uma camiseta comprida com manchas de sangue, os dois com os olhos fundos de tristeza. Você viu duas mulheres abraçadas, balançando-se de leve em um esforço para se confortar. Você viu um homem da sua idade, com o olhar de um Costa-forte, que fitava firmemente suas mãos grandes de dedos grossos e talvez se perguntava se era sadio o bastante, jovem o bastante, para conseguir um lugar em alguma parte.

Essas são as histórias para as quais o Saber das Pedras a preparou, trágicas como são. Não há nada no Saber das Pedras sobre maridos matando filhos.

Você está encostada em uma velha estaca que alguém cravou contra a colina, talvez os restos de uma cerca que terminava aqui, começando a adormecer com as mãos enfiadas nos bolsos da jaqueta e os joelhos dobrados, próximos ao peito. E então, aos poucos, você se dá conta de que algo mudou. Não há nenhum ruído para alertá-la, a não ser o do vento e o dos pequenos espinhos e o farfalhar da grama. Nenhum cheiro se sobressai ao leve odor de enxofre ao qual você já se acostumou. Mas há alguma coisa. Alguma outra coisa. Lá fora.

Alguma outra *pessoa*.

Você abre os olhos de uma vez, e metade da sua mente recai sobre a terra, pronta para matar. O resto da sua mente fica paralisado, porque, a poucos metros de distância, sentado na grama de pernas cruzadas e olhando para você, está um menininho.

Você não percebe o que ele é a princípio. Está escuro. *Ele é* escuro. Você se pergunta se ele é de uma comu costeira do leste. Mas o cabelo dele se mexe um pouco quando o vento sussurra de novo, e você consegue ver que parte dele é liso como a grama ao seu redor. Costeiro do oeste, então? O resto dos fios parece assentado com... pomada para cabelo ou algo parecido. Não. Você é mãe. É sujeira. Ele está coberto de sujeira.

Maior do que Uche, não tão grande quanto Nassun, então talvez seis ou sete anos. Você na verdade não sabe ao certo se ele é ele; a confirmação disso virá mais tarde. Por ora, você decide que é. Ele está sentado de um modo encurvado que ficaria estranho em um adulto e é perfeitamente normal em uma criança que não recebeu ordens para se sentar direito. Você o encara por um instante. Ele a encara de volta. Você consegue enxergar o brilho pálido de seus olhos.

– Oi – diz ele. Uma voz de menino, alta e alegre. Boa decisão.

– Oi – você responde por fim. Há histórias de terror que começam assim, com bandos de ferozes crianças sem-comu que acabam por se revelar canibais. Todavia, é um pouco cedo para essas coisas, considerando que a Estação acabou de começar. – De onde você veio?

Ele encolhe os ombros. Sem saber, talvez sem se importar.

– Qual é o seu nome? O meu é Hoa.

É um nome pequeno e estranho, mas o mundo é um lugar grande e estranho. No entanto, é mais estranho ainda que ele dê apenas um nome. Ele é novo o bastante para não ter um nome de comu ainda, mas teria que ter herdado o nome de uso do pai.

– Só Hoa?

– Ã-hã. – Ele faz que sim com a cabeça, gira para um lado e coloca no chão algum tipo de embrulho, batendo de leve nele como que para se certificar de que está seguro. – Posso dormir aqui?

Você olha ao redor, sensa ao redor, e ouve. Nada se move exceto a grama, não há ninguém em volta exceto o menino. Não explica como ele se aproximou de você em silêncio absoluto, mas ele é pequeno, e você sabe por experiência que crianças pequenas podem ficar muito quietas quando querem. Entretanto, isso geralmente significa que estão tramando algo.

– Quem mais está com você, Hoa?

– Ninguém.

Está escuro demais para ele ver que você estreitou os olhos, mas de algum modo ele reage a isso mesmo assim, inclinando-se para a frente.

– É verdade! Sou só eu. Vi outras pessoas à beira da estrada, mas não gostei delas. Eu me escondi delas. – Uma pausa. – Gosto de você.

Que gracinha.

Suspirando, você enfia as mãos de volta nos bolsos e sai do estado de terra-prontidão. O garoto relaxa um pouco, isso você consegue ver, e começa a se deitar direto no chão.

– Espere – você diz e estende o braço para pegar a sua mochila. Então, você joga um saco de dormir para ele. Ele o pega e parece confuso por alguns instantes, depois entende. Ele o desenrola com alegria e então se encolhe em cima dele, como um gato. Você não se importa tanto a ponto de corrigi-lo.

Talvez esteja mentindo. Talvez seja uma ameaça. Você o fará ir embora de manhã, porque não precisa da companhia de uma criança; ele vai atrasá-la. E alguém deve estar procurando por ele. Uma mãe, em algum lugar, cujo filho não está morto.

Por esta noite, entretanto, você consegue ser humana por um algum tempo. Então, se encosta na estaca e fecha os olhos para dormir.

A cinza começa a cair de manhã.

✦   ✦   ✦

ELES SÃO UMA COISA MISTERIOSA, VOCÊ ENTENDE, UMA COISA ALQUÍMICA. COMO A OROGENIA, SE A OROGENIA PUDESSE MANIPULAR A ESTRUTURA INFINITESIMAL DA MATÉRIA EM SI EM VEZ DE MONTANHAS. OBVIAMENTE, POSSUEM ALGUM TIPO DE PARENTESCO COM A HUMANIDADE, O QUE ESCOLHEM RECONHECER NA FORMA SEMELHANTE A UMA ESTÁTUA QUE VEMOS COM MAIS FREQUÊNCIA, MAS ACONTECE QUE PODEM TOMAR OUTRAS FORMAS. JAMAIS SABERÍAMOS.

– UMBL INOVADOR ALLIA, "TRATADO SOBRE SENCIENTES NÃO HUMANOS", SEXTA UNIVERSIDADE, ANO IMPERIAL 2323/ANO DOIS DA ESTAÇÃO ÁCIDA

6

DAMAYA, PARANDO AOS POUCOS

Os primeiros dias na estrada com Schaffa foram monótonos. Não chatos. Há partes chatas, como quando a Estrada Imperial pela qual viajam passa por plantações de pés de kirga ou de samishet, ou quando as plantações dão lugar a trechos de floresta sombria tão silenciosos e próximos que Damaya quase não ousa falar de medo de irritar as árvores. (Nas histórias, as árvores estão sempre bravas.) Mas até isso é novidade, porque Damaya nunca passou do limite de Palela, nem mesmo chegou até Brevard com o Pai e com Chaga em época de venda. Ela tenta não parecer uma completa caipira, olhando boquiaberta para cada coisa estranha pela qual passam, mas às vezes não consegue evitar, mesmo quando ouve as risadinhas de Schaffa vindo de trás. Ela não consegue se importar com o fato de que ele está rindo dela.

Brevard é apertada e estreita e alta de um modo que ela nunca vivenciou antes, então se debruça na sela enquanto entram cavalgando na cidade, olhando para os ameaçadores edifícios dos dois lados da rua e se perguntando se eles desmoronam em cima dos transeuntes. Ninguém mais parece perceber que esses edifícios são ridiculamente altos e amontoados uns contra os outros, então isso deve ter sido feito de propósito. Há dezenas de pessoas perambulando por lá, embora o sol já tenha se posto, e, na sua opinião, todos devessem estar se preparando para dormir.

Mas ninguém está. Eles passam por um edifício tão iluminado por lamparinas e tão ruidoso com risadas estridentes que ela fica curiosa o bastante para perguntar sobre ele.

– Um tipo de hospedaria – responde Schaffa, e depois ele dá uma risadinha, como se ela tivesse feito a pergunta que está em sua mente. – Mas não vamos ficar nessa aí.

– É mesmo muito barulhenta – concorda ela, tentando parecer entendida.

– Hum, é, isso também. Mas o maior problema é que não é um bom lugar para trazer crianças. – Ela espera, mas ele não explica melhor. – Nós vamos a um lugar onde já fiquei várias vezes. A comida é decente, as camas são limpas e é pouco provável que nossos pertences sumam antes da manhã.

Assim, eles passam a primeira noite de Damaya em uma hospedaria. Ela fica chocada com tudo: jantar em um salão cheio de estranhos, comendo uma comida que tem um sabor diferente da que seus pais ou Chaga faziam, tomar banho em uma grande bacia de cerâmica com fogo debaixo dela em vez de banhar-se na cozinha em um barril impermeável cheio de água fria até a metade, dormir em uma cama maior do que a dela e a de Chaga juntas. A cama de Schaffa é maior ainda, o que é adequado porque ele é enorme, mas ela fica boquiaberta mesmo assim quando ele arrasta o móvel pela porta do quarto da hospedaria. (Isso, pelo menos, é familiar; o Pai fazia a mesma coisa às vezes quando havia rumores de pessoas sem-comu pelas estradas ao redor da cidade.) Ele aparentemente pagou a mais pela cama maior.

– Eu me remexo como um terremoto quando durmo – diz ele, sorrindo como se isso fosse um tipo de piada. – Se a cama for muito estreita, vou rolando para o chão.

Ela não faz ideia do que ele quer dizer até o meio daquela noite, quando acorda e ouve Schaffa gemendo e se debatendo durante o sono. Se é um pesadelo, é um terrível e, por algum tempo, ela fica pensando se deveria se levantar e tentar acordá-lo. Ela odeia pesadelos. Mas Schaffa é um adulto, e adultos precisam da sua noite de sono; é o que seu pai dizia sempre que ela ou Chaga faziam alguma coisa que o acordava. O Pai sempre ficava bravo por conta disso também, e ela não queria que Schaffa ficasse bravo com ela. Então, ela fica ali, ansiosa e indecisa, até que ele realmente grita algo ininteligível e parece que está morrendo.

– O senhor está acordado? – pergunta ela bem baixinho, porque ele obviamente não está, mas, no instante em que ela fala, ele acorda.

– O que foi? – ele parece rouco.

– O senhor estava... – Ela não sabe ao certo o que dizer. *Tendo um pesadelo* parece algo que sua mãe lhe diria. Alguém fala isso para adultos tão grandes e fortes como Schaffa? – Fazendo um barulho – ela termina.

– Roncando? – Ele solta um longo e cansado suspiro no escuro. – Desculpe. – Depois ele se vira e fica em silêncio o resto da noite.

Durante a manhã, Damaya se esquece de que isso aconteceu, pelo menos por um bom tempo. Eles se levantam e comem parte da comida que deixaram na porta em uma cesta e levam o restante consigo quando retomam a viagem em direção a Yumenes. À luz do instante pouco-depois-do-alvorecer, Brevard fica menos aterrorizante e estranha, talvez porque agora possa ver pilhas de estrume de cavalo nas sarjetas e menininhos carregando varas de pescar e tratadores bocejando enquanto erguem caixotes e fardos de feno. Há moças carregando baldes de água em carrinhos até o balneário local para serem aquecidos, e rapazes despidos até a cintura para bater manteiga ou socar arroz em galpões atrás dos grandes edifícios. Todas essas coisas são familiares e a ajudam a ver que Brevard é apenas uma versão maior de uma cidade pequena. Seus habitantes não são diferentes de Mia Querida ou Chaga, e, para as pessoas que moram aqui, Brevard provavelmente é tão familiar e entediante quanto lhe parecia Palela.

Eles cavalgam durante metade do dia e param para descansar, depois cavalgam pelo resto do dia até Brevard ficar bem longe e não haver nada exceto um rochoso e feio terreno quebrado em um raio de quilômetros. Há uma falha ativa por perto, explica Schaffa, produzindo grandes quantidades de terra ao longo de anos e décadas, por isso em alguns lugares o chão parece meio que *levantado* e nu.

– Essas pedras não existiam dez anos atrás – diz ele, apontando para uma pilha enorme de pedras fragmentadas de um tom cinza esverdeado e que parecem afiadas e, de algum modo, úmidas. – Mas houve um tremor grave... de grau nove. Ou pelo menos foi o que ouvi dizer; eu estava viajando em outro distritante. Porém, olhando para isso, eu acredito.

Damaya concorda. O Velho Pai Terra parece mais próximo aqui do que em Palela... Ou não *mais próximo*, não é essa a palavra, mas ela não sabe qual serviria melhor. Mais fácil de tocar, se ela fosse fazer isso. E, e... parece... frágil, de certa maneira, a terra ao redor deles. Como uma casca de ovo amarrada com linhas finas que mal podem ser vistas, mas que ainda são sinais de morte iminente para o pintinho ali dentro.

Schaffa cutuca Damaya com a perna.

– Não.

Surpresa, Damaya não pensa em mentir.

– Eu não estava fazendo nada.

– Você estava ouvindo a terra. Isso é alguma coisa.

Como Schaffa sabe? Ela se encolhe um pouco na sela, sem saber ao certo se deveria pedir desculpas. Remexendo-se, ela pousa as mãos no cabeçote da sela, o que é estranho, porque a sela é enorme, como tudo o que pertence a Schaffa. (Menos ela.) Mas precisa fazer *alguma coisa* para se distrair e não ouvir de novo. Depois de um minuto assim, Schaffa suspira.

– Acho que não posso esperar nada melhor do que isso – diz ele, e a decepção em seu tom de voz a incomoda de imediato. – Não é culpa sua. Sem treinamento, você é como... lenha seca e, neste exato momento, estamos passando por um fogaréu crepitante que está soltando faíscas. – Ele parece estar pensando. – Uma história ajudaria?

Uma história seria algo maravilhoso. Ela aquiesce, tentando não parecer ávida demais.

– Tudo bem – concorda Schaffa. – Você já ouviu falar de Shemshena?

– Quem?

Ele chacoalha a cabeça.

– Pelos fogos de terra, essas pequenas comus latmedianas! Não te ensinaram nada nessa sua creche? Nada além de saberes populares e cálculo, imagino, e esse último só para você poder calcular o plantio dos cultivos e coisas assim.

– Não sobra tempo para aprender mais do que isso – diz Damaya, sentindo-se estranhamente compelida a defender Palela. – As crianças das comus equatoriais provavelmente não precisam ajudar na colheita...

– Eu sei, eu sei. Mas ainda assim é uma pena. – Ele se remexe, ajeitando-se de maneira mais confortável na sela. – Muito bem, não sou nenhum sabedorista, mas vou te contar sobre Shemshena. Muito tempo atrás, durante a Estação dos Dentes... Essa foi, hum, a terceira Estação depois que Sanze foi fundada, talvez há duzentos anos? Um orogene chamado Misalem decidiu matar o imperador. Isso foi na época em que o imperador realmente fazia coisas, veja bem, e muito tempo antes de estabelecerem o Fulcro. A maioria dos orogenes não tinha treinamento apropriado naquele tempo; como você, eles agiam totalmente com base na emoção e no instinto, nas raras ocasiões em que conseguiam sobreviver à infância. Misalem havia conseguido não só sobreviver à infância, mas também se treinar. Ele tinha um controle esplêndido, talvez a um nível quatro ou cinco anéis...

– O quê?

Ele cutuca sua perna outra vez.

– Classificações usadas pelo Fulcro. Pare de interromper.

Damaya fica vermelha e obedece.

– Controle esplêndido – continua Schaffa – que Misalem prontamente usou para matar cada alma viva em vários vilarejos e cidades, e mesmo em alguns aglomerados sem-comu. Milhares de pessoas no total.

Damaya inspira o ar, horrorizada. Nunca lhe ocorreu que roggas... Ela para. Ela. *Ela* é uma rogga. De repente, ela não gosta da palavra, a qual ouviu durante a maior parte da vida. É um palavrão que ela não deve dizer, apesar de os adultos proferirem o termo por aí livremente. E, de repente, parece-lhe mais feio do que antes.

Orogenes, então. É terrível saber que orogenes podem matar tantas pessoas com tanta facilidade. Mas ela supõe que é por isso que eles são odiados.

Ela. É por isso que *ela* é odiada.

– Por que ele fez isso? – pergunta ela, esquecendo-se de que não deveria interromper.

– Por que de verdade? Talvez ele seja meio louco. – Schaffa se abaixa de modo que ela possa ver seu rosto, entortando os olhos e mexendo as sobrancelhas. Isso é tão engraçado e inesperado que Damaya solta uma risadinha, e Schaffa lhe dá um sorriso conspiratório. – Ou talvez Misalem fosse simplesmente mau. Independente disso, ao se aproximar de Yumenes, ele mandou uma mensagem antes de chegar, ameaçando destruir a cidade inteira se seu povo não enviasse o imperador para encontrá-lo e morrer. O povo ficou triste quando o imperador anunciou que ia acatar os termos de Misalem... Mas ficaram aliviados também, porque o que mais poderiam fazer? Eles não faziam ideia de como lutar contra um orogene com tamanho poder. – Ele suspira. – Mas, quando o imperador chegou, não estava sozinho: com ele vinha uma única mulher. Sua guarda-costas, Shemshena.

Damaya se remexe um pouco, entusiasmada.

– Ela devia ser muito boa, se era guarda-costas do imperador.

– Ah, ela era... uma lutadora renomada das melhores linhagens sanzed. Além do mais, ela era da casta de uso Inovadora e, portanto, havia estudado orogenes e entendia um pouco sobre como seus poderes funcionavam. Então, antes da chegada de Misalem, ela fez todos os cidadãos de Yumenes saírem do vilarejo. Eles levaram consigo todo o gado e toda a safra. Até cortaram as árvores e os arbustos e os queimaram, queimaram suas casas, depois apagaram os focos de incêndio para deixar apenas cinzas frias e molhadas. Essa é a natureza do seu poder, entende: transferência cinética, catálise sensunal. Não se move uma montanha só com a vontade.

– O que é...

– Não, não – Schaffa a interrompe de modo gentil. – Há muitas coisas que preciso te ensinar, pequenina, mas essa parte você vai aprender no Fulcro. Deixe-me terminar.

Relutante, Damaya se cala.

– Vou dizer o seguinte. Parte da força de que precisa, quando enfim aprender a usar seu poder de modo apropriado, virá de dentro de você. – Schaffa toca a sua nuca como fez daquela vez no celeiro, dois dedos pouco acima da linha do seu cabelo, e ela dá um pulinho porque surge um tipo de faísca quando ele faz isso, como estática. – A maior parte dele, no entanto, deve vir de outro lugar. Se a terra já estiver se mexendo ou se o fogo sob a terra estiver na superfície ou perto dela, você pode usar essa força. Você está *destinada* a usar essa força. Quando o Pai Terra se mexe, ele libera tanto poder bruto que pegar um pouco não faz nenhum mal nem a você nem a mais ninguém.

– O ar não fica frio? – Damaya tenta, tenta de verdade, refrear a curiosidade, mas a história é boa demais. E a ideia de usar a orogenia de uma forma segura, que não vá causar nenhum dano, é muito intrigante. – Ninguém morre?

Ela o sente aquiescer.

– Não quando você usa o poder da terra. Mas é claro que o Pai Terra nunca se mexe quando a gente quer. Quando não há nenhum poder da terra por perto, um orogene ainda pode fazer a terra se mexer, mas apenas pegando o calor e a força e o movimento necessários das coisas à sua volta. Qualquer coisa que se mova ou tenha calor: fogueiras, água, ar, até mesmo pedras. E seres vivos, claro. Shemshena não podia fazer o chão ou o ar desaparecerem, mas podia fazer desaparecer todo o resto, e fez. Quando ela e o imperador se encontraram com Misalem nos portões de obsidiana de Yumenes, eles eram os únicos seres vivos na cidade, e não havia sobrado nada do vilarejo exceto os muros.

Damaya inspira o ar, admirada, tentando imaginar Palela vazia e despida de cada arbusto e de cada bode de quintal, sem conseguir.

– E todo mundo simplesmente... foi? Porque ela falou?

– Bem, foram porque o imperador falou, mas sim. Yumenes era muito menor naquela época, mas ainda assim era uma grande realização. No entanto, ou faziam isso, ou permitiam que um monstro os tornasse reféns. – Schaffa encolhe os ombros. – Misalem declarou que não tinha desejo de governar no lugar do imperador, mas quem poderia acreditar nele? Nada vai deter um homem disposto a ameaçar uma cidade para conseguir o que quer.

Isso faz sentido.

– E ele não sabia o que Shemshena tinha feito até chegar a Yumenes?

– Não, ele não sabia. O incêndio já havia terminado quando ele chegou; o povo havia viajado para outra direção. Então, quando Misalem enfrentou o imperador e Shemshena, ele buscou o poder para destruir a cidade... e não encontrou quase nada. Nenhum poder, nenhuma cidade para destruir. Naquele momento, enquanto Misalem se atrapalhava e tentava usar qualquer migalha de calor que conseguisse sugar do solo e do ar, Shemshena arremessou uma faca de vidro no centro da espiral do seu poder. Isso não o matou, mas o distraiu o bastante para interromper sua orogenia, e Shemshena cuidou do resto com sua outra faca. Assim acabou a maior ameaça do Velho Império Sanze... Perdão, da *Afiliação Equatorial Sanzed*.

Damaya estremece, encantada. Ela não ouvia uma história tão boa há muito tempo. E é verdade? Melhor ainda. Ela sorri timidamente para Schaffa.

– Eu gostei dessa história.

Ele é bom em contar histórias também. Sua voz é tão grave e aveludada. Ela podia ver tudo em sua mente enquanto ele falava.

– Achei que talvez gostasse. Essa foi a origem dos Guardiões, sabe. Do mesmo modo como o Fulcro é uma ordem de orogenes, nós somos a ordem que *vigia* o Fulcro. Pois sabemos, como Shemshena sabia, que, apesar de todo o seu terrível poder, vocês não são invencíveis. Vocês podem ser derrotados.

Ele dá palmadinhas nas mãos de Damaya, que estão sobre o cabeçote da sela, e ela não se remexe mais, já não gostando tanto da história. Enquanto ele a contava, ela se imaginou como Shemshena, enfrentando bravamente um inimigo terrível e derrotando-o com inteligência e habilidade. A cada *vocês* e *seu* que Schaffa pronuncia, porém, ela começa a entender: ele não a vê como uma Shemshena em potencial.

– E, portanto, nós Guardiões treinamos – continua ele, talvez sem perceber que ela se aquietou. Eles adentraram bastante pelo terreno quebrado agora; superfícies rochosas íngremes e irregulares, tão altas quanto os edifícios em Brevard, emolduram os dois lados da estrada até onde a vista alcança. Quem quer que tenha construído a estrada deve tê-la escavado de algum modo a partir da própria terra. – Nós treinamos – ele diz – como fez Shemshena. Aprendemos como funciona o poder orogênico e encontramos maneiras de usar esse conhecimento contra vocês. Observamos aqueles entre os de sua espécie que poderiam se tornar os próximos Misalems e os eliminamos. Do resto, nós cuidamos. – Ele se inclina para sorrir para ela de novo, mas Damaya não sorri de volta desta vez. – Sou seu Guardião agora, e é meu dever garantir que você permaneça útil, que jamais se torne nociva.

Quando ele se endireita e fica em silêncio, Damaya não o instiga a contar outra história, como poderia ter feito. Ela não gosta da que ele contou, não mais. E agora, de alguma forma, de repente tem certeza: ele não *pretendia* que ela gostasse.

O silêncio perdura enquanto o terreno quebrado enfim começa a ficar menos acidentado, transformando-se em encostas verdes e onduladas. Não há nada aqui: nem fazendas, nem pastos, nem florestas, nem vilarejos. Há vestígios de que um dia pessoas moraram aqui: ela vê à distância uma elevação em ruínas coberta de musgo que talvez pudesse ser um silo caído, se silos fossem do tamanho de montanhas. E outras estruturas, regulares e pontudas demais para serem naturais, deterioradas e estranhas demais para ela reconhecer. Ruínas, ela percebe, de alguma cidade que deve ter morrido muitas, muitas Estações atrás, para haver sobrado tão pouco dela agora. E, para além das ruínas, indistinto contra o horizonte cheio de nuvens, um obelisco da cor de uma nuvem de trovoada cintila ao virar-se devagar.

Sanze é a única nação que sobreviveu intacta a uma Quinta Estação... Não apenas uma vez, mas sete. Ela aprendeu isso na creche. Sete eras nas quais a terra se partiu em algum lugar e lançou cinzas ou gás mortífero no ar, resultando em um inverno sem luz que durou anos ou décadas em vez de meses. Comus individuais sobreviviam às Estações com frequência, se estivessem preparadas. Se tivessem sorte. Damaya conhece o Saber das Pedras, que é ensinado a todas as crianças mesmo em um pequeno fim de mundo como Palela. *Primeiro vigie os portões.* Mantenha as provisões limpas e secas. Obedeça ao saber, faça as escolhas difíceis e talvez, quando a Estação acabar, haverá pessoas que se lembrem de como a civilização deveria funcionar.

Mas só uma vez na história que se conhece é que uma nação inteira, *muitas* comus todas trabalhando juntas, sobreviveu. Até prosperou repetidas vezes, ficando maior e mais forte a cada cataclismo. Porque as pessoas de Sanze são mais fortes e mais inteligentes do que todas as outras.

Olhando para o distante obelisco tremeluzente, Damaya pensa: *mais inteligentes do que as pessoas que construíram aquilo?* Devem ser. Sanze ainda está aqui, e o obelisco é só mais um vestígio de uma civextinta.

– Você está calada agora – diz Schaffa depois de um tempo, dando palmadinhas nas mãos dela, que estão sobre o cabeçote da sela, para tirá-la de seu devaneio. A mão dele tem mais que o dobro do tamanho da dela, quente e reconfortante em sua enormidade. – Ainda está pensando na história?

Ela esteve tentando não pensar, mas claro que pensou.

– Um pouco.

– Você não gosta que Misalem seja o vilão da história. Que você seja como Misalem: uma ameaça em potencial, sem uma Shemshena para controlá-la. – Ele diz isso com total naturalidade, não em tom de pergunta.

Damaya se remexe. Como é que ele sempre parece saber o que ela está pensando?

– Não quero ser uma ameaça... – diz ela em voz baixa. Depois, muito audaciosa, acrescenta: – Mas não quero ser... controlada... também. Quero ser... – Ela procura as palavras, então se lembra de algo que seu irmão certa vez lhe disse sobre o que significava crescer. – *Responsável.* Por mim mesma.

– Um desejo admirável – diz Schaffa. – Mas o fato, Damaya, é que você *não consegue* se controlar. Não é da sua natureza. Você é um raio, perigoso a não ser que seja capturado por fios. Você é uma fogueira, uma luz cálida em uma noite escura e fria, com certeza, mas também um incêndio que pode destruir tudo em seu caminho...

– Não vou destruir ninguém! Não sou má desse jeito! – De repente é muita coisa. Damaya tenta se virar para olhar para ele, embora isso a faça perder o equilíbrio e escorregar na sela. Schaffa imediatamente a empurra de volta ao lugar, voltada para a frente, com um gesto firme que fala sem palavras: *sente-se direito*. Damaya faz isso, segurando o cabeçote com mais firmeza em meio à frustração. E aí, porque ela está cansada e brava e sua bunda está doendo por estar três dias no lombo de um cavalo e porque sua vida inteira deu *errado* e de repente lhe ocorre que nunca mais vai ser normal, ela fala mais do que queria. – E, de qualquer modo, não preciso que me controle. Eu posso me controlar!

Schaffa usa a rédea para frear o cavalo, que resfolega.

Damaya fica tensa de medo. Ela foi insolente com ele. Sua mãe sempre lhe dava um tapa na cabeça quando ela fazia isso em casa. Será que Schaffa vai lhe dar um tapa agora? Mas Schaffa soa tão agradável como de costume quando pergunta:

– Pode mesmo?

– O quê?

– Controlar-se? É uma questão importante. A *mais* importante, na verdade. Pode?

– Eu... eu não... – diz Damaya em voz baixa.

Schaffa coloca uma das mãos em cima das mãos dela, no ponto onde estão apoiadas sobre o cabeçote da sela. Pensando que talvez ele queira descer do cavalo, ela começa a soltar para ele segurar a sela. Ele aperta sua mão direita para mantê-la no lugar, embora deixe a esquerda livre.

– Como eles a descobriram?

Ela sabe, sem ter que perguntar, o que ele quer dizer.

– Na creche – responde ela baixinho. – No almoço. Eu estava... Um menino me empurrou.

– O empurrão a machucou? Você ficou com medo ou com raiva?

Ela tenta se lembrar. Parece que faz tanto tempo, aquele dia no pátio.

– Com raiva. – Mas isso não foi tudo, foi? Zab era maior do que ela. Ele estava sempre *atrás* dela. E a havia machucado, só um pouquinho, quando ele a empurrou. – Com medo.

– Sim. É uma coisa de instinto, a orogenia, surgida da necessidade de sobreviver a uma ameaça mortal. Esse é o perigo. Medo de um valentão, medo de um vulcão; o poder dentro de você não distingue. Ele não reconhece o *grau*.

Enquanto Schaffa explica, suas mãos ficam mais pesadas e mais apertadas sobre as dela.

– Seu poder age para protegê-la da mesma maneira, não importa o quanto seja poderosa ou pequena a ameaça percebida. Você deveria saber, Damaya, quanta sorte tem: é comum um orogene descobrir o que é ao matar um parente ou um amigo. As pessoas que nos amam são as que mais nos machucam, no final das contas.

Ele está chateado, ela pensa de início. Talvez esteja pensando em algo terrível... No que quer que seja que o faz se debater e gemer de noite. Será que alguém matou um familiar ou um amigo dele? Será que é por isso que a mão dele faz tanta pressão sobre a dela?

– Schaffa – diz ela, subitamente assustada. Ela não sabe por quê.

– Shhh – ele retruca e ajusta os dedos, alinhando-os com cuidado aos dela. Então, ele faz mais força, de modo que o peso de sua mão pressiona os ossos da palma da mão dela. Ele faz isso de propósito.

– Schaffa! – Aquilo dói. Ele *sabe* que dói. Mas não para.

– Pronto, pronto... Acalme-se, pequenina. Tudo bem, tudo bem. – Quando Damaya choraminga e tenta recolher a mão; ela *dói*, o aperto contínuo da mão dele, o inexorável metal frio do cabeçote, seus ossos no ponto onde esmagam sua carne; Schaffa suspira e passa o braço desocupado em torno de sua cintura. – Fique parada, seja corajosa. Vou quebrar a sua mão agora.

– O qu...

Schaffa faz alguma coisa que enrijece suas coxas por conta do esforço e estufa seu peito, empurrando-a para a frente, mas ela mal nota essas coisas. Toda a sua consciência está concentrada em sua mão; e a mão dele, o horrível *estalo* úmido e o deslocamento de coisas que nunca se mexeram antes. A dor causada é penetrante e imediata e tão forte que ela *grita*. Ela arranha a mão dele com a sua livre, com desespero e sem pensar, cravando as unhas. Ele afasta a mão dela que está solta e a pressiona contra a coxa dela, de forma que só arranhe a si mesma.

E, em meio à dor, ela de repente percebe a paz fria e reconfortante da pedra sob a pata do cavalo.

A pressão diminui. Schaffa levanta sua mão quebrada, ajustando o modo como a segura para que ela possa ver o estrago. Ela continua gritando, em grande parte devido ao puro horror de ver *sua mão* torcida de uma maneira que não deveria estar, a pele com proeminências e hematomas em três lugares como se fosse outra série de juntas, os dedos já se enrijecendo em espasmos.

A pedra chama. Bem lá dentro dela existe calor e poder que podem fazê-la esquecer a dor. Ela quase busca essa promessa de alívio. E então hesita.

Você pode se controlar?

– Você poderia me matar – Schaffa lhe diz ao ouvido e, apesar de todo o resto, ela se cala para ouvi-lo. – Busque o fogo dentro da terra ou sugue a força de tudo o que está à sua volta. Estou sentado ao alcance da sua espiral. – Isso não tem significado algum para ela. – Este é um lugar ruim para a orogenia, considerando que você não tem nenhum treinamento... Um erro e você moverá a falha embaixo de nós, provocando um tremor e tanto. Isso a matará também. Mas, se conseguir sobreviver, estará livre. Encontre uma comu em algum lugar e implore para entrar nela ou junte-se a um bando de sem-comu e faça o melhor que puder. Você pode esconder o que é se for esperta. Por certo período. Nunca dura muito, e será uma ilusão, mas, por algum tempo, poderá se sentir normal. Sei que quer isso mais do que qualquer coisa.

Damaya mal ouve. A dor pulsa pela sua mão, pelo seu braço, pelos seus dentes, aniquilando qualquer sensação sutil. Quando ele para de falar, ela faz um barulho e tenta recolher a mão outra vez. Os dedos dele enrijecem como aviso, e ela para de se mexer de imediato.

– Muito bom – ele diz. – Você se controlou por meio da dor. A maioria dos orogenes jovens não consegue fazer isso sem treinamento. Agora vem o verdadeiro teste. – Ele ajusta o modo como está segurando a mão dela, a mão grande envolvendo a menor. Damaya se encolhe, mas esse aperto é suave. Por enquanto. – Sua mão está quebrada em pelo menos três pontos, eu diria. Se for imobilizada com uma tala, e se você tomar cuidado, ela provavelmente pode se curar sem nenhum dano permanente. Se eu esmagá-la, no entanto...

Ela não consegue respirar. O medo preencheu seus pulmões. Ela solta o resto de ar que tem na garganta e consegue transformá-lo em uma palavra redonda:

– Não!

– *Nunca diga não para mim* – diz ele. As palavras são quentes em contato com sua pele. Ele se inclinou para sussurrá-las ao ouvido dela. – Orogenes não têm direito de dizer não. Sou seu Guardião. Vou quebrar cada osso da sua mão, cada osso do seu *corpo*, se eu considerar necessário para manter o mundo a salvo de você.

Ele não esmagaria sua mão. Por quê? Não esmagaria. Enquanto ela treme em silêncio, Schaffa passa o polegar sobre os nós inchados que começaram a se formar nas costas da mão dela. Há algo de *contemplativo* em seu gesto, algo *curioso*. Damaya não consegue olhar. Ela fecha os olhos, sentindo as lágrimas rolarem em abundância de seus cílios. Ela está com náusea e com frio. O som de seu sangue martela nos ouvidos.

– Por... por quê? – Sua voz soa irregular. É preciso esforço para respirar. Parece impossível que isso esteja acontecendo, em uma estrada no meio do nada, em uma tarde ensolarada e silenciosa. Ela não entende. Sua família lhe mostrou que o amor é uma mentira. Não é sólido como uma rocha; em vez disso, ele se dobra e se dissolve, fraco como metal enferrujado. Mas ela pensou que Schaffa *gostasse* dela.

Schaffa continua alisando sua mão quebrada.

– Eu amo você – ele diz.

Ela se encolhe, e ele a tranquiliza com um suave "shhh" ao ouvido, enquanto continua alisando com o polegar a mão que quebrou.

– Nunca duvide que a amo, pequenina. Pobre criatura trancada em um celeiro, sentindo tanto medo de si mesma que mal ousa falar. E, entretanto, existe o fogo da astúcia dentro de você, junto com o fogo da terra, e eu não posso deixar de admirar ambos, por mais nocivo que este último seja. – Ele balança a cabeça e suspira. – Odeio fazer isso com você. Odeio que seja necessário. Mas, por favor, entenda: eu machuquei você para que você não machuque mais ninguém.

A mão dela *dói*. Seu coração bate e a dor pulsa com ele, ARdor, ARdor, ARdor... Seria tão bom acalmar a dor, sussurra a pedra debaixo dela. Contudo, isso significaria matar Schaffa, a última pessoa no mundo que a ama.

Schaffa acena com a cabeça, como que para si mesmo.

– Precisa saber que nunca vou mentir para você, Damaya. Olhe debaixo do seu braço.

Demora uma eternidade para Damaya abrir os olhos e depois para erguer o outro braço. Quando faz isso, no entanto, vê que na mão livre ele tem um punhal de vidro preto comprido e chanfrado. Uma ponta afiada repousa sobre o tecido da camisa dela, bem abaixo das costelas. Direcionada ao coração dela.

– Resistir a um reflexo é uma coisa. Resistir ao desejo consciente e proposital de matar outra pessoa em legítima defesa ou por qualquer motivo que seja é outra. – Como que para sugerir esse desejo, Schaffa dá uma batidinha de leve com a faca de vidro na lateral do corpo dela. A ponta é afiada o suficiente para espetar mesmo sobre a roupa. – Mas parece que você pode, como disse, controlar-se.

E, com isso, Schaffa tira a faca da lateral do corpo dela, gira-a com habilidade por entre os dedos e coloca-a na bainha do cinto sem olhar. Então, ele toma a mão quebrada da menina entre suas duas mãos.

– Prepare-se.

Ela não consegue, pois não entende o que ele pretende fazer. A dicotomia entre suas palavras gentis e suas ações cruéis a deixou muito confusa. Por isso, ela grita de novo quando Schaffa começa a metodicamente alinhar cada um dos ossos de sua mão. Isso leva apenas alguns segundos. Parece muito mais.

Quando ela tomba contra ele, atordoada e trêmula e fraca, Schaffa faz o cavalo andar de novo, desta vez em um trote rápido. Damaya já não sente mais dor agora, mal percebendo quando Schaffa segura sua mão machucada com a dele, desta vez aconchegando-a contra o corpo da menina para minimizar encontrões acidentais. Ela não reflete sobre isso. Não pensa em nada, não faz nada, não diz nada. Não sobrou nada dentro dela para dizer.

As colinas verdes ficam para trás, e o terreno fica plano outra vez. Ela não presta atenção, observando o céu e aquele obelisco cinza esfumaçado, que parece nunca mudar de posição mesmo depois que se passaram quilômetros. Ao redor dele, o céu fica mais azul e começa a escurecer, até inclusive o obelisco se tornar nada mais do que uma mancha mais escura contra as estrelas que estão surgindo. Por fim, quando a luz do sol desaparece no fim de tarde, Schaffa faz o cavalo sair da estrada e apeia para acampar. Ele ergue Damaya do cavalo e a coloca no chão, e ela fica onde foi colocada enquanto ele limpa o chão e arrasta algumas pedrinhas para formar um círculo e fazer uma fogueira. Não há madeira aqui, mas ele tira de suas bolsas vários pedaços de alguma coisa e os usa para acender o fogo. Carvão, a julgar pelo mau cheiro, ou turfa seca. Ela não presta atenção. Apenas fica ali enquanto ele tira a sela do cavalo e cuida do animal, e enquanto estende o saco de dormir e coloca uma panelinha no fogo. O aroma da comida cozinhando logo se sobrepõe ao fedor oleoso da fogueira.

– Quero ir para casa – Damaya deixa escapar. Ela ainda está segurando a mão contra o peito.

Schaffa para de preparar o jantar, depois olha para ela. À luz tremeluzente da fogueira, seus olhos branco-gelo parecem dançar.

– Você não tem mais casa, Damaya. Mas vai ter em breve, em Yumenes. Vai ter professores lá, e amigos. Uma vida nova. – Ele sorri.

Quase toda a mão dela ficou dormente desde que ele alinhou os ossos, mas resta uma fraca pulsação prolongada. Ela fecha os olhos, desejando que aquilo vá embora. Tudo aquilo. A dor. A mão. O mundo. O cheiro de algo saboroso paira no ar, mas ela não sente vontade de provar.

– Não quero uma nova vida.

O silêncio a acolhe por um instante, depois Schaffa suspira e se levanta, aproximando-se dela. Ela recua, mas ele se ajoelha diante da menina e coloca as mãos em seus ombros.

– Você tem medo de mim? – ele pergunta.

Por um momento, surge dentro dela o desejo de mentir. Ela imagina que dizer a verdade não vai agradá-lo. Mas ela sente dor demais e está entorpecida demais neste exato instante para temer ou enganar ou querer agradar. Então responde a verdade:

– Tenho.

– Bom. Você deveria ter. Não me arrependo da dor que te causei, pequenina, porque precisava aprender a lição daquela dor. O que você sabe sobre mim agora?

Ela faz que não com a cabeça. Depois se obriga a responder, porque claro que esse é o objetivo.

– Eu tenho que fazer o que você mandar ou vai me machucar.

– E?

Ela fecha ainda mais os olhos. Nos sonhos, isso faz as criaturas más irem embora.

– E – acrescenta ela – você vai me machucar mesmo quando eu obedecer. Se achar que deve.

– Certo. – Ela consegue realmente ouvi-lo sorrir. Ele afasta da bochecha dela uma trança perdida, deixando que as costas dos seus dedos toquem a pele da menina. – O que eu faço não é fortuito, Damaya. Tem a ver com controle. Não me dê nenhum motivo para duvidar do seu, e nunca mais vou machucar você. Entendeu?

Ela não *quer* ouvir as palavras, mas as ouve, mesmo não querendo. E, mesmo não querendo, uma parte dela relaxa só um pouquinho. Porém, ela não responde, então ele diz:

– Olhe para mim.

Damaya abre os olhos. Contra a luz da fogueira, a cabeça dele é uma silhueta escura emoldurada por um cabelo ainda mais escuro. Ela se vira.

Ele segura o rosto dela e a faz virar de volta com firmeza.

– Você entendeu?

Claro que é um aviso.

– Entendi – ela responde.

Satisfeito, ele a solta. Depois, ele a puxa para perto da fogueira e faz um gesto para ela se sentar em uma pedra que ele rolou, o que ela faz. Quando ele lhe dá um pratinho de metal cheio de sopa de lentilha, ela toma de maneira desajeitada, já que não é canhota. Bebe do cantil que ele lhe entrega. É difícil quando ela precisa fazer xixi; ela tropeça pelo solo irregular no escuro e longe da fogueira, o que faz sua mão pulsar, mas consegue. Uma vez que só há um saco de dormir, ela se deita ao seu lado quando ele aponta o lugar. Quando ele lhe diz para dormir, ela fecha os olhos de novo, mas não dorme durante um bom tempo.

Quando dorme, porém, seus sonhos estão repletos de uma dor espasmódica e de uma terra agitada e de um grande buraco de luz branca que tenta engoli-la, e parece que pouco depois Schaffa a acorda aos chacoalhões. Ainda é o meio da noite, embora as estrelas tenham mudado de posição. Ela não se lembra, a princípio, de que ele quebrou sua mão; nesse momento, sorri para ele sem pensar. Ele pisca, depois sorri de volta com uma alegria genuína.

– Você estava fazendo um barulho – diz ele.

Ela passa a língua pelos lábios, não mais sorrindo porque lembrou e porque não quer lhe contar o quanto o pesadelo a assustou. Ou o modo como foi acordada.

– Eu estava roncando? – pergunta ela. – Meu irmão diz que eu faço isso muitas vezes.

Ele a encara por um instante em silêncio, seu sorriso se desvanecendo. Ela está começando a sentir aversão por esses pequenos silêncios. Aversão pelo fato de que não são simples pausas na conversa ou momentos nos quais ele organiza os pensamentos; são testes, embora ela não saiba ao certo do quê. Ele está sempre testando-a.

– Roncando – ele diz enfim. – Sim. Mas não se preocupe. Não vou zombar de você por causa disso como o seu irmão fazia. – E Schaffa sorri, como se fosse para ser engraçado. O irmão que ela não tem mais. Os pesadelos que consumiram sua vida.

Mas ele foi a única pessoa que sobrou a quem ela pode amar, então a menina acena com a cabeça e fecha os olhos outra vez, e relaxa ao lado dele.

– Boa noite, Schaffa.

– Boa noite, pequenina. Que os seus sonhos sejam sempre calmos.

✦   ✦   ✦

ESTAÇÃO DA EBULIÇÃO: DOS ANOS IMPERIAIS
1842 A 1845. SURGIU UM PONTO QUENTE
SOB O LAGO TEKKARIS, PULVERIZANDO VAPOR
E PARTÍCULAS SUFICIENTES PARA PROVOCAR
CHUVA ÁCIDA E OBSTRUÇÃO DO CÉU SOBRE AS
LATMEDIANAS DO SUL, AS ANTÁRTICAS E AS COMUS
COSTEIRAS DO LESTE. CONTUDO, OS EQUATORIAIS E
AS LATITUDES DO NORTE NÃO SOFRERAM NENHUM
DANO, GRAÇAS A VENTOS E CORRENTES OCEÂNICAS
PREDOMINANTES, ENTÃO OS HISTORIADORES
CONTESTAM SE ISSO PODE SER CLASSIFICADO COMO
UMA "VERDADEIRA" ESTAÇÃO.

– AS ESTAÇÕES DE SANZE, LIVRO DIDÁTICO PARA O 12º
ANO DA CRECHE

7

VOCÊ MAIS UM É IGUAL A DOIS

De manhã você se levanta e segue caminho, e o menino vem com você. Vocês dois caminham com dificuldade para o sul em meio a uma região montanhosa e à cinza que cai.

A criança é um problema imediato. Está imundo, para começar. Você não pôde ver isso na noite anterior na escuridão, mas ele está completamente coberto por lama seca e lama que está secando, galhos grudados, e sabe a Terra o que mais. Pego em um deslizamento de terra, provavelmente; deslizamentos acontecem muito durante os tremores. Se for esse o caso, tem sorte de estar vivo, mas, ainda assim, quando ele acorda e se espreguiça, você faz uma careta ao ver as manchas e porções de terra que ele deixou em seu saco de dormir. Você demora vinte minutos para perceber que ele está nu debaixo de toda aquela bagunça.

Quando o questiona sobre isso e sobre tudo o mais, ele é reservado. Ele não deveria ter idade suficiente para ser efetivamente reservado, mas é. Não sabe o nome da comu de onde veio ou das pessoas que lhe deram a vida, os quais, ao que parece, "não são muitos" em número. Diz que não tem pais. Não sabe seu nome de uso, o que você tem certeza se tratar de uma mentira descarada. Mesmo que a mãe dele não conhecesse o pai, ele teria herdado a casta de uso dela. Ele é novo e talvez seja órfão, mas não novo demais para saber seu lugar no mundo. Crianças bem menores do que esse menino entendem esse tipo de coisa. Uche só tinha três anos e sabia que era um Inovador como o pai, e que era por esse motivo que todos os seus brinquedos eram ferramentas e livros e objetos que podiam ser usados para construir coisas. E sabia também que havia assuntos que não podia discutir com ninguém a não ser com a mãe, e mesmo assim apenas quando estivessem sozinhos. Assuntos sobre o Pai Terra e seus sussurros, *bem-lá-embaixo-das-coisas*, como dizia Uche...

Mas você não está pronta para pensar nesse assunto.

Em vez disso, você reflete sobre o mistério de Hoa, porque há tanta coisa sobre o que refletir. Ele é uma coisinha pequena, você percebe quando o menino se levanta; não chega a ter 1,20m de altura. Ele age talvez como um garoto de dez anos, então ou é pequeno para a idade ou seu jeito é velho demais para o seu corpo. Você acha que é essa última opção, embora não saiba ao certo por que pensa assim. Você não sabe muito mais sobre ele, só que provavelmente tem pele mais clara; as partes de onde a lama caiu têm um tom de sujeira cinza, não marrom. Então, talvez ele seja de algum lugar perto das Antárticas ou da costa oeste continental, onde as pessoas são pálidas.

E agora está aqui, a milhares de quilômetros de distância ao norte das Latmedianas do Sul, sozinho e nu. Tudo bem.

Bem, talvez tenha acontecido algo à sua família. Talvez fossem permutadores de comu. Várias pessoas fazem isso, cortam seus vínculos e passam meses ou anos viajando pelo continente, implorando para entrar em uma comu, onde vão se destacar como flores pálidas em um campo pardacento...

Talvez.

Certo.

Seja como for.

Hoa também tem olhos branco-gelo. Branco-gelo de verdade mesmo. Ele a assustou um pouco quando acordou de manhã e olhou para você: toda aquela lama escura ao redor de dois pontos de um azul prateado brilhante. Ele não parece humano, mas as pessoas com olhos branco-gelo raramente parecem. Você ouviu que em Yumenes, entre indivíduos da casta de uso dos Reprodutores, olhos branco-gelo são... eram... especialmente desejáveis. Os sanzed gostavam do fato de que olhos branco-gelo fossem intimidadores e um pouco assustadores. Eles são. Mas não são os olhos que tornam Hoa assustador.

Ele é excessivamente alegre, para começar. Quando você se levantou na manhã depois que ele a encontrou, o menino já estava acordado e brincando com o seu isqueiro. Não havia nada no campo com que fazer uma fogueira, apenas poa, que teria queimado em segundos, mesmo se você houvesse conseguido encontrar poa seca suficiente, e teria desencadeado uma queimada no processo; então, você não havia tirado o isqueiro da bolsa na noite anterior. Mas ele estava com o objeto, cantarolando despreocupadamente para si mesmo enquanto girava nos dedos a pedra do isqueiro, e isso significava que ele esteve mexendo na sua bolsa. Esse fato não a deixou no melhor dos humores pelo resto do dia. No entanto, a imagem se fixou na sua mente enquanto preparava as suas coisas: uma criança que obviamente havia vivenciado algum desastre, sentada sem roupa no meio de um campo, cercado pela cinza que estava caindo... e, contudo, brincando. Cantarolando, até. E quando a viu acordada e encarando-o, ele sorriu.

Foi por isso que você decidiu ficar com ele, apesar de achar que está mentindo sobre não saber de onde é. Porque, bem, ele *é* uma criança.

Então, quando você coloca a bolsa nas costas, olha para ele, e ele olha de volta para você. Ele agarrou contra o peito aquele pacote que você viu de relance na noite anterior, um embrulho feito de trapos amarrado em torno de algo é tudo o que você consegue distinguir. Faz um pouco de barulho quando do o garoto o aperta. Dá para ver que ele está ansioso; aqueles olhos que ele tem não conseguem esconder nada. Suas pupilas são enormes. Ele fica um pouco inquieto, equilibrando-se em uma perna e usando o outro pé para coçar a panturrilha.

– Vamos – você diz e vira as costas para voltar à Estrada Imperial. Você tenta não notar a expiração suave do garoto e o modo como ele dá uma corridinha para alcançá-la.

Quando você põe os pés na estrada de novo, há algumas pessoas passando por ela em grupos e em pequenos números, quase todas indo para o sul. Seus pés levantam as cinzas, que por ora são claras e poeirentas. Bando de esquisitões: não há necessidade de usar máscaras ainda, para aqueles que se lembraram de levar uma. Um homem caminha ao lado de uma carroça bamba e de um cavalo meio esparramado; a carroça está cheia de pertences e idosos, embora o homem que está andando não seja muito mais jovem. Todos eles olham para você quando sai de trás da colina. Um grupo de seis mulheres que nitidamente se juntaram por segurança murmura entre si ao vê-la, e então uma delas diz em voz alta para outra: "Pelas ferrugens da Terra, *olhe* só para ela!". Aparentemente, você parece perigosa. Ou indesejável. Ou ambos.

Ou talvez seja a aparência de Hoa que lhes desagrade, então você se vira para o menino. Ele para quando você para, parecendo preocupado outra vez, e você se sente bruscamente envergonhada de deixá-lo andar por aí desse jeito, mesmo que não tenha pedido para que uma criança estranha a seguisse.

Você olha ao redor. Há um riacho do outro lado da estrada. Impossível saber quanto tempo vai levar para chegar a outra hospedaria; elas deveriam estar instaladas a cada 32 quilômetros em uma Estrada Imperial, mas o tremor do norte pode ter danificado a próxima. Há mais árvores nas redondezas agora, vocês estão saindo da planície, mas não o bastante para oferecer abrigo de verdade, e, de qualquer forma, muitas das árvores estão quebradas após o tremor do norte. A chuva de cinzas ajuda um pouco; você não consegue ver mais do que a um quilômetro e meio de distância. O que você consegue ver, entretanto, é que a terra plana em torno da estrada está dando lugar a um terreno mais acidentado. Você sabe, através de mapas e conversas, que abaixo das Montanhas Tirimas existe uma antiga falha pequena, provavelmente fechada, uma faixa de floresta recente que cresceu desde a última Estação e, talvez uns 160 quilômetros adiante, a planície se torna um salar. Depois disso, fica o deserto, onde as comus são poucas e estão distantes umas das outras, e onde elas tendem a ser ainda mais fortemente protegidas do que as comus de regiões mais hospitaleiras.

(Jija não pode estar indo para o deserto. Isso seria imprudente; quem o levaria até lá?)

Haverá comus ao longo da estrada entre este ponto e as planícies de sal, você tem certeza disso. Se você conseguir fazer o menino ficar com uma aparência decente, uma delas provavelmente o aceitará.

– Venha comigo – você diz ao garoto e sai da estrada. Ele a segue pelo leito de cascalho; você percebe como algumas das pedras são pontiagudas e acrescenta um bom par de botas à lista de coisas que precisa adquirir para ele. Felizmente, ele não corta os pés, embora escorregue no cascalho a certa altura, o suficiente para cair e rolar pela encosta. Você sai correndo quando ele para de rolar, mas ele já está sentado, com um ar de insatisfação porque pousou direto na lama na extremidade do riacho.

– Segure – você diz, oferecendo a mão.

Ele olha para a mão e, por um instante, você fica surpresa em ver algo parecido com inquietação no rosto dele.

– Estou bem – ele diz então, ignorando sua mão e colocando-se de pé. A lama respinga quando ele se levanta. Depois, ele passa por você para pegar o embrulho de trapos, que soltou durante a queda.

Tudo bem então. Pirralhinho mal agradecido.

– Você quer que eu me lave – ele diz.

– Como você sabe?

Ele não parece perceber o sarcasmo. Deixando o embrulho na margem de cascalho, ele entra na água até atingir a cintura, depois se agacha para tentar se esfregar. Você se lembra e vasculha na bolsa até encontrar a barra de sabonete. O menino se vira ao ouvir o seu assobio e você a joga para ele. Você se encolhe quando ele não pega o sabonete, mas o garoto mergulha de imediato e emerge com a barra nas mãos. Então você ri, porque ele está olhando para o sabonete como se nunca houvesse visto uma coisa dessas.

– Esfregue na pele. – Você faz mímica: sarcasmo de novo. Mas ele se endireita e sorri um pouco, como se isso realmente houvesse lhe esclarecido algo, e depois obedece. – Lave seu cabelo também – você diz, vasculhando a bolsa outra vez e mudando de lugar para poder ficar de olho na estrada. Algumas das pessoas que estão passando lá em cima a espiam, curiosidade ou reprovação nos olhos, mas a maioria não se dá ao trabalho de olhar. Você gosta que seja assim.

Sua outra camisa era o que você estava procurando. Será como um vestido para o menino, então você corta um pedaço de barbante do carretel na sua bolsa, que ele pode usar para amarrar a camisa bem abaixo do quadril por pudor ou para reter um pouco de calor ao redor do torso. Não vai servir a longo prazo, claro. Os sabedoristas dizem que não demora muito para as coisas esfriarem quando começa uma Estação. Você terá que ver se a próxima cidade pela qual passarem vai estar disposta a vender-lhe roupas e suprimentos adicionais, se já não houverem aplicado a Lei Sazonal.

Então, o garoto sai da água e você olha.

Bem, está diferente.

Livre da lama, ele tem um cabelo grosso de cinzas sopradas, aquela textura perfeita à prova de mau tempo que os sanzed valorizam tanto, já começando a se firmar e a estufar enquanto seca. Pelo menos vai ser comprido o bastante para manter as costas aquecidas. Mas é *branco*, e não o tom normal de cinza. E a pele dele é branca, não apenas pálida; nem os povos antárticos são tão incolores assim, agora que você está vendo. As sobrancelhas dele são brancas, emoldurando olhos branco-gelo. Branco, branco, branco. Ele quase desaparece em meio à cinza que cai enquanto caminha.

Albino? Talvez. Também há algo um tanto anormal com o rosto dele. Você fica pensando no que está vendo e então percebe: não há nenhuma caraterística sanzed nele a não ser pela textura do cabelo. As maçãs do rosto dele são proeminentes, os maxilares e os olhos são angulosos, isso parece completamente estranho a seus olhos. Os lábios dele são carnudos, porém estreitos, tão estreitos que você pensa que talvez tenha dificuldade para comer, embora isso obviamente não seja verdade ou ele não teria sobrevivido até essa idade. A estatura baixa dele também faz parte da estranheza. Ele não é só baixinho, mas troncudo, como se seu povo fosse constituído para um tipo de robustez diferente do ideal que o Velho Sanze passou milênios cultivando. Então, talvez os da raça dele sejam todos brancos assim, sejam lá quem são.

Mas nada disso faz sentido. Todas as raças do mundo hoje em dia são em parte sanzed. Eles dominaram a Quietude durante séculos, afinal, e continuam a dominar de muitas formas. E esse domínio nem sempre ocorreu de maneira pacífica, então, mesmo as raças mais isoladas têm a marca dos sanzed, quer seus ancestrais desejassem a mescla ou não. Todos são avaliados pelos desvios padrão em relação ao modelo sanzed médio. O povo desse garoto, seja qual for, claramente conseguiu permanecer isolado.

– O que, em nome do fogo debaixo da Terra, você é? – você pergunta antes de lhe ocorrer que isso poderia ferir os sentimentos dele. Alguns dias de horror e você esquece tudo sobre cuidar de crianças.

Mas o menino apenas fica surpreso e depois sorri.

– Fogo debaixo da Terra? Você é esquisita. Estou limpo o bastante?

Você fica tão confusa quando ele diz que *você* é esquisita que só muito mais tarde percebe que ele se esquivou da pergunta.

Você balança a cabeça para si mesma, então estende a mão para pegar o sabonete que ele lhe entrega.

– Ah, sim. Aqui está.

E você segura a camisa para ele enfiar os braços e a cabeça. Ele faz isso de modo desajeitado, como se não estivesse acostumado a ser vestido por outra pessoa. No entanto, é mais fácil do que vestir Uche; pelo menos esse menino não se contorce...

Você para.

Você se afasta por um tempo.

Quando volta a si, o céu está mais brilhante, e Hoa se estendeu em um gramado baixo ali perto. Ao menos uma hora se passou. Talvez mais.

Você passa a língua pelos lábios e se concentra nele com desconforto, esperando que ele diga algo sobre a sua... ausência. Ele apenas se anima quando vê que você está de volta, levanta-se e espera.

Tudo bem então. Você e ele podem se dar bem, no final das contas.

Depois disso, vocês voltam para a estrada. O garoto anda bem, apesar de não ter sapatos; você o observa de perto, procurando sinais de que está mancando ou sentindo-se cansado e para com mais frequência do que teria feito se estivesse sozinha. Ele parece grato pela oportunidade de descansar, mas, fora isso, está bem. Um verdadeiro veteranozinho.

– Você não pode ficar comigo – você fala, no entanto, durante uma de suas pausas para descansar. Seria melhor não deixá-lo muito esperançoso. – Vou tentar achar uma comu para você; vamos parar em várias ao longo do caminho, se abrirem os portões para negociar. Mas eu preciso seguir adiante, mesmo se encontrar um lugar para você. Estou procurando alguém.

– A sua filha – diz o menino, e você fica tensa. Um instante se passa. O garoto ignora seu choque, cantarolando e dando tapinhas no embrulho de trapos como se fosse um animal de estimação.

– Como sabia disso?

– Ela é muito forte. Não tenho certeza se é ela, claro. – O menino olha para você e sorri, alheio ao seu olhar fixo. – Há vários de vocês naquela direção. Isso sempre deixa as coisas difíceis.

Há muitas coisas que provavelmente deveriam estar passando pela sua mente neste exato momento. Você só reúne forças para falar uma delas em voz alta.

– *Você sabe onde a minha filha está.*

Ele cantarola outra vez de forma evasiva. Você tem certeza de que ele sabe o quanto tudo isso parece loucura. Você tem certeza de que ele está rindo em algum lugar por trás daquela máscara em seu rosto.

– Como?

Ele encolhe os ombros.

– Eu só sei.

– *Como?*

Ele não é um orogene. Você reconheceria os da sua espécie. Mesmo que fosse, orogenes não conseguem *rastrear uns aos outros como cães*, sendo guiados à distância, como se a orogenia tivesse cheiro. Só os Guardiões conseguem fazer coisas desse tipo e, mesmo assim, apenas se o rogga for ignorante ou idiota o bastante para permitir que o rastreiem.

Ele ergue os olhos, e você tenta não vacilar.

– Eu apenas *sei*, tá bom? É uma coisa que eu consigo fazer. – Ele desvia o olhar. – É uma coisa que eu sempre consegui fazer.

Você fica pensando. Mas. Nassun.

Você está disposta a acreditar em um monte de coisas ridículas se alguma delas puder ajudá-la a encontrar sua filha.

– Tudo bem – você responde. Lentamente, porque isso é loucura. *Você* está louca, mas agora se dá conta de que o garoto também está, e isso significa que precisa tomar cuidado. Mas, na pequena hipótese de que ele *não* esteja louco ou de que a loucura dele realmente funcione do jeito como ele falou…

– A… a que distância ela está?

– A muitos dias de caminhada. Ela está indo mais rápido do que você.

Porque Jija levou a carroça e o cavalo.

– Nassun ainda está viva. – Você precisa fazer uma pausa depois disso. Muita coisa para sentir, muita coisa para conter. Rask lhe contou que Jija partiu de Tirimo com ela naquele dia, mas você teve medo de permitir a si mesma pensar nela como estando viva *no presente*. Apesar de uma parte de você não querer acreditar que Jija poderia matar a própria filha, o resto de você não só acredita, como *prevê* isso de certo modo.

O menino meneia a cabeça, observando-a; seu rostinho está estranhamente solene agora. De fato, não há muito de infantil nessa criança, você nota de maneira vaga e tardia.

Mas, se puder encontrar a sua filha, ele pode ser o próprio Pai Terra Perverso encarnado que você não vai dar a mínima.

Então, você vasculha a sua bolsa e acha o seu cantil, aquele com água boa para consumo; você reabasteceu o outro no riacho, mas precisa ferver a água primeiro. Depois que toma um gole, no entanto, você o entrega para o garoto. Quando ele termina de beber, você lhe dá um punhado de uvas passas. Ele faz que não com a cabeça e as devolve.

– Não estou com fome.

– Você não comeu nada.

– Eu não como muito. – Ele pega o embrulho. Talvez tenha suprimentos ali. Não importa. Na verdade, você não se importa. Ele não é seu filho. Ele só sabe onde sua filha está.

Você levanta acampamento e retoma a viagem para o sul, desta vez com o menino andando ao seu lado, sutilmente mostrando o caminho.

+   +   +

OUÇAM, OUÇAM, OUÇAM BEM.

HOUVE UM TEMPO, ANTES DAS ESTAÇÕES, QUANDO VIDA E TERRA, SEU PAI, PROSPERAVAM JUNTOS. (A VIDA TINHA UMA MÃE TAMBÉM. ALGO TERRÍVEL ACONTECEU COM ELA.) NOSSO PAI TERRA SABIA QUE IA PRECISAR DE VIDA INTELIGENTE, ENTÃO USOU AS ESTAÇÕES PARA NOS MOLDAR A PARTIR DOS ANIMAIS: MÃOS INTELIGENTES PARA FAZER COISAS E MENTES INTELIGENTES PARA RESOLVER PROBLEMAS E LÍNGUAS INTELIGENTES PARA TRABALHAR JUNTAS E SENSAPINAE INTELIGENTES PARA NOS ALERTAR SOBRE O PERIGO. AS PESSOAS SE TORNARAM O QUE O PAI TERRA PRECISAVA, E DEPOIS MAIS DO QUE ELE PRECISAVA. ENTÃO, NÓS NOS VOLTAMOS CONTRA ELE, E ELE MORRE DE ÓDIO DE NÓS DESDE ENTÃO.

LEMBREM-SE, LEMBREM-SE DO QUE EU DIGO.

– *RECITAÇÃO SABEDORISTA, "A CRIAÇÃO DOS TRÊS POVOS", PARTE UM*

8

Syenite na estrada alta

Syenite acaba precisando perguntar o nome de seu novo mentor. Alabaster, ele lhe diz, que ela supõe haverem lhe dado ironicamente. Precisa usar o nome dele com bastante frequência, porque ele fica caindo no sono sobre a sela durante os longos dias de cavalgada, o que lhe deixa todo o trabalho de prestar atenção à rota e ficar atenta a possíveis perigos, bem como manter-se entretida. Ele acorda rápido quando ela pronuncia seu nome, o que, de início, leva-a a acreditar que ele está apenas fingindo para evitar uma conversa com ela. Quando ela diz isso, ele parece irritado e fala:

– É claro que caí no sono de verdade. Se quiser tirar algo de útil de mim hoje à noite, é melhor me *deixar* dormir.

O que a deixa furiosa, porque não é *ele* que vai ter que ter um bebê para o império e a Terra. E o sexo também não requer nenhum grande esforço da parte dele, breve e entediante como é.

Mas talvez, com uma semana de viagem, ela finalmente perceba o que ele está fazendo durante suas cavalgadas diurnas e mesmo durante a noite, enquanto estão cansados e pegajosos no saco de dormir que compartilham. Ela pode ser perdoada por não ter notado, ela pensa, porque é uma coisa constante, como um murmúrio baixinho em uma sala cheia de gente tagarelando, mas ele está reprimindo todos os tremores na área. *Todos* eles, não apenas um tremor que as pessoas possam sentir. Todas as minúsculas e infinitesimais flexões e ajustes da terra, alguns dos quais são essencialmente aleatórios: onde quer que ela e Alabaster passem, esses movimentos se aquietam por um tempo. A quietude sísmica é comum em Yumenes, mas não deveria existir aqui no interior, onde a rede de ligação é esparsa.

Quando Syenite descobre isso, fica... confusa. Porque não faz sentido reprimir microtremores e, na verdade, fazer isso pode tornar as coisas piores da próxima vez que ocorrer um tremor maior. Foram muito cuidadosos ao ensinar isso a ela quando ainda era um grão aprendendo geomestria e sismologia básicas: a terra não gosta de ser contida. Redirecionar, e não cessar, é o objetivo de um orogene.

Ela reflete sobre esse mistério durante vários dias enquanto eles passam pela estrada entre Yumenes e Allia, sob um obelisco que fica girando e que brilha como uma turmalina do tamanho de uma montanha sempre que está sólido o suficiente para pegar a luz do sol. A estrada alta é a rota mais rápida entre as duas capitais de distritante, construída em uma linha o mais reta possível de uma forma que apenas o Velho Sanze ousaria: elevada sobre compridas pontes de pedra e através de vastos cânions e, de vez em quando, passando por túneis no meio das montanhas altas demais para subir. Isso significa que a viagem ao litoral vai demorar só algumas semanas se eles forem devagar, metade do que demoraria em uma viagem pela estrada baixa.

Mas, em nome da Terra ferrugenta e fétida, as estradas altas são tediosas. A maioria das pessoas acha que são armadilhas mortais esperando para serem acionadas, apesar de serem em geral mais seguras do que as estradas comuns; todas as estradas imperiais foram construídas por equipes com os melhores geoneiros e orogenes, colocadas de propósito em locais considerados permanentemente estáveis. Algumas delas sobreviveram a várias Estações. Então, durante dias seguidos, Syenite e Alabaster encontram apenas caravanas de mercadores determinados, cavaleiros do serviço postal e a patrulha do distritante local; todos eles encaram

Syenite e Alabaster ao notar seus uniformes pretos do Fulcro e não se dignam a falar com os dois. Há algumas comus enfileirando-se nas saídas da rota e quase nenhuma loja onde comprar suprimentos, embora haja plataformas regulares ao longo da estrada com áreas preparadas e cabanas para acampar. Syen passou todas as noites esmagando insetos ao lado de uma fogueira e não tendo nada para fazer além de olhar para Alabaster. E fazer sexo com ele, mas isso só mata alguns minutos.

Essa outra atividade, no entanto, é interessante.

– Por que está fazendo isso? – Syenite pergunta, enfim, três dias depois que percebeu, pela primeira vez, que ele estava reprimindo microtremores. Ele acabou de fazê-lo de novo, enquanto esperam pelo jantar; pão armazenado com bife e ameixas secas em calda, que delícia. Ele bocejou ao fazer aquilo, então claro que deve ter exigido algum esforço. A orogenia sempre custa alguma coisa.

– Fazendo o quê? – pergunta ele depois de eliminar um abalo secundário abaixo da superfície e mexer na fogueira, aparentemente entediado. Ela quer bater nele.

– *Isso.*

Ele ergue as sobrancelhas.

– Ah. Você *consegue* sentir.

– Claro que consigo sentir. Você faz isso o tempo todo!

– Bem, você não disse nada até agora.

– *Porque eu estava tentando entender o que você estava fazendo.*

Ele parece perplexo.

– Então, talvez devesse ter perguntado.

Ela vai matá-lo. Um pouco dessa irritação deve ter ficado evidente por meio do silêncio, porque ele faz uma careta e por fim explica.

– Estou dando um descanso aos mantenedores das estações de ligação. Cada microtremor que eu suavizo diminui o fardo deles.

Syen sabe sobre os mantenedores dos pontos de ligação, claro. Da mesma maneira que as Estradas Imperiais ligam os antigos vassalos do velho império a Yumenes, as estações de ligação conectam distritantes afastados com o Fulcro para expandir sua proteção para o mais longe possível. Por todo o continente, em quaisquer pontos onde os orogenes seniores determinaram que é melhor para manipular falhas próximas ou pontos quentes, há um posto avançado. Nesse posto está estacionado um orogene treinado no Fulcro cuja única missão é manter aquela região estável. Nos Equatoriais, as zonas de pontos de ligação se sobrepõem, de modo que não há nenhum movimento sequer; é por isso, e pela presença do Fulcro em seu centro, que Yumenes pode construir da forma como constrói. Para além dos Equatoriais, no entanto, as zonas são espaçadas para oferecerem maior proteção às populações maiores, e há intervalos na rede. Não vale a pena (pelo menos, não de acordo com os seniores do Fulcro) colocar estações de ligação perto de cada pequena comu de cultivo ou mineração do interior. As pessoas desses lugares se defendem da melhor maneira que podem.

Syen não conhece nenhum dos pobres tolos designados para uma missão tão tediosa, mas está muito, muito feliz de que ninguém nunca tenha lhe sugerido tal tarefa. É o tipo de coisa que dão a orogenes que nunca chegarão ao quarto anel; aqueles que têm muito poder bruto e pouco controle. Pelo menos podem salvar vidas, mesmo que estejam condenados a passar suas próprias em relativo isolamento e obscuridade.

– Talvez você devesse deixar os microtremores para os mantenedores – sugere Syenite. A comida está bem quente; ela usa um graveto para tirá-la do fogo. Mesmo sem querer, está com água na boca. Foi um dia longo. – A Terra sabe que eles provavelmente precisam de *alguma coisa* para impedir que morram de tédio.

Ela está concentrada na comida e a princípio não percebe o silêncio dele até oferecer-lhe uma porção. Então, ela franze a testa porque ele tem aquela expressão no rosto outra vez. O ódio. E desta vez pelo menos um pouco é dirigido a ela.

– Você nunca esteve em uma estação de ligação, suponho. Que ferrugem é essa?

– Não. Por que eu iria a uma delas?

– Porque deveria. Todos os roggas deveriam.

Syenite vacila só um pouquinho ao ouvi-lo dizer rogga. O Fulcro dá advertência a qualquer um que use essa palavra, de forma que ela não a ouve com frequência... Apenas o estranho epíteto sussurrado pelas pessoas que passam por eles ou por grãos tentando parecer durões quando os instrutores não estão por perto. É uma palavra tão feia, rude e gutural; o som dela é como um tapa na orelha. Mas Alabaster a usa do modo como as outras pessoas usam *orogene*.

Ele continua, ainda no mesmo tom frio:

– E, se você consegue sentir o que estou fazendo, então pode fazer também.

Isso deixa Syen mais chocada e mais brava.

– Por que, em nome dos fogos da Terra, eu reprimiria microtremores? Se fizer isso vou ficar... – E então ela para porque estava prestes a dizer *tão cansada e inútil quanto você*, e isso é grosseiro. Mas aí lhe ocorre que talvez ele *tenha* estado cansado e inútil porque esteve fazendo isso.

Se é importante o suficiente a ponto de ele estar se desgastando para fazê-lo, então talvez seja errado de sua parte recusar de imediato. Os orogenes têm que cuidar uns dos outros, afinal. Ela suspira.

– Tudo bem. Acho que posso ajudar um pobre tolo preso para lá do fim do mundo sem ter nada para fazer exceto manter a terra estável.

Ele relaxa só um pouquinho e ela fica surpresa por vê-lo sorrir. Ele quase nunca o faz. Mas não, aquele músculo no maxilar dele ainda está fazendo *tique*, *tique*, *tique*. Ele ainda está chateado com alguma coisa.

– Há uma estação de ligação a dois dias de cavalgada da próxima saída da estrada alta.

Syen espera que ele conclua a frase, mas ele começa a comer, fazendo um barulhinho de prazer que tem mais a ver com o fato de estar com fome do que com o fato de a comida estar particularmente deliciosa. Já que também está com fome, Syenite come com apetite e depois franze as sobrancelhas.

– Espere aí. Você está planejando *ir* a essa estação? É isso que está dizendo?

– *Nós* vamos, sim. – Alabaster olha para ela, um rápido lampejo de comando em sua expressão, e de repente ela o odeia mais do que nunca.

É completamente irracional a reação dela no que se refere a ele. Alabaster a supera em seis anéis e provavelmente a superaria por mais se as classificações por anéis passassem de dez; ela ouviu os boatos sobre a habilidade dele. Se algum dia lutassem, ele poderia virar seu espiral do avesso e congelá-la em um segundo. Só isso já era motivo para ela tratá-lo bem; pelo potencial valor de um favor dele e pelos seus próprios objetivos dentro das classificações do Fulcro, ela tentaria até *gostar* dele.

Mas ela tentou ser educada com ele, lisonjeira, e não funcionou. Ele apenas finge não entender ou a insulta até ela parar. Ela ofereceu todos os pequenos gestos de respeito que os seniores do Fulcro geralmente parecem esperar dos juniores, mas eles só o irritam. O que *a* deixa zangada, e, estranhamente, esse estado de coisas parece agradá-lo mais.

Então, embora ela jamais fosse fazer isso com qualquer outro sênior, ela responde de forma brusca:

– Sim, *senhor* – e deixa o resto da noite passar em ressentido e reverberante silêncio.

Eles vão para a cama e ela o procura, como de costume, mas, desta vez, ele vira para o lado, dando as costas a ela.

– Fazemos isso de manhã, se ainda tivermos que fazer. Já não está na época de você menstruar?

O que faz Syenite se sentir a pessoa mais ignorante do mundo. Que ele odeie o sexo tanto quanto ela não é a questão. Mas é horrível que ele estivesse *esperando um descanso* e ela não estivesse contando. Ela conta agora, de maneira desajeitada porque não consegue se lembrar do dia exato que a última menstruação começou e... ele está certo. Está atrasada.

Diante do silêncio surpreso da moça, ele suspira, já quase dormindo.

– Ainda não significa nada se a sua menstruação está atrasada. A viagem maltrata o organismo. – Ele boceja. – De manhã, então.

De manhã eles copulam. Não há uma palavra melhor que ela possa usar para o ato; vulgaridades não servem porque é entediante demais, e eufemismos para minimizar a intimidade não são necessários porque não é algo íntimo. É superficial, é um exercício, como os alongamentos que ela aprendeu a fazer antes de começarem a cavalgar o dia todo. Mais vigoroso desta vez porque ele descansou primeiro; ela quase gosta, e ele realmente faz um pouco de barulho quando goza. Mas é só isso. Quando terminam, ele fica ali deitado, observando, enquanto ela se levanta e lava o rosto e a nuca ao lado da fogueira. Ela está tão acostumada com isso que se assusta quando ele fala.

– Por que você me odeia?

Syenite faz uma pausa e considera por um instante a possibilidade de mentir. Se aquele lugar fosse o Fulcro, ela mentiria. Se ele fosse qualquer outro sênior, obcecado com ser apropriado e garantir que os orogenes do Fulcro se comportem bem o tempo todo, ela mentiria. Ele deixou claro, entretanto, que prefere a honestidade, por mais indelicada que seja. Então, ela suspira.

– Eu simplesmente odeio.

Ele se vira de barriga para cima, olhando para o céu, e ela pensa que é o fim da conversa até ele dizer:

– Acho que você me odeia porque... sou alguém que você *pode* odiar. Estou aqui, estou à mão. Mas o que você odeia de verdade é o mundo.

Ao ouvir isso, Syen joga a toalha de rosto na bacia de água que estava usando e o encara.

– O mundo não diz tolices como essa.

– Não estou interessado em orientar uma bajuladora. Quero que seja você mesma quando está comigo. E quando é, mal consegue me dirigir uma palavra cortês, não importa o quanto eu esteja sendo cortês com *você*.

Ouvindo a situação ser expressa dessa forma, ela se sente um pouco culpada.

– O que você quer dizer com isso? Que eu odeio o mundo?

– Você odeia o modo como vivemos. O modo como o mundo nos faz viver. Ou o Fulcro é nosso dono, ou temos que nos esconder e ser caçados como cachorros se algum dia formos descobertos. Ou nos tornamos monstros e tentamos matar tudo. Nunca podemos apenas... ser. – Ele suspira, fechando os olhos. – Deveria haver uma maneira melhor.

– Não há.

– Deve haver. Sanze não pode ser o primeiro império que conseguiu sobreviver a algumas Estações. Dá para ver a evidência de outros modos de vida, outras pessoas que se tornaram poderosas. – Ele faz um gesto em direção oposta à estrada alta, apontando para a paisagem que se espalha ao redor deles. Estão perto da Grande Floresta do Leste; nada além de um tapete de árvores se erguendo e caindo até onde os olhos alcançam. Exceto...

... exceto que, bem ao longe no horizonte, ela localiza algo que parece uma mão esquelética de metal, abrindo caminho à unha por entre as árvores. Outra ruína, e deve ser realmente enorme, se ela consegue vê-la dali.

– Nós transmitimos o Saber das Pedras de geração a geração – diz Alabaster, sentando-se –, mas nunca tentamos nos lembrar de nada sobre o que já foi tentado, outra coisa que poderia ter dado certo.

– Porque *não* deu. Aquelas pessoas morreram. Nós ainda estamos vivos. Nosso modo é o correto, o deles era o errado.

Ele lhe lança um olhar que ela interpreta como *não vou me incomodar em dizer o quanto você é idiota*, embora ele provavelmente não tenha tido essa intenção. Ele está certo; ela simplesmente não gosta dele.

– Percebo que você só tem a educação que o Fulcro lhe deu, mas pense, tudo bem? Sobrevivência não significa que algo é o *correto*. Eu poderia matá-la agora mesmo, mas fazer isso não me tornaria uma pessoa melhor.

Talvez não, mas isso não teria importância para *ela*. E ela fica magoada com a suposição casual da fraqueza dela, embora ele esteja completamente certo.

– Tudo bem. – Ela se levanta e começa a pôr a roupa, vestindo-se com movimentos rápidos. – Conte-me qual é o outro jeito então.

Ele não diz nada por um momento. Ela se vira para finalmente olhar para ele, e ele parece desconfortável.

– Bem... – Ele aborda o assunto com cuidado. – Poderíamos tentar deixar os orogenes administrarem coisas.

Ela quase dá risada.

– Isso duraria uns dez minutos antes que todos os Guardiões da Quietude aparecessem para nos linchar, com metade do continente a reboque para ver e torcer.

– Eles nos matam porque o Saber das Pedras lhes diz o tempo todo que nós nascemos maus, que somos algum tipo de agentes do Pai Terra, monstros que mal se qualificam como humanos.

– Sim, mas você não pode mudar o Saber das Pedras.

– O Saber das Pedras muda o tempo inteiro, Syenite. – Ele também não diz o nome dela com frequência. Isso chama sua atenção. – Toda civilização acrescenta algo; partes que não importam ao povo da época são esquecidas. Há um motivo pelo qual a Tábua Dois está tão danificada: alguém, em algum momento no passado, decidiu que não era importante ou que era errado e não se incomodou em cuidar dela. Ou talvez tenham até tentado destruí-la de propósito, por isso tantas das cópias mais primitivas estão danificadas exatamente da mesma forma. Os arqueomestas encontraram algumas tábuas antigas em uma das cidades mortas no Platô Tapita; eles também escreveram seu Saber das Pedras de modo ostensivo para transmiti-lo para as futuras gerações. Mas o que estava nas tábuas era diferente, *drasticamente* diferente, do saber que aprendemos na creche. Até onde sabemos, a própria admoestação contra mudar o saber é um acréscimo recente.

Ela não sabia disso. Essa história a faz franzir a testa. Também a faz não querer acreditar nele, ou talvez seja apenas sua aversão a ele vindo à tona outra vez. Mas... o Saber das Pedras é tão antigo quanto a inteligência. É a única coisa que permitiu que a humanidade sobrevivesse Quinta Estação após Quinta Estação, quando eles se agrupam enquanto o mundo fica escuro e frio. Os sabedoristas contam histórias sobre o que acontece quando as pessoas (líderes políticos ou filósofos ou intrometidos bem intencionados de qualquer tipo) tentam mudar o saber. Resulta inevitavelmente em desastre.

Então, ela não acredita.

– Onde você ouviu falar sobre as tábuas em Tapita?

– Venho cumprindo missões fora do Fulcro há vinte anos. Tenho amigos aqui fora.

Amigos que conversam com um orogene? Sobre heresia histórica? Soa ridículo. Mas, por outro lado... bem.

– Tudo bem, então, como se altera o saber de modo que...

Ela não está prestando atenção aos estratos ambientes porque a discussão interessou-lhe mais do que deseja admitir. Ele, contudo, aparentemente ainda está reprimindo tremores mesmo enquanto conversam. Além do mais, ele é um dez-anéis, então faz sentido que respire e se levante de forma abrupta como se puxado por cordas, virando-se para o horizonte a oeste. Syen franze as sobrancelhas e segue o olhar dele. A floresta daquele lado da estrada alta é cheia de remendos por conta da exploração madeireira e bifurcada por duas estradas baixas que se embrenham por entre as árvores. Há outra ruína de civextinta, uma cúpula que é mais uma pedra caída do que uma coisa intacta, bem longe, e ela consegue ver três ou quatro pequenas comus muradas, espalhadas pela paisagem aqui e ali. Mas ela não sabe a que ele está reagindo...

... e então ela sensa a causa. Pelas crueldades da Terra, é um dos grandes! Um de nível oito ou nove. Não, *maior*. Há um ponto quente a uns 320 quilômetros de distância, abaixo da periferia de uma cidadezinha chamada Mehi... Mas isso não pode estar certo. Mehi fica na extremidade dos Equatoriais, o que significa que está dentro da rede de ligação protetora. Por quê...

Não importa por quê. Não quando Syen pode *ver* esse tremor fazendo toda a terra em torno da estrada alta chacoalhar e todas as árvores balançarem. Alguma coisa deu errado, a rede falhou, e o ponto quente abaixo de Mehi está subindo em direção à superfície. Os proto-tremores, mesmo daqui, são poderosos o bastante para trazer à boca dela um gosto de metal velho e amargo e fazer o leito de suas unhas da mão coçar. Até os quietos mais incapazes de sensar podiam senti-los, uma torrente constante de pequenas ondas sacudindo as louças e fazendo idosos arquejarem e porem as mãos na cabeça enquanto bebês choram de repente. Se nada impedir esse afloramento, os quietos sentirão muito mais quando surgir um vulcão bem debaixo dos seus pés.

– O quê... – Syenite começa a se virar para Alabaster e então para, em estado de choque, porque ele está agachado com as mãos e os joelhos no chão, grunhindo.

Um instante depois ela sente algo, uma onda de choque de orogenia bruta reverberando *para fora* e *para baixo* através das colunas da estrada alta e *para dentro* do xisto solto do solo da região. Não é poder de verdade, é apenas a força da vontade de Alabaster e a potência que ela alimenta, mas a moça não pode deixar de observar em dois níveis enquanto o poder dele corre (mais rápido do que ela jamais conseguiria ir) em direção àquele distante reservatório irradiante.

E antes mesmo de Syen perceber o que está acontecendo, Alabaster a *agarra* de um jeito que ela nunca vivenciou. Ela sente sua conexão com a terra, sua consciência orogênica, sendo de repente cooptada e conduzida por *outra pessoa*, e não gosta nem um pouco disso. Mas, quando ela tenta recuperar o controle de seus poderes, ele *queima*, como fricção, e no mundo real ela berra e cai de joelhos e não faz ideia do que está acontecendo. Alabaster os prendeu um ao outro de algum modo, usando a força dela para amplificar a dele próprio, e não há nada que ela possa fazer.

E então eles estão juntos, mergulhando para dentro da terra um atrás do outro, descendo em espiral em meio ao maciço e escaldante poço de morte que é o ponto quente. É enorme... São quilômetros de extensão, maior do que uma montanha. Alabaster faz alguma coisa, e algo sai em disparada e Syenite grita em uma súbita agonia que se acalma quase que de imediato. Redirecionado. Ele faz isso de novo e desta vez ela percebe o que ele está fazendo: *protegendo-a* do calor e da pressão e da fúria do ponto quente. Ele não sente nenhum incômodo porque se tornou calor e pressão e fúria também, ajustando-se àquilo de um modo que Syen só fez com pequenas câmaras de calor em estratos que, em outros aspectos, estavam estáveis... Mas elas eram faíscas de fogueira em comparação a esse fogaréu. Não há nada dentro dela que possa se igualar a isso. Então, ele usa o poder dela, mas também descarrega a força que ela não consegue processar, enviando-a para algum outro lugar antes que possa sobrecarregar a consciência dela e... e... Na verdade, ela não sabe ao certo o que aconteceria. O Fulcro ensina os orogenes a não ultrapassar seus próprios limites; ele não fala sobre o que acontece com aqueles que o fazem.

E antes que Syenite possa refletir sobre isso, antes que possa reunir os meios para *ajudá-lo*, já que não pode *fugir* dele, Alabaster faz outra coisa. Um golpe intenso. Algo foi perfurado em algum lugar. De imediato, a pressão que a bolha de magma faz para cima começa a abaixar. Ele puxa os dois, tirando-os do fogo e colocando-os na terra que ainda treme, e ela sabe o que fazer aqui porque são só tremores, não a fúria do Pai Terra encarnada. Algo muda de forma brusca, e a força *dele* fica à disposição *dela*. Tanta força; pela Terra, ele é um monstro. Mas aí se torna fácil, fácil de acalmar as ondas e vedar as rachaduras e tornar espesso o estrato partido de modo que não se forme uma nova falha aqui onde a terra foi pressionada e enfraquecida. Ela consegue sensar as estrias pela superfície da terra com uma clareza que nunca teve antes. Ela as alisa, reforça a pele da terra em torno delas com um foco cirúrgico que nunca antes foi capaz de atingir. E enquanto o ponto quente se transforma apenas em outra ameaça oculta e o perigo passa, ela volta a si para encontrar Alabaster encolhido em posição fetal à sua frente e um padrão de gelo semelhante a uma queimadura ao redor deles dois que já está sublimando.

Ela está com as mãos e os joelhos no chão, tremendo. Quando tenta se mexer, tem que fazer muito esforço para não cair de cara. Seus cotovelos ficam ameaçando dobrar. Mas ela se obriga a fazer isso, arrastar-se uns trinta ou sessenta centímetros para chegar até Alabaster, porque ele parece estar morto. Ela toca o braço dele, e o músculo debaixo do tecido está rijo, contraído e travado em vez de flácido; ela pensa que isso é um bom sinal. Puxando-o um pouco, ela chega mais perto e vê que os olhos dele estão abertos, arregalados, e olhando, não com o vazio inexpressivo da morte, mas com uma expressão de pura surpresa.

– É exatamente como Hessonita disse – ele sussurra de repente, e ela dá um pulo porque não achava que ele estivesse consciente.

Maravilha. Ela está em uma estrada alta no meio do nada, meio morta depois que sua orogenia foi usada por outra pessoa contra a sua vontade, sem ninguém para ajudá-la a não ser o ridiculamente poderoso cérebro de ferrugem imbecil que fez isso, para começar. Tentando voltar ao normal depois de... depois de...

Na verdade, ela não faz ideia do que acabou de acontecer. Não faz sentido. Abalos sísmicos não *acontecem* desse jeito. Pontos quentes que permaneceram estáveis durante eras não explodem de repente. Algo os desencadeia: uma mudança de placa em algum lugar, uma erupção vulcânica em alguma parte, um dez-anéis tendo um chilique, alguma coisa. E já que foi um evento tão poderoso, ela deveria ter sensado a causa. Deveria ter tido algum aviso além da arfada de Alabaster.

E que ferrugens Alabaster *fez*? Isso não entra na sua cabeça. Orogenes não podem trabalhar juntos. Foi comprovado: quando dois orogenes tentam exercer a mesma influência sobre o mesmo acontecimento sísmico, aquele com maior controle e precisão prevalece. O mais fraco pode ficar tentando e vai se queimar... Ou o mais forte pode atravessar a espiral do outro com um golpe, congelando-o junto com todo o resto. É por isso que os orogenes seniores administram o Fulcro... Eles não são apenas mais experientes, eles podem matar qualquer um que os contrarie, embora não devam. E é por isso que os dez-anéis têm escolhas: ninguém vai *forçá-los* a fazer nada. Exceto os Guardiões, claro.

Mas o que Alabaster fez foi inconfundível, embora inexplicável.

Que tudo se enferruje. Syenite se mexe para se sentar antes que caia. O mundo roda de uma maneira nada agradável, e ela apoia os braços nos joelhos erguidos e abaixa a cabeça por algum tempo. Eles não foram a lugar algum hoje, nem tampouco irão. Syen não tem forças para cavalgar, e Alabaster parece que talvez não vá sair do saco de dormir. Ele sequer se vestiu; simplesmente está encolhido ali, trêmulo e com a bunda de fora, completamente inútil.

Então, sobra para Syenite enfim se levantar e vasculhar as bolsas deles, encontrar duas derminther melas (pequenos melões com casca dura que se enterram durante uma Estação, ou pelo menos é o que dizem os geomestas...) e fazê-las rolar até a fogueira, a qual ela fica muito feliz que não tenham tido tempo de apagar ainda. Eles estão sem gravetos e combustível, mas os carvões devem ser suficientes para cozinhar as melas para eles jantarem dentro de algumas horas. Ela tira da pilha um maço de feno para os cavalos compartilharem, coloca um pouco de água em um balde de lona para eles beberem, olha para a pilha de excremento e pensa em jogá-la da beira da estrada alta com a pá para não terem que sentir o cheiro.

Então, ela se arrasta de volta para o saco de dormir, que felizmente está seco após o seu recente congelamento. Lá ela se deixa cair às costas de Alabaster e se amontoa. Ela não dorme. As mínimas contorções da terra enquanto o ponto quente se retrai ficam refletindo em seus sensapinae, impedindo-a de relaxar por completo. Entretanto, apenas estar ali deitada é o suficiente para recuperar um pouco da sua força, e sua mente se acalma até que o ar mais frio a traz de volta a si. Pôr do sol.

Ela pisca, descobrindo que, de algum modo, acabou dormindo de conchinha atrás de Alabaster. Ele ainda está encolhido, mas desta vez seus olhos estão fechados e seu corpo está relaxado. Quando ela se senta, ele se mexe um pouco e se levanta também.

– Temos que ir à estação de ligação – ele balbucia em uma voz enferrujada, o que na verdade não a surpreende nem um pouco.

– Não – responde ela, cansada demais para ficar irritada, e desistindo enfim do esforço de ser educada de uma vez por todas. – Não vou andar em um cavalo pela estrada alta no escuro enquanto estou exausta. Estamos sem turfa seca e nos resta pouco de tudo o mais; precisamos ir a uma comu para comprar mais suprimentos. E se tentar ordenar que eu vá a alguma estação de ligação para lá do fim do mundo, vai ter que me acusar de desobediência. – Ela nunca desobedeceu a uma ordem antes, então está um pouco confusa quanto às consequências. De fato, está cansada demais para se importar.

Ele resmunga e pressiona as palmas das mãos contra a testa como que para afastar uma dor de cabeça, ou talvez para empurrá-la mais a fundo. Depois xinga naquela língua que ela o ouviu usar antes. Ela ainda não a reconhece, mas tem mais certeza de que é uma das línguas crioulas da região costeira... O que é estranho, considerando que ele diz que foi concebido e criado no Fulcro. Por outro lado, alguém teve que criá-lo durante aqueles primeiros anos antes de ele ter idade suficiente para ser jogado no grupo dos grãos. Ela ouviu dizer que muitas das raças costeiras do leste são de pele escura como a dele, então talvez eles vão escutar o idioma sendo falado quando chegarem a Allia.

– Se não for comigo, vou sozinho – diz ele em um tom ríspido, enfim falando em sanze-mat. E então se levanta, tateando em busca das roupas e vestindo-as, como se estivesse falando sério. Syenite fica olhando enquanto ele faz isso, porque ele está tremendo tanto que mal consegue ficar em pé direito. Se subir em um cavalo nessas condições, vai cair.

– Ei – ela diz, e ele continua com seus preparativos febris como se não pudesse ouvi-la. – *Ei.* – Ele se mexe e olha, e ela percebe de forma tardia que ele *não* a ouviu. Ele esteve ouvindo algo completamente diferente esse tempo todo, a terra, a sua loucura interior, vai saber. – Você vai se matar.

– Eu não me importo.

– Isso é... – Ela se levanta, vai até ele e agarra seu braço no exato momento em que ele o estende em direção à sela. – Isso é idiotice, você não pode...

– *Não me diga o que eu não posso fazer.* – Seu braço é arame farpado na mão da moça quando se inclina para vociferar as palavras na cara dela. Syen quase se encolhe, mas de perto ela vê o branco dos olhos injetados de sangue, o brilho frenético, a expressão furiosa em suas pupilas. Há algo *errado* com ele. – Você não é uma Guardiã. Não pode me dar ordens.

– Você enlouqueceu? – Pela primeira vez desde que o conheceu, ela está... preocupada. Ele usou a orogenia dela com tanta facilidade, e ela não faz ideia de como ele fez isso. Ele é tão magro que ela provavelmente poderia acertá-lo e deixá-lo sem sentidos com certa tranquilidade, mas ele a congelaria depois do primeiro golpe.

Ele não é idiota. Ela tem que fazê-lo ver.

– Eu vou com você – assegura ela com firmeza, e ele parece tão grato que ela se sente mal por seus pensamentos pouco lisonjeiros de antes. – *Ao nascer do sol*, quando pegarmos a passagem para as estradas baixas sem quebrar as patas de nossos cavalos e os nossos pescoços. Tudo bem?

O rosto dele se contrai de agonia.

– É tempo demais...

– Nós já dormimos o dia inteiro. E quando você falou sobre isso antes, disse que era uma viagem de dois dias. Se perdermos os cavalos, quanto tempo mais vai demorar?

Isso o faz parar. Ele pisca e resmunga e se afasta aos tropeções, felizmente para longe da sela. Tudo está vermelho sob a luz do pôr do sol. Há uma formação rochosa à distância atrás dele, um cilindro reto e alto de uma coisa que Syenite consegue distinguir que não é natural apenas em um relance; ou foi erguido por um orogene, ou é outra ruína, mais bem camuflada do que a maioria. Tendo isso como pano de fundo, Alabaster fica olhando para o céu como se quisesse começar a uivar. Suas mãos contraem-se e relaxam, contraem-se e relaxam.

– A estação de ligação – ele diz por fim.

– Sim? – Ela estica a palavra, tentando não deixá-lo ouvir o tom de *tirando sarro do louco* que tem a sua voz.

Ele hesita, depois respira fundo. Respira outra vez, acalmando-se.

– Você sabe que tremores e choques não surgem do nada desse jeito. A causa desse abalo, a mudança que interrompeu o equilíbrio do ponto quente, foi a estação de ligação.

– Como você...? – Claro que ele sabe, é um dez-anéis. Então, ela entende o que ele quer dizer. – Espere, você está dizendo que o *mantenedor da estação* desencadeou isso?

– É exatamente o que estou dizendo. – Ele se vira para ela, cerrando os punhos de novo. – Agora você entende por que eu quero ir para lá?

Ela aquiesce, sem expressão. Ela entende. Porque um orogene que espontaneamente cria um supervulcão não faz isso sem gerar um espiral do tamanho de uma cidade. Ela não consegue deixar de olhar por sobre a floresta, em direção à estação. Ela não consegue ver nada daqui, mas, em algum lugar lá fora, um orogene do Fulcro matou tudo em um raio de vários quilômetros.

E então vem a pergunta possivelmente mais importante, que é: por quê?

– Tudo bem – diz Alabaster de repente. – Precisamos partir nas primeiras horas da manhã e ir o mais rápido que pudermos. É uma viagem de dois dias se formos devagar, mas, se forçarmos os cavalos... – Ele fala mais rápido quando ela abre a boca, passando por cima de sua objeção como um homem obcecado. – Se os forçarmos, se partirmos antes da alvorada, podemos chegar lá ao anoitecer.

Essa provavelmente é a melhor coisa que ela vai conseguir dele.

– Na alvorada, então. – Ela coça o cabelo. O couro cabeludo está áspero por conta da poeira da estrada; faz três dias que não consegue tomar banho. Eles deveriam passar por Alta Adea amanhã, uma comu de tamanho médio onde ela teria pressionado para ficar em uma pousada... Mas ele está certo. Precisam chegar à estação de ligação. – Mas vamos ter que parar no próximo riacho ou hospedaria. Temos pouca água para os cavalos.

Ele solta um som de frustração por conta das necessidades do corpo mortal. Mas diz:

– Tudo bem.

Então, ele se agacha perto dos carvões, de onde pega uma das melas já frias e a abre, comendo com os dedos e mastigando metodicamente. Ela duvida que ele sinta o gosto. Combustível. Ela se junta a ele para comer a outra mela, e o resto da noite se passa em silêncio, embora não em tranquilidade.

No dia seguinte, ou, na verdade, mais tarde naquela noite, eles selam os cavalos e partem com cuidado em direção à estrada em ziguezague que os tirará da estrada alta e os levará às terras abaixo. Quando chegam ao nível do solo, o sol já nasceu, então nesse ponto Alabaster assume o comando e força seu cavalo a todo galope, intercalando com caminhadas para deixá-los descansar. Syen está impressionada: havia pensado que ele simplesmente mataria os cavalos tomado por essa urgência que o consome. Ele não é idiota, pelo menos. Ou cruel.

Então, nesse ritmo, eles ganham tempo ao longo das estradas baixas, que são mais movimentadas e se entrecruzam, onde desviam de carroceiros com pouca carga e viajantes ocasionais e alguns membros da milícia local; todos eles abrem caminho para os dois quando Syen e Alabaster são avistados. É quase irônico, ela pensa: em qualquer outro momento, seus uniformes pretos fariam os outros se afastarem porque ninguém gosta de orogenes. Agora, entretanto, todos devem ter sentido o que quase aconteceu com o ponto quente. Dão caminho com avidez agora, e há gratidão e alívio em seus rostos. O Fulcro veio salvá-los. Syen tem vontade de rir de todos.

Eles param durante a noite e dormem um punhado de horas e começam de novo antes da alvorada, e ainda está bem escuro quando surge a estação de ligação, incrustada entre duas colinas pequenas no alto de uma estrada sinuosa. A estrada não é muito melhor do que uma trilha erma de terra batida com um pouco de asfalto velho e rachado, jogado sobre ela como uma alusão à civilização. A própria estação é outra alusão. Eles passaram por dezenas de comus no caminho para cá, cada uma mostrando uma ampla variedade de arquiteturas, qualquer coisa que seja nativa da região, quaisquer modismos que os membros mais ricos da comu tentaram introduzir, imitações baratas dos estilos yumenescenses. Porém, a estação é puro estilo velho Império: grandes paredes indefinidas feitas de tijolo de escória vermelha em torno de um complexo constituído de três pequenas pirâmides e uma pirâmide central maior. Os portões são feitos de algum tipo de metal duro como o aço, o que faz Syen se contrair. Ninguém coloca portões de metal em qualquer coisa que queira de fato manter em segurança. Mas não há nada na estação, exceto o orogene que mora aqui e a equipe que dá apoio a ele ou a ela. As estações de ligação nem ao menos têm esconderijos de provisões, em vez disso contam com caravanas de reabastecimento periódicas vindas de comus próximas. Poucos iam querer roubar qualquer coisa de dentro daquelas paredes.

Syen é pega desprevenida quando Alabaster refreia o cavalo de forma abrupta bem antes de chegarem aos portões, olhando de esguelha para a estação.

– O que foi?

– Ninguém está saindo – diz ele quase que para si mesmo. – Ninguém está se mexendo para além dos portões. Não consigo ouvir nada vindo de lá de dentro. Você consegue?

Ela só ouve o silêncio.

– Quantas pessoas deveria haver? O mantenedor da estação, um Guardião, e...?

– Mantenedores de estação não precisam de Guardiões. Em geral, há uma tropa de seis a dez soldados imperiais colocados na estação para proteger o mantenedor. Cozinheiros e outros funcionários para servi-los. E sempre há pelo menos um médico.

Tantos enigmas em tão poucas palavras. Um orogene que não precisa de Guardião? Mantenedores de estações têm menos de quatro anéis; pessoas com poucos anéis nunca recebem permissão para sair do Fulcro sem Guardiões, ou pelo menos um sênior para supervisionar. Os soldados ela entende: às vezes, habitantes locais supersticiosos não fazem muita distinção entre orogenes treinados pelo Fulcro e qualquer outro tipo. Mas por que um médico?

Não importa.

– Provavelmente estão todos mortos – diz ela, mas, mesmo ao dizer isso, seu raciocínio hesita. A floresta ao redor deles deveria estar morta também, num raio de quilômetros, e árvores e animais e solo, instantaneamente congelados e transformados em lama depois de descongelar. Todas as pessoas que passaram por eles pela estrada deveriam estar mortas. De que outra forma o mantenedor da estação teria conseguido energia suficiente para agitar aquele ponto quente? Mas tudo parece bem daqui, exceto pelo silêncio na estação de ligação.

De repente, Alabaster faz o cavalo andar e não há tempo para perguntas. Eles sobem a colina e seguem em direção aos portões fechados e trancados que Syen não consegue ver um modo de abrir, se não houver ninguém lá dentro para fazer isso para eles. Em seguida, Alabaster assobia e se inclina para a frente e, por um momento, surge uma espiral estreita e intensa tremeluzindo... Não em torno deles, mas do portão.

Ela nunca viu ninguém fazer isso, lançar sua espiral a outro lugar, mas, ao que parece, os dez-anéis conseguem. O cavalo dela dá um relincho nervoso ao ver o súbito vórtice de frio e neve diante deles, então ela o segura com as rédeas, e ele dá mais alguns passos para trás. No instante seguinte, algo range e se ouve um estalo para além do portão. Alabaster solta a espiral quando uma das portas de aço se abre; ele já está apeando.

– Espere, dê um tempo para a porta esquentar – começa Syen, mas ele a ignora e se dirige aos portões sem sequer se incomodar em ver onde põe os pés no asfalto escorregadio salpicado de geada.

Pelos ferrugentos fogos da Terra. Então, Syen apeia e amarra as rédeas do cavalo em volta de uma árvore nova e inclinada. Depois de um dia de cavalgada pesada, ela terá que deixá-los esfriar antes de dar-lhes alimento ou água, e deveria pelo menos esfregá-los… Mas algo nessa grande, vaga e silenciosa construção a deixa nervosa. Ela não sabe ao certo o quê. Então deixa os cavalos selados. Só para garantir. Depois, segue Alabaster e entra.

Está quieto dentro do complexo, e escuro. Não há eletricidade nesse fim de mundo, apenas lamparinas que se apagaram. Há um grande pátio aberto logo após os portões principais de metal, com andaimes nas paredes internas e nos prédios próximos para cercar quaisquer visitantes por todos os lados com posições convenientes para franco-atiradores. O mesmo tipo de entrada tão amigável de qualquer comu bem protegida, na verdade, embora em uma escala muito menor. Mas não há ninguém *neste* pátio, embora Syen aviste uma mesa e algumas cadeiras em um lado onde as pessoas que costumam ficar de guarda deviam estar jogando cartas e comendo lanches não muito antes. O complexo todo está em silêncio. O chão é pavimentado com escória vermelha gasta e irregular pela passagem de muitos pés ao longo de muitos anos, mas ela não ouve nenhum pé se movendo sobre ele agora. Há um estábulo ao lado do pátio, mas suas baias estão fechadas e quietas. Botas cobertas de barro seco estão enfileiradas na parede mais próxima ao portão; algumas foram jogadas ou empilhadas ali em vez de colocadas de maneira organizada. Se Alabaster estiver certo sobre os soldados imperiais estarem estacionados aqui, eles obviamente são do tipo que não se importa muito com estar preparado para inspeção. Faz sentido: ser designado a um lugar como este provavelmente não é uma recompensa.

Syen chacoalha a cabeça. E então ela sente um odor de animal vindo do estábulo, o que a deixa tensa. Ela sente cheiro de cavalo, mas não consegue vê-los. Aproximando-se (seus punhos se cerram antes que ela se obrigue a abri-los), ela dá uma espiada por cima da porta da primeira baia, depois olha para dentro das outras baias para fazer um inventário completo.

Três cavalos mortos, deitados de lado no feno. Não estão inchados ainda, provavelmente porque só os membros e a cabeça dos animais estão flácidos por conta da morte. O tronco de cada cadáver tem uma crosta de gelo e condensação, a carne ainda está, em grande parte, congelada. Dois dias de derretimento, ela imagina.

Há uma pequena pirâmide de tijolo de escória no centro do complexo, com seus próprios portões de pedra interiores, embora estes estejam abertos por ora. Syenite não consegue ver aonde Alabaster foi, mas supõe que ele esteja dentro da pirâmide, uma vez que é onde estará o mantenedor da estação.

Ela sobe em uma cadeira e usa um pedaço de acendedor que está ali perto para acender uma das lamparinas, depois se dirige lá para dentro, andando mais rápido agora que sabe o que vai encontrar. E, sim, dentro dos corredores escuros da pirâmide ela vê os soldados e os membros da equipe que um dia moraram aqui: alguns espalhados no meio da corrida, alguns pressionados contra a parede, alguns deitados com os braços estendidos em direção ao centro do prédio. Alguns tentaram fugir do que estava para acontecer e alguns tentaram chegar à origem para tentar deter aquilo. Todos eles fracassaram.

Então, Syen encontra a câmara da estação.

Ela é o que tem que ser. Está no meio da edificação, depois de passar por um elegante arco decorado com um mármore rosa mais claro e desenhos de raízes de árvores em relevo. A câmara à frente é alta, abobadada e escura, mas está vazia... Exceto no centro da sala, onde há uma... coisa grande. Ela chamaria de cadeira, se fosse feita de qualquer coisa que não arames e alças. Não parece muito confortável, exceto pelo fato de que aparenta acomodar o seu ocupante em uma inclinação confortável. De qualquer forma, o mantenedor da estação está sentado nela, então deve ser...

Oh. *Oh.*

Oh, pela maldita Terra incandescente.

Alabaster está de pé à beira do estrado onde está a cadeira de arame, olhando para o corpo do mantenedor da estação. Ele não levanta o olhar quando ela se aproxima. O rosto dele está imóvel. Não triste, nem sombrio. Só uma máscara.

– Mesmo o menor de nós deve servir ao bem maior – diz ele, sem ironia na voz.

O corpo na cadeira do mantenedor da estação é pequeno e está nu. Magro, seus membros atrofiados. Careca. Há coisas... tubos e canos e *coisas*, ela não tem palavras para descrevê-las... entrando nos braços finos como gravetos,

descendo pela garganta arregalada, atravessando a genitália estreita. Há uma bolsa flexível sobre o ventre do cadáver,
ligado à sua barriga de alguma forma, e está cheia de... Eca.
A bolsa precisa ser trocada.

Ela se concentra em tudo isso, esses detalhezinhos,
porque ajuda. Porque há uma parte dela que está tagarelando, e o único meio de manter essa parte lá dentro e em
silêncio é se concentrar em tudo o que vê. Engenhoso, na
verdade, o que eles fizeram. Ela não sabia que era possível manter um corpo vivo desse jeito: sem movimento, sem
vontade, sem definição. Então, ela se concentra em entender como fizeram isso. A estrutura de arame em particular
é uma ideia de gênio: há uma manivela e um cabo lá perto,
então o aparelho inteiro pode ser virado de cabeça para baixo para facilitar a limpeza. O arame minimiza as escaras,
talvez. Há um fedor de doença no ar, mas próximo dali
há uma estante inteira de infusões e comprimidos em fras-
cos; compreensível, já que seriam necessários antibióticos
melhores do que a penicilina normalmente fabricada pelas
comus para fazer algo assim. Talvez um desses tubos seja
para colocar remédio dentro do mantenedor da estação. E
esse é para colocar comida, e aquele é para tirar urina, oh, e
aquele rolo de pano é para absorver baba.

Mas ela vê o quadro geral também, apesar do esforço
para se concentrar nas minúcias. O mantenedor da estação:
uma criança, mantida nessas condições por um período que
deve ter sido de meses ou anos. Uma *criança*, cuja pele é
quase tão escura quanto a de Alabaster, e cujas feições poderiam corresponder às dele perfeitamente se não fossem
tão esqueléticas.

– O quê... – É tudo que ela consegue dizer.

– Às vezes um rogga não consegue aprender o controle. – Agora ela entende que o uso que ele faz do insulto é proposital. Uma palavra desumanizante para alguém que foi transformado em uma coisa. Ajuda. Não há inflexão na voz de Alabaster, não há emoção, mas está tudo ali na sua escolha de palavras. – Às vezes, os Guardiões pegam algum selvagem que é velho demais para treinar, mas jovem demais, de modo que é um desperdício matá-lo. E às vezes eles notam alguém no grupo dos grãos, um daqueles que são particularmente sensíveis, que parecem não conseguir dominar o controle. O Fulcro tenta ensinar-lhes por algum tempo, mas se as crianças não se desenvolvem num ritmo que os Guardiões acham apropriado, a Mãe Sanze sempre encontra outra utilidade para eles.

– Como... – Syen não consegue tirar os olhos do rosto daquele corpo, *do menino*. Os olhos dele estão abertos, são castanhos, mas estão embaciados e gélidos na morte. Ela está vagamente surpresa por não estar vomitando. – Como *essa*? Pelos fogos lá debaixo, Alabaster, eu *conheço* crianças que foram levadas para as estações de ligação. Eu não... Isso não...

Alabaster relaxa. Ela não havia percebido o quanto o outro estava mantendo o corpo rígido até ele se inclinar o bastante para passar uma das mãos por baixo do pescoço do garoto, levantando sua cabeça enorme e virando-a um pouco.

– Você devia ver isso...

Ela não quer, mas olha mesmo assim. Ali, de um lado ao outro da cabeça raspada da criança, há uma cicatriz comprida e queloide, em formato semelhante ao de uma trepadeira, adornada com as marcas dos pontos tirados há tempos. Fica bem na junção do crânio com a espinha.

– Os sensapinae dos roggas são maiores e mais complexos do que os das pessoas normais. – Quando ela viu o suficiente, Alabaster solta a cabeça da criança. Ela bate ao cair de volta ao seu berço de arame com uma solidez e um descuido que a fazem sobressaltar-se. – É uma simples questão de aplicar uma lesão aqui e ali que rompe o autocontrole do rogga por completo, ao passo que permite seu uso *instintivo*. Supondo que o rogga sobreviva à operação.

Engenhoso. Sim. Um orogene recém-nascido pode deter um terremoto. É uma coisa inata, mais certa até do que a capacidade de uma criança de mamar... E é essa capacidade que faz mais crianças orogenes serem mortas do que qualquer outra coisa. Os melhores de sua espécie se revelam muito antes de ter idade suficiente para entender o perigo.

Mas reduzir uma criança a nada *além* desse instinto, nada *além* da capacidade de reprimir tremores...

Ela realmente deveria estar vomitando.

– A partir desse ponto, é fácil. – Alabaster suspira, como se estivesse dando uma palestra particularmente chata no Fulcro. – Trate as infecções com medicamentos e assim por diante, mantenha-o vivo o bastante para funcionar, e você consegue a única coisa que nem o Fulcro consegue prover: uma fonte de orogenia confiável, inofensiva e completamente benéfica. – Da mesma maneira que Syenite não consegue entender por que não está com náuseas, ela não sabe ao certo por que *ele* não está gritando. – Mas acho que alguém cometeu o erro de deixar este aqui acordar.

Ele desvia os olhos, e Syenite segue o olhar de Alabaster para o corpo de um homem na parede mais distante. Esse não está vestido como os soldados. Está usando trajes civis, e dos bons.

– O médico? – Ela conseguiu adotar o tom de voz neutro e firme que Alabaster está usando. É mais fácil.

– Talvez. Ou algum cidadão local que pagou pelo privilégio. – Alabaster na verdade *encolhe os ombros*, apontando um hematoma ainda arroxeado na parte superior da coxa do menino. Tem o formato de mão, marcas de dedo claramente visíveis mesmo contra a pele escura. – Ouvi falar que há muitos que gostam desse tipo de coisa. Um fetiche pela incapacidade de reagir, basicamente. Eles gostam mais se a vítima estiver consciente do que estão fazendo.

– Oh, oh, pela Terra, Alabaster, você não pode estar querendo dizer...

Ele passa por cima de suas palavras outra vez, como se ela não tivesse falado.

– O problema é que os mantenedores de estações sentem uma dor terrível sempre que usam a orogenia. As lesões, entende. Como não conseguem impedir a si mesmos de reagir a cada tremor nas redondezas, nem mesmo aos microtremores, considera-se humano mantê-los constantemente sedados. E todos os orogenes reagem de modo instintivo a qualquer ameaça percebida...

Ah. Já chega.

Syen vai aos tropeções até a parede mais próxima e vomita os damascos secos e a carne seca que se obrigou a engolir enquanto cavalgava a caminho da estação. É errado. É tudo tão errado. Ela pensou... Ela não achava... Ela não sabia...

Depois, enquanto limpa a boca, ela levanta os olhos e vê Alabaster observando-a.

– Como eu disse – ele conclui em um tom muito suave –, todo rogga deveria ver uma estação de ligação, pelo menos uma vez.

– Eu não sabia. – Ela balbucia as palavras, as costas da mão ainda sobre a boca. As palavras não fazem sentido, mas ela se sente forçada a dizê-las. – Eu não sabia.

– Você acha que isso importa? – É quase cruel a frieza de sua voz e de seu rosto.

– Importa para *mim*!

– Acha que você importa? – De repente ele sorri. É uma coisa feia, fria como a espiral de vapor que sai do gelo. – Você acha que algum de nós importa a não ser pelo que podemos fazer por eles? Quer obedeçamos ou não. – Ele vira a cabeça em direção ao corpo da criança abusada e assassinada. – Você acha que ele importava, depois do que lhe fizeram? O único motivo pelo qual não fazem isso com todos nós é que somos mais versáteis, mais úteis, se nos controlamos. Mas cada um de nós é apenas mais uma arma para eles. Apenas um monstro útil, apenas um pouco de sangue novo para acrescentar às linhagens de reprodução. Apenas mais um maldito *rogga*.

Ela nunca ouviu tanto ódio colocado em uma palavra antes.

Mas, estando ali com a prova definitiva do ódio do mundo morta e fria e fedendo entre eles, ela não pode sequer vacilar desta vez. Porque se o Fulcro pode fazer isso, ou os Guardiões ou a Liderança yumenescense ou os geomestas ou quem quer que tenha inventado esse pesadelo, então não faz sentido mascarar o que pessoas como Syenite e Alabaster são de fato. Não são pessoas de forma alguma. Nem *orogenes*. Educação é um insulto em face do que ela viu. *Rogga*: isso é tudo que eles são.

Depois de um instante, Alabaster se vira e sai da sala.

✦   ✦   ✦

Eles acampam no pátio aberto. Os prédios da estação têm todos os confortos que Syen desejava: água quente, camas macias, comida que não é só pão armazenado e carne seca. Aqui fora no pátio, porém, os corpos não são humanos.

Alabaster está sentado em silêncio, olhando para a fogueira que Syenite fez. Ele está enrolado em um cobertor, segurando a xícara de chá que ela preparou; ela ao menos reabasteceu as reservas deles com as da estação. Ela não o viu beber nem um gole da xícara. Talvez tivesse sido bom, ela pensa, se pudesse ter lhe dado algo mais forte para beber. Ou não. Ela não sabe ao certo o que um orogene com a habilidade dele poderia fazer bêbado. Eles não devem beber exatamente por essa razão... Mas que se enferruje a razão, neste exato momento. Que se enferruje tudo.

– Os filhos são a nossa ruína – diz Alabaster, seus olhos cheios de fogo.

Syenite aquiesce, embora não entenda. Ele está falando. Isso tem que ser uma coisa boa.

– Acho que tenho doze filhos. – Alabaster se embrulha mais no cobertor. – Não tenho certeza. Eles nem sempre me dizem. Eu nem sempre vejo as mães depois. Mas suponho que sejam doze. Não sei onde a maioria deles está.

Ele conta fatos aleatórios como esse a noite toda, quando chega a falar. Syenite não foi capaz de responder à maioria de suas declarações, então não foi bem uma conversa. No entanto, essa a faz falar, porque esteve pensando sobre isso. Sobre como o menino na cadeira de arame parece Alabaster.

– Nosso filho... – começa ela.

Ele olha para ela e sorri de novo. É amável desta vez, mas ela não sabe ao certo se acredita nisso ou no ódio sob a superfície do sorriso.

– Ah, esse é só um destino possível. – Ele aponta para as indistintas paredes vermelhas da estação. – Essa criança poderia se tornar outro eu passando rapidamente de uma classificação de anel a outra e estabelecendo novos padrões para a orogenia, uma lenda do Fulcro. Ou ela poderia ser medíocre e nunca fazer nada digno de nota. Apenas mais uma orogene quatro ou cinco anéis limpando portos obstruídos por corais e fazendo filhos no tempo livre.

Ele fala em um tom de *alegria* tão ferrugento que é difícil prestar atenção às palavras e não só à inflexão. A voz se suaviza, e alguma parte dela anseia por algo mais suave neste exato momento. Mas as palavras dele a deixam com os nervos à flor da pele, ferroando como fragmentos pontiagudos de vidro em meio ao mármore liso.

– Ou um quieto – diz ela. – Até mesmo dois roggas... – É difícil dizer a palavra, mas é mais difícil dizer *orogene* porque o termo mais educado agora parece uma mentira. – Até nós podemos produzir um quieto.

– Espero que não.

– Você espera que *não*? – Esse é o melhor destino que ela consegue imaginar para o filho deles.

Alabaster estende as mãos em direção ao fogo para aquecê-las. Está usando seus anéis, ela percebe de repente. Ele quase nunca usa, mas, algum tempo antes de chegarem à estação, mesmo com o temor pelo filho queimando nas veias, lembrou-se de que seria adequado e os colocou. Alguns deles brilham à luz da fogueira, enquanto outros são opacos e escuros; um em cada dedo, inclusive nos polegares. Syenite sente uma pequena comichão em seis de seus dedos por estarem nus.

– Qualquer filho de dois orogenes classificados com anéis também deve ser orogene, sim – diz ele. – Mas não é algo exato. Não é *ciência*, o que nós somos. Isso não tem lógica. – Ele dá um sorriso discreto. – Por segurança, o Fulcro tratará quaisquer filhos de roggas como roggas em potencial, até que se prove o contrário.

– Mas, depois que estiver provado que não são, afinal, eles serão... pessoas. – É a única esperança de que ela pode lançar mão. – Talvez alguém os adote em uma boa comu, os mande para uma escola de verdade, os deixe utilizar um nome de uso...

Ele suspira. Há tanto cansaço nesse suspiro que Syen se cala, confusa e assustada.

– Nenhuma comu adotaria nosso filho – ele fala. As palavras são propositais e vagarosas. – A orogenia pode pular uma geração, talvez duas ou três, mas ela sempre volta. O Pai Terra nunca se esquece da dívida que temos.

Syenite franze as sobrancelhas. Ele falou coisas desse tipo antes, coisas que remontam às histórias dos sabedoristas sobre os orogenes, que são armas não do Fulcro, mas do odioso planeta à espera debaixo de seus pés. Um planeta que não quer nada mais do que destruir a vida, infestando sua superfície antes imaculada. Há algo nas coisas que Alabaster diz que a faz pensar que ele *acredita* nessas histórias antigas, pelo menos um pouco. Talvez acredite. Talvez o reconforte pensar que sua espécie tem algum propósito, por mais terrível que seja.

Ela não está com paciência para misticismo neste exato momento.

– Tudo bem, ela não será adotada por ninguém. – Syenite escolhe *ela* de forma arbitrária. – Mas e então? O Fulcro não fica com quietos.

Os olhos de Alabaster são como seus anéis, refletindo o fogo num instante, opacos e escuros no instante seguinte.

– Não. Ela se tornaria uma Guardiã.

Ah, ferrugens. Isso explica tanta coisa.

Ao notar que ela ficou em silêncio, ele levanta os olhos.

– Bom, tudo o que você viu hoje. Esqueça que viu.

– *O quê?*

– A coisa na cadeira não era uma criança. – Não há nenhum brilho nos olhos dele agora. – Não era *meu* filho, nem o filho de ninguém. Não era nada. Não era ninguém. Nós estabilizamos o ponto quente e descobrimos o que fez com que quase explodisse. Verificamos este lugar em busca de sobreviventes e não encontramos nenhum, e é isso que vamos telegrafar para Yumenes. É isso que nós dois vamos dizer se formos questionados, quando voltarmos.

– Eu, eu não sei se posso... – A expressão morta e de queixo caído do menino. Que coisa horrível estar preso em um pesadelo sem fim. Acordar para vivenciar agonia e ser alvo dos olhares lascivos de um parasita grotesco. Ela não consegue sentir nada além de pena pelo garoto, alívio por sua libertação.

– Você vai fazer exatamente o que eu disse. – A voz dele açoita como um chicote, e ela o encara, instantaneamente furiosa. – Se for lamentar, lamente pelo recurso desperdiçado. Se alguém perguntar, você está feliz que ele esteja morto. Sinta isso. Acredite nisso. Ele quase matou mais pessoas do que podemos contar, afinal. E, se alguém perguntar como se sente em relação a isso, diga que entende que é por esse motivo que fazem essas coisas conosco. Você sabe que é para o nosso bem. Sabe que é para o bem de todos.

– Seu ferrugento maldito, eu *não* sei...

Ele ri, e ela se encolhe porque a fúria voltou agora, com a velocidade de uma chicotada.

– Ah, não me provoque neste exato momento, Syen. Por favor, não me provoque. – Ele ainda está rindo. – Vou levar uma advertência se matar você.

É uma ameaça, enfim. Bem, da próxima vez que ele dormir. Ela vai ter que cobrir o rosto dele enquanto o esfaqueia. Mesmo as facadas letais demoram alguns segundos para matar; se ele concentrar sua orogenia nela nesse curto período, ela estará morta. No entanto, é menos provável que ele consiga mirar nela com precisão sem os olhos, ou se estiver distraído pela asfixia...

Mas Alabaster ainda está rindo. Muito. É quando Syenite se dá conta de uma agitação pairando no ambiente. Um *quase* iminente nos estratos debaixo dos seus pés. Ela franze a testa, distraída e alerta, e imagina se é o ponto quente outra vez... E então, tardiamente, ela percebe que essa sensação não é de algo se agitando, é de algo sacudindo de um modo rítmico. Em compasso com as ásperas exalações da risada de Alabaster.

Enquanto ela o encara, paralisada com a descoberta, ele até bate no joelho com uma das mãos. Sem parar de rir, porque o que ele *quer* fazer é destruir tudo à vista. E se o seu filho meio morto, meio crescido, pôde desencadear um supervulcão, é realmente impossível dizer o que o pai do menino poderia fazer se se empenhasse. Ou mesmo por acidente, se perdesse o controle por um instante.

Syen cerra os punhos sobre os joelhos. Ela fica ali sentada, as unhas furando as palmas das mãos, até ele finalmente se controlar. Demora um tempo. Mesmo depois que parou de rir, ele cobre o rosto com as mãos e solta uma risadinha mais uma vez, chacoalhando os ombros. Talvez esteja chorando. Ela não sabe. E também não se importa.

Enfim, ele levanta a cabeça e respira fundo, depois respira fundo de novo.

– Lamento por isso – ele diz por fim. A risada parou, mas ele está todo alegre outra vez. – Por que não falamos sobre outra coisa?

– Onde ferrugens está o seu Guardião? – Ela não abriu os punhos. – Você tem um mau humor do cão!

Ele *dá uma risadinha.*

– Ah, eu me certifiquei de que ela não seria uma ameaça há anos.

Syen aquiesce.

– Você a matou.

– Não. Eu pareço idiota? – Ele diz isso rindo em meia respiração até torrar a paciência. Syen está morrendo de medo dele e não sente mais vergonha de admitir isso. Mas ele percebe, e algo muda em seu comportamento. Ele respira fundo de novo e se acalma.

– Merda. Eu... eu sinto muito.

Ela não diz nada. Ele sorri um pouco, com tristeza, como se não esperasse que ela falasse. Então, ele se levanta e vai até o saco de dormir. Ela observa enquanto ele se deita, as costas voltadas para a fogueira; ela o observa até o ritmo da respiração dele diminuir. Só nesse momento é que ela relaxa.

No entanto, ela se sobressalta de novo quando ele fala bem baixinho.

– Você está certa – ele diz. – Estou louco há anos. Se ficar comigo por muito tempo, vai ficar louca também. Se vir o suficiente dessas coisas e entender o suficiente do que tudo isso significa. – Ele dá um longo suspiro. – Se me matar, estará fazendo um favor ao mundo inteiro. – Depois, ele não fala mais nada.

Syen reflete sobre suas últimas palavras provavelmente por mais tempo do que deveria.

Em seguida, ela se encolhe para dormir da melhor forma que puder sobre as duras pedras do pátio, enrolada em um cobertor e tendo uma sela como um tipo especialmente tortuoso de travesseiro. Os cavalos ficam se movimentando sem parar, do modo como fizeram a noite toda; eles podem sentir o cheiro de morte na estação. Mas acabam dormindo, e Syenite também. Ela espera que Alabaster acabe fazendo o mesmo.

Ao longo da estrada pela qual eles viajaram, o obelisco cor de turmalina flutua fora do alcance da vista por trás de uma montanha, implacável em sua rota.

✦   ✦   ✦

INVERNO, PRIMAVERA, VERÃO, OUTONO; A MORTE É A QUINTA E OCUPA O TRONO.

– PROVÉRBIO ÁRTICO

INTERLÚDIO

Uma ruptura no padrão. Um nó na trama. Há coisas que você deveria estar percebendo aqui. Coisas que estão faltando e que são importantes por sua ausência.

Note, por exemplo, que ninguém na Quietude fala de ilhas. Isso não acontece porque não existem ilhas ou porque elas são inabitadas. Muito pelo contrário. É porque as ilhas tendem a se formar perto das falhas ou em cima de pontos quentes, o que significa que são coisas efêmeras na escala planetária, aparecem com uma erupção e desaparecem com o próximo tsunami. Mas os seres humanos, também, são coisas efêmeras na escala planetária. A quantidade de coisas que eles não percebem é literalmente astronômica.

As pessoas na Quietude tampouco falam sobre outros continentes, embora seja plausível suspeitar que eles possam existir em alguma outra parte. Ninguém viajou ao redor do mundo para ver que não existe nenhum; viagens marítimas são muito perigosas devido ao reabastecimento e às ondas de tsunami de apenas uns trinta metros de altura em vez de serem as lendárias montanhas de água que dizem encrespar-se no profundo oceano irrestrito. Eles apenas aceitam como certa a parte do saber que foi passada por civilizações mais corajosas e que diz que não existe mais nada. Da mesma maneira, ninguém fala de objetos celestiais, embora os céus estejam tão repletos e lotados aqui quanto em qualquer outro lugar do universo. Isso se deve principalmente ao fato de que uma parte tão grande da atenção das pessoas esteja voltada ao solo, não ao céu. Eles percebem o que está lá: as estrelas e o sol e um cometa ou uma estrela cadente ocasionais. Eles não percebem o que está faltando.

Mas como poderiam? Quem sente falta do que nunca sequer imaginou? Isso não seria a natureza humana. Que sorte, então, que existem mais pessoas neste mundo do que simplesmente a humanidade.

9

SYENITE ENTRE OS INIMIGOS

Eles chegam a Allia uma semana depois, sob um céu azul brilhante de meio-dia que está completamente limpo, exceto por um obelisco roxo um pouco distante da costa.

Allia é grande para uma comu costeira; nada comparada a Yumenes, claro, mas de tamanho respeitável. Uma cidade de fato. A maioria de seus bairros e lojas e distritos industriais estão concentrados no terreno íngreme em forma de tigela de um porto natural formado a partir de uma antiga caldeira vulcânica que desmoronou de um lado, com povoados periféricos a vários dias de distância em todas as direções. Ao entrar, Syenite e Alabaster param no primeiro aglomerado de construções e casas de fazenda que veem, perguntam e (enquanto ignoram os olhares provocados por seus uniformes pretos) descobrem que há várias pensões por perto. Eles pulam a primeira porque um jovem de uma das casas de fazenda decide segui-los por alguns quilômetros, segurando o cavalo mais atrás para mantê-lo fora do que ele provavelmente acha que é a esfera de alcance deles. Está sozinho e não fala nada, mas um jovem pode com facilidade se tornar um bando de jovens, então eles continuam indo na esperança de que o ódio do rapaz não dure mais que o seu tédio, e ele acaba virando o cavalo e a cabeça de volta para o caminho de onde vieram.

A próxima pensão não é tão boa quanto a primeira, mas também não é ruim: um prédio antigo e quadrado de estuque que viu algumas Estações, mas é robusto e bem cuidado. Alguém plantou roseiras em cada canto e deixou a hera cobrir as paredes, o que provavelmente significará seu desabamento quando vier a próxima Estação, mas isso não é problema para Syenite se preocupar. Cobram-lhes duas madrepérolas imperiais por um quarto compartilhado e vagas no estábulo para dois cavalos por uma noite: uma extorsão tão ridiculamente óbvia que Syenite ri da proprietária antes de se conter. (A mulher lhes devolve o olhar.) Felizmente, o Fulcro entende que orogenes no campo às vezes precisam subornar os cidadãos para que tenham um comportamento decente. Syenite e Alabaster receberam provisões generosas, com uma carta de crédito que lhes permitirá obter mais dinheiro se necessário. Então, eles pagam o preço da proprietária, e a visão de todo aquele bom dinheiro branco torna seus uniformes pretos aceitáveis pelo menos por algum tempo.

O cavalo de Alabaster está mancando desde a cavalgada forçada até a estação de ligação, assim, antes de se acomodarem, eles também falam com um vaqueiro e negociam um animal sadio. O que conseguem é uma eguinha espirituosa que lança a Alabaster um olhar tão incrédulo que Syenite não consegue deixar de rir. É um bom dia. E, depois de uma boa noite de descanso em camas de verdade, eles seguem adiante.

Os portões principais de Allia são uma coisa enorme, até mais pomposamente amplos e adornados do que os de Yumenes. Mas de metal, em vez de pedra propriamente, o que os faz parecer a imitação espalhafatosa que são. Syen não consegue entender como essas malditas portas devem realmente proteger qualquer coisa, apesar do fato de terem pouco mais de 15 metros de altura e serem feitas de placas sólidas de aço cromado parafusado, com um pouco de filigrana para decorar. Em uma Estação, a primeira chuva ácida corroerá esses parafusos, e um bom tremor de grau seis desalinhará as placas de precisão, tornando essas coisas imensas impossíveis de fechar. Tudo o que se refere aos portões revela de forma gritante que essa é uma comu com muito dinheiro novo, mas não sabedoristas suficientes conversando com a sua casta Liderança.

A equipe do portão parece consistir em apenas um punhado de Costas-fortes, todos eles vestindo os belos uniformes verdes da milícia dessa comu. A maioria está sentada por aí, lendo livros, jogando cartas ou então ignorando o comércio que transita para lá e para cá do portão; Syen se esforça para não fazer cara de reprovação frente a tão pouca disciplina. Em Yumenes, eles estariam armados, visivelmente fazendo guarda e pelo menos observando todos os viajantes que entram. Um dos Costas-fortes olha uma segunda vez ao avistar seus uniformes, mas depois gesticula para que entrem, dando uma espiada prolongada nos dedos cheios de anéis de Alabaster. Ele nem ao menos olha para as mãos de Syen, o que a deixa de muito mau humor quando, enfim, atravessam as labirínticas ruas de paralelepípedo do vilarejo e chegam à mansão do governador.

Allia é a única cidade grande no distritante todo. Syen não consegue lembrar quais são os nomes das outras três comus do distritante, ou como se chamava a nação antes de se tornar parte nominal de Sanze... Algumas das antigas nações reivindicaram seus nomes depois que Sanze afrouxou o controle, mas o sistema de distritantes funcionava melhor, então isso não importava. Ela sabe que são todas zonas de cultivo e pesca, tão fim de mundo quanto qualquer outra região costeira. Apesar de tudo isso, a mansão do governador é impressionantemente bonita, com engenhosos detalhes arquitetônicos yumenescenses em toda parte, como cornijas e janelas feitas de vidro e, ah sim, uma única sacada decorativa com vista para um amplo pátio. Uma ornamentação completamente desnecessária, em outras palavras, que provavelmente precisa ser reparada depois de cada pequeno tremor. E eles tinham mesmo que pintar o prédio inteiro de amarelo vivo? Parece um tipo de fruta retangular gigante.

Nos portões da mansão, eles entregam os cavalos a um tratador e se ajoelham no pátio para que suas mãos sejam ensaboadas e lavadas por um criado Resistente da casa, que é uma tradição local para reduzir a chance de espalhar uma doença para o Liderança da comu. Depois disso, uma mulher muito alta, de pele quase tão negra quanto a de Alabaster e vestida com uma variação em branco do uniforme da milícia, vem ao pátio e faz um gesto brusco para que eles a sigam. Ela os conduz pela mansão e entra em uma saleta, onde fecha a porta e vai se sentar à mesa daquela sala.

– Vocês dois demoraram bastante tempo para chegar até aqui – diz ela como um cumprimento, olhando para alguma coisa na mesa enquanto faz um gesto decidido para eles se sentarem. Eles se sentam nas cadeiras do outro lado da mesa, Alabaster cruzando as pernas e deixando as mãos em campanário com uma expressão impenetrável no rosto. – Esperávamos que chegassem semana passada. Querem ir ao porto imediatamente ou podem fazer o serviço daqui?

Syenite abre a boca para responder que preferiria ir ao porto, uma vez que nunca moveu um recife de corais antes e estar mais próxima a ajudará a entendê-lo melhor. Antes que ela possa falar, porém, Alabaster diz:

– Desculpe-me, quem é a senhora?

Syenite fecha rapidamente a boca e olha para ele. Ele está sorrindo educadamente, mas há algo mordaz no sorriso que coloca Syenite em alerta de imediato.

– Meu nome é Asael Liderança Allia – diz ela em um tom suave, como se falasse com uma criança.

– Alabaster – ele responde, tocando o próprio peito e acenando com a cabeça. – Minha colega é Syenite. Mas, me perdoe, eu não queria saber apenas o seu nome. Disseram- -nos que o governador do distritante era um homem.

É nesse momento que Syenite entende e decide entrar na brincadeira. Ela não entende *por que* ele decidiu fazer isso, mas não há nenhuma maneira de entender nada do que ele faz. A mulher não entende; ela cerra o maxilar visivelmente.

– Sou representante do governador.

A maioria dos distritantes tem governador, vice-gover- nador e um senescal. Talvez uma comu que está se esforçando tanto para superar os Equatoriais precise de camadas adicio- nais de burocracia.

– Quantos representantes do governador existem? – per- gunta Syenite, e Alabaster faz um "tsc, tsc".

– Devemos ser corteses, Syen – ele fala. Ele ainda está sorrindo, mas está furioso; ela sabe porque ele está mostran- do dentes demais. – Somos só orogenes, no final das contas. E ela é um membro da casta de uso mais estimada da Quie- tude. Estamos aqui somente para lidar com poderes maiores do que ela pode compreender a fim de salvar a economia da região, enquanto *ela*... – Ele aponta para a mulher com o dedo, sem ao menos tentar esconder o sarcasmo. – Ela é uma burocrata secundária pedante. Mas tenho certeza de que é uma burocrata secundária pedante de *grande importância*.

A mulher não é pálida o bastante para sua pele traí-la, mas tudo bem: sua postura rígida como uma pedra e suas narinas dilatadas são indícios suficientes. Ela olha de Ala- baster para Syenite, mas então seu olhar volta para ele, o que Syen entende perfeitamente bem. Ninguém é mais irritante do que o seu mentor. Ela sente um súbito orgulho perverso.

– Há seis representantes do governador – diz ela enfim, respondendo à pergunta de Syenite ao mesmo tempo em que lança um olhar fulminante para o rosto sorridente de Alabaster – E o fato de que sou representante do governador deveria ser irrelevante. O governador é um homem muito ocupado, e esta é uma questão de pouca importância. Portanto, *uma burocrata secundária* deveria ser mais do que suficiente para lidar com isso. Não?

– Não é uma questão de pouca importância. – Alabaster não está mais sorrindo, embora ainda esteja relaxado, tamborilando os dedos uns nos outros. Parece estar considerando a possibilidade de ficar bravo, embora Syen saiba que ele já está. – Posso sensar a obstrução do coral daqui. Seu porto está quase inutilizável; vocês provavelmente vêm perdendo navios mercantes com carga mais pesada para outras comus costeiras há uma década, se não mais. Vocês concordaram em pagar ao Fulcro uma quantia tão alta… sei que é alta porque *me* mandaram… que esperam que o porto desimpedido recupere todas essas transações perdidas, ou nunca pagarão a dívida antes que o próximo tsunami os destrua. Então, nós. Nós dois. – Ele aponta Syen com um gesto breve, depois volta a colocar as mãos em campanário. – Somos todo o seu futuro ferrugento.

A mulher está completamente imóvel. Syenite não consegue decifrar a expressão dela, mas seu corpo está rígido, e ela recuou um pouquinho. De medo? Talvez. É mais provável que seja em reação aos dardos verbais de Alabaster, que com certeza atingiram um ponto sensível.

E ele continua.

– Então, o mínimo que a senhora poderia fazer é primeiro nos oferecer um pouco de hospitalidade, e depois nos apresentar ao homem que nos fez viajar várias centenas de quilômetros para resolver o seu probleminha. Isso é cortesia, não? É assim que oficiais importantes costumam ser tratados. A senhora não concorda?

Mesmo sem querer, Syen tem vontade de bater palmas.

– Muito bem – a mulher consegue dizer enfim, com uma fragilidade palpável. – Vou transmitir o seu... pedido... ao governador. – Depois ela sorri, seus dentes um lampejo branco de ameaça. – Vou transmitir a sua decepção com o nosso protocolo de costume quanto aos convidados.

– Se é desse modo que geralmente tratam os convidados – diz Alabaster, dando uma olhada ao redor com aquela perfeita arrogância que apenas quem foi yumenescense uma vida inteira consegue demonstrar ao máximo –, então acho que a senhora *deveria* transmitir nossa decepção. É sério, assim direto ao ponto? Nem ao menos uma xícara de segura para nos revigorar depois da nossa longa viagem?

– Disseram-me que vocês pararam nos distritos da periferia para passar a noite.

– Sim, e isso amenizou o cansaço. As acomodações também estavam... abaixo do ideal. – O que é injusto, pensa Syen, já que a pensão era quente e suas camas, confortáveis; a proprietária havia sido escrupulosamente cortês uma vez estando com o dinheiro nas mãos. Mas ninguém pode detê-lo. – Quando foi a última vez que a senhora viajou mais de 2.400 quilômetros, Senhora Representante? Posso lhe garantir, a senhora precisará de mais do que um dia de descanso para se recuperar.

As narinas da mulher estão quase dilatadas. No entanto, ela é da casta Liderança; sua família deve tê-la treinado cuidadosamente sobre como se curvar com o vento.

– Minhas desculpas. Eu não pensei.

– Não, não pensou. – De repente, Alabaster se levanta e, embora seja um movimento suave e sem ameaças, Asael recua como se ele estivesse prestes a atacá-la. Syen se levanta também, com atraso, já que Alabaster a pegou de surpresa, mas Asael nem olha para ela. – Vamos passar a noite naquela pousada pela qual passamos no caminho para cá – diz Alabaster, ignorando o nítido desconforto da mulher. Mais ou menos a duas ruas daqui. Aquela com o kirkhusa de pedra na frente? Não consigo lembrar o nome.

– O Fim da Estação. – A mulher fala o nome quase com suavidade.

– Sim, parece que é isso. Devo pedir que mandem a conta para cá?

Asael está respirando pesadamente agora, seus punhos cerrados em cima da mesa. Syen está surpresa, porque a pousada é um pedido perfeitamente razoável, embora um pouco caro; ah, mas esse é o problema, não é? Essa representante do governador não tem autorização para pagar por suas acomodações. Se os superiores dela ficarem irritados o bastante quanto a isso, vão descontar o gasto do pagamento dela.

Mas Asael Liderança Allia não deixa de lado seu teatrinho cortês ou simplesmente começa a gritar com eles, como Syen meio que espera.

– Claro – ela diz, conseguindo até dar um sorriso, o que faz Syen quase admirá-la. – Por favor, voltem amanhã neste horário, e eu lhes darei mais instruções depois.

Então eles saem e descem a rua até a pousada luxuosa que Alabaster garantiu para eles.

Enquanto estão à janela do quarto deles (estão compartilhando um outra vez, e tomando cuidado para não pedir uma comida particularmente cara, para que ninguém possa chamar o pedido de acomodação deles de exorbitante), Syenite examina o perfil de Alabaster, tentando entender por que ele ainda irradia fúria como uma fornalha.

– Bravo – ela diz. – Mas aquilo era necessário? Eu preferiria fazer o serviço e começar a viagem de volta assim que possível.

Alabaster sorri, embora os músculos de seu maxilar se mexam repetidas vezes.

– Pensei que você gostaria de ser tratada como um ser humano para variar.

– Eu gosto. Mas que diferença faz? Mesmo que você faça valer a sua autoridade agora, isso não vai mudar o que eles sentem a nosso respeito...

– Não, não vai. E não me importo com o que eles sentem. Eles não precisam gostar nem uma ferrugem de nós. O que importa é o que eles *fazem*.

Está tudo bem para ele. Syenite suspira e aperta o nariz com o polegar e o indicador, tentando ter paciência.

– Eles vão reclamar. – E Syenite, já que essa tecnicamente é sua missão, é que vai ser censurada por isso.

– Deixe que reclamem. – Ele vira as costas para a janela e se dirige ao banheiro. – Me chame quando chegar a comida. Vou ficar de molho até enrugar.

Syenite se pergunta se faz sentido odiar um homem louco. Não que ele vá perceber, de qualquer forma.

Chega o serviço de quarto, trazendo uma bandeja de comida local modesta, porém substancial. Peixe é barato na maioria das comus costeiras, então Syen regalou-se pedindo filé de temtyr, que é uma iguaria cara em Yumenes. Só são servidos de vez em quando nos restaurantes do Fulcro.

Alabaster sai do banheiro enrolado em uma toalha, parecendo de fato estar enrugado. É quando Syen finalmente nota como ele ficou magro como a corda de um chicote nessas últimas semanas de viagem. Ele está pele e osso, e a única coisa que pediu para comer foi uma tigela de sopa. É verdade que é uma tigela grande de um ensopado vigoroso de frutos do mar, que alguém decorou com creme e uma colherada de chutney de beterraba, mas ele evidentemente precisa de mais comida.

Syenite tem, separado em um prato menor, um acompanhamento de inhame ao alho e silvabees caramelizadas, além de seu próprio prato. Ela coloca o acompanhamento na bandeja dele.

Alabaster olha para o prato, então para ela. Depois de um instante, sua expressão se suaviza.

– Então é isso. Você prefere um homem com mais carne.

Ele está brincando; os dois sabem que ela não apreciaria fazer sexo com ele mesmo que o achasse atraente.

– É, qualquer uma preferiria.

Ele dá um suspiro, depois obedientemente começa a comer os inhames. Entre uma bocada e outra (ele não parece estar com fome, apenas muito determinado), ele diz:

– Não sinto mais.

– O quê?

Ele encolhe os ombros, o que ela pensa ser menos devido à confusão e mais devido à incapacidade dele de articular o que quer dizer.

– Quase nada, na verdade. Fome. Dor. Quando estou na terra... – Ele faz uma careta. Este é o verdadeiro problema: não a incapacidade dele de dizer, mas o fato de que as palavras são inadequadas para essa tarefa. Ela concorda com a cabeça para mostrar que entendeu. Talvez um dia alguém criará uma língua para os orogenes usarem. Talvez essa língua tenha existido e depois tenha sido esquecida, no passado. – Quando estou na terra, ela é a única coisa que consigo sensar. Eu não sinto... *isto*. – Ele faz um gesto, apontando o quarto, o corpo dele, ela. – E eu passo tanto tempo na terra. Não consigo evitar. Mas quando volto, é como... é como se um pouco da terra viesse comigo, e... – A voz dele some. Mas ela acha que entende. – Ao que parece, isso é só uma coisa que acontece depois do sétimo ou oitavo anel. O Fulcro me faz adotar uma dieta rigorosa, mas não tenho seguido muito.

Syen aquiesce porque é óbvio. Ela coloca o pão de ervas no prato dele também, e ele suspira de novo. Depois, ele come tudo o que está no prato.

Eles vão para a cama. E mais tarde, no meio da noite, Syenite sonha que está caindo para cima por meio de um eixo de luz trêmula que ondula e refrata ao redor dela como água suja. No alto do eixo, algo bruxuleia *ali* e vai *para longe* e volta outra vez, como se não fosse exatamente real, como se não estivesse exatamente ali.

Ela acorda assustada, sem saber ao certo por que sente de súbito que *alguma coisa está errada*, mas segura de que precisa fazer algo quanto a isso. Ela se senta, esfregando o rosto cansadamente, e só quando os fragmentos do sonho desaparecem é que ela se dá conta da sensação iminente de fatalidade pairando no ar à sua volta.

Confusa, ela olha para Alabaster, e o encontra acordado ao seu lado, estranhamente rígido, encarando com os olhos arregalados e a boca aberta. Ele parece estar gargarejando, ou tentando roncar, e fracassando pateticamente.

Que ferrugens? Ele não olha para ela, não se mexe, apenas continua fazendo aquele barulho ridículo.

E, enquanto isso, a orogenia dele acumula-se, acumula-se e *acumula-se*, até toda a parte de dentro do crânio dela doer. Ela toca o braço dele e percebe que está pegajoso e rígido, e só tardiamente entende que *ele não consegue se mexer*.

– Bas? – Ela se inclina em direção a ele, fitando seus olhos. Eles não olham de volta para ela. No entanto, ela consegue sensar com clareza alguma coisa ali, consciente e reagindo dentro dele. O poder dele se flexiona, já que seus músculos parecem não ser capazes, e a cada respiração gorgolejante ela o sente mover-se em uma espiral mais alta, enrolando-se mais apertado, pronto para se manifestar a qualquer momento. Pelas ferrugens queimadas e lascadas. Ele não consegue se mexer e está *entrando em pânico*.

– Alabaster! – Orogenes nunca, nunca devem entrar em pânico. Os orogenes de dez-anéis em especial. Ele não consegue responder ao chamado dela, claro; ela fala mais para que ele saiba que ela está aqui e está ajudando, de modo que, com sorte, ele se acalme. É algum tipo de convulsão, talvez. Syenite joga as cobertas, fica de joelhos e coloca os dedos na boca dele, tentando puxar a língua. Ela nota que a boca dele está cheia de saliva; ele está afogando com a maldita baba. Isso faz com que ela se lembre de virá-lo bruscamente para o lado, inclinando a cabeça dele para que o cuspe escorra, e ambos são recompensados com o som de sua primeira respiração limpa. Mas é fraca essa respiração e demora tempo demais para ele inspirar. Ele está lutando. O que quer que tenha, está paralisando seus pulmões junto com todo o resto.

O quarto chacoalha, só um pouquinho, e Syenite ouve vozes se erguendo, alarmadas, por toda a pousada. Os gritos cessam rápido, entretanto, porque ninguém está preocupado de verdade. Não há nenhum tremor iminente que se possa sensar. Provavelmente, estão atribuindo a sacudida a uma forte rajada de vento contra um lado da pousada... por enquanto.

– Merda merda merda... – Syenite se agacha para entrar em seu campo de visão. – Bas, seu ferrugento idiota filho de um canibal... *contenha seu poder*. Eu vou ajudar você, mas não posso fazer isso se matar todos nós!

Seu rosto não reage, sua respiração não muda, mas aquela sensação de fatalidade que paira no ar diminui quase que de imediato. Melhor. Bom. Agora...

– Preciso achar um médico.

O solavanco que chacoalha o prédio é mais brusco desta vez; ela ouve pratos chacoalharem e retinirem no carrinho de comida descartada da pousada. Então isso é um não.

– Não posso ajudar você! Não sei o que é isso! Você vai morrer se...

O corpo dele inteiro sacode. Ela não sabe ao certo se é algo proposital ou algum tipo de convulsão. Mas ela percebe que era um aviso um instante depois, quando *aquilo* acontece outra vez: o poder dele, prendendo o dela como um torno. Ela cerra os dentes e o espera usá-la para fazer o que quer que precise fazer... Mas não acontece nada. Ele a tem, e ela consegue senti-lo fazendo *alguma coisa*. Meio que se debatendo. Procurando, sem encontrar nada.

– O que foi? – Syenite perscruta o rosto sem reação. – O que você está procurando?

Sem resposta. Mas é obviamente algo que ele não consegue achar sem se mexer por conta própria.

O que não faz sentido. Orogenes não precisam de olhos para fazer o que fazem. *Um bebê no berço* consegue fazer o que eles fazem. Mas, mas... Ela tenta pensar. Antes, quando isso aconteceu na estrada alta, ele havia primeiro se voltado para a origem do perigo. Ela imagina a cena em sua mente, tentando entender o que ele fez e como o fez. Não, não foi isso; a estação de ligação estava levemente ao noroeste, e ele olhou direto para o oeste, para o horizonte. Chacoalhando a cabeça a respeito da própria tolice ao mesmo tempo em que o faz, Syenite salta da cama e corre para a janela, abrindo-a e olhando para fora. Não há nada para ver exceto as ruas íngremes e os edifícios de estuque da cidade, silenciosos tão tarde da noite. A única atividade está no final da rua, onde pode vislumbrar o cais e o oceano além dele: há pessoas carregando um navio. O céu está manchado de nuvens, muito longe do amanhecer. Ela se sente uma idiota. E então...

Algo se cerra em sua mente. De lá da cama ela ouve Alabaster produzir um som áspero, sente o tremor de seu poder. Algo chamou a atenção dele. Quando? Quando ela olhou para o céu. Intrigada, ela olha de novo.

Ali. *Ali*. Ela quase consegue sentir o júbilo do colega. E então o poder dele a envolve, e ela para de ver com qualquer coisa que se assemelhe a olhos.

É como o sonho que ela teve. Ela está caindo, para cima, e isso de algum modo faz sentido. À sua volta, o lugar por onde está caindo bruxuleia em cores e facetas, como a água... Exceto pelo fato de que é de um roxo claro em vez de azul ou transparente, ametista de baixa qualidade com um bocado de quartzo enfumaçado. Ela se debate em meio àquilo, certa de que está se afogando, mas isso é algo que percebe com os sensapinae, e não com a pele ou com os pulmões; não pode estar se debatendo porque não é água e ela não está aqui de verdade.

Onde ela se agita, ele age de forma intencional. Ele a puxa para cima, caindo mais rápido, procurando algo, e ela quase consegue ouvir o grito da coisa, sentir o arrasto de forças como pressão e temperatura resfriando e formigando aos poucos sua pele.

Algo se enreda. Alguma outra coisa se abre. Isso está além da compreensão dela, complexo demais para perceber na íntegra. Algo flui por algum lugar, aquece-se com o atrito. Algum lugar dentro dela aplaina-se, intensifica-se. *Queima.*

E então ela está em outro lugar, flutuando em meio a imensas coisas gélidas, e há algo nelas, entre elas

um contaminante

Esse pensamento não é dela.

E então tudo some. Ela volta rapidamente a si, ao mundo real da visão e do som e da audição e do paladar e do cheiro e do sensamento, sensamento de verdade, sensamento do modo como *deveria* funcionar, não do jeito ferrugento que Alabaster acabou de fazer; e Alabaster está vomitando na cama.

Indignada, Syen vira bruscamente para o outro lado, depois se lembra de que ele está paralisado; ele não deveria ser capaz de se mexer nem um pouco, menos ainda vomitar. Todavia, ele está fazendo isso, tendo se erguido um pouco da cama para poder vomitar melhor. Obviamente, a paralisia diminuiu.

Ele não vomita muito, só uma ou duas colheres de chá de uma coisa branca de aparência oleosa. Eles comeram horas atrás; não deveria haver nada na parte superior de seu trato digestivo. Mas ela se lembra de

um contaminante

e percebe tardiamente o que foi que saiu de dentro dele. E, mais ainda, ela compreende *como* ele fez isso.

Quando enfim consegue juntar tudo e cuspir algumas vezes por uma questão de ênfase ou precaução, ele se deixa cair de volta na cama, deitando-se de costas, respirando com dificuldade, ou talvez apenas desfrutando da sensação de poder respirar à vontade.

– O que, em nome da ferrugenta Terra ardente, você acabou de fazer? – Syenite sussurra.

Ele ri um pouco, abrindo os olhos para voltá-los em direção a ela. Dá para ver que é outra daquelas risadas que ele dá quando na verdade quer expressar outra coisa que não humor. Sofrimento desta vez, ou talvez uma resignação cansada. Ele está sempre amargo. Como ele demonstra isso é só uma questão do grau de amargura.

– F-foco – ele responde, arfando. – Controle. Uma questão de grau.

É a primeira lição da orogenia. Qualquer bebê consegue mover uma montanha; isso é instinto. Só um orogene treinado pelo Fulcro consegue mover específica e deliberadamente uma rocha. E só um dez-anéis, ao que parece, consegue mover substâncias infinitesimais flutuando e correndo pelos interstícios de seu sangue e nervos.

Deveria ser impossível. Ela não deveria acreditar que ele fez isso. Mas ela o ajudou a fazê-lo, então não pode fazer nada, *exceto* acreditar no impossível.

Pelas crueldades da Terra.

Controle. Syenite respira fundo para controlar os nervos. Então, ela se levanta, pega um copo de água e leva até ele. Ainda está fraco; ela precisa ajudá-lo a se sentar para beber água. Ele também cospe o primeiro gole no chão sobre os pés delas. Ela fica olhando. Depois pega alguns travesseiros para escorar as costas dele, ajuda-o a se reclinar e puxa a parte do cobertor que não está manchada sobre as pernas e o colo dele. Isso feito, ela vai até a poltrona do lado oposto da cama, que é grande e mais do que felpuda o suficiente para dormir durante a noite. Ela está cansada de lidar com os fluidos corporais dele.

Depois que Alabaster recobrou o fôlego e recuperou um pouco de suas forças (ela não é insensível), ela fala bem baixinho:

— Diga-me o que ferrugens você está fazendo.

Ele não parece surpreso com a pergunta e não se mexe de onde se afundou entre os travesseiros, recostando a cabeça.

— Sobrevivendo.

— Na estrada alta. Agora há pouco. *Explique.*

— Não sei se... consigo. Ou se deveria.

Ela mantém a calma. Está assustada demais para não manter.

— O que quer dizer com "se deveria"?

Ele respira longa, lenta e profundamente, saboreando o ato, óbvio.

— Você não tem... controle ainda. Não o bastante. Sem isso... se tentasse fazer o que acabei de fazer... você morreria. Mas se eu lhe disser como fiz. — Ele respira fundo, solta o ar. — Talvez você não consiga deixar de tentar.

Controle sobre coisas pequenas demais para ver. Parece brincadeira. Tem que ser brincadeira.

— Ninguém tem esse tipo de controle. Nem mesmo os dez-anéis. — Ela ouviu histórias; eles conseguem fazer coisas incríveis. Não coisas impossíveis.

— Eles são os deuses acorrentados — Alabaster respira, e ela percebe que ele está adormecendo. Exausto por lutar pela vida... Ou talvez fazer milagres seja mais difícil do que parece. – Os domadores da terra selvagem, eles próprios devem ser contidos e amordaçados.

– O que é isso? – Ele está citando alguma coisa.

– O Saber das Pedras.

– Bobagem. Isso não está em nenhuma das Três Tábuas.

– Tábua Cinco.

Ele é tão cheio de papo furado. E está caindo no sono. Pela Terra, ela vai matá-lo.

– Alabaster! Pela ferrugem, responda a minha *pergunta*. – Silêncio. Maldita Terra. – O que é isso que você fica fazendo comigo?

Ele solta o ar longa e pesadamente, e ela pensa que ele apagou. Mas ele fala:

– Escalonamento paralelo. Puxe uma carruagem com um animal e ele vai só até certo ponto. Coloque dois enfileirados e o da frente se cansa primeiro. Atrele-os lado a lado, *sincronize-os*, reduza o atrito perdido entre os movimentos dos dois, e você consegue mais do que conseguiria de ambos os animais de forma individual. – Ele suspira de novo. – Em todo caso, essa é a teoria.

– E o que você é, a parelha dos bois?

Ela está brincando. Mas ele concorda com a cabeça.

Uma parelha. Isso é pior. Ele vem tratando-a como um *animal*, forçando-a a trabalhar por ele para não ficar esgotado.

– Como você está... – Ela rejeita a palavra *como*, que presume uma possibilidade onde não deveria existir nenhuma. – Orogenes não podem trabalhar juntos. O maior grau de controle predomina. – É uma lição que ambos aprenderam nos tormentos dos grãos.

– Pois bem. – Ele está tão perto de dormir que as palavras não saem claras. – Acho que não aconteceu.

Ela fica tão furiosa que a fúria a cega por um instante; o mundo some. Orogenes não podem se dar ao luxo de sentir esse tipo de raiva, então ela solta tudo em palavras.

– Não me venha com essa porcaria! Não quero que faça isso comigo nunca mais... – Mas como ela pode impedi-lo? – Ou então vou matá-lo, ouviu? Você não tem esse direito!

– Salvou a minha vida – É quase um murmúrio, mas ela ouve, e essa fala dá uma facada nas costas da raiva dela. – Obrigado.

Porque, sério, como ela pode culpar um homem que estava se afogando por agarrar qualquer pessoa que estivesse por perto para se salvar?

Ou para salvar milhares de pessoas?

Ou para salvar o filho?

Ele está dormindo agora, sentado ao lado da pequena poça daquela coisa nojenta que vomitou. Claro que o vômito está do lado dela da cama. Enojada, Syen dobra as pernas para se encolher na poltrona felpuda e tentar ficar confortável.

Só quando ela se acalma é que lhe ocorre o que aconteceu. A essência do fato, não apenas a parte em que Alabaster faz o impossível.

Quando era um grão, ela trabalhou na cozinha algumas vezes e, de tempos em tempos, abriam um pote de frutas ou legumes que havia estragado. Os bolorentos, aqueles que haviam rachado ou estavam parcialmente abertos, cheiravam tão mal que os cozinheiros tinham que abrir as janelas e colocar alguns grãos para abanar a fim de dissipar o fedor. Mas muito piores, Syen aprendera, eram os potes que não rachavam. As coisas que estavam dentro deles pareciam boas; abertos, não cheiravam mal. O único alerta de perigo era uma pequena deformação na tampa de metal.

– Mata mais do que a mordida de um swapthrisk – o cozinheiro chefe, um velho Resistente grisalho, dizia-lhes ao mostrar o pote suspeito para que soubessem com que deveriam ter cuidado. – Puro veneno. Seus músculos travam e param de funcionar. Você não consegue nem respirar. E é potente. Eu poderia matar todo mundo no Fulcro com esse pote. – E ria, como se essa ideia fosse engraçada.

Misturadas a uma tigela de ensopado, algumas gotas desse produto contaminado seriam mais do que suficientes para matar um rogga irritante de meia idade.

Poderia ter sido um acidente? Nenhum cozinheiro respeitável usaria algo de um pote com tampa deformada, mas talvez a pousada O Fim da Estação contrate incompetentes. A própria Syenite havia feito o pedido, falando com a criança que havia subido para ver se eles precisavam de algo. Ela havia especificado de quem era cada um dos pedidos? Ela tenta se lembrar do que disse. *"Peixe e inhame para mim"*. Então eles teriam tido condições de supor que o ensopado era para Alabaster.

Por que não adulterar a comida dos dois, então, se alguém na pousada odeia roggas o suficiente para tentar matá-los? Era relativamente fácil jogar suco tóxico de legumes na comida toda, não só na de Alabaster. Talvez tenham feito isso e a contaminação não a tenha afetado ainda? Mas ela se sente bem.

É paranoia sua, ela diz a si mesma.

Mas não é imaginação sua que todos a odeiam. Ela é uma rogga, afinal de contas.

Frustrada, Syen se remexe na poltrona, abraçando os joelhos e tentando dormir. É um esforço perdido. Sua cabeça está muito cheia de perguntas, e seu corpo está acostumado demais ao chão duro mal acolchoado pelo saco de dormir. Ela acaba ficando sentada pelo resto da noite, olhando pela janela para um mundo que começou a fazer cada vez menos sentido, e perguntando-se que ferrugens deve fazer quanto a isso.

Mas, de manhã, quando coloca a cabeça para fora da janela para respirar o ar carregado de orvalho em uma tentativa fútil de despertar, ela por acaso olha para cima. Ali, piscando à luz do amanhecer, paira um grande fragmento de ametista. Só um obelisco, um que ela se lembra vagamente de ter visto no dia anterior, quando estavam cavalgando para Allia. Eles são sempre bonitos, mas as estrelas que demoram a sumir também são, e ela mal presta atenção aos dois no curso natural das coisas.

Entretanto, ela nota esse agora. Porque hoje ele está muito mais perto do que estava ontem.

✦   ✦   ✦

COLOQUE UMA VIGA CENTRAL FLEXÍVEL NO CERNE DE TODAS AS ESTRUTURAS.

CONFIE NA MADEIRA, CONFIE NA PEDRA, MAS O METAL ENFERRUJA.

– *TÁBUA TRÊS, "ESTRUTURAS", VERSÍCULO UM*

10

VOCÊ CAMINHA AO LADO DA FERA

Você pensa que, talvez, precise ser outra pessoa. Você não sabe ao certo quem. Seus eus anteriores foram mais fortes e frios, ou mais ternos e fracos; nenhum desses conjuntos de qualidades é mais adequado para ajudá-la a se sair bem nessa bagunça em que você está. Neste exato momento, você é fria e fraca, e isso não ajuda ninguém.

Talvez você pudesse se transformar em uma pessoa nova. Você já fez isso antes; é espantosamente fácil. Um novo nome, um novo foco, depois experimente a roupagem da nova personalidade para achar o ajuste perfeito. Alguns dias e você sentirá como se nunca houvesse sido outra pessoa.

Mas. Só um de seus eus é a mãe de Nassun. Foi o que a impediu de mudar até agora e, em última análise, é o fator decisivo. Quando tudo isso acabar, quando Jija estiver morto e finalmente for seguro chorar a morte do seu filho... Se ainda estiver viva, Nassun vai precisar da mãe que conheceu a vida inteira.

Então, você precisa continuar sendo Essun, e Essun vai ter que se virar com os pedaços quebrados de si mesma que Jija deixou para trás. Você vai encaixá-los como puder, calafetar os pedaços estranhos com força de vontade onde quer que não se encaixem bem, ignorar os ocasionais ruídos de algo sendo triturado e partido. Contanto que nada importante se parta, certo? Você vai sobreviver. Você não tem escolha. Não enquanto um de seus filhos possa estar vivo.

+   +   +

Você acorda ao som de um combate.

Você e o menino acamparam em uma hospedaria para passar a noite, em meio a várias centenas de outras pessoas que claramente tiveram a mesma ideia. Na realidade, ninguém está dormindo *na* hospedaria (que, nesse caso, é pouco mais do que uma cabana com paredes de pedra e sem janelas dentro da qual há um poço com bomba motorizada) porque, por um acordo tácito, aquele é um território neutro. E, da mesma forma, nenhuma das várias dezenas de pessoas acampadas que estão dispostas em torno da hospedaria fez muito esforço para interagir porque, por um acordo tácito, estão todas aterrorizadas o bastante para esfaquear primeiro e perguntar depois. O mundo mudou de maneira rápida e profunda demais. O Saber das Pedras poderia ter tentado preparar todos para as particularidades, mas o horror geral da Estação ainda é um choque com o qual ninguém consegue lidar com facilidade. Afinal de contas, há apenas uma semana, tudo estava normal.

Você e Hoa acomodaram-se e fizeram uma fogueira para passar a noite em uma clareira próxima em meio ao pasto. Você não tem escolha a não ser alternar um período de vigia com a criança, apesar de achar que ele simplesmente vai adormecer; com tanta gente ao redor, é perigoso demais ser descuidado. Os ladrões são o maior problema em potencial, uma vez que você tem uma bolsa de fuga cheia, e vocês dois são só uma mulher e um menino viajando sozinhos. O fogo é um perigo também, com todas essas pessoas que não sabem de que lado fica o mecanismo de ignição de um acendedor passando a noite em um campo de grama seca. Mas você está exausta. Faz só uma semana que deixou de viver a própria vida confortável e previsível e vai demorar um pouco para voltar à condição de viajante. Então, você manda o garoto acordá-la assim que o pedaço de turfa queimar por completo. Isso deveria dar-lhe umas quatro ou cinco horas.

Mas *muitas* horas depois, quase ao amanhecer, é que as pessoas começam a gritar na outra ponta do acampamento provisório. Ouvem-se gritos deste lado conforme as pessoas à sua volta dão gritos de alerta, e você sai do saco de dormir e se levanta com dificuldade. Você não sabe ao certo quem está gritando. Apenas agarra a bolsa de fuga com uma das mãos e o menino com a outra, e se vira para correr.

Ele se desvencilha antes que você consiga correr e agarra o pequeno embrulho de farrapos. Depois ele pega a sua mão de novo, seus olhos branco-gelo bem abertos na penumbra.

Então vocês, todos vocês, todos os que estão por perto, bem como você e o garoto, saem correndo, correndo, adentrando mais a planície e afastando-se da estrada, porque foi daquela direção que vieram os primeiros gritos, e porque ladrões ou sem-comu ou milícias ou quem quer que esteja causando esse problema provavelmente usará a estrada para ir embora quando houver terminado o que quer que esteja fazendo. Na madrugada coberta de cinzas, todas as pessoas à sua volta são sombras apenas meio reais correndo em paralelo. Durante algum tempo, o menino e a bolsa e o chão debaixo dos seus pés são as únicas partes do mundo que existem.

Um bom tempo depois, suas forças se acabam, e você enfim cambaleia até parar.

– O que foi aquilo? – Hoa pergunta. Ele não parece estar sem fôlego de modo algum. A resistência das crianças. Claro, você não correu o caminho todo; você está muito mole e fora de forma para isso. O mais importante era continuar se movendo, o que você fez, caminhando quando não conseguia reunir o fôlego necessário para correr.

– Eu não vi – você responde. Na verdade, de qualquer forma, não importa o que era. Você esfrega o lado do corpo, onde sente cãibra. Desidratação; você pega o seu cantil para beber. Mas, quando o pega, faz uma careta por conta do esguicho quase vazio que sai dele. Claro que você não aproveitou a oportunidade de enchê-lo enquanto estava na hospedaria. Você estava planejando fazer isso assim que amanhecesse.

– Eu também não vi – diz o garoto, virando-se e esticando o pescoço como se devesse ser capaz de ver. – Estava tudo quieto e então... – Ele dá de ombros.

Você olha para ele.

– Você não caiu no sono, caiu? – Você viu a fogueira antes de fugir. Estava em brasas. Ele deveria tê-la acordado horas atrás.

– Não.

Você lhe lança aquele olhar que intimidava seus dois filhos e os de várias dezenas de outras pessoas. Ele recua, parecendo confuso.

– Eu *não* dormi.

– Por que não me chamou quando a turfa terminou de queimar?

– Você precisava dormir. Eu não estava com sono.

Maldição. Isso significa que ele *terá* sono mais tarde. Que a Terra coma as crianças obstinadas.

– O lado do seu corpo está doendo? – Hoa dá um passo à frente, parecendo ansioso. – Você está machucada?

– Só uma fisgada. Vai acabar sumindo. – Você olha ao redor, embora a visibilidade em meio à chuva de cinzas seja incerta depois de uns seis metros. Não há nenhum sinal de que haja mais alguém por perto, e você não consegue ouvir nenhum outro som da área em torno da hospedaria. Não há nenhum som à sua volta, na verdade, a não ser a queda muito suave de cinzas na grama. É lógico que as outras pessoas que estavam acampadas ao redor da hospedaria não podem estar tão longe assim; mas você *se sente* completamente sozinha, exceto por Hoa. – Vamos ter que voltar para a hospedaria.

– Para buscar as suas coisas?

– Sim. E água. – Você olha de lado na direção da hospedaria, mesmo sendo inútil quando a planície simplesmente esmaece em uma névoa branca acinzentada a pouca distância. Você não tem como saber se a próxima hospedaria vai estar em condições de ser utilizada. Pode ter sido tomada por aspirantes a senhores da guerra ou destruída por gangues em pânico; poderia estar avariada.

– Você poderia voltar. – Você se vira para o menino, que está sentado na grama, e, para sua surpresa, ele tem algo na boca. Ele não tinha nenhuma comida antes... Ah. Ele amarra o embrulho de trapos bem forte e engole antes de falar de novo. – Ao riacho onde me fez tomar banho.

É uma possibilidade. O riacho despareceu no subsolo outra vez, não muito longe de onde você o usou; está a apenas um dia de caminhada. Mas é um dia de caminhada *de volta* por onde você veio e...

E nada. Voltar ao riacho é a opção mais segura. Sua relutância em fazer isso é estúpida e errada.

Mas Nassun está em algum lugar *à frente*.

O garoto somente observa. Se está preocupado com você, ele não deixa transparecer no rosto.

Bem, você está prestes a dar a ele mais motivos para se preocupar.

– Vamos voltar à hospedaria. Já passou tempo suficiente. Ladrões ou bandidos ou seja quem for já teriam pegado o que queriam a essa altura e seguido adiante.

A não ser que quisessem *a hospedaria*. Várias das comus mais antigas da Quietude começaram como fontes de água tomadas pelo grupo mais forte de uma determinada área e defendidas de todos até a Estação terminar. É a grande esperança dos sem-comu em épocas como essa: a de que, sem nenhuma comu que queira abrigá-los, eles possam forjar a sua própria comu. No entanto, poucos grupos sem-comu são organizados o bastante, sociáveis o bastante, fortes o bastante para fazer isso com êxito.

E poucos tiveram que lutar com uma orogene que queria água mais do que eles.

– Se quiserem ficar com ela – você continua, e fala sério, apesar de ser uma coisa tão pequena, você só quer água, mas, neste momento, todo obstáculo parece tão grande quanto uma montanha e *orogenes comem montanhas no café da manhã* –, é melhor me deixarem pegar um pouco.

O menino, o qual você meio que espera que saia correndo e gritando depois dessa afirmação, apenas se levanta. Você comprou roupa para ele na última comu pela qual passou, bem como a turfa. Agora ele tem botas boas e robustas e meias boas e grossas, duas mudas de roupa completas e uma jaqueta que é extraordinariamente semelhante à sua. Esse tipo de coisa passa mensagens tácitas de organização, foco compartilhado, adesão a um grupo; não é muito, mas cada pequeno elemento de intimidação ajuda. *Que par formidável nós somos, uma mulher louca e uma criança substituta.*

– Venha – você diz, e começa a andar. Ele vai atrás.

Está tudo em silêncio quando você se aproxima da hospedaria. Você sabe que está perto pela confusão no prado: aqui está o local de acampamento que alguém abandonou, com a fogueira ainda fumegando; ali está a bolsa de fuga rasgada que pertence a outra pessoa, seguida por uma trilha de suprimentos que ela pegou e deixou cair ao fugir. Há um círculo onde a grama foi arrancada, carvão para fogueiras e um saco de dormir que poderia ser o seu. Você o recolhe ao passar e o enrola, enfiando-o em meio às alças da sua bolsa para amarrá-lo direito depois. E então, mais rápido do que você esperava, lá está a hospedaria em si.

Você pensa de início que não há ninguém aqui. Não consegue ouvir nada além dos próprios passos e da sua respiração. O garoto fica em silêncio a maior parte do tempo, mas seus passos soam estranhamente pesados contra o asfalto quando vocês voltam para a estrada. Você olha para ele, e ele parece perceber. Ele para, olha com atenção para os seus pés quando você continua andando. Observando o modo como você move o pé do calcanhar para os dedos, não tanto cravando um passo, mas sim descolando o pé do chão e aplicando-o outra vez com cuidado. Então, ele começa a fazer a mesma coisa e, se não precisasse prestar atenção nos arredores, se não estivesse distraída com o seu próprio coração disparado, você daria risada da expressão de surpresa no rostinho dele quando suas passadas se tornaram silenciosas. Ele fica quase bonitinho.

Mas é aí que você entra na hospedaria e percebe que não está sozinha.

Primeiro, você nota somente o motor e o envoltório de cimento onde ele está; é isso que a hospedaria é de fato, um abrigo para a bomba. Depois, você vê uma mulher, que está cantarolando para si mesma enquanto tira um cantil grande e coloca outro vazio e maior ainda debaixo da torneira. Ela anda às pressas em torno do envoltório para fazer funcionar o mecanismo da bomba, muito ocupada, e só vê você quando já havia começado a movimentar a alavanca de novo. Então ela fica paralisada, e vocês duas se entreolham.

Ela é uma sem-comu. Ninguém que apenas recentemente ficou sem abrigo estaria tão imunda. (Exceto o menino, uma parte da sua mente completa, mas há uma diferença entre a sujeira de um desastre e a sujeira da *falta de banho*). O cabelo da mulher está emaranhado não em cachos limpos e bem cuidados como os seus, mas por puro descuido; ele se amontoa em tufos bolorentos e irregulares. A pele dela não está só coberta de sujeira; a sujeira está incrustada, um elemento permanente. Há minério de ferro em algumas partes e está enferrujado por conta da umidade de sua pele, tingindo de vermelho o padrão formado pelos poros. Algumas de suas roupas são novas (considerando quantas coisas você viu abandonadas ao redor da hospedaria, é fácil de adivinhar onde ela as conseguiu) e os sacos aos pés dela são de um total de três, cada um dos quais está estufado com suprimentos e com um cantil já cheio. Mas o odor do corpo dela é tão forte e fétido que você espera que esteja pegando toda aquela água para um banho.

Ela dá uma olhada rápida em você e Hoa, avaliando de forma igualmente ligeira e meticulosa, e então, depois de um momento, ela encolhe um pouco os ombros e termina de bombear, enchendo o grande cantil em duas bombadas. Depois pega-o, tampa-o, prende-o a um dos grandes sacos aos pés dela e, com tanta destreza que você fica admirada, ergue os três e se afasta.

– Vai fundo.

Você já viu pessoas sem-comu antes, claro; todos já viram. Em cidades que querem mão de obra mais barata do que a dos Costas-fortes (e onde o sindicato dos Costas-fortes é fraco), elas vivem em favelas e mendigam pelas ruas. Em qualquer outro lugar, elas vivem nos espaços entre as comus, florestas e nas bordas dos desertos e locais desse tipo, onde sobrevivem caçando e construindo acampamentos com restos. Os que não querem problemas assaltam plantações e silos nos arredores do território das comus; os que gostam de briga assaltam comus pequenas e mal protegidas e atacam viajantes ao longo das estradas de menor importância dos distritantes. Os governadores dos distritantes não se importam que aconteça um pouco disso. Mantém todo mundo esperto e lembra os encrenqueiros de como podem acabar. Roubos demais ou um ataque muito violento, entretanto, e as milícias são enviadas para caçar os sem-comu.

Nada disso importa agora.

— Não queremos problemas – você diz. – Só viemos buscar água, como você.

A mulher, que esteve observando Hoa com curiosidade, volta o olhar para você.

— *Eu* é que não vou criar nenhum. – Ela tampa deliberadamente outro cantil que encheu. – Mas tenho mais desses para encher, então. – Ela aponta com o queixo para a sua mochila e para o cantil pendurado nela. – O seu não vai demorar.

Os dela de fato são enormes. Provavelmente também são pesados como toras.

— Você está esperando que outros venham?

— Não. – A mulher sorri, mostrando dentes extraordinariamente bons. Se ela é uma sem-comu agora, não começou dessa maneira; aquelas gengivas não sofreram muito com a desnutrição. – Vão me matar?

Você tem que admitir, não estava esperando por isso.

— Ela deve ter algum lugar aqui por perto – diz Hoa. Você fica satisfeita de ver que ele está à porta, olhando para fora. Ainda de guarda. Garoto esperto.

– É – retruca a mulher, animadamente imperturbável com o fato de terem descoberto seu segredo ostensivo. – Vão me seguir?

– Não – você responde com firmeza. – Não estamos interessados em você. Deixe-nos em paz e nós faremos o mesmo.

– Por mim, ok.

Você desprende o seu cantil e se aproxima da bomba. É complicado; a coisa deve ser acionada por uma pessoa enquanto outra segura o recipiente.

A mulher coloca uma das mãos na bomba, silenciosamente oferecendo ajuda. Você aquiesce e ela bombeia para você. Você bebe a primeira porção de água, e depois segue-se um silêncio tenso enquanto o cantil se enche. O nervosismo a faz quebrá-lo.

– Você correu um grande risco vindo aqui. Todos os outros provavelmente vão voltar logo.

– Alguns, e não vai ser logo. E você correu o mesmo grande risco.

– Verdade.

– Então. – A mulher aponta com a cabeça para a sua pilha de cantis cheios e só depois é que você vê... O que é aquilo? Em cima da boca de um dos cantis há um tipo de pequena engenhoca feita de gravetos, folhas retorcidas e um pedaço de arame torto. Ela dá um estalido suave enquanto você observa. – Fazendo um teste, pelo sim, pelo não.

– O quê?

Ela dá de ombros, olhando para você, e você percebe então: essa mulher não é uma simples sem-comu da mesma forma que você não é uma quieta.

– O tremor do norte – diz ela. – Foi pelo menos de grau nove, e isso foi apenas o que nós sentimos na superfície. Foi profundo também. – Ela faz uma pausa abrupta, na verdade afastando a cabeça de você e franzindo a testa, como se houvesse escutado algo alarmante, embora não haja nada ali a não ser a parede. – Nunca vi um tremor daqueles. Um padrão de ondas estranho. – Depois ela se concentra em você outra vez, rápido como um passarinho. – Provavelmente rompeu muitos aquíferos. Eles vão se reparar com o tempo, claro, mas em curto prazo, impossível dizer que tipos de contaminantes poderiam estar por aqui. Quero dizer, esta terra é perfeita para uma cidade, certo? Plana, acesso imediato à água, longe de falhas. Significa que provavelmente *houve* uma aqui em algum momento. Sabe que tipos de coisas ruins as cidades deixam para trás quando morrem?

Você a está encarando agora. Hoa também está, mas ele olha para todo mundo desse jeito. Então, a coisa no cantil para de dar estalidos e a mulher sem-comu se inclina para tirar a engenhoca. O objeto mantinha uma tira de alguma coisa (casca de árvore?) mergulhada na água.

– Segura – ela declara, e só tardiamente parece notar que você está observando. Ela franze um pouco as sobrancelhas e ergue a tirinha. – É feito da mesma planta que a segura. Conhece? O chá das saudações? Mas eu a tratei com uma coisinha a mais para pegar aquelas substâncias que a segura não pega.

– Não tem nada... – você fala sem pensar e depois se cala, inquieta, quando ela se fixa bruscamente em você. Agora você tem que terminar. – Quero dizer... A segura não deixa escapar nada que prejudique os seres humanos. – É o único motivo por que qualquer pessoa toma a bebida, porque tem gosto de bunda cozida.

Agora a mulher parece irritada.

– Isso não é verdade. Onde ferrugens você ouviu essas coisas? – É algo que você costumava ensinar na creche em Tirimo, mas, antes que possa dizê-lo, ela retruca com rispidez. – A segura não funciona bem se estiver em uma solução fria; todos sabem disso. Precisa estar em temperatura ambiente ou morna. Ela também não pega coisas que te matam em alguns meses em vez de te matar em alguns minutos. Grande coisa sobreviver hoje só para ter uma queda de pele ano que vem!

– Você é uma geomesta – você diz de forma abrupta. Parece impossível. Você já conheceu geomestas. Eles são tudo o que as pessoas pensam que os orogenes são quando estão se sentindo caridosos: misteriosos, insondáveis, possuidores de conhecimentos que nenhum mortal deveria ter, perturbadores. Ninguém exceto um geomesta saberia tantos fatos inúteis de maneira tão minuciosa.

– Não sou. – A mulher se empertiga, quase inchando em seu estado de fúria. – Eu não caio nessa de prestar atenção àqueles tolos da Universidade. Não sou *idiota*.

Você encara de novo, completamente confusa. Então, a água transborda do seu cantil e você se move, agitada, para encontrar a tampa. Ela para de bombear, depois enfia a pequena engenhoca de casca de árvore em um bolso da saia volumosa e começa a desmontar um dos sacos menores aos pés dela, seus movimentos rápidos e eficientes. Ela tira um cantil (do tamanho do seu) e joga para um lado, depois, quando o pequeno saco está vazio, ela o joga para o lado também. Você não tira os olhos dos dois itens. Seria mais fácil para você se o menino pudesse carregar seus próprios suprimentos.

– É melhor você pegar, se for seguir adiante – diz a mulher e, embora não esteja olhando para você, você percebe que ela intencionalmente lhe apresenta os itens. – Eu não vou ficar, e você também não deveria.

Você se aproxima para pegar o cantil e o saco vazio. A mulher se dispõe de novo a ajudá-la a encher antes de retomar a busca entre as coisas dela. Enquanto você amarra o seu cantil e o saco de dormir que pegou antes e transfere alguns objetos da sua bolsa para a menor para entregar ao garoto, você pergunta:

– Você sabe o que aconteceu? Quem fez o quê? – Você faz um gesto vago na direção dos gritos que a acordaram.

– Eu duvido que tenha sido um "alguém" – a mulher responde. Ela joga fora vários pacotes de comida que azedou, um conjunto de calças que talvez sejam grandes o bastante para Hoa, e livros. Quem coloca livros em uma bolsa de fuga? No entanto, a mulher dá uma olhada no título de cada um antes de jogá-los de lado. – As pessoas não reagem tão rápido como a natureza a mudanças como essa.

Você prende o segundo cantil à sua própria bolsa agora, já que sabe que não deveria fazer Hoa carregar muito peso. Ele é só um menino, e um que cresceu pouco, aliás. Uma vez que a mulher sem-comu obviamente não as quer, você pega as calças da pequena pilha de descartes que está aumentando ao lado dela. Ela não parece se importar.

– Você quer dizer que foi um ataque de algum tipo de animal? – você pergunta.

– Você não viu o corpo?

– Eu não sabia que *havia* um corpo. As pessoas gritaram e começaram a correr, então nós corremos também.

A mulher suspira.

– Não é imprudente, mas faz você perder... oportunidades. – Como que para ilustrar seu ponto de vista, ela joga para o lado o outro saco que acabou de esvaziar e se levanta, sustentando nos ombros os dois que restam. Um deles está mais gasto e claramente mais confortável do que o outro: o que lhe pertence. Ela usou barbante para atar os grandes cantis uns aos outros de modo que se encaixassem no lombo, apoiados pela curva substancial de sua bunda, em vez de carregá-las penduradas como a maioria dos cantis. Abruptamente, ela olha feio para você. – Não me siga.

– Eu não pretendia fazer isso. – A bolsa pequena está pronta para ser entregue a Hoa. Você a amarra a si mesma para se certificar de que está tudo seguro e confortável.

– Estou falando sério. – Ela se inclina um pouco para a frente, seu rosto todo quase ameaçador em sua fúria. – Você não sabe para onde estou voltando. Talvez eu viva em um complexo murado com outros cinquenta ferrugentos como eu. Talvez a gente tenha ferramentas afiadas e um livro de receitas de "pessoas idiotas e suculentas".

– Tudo bem, tudo bem. – Você dá um passo para trás, o que parece acalmá-la. Agora ela passa de furiosa a descontraída e volta a arrumar os sacos para ajeitá-los de modo mais confortável. Você também pegou o que queria, então é hora de sair daqui. O garoto parece contente com sua nova mochila quando você a entrega a ele; você o ajuda a colocá-la da maneira apropriada. Enquanto você faz isso, a mulher sem-comu passa por vocês para sair, e algum vestígio do seu antigo eu a faz dizer:

– A propósito, obrigada.

– De nada – ela responde em um tom alegre, dirigindo-se à porta, e para abruptamente. Ela está olhando para alguma coisa. A expressão no rosto dela faz você sentir uma comichão em todos os pelos da sua nuca. Sem demora, você vai à porta também para ver o que ela está vendo.

É um kirkhusa, uma das criaturas peludas de corpo comprido que os latmedianos têm como animais de estimação em vez de cachorros, uma vez que cachorros são muito caros para qualquer um, exceto para os pomposos equatoriais. Os kirkhusas se parecem mais com grandes lontras terrestres do que com cães. Podem ser treinados, são muito baratos porque comem apenas folhas de arbustos baixos e insetos que crescem neles. E são ainda mais fofos do que os cachorrinhos quando são pequenos... Mas *este* kirkhusa não é fofo. Ele é grande, tem uns bons 45 quilos de corpo saudável e coberto por pelo macio. Alguém o amou muito, pelo menos até pouco tempo: é uma bela coleira de couro a que ele ainda tem ao redor do pescoço. Está rosnando e, quando sai do pasto e entra na estrada, você vê manchas vermelhas ao redor de sua boca e de suas patas dotadas de garras.

Esse é o problema com os kirkhusa, sabe. O motivo pelo qual todos têm condições de mantê-los. Eles comem folhas até provarem cinza em demasia, o que desperta algum instinto dentro deles que normalmente está adormecido. Então, eles mudam. Tudo muda durante uma Estação.

– Merda – você sussurra.

A mulher sem-comu assobia ao seu lado, e você fica tensa, sentindo sua consciência descer por um breve instante à terra. (Você a traz de volta por uma questão de hábito. Não perto de outras pessoas. Não a menos que você não tenha outra escolha.) Ela foi até a beira do asfalto, onde provavelmente estava prestes a disparar em meio ao campo em direção a um grupo de árvores. Mas, não muito longe da estrada, perto do lugar onde as pessoas gritaram mais cedo, você vê a grama se mexendo de forma descontrolada e ouve o ruído suave de outros kirkhusas pigarreando e grunhindo; quantos, impossível saber. Contudo, estão ocupados. Comendo.

Este costumava ser um animal de estimação. Talvez se lembre de seu dono humano com carinho. Talvez tenha hesitado quando os outros atacaram e não tenha conseguido mais do que apenas provar o gostinho da carne que será sua nova dieta básica até a Estação terminar. Agora, ele vai passar fome se não repensar seu comportamento civilizado. Anda para a frente e para trás no asfalto sem fazer barulho, guinchando para si mesmo como se estivesse indeciso, mas não vai embora. Mantém você e Hoa e a mulher sem-comu encurralados enquanto luta com a própria consciência. Coitadinho.

Você fixa seus pés e murmura para Hoa e para a mulher, se ela estiver disposta a ouvir...

– Não se mexa.

Mas antes que consiga encontrar algo inofensivo de que possa tirar proveito, uma inclusão de rocha que você possa mover ou uma fonte de água que possa transformar em um gêiser e que lhe dê um pretexto para arrebatar o calor do ar e a vida desse esquilo gigante, Hoa olha para você e dá um passo à frente.

– Eu disse... – você começa a falar, segurando-o pelo ombro para puxá-lo de volta, mas ele não vem. É como tentar mover uma pedra que está vestindo uma jaqueta; sua mão apenas escorrega pelo couro. Debaixo dela, o menino não se mexe nem um pouco.

A reclamação morre na sua garganta quando o garoto continua avançando. Ele não está simplesmente sendo desobediente, você percebe; há demasiada determinação na atitude dele. Você nem ao menos sabe se ele *notou* sua tentativa de detê-lo.

E então o garoto está cara a cara com a criatura a poucos metros de distância. O animal parou de espreitar e está tenso como se... Espere. O quê? *Não* como se fosse atacar. Ele abaixa a cabeça e contrai o rabicó uma vez, de modo incerto. *Defensivamente.*

O menino está de costas para você. Você não consegue ver o rosto dele, mas, de repente, seu corpinho atarracado parece maior e menos inofensivo. Ele ergue uma das mãos e a estende em direção ao kirkhusa, como se a oferecesse para ele cheirar. Como se ainda fosse um animal de estimação.

O kirkhusa ataca.

Ele é rápido. Eles são animais ligeiros de qualquer forma, mas você o vê contrair os músculos e então ele está 1,5 m mais perto, sua boca está aberta e seus dentes se fecharam em torno da mão do garoto até a metade do seu antebraço. E, oh Terra, você não pode ver isso, uma criança morrendo na sua frente como Uche não morreu. Como você pôde deixar qualquer uma dessas coisas acontecer, você é a pior pessoa do mundo inteiro.

Mas talvez... se conseguir se concentrar, congelar o animal e não o menino... você abaixa o olhar para tentar se concentrar enquanto a mulher sem-comu arqueja e o sangue do garoto respinga no asfalto. Ver Hoa sendo massacrado vai tornar as coisas piores; o que importa é salvar sua vida, mesmo que ele perca o braço. Mas aí...

Faz-se o silêncio.

Você levanta os olhos.

O kirkhusa parou de se mexer. Ainda está no lugar onde estava, os dentes cerrados sobre o braço de Hoa, os olhos desvairados de... algo que está mais para medo do que para fúria. Está até tremendo de leve. Você o ouve soltar o mais fugaz dos sons interrompidos, apenas um guincho oco.

Então o pelo do kirkhusa começa a se mexer. (Como é?) Você franze a testa, aperta os olhos, mas é fácil de ver, perto como a fera está. Cada um dos fios da pelagem se move, ao que parece todos em uma direção diferente ao mesmo tempo. Então o pelo brilha. (*O quê?*) Endurece. De repente você percebe que não só os músculos dele estão duros, mas a carne que os recobre está dura também... Não apenas duros, mas... sólidos.

E aí você percebe: *o kirkhusa inteiro* está sólido.

O quê?

Você não entende o que está vendo, então continua olhando, compreendendo em partes. Os olhos dele se tornaram vidro; suas garras, cristal; seus dentes, algum tipo de filamento ocre. Onde havia movimento, agora há imobilidade; seus músculos estão duros como pedras, e isso não é uma metáfora. O pelo dele foi apenas a última parte do corpo a mudar, retorcendo-se quando os folículos sob a pele se transformaram em *outra coisa*.

Você e a mulher sem-comu ficam olhando.

Uau.

É sério. É isso que você está pensando. Você não tem nada melhor que isso. Uau.

É o suficiente para fazê-la se mexer, pelo menos. Você se esgueira adiante até que consegue ver a cena toda de um ângulo melhor, mas nada muda de fato. O garoto ainda parece bem, embora metade do seu braço ainda esteja na goela da coisa. O kirkhusa ainda está muito morto mesmo. Bem, muito morto, e morto mesmo.

Hoa olha para você, e, de repente, você nota o quanto ele está profundamente infeliz. Como se estivesse com vergonha. Por quê? Ele salvou a vida de todos, mesmo que o método tenha sido... Você não sabe o que é.

– Você fez isso? – você pergunta a ele.

Ele abaixa os olhos.

– Não queria que visse isso ainda.

Tudo bem. É algo para se pensar mais tarde.

– O que você fez?

Ele fica de boca fechada, apertando os lábios.

Agora ele resolve ficar amuado. Mas talvez não seja a hora para ter essa conversa, considerando que o braço dele está preso nos dentes de um monstro de vidro. Os dentes furaram a pele dele; há sangue brotando e gotejando pela mandíbula não-mais-de-carne do animal.

– Seu braço. Deixe-me… – Você olha ao redor. – Deixe-me achar alguma coisa para te soltar.

Só então Hoa parece se lembrar do braço. Ele olha para você de novo, claramente não satisfeito de que esteja observando, mas aí ele solta um pequeno suspiro de resignação. E flexiona o braço antes que você possa aconselhá-lo a não fazer nada que pudesse feri-lo ainda mais.

A cabeça do kirkhusa se estilhaça. Grandes pedaços de pedra pesada caem no chão com estrondo; uma poeira cintilante se espalha. O braço do menino está sangrando mais, mas está livre. Ele flexiona um pouco os dedos. Estão bem. Ele abaixa o braço.

Você reage ao ferimento dele, estendendo a mão para tocar o braço do garoto, pois é algo que você consegue compreender e sobre o qual pode fazer alguma coisa. Mas ele se afasta rapidamente, cobrindo as marcas com a outra mão.

– Hoa, deixe-me…

– Eu estou bem – diz ele em voz baixa. – Mas nós deveríamos ir.

Os outros kirkhusas estão próximos, embora estejam muito ocupados mastigando algum coitado no prado. A refeição não vai durar para sempre. Pior, é só uma questão de tempo antes de outras pessoas desesperadas fazerem a escolha de encarar a hospedaria outra vez, esperando que as coisas ruins tenham ido embora.

Uma das coisas ruins ainda está bem aqui, você pensa, olhando para o kirkhusa, do qual restou apenas o maxilar inferior. Você pode ver os nódulos rugosos da parte de trás da língua dele, agora de cristal brilhante. Então, você se vira para Hoa, que está segurando o braço ensanguentado e parecendo triste.

É a tristeza, enfim, que faz o medo recuar para dentro de você e o substitui por algo mais familiar. Será que fez isso porque não sabia que você podia se defender? Por algum outro motivo insondável? No final das contas, não importa. Você não faz ideia do que fazer com um monstro que pode transformar seres vivos em estátuas, mas sabe lidar com uma criança infeliz.

Você também tem muita experiência com crianças que secretamente são monstros.

Assim, você oferece a sua mão. Hoa parece surpreso. Ele olha para ela, depois para você, e há algo no olhar dele que é inteiramente humano e está grato pela sua aceitação naquele momento. Surpreendentemente, isso faz com que você se sinta um pouco mais humana também.

Ele pega a sua mão. A pressão dos dedos dele não parece mais fraca apesar dos ferimentos, então você o puxa quando vira para o sul e começa a andar outra vez. A mulher sem-comu vai atrás sem dizer uma palavra, talvez esteja caminhando na mesma direção ou talvez apenas pense que existe mais força em andar em maior número. Nenhum de vocês diz nada porque não há nada a dizer.

Atrás de vocês, no prado, os kirkhusas continuam comendo.

✦   ✦   ✦

CUIDADO COM O SOLO QUE FICA SOBRE ROCHA SOLTA.

CUIDADO COM ESTRANHOS QUE SÃO SADIOS.

CUIDADO COM O SILÊNCIO SÚBITO.

– *TÁBUA UM, "DA SOBREVIVÊNCIA", VERSÍCULO TRÊS*

11

DAMAYA NO FULCRO DE TUDO

Existe uma ordem para a vida no Fulcro.

O despertar chega com o amanhecer. Já que é o que Damaya sempre fez lá na fazenda, isso é fácil para ela. Para os outros grãos (e é isso o que ela é agora, uma partícula sem importância pronta para ser polida e transformada em algo útil, ou pelo menos para ajudar a lapidar outras melhores), o despertar chega quando um dos instrutores entra no dormitório e toca um sino terrivelmente barulhento, o que faz todos se encolherem, mesmo se já estiverem acordados. Todos gemem, inclusive Damaya. Ela gosta disso. Faz com que se sinta parte de alguma coisa.

Eles se levantam e arrumam a cama, dobrando o lençol de cima ao estilo militar. Depois, arrastando os pés, entram nos chuveiros, que são brancos com iluminação elétrica e azulejos brilhantes e têm cheiro de produto de limpeza de ervas, pois o Fulcro contrata Costas-fortes e pessoas sem-comu das favelas de Yumenes para vir limpá-los. Por esses e outros motivos, os banhos são maravilhosos. Ela nunca pôde usar água quente todos os dias dessa forma, toneladas de água caindo de buracos no teto como a chuva mais perfeita de todos os tempos. Ela tenta não deixar isso claro, porque alguns dos outros grãos são equatoriais e dariam risada dela, a caipira impressionada com a novidade que é ter limpeza fácil e confortável. Mas, bem, é o que ela é.

Depois disso, os grãos escovam os dentes e voltam ao dormitório para se vestirem e se arrumarem. Seus uniformes são calças de um tecido cinza e duro e túnicas com bordado preto, tanto para as meninas quanto para os meninos. As crianças cujos cabelos são compridos e cacheados ou que são finos o bastante para serem penteados e puxados para trás devem fazer isso; crianças cujos cabelos são de cinzas sopradas ou crespo ou curto devem garantir que o cabelo esteja bem penteado. Em seguida, os grãos ficam de pé em frente às suas camas, esperando enquanto os instrutores entram e passam pelas fileiras para inspecionar. Querem assegurar-se de que os grãos estão realmente limpos. Os instrutores verificam as camas também para verificar se ninguém fez xixi nelas ou fez o serviço mal feito de dobrar os cantos. Os grãos que não estão limpos são mandados de volta para tomar outro banho, desta vez gelado, com o instrutor parado ali, observando para garantir que seja feito da maneira correta. (Damaya se assegura de que nunca terá que fazer isso, porque não parece nem um pouco divertido.) Os grãos que não se vestiram e não arrumaram a cama direito são mandados para a Disciplina, onde recebem os castigos apropriados à infração. Um cabelo despenteado é cortado bem curto; reincidentes têm as cabeças raspadas. Os que não escovam os dentes têm a boca lavada com sabão. Não se vestir bem é corrigido com cinco varadas nas nádegas ou nas costas nuas; não arrumar a cama direito, com dez. As varadas não arrebentam a pele (os instrutores são treinados para bater apenas o suficiente), mas deixam vergões, que provavelmente têm o propósito de friccionar sob o tecido duro dos uniformes.

Vocês representam todos nós, os instrutores dizem, se qualquer grão ousa protestar contra esse tratamento. *Quando estão sujos, todos os orogenes estão sujos. Quando são preguiçosos, todos somos preguiçosos. Machucamos vocês para que não prejudiquem o restante de nós.*

No passado, Damaya teria protestado contra a injustiça de tais julgamentos. As crianças do Fulcro são todas diferentes: diferentes idades, diferentes cores, diferentes formas. Algumas falam sanze-mat com diferentes sotaques, tendo se originado de diferentes partes do mundo. Uma menina tem dentes afiados porque é de costume da sua raça afiá-los; outro menino não tem pênis, embora ele enfie uma meia na cueca depois de cada banho; outra menina quase nunca teve refeições regularmente e devora todas elas como se ainda estivesse passando fome. (O instrutor está sempre achando alimentos escondidos na sua cama ou em torno dela. Eles a fazem comer a comida, toda a comida, na frente deles, mesmo que isso a deixe com náusea.) Não dá para esperar semelhanças em meio a tanta diferença, e não faz sentido para Damaya ser julgada pelo comportamento de crianças que não têm nada em comum com ela exceto a maldição da orogenia.

Mas Damaya entende agora que o mundo não é justo. Eles são orogenes, os Misalems do mundo, nasceram amaldiçoados e terríveis. Isso é o que é necessário para torná-los seguros. De qualquer forma, se ela fizer o que deve fazer, nada de inesperado acontecerá. Sua cama está sempre perfeita; seus dentes, limpos e brancos. Quando ela começa a se esquecer do que importa, olha para a mão direita, na qual sente pontadas às vezes quando faz frio, embora os ossos tenham sarado em algumas semanas. A menina se lembra da dor e da lição que ela trouxe.

Depois da inspeção vem o café da manhã; só um pouco de fruta e um pedaço de salsicha ao estilo sanzed, que eles pegam no saguão do dormitório e comem no caminho. Andam em pequenos grupos para aulas nas várias quadras do Fulcro que os grãos mais velhos chamam de tormentos, embora não seja assim que devam ser chamados. (Há muitas coisas que os grãos dizem uns aos outros que não podem jamais dizer aos adultos. Os adultos sabem, mas fingem não saber. O mundo não é justo, e por vezes não faz sentido.)

No primeiro tormento, que é coberto, eles passam as primeiras horas do dia em uma cadeira com uma lousa de ardósia e com uma aula dada por um dos instrutores do Fulcro. Às vezes há provas orais, com os grãos sendo crivados de perguntas um a um até alguém errar. O grão que erra tem que limpar as lousas de ardósia. Assim eles aprendem a trabalhar com calma sob pressão.

– Qual era o nome do primeiro imperador do Velho Sanze?

– Um tremor em Erta emite ondas primárias às 6h35 e sete segundos e ondas vibracionais às 6h37 e vinte e sete segundos. Qual é o tempo de atraso? – Essa pergunta se torna mais complexa se é feita para grãos mais velhos, entrando em logaritmos e funções.

– O Saber das Pedras adverte: "Observe o centro do círculo". Onde está a falácia nesta declaração?

Essa é a pergunta que cabe a Damaya um dia, então ela se levanta para responder:

– A declaração explica como se pode estimar a localização de um orogene por meio de um mapa – diz ela. – É incorreta, simplista demais, porque a zona de destruição de um orogene não é *circular*, é *espiralada*. Por isso, muitas pessoas não entendem que a zona de efeito se estende para cima e para baixo, e também pode ser deformada de outras maneiras tridimensionais por um orogene habilidoso.

O instrutor Marcasite faz um gesto de aprovação com a cabeça referente à explicação, o que deixa Damaya orgulhosa. Ela gosta de estar certa. Marcasite continua:

– E já que o Saber das Pedras seria mais difícil de lembrar se estivesse cheio de expressões como "observe o fulcro invertido de uma espiral cônica", temos centros e círculos. A exatidão é sacrificada em nome de uma poética melhor.

Isso faz a turma rir. Não é tão engraçado assim, mas há muita tensão nervosa em dias de teste.

Depois das aulas, segue-se o almoço na grande quadra ao ar livre reservada para esse propósito. Essa quadra tem um teto de faixas de lona encerada sobre ripas, que podem ser fechadas em dias de chuva, embora Yumenes, que está bem no interior, raras vezes tenha desses dias. Então, os grãos geralmente se sentam em mesas compridas com bancos sob um céu azul brilhante enquanto dão risadinhas e chutam uns aos outros e trocam insultos. Há bastante comida para compensar o café da manhã leve, tudo variado e delicioso e substancial, embora boa parte seja de terras distantes, e Damaya não saiba como se chamam algumas delas. (De qualquer forma, ela come sua parte. Mia Querida lhe ensinou a nunca desperdiçar comida.)

Esse é o momento favorito do dia para Damaya, embora ela seja um dos grãos que se sentam sozinhos em uma mesa vazia. Muitas das outras crianças fazem isso, ela notou; crianças demais para considerar todos como aqueles que não conseguiram fazer amigos. Os outros têm uma expressão que ela está aprendendo rapidamente a reconhecer, certa furtividade de movimento, uma hesitação, uma tensão nos olhos e na linha do maxilar. Alguns deles guardam as marcas de suas antigas vidas de um modo mais óbvio. Há um menino costeiro do oeste de cabelo cinzento que não tem a parte de um braço do cotovelo para baixo, embora seja hábil o suficiente para se virar sem ele. Uma menina sanzed, talvez cinco anos mais velha, tem os sinais sinuosos de velhas cicatrizes de queimadura de cima a baixo em um lado do rosto. E então há outro grão ainda mais novo que Damaya, cuja mão esquerda está em uma atadura especial de couro como uma luva sem dedos que se fecha no punho. Damaya reconhece essa atadura porque ela mesma a usou enquanto sua mão sarava durante suas primeiras semanas no Fulcro.

Eles não olham muito um para o outro, ela e esses outros que se sentam sozinhos.

Após o almoço, os grãos passam pelo Jardim do Anel em longas e silenciosas filas supervisionadas pelos instrutores para que eles não falem com os orogenes adultos nem olhem para eles de maneira muito óbvia. Damaya olha, claro, porque eles devem olhar. É importante que vejam o que os espera quando começarem a conquistar anéis. O jardim é uma maravilha: adultos e velhos de todas as constituições físicas, todos saudáveis e bonitos, confiantes, o que os torna bonitos. Todos são completamente ameaçadores em seus uniformes pretos e botas engraxadas. Seus dedos cheios de anéis tremulam e brilham conforme gesticulam livremente ou viram as páginas de um livro que eles não *têm* que ler ou afastam de trás da orelha de um amante um cacho de cabelo.

O que Damaya vê neles é algo que não entende a princípio, embora ela o *queira* com um desespero que a surpreende e perturba. Conforme essas primeiras semanas se transformam em meses, e ela se familiariza com a rotina, começa a entender o que é que os orogenes mais velhos demonstram: controle. Eles dominaram seu poder. Nenhum orogene com anéis congelaria o pátio só porque levou um empurrão de um garoto. Nenhum desses sagazes profissionais vestidos de preto esboçaria nenhuma reação sequer nem quanto a um terremoto forte nem quanto a uma rejeição da família. Eles sabem o que são e aceitaram tudo o que isso significa, e não têm medo de nada, nem dos quietos, nem de si mesmos, nem do Velho Terra.

Se, para alcançar isso, Damaya tiver que suportar alguns ossos quebrados ou alguns anos em um lugar onde ninguém a ama e nem ao menos gosta dela, esse é um preço pequeno a pagar.

Por isso, ela se esforça no treino da tarde de Orogenia Aplicada. Nos tormentos de prática, que se situam dentro do anel mais recôndito do complexo do Fulcro, Damaya está em uma fila com outros grãos com nível semelhante de experiência. Ali, sob o olhar atento de um instrutor, ela aprende como visualizar e respirar, e a estender sua consciência sobre a terra sempre que quiser, e não apenas como reação aos movimentos dela ou à sua própria agitação. Ela aprende a controlar sua agitação e todas as outras emoções que podem induzir o poder dentro dela a reagir a uma ameaça que não existe. Os grãos não têm um bom controle nessa fase, por isso nenhum deles tem permissão para *mover* nada de fato. Os instrutores sabem distinguir, de algum modo, quando eles estão prestes a fazer isso; e porque os instrutores todos têm anéis, podem trespassar a espiral que qualquer criança esteja criando de um modo que Damaya ainda não entende, aplicando um rápido tapa atordoante de ar gelado como aviso. É um lembrete da importância da lição, e também dá credibilidade a um boato que os grãos mais velhos cochicharam no escuro depois que as luzes se apagaram. *Se você cometer muitos erros nas aulas, os instrutores te congelam.*

Vão se passar muitos anos antes que Damaya entenda que, quando os instrutores matam um aluno que comete muitos erros, não é com o intuito de que seja uma incitação, mas sim uma misericórdia.

Depois de Orogenia Aplicada vem o jantar e a hora livre, um momento em que podem fazer o que quiserem, permitido em consideração à juventude deles. Os grãos mais novos costumam ir dormir cedo, exaustos pelo esforço de aprender a controlar músculos invisíveis e semivoluntários. As crianças mais velhas têm uma resistência maior e mais energia, então há risadas e brincadeiras pelos beliches do dormitório durante algum tempo, até os instrutores declararem que as luzes serão apagadas. No dia seguinte, começa tudo de novo.

Assim se passam seis meses.

✦   ✦   ✦

Um dos grãos mais velhos vem até Damaya durante o almoço. O garoto é alto e equatorial, embora não pareça puramente sanzed. Seu cabelo tem a textura de cinzas sopradas, mas é de um tom loiro remanso. Tem os ombros largos e está desenvolvendo a corpulência dos Costas-fortes, o que a deixa ressabiada de imediato. Ela ainda vê Zab em toda parte.

No entanto, o garoto sorri, e não há ameaça no jeito dele quando para ao lado da pequena mesa que ela ocupa sozinha.

– Posso me sentar?

Ela dá de ombros, pois não quer que ele se sente, mas está curiosa mesmo sem querer. Ele coloca a bandeja na mesa e se senta.

– Meu nome é Arkete.

– Esse não é o seu nome – retruca ela, e o sorriso dele perde um pouco de força.

– É o nome que meus pais me deram – responde ele em um tom mais sério – e é o nome que pretendo manter até encontrarem uma maneira de tirá-lo de mim. O que nunca vão fazer porque, você sabe, é um nome. Mas, se preferir, *oficialmente* me chamo Maxixe Beryl.

O grau de mais alta qualidade do mineral água marinha, usado quase que exclusivamente para a arte. É adequado para ele; é um garoto bonito apesar de sua óbvia herança ártica ou antártica (ela não se importa, mas os equatoriais sim), e isso o torna perigoso do jeito afiado que garotos grandes e bonitos sempre foram. Ela decide chamá-lo de Maxixe Beryl por causa disso.

– O que você quer?

– Uau, você está mesmo trabalhando a sua popularidade. – Maxixe Beryl começa a comer, colocando os cotovelos na mesa enquanto come. (Mas primeiro ele verifica para garantir que não há instrutores por perto para repreendê-lo pela falta de modos.) – Você sabe como as coisas deveriam funcionar, certo? O cara bonito e popular de repente mostra interesse na garota tímida do interior. Todos a odeiam por isso, mas ela começa a ganhar confiança em si mesma. Então, o cara a trai e ela se arrepende. É horrível, mas depois ela "se encontra", percebe que não precisa dele, e talvez aconteça outra coisa – ele agita os dedos no ar – e, enfim, ela se transforma na menina mais bonita que já se viu porque gosta de si mesma. Mas não vai funcionar se você não gaguejar e corar e fingir que não gosta de mim.

Ela fica totalmente confusa com essa salada de palavras dele. Isso a irrita tanto que ela diz:

– Eu *não* gosto de você.

– Ai. – Ele faz uma mímica, como se estivesse levando uma facada no coração. Mesmo sem querer, as palhaçadas dele fazem Damaya relaxar um pouco. Isso, por sua vez, o faz sorrir. – Ah, melhor assim. O que, você não lê livros? Ou não havia sabedoristas no buraco latmediano de onde você veio?

Ela não lê livros porque não é muito boa em leitura ainda. Seus pais lhe ensinaram o suficiente para se virar, e os instrutores lhe passaram um programa semanal de leitura extra para melhorar suas habilidades nessa área. Mas ela não vai admitir isso.

– Claro que tínhamos sabedoristas. Eles nos ensinavam o Saber das Pedras e nos diziam como nos preparar...

– Argh. Vocês tinham sabedoristas *de verdade*. – O garoto chacoalha a cabeça. – Onde eu fui criado, ninguém dava ouvidos a eles, a não ser professores de creche e os geomestas mais chatos. Em vez disso, o que todos gostavam eram os sabedoristas populares; sabe, do tipo que se apresenta em anfiteatros e bares? As histórias que eles contam não ensinam nada. São só engraçadas.

Damaya nunca ouviu falar disso, mas talvez seja algum modismo equatorial que nunca chegou às Latmedianas do Norte.

– Mas os sabedoristas falam do *Saber das Pedras*. Essa é a ideia. Se essas pessoas nem ao menos fazem isso, não deveriam ser chamadas... eu não sei, de alguma outra coisa?

– Talvez. – Ele encolhe os ombros e estende o braço para roubar um pedaço de queijo do prato dela; ela fica tão confusa com o negócio dos sabedoristas populares que não protesta. – Os verdadeiros sabedoristas vêm reclamando deles para a Liderança yumenescense, mas isso é tudo que eu sei sobre o assunto. Eles me trouxeram para cá dois anos atrás, e não ouvi falar mais nada desde então. – Ele suspira. – Mas espero que os sabedoristas populares não vão embora. Eu gosto deles, mesmo que suas histórias sejam um pouco bobas e previsíveis. Claro que elas se passam em creches de verdade, não em lugares como este. Ele retorce os cantos dos lábios ao olhar ao redor deles em leve reprovação.

Damaya sabe muito bem o que ele quer dizer, mas quer saber se ele vai falar.

– Lugares como este?

Ele volta sua atenção para ela, olhando-a de lado. Mostrando os dentes em um sorriso que provavelmente encanta mais as pessoas do que as assusta, ele diz:

– Ah, você sabe. Lugares lindos, maravilhosos, perfeitos, cheios de amor e de luz.

Damaya ri, depois fecha a boca. E então não sabe ao certo por que fez essas duas coisas.

– É. – O garoto volta a comer com gosto. – Também demorei um pouco para rir depois que cheguei aqui.

Ela gosta um pouco dele depois dessa afirmação.

Ele não quer nada, ela percebe depois de um tempo. Conversa de modo superficial e come a comida dela, o que não é nenhum problema, já que ela já estava acabando mesmo. Ele não parece se importar quando ela o chama de Maxixe Beryl. Ela ainda não confia nele, mas ele parece querer apenas alguém para conversar. O que ela consegue entender.

Por fim, ele se levanta e agradece a ela "por essa conversa cintilante", que foi quase que inteiramente unilateral da parte dele, e então parte para se reunir com os seus amigos. Ela tira isso da cabeça e segue com o seu dia.

Porém. No dia seguinte, alguma coisa muda.

Começa naquela manhã no banheiro, quando alguém esbarra nela com força suficiente para fazê-la deixar cair a toalha de rosto. Quando ela olha ao redor, nenhum dos meninos ou meninas que estão compartilhando o banheiro com ela olham em sua direção nem se desculpam. Ela atribui o ocorrido a um acidente.

Quando ela sai do banheiro, entretanto, alguém roubou seus sapatos. Os calçados estavam com suas roupas, que ela havia preparado antes do banho e colocado em cima da cama para acelerar o processo de se vestir. Ela sempre faz isso, toda manhã. Agora eles sumiram.

Ela os procura metodicamente, tentando garantir que não os esqueceu em algum lugar, apesar de saber que não esqueceu. E quando olha para os outros grãos, que estão cuidadosamente evitando olhar para ela enquanto os instrutores anunciam a inspeção e ela não pode fazer nada exceto ficar ali de pé com seu uniforme impecável e seus pés descalços, ela sabe o que está acontecendo.

Ela é reprovada na inspeção e punida com uma esfrega que deixa as solas dos seus pés em carne viva e ardendo pelo resto do dia dentro dos novos sapatos que lhe deram.

Isso é apenas o começo.

Naquela noite, no jantar, alguém coloca alguma coisa no suco que entregam a ela junto com a refeição. Grãos que apresentam maus modos à mesa devem cumprir tarefas na cozinha, o que significa que eles têm acesso à comida de todos. Ela se esquece disso e não pensa no gosto estranho do suco até que fica difícil se concentrar e sua cabeça começa a doer. Mesmo nesse momento, ela não sabe ao certo o que está acontecendo quando tropeça e cambaleia no caminho de volta ao dormitório. Um dos instrutores a puxa de lado, franzindo a testa para a sua falta de coordenação, e cheira seu hálito:

– Quanto você bebeu? – pergunta o homem.

Damaya franze as sobrancelhas, confusa de início porque só bebeu um copo de suco de tamanho normal. O motivo, leva um pouco de tempo para ela entender, é que está bêbada: alguém colocou álcool em seu suco.

Orogenes não devem beber. Nunca. O poder de mover montanhas mais a embriaguez é igual a um desastre iminente.

O instrutor que parou Damaya é Galena, um dos quatro-anéis mais jovens, que dá os exercícios de orogenia da tarde. Ele é impiedoso no tormento, mas, por alguma razão, sente pena dela agora. Galena a tira da fila e a leva para seu aposento, que felizmente fica perto. Lá, ele coloca Damaya no sofá e manda que ela durma para curar a bebedeira.

De manhã, quando Damaya bebe água e faz uma careta ao sentir um gosto horrível na boca, Galena faz com que ela se sente e diz:

– Você precisa resolver isso agora. Se algum dos seniores tivesse pegado você... – Ele chacoalha a cabeça. É uma infração tão grave que não há como suportar o castigo. Seria terrível; isso é tudo que qualquer um deles precisa entender.

Não importa por que os outros grãos decidiram persegui-la. A única coisa que importa é que estão fazendo isso e que não são brincadeiras inofensivas. Estão tentando fazer com que ela acabe sendo congelada. Galena está certo; Damaya precisa resolver isso. Agora.

Ela decide que precisa de um aliado.

Há outra menina entre os solitários em quem ela reparou. *Todos* reparam nessa garota; há algo de errado com ela. Sua orogenia é uma coisa precária e confinada, uma adaga constantemente preparada para precipitar-se na terra; e o treinamento apenas deixou as coisas piores, porque agora a faca está mais afiada. Isso não deveria acontecer. Selu é o nome dela, e ela ainda não ganhou ou recebeu um nome orogene, mas os outros grãos a chamam de *Colapso* para ser engraçado, e esse é o nome que pegou. Ela até responde por esse nome, já que não consegue fazer com que parem de usá-lo.

Todos já estão comentando que ela não vai conseguir. O que significa que ela é perfeita.

Damaya se aproxima de Colapso no café da manhã do dia seguinte. (Ela só toma água agora, que pegou em uma fonte ali perto. Ela precisa comer a comida que servem, mas a examina com cuidado antes de colocar qualquer coisa na boca.)

– Oi – diz ela, colocando a bandeja na mesa.

Colapso olha para ela.

– Sério? As coisas estão tão ruins assim a ponto de você precisar de *mim*?

É um bom sinal que elas possam ser honestas uma com a outra desde o começo.

– Sim – Damaya responde, e se senta, já que Colapso não se opôs. – Eles estão te aborrecendo também, não estão?

– Claro que estão. Damaya não viu o que estão fazendo, mas faz sentido. Existe uma ordem na vida dentro do Fulcro.

Colapso suspira. Isso faz o salão reverberar de leve, ou pelo menos é o que parece por um instante. Damaya controla-se para não reagir, pois uma boa parceria não deveria começar com uma demonstração de medo. Colapso nota isso e relaxa, só um pouquinho. A trepidação do desastre iminente desaparece.

– Estão – confirma Colapso, falando baixinho. Damaya percebe de repente que Colapso está *brava*, embora mantenha a cabeça abaixada, olhando para o prato. Está lá no modo como segura o garfo com força demais e no modo como seu semblante é inexpressivo demais. De súbito, Damaya se pergunta: será que o controle de Colapso é realmente um problema? Ou será que seus algozes deram o melhor de si para *deixá-la* abalada?

– Então, o que você quer fazer sobre isso?

Damaya resume seu plano. Depois de hesitar no início, Colapso percebe que ela está falando sério. Elas terminam de comer em silêncio, enquanto Colapso pensa no assunto. Por fim, Colapso diz:

– Estou nessa.

O plano é bastante simples. Elas precisam encontrar a cabeça da serpente, e o melhor modo de fazer isso é usando uma isca. Decidem usar Maxixe Beryl, pois é claro que Maxixe Beryl deve estar envolvido. Os problemas de Damaya começaram logo após sua tentativa ostensiva de fazer amizade. Elas esperam até que ele esteja no banheiro uma manhã, rindo com seus amigos, e então Damaya volta ao seu beliche.

– Onde estão meus sapatos? – pergunta ela em voz alta.

Os outros grãos dão uma olhada; alguns deles chiam, propensos demais a acreditar que os perturbadores teriam tão pouca criatividade a ponto de fazer a mesma brincadeira duas vezes. Jasper, que está no Fulcro apenas alguns meses a mais que Damaya, franze o cenho.

– Ninguém pegou os seus sapatos desta vez – diz ele. – Estão no seu baú.

– Como você sabe? Foi *você* que os pegou? – Damaya avança para confrontá-lo, e ele se irrita e a encontra no meio do quarto com os ombros para trás, em atitude de afronta.

– Eu não peguei as suas porcarias. Se estão perdidas, você que perdeu.

– Eu não perco as coisas. – Ela bate com o dedo no peito dele. Ele é um latmediano do norte como ela, mas magro e pálido; provavelmente de alguma comu próxima ao Ártico. Ele fica vermelho quando está bravo; as outras crianças zombam disso, mas não muito, porque ele tira ainda mais sarro das outras crianças. (A boa orogenia desvia, não cessa.) – Se você não pegou, então sabe quem foi. – Ela bate nele com o dedo de novo, e ele afasta a mão dela com um tapa.

– Não *toque* em mim, sua porquinha idiota. Vou quebrar seu dedo ferrugento.

– O que está acontecendo?

Todos eles se sobressaltam e se calam. Na entrada, pronto para começar a inspeção da noite, está Carnelian, um dos poucos seniores entre os instrutores. Ele é um homem grande, barbudo, mais velho e severo, com seis anéis; todos têm medo dele. Como prova disso, os grãos vão correndo imediatamente aos seus lugares diante dos beliches em posição de sentido. Damaya, mesmo sem querer, sente um pouco de medo, até cruzar com o olhar de Colapso, e ela lhe dá um breve aceno com a cabeça. A distração foi suficiente.

– Eu perguntei o que está acontecendo. – Carnelian entra no quarto quando eles estão reunidos. Ele se concentra em Jasper, que ainda está corado, embora provavelmente de medo em vez de raiva desta vez. – Há algum problema?

Jasper olha para Damaya.

– Não *comigo*, instrutor.

Quando Carnelian se vira para ela, a menina está pronta.

– Alguém roubou os meus sapatos, instrutor.

– Outra vez? – Esse é um bom sinal. Da última vez, Carnelian simplesmente a repreendeu por perder os próprios sapatos e arranjar desculpas. – Você tem provas de que foi Jasper que os roubou?

Aqui está a parte complicada. Ela nunca foi boa em contar mentiras.

– Sei que foi um menino. Eles desapareceram durante o último banho, e todas as meninas estavam lá *dentro* comigo. Eu contei.

– Se estiver tentando culpar outra pessoa pelas suas falhas...

– Ela sempre faz isso – diz uma ruiva costeira do leste.

– Ela tem *muitas* falhas – diz um menino que parece ter vindo da mesma comu, se não for parente direto dela. Metade dos grãos dá uma risadinha abafada.

– Procure nos baús dos meninos. – Damaya diz por sobre a risada deles. É uma coisa que ela não pediu da última vez, pois não tinha certeza sobre onde estariam. Desta vez ela tem. – Não houve muito tempo para se livrar dos sapatos. Eles têm que estar aqui ainda. Olhe nos baús deles.

– Isso não é justo – diz um menininho equatorial que mal parece ter idade suficiente para ter saído do berçário.

– Não, não é – responde Carnelian, franzindo ainda mais a testa ao olhar para ela. – Tenha certeza antes de me pedir para violar a privacidade de seus colegas aprendizes. Se estiver errada, não vamos pegar leve com você desta vez.

Ela se lembra do ardor nos pés esfregados.

– Eu entendo, instrutor.

Carnelian suspira. Então se volta para o lado dos meninos no dormitório.

– Abram os baús, todos vocês. Vamos acabar logo com isso.

Ouvem-se muitos resmungos enquanto eles abrem os baús, e há olhares suficientes para Damaya saber que piorou as coisas para si mesma. Todos a odeiam agora. O que está bem: se vão odiá-la, ela prefere que seja por um motivo. Mas isso pode mudar quando esse jogo tiver se desenrolado.

Maxixe Beryl abre seu baú junto com os demais, dando um suspiro mortal ao fazer isso e ver que os sapatos dela estão bem ali em cima dos uniformes dobrados. Quando Damaya vê sua expressão mudar de irritação para confusão e depois para angústia, ela se sente mal. Não gosta de prejudicar as pessoas. Mas observa de perto e, no instante em que a expressão de Maxixe Beryl passa para fúria, ele se vira e olha para alguém. Ela segue o olhar dele, pronta...

...para ver que ele está olhando para Jasper. Sim. Era o que ela esperava. É ele, então.

No entanto, Jasper ficou pálido de repente. Ele chacoalha a cabeça como que para se livrar do olhar acusador de Maxixe Beryl; não funciona.

O instrutor Carnelian vê tudo isso. Um músculo do seu maxilar repuxa quando ele dá uma olhada na direção de Damaya outra vez. Ele parece quase bravo com ela. Mas por quê? Ele deve entender que ela precisa fazer isso.

– Entendo – diz ele como que respondendo ao pensamento dela. Então, ele se concentra em Maxixe Beryl. – Você tem algo a dizer em sua defesa?

Maxixe Beryl não se declara inocente. Ela pode ver pelos ombros caídos e pelos punhos trêmulos que ele sabe que não adianta. Mas não vai afundar sozinho. Com a cabeça baixa, ele diz:

– Jasper pegou os sapatos dela da última vez.

– Eu não peguei! – Jasper se afasta de seu beliche e da linha de inspeção e vai para o meio do quarto. Seu corpo inteiro está tremendo. Até seus olhos estão tremendo; ele parece pronto para chorar. – Ele está mentindo, está mentindo para jogar isso nas costas de outra pessoa... – Mas, quando Carnelian se vira para Jasper, este se encolhe e fica parado. Ele quase cospe as palavras que se seguem.

– *Ela* os vendeu para mim. Negociou os sapatos com um dos sem-comu em troca de *bebida*.

E então ele aponta para Colapso.

Damaya inspira, todas as coisas dentro dela paralisando-se com o choque. Colapso?

Colapso.

– Seu *puto* ferrugento filho de um canibal! – Colapso cerra os punhos. – Você *deixou* aquele velho pervertido te apalpar em troca de bebida e uma carta, você sabe muito bem que não daria a bebida para nós só pelos *sapatos*...

– Era da minha mãe! – Jasper sem dúvida está chorando agora. – Eu não queria que ele, que ele, mas eu não podia... Eles não iam me deixar escrever para ela...

– Você gostou – diz Colapso com desdém. – Eu disse para você que ia contar se você falasse alguma coisa, não disse? Bem, eu vi você. Ele enfiou os *dedos* em você e você gemeu como se estivesse *gostando*, igualzinho ao aspirante a Reprodutor que você é, só os Reprodutores têm *padrões*...

Isso está errado. Está tudo errado. Todos estão olhando uns para os outros, para Colapso enquanto ela esbraveja, para Damaya, para Jasper enquanto ele chora, para Carnelian. O quarto se enche de arfadas e sussurros. Aquela sensação volta: o tremor contido e carregado que não-é-bem-uma-reverberação que é a orogenia de Colapso desdobrando-se, e todos no quarto estão estremecendo com ela. Ou talvez estejam estremecendo com as palavras e com o que elas significam, porque são coisas que os grãos não deveriam saber nem fazer. Arranjar problemas, claro, eles são crianças e crianças fazem isso. Arranjar problemas *desse jeito*, não.

– Não! – Jasper diz aos prantos para Colapso. – Eu disse para você não contar! – Ele está soluçando abertamente agora. Sua boca ainda se mexe, mas não sai mais nada que seja inteligível, nada além de um gemido baixo e desesperador... Ou talvez seja apenas a continuação da palavra *não*. Impossível dizer porque todos os outros estão fazendo barulho agora, alguns falando para Colapso calar a boca, alguns fungando com Jasper, alguns rindo nervosamente ao ver as lágrimas de Jasper, alguns cochichando entre si para confirmar coisas que sabiam, mas não acreditavam.

– *Chega*. – O quarto fica em silêncio com a ordem em voz baixa dada por Carnelian, exceto pelas suaves sacudidelas de Jasper. Depois de um instante, Carnelian mexe a mandíbula. – Você, você e você. – Ele aponta para Maxixe Beryl, Jasper e Colapso. – Venham comigo.

Ele sai do quarto. Os três grãos se entreolham, e é de admirar que nenhum deles entre em combustão devido ao puro ódio nesses olhares. Maxixe Beryl pragueja e começa a seguir Carnelian. Jasper esfrega o antebraço no rosto e faz o mesmo, a cabeça baixa e os punhos cerrados. Colapso dá uma olhada ao redor do quarto, desafiadora; até seus olhos cruzarem com os de Damaya. Então Colapso vacila.

Damaya devolve o olhar porque está chocada demais para desviá-lo. E porque está furiosa consigo mesma. É *isso* que dá confiar nas pessoas. Colapso não era sua amiga, não era sequer alguém de quem ela gostava, mas ela havia pensado que podiam ao menos ajudar uma à outra. Agora ela encontrou a cabeça da cobra que estava tentando devorá-la, e está no meio da goela de uma cobra totalmente diferente. O resultado é algo obsceno demais para olhar, que dirá para matar.

– Melhor com você do que comigo – diz Colapso em voz baixa, em meio ao silêncio do quarto. Damaya não disse nada, não exigiu nenhuma explicação, mas Colapso explica mesmo assim, bem ali na frente de todos. Ninguém diz uma palavra. Ninguém sequer faz barulho para respirar. – Era essa a ideia. Mais um deslize e eu estou encrencada, mas você, você é a Senhorita Cidadã Perfeita. As melhores notas nas provas, o controle perfeito em Orogenia Aplicada, nenhuma agulha fora do lugar. Os instrutores não iam te castigar muito, não ainda. E, enquanto estivessem tentando descobrir como sua melhor aluna de repente começou a se sair mal, todo mundo ia parar de esperar que eu explodisse uma montanha. Ou tentar me *levar* a fazer isso... Por algum tempo, pelo menos. – O sorriso dela desaparece e ela desvia o olhar. – Essa era a ideia.

Damaya não consegue dizer nada. Ela não consegue nem pensar. Então, depois de um tempo, Colapso chacoalha a cabeça, suspira e começa a seguir os outros atrás de Carnelian.

O quarto está quieto. Ninguém olha para ninguém.

Então, mexem na porta, e dois outros instrutores entram e começam a examinar o beliche e o baú de Colapso. Os grãos observam enquanto uma mulher levanta o colchão e a outra enfia parte do corpo lá embaixo. Ouve-se um breve som de algo se rasgando e a instrutora reaparece com um grande frasco marrom meio cheio em uma das mãos. Ela abre o frasco e cheira o seu conteúdo, faz uma careta e faz um aceno para a outra mulher. As duas saem.

Quando os ecos de seus passos desaparecem, Damaya vai ao baú de Maxixe Beryl para reaver seus sapatos. Ela fecha a tampa; o barulho é muito alto em meio ao silêncio. Ninguém se mexe até ela voltar para o próprio beliche e se sentar para calçar o sapato.

Como se isso fosse um sinal, ouvem-se vários suspiros, e alguns dos outros começam a se mexer também, pegando livros para a próxima aula, andando em fila para o primeiro tormento, indo até o aparador onde o café da manhã espera. Quando Damaya vai até o aparador, outra menina olha para ela, depois desvia rapidamente o olhar.

– Me desculpe – ela murmura. – Fui eu que te empurrei no banheiro.

Damaya olha para ela e vê medo à espreita, deixando retesada a pele ao redor dos olhos dela.

– Tudo bem – ela responde em um tom suave. – Não se preocupe com isso.

Os outros grãos nunca mais causam problemas a Damaya. Alguns dias depois, Maxixe Beryl volta com as mãos quebradas e os olhos assombrados; ele nunca mais fala com Damaya. Jasper não volta, mas Carnelian conta-lhes que ele foi mandado para uma filial do Fulcro no Ártico, já que o Fulcro de Yumenes guarda tantas lembranças ruins para ele. Talvez tenham feito isso por gentileza, mas Damaya conhece o exílio quando vê um.

Mas poderia ser pior. Ninguém nunca mais vê nem menciona Colapso.

✦   ✦   ✦

ESTAÇÃO DO FUNGO: ANO IMPERIAL 602. UMA SÉRIE DE ERUPÇÕES OCEÂNICAS DURANTE AS MONÇÕES EQUATORIAIS DO LESTE AUMENTOU A UMIDADE NA REGIÃO E ESCONDEU A LUZ DO SOL DURANTE SEIS MESES. EMBORA ESSA TENHA SIDO UMA ESTAÇÃO BRANDA NO QUE SE REFERE A ESSE TIPO DE COISA, A ÉPOCA EM QUE ELA VEIO CRIOU CONDIÇÕES PERFEITAS PARA O APARECIMENTO DE FUNGOS QUE SE ESPALHARAM PELOS EQUATORIAIS E CHEGARAM ATÉ AS LATMEDIANAS DO NORTE E DO SUL, DIZIMANDO UM ALIMENTO QUE ENTÃO ERA BÁSICO, O MIROQ (AGORA EXTINTO). A FOME QUE RESULTOU DISSO FOI INCLUÍDA NO REGISTRO GEOMÉSTRICO OFICIAL, ESTENDENDO O TEMPO QUE DUROU A ESTAÇÃO A QUATRO ANOS (DOIS ANOS PARA A FERRUGEM DO FUNGO ENCERRAR

O SEU CICLO, MAIS DOIS ANOS PARA A AGRICULTURA E OS SISTEMAS DE DISTRIBUIÇÃO SE RECUPERAREM). QUASE TODAS AS COMUS AFETADAS CONSEGUIRAM SUBSISTIR COM OS SEUS ESTOQUES, PROVANDO ASSIM A EFICÁCIA DAS REFORMAS IMPERIAIS E DO PLANEJAMENTO SAZONAL. COMO CONSEQUÊNCIA, MUITAS COMUS DAS LATMEDIANAS DO NORTE E DAS LATMEDIANAS DO SUL SE UNIRAM VOLUNTARIAMENTE AO IMPÉRIO, DANDO INÍCIO À ERA DE OURO.

– AS ESTAÇÕES DE SANZE

12

Syenite encontra um brinquedo novo

— **M**eu colega está doente – Syenite informa a Asael Liderança Allia ao se sentar de frente para a mulher do outro lado de uma mesa. – Ele pede desculpas por não poder ajudar. Eu vou retirar a obstrução no seu porto.

– Lamento ouvir que seu sênior está doente – responde Asael com um sorrisinho que quase desperta a fúria de Syen. Quase, porque ela sabia que isso aconteceria e pôde, portanto, preparar-se. Ainda assim a irrita.

– Mas devo perguntar – continua Asael, parecendo excessivamente preocupada. – Você será... suficiente? – Ela olha para os dedos de Syen, onde ela teve bastante cuidado de colocar seus anéis nos quatro dedos que um observador casual mais provavelmente veria. Suas mãos estão sobrepostas, com o polegar daquela mão escondido por enquanto; deixe que Asael se pergunte se há um quinto anel. Mas quando o olhar de Asael cruza com o de Syen outra vez, esta vê apenas ceticismo. Ela não ficou impressionada com quatro anéis nem ficaria com cinco.

E é por isso que eu nunca, nunca mais vou pegar uma missão com um dez-anéis. Como se ela tivesse escolha. De qualquer forma, ela se sente melhor pensando assim.

Syenite se obriga a sorrir, embora não tenha o talento de Alabaster para a cortesia exagerada. Ela sabe que seus sorrisos transparecem irritação.

– Na minha última missão – comenta ela –, fui encarregada de demolir três edifícios em um quarteirão com cinco. Foi no centro de Dibars, uma área com vários milhares de habitantes em um dia agitado, não muito longe da Sétima Universidade. – Ela descruza as pernas e as cruza outra vez. Os geomestas haviam-na deixado quase louca naquela missão, exigindo constantemente garantias de que ela não criaria um tremor mais forte do que 5.0. Instrumentos sensíveis, calibragens importantes, algo do tipo. – Levou cinco minutos e nenhum escombro caiu fora da zona de demolição. Isso foi antes de eu obter o meu último anel. – E ela mantivera o tremor em grau 4, para grande satisfação dos geomestas.

– Fico feliz de saber que é tão competente – diz Asael. Segue-se uma pausa, o que faz Syen preparar-se. – No entanto, se seu colega não está em condições de contribuir, não vejo razão para Allia pagar pelo serviço de dois orogenes.

– Isso é entre vocês e o Fulcro – responde Syen com indiferença. Sinceramente, ela não se importa. – Imagino que contestarão a senhora, pois Alabaster é meu mentor durante esta viagem e está supervisionando meu trabalho, mesmo que ele não vá fazê-lo de fato.

– Mas, se ele não está aqui...

– Isso é irrelevante. – Aquilo irrita, mas Syenite decide explicar. – Ele usa dez anéis. Conseguirá observar o que estou fazendo e intervir se necessário de lá do quarto do hotel. Poderia fazer isso enquanto estivesse inconsciente. Além do mais, esteve reprimindo tremores nesta área nos últimos dias enquanto viajamos por ela. É um serviço que presta como cortesia aos mantenedores das estações de ligação locais... Ou melhor, à sua comu, uma vez que um local tão remoto não tem nenhuma estação por perto.

Enquanto Asael franze o cenho, provavelmente por ter percebido o insulto, Syen faz um gesto largo com as mãos.

– A maior diferença entre ele e eu é que sou aquela que precisa ver o que está fazendo.

– Entendo... – Asael parece profundamente desconfortável, como deveria. Syen sabe que é o trabalho de qualquer orogene do Fulcro acalmar os medos dos quietos, e aqui Syen agravou o de Asael. Mas ela começou a ter uma desagradável suspeita sobre quem em Allia poderia querer Alabaster morto, então é uma boa ideia dissuadir Asael (ou quem quer que Asael conheça) desse plano. Essa burocrata secundária pedante não faz ideia de quanto a sua cidadezinha chegou perto de ser devastada na noite passada.

No silêncio desconfortável que se segue, Syenite resolve que é hora de fazer algumas de suas perguntas. E talvez mexer um pouco na merda para ver o que aparece.

– Vejo que o governador não pôde vir hoje.

– Sim. – O rosto de Asael fica inexpressivo como o de uma jogadora profissional, um sorriso todo cortês e olhos vazios. – Transmiti o pedido de seu colega. Infelizmente, o governador não conseguiu arranjar tempo na agenda dele.

– É uma pena. – E então, começando a entender por que Alabaster é tão chato com relação a isso, ela cruza as mãos. – Infelizmente, não era um pedido. Vocês têm um telégrafo aqui? Eu gostaria de mandar uma mensagem para o Fulcro e avisá-los que vamos nos atrasar.

Asael estreita os olhos, porque é claro que eles têm um telégrafo, e é claro que Syenite disse isso porque quis dar mais uma alfinetada. "Atrasar".

– Bem, sim. – Syen levanta as sobrancelhas. Ela sabe que não está se saindo bem ao tentar parecer inocente, mas pelo menos tenta. – Quanto tempo você acha que vai demorar até o governador poder nos ver? O Fulcro vai querer saber. – E ela se levanta, como se fosse sair.

Asael inclina a cabeça, mas Syenite consegue ver a tensão em seus ombros.

– Pensei que você fosse mais razoável do que o seu colega. Você vai mesmo sair daqui e não vai desobstruir o nosso porto em um gesto melindroso.

– Não é um gesto melindroso. – Agora Syen está irritada de verdade. Agora entendeu. Ela olha para Asael, que está lá, convencida e segura em sua cadeira grande atrás de sua mesa grande, e requer verdadeiro esforço impedir que seus punhos e seu maxilar se cerrem. – Na nossa posição, você toleraria esse tratamento?

– Claro que toleraria! – Asael se endireita, levada, pela surpresa, a demonstrar uma reação verdadeira para variar. – O *governador* não tem tempo para...

– Não, a senhora não toleraria. Porque, se estivesse na minha posição, seria representante de uma organização independente e poderosa, e não uma lacaia de dois quartzos em um fim de mundo. A senhora esperaria ser tratada como uma especialista qualificada que vem aprendendo seu ofício desde a infância. Como alguém que exerce uma profissão importante e *difícil* e que veio executar uma tarefa que determina a subsistência de sua comu.

Asael está olhando para ela. Syenite faz uma pausa e respira fundo. Deve continuar sendo educada e brandir essa educação como uma faca de vidro primorosamente talhada. Tem que ser fria e calma em sua fúria para que a falta de autocontrole não seja considerada marca de monstruosidade. Quando o fogo por trás de seus olhos se abrandou, ela dá um passo à frente.

– E, no entanto, a senhora não apertou nossas mãos, Asael Liderança. A senhora não olhou nos nossos olhos quando nos encontramos pela primeira vez. A senhora *ainda* não ofereceu aquela xícara de segura que Alabaster sugeriu ontem. A senhora faria isso com um geomesta ordenado da Sétima Universidade? Faria isso com um mestre geoneiro que tivesse vindo consertar a hidráulica da comu? Faria isso com um representante do Sindicato dos Costas-fortes de sua própria comu?

Asael realmente vacila quando enfim entende as analogias. Syenite espera em silêncio, deixando a coisa fermentar. Por fim, Asael diz:

– Entendo.

– Talvez entenda. – Ela continua esperando, e Asael solta um suspiro.

– O que você quer? Um pedido de desculpas? Então, eu peço desculpas. Deve lembrar, contudo, que a maioria das pessoas normais nunca viu um orogene, menos ainda teve que fazer negócios com um, e... – Ela faz um gesto largo com as mãos. – Não é compreensível que talvez nos sintamos... desconfortáveis?

– O desconforto é compreensível. A grosseria que não é. – Que vá tudo para as ferrugens. Esta mulher não merece que ela faça o esforço de explicar. Syen decide guardar isso para alguém que importe. – E esse é realmente um pedido de desculpas de merda. "Lamento que você seja tão anormal a ponto de eu não conseguir tratá-la como um ser humano".

– Você é uma rogga – responde Asael sem pensar, e então tem a audácia de olhar surpresa para si mesma.

– Bem. – Syenite força um sorriso. – Pelo menos agora as coisas foram ditas abertamente. – Ela chacoalha a cabeça e vira em direção à porta. – Eu volto amanhã. Talvez a senhora tenha tido tempo de verificar a agenda do governador até lá.

– Vocês foram contratados – diz Asael, sua voz tensa o bastante para tremer. – Vocês são *obrigados* a realizar o serviço pelo qual pagamos a sua organização.

– E faremos. – Syenite chega à porta e para, com a mão na maçaneta, dando de ombros. – Mas o contrato não especifica quanto tempo temos, a partir da chegada, para realizá-lo. – Ela está blefando. Ela não faz ideia do que está no contrato. Mas está disposta a apostar que Asael também não sabe; representante do governador não soa importante o suficiente para saber esse tipo de coisa. – A propósito, obrigada pela estadia no Fim da Estação. As camas são muito confortáveis. E a comida é deliciosa.

Isso, é claro, é o bastante. Asael também se levanta.

– Fique aqui. Vou falar com o governador.

Então Syen dá um sorriso simpático e se senta outra vez para esperar. Asael sai da sala e fica fora por tempo suficiente para Syen cochilar. Ela desperta quando a porta se abre de novo e outra mulher costeira, mais velha e mais corpulenta, entra com uma Asael que parece ter sido repreendida. O governador é um homem. Syen suspira por dentro e prepara-se para uma cortesia mais bem armada.

– Syenite Orogene – diz a mulher e, apesar de sua ira crescente, Syenite está impressionada pelo aspecto solene de sua presença. O "orogene" após o nome de Syen não é necessário, claro, mas é um amável toque de cortesia tão necessário... Então Syen se levanta, e a mulher imediatamente dá um passo à frente e estende a mão para um cumprimento. Sua pele é fria e áspera e mais rígida do que Syenite esperava. Sem calos, só mãos que fizeram sua parte de trabalho cotidiano. – Meu nome é Heresmith Liderança Allia. Sou vice-governadora. O governador realmente está ocupado demais para reunir-se com você hoje, mas arranjei tempo suficiente na minha agenda, e espero que meus cumprimentos bastem... Em especial quando vêm com um pedido de desculpas pela forma como foi tratada até agora. Posso lhe assegurar que Asael será censurada pelo seu comportamento para lembrá-la de que é sempre um ato de boa liderança tratar os outros, *todos* os outros, com cortesia.

Bem. A mulher poderia estar apenas fazendo um jogo de políticos, ou poderia estar mentindo sobre ser vice-governadora; talvez Asael tenha achado uma zeladora muito bem vestida para representar esse papel. No entanto, é um esforço em prol da conciliação, e Syen vai aceitá-lo.

– Obrigada – diz ela com gratidão genuína. – Transmitirei suas desculpas ao meu colega Alabaster.

– Ótimo. Por favor, diga-lhe também que Allia vai pagar as suas despesas, segundo o que foi acordado no nosso contrato, durante o prazo de até três dias antes e três dias depois que desobstruírem o porto. – E há mordacidade em seu sorriso agora, a qual Syenite sabe que provavelmente merece. Ao que parece, esta mulher de fato leu o contrato.

Entretanto, isso não importa.

– Agradeço pelo esclarecimento.

– Há mais alguma coisa de que precise durante sua estadia? Asael ficaria feliz de providenciar um passeio pela cidade, por exemplo.

Droga. Syen *gosta* dessa mulher. Ela contém o impulso de sorrir e olha para Asael, que conseguiu se recompor a essa altura; ela devolve impassivelmente o olhar para Syenite. E Syen se sente tentada a fazer o que Alabaster provavelmente faria e aceitar aquela oferta tácita de Heresmith de humilhar Asael. Mas Syenite está cansada, e essa viagem toda foi um inferno, e, quanto antes estiver tudo terminado e ela estiver de volta em casa, no Fulcro, melhor.

– Não é necessário – responde ela, e o rosto de Asael se contrai um pouco, será que de alívio contido? – Na verdade, eu gostaria de dar uma olhada no porto, se possível, para poder avaliar o problema.

– Claro. Mas gostaria de um refresco antes? Pelo menos uma xícara de segura.

Syenite não consegue evitar isso agora. Seus lábios se contraem.

– Devo dizer que, na realidade, eu não *gosto* de segura.

– Ninguém gosta. – E não dá para confundir o sorriso genuíno no rosto de Heresmith. – Mais alguma coisa antes de irmos?

Agora é a vez de Syen ficar surpesa.

– A senhora virá conosco?

A expressão de Heresmith assume um quê de irônico.

– Bem, a subsistência da nossa comu *depende* de você, afinal de contas. Parece apropriado.

Ah, sim. Dá gosto ter uma pessoa dessas por perto.

– Por favor, siga adiante, Heresmith Liderança. – Syenite faz um gesto em direção à porta, e todo mundo sai.

✦   ✦   ✦

Há algo errado no porto.

Eles estão em uma plataforma de madeira ao longo da curva oeste do meio círculo que forma o porto. Daqui é possível ver a maior parte de Allia, espalhando-se pelas encostas da caldeira que circunda a orla. A cidade é de fato encantadora. É um dia bonito, brilhante e cálido, com um céu tão profundo e claro que Syenite pensa que observar as estrelas ali à noite deve ser maravilhoso. No entanto, é o que ela não consegue ver sob a água, no leito do porto, que a deixa arrepiada.

– Não é um coral – diz ela.

Heresmith e Asael viram-se para ela, ambas parecendo intrigadas.

– Como? – pergunta Heresmith.

Syenite se afasta delas, indo até ao parapeito e estendendo as mãos. Ela não precisa desse gesto; só quer que eles saibam que ela está fazendo alguma coisa. Um orogene do Fulcro sempre reafirma a percepção e o entendimento dos clientes a respeito da situação, mesmo quando esses clientes na verdade não fazem ideia do que está acontecendo.

– O leito do porto. A camada *de cima* é coral. – Ela acha. Ela nunca sentiu um coral antes, mas parece o que ela esperava: camadas de vida luminosa e serpenteante da qual ela pode retirar energia, se necessário, para abastecer sua orogenia; e um núcleo sólido de antiga morte calcificada. Mas a pilha de corais está no alto do cume de uma elevação no leito do porto e, embora pareça natural (costuma haver dobras como essas em locais onde a terra encontra o mar, ela leu), Syenite sabe que não é.

É absolutamente reta, para começar. E imensa; a elevação abrange a extensão do porto. Mas, mais importante, *ela não está ali*.

A rocha debaixo das camadas de limo e areia que cresceram, isso está: ela pode senti-la. Deveria ser capaz de senti-la se estivesse empurrando o leito do mar dessa maneira. Ela consegue sentir o peso da água em cima da elevação e a rocha deformada pelo seu peso e pela sua pressão embaixo, e os estratos ao redor dessa formação, mas não a obstrução em si. Poderia muito bem haver um grande buraco vazio no leito do porto, em torno do qual este inteiro foi modelado.

Syenite franze a testa. Seus dedos se abrem e se contraem, seguindo o fluxo e a curva da sensuna. O deslizar suave de xisto solto e areia e matéria orgânica, fria compressão de sólido substrato rochoso, flutuam e mergulham. Enquanto ela segue esse percurso, lembra-se, com um pouco de atraso, de narrar suas explorações.

– Há algo *embaixo* do coral, enterrado no fundo do leito oceânico. Não muito abaixo. A rocha que está por baixo foi comprimida; deve ser pesado... – Mas por que ela não consegue sentir, se for esse o caso? Por que ela consegue detectar a obstrução apenas pelo seu efeito em todas as coisas que estão próximas? – É estranho.

– Isso é relevante? – Essa é Asael, talvez tentando soar profissional e inteligente a fim de voltar a cair nas boas graças de Heresmith. – Tudo que precisamos é que a obstrução do coral seja destruída.

– Sim, mas o coral está em cima disso. – Ela procura o coral e o encontra por todas as extremidades do porto. Uma teoria se forma. – É por isso que este é o único lugar na parte profunda do porto que está obstruída pelo coral. Ele está crescendo *em cima* dessa coisa, onde o leito oceânico foi de fato erguido. O coral é algo das superfícies rasas, e ele consegue obter bastante água aquecida pelo sol ao longo dessa elevação.

– Pelas ferrugens da Terra. Isso significa que o coral vai simplesmente crescer de novo? – Quem fala é um dos homens que vieram com Asael e Heresmith. Trata-se de um punhado de funcionários, até onde Syenite sabe, e ela fica se esquecendo da presença deles até que eles falam. – O *objetivo* de tudo isso é desobstruir o porto para sempre.

Syenite expira e relaxa seus sensapinae, abrindo os olhos para saberem que ela terminou.

– Sim, vai acabar crescendo de novo – responde ela, virando-se para eles. – Olhem, eis o problema com que vocês estão lidando. Este é o seu porto. – Ela fecha um pouco a mão esquerda no formato aproximado de um círculo. O porto de Allia é mais irregular do que isso, mas eles entendem, ela vê quando se aproximam da demonstração que está fazendo. Então ela coloca o polegar direito sobre a parte aberta do círculo, mas sem fechá-lo por completo. – Esta é a posição da coisa. Está um pouquinho erguida de um lado – ela balança a ponta do polegar – porque há uma inclinação natural no substrato. É onde está a maior parte do coral. As águas na extremidade mais distante da coisa são mais profundas e mais frias. – Desajeitadamente, ela meneia a mão para indicar a parte da palma logo abaixo do polegar. – Este é o canal que vocês têm usado para o tráfego no porto. A menos que esse coral comece de repente a gostar de água fria ou que apareça outra variedade de coral que goste, então pode ser que essa parte nunca fique obstruída.

Mas ao dizer isso, ocorre-lhe uma coisa: corais se desenvolvem sobre si mesmos. Novas criaturas crescem sobre o esqueleto dos predecessores; com o tempo, isso transformará até a parte mais fria do porto em uma zona de ótimo crescimento. E, no momento perfeito, Asael franze as sobrancelhas e comenta:

– Só que esse canal *vem* se fechando, aos poucos, mas indubitavelmente, no decorrer dos anos. Temos relatos de algumas décadas atrás que dizem que nós costumávamos ser capazes de abrigar barcos no meio do porto, agora não somos mais.

Pelos fogos das profundezas. Quando Syen voltar ao Fulcro, vai falar para eles acrescentarem formas de vida marinha que constroem rochas ao currículo dos grãos; é ridículo que ainda não estejam aprendendo.

– Se esta comu existe há tantas Estações, e vocês só estão tendo esse problema agora, então obviamente não é o tipo de coral que cresce rápido.

– Allia existe há apenas duas Estações – diz Heresmith, dando um sorriso triste para Syen. Essa é uma façanha respeitável por si só. Nas latmedianas e no Ártico, muitas comus não duram uma única Estação; as regiões costeiras são ainda mais voláteis. Mas, claro, Heresmith pensa que está falando com uma pessoa nascida e criada em Yumenes.

Syenite tenta se lembrar das coisas que ela estava acordada para ouvir durante as aulas de história. A Estação da Asfixia foi a que aconteceu mais recentemente, pouco mais de cem anos atrás; foi branda no que se refere a Estações, matando principalmente pessoas do Antártico, próximo ao Monte Akok, quando este entrou em erupção. Antes dessa foi a Estação Ácida? Ou foi a da Ebulição? Ela sempre confunde essas duas. Qualquer que tenha sido, foi duzentos ou trezentos anos antes da Estação da Asfixia, e foi ruim. Certo, não sobrou nenhuma comu litorânea depois dessa, então naturalmente Allia só pode ter algumas décadas a menos, fundada quando as águas acalmaram e recuaram e deixaram o litoral habitável outra vez.

– Então, esse coral obstruiu o porto ao longo de quatrocentos anos mais ou menos – diz Syenite, pensando em voz alta. – Talvez com um recuo durante a Estação da Asfixia...
– Como um recife de corais sobrevive a uma Quinta Estação? Ela não faz ideia, mas obviamente precisa de luz e calor para se desenvolver, então deve ter definhado durante essa Estação. – Tudo bem, digamos que realmente se tornou uma obstrução há cem anos.

– Pelo fogo debaixo da Terra – diz outra mulher, parecendo horrorizada. – Quer dizer que talvez tenhamos que fazer isso *de novo* em apenas um século?

– Ainda estaremos pagando ao Fulcro daqui a um século – diz Heresmith, suspirando, e o olhar que ela lança a Syenite não é de ressentimento, só de resignação. – Receio que seus superiores cobrem caro pelos seus serviços.

Syenite resiste ao impulso de dar de ombros. É verdade.

Todos se entreolham e depois olham para ela, e com base nisso Syen sabe: estão prestes a lhe pedir para fazer algo estúpido.

– É uma ideia muito ruim – diz ela antecipadamente, levantando as mãos num gesto de aviso. – É sério. Eu nunca movi nada debaixo d'água antes, por isso me designaram um sênior. – Grande coisa ele foi até agora. – E, o mais importante, *eu não sei o que é essa coisa.* Poderia ser um imenso bolsão de gás ou de petróleo que vai envenenar as águas do seu porto por anos. – Não é. Você sabe disso porque nenhum bolsão de petróleo ou de gás é perfeitamente reto e denso como essa coisa e porque você consegue *sensar* petróleo e gás. – Poderia até mesmo ser os restos de alguma civextinta estúpida que plantou bombas em todos os seus portos. – Ah, essa foi brilhante. Eles estão olhando para ela agora, horrorizados. Ela tenta de novo: – Encomendem um estudo – sugere ela. – Tragam alguns geomestas que estudam o fundo do mar, talvez alguns geoneiros que saibam alguma coisa sobre... – Ela faz um gesto largo com uma das mãos e dá um palpite. – Correntes oceânicas. Descubram todos os pontos positivos e negativos. *Depois* chamem alguém como eu. – A moça espera que não seja ela especificamente a enviada. – A orogenia deve ser sempre seu último recurso, não o primeiro.

Assim é melhor. Estão ouvindo. Dois dos que ela não conhece começam a cochichar um com o outro, e vê-se um ar pensativo no rosto de Heresmith. Asael parece ressentida, mas isso não significa necessariamente algo ruim. Asael não é muito esperta.

– Temo que tenhamos que levar isso em consideração – diz Heresmith, enfim, parecendo tão profundamente frustrada que Syenite sente pena dela. – Não temos como pagar outro contrato com o Fulcro, e não tenho certeza de que teremos condições de arcar com um estudo; a Sétima Universidade e o Conselho de Geoneiros cobram quase tanto quanto o Fulcro por seus serviços. Mas, mais importante, não podemos mais nos dar ao luxo de continuar com o porto obstruído... Como você avaliou, já estamos perdendo transações para vários outros portos costeiros que conseguem abrigar navios cargueiros mais pesados. Se perdermos a acessibilidade por completo, não haverá razão para esta comu continuar existindo.

– Eu me solidarizo com vocês... – começa Syen, mas então um dos homens que estava cochichando no fundo faz uma cara feia.

– Você também é uma agente do Fulcro – diz ele –, e nós a contratamos para fazer um serviço.

Talvez ele não seja um simples funcionário.

– Eu sei disso. E vou fazê-lo agora mesmo, se quiserem. – O coral não é nada, ela sabe agora que o sensou. Ela provavelmente consegue fazê-lo sem balançar muito os barcos em seus ancoradouros. – Seu porto pode começar a ser utilizado amanhã, se eu me livrar do coral hoje...

– Mas você foi contratada para *desobstruir* o porto – diz Asael. – De forma permanente, não um conserto temporário. Se o problema acabou revelando-se maior do que vocês imaginavam, isso não é desculpa para não terminar o trabalho. – Seus olhos se estreitam. – A menos que haja algum motivo pelo qual está tão relutante em mover a obstrução.

Syen resiste ao impulso de xingar Asael de um monte de nomes.

– Eu expliquei minhas razões, Liderança. Se fosse minha intenção enganá-los de algum modo, por que teria lhes contado qualquer coisa sobre a obstrução? Eu teria simplesmente removido o recife de corais e deixado que descobrissem da maneira mais difícil quando a coisa crescesse outra vez.

Isso convence alguns deles, ela pode ver; ambos os homens do grupo param de parecer tão desconfiados. Mesmo Asael hesita em sua posição acusatória, endireitando-se um pouco por conta do desconforto. Heresmith também acena com a cabeça e se vira para os outros.

– Acho que precisaremos discutir isso com o governador – diz ela enfim. – Apresentar-lhe todas as opções.

– Com todo o respeito, Liderança Heresmith – interpõe uma das outras mulheres, franzindo a testa. – Não *vejo* outra opção. Ou desobstruímos o porto temporariamente, ou permanentemente. De qualquer forma pagamos ao Fulcro a mesma quantia.

– Ou não fazem nada – fala Syenite. – Todos eles se viram para olhar para ela, e ela suspira. Ela é uma tola por chegar a mencionar isso; só a Terra sabe o que os seniores vão fazer com ela se arruinar essa missão. Mas ela não consegue evitar. Essas pessoas enfrentam a destruição econômica de toda a sua comunidade. Não é uma Estação, então eles podem se mudar para outro local, tentar começar de novo. Ou podem se dispersar, com todas as famílias da comu tentando encontrar lugar em outras comunidades...

... o que deveria funcionar, exceto para aqueles familiares pobres, enfermos ou idosos. Ou para aqueles que tiverem tios ou irmãos ou pais que se revelaram orogenes; ninguém vai aceitar esses. Ou se a comunidade a que tentarem se juntar já tiver demasiados membros da casta de uso deles. Ou.

Que tudo vá para as ferrugens.

– Se meu colega e eu voltarmos agora – continua Syenite apesar de tudo –, sem fazer nada, então estaremos rompendo com o contrato. Vocês estarão no seu direito de exigir a sua taxa de comissão de volta, menos as nossas despesas de viagem e acomodação local. – Ela está olhando direto para Asael ao dizer isso; Asael cerra o maxilar. – Seu porto continuará utilizável, pelo menos por mais alguns anos. Usem esse tempo e o dinheiro que economizaram ou para estudar o que está acontecendo e descobrir o que há lá embaixo... Ou para levar a sua comu para um local melhor.

– *Isso* não é uma opção – contrapõe Asael, parecendo horrorizada. – Este é o nosso lar.

Syen não consegue deixar de pensar em um cobertor com cheiro de mofo.

– Lar são as pessoas – diz ela a Asael em um tom suave. Asael pisca. – Lar é o que você leva consigo, não o que deixa para trás.

Heresmith dá um suspiro.

– Isso é muito poético, Syenite Orogene. Mas Asael está certa. Mudar daqui significaria perder a identidade da nossa comu e possivelmente dividir a nossa população. Também significaria perder tudo o que investimos neste lugar. – Ela faz um gesto que abarca tudo ao redor, e Syenite entende o que ela quer dizer: as pessoas podem mudar com facilidade, mas os edifícios não. A infraestrutura não. Essas coisas são riqueza e, mesmo fora de uma Estação, riqueza significa sobrevivência. – E não há garantias de que não vamos enfrentar problemas piores em outra parte. Agradeço sua sinceridade... agradeço mesmo. De verdade. Mas, bem... é melhor o vulcão que já conhecemos.

Syenite suspira. Ela tentou.

– O que querem fazer, então?

– Parece óbvio, não?

Parece. Pelas crueldades da Terra, parece.

– Você *consegue* fazer? – pergunta Asael. E talvez ela não tenha tido a intenção de que soasse como um desafio. Talvez esteja apenas ansiosa porque, afinal de contas, o assunto de que Syen está falando aqui é o destino da comu que Asael foi educada e treinada para orientar e proteger. E, claro, como uma criança nascida na casta Liderança, Asael não saberia nada sobre esta comu a não ser sobre o seu potencial e acolhimento. Ela nunca teria motivos para ver sua comunidade com desconfiança, ódio ou medo.

Syen não tenciona magoá-la. Mas já está de mau humor e cansada porque não conseguiu dormir muito enquanto salvava Alabaster do envenenamento na noite anterior, e a pergunta de Asael parte do pressuposto de que ela é menos do que é. Isso já passou dos limites no decorrer dessa longa e horrível viagem.

– Sim – responde Syenite de forma brusca, virando-se e estendendo as mãos. – Peço que todos vocês se afastem pelo menos três metros.

Ouvem-se gritos sufocados vindos do grupo, murmúrios alarmados, e ela os sente recuar rapidamente ao longo do mapa de sua consciência que se desdobra: pontos quentes, brilhantes e agitados afastando-se. Eles ainda estão ligeiramente mais distantes do seu alcance. Da mesma forma que está sua comu, na verdade, um aglomerado de movimento e vida ao redor dela, tão fáceis de tomar, devorar e usar. Mas eles não precisam saber disso. Ela é uma profissional, afinal.

Então, ela finca o fulcro de seu poder na terra com uma ponta fina e profunda de modo que sua espiral seja estreita e alta em vez de ampla e mortal. E, em seguida, ela explora o substrato local outra vez, procurando a falha mais próxima ou talvez algum resto de calor do vulcão extinto que formou a caldeira de Allia. A coisa no porto é pesada, no final das contas; ela vai precisar de mais do que o poder ambiente para movê-la.

Mas, enquanto procura, algo muito estranho, e muito familiar, acontece. Sua consciência muda.

De repente, ela não está mais na terra. Algo a puxa para longe, para cima, para baixo e para *dentro*. E, de súbito, ela está perdida, debatendo-se em um espaço de frio negro e constritivo, e o poder que flui para dentro dela não é calor ou movimento ou potencial, mas algo completamente diferente.

Algo como o que ela sentiu ontem à noite, quando Alabaster tomou o controle de sua orogenia. Mas *não é Alabaster*.

E ela ainda tem o controle, de certa maneira. Isto é, ela não consegue parar o que está acontecendo, ela já absorveu muito poder; se tentar liberá-lo, vai congelar metade da comu e iniciar um terremoto que deixará abstrato o formato do porto. Mas ela consegue *usar* a torrente de poder. Consegue dirigi-lo, por exemplo, ao leito rochoso debaixo da coisa que não consegue ver. Consegue impulsioná-lo, o que não tem sutileza e eficiência, mas dá conta desse trabalho ferrugento, e ela consegue sentir o enorme *vazio* que é o objeto se levantar em resposta. Se Alabaster estiver observando de seu quarto no hotel, deve estar impressionado.

Mas de onde está vindo o poder? Como eu estou...

Ela consegue perceber, tardiamente e um tanto horrorizada, que a água se move de forma muito semelhante à rocha em resposta a uma repentina infusão de energia cinética... Mas é muito, muito mais rápida para reagir. E ela própria pode reagir, mais rápido do que jamais fez, pois está *transbordando* de força, está praticamente saindo pelos seus poros e, pelo fogo da Terra, a sensação é incrivelmente boa, é brincadeira de criança deter a imensa onda que está se formando e está prestes a inundar o porto. Ela apenas dissipa sua força, mandando parte dela de volta para o mar, canalizando o resto para acalmar as águas ao passo que a coisa que estava no leito do oceano se liberta dos sedimentos que a estorvavam (e o coral simplesmente cai e se despedaça) e começa a se erguer.

Mas.

Mas.

A coisa não está fazendo o que ela quer que faça. Ela havia pretendido apenas desviá-la para o lado do porto; desse modo, se o coral crescer de novo, ainda não obstruirá o canal. Em vez disso...

– Pelas crueldades da Terra... O que ferrugens... Em vez de...

Em vez disso, a coisa está *se mexendo por conta própria.* Ela não consegue segurá-lo. Quando tenta, todo o poder que retinha simplesmente se esvai, absorvido para algum lugar com tanta rapidez quanto aquela com que lhe fora infundido.

Syen volta a si então, arquejando enquanto recai sobre o parapeito de madeira da plataforma. Passaram-se apenas alguns segundos. Sua dignidade não permitirá que caia de joelhos, mas o parapeito é a única coisa que a mantém de pé. Neste momento, ela percebe que ninguém notará sua fraqueza, pois as placas debaixo de seus pés e o parapeito ao qual se agarra estão chacoalhando de forma ameaçadora.

A sirene contra tremores começa a tocar de maneira ensurdecedora, vindo de uma torre atrás dela. Pessoas correm pelos cais abaixo da plataforma e pelas ruas; se não fosse pela sirene, provavelmente ouviria gritos. Com algum esforço, Syen levanta a cabeça para ver Asael, Heresmith e seu grupo correndo para longe da plataforma, mantendo-se bem afastados dos edifícios, seus rostos tomados de puro medo. Claro que deixam Syenite para trás.

Mas não é isso que finalmente tira Syen do seu estado ensimesmado. O que a tira desse estado é um súbito borrifo de água do mar que passa pelos cais como chuva, seguido por uma sombra que escurece todo aquele lado do porto. Ela se vira.

Ali, erguendo-se aos poucos de dentro da água e derrubando os restos de sua carapaça de lama enquanto começa a zumbir e se virar, está um obelisco.

É diferente do que Syen viu na noite anterior. Aquele, o obelisco roxo, ela acha que ainda está a alguns quilômetros da costa, embora não olhe naquela direção para confirmar sua presença. Aquele à sua frente domina toda a sua visão, todo o seu pensamento, porque o ferrugento é *enorme* e ainda nem saiu da água por completo. É de um vermelho escuro tom de granada, seu formato é de uma coluna hexagonal com uma ponta afiada e irregular. Está completamente sólido, e não tremeluzente ou cintilante daquele modo parcialmente real da maioria dos obeliscos; é maior do que vários barcos enfileirados de ponta a ponta. E é claro que é comprido o bastante, uma vez que continua a se levantar e a se virar até chegar ao ponto de quase obstruir o porto inteiro. Mil e seiscentos metros de uma extremidade a outra.

Mas há algo errado com ele, o que fica claro conforme se ergue. No centro do eixo, a beleza clara e cristalina da coisa abre caminho para rachaduras. Fendas grandes, feias e tingidas de preto, como se algum contaminante do leito oceânico houvesse entrado aos poucos durante todos os séculos em que a coisa deve ter ficado ali embaixo. As linhas acidentadas em formato de teia se espalham sobre o cristal de acordo com um padrão irradiante. Syenite consegue *sentir* como o zumbido do obelisco se agita e tartamudeia aqui, energias incompreensíveis lutando por todo o local do estrago.

No centro das fendas que irradiam, ela consegue ver algum tipo de oclusão. Algo pequeno. Syenite olha de lado, inclinando-se ainda mais sobre o parapeito enquanto estica o pescoço para acompanhar o cisco que se ergue. Então o obelisco se vira mais um pouco, como que para encará-la e, de repente, seu sangue congela quando percebe o que está vendo.

Uma pessoa. Há alguém *dentro* da coisa, preso como um inseto no âmbar, os membros esticados e imóveis, o cabelo, um fluxo congelado. Ela não consegue distinguir o rosto, não muito bem, mas, em sua imaginação, os olhos estão arregalados e a boca, aberta. Gritando.

É nesse momento que ela nota que consegue identificar uma estranha marmorização ao longo da pele da figura, uma mancha preta por todo o vermelho escuro do obelisco. A luz do sol cintila, e ela percebe que o cabelo é claro, ou pelo menos translúcido o suficiente para se perder no tom de granada ao redor. E existe alguma coisa *a respeito* do que ela está vendo, alguma coisa que talvez ela saiba porque, por um instante, fez parte desse obelisco, que é de onde está vindo o poder, algo que ela não vai questionar muito a fundo porque, pelas crueldades da Terra, não consegue *acreditar* nisso. O conhecimento está lá em sua mente, impossível de negar não importa quanto ela possa querer. Quando a mente racional é forçada a confrontar o impossível repetidas vezes, não tem escolha a não ser adaptar-se.

Então, ela aceita que aquilo para o qual está olhando é um obelisco quebrado que ficou incógnito no leito do porto de Allia por sabe a Terra quanto tempo. Ela aceita que o que está preso em seu coração, o que de algum modo *quebrou* essa coisa imensa, magnífica e misteriosa... É um comedor de pedra.

E está morto.

✦   ✦   ✦

O PAI TERRA PENSA EM TERMOS DE ERAS, MAS ELE NUNCA, NUNCA DORME.

NEM TAMPOUCO ESQUECE.

- *TÁBUA DOIS, "A VERDADE INCOMPLETA", VERSÍCULO DOIS*

13

VOCÊ ESTÁ NO ENCALÇO

Essa é a sua índole, essa criatura pequena e mesquinha. Esse é o alicerce da sua vida. O Pai Terra está certo em desprezá-la, mas não fique envergonhada. Você pode ser um monstro, mas também é grandiosa.

✦   ✦   ✦

A mulher sem-comu se chama Tonkee. É o único nome que ela lhe dá: sem nome de uso, sem nome de comu. Você tem certeza de que ela é, apesar dos protestos, uma geomesta; ela admite ser mais ou menos, quando você lhe pergunta por que ela os está seguindo.

– Ele é interessante demais – responde Tonkee, apontando Hoa com o queixo. – Se eu não tentasse entendê-lo, meus velhos mestres da uni contratariam assassinos para me perseguir. Não que ainda não tenham feito isso! – Ela ri como um cavalo, zurrando e mostrando os grandes dentes brancos. – Eu adoraria ter uma amostra do sangue dele, mas não me serviria de nada sem o equipamento apropriado. Então vou me contentar com a observação.

(Hoa parece chateado com isso e faz um esforço explícito para manter você entre ele e Tonkee enquanto andam.)

"A uni" à qual ela se referiu, você tem certeza, é a Sétima Universidade em Dibars, o mais famoso centro de aprendizado para mestas e sabedoristas em toda a Quietude, localizado na segunda maior cidade dos Equatoriais. E, se foi nesse lugar prestigioso que Tonkee foi instruída, em vez de alguma pretensiosa creche regional para adultos ou aos pés de algum amador local, ela realmente decaiu muito mais do que se poderia esperar. Mas você é educada demais para dizer isso em voz alta.

Tonkee não mora em um enclave de canibais, apesar de suas criativas ameaças. Você descobre isso quando ela os leva à sua casa naquela tarde. É uma caverna situada em uma vesícula (os antigos restos que desabaram de uma bolha de lava solidificada, a qual foi um dia do tamanho de uma pequena colina). Agora é um vale isolado em um bolsão de floresta, com colunas recurvadas de um vidro preto reluzente intercaladas entre as árvores. Há todo tipo de pequenas e estranhas cavernas em suas laterais, onde bolhas menores devem ter se incrustrado na bolha maior, e Tonkee a alerta de que algumas das cavernas na extremidade mais distante da vesícula abrigam gatos da floresta e outros animais. A maioria deles não representa ameaça normalmente, mas tudo muda em uma Estação, então você toma o cuidado de seguir a orientação de Tonkee.

A caverna de Tonkee está cheia de bugigangas, livros e porcarias que ela recolheu, em meio a muitas coisas realmente úteis, como lanternas e comida armazenada. A caverna tem cheiro de resinas aromáticas das fogueiras que ela fez, mas em pouco tempo fica tomada pelo fedor de Tonkee, uma vez que ela está lá dentro e anda agitada de um lado para o outro. Você se resigna a suportar isso, embora Hoa não pareça notar ou talvez se importar; você inveja o estoicismo dele. Felizmente, acontece que Tonkee de fato trouxe toda aquela água consigo para um banho. Ela faz isso diante de vocês, despindo-se sem nenhuma vergonha e agachando-se junto a uma bacia de madeira para esfregar as axilas e a genitália e o resto. Você fica um pouco surpresa ao notar um pênis em algum lugar em meio a esse processo, mas, bem, não que alguma comu fosse fazer dela uma Reprodutora. Ela termina lavando as roupas e o cabelo com uma turva solução verde que ela diz ser antifúngica. (Você tem suas dúvidas.)

De qualquer forma, o lugar fica com um cheiro muito melhor quando ela termina, então você passa uma noite extremamente agradável e aconchegante em seu próprio saco de dormir (ela tem sacos de domir sobressalentes, mas você não quer correr o risco de pegar piolho) e até deixa Hoa ficar encostado em você, embora se vire de costas para ele não abraçá-la. Ele não tenta.

No dia seguinte, você retoma sua viagem ao sul, com Tonkee, a geomesta sem-comu, e Hoa, o... Seja lá o que ele for. Porque você tem certeza de que ele não é humano. Isso não a incomoda; oficialmente falando, você também não é humana. (De acordo com a *Declaração sobre os direitos dos acometidos pela orogenia* do Segundo Conselho Yumenescense de Sabedoristas, de mil anos atrás.) O que a incomoda é que Hoa não fala sobre o assunto. Você pergunta sobre o que ele fez com o kirkhusa, e ele se nega a responder. Você lhe pergunta por que ele não responde, e ele apenas parece triste e diz:

– Porque eu quero que você goste de mim.

Quase faz você se sentir normal, viajar com esses dois. Em todo caso, a estrada exige grande parte da sua atenção. A chuva de cinzas fica mais pesada nos dias que se seguem, até você enfim tirar as máscaras da sua bolsa de fuga (você tem quatro, felizmente, terrivelmente) e as distribui. São grânulos compactos de cinza por enquanto, não a neblina flutuante da morte contra a qual o Saber das Pedras alerta, mas não faz sentido ser imprudente. Outras pessoas também pegaram suas máscaras, você vê quando elas se materializam em meio àquela névoa cinzenta, a pele e os cabelos e as roupas que mal se podem distinguir da paisagem pintada de cinza, os olhos passando de relance por você e desviando-se. As máscaras tornam todos igualmente desconhecidos e irreconhecíveis, o que é bom. Ninguém presta atenção em Hoa ou Tonkee, não mais. Você fica feliz em juntar-se às massas indistintas.

Ao final de uma semana, as multidões de pessoas viajando pela estrada começaram a transformar-se em grupos e, de vez em quando, em bandos reduzidos. Todos os que têm uma comu estão voltando para ela às pressas, e a redução das multidões significa que a maioria das pessoas está encontrando algum lugar para se acomodar. Agora, apenas aqueles que estão viajando para um lugar mais distante do que de costume permanecem na estrada, ou pessoas que não têm um lar para onde voltar, como os equatoriais de olhos encovados que você viu, alguns dos quais exibem queimaduras ou ferimentos horríveis que advém da queda de escombros. Os equatoriais são um problema iminente porque há muitos deles na estrada, mesmo que os feridos estejam, em grande parte, adoecendo com infecção e começando a morrer. (Você passa por pelo menos uma ou duas pessoas todos os dias que simplesmente se sentam na beira da estrada, pálidas ou vermelhas, encolhidas ou trêmulas, esperando que o fim chegue.) Porém, sobram muitos que parecem sadios o bastante, e eles estão sem-comu agora. Isso sempre é um problema.

Você conversa com um pequeno grupo dessas pessoas na hospedaria seguinte: cinco mulheres de idades muito variadas e um homem muito jovem e de olhar incerto. Esse bando tirou a maioria das roupas inutilmente belas e esvoaçantes que as pessoas das cidades equatoriais costumavam considerar elegantes, você percebe; em algum lugar no meio do caminho eles roubaram ou negociaram roupas resistentes e equipamento apropriado para viagem. Mas cada um deles ostenta algum vestígio da antiga vida: a mulher mais velha usa um lenço com babados de cetim azul manchado na cabeça; a mais nova tem mangas transparentes aparecendo por baixo do tecido mais pesado e mais prático de sua túnica; o rapaz tem uma faixa ao redor da cintura que é macia e cor de pêssego e está ali, que você saiba, unicamente para enfeitar. Exceto pelo fato de que não é realmente um enfeite. Você percebe o modo como eles olham quando você entra: uma passada de olhos, uma inspeção de seus punhos ou pescoço ou tornozelos, uma franzida de testa quando consideram que lhe falta algo. O tecido pouco prático tem um uso muito prático: é a marca de uma nova tribo que está nascendo. Uma tribo à qual você não pertence.

Isso não é um problema. Ainda.

Você lhes pergunta o que aconteceu no norte. Você sabe, mas ter consciência de um acontecimento geológico e saber o que esse acontecimento *significa* no verdadeiro sentido humano são duas coisas muito diferentes. Eles respondem depois que você ergueu as mãos e deixou claro que não oferece nenhum perigo (visível).

– Eu estava voltando para casa depois de um concerto – diz uma das mulheres mais jovens, que não se apresenta, mas deveria ser (se já não for) uma Reprodutora. Ela é o que as mulheres sanzed deveriam ser: alta e bronzeada e quase que ofensivamente saudável, com belos traços homogêneos e quadril largo, tudo isso coroado por um cabelo de cinzas sopradas em tom cinzento que é quase como uma pele de animais à altura do ombro. Ela balança a cabeça em direção ao rapaz, que baixa o olhar com um ar reservado. Igualmente bonito, provavelmente um Reprodutor também, embora um tanto magrelo. Bem, ele vai encorpar se tiver cinco mulheres para cuidar de seu sustento. – Ele estava tocando na sala de improvisação da rua Shemshena; isso foi em Alebid. A música era tão bonita...

As palavras vão sumindo e, por um instante, você a vê se desconectar do aqui e agora. Você sabe que Alebid é (era) uma cidade comu de tamanho médio, conhecida por seu cenário artístico. Depois, ela volta a si porque é claro que ela é uma boa menina sanzed, e os sanzeds quase não toleram sonhadores.

– Nós vimos alguma coisa meio que... se rasgar, lá ao norte – continua ela. – Ao longo do horizonte, quero dizer. Podíamos ver essa... luz vermelha surgir em um ponto e depois se espalhar para o leste e para o oeste. Não dava para saber a que distância, mas podíamos vê-la refletida na parte de baixo das nuvens. Sua mente está vagando de novo, mas se lembrando de algo terrível desta vez, então suas feições estão inflexíveis, sombrias e irritadas. Isso é socialmente mais aceitável do que a nostalgia. – Aquilo se espalhou *rápido*. Nós simplesmente ficamos lá, na rua, observando aquela coisa crescer e tentando entender o que estávamos vendo e sensando quando o chão começou a tremer. Então alguma coisa, uma nuvem, escondeu o vermelho, e percebemos que estava vindo na nossa direção.

Não foi uma nuvem piroclástica, você sabe, ou ela não estaria aqui conversando com você. Alebid fica bastante ao sul de Yumenes; o que os atingiu foram apenas resíduos do que quer que tenha atingido as comus mais ao norte. E isso é bom, porque esses resíduos por si só quase destruíram Tirimo, que fica muito mais ao sul. Pela lógica, não deveria ter restado pedra sobre pedra em Alebid.

Um orogene salvou essa garota, você desconfia. Sim, existe uma estação de ligação perto de Alebid, ou existia.

– Ainda estava tudo de pé – diz ela, confirmando sua suposição. – Mas a chuva de cinzas que veio em seguida, ninguém conseguia respirar. A cinza estava entrando na boca das pessoas, no pulmão, virando cimento. Amarrei minha blusa no rosto; era feita do mesmo material que as máscaras. Foi a única coisa que me salvou. Que nos salvou. – Ela olha para o rapaz dela, e você percebe que o pedaço de tecido ao redor do punho dele faz parte do que costumava ser uma roupa de mulher, pela cor. – Foi à noite, depois de um lindo dia. Ninguém estava com a bolsa de fuga.

Recai o silêncio. Desta vez, todos do grupo deixam aquilo continuar, e seus pensamentos vagueiam com ela por um instante. A lembrança é simplesmente muito ruim. Você se lembra também de que não são muitos os equatoriais que possuem uma bolsa de fuga. As estações de ligação foram mais que suficientes para manter as cidades maiores a salvo durante séculos.

– Então, nós corremos – a mulher conclui de forma abrupta com um suspiro. – E não paramos.

Você os agradece pela informação e vai embora antes que eles façam perguntas também.

Conforme os dias passam, você ouve outras histórias parecidas. E nota que nenhum dos equatoriais que encontra é de Yumenes nem de nenhuma comu mais ou menos da mesma latitude. Alebid é o ponto mais ao norte de onde vêm os sobreviventes.

Mas isso não importa. Você não está indo para o norte. E não importa o quanto a incomode o que aconteceu, o que significa, você sabe que não deve ficar pensando muito nisso. Sua mente já está cheia o bastante de lembranças feias.

Assim, você e seus companheiros continuam seguindo adiante pelos dias cinzentos e pelas noites avermelhadas, e tudo o que realmente lhe importa é manter seu cantil cheio e seus estoques de comida reforçados, e substituir seus sapatos quando começam a ficar gastos. Fazer tudo isso é fácil por enquanto, porque as pessoas ainda estão na esperança de que será só uma Estação breve, um ano sem verão, ou dois, ou três. É assim que acontece com a maioria das Estações, e as comus que se mantêm dispostas a negociar durante essas épocas, lucrando com o planejamento mal feito dos outros, em geral saem dela ricas. Você não se engana: esta Estação será muito, muito mais longa do que qualquer um poderia ter se preparado para passar, mas isso não vai impedi-la de tirar vantagem da ideia errônea delas.

De vez em quando, vocês param em comus pelas quais passam ao longo da estrada, algumas delas enormes e esparramadas, com muros de granito que pairam sobre a cabeça, algumas protegidas apenas por cercas, estacas afiadas e Costas-fortes mal armados. Os preços estão começando a ficar estranhos. Uma comu aceita dinheiro, e você usa quase todo o seu para comprar um saco de dormir para Hoa. A comu seguinte não aceita dinheiro de modo algum, mas aceita ferramentas úteis, e você tem um dos velhos martelos de britar de Jija no fundo da bolsa. Isso lhe garante pão armazenado suficiente para duas semanas e três potes de pasta doce de castanhas.

Você divide a comida entre os três, pois isso é importante. O Saber das Pedras está repleto de admoestações contra ocultar provisões dentro de um grupo, e vocês são um grupo a essas alturas, quer queiram admitir ou não. Hoa faz a parte dele, permanecendo acordado a maior parte da noite para ficar de guarda; ele não dorme muito. (Nem come nada. Mas, depois de um tempo, você tenta não notar isso, do mesmo modo que tenta não pensar sobre ele transformando um kirkhusa em pedra.) Tonkee não gosta de se aproximar de comus, mesmo que, com roupas limpas e um odor corporal não-pior-do-que-o-de-costume, ela possa passar por mais uma pessoa desalojada em vez de uma sem-comu. Então, essa parte fica por sua conta. No entanto, Tonkee ajuda no que pode. Quando suas botas ficam gastas e a comu da qual você se acercou não aceita nada do que ofereceu, Tonkee a surpreende ao estender-lhe uma bússola. Bússolas não têm preço, com o céu encoberto e sem visibilidade em meio à chuva de cinzas. Você deve conseguir dez pares de botas em troca dela. Mas a mulher que está fazendo as negociações da comu mantém você em uma situação delicada e ela sabe disso, então você consegue somente dois pares, um para você e outro para Hoa, já que as botas dele estão começando a parecer surradas. Tonkee, que carrega o próprio par sobressalente de botas pendurado na sua bolsa, dá pouca importância ao preço quando você reclama sobre o assunto mais tarde.

– Há outras formas de encontrar o nosso caminho – ela diz, e depois olha para você de um jeito que a deixa desconfortável.

Você *acha* que ela não sabe que você é uma rogga. Mas, com ela, quem é que pode saber?

Os quilômetros se passam. A estrada se bifurca com frequência porque há muitas comus grandes nesta parte das latmedianas, e também porque a Estrada Imperial cruza com as estradas das comus e caminhos de gado, rios e velhos trilhos de metal que eram usados de uma maneira ou de outra para o transporte por uma antiga civextinta ou outra. Essas interseções são o motivo pelo qual eles colocam a Estrada Imperial onde colocam: as estradas sempre foram a alma do Velho Sanze. Infelizmente, isso significa que é fácil se perder se você não souber aonde está indo; ou se não tiver uma bússola, ou um mapa, ou uma placa dizendo *pais filicidas por aqui.*

O menino é a sua salvação. Você quer acreditar que ele consegue de algum modo sentir Nassun porque, por algum tempo, ele é melhor do que uma bússola, apontando infalivelmente a direção aonde você deveria ir sempre que chega a uma encruzilhada. A maior parte do tempo, você segue pela Estrada Imperial; esta é a Yumenes-Ketteker, embora Ketteker seja dentro da Antártica, e você reza para não ter que ir tão longe. Em certo ponto, Hoa a leva até a estrada de uma comu que corta caminho entre segmentos da Estrada Imperial e provavelmente faz você poupar bastante tempo, sobretudo se Jija permaneceu nas estradas principais o caminho inteiro. (O atalho é um problema, pois a comu que o construiu está cheia de Costas-fortes bem armados que gritam e atiram com balestras como aviso quando veem vocês. Eles não abrem os portões para negociar. Você sente seus olhares muito depois de terem passado por lá.) Quando a estrada desvia para outro lado que não o sul, no entanto, Hoa está menos seguro. Quando você pergunta, ele diz que sabe para qual direção Nassun está viajando, mas não consegue sentir a rota específica que ela e Jija seguiram. Ele só consegue apontar o caminho que mais provavelmente a levará até lá.

Conforme as semanas se passam, ele começa a ter dificuldade até mesmo com isso. Você fica com Hoa em uma encruzilhada durante cinco minutos inteiros enquanto ele morde o lábio até que você enfim pergunta a ele o que há de errado.

– Há muitos de vocês em um único lugar agora – diz ele, constrangido, e você muda de assunto rapidamente porque, se Tonkee não sabe o que você é, então vai saber depois de uma conversa como essa.

Muitos de vocês, contudo. Não, isso não faz sentido. Roggas? Reunindo-se? Isso faz menos sentido ainda. O Fulcro morreu com Yumenes. Existem satélites do Fulcro no Ártico (bem ao norte, para lá da agora intransitável latitude central do continente) e no Antártico, mas você está a meses de distância deste último. Quaisquer orogenes que tenham sobrado na estrada agora são pessoas como ela, escondendo o que são e tentando sobreviver da mesma forma que o resto. Não faria sentido eles se reunirem em um grupo; isso aumentaria as chances de serem descobertos.

Na encruzilhada, Hoa escolhe um caminho e você segue, mas sabe, pela testa franzida, que é uma suposição.

– Está perto – Hoa finalmente lhe diz uma noite, quando você está comendo pão armazenado e pasta de nozes e tentando não desejar que fosse algo melhor. Você está começando a ansiar por verduras e legumes frescos, mas estes vão escassear em muito pouco tempo, se já não estiverem escassos, então você tenta ignorar o desejo. Tonkee foi para algum lugar, provavelmente está fazendo a barba. Ela ficou sem alguma coisa, alguma poção de biomesta que ela guarda na bolsa e tenta não deixar você vê-la tomando apesar de você não se importar, e a barba está nascendo cada dois ou três dias porque o líquido acabou. Isso a deixou nervosa.

– Esse lugar com todos os orogenes – Hoa continua. – Não consigo encontrar nada depois deles. Eles são como... luzinhas. É fácil ver só uma quando está sozinha, Nassun, mas juntas elas formam uma única luz muito forte, e ela passou perto dessa luz ou no meio dela. Agora não consigo... – Ele parece buscar as palavras. Não há palavras para certas coisas. – Não consigo, é...

– Sensar? – você sugere.

Ele franze as sobrancelhas.

– Não. Não é isso que eu faço.

Você decide não perguntar o que ele faz.

– Não consigo… não consigo *saber* de mais nada. A luz brilhante me impede de me concentrar em qualquer luzinha.

– Quantos… – você deixa a palavra de fora para o caso de Tonkee voltar – …existem?

– Não sei dizer. Mais do que um. Menos que um vilarejo. Mas há mais deles vindo para cá.

Isso a preocupa. Eles não podem estar todos perseguindo filhas roubadas e maridos assassinos.

– Por quê? Como eles sabem ir para lá?

– Eu não sei.

Bem, isso é útil.

A única coisa que você sabe com certeza é que Jija se dirigiu para o sul. Mas o "sul" abarca muito território, mais do que um terço do continente. Milhares de comus. Dezenas de milhares de quilômetros quadrados. Para onde ele está indo? Você não sabe. E se ele virar para o leste ou para o oeste? E se ele parar?

Existe uma ideia.

– Será que podem ter parado lá? Jija e Nassun, nesse lugar?

– Eu não sei. Mas eles foram para aquele lado. Eu não os perdi até chegar aqui.

Então, você espera até Tonkee chegar e lhe diz aonde vai. Você não lhe diz o porquê, e ela não pergunta. Você também não explica a ela no que está se metendo, porque, na verdade, você não sabe. Talvez alguém esteja tentando construir um novo Fulcro. Talvez tenha havido um memorando. Independentemente, é bom ter um destino certo outra vez.

Você ignora a sensação de desconforto quando começa a descer pela estrada por onde (com sorte) Nassun viajou.

✦ ✦ ✦

Julgue todos por sua utilidade: os líderes e os saudáveis, os férteis e os habilidosos, os sábios e os letais, e alguns costas-fortes para proteger a todos.

– *Tábua Um, "Da sobrevivência", versículo nove.*

14

SYENITE QUEBRA SEUS BRINQUEDOS

*P*ermaneçam no local. *Aguardem instruções*, diz o telegrama de Yumenes.

Syenite estende-o a Alabaster sem dizer uma palavra, e ele dá uma olhada no papel e ri.

– Ora, ora. Estou começando a achar que você conquistou mais um anel, Syenite Orogene. Ou uma sentença de morte. Suponho que vamos descobrir quando voltarmos.

Eles estão em seu quarto na pousada O Fim da Estação, nus após a transa habitual do fim de tarde. Syenite levanta-se, nua e inquieta e irritada, para andar nervosamente pelos limites do quarto. É um quarto menor do que o que tinham uma semana atrás, uma vez que seu contrato com Allia agora está cumprido e a comu não vai mais pagar por suas acomodações.

– Quando voltarmos? – Ela olha para ele enquanto anda. Ele está completamente relaxado, um espaço positivo de ossos compridos contra a brancura negativa da cama, à meia-luz do início da noite. Ela não consegue deixar de pensar no obelisco cor de granada quando olha para ele: ele é igualmente algo que não-deveria-ser, igualmente não-muito-real, igualmente frustrante. Ela não consegue entender por que ele não está irritado. – Que porcaria é essa de "permaneçam no local"? Por que não nos deixam voltar?

Ele faz um som de reprovação.

– Cuidado com a língua! Você era tão perfeita lá no Fulcro. O que aconteceu?

– Eu conheci você. Responda à pergunta!

– Talvez queiram nos dar férias. – Alabaster boceja e se inclina para pegar um pedaço de fruta da bolsa na mesa de cabeceira. Eles vêm comprando a própria comida nesta semana que passou. Pelo menos ele está comendo sem precisar ser lembrado agora. O tédio faz bem a ele. – O que importa se perdemos nosso tempo aqui ou na estrada de volta para Yumenes, Syen? Pelo menos aqui podemos ficar confortáveis. Volte para a cama.

Ela arreganha os dentes para ele.

– Não.

Ele suspira.

– Para *descansar*. Já cumprimos nosso dever da noite. Pelos fogos da Terra, você quer que eu te deixe sozinha por um tempo para poder se masturbar? Isso vai melhorar o seu humor?

Melhoraria, na verdade, mas ela não vai admitir isso para ele. Ela volta para a cama, enfim, por falta de coisa melhor para fazer. Ele lhe estende um gomo de laranja, o que ela aceita porque é sua fruta favorita e é barata aqui. Há muitas vantagens em viver em uma comu costeira, ela pensou nisso mais de uma vez desde que veio para cá. Clima ameno, boa comida, baixo custo de vida, a possibilidade de encontrar pessoas de todas as terras e regiões enquanto elas passam pelo porto em viagem ou a negócio. E o oceano é uma coisa linda e fascinante; ela ficou à janela olhando para ele durante horas. Se não fosse pela tendência que as comus costeiras têm de ser varridas do mapa em poucos anos por um tsunami... Bem...

– Eu simplesmente não entendo – diz ela pelo que parece ser a décima milésima vez. É provável que Bas esteja se cansando de ouvi-la reclamar, mas ela não tem mais nada para fazer, então ele vai ter que aguentar. – É algum tipo de castigo? Não era para eu encontrar uma coisa ferrugenta e gigantesca qualquer escondida no fundo de um porto durante um trabalho de rotina de desobstrução de coral? – Ela faz um gesto largo de indignação. – Como se alguém pudesse ter previsto essa possibilidade.

– É mais provável – responde Alabaster – que eles queiram ter você à mão para quando os geomestas chegarem, caso haja mais alguma transação para o Fulcro nisso.

Ele já disse isso antes, e ela sabe que provavelmente é verdade. Os geomestas já estão se reunindo na cidade, na verdade, e arqueomestas, sabedoristas, biomestas e até alguns médicos que estão preocupados quanto ao efeito que um obelisco tão próximo terá sobre a população de Allia. E os charlatães e os excêntricos vieram também, claro: metassabedoristas e astronomestas e outros praticantes desse lixo de ciência. Qualquer um com um pouco de formação ou um hobby, de todas as comus do distritante e dos distritantes vizinhos. O único motivo pelo qual Syenite e Alabaster conseguiram um quarto é que foram eles que descobriram a coisa e chegaram cedo; fora isso, todas as pousadas e hospedarias do distritante estão lotadas.

Ninguém nunca se importou de fato com os obeliscos até agora. Mas ninguém viu um deles pairando tão perto, claramente visível e recheado com um comedor de pedra morto, sobre um grande centro populacional.

Mas, exceto por entrevistar Syenite por conta de seu ponto de vista sobre erguer o obelisco (ela já está começando a franzir o cenho toda vez que um estranho é apresentado a ela como *Algum Idiota Inovador de Algum Lugar*), os mestas não quiseram mais nada dela. O que é bom, já que ela não está autorizada a negociar em nome do Fulcro. Alabaster talvez esteja, mas ela não o quer barganhando com ninguém pelos seus serviços. Ela *acha* que ele não a designaria intencionalmente para um trabalho que ela não queira; ele não é um imbecil completo. É apenas o fundamento da coisa.

E, pior do que isso, ela não acredita em Alabaster. A política de ser deixados aqui não faz sentido. O Fulcro deveria querê-la de volta aos Equatoriais, onde ela pode ser entrevistada na Sétima Universidade por acadêmicos imperiais e onde os seniores podem controlar quanto os mestas devem pagar para ter acesso a ela. Eles deveriam querer entrevistá-la eles mesmos e entender melhor aquele estranho poder que ela sentiu três vezes agora, e que enfim entende que de algum modo vem dos obeliscos.

(E os Guardiões deveriam querer falar com ela. Eles sempre têm seus segredos a guardar. Perturba-a mais do que tudo o fato de que não mostraram nenhum interesse.)

Alabaster a alertou para não falar sobre essa parte das coisas. *Ninguém precisa saber que você consegue se conectar com os obeliscos*, ele disse um dia após o incidente. Ainda estava fraco nesse momento, mal conseguia sair da cama depois do envenenamento; acontece que estava orogenicamente exausto demais para fazer qualquer coisa quando ela ergueu o obelisco, apesar de ela ter se gabado para Asael quanto à habilidade de longa distância dele. No entanto, fraco como estava, agarrou sua mão e a apertou com força para assegurar que ela ouvisse. *Diga a eles que você apenas tentou mover o estrato e aquela coisa surgiu sozinha, como uma rolha debaixo d'água; até mesmo os nossos vão acreditar nisso. É só mais um artefato de uma civextinta que não faz sentido nenhum; ninguém vai questioná-la sobre ele se não lhes der motivo. Então, não fale sobre o assunto. Nem mesmo comigo.*

O que, é claro, faz com que ela tenha ainda mais vontade de falar sobre o ocorrido. Mas a única vez em que ela tentou, depois que Bas se recuperou, ele olhou para ela e não disse nada, até que ela finalmente entendeu o recado e foi fazer outra coisa.

E isso a deixa mais irada do que qualquer outra coisa.

– Vou dar uma caminhada – diz ela por fim, e se levanta.

– Tudo bem – diz Alabaster, esticando-se e levantando-se; ela ouve as juntas dele estalarem. – Vou com você.

– Não pedi companhia.

– Não, não pediu. – Ele está sorrindo para ela de novo, mas daquele modo severo que ela está começando a odiar. – Mas, se for sair sozinha à tardezinha em uma comu estranha *onde alguém já tentou matar um de nós*, então, pelas ferrugens, você vai ter companhia sim.

Ao ouvir isso, Syenite vacila.

– Ah.

Mas esse é o outro assunto sobre o qual não podem conversar, não porque Alabaster tenha proibido, mas porque nenhum dos dois sabe o suficiente para fazer mais do que especular. Syenite quer acreditar que a explicação mais simples é a mais provável: alguém na cozinha foi incompetente. Porém, Alabaster apontou a falha nesse raciocínio: ninguém mais na pousada ou na cidade ficou doente. Syenite acha que talvez haja uma explicação simples para isso também: Asael mandou os funcionários da cozinha contaminarem apenas a comida de Alabaster. Esse é o tipo de coisa que Líderes irritados tendem a fazer, pelo menos em todas as histórias sobre eles, que estão cheias de envenenamentos e rancores complicados e indiretos. Syen prefere histórias sobre Resistentes superando probabilidades impossíveis, ou Reprodutores salvando vidas por meio de inteligentes casamentos políticos e reprodução estratégica, ou Costas-fortes abordando seus problemas com boa e honesta violência.

Alabaster, sendo Alabaster, parece achar que houve mais coisas em sua experiência de quase morte. E Syenite não quer admitir que ele pode estar certo.

– Tudo bem então – diz ela ao ir se vestir.

É um fim de tarde agradável. O sol está acabando de se pôr quando eles descem uma avenida íngreme que leva ao porto. Projetam sombras compridas à sua frente, e os prédios de Allia, que são, em sua maioria, de estuque cor areia claro, brevemente resplandecem com tons de joias mais intensos de vermelho e violeta e dourado. A avenida na qual estão cruza com uma sinuosa rua lateral que morre em uma pequena enseada longe da área mais movimentada do porto; quando param neste ponto para apreciar a vista, Syen consegue ver um grupo de adolescentes da comu brincando e rindo pela praia de areias negras. São todos magros, bronzeados, saudáveis e, obviamente, felizes. Syen se vê observando e imaginando se isso é que é o normal quando se cresce.

Então, o obelisco (que pode ser visto com facilidade ao final da avenida onde estão, onde a coisa paira talvez uns três ou quatro metros e meio acima das águas do porto) emite outra das suas pulsações baixas e quase imperceptíveis que vem cuspindo desde que Syenite o ergueu, e isso a faz esquecer-se das crianças.

– Há algo errado com aquela coisa – diz Alabaster bem baixinho.

Syenite olha para ele irritada e a ponto de dizer *O que, agora você quer falar sobre isso?*, quando percebe que ele não está olhando para o obelisco. Está raspando o chão com um pé, as mãos nos bolsos, parecendo... Oh. Syen quase dá risada. Parecendo, de momento, um jovem acanhado que está prestes a sugerir uma safadeza à sua bela companhia. O fato é que ele não é jovem nem acanhado e, além disso, não importa se ela é bela ou se ele é safado, pois já estão transando. Um eventual observador não notaria que ele estava prestando atenção ao obelisco.

O que abruptamente faz Syenite perceber: *Ninguém sensa as pulsações além deles.* A pulsação não é exatamente uma pulsação. Não é breve nem ritmada; é mais como uma vibração momentânea que ela sensa de vez em quando, de forma aleatória e ameaçadora, como uma dor de dente. Mas, se as outras pessoas da comu houvessem sensado esta última, não estariam rindo e brincando e relaxando confortavelmente ao final de um longo dia dourado. Estariam todos aqui observando essa coisa maciça e gigantesca à qual Syenite está começando cada vez mais a aplicar em sua mente o adjetivo *perigoso.*

Syen aproveita a deixa de Bas e toma seu braço, aninhando-se bem junto a ele, como se gostasse mesmo do homem. Ela mantém a voz baixa, sussurrando, embora não faça ideia de quem ou do que ele está tentando esconder essa conversa. Há pessoas na rua conforme o dia de trabalho da cidade chega ao fim, mas não há ninguém por perto, nem prestando atenção neles, aliás.

– Eu fico esperando ele se levantar como os outros.

Porque está muito, muito perto do chão ou da superfície da água, por assim dizer. Todos os outros obeliscos que Syen já viu (inclusive o ametista que salvou a vida de Alabaster e que ainda está flutuando a alguns quilômetros da praia) flutuam em meio à camada mais baixa de nuvens, ou mais acima.

– Está se inclinando para um lado também. Como se mal conseguisse parar de pé.

O quê? Ela não consegue deixar de olhar para ele, embora Bas aperte seu braço de imediato para fazê-la desviar o olhar outra vez. Mas essa breve olhadela foi o suficiente para confirmar o que ele disse: o obelisco está mesmo inclinado, só um pouco, a extremidade de cima pendendo para o sul. Ele deve oscilar bem devagar quando vira. A inclinação é tão suave que ela não a teria notado se eles não estivessem em uma rua cercada por prédios de paredes retas. Agora ela não consegue deixar de ver.

– Vamos por aqui – sugere ela. Eles se demoraram tempo demais. Alabaster obviamente concorda, e eles começam a descer a rua lateral até a enseada, passeando de forma casual.

– É por isso que estão nos mantendo aqui.

Syen não está prestando atenção em Alabaster quando ele fala isso. Mesmo sem querer, ela se distrai com a beleza do pôr do sol e com as próprias ruas compridas e elegantes da comu. E com outro casal passando pela calçada; a mulher mais alta acena para eles apesar de tanto Syen como Bas estarem usando seus uniformes pretos. É estranho esse pequeno gesto. E bom. Yumenes é uma maravilha da realização humana, o auge da inventividade e da genharia; se durar uma dezena de Estações, esta insignificante e pequena comu costeira nunca chegará perto de se igualar àquela. Mas, em Yumenes, ninguém jamais teria se dignado a acenar para um rogga, não importa quanto o dia estivesse agradável.

Então, as últimas palavras de Alabaster penetram suas ruminações.

– O quê?

Ele mantém o passo lento, emparelhando com o dela apesar de sua passada naturalmente maior.

– Não podemos conversar no quarto. É arriscado até mesmo conversar aqui. Mas você queria saber por que estão nos mantendo aqui e nos dizendo para não voltar: é por isso. Aquele obelisco está definhando.

Essa parte é óbvia, mas…

– O que isso tem a ver conosco?

– Você o ergueu.

Ela fecha a cara antes de se lembrar de conter sua expressão.

– Ele se ergueu sozinho. Eu só retirei toda a porcaria que o segurava lá embaixo, e talvez o tenha acordado. – O fato de que sua mente insiste que *ele estava dormindo* antes é algo que ela não quer questionar a fundo.

– E isso é mais controle sobre um obelisco do que qualquer pessoa jamais conseguiu em quase três mil anos de história imperial. – Bas encolhe um pouco os ombros. – Se *eu* fosse um cinco-anéis pedante e convencido lendo um telegrama sobre esse assunto, é o que eu pensaria e deste modo que eu reagiria: tentando controlar a pessoa que consegue controlar aquilo. – Ele dá uma olhadela rápida para o obelisco. – Mas não é com os pedantes convencidos do Fulcro que temos que nos preocupar.

Syen não sabe o que ferrugens ele quer dizer com isso. Não é que suas palavras não pareçam verdadeiras; ela consegue muito bem imaginar alguém como Feldspar praticando algo desse tipo. Mas por quê? Para tranquilizar a população local, mantendo um dez-anéis à mão? As únicas pessoas que conhecem Bas aqui são um punhado de burocratas que provavelmente estão ocupados demais com o fluxo repentino de mestas e turistas para se importar. Para ser capaz de fazer alguma coisa, o obelisco não deveria de repente... fazer alguma coisa? Isso não faz sentido. E com quem mais ela deveria se preocupar? A menos...

Ela franze a testa.

– Você disse uma coisa mais cedo. – Algo sobre... conectar-se com um obelisco? O que quis dizer? – E... e você fez alguma coisa na noite passada. – Ela lança um olhar desconfortável para ele, mas ele não olha para ela desta vez. Está olhando para a enseada, como que fascinado pela vista, mas seus olhos são penetrantes e sérios. Ele sabe do que ela está falando. Ela hesita mais um instante e então fala: – Você *pode* fazer algo com essas coisas, não pode? – Oh, pela Terra, ela é uma idiota. – *Você* pode controlá-los! O Fulcro sabe disso?

– Não. E você também não sabe. – Seus olhos escuros vão ao encontro dos dela por um momento, depois se desviam.

– Por que está sendo tão... – Não é nem reservado. Ele está falando com ela. Mas é como se suspeitasse de alguém ouvindo-os de algum modo. – Ninguém podia nos ouvir lá no quarto. – E ela acena com a cabeça para um bando de crianças que passa por eles correndo, uma delas empurrando Alabaster e pedindo desculpas; a rua é estreita. Pedindo desculpas. Sério.

– Você não sabe disso. A coluna de apoio principal do prédio é inteiramente talhada em granito, você não notou? O alicerce parece ser a mesma coisa. Se ela estiver situada diretamente sobre o leito de rocha... – Ele assume uma expressão desconfortável por um instante, e depois seu rosto fica inexpressivo.

– O que isso tem a ver com... – E então ela entende. Oh. *Oh*. Mas... não, isso não pode estar certo. – Está dizendo que alguém poderia nos ouvir *através das paredes*? Através da, da própria pedra? – Ela nunca ouviu nada desse tipo. Faz sentido, claro, porque é como a orogenia funciona; quando Syen está ancorada na terra, consegue sensar não apenas a rocha à qual sua consciência está conectada, mas também qualquer coisa que a toque. Mesmo que ela não consiga perceber a coisa em si, como acontece com o obelisco. Mas sentir não só a vibração tectônica, mas o *som*? Não pode ser verdade. Ela nunca ouviu falar de um rogga com esse tipo de sensibilidade refinada.

Ele olha diretamente para ela por um longo instante.

– Eu posso. – Quando ela devolve o olhar, ele suspira. – Eu sempre pude. Você pode também, provavelmente... Só não está claro ainda. São apenas vibrações minúsculas para você agora. Mais ou menos na época do meu oitavo ou nono anel é que comecei a distinguir padrões entre as vibrações. Detalhes.

Ela chacoalha a cabeça.

– Mas você é o único dez-anéis.

– A maioria dos meus filhos tem potencial para usar dez anéis.

Syenite se encolhe, lembrando-se de repente da criança morta na estação de ligação perto de Mehi. Ah. O Fulcro controla todos os mantenedores das estações de ligação. E se tiverem alguma maneira de forçar essas pobres crianças arruinadas a escutar e vomitar o que ouvem, como algum tipo de receptor telegráfico? É isso que ele teme? Será que o Fulcro é como uma aranha, pousada no coração de Yumenes e usando a rede de estações para ouvir às escondidas todas as conversas na Quietude?

Mas ela se distrai dessas especulações por conta de algo que fica perturbando no fundo da mente. A maldita influência dele, fazendo-a questionar todos os pressupostos com os quais ela cresceu. *A maioria dos meus filhos tem potencial para usar dez anéis*, ele disse, mas não há nenhum outro dez-anéis no Fulcro. Crianças roggas são enviadas às estações de ligação apenas se não conseguirem se controlar. Não é?

Ah.

Não.

Ela decide não mencionar essa epifania em voz alta.

Ele alisa a mão dela, talvez encenando de novo, talvez tentando de fato tranquilizá-la. Claro que ele sabe, provavelmente melhor do que ela, o que fizeram com seus filhos.

Então ele repete:

– Os seniores do Fulcro não são aqueles com quem temos que nos preocupar.

De quem mais ele poderia estar falando? Os seniores são um desastre, com certeza. Syen fica de olho na política deles porque um dia estará entre eles e é importante entender quem tem poder e quem só parece ter. Há pelo menos doze facções, junto com os canalhas de costume: puxa-sacos e idealistas e aqueles que matariam as próprias mães com uma faca de vidro para se dar bem. Mas, de repente, ocorre a Syenite considerar a quem eles respondem.

Os Guardiões. Porque ninguém confiaria de verdade em um grupo de roggas imundos para cuidar de seus negócios do mesmo modo que Shemshena não teria confiado em Misalem. Ninguém no Fulcro fala sobre a política dos Guardiões, provavelmente porque ninguém no Fulcro a entende. Os Guardiões têm seu próprio conselho e se opõem a interrogatórios. Veementemente.

Não é a primeira vez que Syenite se pergunta: a quem os Guardiões respondem?

Enquanto Syen considerava isso, eles chegaram até a enseada e pararam em sua plataforma com parapeito. A avenida termina aqui, seus paralelepípedos desvanecendo-se sob um monte de areia e então o passadiço de madeira soerguido. Não muito distante, há uma praia de areia diferente da que viram antes. As crianças sobem e descem os degraus da plataforma, dando gritinhos enquanto brincam, e para além deles Syen pode ver um amontoado de senhoras idosas andando nuas pelas águas do porto. Ela nota o homem que está sentado no parapeito, alguns metros abaixo de onde eles estão, só porque ele está sem camisa e porque está olhando para eles. O primeiro fato chama a sua atenção por um instante (então ela é educada e desvia o olhar), pois Alabaster não é grande coisa para se olhar e porque faz algum tempo desde a última vez que ela fez sexo e gostou. O último é algo que ela normalmente ignoraria porque em Yumenes estranhos olham para ela o tempo todo.

Mas.

Ela está perto do parapeito com Bas, relaxada e mais confortável do que nos últimos tempos, ouvindo as crianças brincarem. É difícil manter a mente focada nas coisas secretas que estão discutindo. A política de Yumenes parece tão distante daqui, misteriosa, mas sem importância, e intocável. Como um obelisco.

Mas.

Mas. Ela percebe, um pouco tarde, que Bas ficou tenso ao seu lado. E, embora seu rosto esteja voltado para a praia e as crianças, ela sabe que ele não está prestando atenção nelas. É nesse momento que enfim lhe ocorre que as pessoas em Allia *não ficam olhando*, nem mesmo para um casal de jaquetas pretas que saiu para passear no fim de tarde. Fora Asael, a maioria das pessoas que ela conheceu nesta comu é educada demais para fazer esse tipo de coisa.

Então, ela olha de novo para o homem em cima do parapeito. Ele sorri para ela, o que até que é bom. Ele é mais velho, talvez uns dez anos a mais ou algo assim, e tem um corpo bonito. Ombros largos e elegantes sob uma pele impecável, uma cintura perfeitamente afunilada.

Calças vinho. E a camisa pendurada sobre o parapeito ao lado dele, que ele aparentemente tirou para absorver um pouco da luz do sol, também é vinho. Quando ela percebe o zumbido peculiar e familiar em seus sensapinae que avisa sobre a presença de um Guardião é tarde demais.

– É o seu? – pergunta Alabaster.

Syenite passa a língua pelos lábios.

– Esperava que fosse o seu.

– Não. – Então, ele dá um passo à frente para pousar as mãos no parapeito de forma visível, curvando a cabeça como se tivesse a intenção de apoiá-la na barra e esticar os ombros. – Não deixe que a pele dele encoste em você.

Isso é um sussurro; ela mal escuta. Em seguida, Alabaster se endireita e se vira para o rapaz.

– Está pensando em alguma coisa, Guardião?

O Guardião ri baixinho e desce do parapeito. Ele é costeiro, pelo menos em parte, de pele escura, mas de um tom um pouco mais pálido, e de cabelo encaracolado, mas, fora isso, encaixa-se bem entre os cidadãos de Allia. Bem. Não. Ele se mistura de maneira superficial, mas há nele um *quê* indefinível que existe em todo Guardião com que Syenite teve a infelicidade de interagir. Ninguém em Yumenes jamais confunde um Guardião com um orogene, nem tampouco com um quieto. Há simplesmente algo diferente neles, e todo mundo percebe.

– Na verdade, sim – o Guardião responde. – Alabaster Dez-anéis. Syenite Quatro-anéis. – Isso por si só faz Syenite cerrar os dentes. Ela prefere o genérico *Orogene*, se tiver que ser chamada de algo além do seu nome. Os Guardiões, claro, entendem perfeitamente bem a diferença entre um quatro-anéis e um dez-anéis. – Sou Edki Guardião Garantia. Caramba, como vocês dois andaram ocupados!

– Como deveria ser – responde Alabaster, e Syenite não consegue deixar de olhar para ele, surpresa. Ele está tenso de um modo que ela nunca viu, os tendões do pescoço distendidos, as mãos abertas e... prontas? Prontas para quê?

Ela não sabe sequer por que a palavra *prontas* lhe ocorreu... dos lados. – Cumprimos nossa missão para o Fulcro, como pode ver.

– Ah, de fato. Um bom trabalho. – Edki desvia o olhar então, de modo quase casual, para aquele desastre inclinado e pulsante que é o obelisco. No entanto, Syenite está observando seu rosto. Ela vê o sorriso do Guardião desvanecer como se nunca houvesse estado lá. Isso não pode ser coisa boa. – Se ao menos você tivesse feito *apenas* o trabalho que o mandaram fazer. Você é uma criatura tão teimosa, Alabaster.

Syenite fechou a cara. Até mesmo aqui ela é tratada de forma condescendente.

– *Eu* realizei essa tarefa, Guardião. Algum problema com o meu trabalho?

O Guardião se vira para olhá-la, surpreso, e é nesse momento que Syenite percebe que cometeu um erro. Um dos grandes, porque ele não volta a sorrir.

– É mesmo?

Alabaster assovia e... pelas crueldades da Terra, ela *sente* quando ele finca a consciência dele no estrato porque vai incrivelmente fundo. A força dele faz o corpo dela todo reverberar, não só seus sensapinae. Ela não consegue segui-la, ele ultrapassa o alcance dela no espaço de um segundo, penetrando com facilidade o magma, apesar de estar quilômetros abaixo. E o controle que ele tem dessa pura energia da terra é perfeito. Inacreditável. Ele poderia facilmente mover uma montanha com essa energia.

Mas *por quê?*

O Guardião dá um sorriso de repente.

– A Guardiã Leshet mandou seus cumprimentos, Alabaster.

Enquanto Syenite ainda está tentando analisar isso e o fato de que Alabaster está *prestes a lutar com um Guardião*, ele se apruma todo.

– Você a encontrou?

– Claro. Precisamos conversar sobre o que você fez com ela. Em breve.

De súbito (Syenite não sabe quando ele a pegou nem de onde), há uma faca de vidro preto na mão dele. Sua lâmina é ampla, mas ridiculamente curta, talvez com cinco centímetros de cumprimento. Mal dá para chamá-la de faca.

O que ferrugens ele vai fazer com aquilo, cortar as nossas unhas?

E por que ele está apontando uma arma para dois orogenes imperiais para começar?

– Guardião – ela tenta –, deve ter havido algum tipo de mal-enten...

O Guardião faz alguma coisa. Syenite pisca, mas o cenário é o mesmo de antes: ela e Alabaster frente a frente com Edki em uma plataforma desolada, com sombras e a luz sangrenta do pôr do sol, com crianças e velhinhas brincando para além de onde eles estão. Mas algo mudou. Ela não sabe ao certo o que, até Alabaster soltar um som abafado e precipitar-se sobre ela, derrubando-a no chão a alguns metros de distância.

Como pode um homem magro ter peso suficiente para derrubá-la, Syenite jamais saberá. Ela bate nas placas forte o bastante para tirar-lhe o fôlego; através de um borrão, ela vê que algumas das crianças que estavam brincando ali por perto param e ficam olhando. Então, ela se esforça para se levantar, furiosa, sua boca já se abrindo para ir xingando Alabaster até o fim da Terra e pelo caminho de volta.

Mas Alabaster está no chão também, a pouco mais de meio metro de distância. Ele está deitado de barriga para baixo, seus olhos fixos nela, e... e está fazendo um barulho estranho. Mal dá para ouvir. Sua boca está bem aberta, mas o som que sai se parece mais com o chiado de um brinquedo de criança, ou a bexiga de um metassabedorista. E todo o seu corpo treme, como se não pudesse se mexer mais do que aquilo, o que não faz sentido porque não há nada de errado com ele. Syen não sabe ao certo o que pensar até perceber, um tanto tarde que...

...ele está *gritando*.

– Por que pensou que eu apontaria para ela? – Edki está olhando para Alabaster, e Syenite estremece porque a expressão no rosto dele é de *alegria*, é de *satisfação*, enquanto Alabaster fica ali tremendo sem poder fazer nada, com a faca que Edki segurava antes agora enterrada em sua clavícula. Syen olha para a faca, chocada por não tê-la visto antes. Ela contrasta fortemente até mesmo com o preto da túnica de Bas. – Você sempre foi um tolo, Alabaster.

E há uma nova faca de vidro na mão de Edki agora. Esta é comprida e perigosamente estreita: um punhal assustadoramente familiar.

– Por quê? – Syenite não consegue pensar. Suas mãos doem enquanto ela se arrasta para trás pelas placas da plataforma, tentando se levantar e se afastar ao mesmo tempo. Instintivamente, busca a terra abaixo dela e é nesse instante que percebe o que o Guardião fez, porque não há *nada dentro dela que possa buscar*. Ela não consegue sensar a terra depois de alguns poucos metros debaixo de suas mãos e atrás, nada além de areia e terra salgada e minhocas. Surge uma dor desconfortável e ressonante em seus sensapinae quando tenta se projetar mais além. É como quando ela bate o cotovelo e interrompe todas as sensações desde aquele ponto até as pontas dos dedos, como se aquela parte de sua mente houvesse adormecido. Está formigando; está voltando. Mas, por enquanto, não há nada lá.

Ela ouviu grãos cochichando sobre isso depois que as luzes se apagavam. Todos os Guardiões são estranhos, mas é isso que faz deles o que são: de algum modo, podem bloquear a orogenia com um ímpeto da sua vontade. E alguns deles são especialmente estranhos, *especialistas em ser* mais estranhos que os outros. Alguns deles não têm orogenes sob sua responsabilidade e nunca são autorizados a chegar perto de crianças não treinadas, porque a sua proximidade por si só é perigosa. Esses Guardiões não fazem outra coisa além de perseguir os mais poderosos orogenes rebeldes e, quando os encontram... bem. Syenite particularmente nunca quis saber o que eles faziam até agora, mas parece que está prestes a descobrir. Pelos fogos debaixo da Terra, ela está tão insensível à terra quanto o velho com o cérebro mais ferrugento. Será que é desse jeito para os quietos? Será que isso é tudo o que eles sentem? Ela invejou sua normalidade a vida inteira até este momento.

Mas. A medida que Edki caminha em direção a ela com o punhal pronto, existe uma dureza em seu olhar, uma austeridade tomando conta de seus lábios, o que a faz pensar em como ela se sente quando tem uma forte dor de cabeça. Isso é o que a leva a perguntar de forma brusca:

— V-você está bem? — Ela não tem ideia por que faz essa pergunta.

Ao ouvir isso, Edki inclina a cabeça; o sorriso volta a surgir em seu rosto, gentil e surpreso.

— Quanta gentileza sua. Eu estou bem, pequenina. Muito bem. — Mas ele ainda está vindo em sua direção.

Ela se arrasta para trás outra vez, tenta se pôr de pé outra vez, tenta outra vez buscar por poder, e fracassa nas três tentativas. No entanto, mesmo que conseguisse... ele é um Guardião. É dever dela obedecer. É dever dela *morrer*, se ele assim desejar. Isso não está certo.

– Por favor – ela diz, desesperada, fora de controle por conta disso. – Por favor, nós não fizemos nada de errado, eu não entendo, eu não...

– Você não precisa entender – responde ele com perfeita amabilidade. – Você só precisa fazer uma coisa. – E então ele arremete contra ela, apontando o punhal para o seu peito.

Mais tarde ela entenderá a sequência dos acontecimentos.

Mais tarde entenderá que tudo aconteceu no espaço de um arquejo. Por enquanto, todavia, tudo ocorre devagar. A passagem do tempo perde o sentido. Ela percebe apenas a faca de vidro, enorme e afiada, suas facetas cintilando no crepúsculo que se esvai. Parece aproximar-se dela aos poucos, graciosamente, prolongando o estado de terror que ela tem o dever moral de sentir.

Isso *nunca esteve* certo.

Ela percebe apenas a madeira áspera debaixo dos seus dedos e da mixaria inútil de calor e movimento que é a única coisa que consegue sensar debaixo da plataforma. Não dá para mover muito mais do que uma pedrinha com isso.

Ela percebe Alabaster, contorcendo-se porque está *tendo uma convulsão*, como ela não notou isso antes, ele não consegue controlar o próprio corpo, há algo na faca de vidro fincada no ombro dele que o deixou sem ter como usar todo o seu poder, e a expressão em seu rosto é de medo impotente e agonia.

Ela percebe que está *com raiva*. Furiosa. Que se dane o dever. O que este Guardião está fazendo, o que todos os Guardiões fazem, *não está certo*.

E então…

E então…

E então…

Ela percebe o obelisco.

(Alabaster, contorcendo-se com mais força, abre mais a boca, fixando os olhos nos dela apesar da falta de controle do resto de seu corpo. A lembrança fugaz de seu alerta repercute em sua mente, embora, naquele instante, ela não consiga se lembrar das palavras.)

A faca está a meio caminho de seu coração. Ela percebe isso muito bem.

Somos deuses acorrentados e, pelas ferrugens: Isso. Não. Está. Certo.

Então, ela busca de novo, não embaixo, mas acima, não em linha reta, mas para os lados…

Não, Alabaster faz com a boca em meio aos seus tremores.

…e o obelisco a atrai para a sua trêmula e agitada luz vermelho-sangue. Ela está caindo para cima. Está sendo *arrastada* para cima e para dentro. Está totalmente fora de controle, oh Pai Terra, Alabaster estava certo, essa coisa é demais para ela…

…e ela grita porque se esqueceu de que este obelisco está *quebrado*. Dói quando ela passa pela zona danificada, cada uma das rachaduras atravessando-a e estilhaçando-a e partindo-a em pedaços, até…

…até que ela para, flutuando e encolhendo-se em agonia, no meio daquela vermelhidão rachada.

Não é real. Não pode ser real. Ela também sente seu corpo deitado nas placas de madeira repletas de areia com uma réstia de luz do sol na sua pele. Ela não sente a faca de vidro do Guardião, ou pelo menos ainda não. Mas ela está aqui também. E ela vê através de seus sensapinae, não dos seus olhos, e a "visão" está toda em sua imaginação:

O comedor de pedras no centro do obelisco flutua diante dela.

É a primeira vez que fica tão perto de um. Todos os livros dizem que os comedores de pedra não são nem masculinos nem femininos, mas este se assemelha a um rapaz esbelto formado de mármore preto com veios brancos, trajando vestes lisas de opala iridescente. Os membros daquilo... dele?... marmorizados e polidos, estão esticados como se houvessem paralisado no meio de uma queda. Sua cabeça está inclinada para trás, o cabelo solto e enrolado em um respingo de translucidez. As rachaduras se espalham pela sua pele, pela sua ilusão rígida de roupa, para *dentro* dele, atravessando-o.

Você está bem?, ela se pergunta e não faz ideia por que se pergunta isso enquanto ela própria se despedaça. O corpo dele está tão terrivelmente partido que ela quer prender a respiração para não danificá-lo ainda mais. Mas isso é irracional porque ela não está aqui e essa visão não é real. Ela está em uma rua prestes a morrer, mas esse comedor de pedras está morto há uma era do mundo.

O comedor de pedras fecha a boca e abre os olhos e abaixa a cabeça para olhar para ela.

– Estou bem – ele diz. – Obrigado por perguntar.

E então

o obelisco

se estilhaça.

15

VOCÊ ESTÁ ENTRE AMIGOS

Você chega ao "lugar com todos os orogenes", e não é nada do que esperava. Está abandonado, em primeiro lugar. Em segundo, não é uma comu.

Não é em nenhum dos sentidos verdadeiros da palavra. A estrada fica mais larga quando você se aproxima, espraiando-se pela terra até desaparecer por completo próximo ao meio da cidade. Muitas comus fazem isso, livrar-se da estrada para incentivar os viajantes a parar e fazer negócios, mas essas comus geralmente têm algum lugar *onde* negociar, e não dá para ver nada aqui que pareça uma fachada de loja ou um mercado ou mesmo uma pousada. Pior ainda, não há muros. Nem uma pilha de pedras, nem uma cerca de arame, nem mesmo algumas estacas afiadas espetadas no chão ao redor do perímetro da cidade. Não há *nada* para separar essa comunidade da terra à sua volta, que é arborizada e coberta por uma vegetação rasteira irregular que oferece a cobertura perfeita para um grupo de ataque.

Mas, além do aparente abandono da cidade e da falta de um muro, há outras esquisitices. Muitas delas você repara quando você e os outros olham ao redor. Não há campos suficientes, para começar. Uma comu que pode abrigar algumas centenas de pessoas, como parece ser o caso desta, deveria ter mais do que um único hectare (completamente descoberto) de pés de choya descuidados que você notou ao entrar. Deveria ter um pasto maior do que a campina ressecada que você vê perto do centro da cidade. Você tampouco vê um depósito, nem elevado nem de outro formato. Tudo bem, talvez esteja escondido; muitas comus fazem isso. Por outro lado, você percebe que todos os prédios apresentam estilos muito variados: este é alto e estreito como os das cidades, aquele é largo e baixo, como algo de um clima mais quente, outro ainda que parece ser uma cúpula coberta de grama construída sobre a terra como a sua antiga casa em Tirimo. Há um motivo pelo qual a maioria das comus escolhe um estilo e se atém a ele: a uniformidade passa uma mensagem visual. Ela alerta os agressores em potencial que os membros daquela comu são igualmente unidos em seu propósito e em sua disposição de se defender. A mensagem visual desta comu é... confusa. Indiferente, talvez. Algo que você não consegue interpretar. Algo que a deixa mais nervosa do que se a comu estivesse cheia de pessoas hostis.

Você e os outros avançam com cautela, devagar, pelas ruas vazias do vilarejo. Tonkee não está sequer fingindo que está à vontade. Ela tem duas facas de vidro nas mãos, de lâminas simples e pretas; você não sabe onde ela as esteve escondendo, embora a saia dela tenha capacidade para ocultar um exército. Hoa parece calmo, mas quem pode saber de fato o que Hoa sente? Ele parecia calmo quando transformou um kirkhusa em estátua também.

Você não pega sua faca. Se realmente houver vários roggas aqui, há apenas uma arma que a salvará se eles se opuserem à sua presença.

— Tem certeza de que este é o lugar certo? — Você pergunta a Hoa.

Hoa afirma com a cabeça de forma enfática. O que significa que há muitas pessoas aqui; estão só se escondendo. Mas por quê? E como poderiam tê-la visto chegando em meio à chuva de cinzas?

— Não podem ter saído há muito tempo — murmura Tonkee. Ela está olhando para o jardim morto perto de uma das casas. Os vegetais foram colhidos por viajantes ou pelos antigos habitantes; qualquer planta comestível que havia entre os ramos secos se foi. – Essas casas parecem em bom estado. E aquele jardim estava em boas condições até uns dois meses atrás.

Você fica surpresa por um momento ao perceber que faz dois meses que está na estrada. Dois meses desde Uche. Um pouco menos desde que a cinza começou a cair.

Então, você se concentra rapidamente no aqui e agora. Porque, depois que vocês três param no meio da cidade e ficam ali por um tempo, confusos, a porta de uma das construções próximas se abre, e três mulheres saem na varanda.

A primeira em quem você presta atenção tem uma balestra nas mãos. Por um minuto, é a única coisa que você vê, igual àquele último dia em Tirimo, mas você não a congela de imediato porque a balestra não está apontada na sua direção. O objeto só está encostado contra um dos braços dela e, embora haja um olhar no rosto da mulher alertando de que ela não tem dificuldade alguma de usá-lo, você também acha que ela não vai fazer isso sem ser provocada. A pele dela é quase tão clara quanto a de Hoa, embora, por sorte, seu cabelo tenha simplesmente um tom amarelado e seus olhos, um agradável tom normal de castanho. Ela é pequena, de ossos pequenos, e seu corpo é magro e seu quadril é estreito de uma forma que teria instigado o equatorial comum a fazer comentários sarcásticos sobre suas más condições para reprodução. Uma antártica, provavelmente de uma comu pobre demais para alimentar bem as suas crianças. Ela está muito longe de casa.

A que chama a sua atenção em seguida é quase o oposto da primeira e possivelmente a mulher mais intimidadora que você já viu. Não tem nada a ver com a aparência dela. Suas feições são sanzed: a porção de cabelo cinzento tom de ardósia e a pele bem morena, como era de se esperar, e o tamanho esperado e um físico visivelmente forte. Seus olhos são espantosamente pretos, espantosos não porque olhos pretos em particular sejam raros, mas porque ela passou uma sombra cinza esfumaçada e delineador escuro para realçá--los ainda mais. Maquiagem, enquanto o mundo está se acabando. Você não sabe se deve ficar admirada ou ofendida com isso.

E ela maneja aqueles olhos cobertos de preto como armas perfurantes, mantendo cada um dos seus olhares em foco por um instante antes de enfim examinar o resto dos seus equipamentos e da sua roupa. Ela não é tão alta quanto os sanzed gostam que suas mulheres sejam (é mais baixa do que você), mas está usando um colete grosso de pele marrom que vai até os tornozelos. O colete meio que a faz parecer um urso pequeno, porém elegante. Há algo no rosto dela, contudo, que faz você se encolher um pouco. Você não sabe ao certo o que é. Ela está sorrindo, mostrando todos os dentes; o olhar dela é firme, nem acolhedor nem desconfortável. É a firmeza que você reconhece, por fim, por ter visto algumas vezes: confiança. Esse tipo de abraço completo e resoluto do eu é comum nos quietos, mas você não estava esperando vê-lo aqui.

Porque ela é uma rogga, claro. Você reconhece a sua espécie quando a sensa. E ela reconhece você.

– Tudo bem – diz a mulher, colocando as mãos no quadril. – Quantas pessoas estão no seu grupo, três? Presumo que não queiram se separar.

Você meio que olha para ela por um ou dois segundos.

– Oi – você diz enfim. – É...

– Ykka – ela diz. Você percebe que é um nome. Então ela acrescenta: – Ykka Rogga Castrima. E você é...?

– *Rogga?* – você deixa escapar. Você usa essa palavra o tempo todo, mas ouvi-la dessa maneira, como nome de uso, enfatiza sua vulgaridade. Chamar a si mesma de *rogga* é como chamar a si mesma de *monte de merda.* É um tapa na cara. É uma afirmação... Do que, você não sabe dizer.

– Esse, ahn, não é um dos sete nomes de uso comuns – comenta Tonkee. Sua voz sai forçada; você acha que ela está tentando fazer uma piada para tentar encobrir o nervosismo.

– Nem mesmo um dos cinco menos aceitos.

– Digamos que este é novo. – Ykka olha rapidamente para cada um dos seus companheiros, avaliando, depois volta a olhar para você. – Então, seus amigos sabem o que você é.

Perplexa, você olha para Tonkee, que está encarando Ykka do mesmo modo como encara Hoa quando ele não está se escondendo atrás de você... Como se Ykka fosse um novo e fascinante mistério de quem ela talvez devesse pegar uma amostra de sangue. O olhar de Tonkee cruza com o seu por um instante tão completamente desprovido de surpresa ou de medo que você percebe que Ykka está certa; ela provavelmente descobriu há algum tempo.

– Rogga como nome de uso. – Tonkee está pensativa quando se concentra em Ykka de novo. – Há tantas implicações nisso. E Castrima, esse também não é o nome de nenhuma das comus latmedianas do sul listadas no Registro Imperial, embora eu admita que posso simplesmente tê-lo esquecido. Há centenas, afinal. Mas acho que não esqueci; tenho boa memória. É uma comu nova?

Ykka inclina a cabeça, em parte confirmando, em parte reconhecendo ironicamente o fascínio de Tonkee.

– Em tese. Esta versão de Castrima existe há cinquenta anos talvez. Não é de fato uma comu, oficialmente... Só outra parada para hospedagem para as pessoas viajando pelas rotas Yumenes-Mecemera e Yumenes-Ketteker. Fazemos mais negociações que a maioria porque há minas na região.

Ela faz uma pausa então, olhando para Hoa, e por um momento seu rosto fica tenso. Você olha para Hoa também, perplexa, porque com certeza ele tem uma aparência estranha, mas você não sabe ao certo o que ele fez para merecer esse tipo de tensão de uma estranha. É nesse ponto que você enfim se dá conta de que Hoa ficou completamente imóvel e que o rostinho dele passou de sua alegria habitual a algo tenso e irritado e quase selvagem. Ele está olhando para Ykka como se quisesse matá-la.

Não. Não é para Ykka. Você segue o olhar dele para o terceiro membro do grupo de Ykka, que ficou um pouco atrás das outras duas até agora, e em quem você não prestou muita atenção porque Ykka é tão chamativa. Uma mulher alta e esbelta... E então você para, franzindo a testa, porque de repente não tem certeza sobre essa designação. Quanto ao feminino sim; o cabelo dela é liso como o dos antárticos e de um vermelho intenso, decorativamente comprido, emoldurando feições primorosamente alinhadas. Está claro que ela quer ser vista como mulher, embora esteja vestindo apenas um vestido comprido, solto e sem mangas que deveria ser fino demais para esse ar frio.

Mas a pele dela. Você fica encarando, é falta de educação, não é a melhor maneira de começar as coisas com essa gente, mas você não consegue evitar. A pele dela. É que não é macia... É meio que lustrosa. Quase polida. Ou ela tem a constituição física mais incrível que você já viu... ou aquilo não é pele.

A mulher de cabelos ruivos sorri, e avistar os dentes dela confirma a sua suspeita enquanto você treme até os ossos.

Hoa chia como um gato em resposta àquele sorriso. E, quando ele faz isso, você finalmente, terrivelmente, vê os dentes dele de forma clara pela primeira vez. Ele nunca come na sua frente, afinal. Ele nunca os mostra quando sorri. Eles têm cor, enquanto os dela são transparentes, branco cor de esmalte como uma espécie de camuflagem... mas de formato não tão diferente dos da ruiva. Não quadrado, mas *facetado*. Diamantinos.

– Pelas crueldades da Terra – murmura Tonkee. Você sente que ela fala por vocês duas.

Ykka lança um olhar penetrante à sua companheira.

– Não.

A mulher desvia o olhar rapidamente para Ykka. Nenhuma outra parte dela se mexe, o resto do seu corpo permanecendo completamente imóvel. Imóvel como uma *estátua*.

– Isso pode acabar sem nenhum dano a você ou às suas companheiras. – Sua boca também não se mexe. A voz soa estranhamente oca, ecoando de algum lugar dentro do seu peito.

– Não quero que nada "acabe". – Ykka põe as mãos no quadril. – Esta é a minha cidade, e você concordou em seguir minhas regras. *Afaste-se.*

A loira se mexe um pouco. Ela não ergue a balestra, mas você acha que está pronta para fazê-lo a qualquer momento. Seja lá que bem isso vá trazer. A ruiva não se move por um instante e depois fecha a boca para esconder aqueles horríveis dentes de diamante. Quando faz isso, você percebe várias coisas ao mesmo tempo. A primeira é que ela não estava de fato sorrindo. Foi uma demonstração de ameaça, igual ao modo como um kirkhusa estica a boca para mostrar as presas. A segunda é que, com a boca fechada e aquela expressão plácida, ela parece bem menos perturbadora.

A terceira coisa que você percebe é que Hoa estava fazendo a mesma demonstração de ameaça. Mas ele relaxa e fecha a boca quando a ruiva recua aos poucos.

Ykka expira. Ela se concentra em você outra vez.

– Acho que talvez seja melhor vocês entrarem – ela diz.

– Não tenho certeza se esta é a melhor ideia do mundo – comenta Tonkee em um tom agradável.

– Nem eu – replica a loira, olhando para a cabeça de Ykka. – Tem certeza disso, Yeek?

Ykka dá de ombros, embora você ache que ela não está tão despreocupada quanto aparenta.

– Quando é que eu tenho certeza de alguma coisa? Mas parece uma boa ideia por enquanto.

Você não sabe ao certo se concorda. No entanto, seja a comu estranha ou não, tenha criaturas míticas ou não, sejam as surpresas desagradáveis ou não, você veio aqui por um motivo.

– Um homem e uma menina passaram por aqui? – você pergunta. – Pai e filha. O homem teria mais ou menos a minha idade, a menina, oito… – Dois meses. Você quase esqueceu. – *Nove* anos de idade. Ela… – Você vacila. Gagueja. – E-ela se parece comigo.

Ykka pisca, e você nota que a surpreendeu de verdade. Fica claro que ela estava preparada para perguntas totalmente diferentes.

– Não – ela responde e…

…e há uma espécie de descompasso dentro de você.

Dói ouvir aquele simples "não". Fere como o golpe de uma machadinha, e o sal na ferida é o olhar de sincera perplexidade de Ykka. Isso significa que ela não está mentindo. Você vacila e cambaleia com o impacto, com a morte de todas as suas esperanças. Ocorre-lhe, em meio ao nevoeiro de não-exatamente-um-pensamento, que você esteve *esperando* algo desde que Hoa lhe contou sobre este lugar. Você estava começando a pensar que os encontraria aqui, que teria uma filha de novo, que seria mãe de novo. Agora você sabe que não.

– E-Essun? – Mãos agarram seus antebraços. De quem? De Tonkee. As mãos dela são ásperas por conta de uma vida dura. Você ouve os calos dela rasparem no couro da sua jaqueta. – Essun... Ah, ferrugens, não faça isso.

Você sempre soube que não. Como ousa esperar qualquer outra coisa? Você é só mais uma rogga imunda de alma ferrugenta, só mais uma agente do cruel Pai Terra, só mais um erro das práticas sensatas de reprodução, só mais uma ferramenta perdida. Você nunca deveria ter tido filhos, para começar, e não deveria ter esperado ficar com eles quando os teve, e por que Tonkee está puxando os seus braços?

Porque você levou as mãos ao rosto. Ah, e você começou a chorar.

Você deveria ter contado a Jija antes de se casar com ele, antes de dormir com ele, antes mesmo de olhar para ele e pensar *talvez*, o que você não tinha o direito de jamais pensar. Então, se ele sentisse o impulso de matar um rogga, ele teria imposto essa pena a você, não a Uche. Você é que merece morrer, afinal de contas, dez mil vezes a população de duas comus.

Além disso, talvez você esteja gritando um pouco.

Você não deveria estar gritando. Deveria estar morta. Deveria ter morrido antes de seus filhos. Deveria ter morrido ao nascer e nunca ter vivido para dá-los à luz.

Você deveria ter...

Você deveria ter...

Algo perpassa por você.

Parece um pouco com a pequena onda de poder que veio do norte, e que você desviou para longe, naquele dia em que o mundo mudou. Ou talvez um pouco com a maneira como você se sentiu quando entrou em casa depois de um dia cansativo e viu o seu menino estendido no chão. Uma lufada de potencial, passando inutilizada. O toque de alguma coisa intangível, porém significativa, que surgiu e sumiu, tão chocante por sua ausência quanto por sua existência em primeiro lugar.

Você pisca e abaixa as mãos. Seus olhos estão enevoados e doem; a parte inferior da palma das suas mãos está úmida. Ykka saiu da varanda e está à sua frente, a apenas alguns metros de distância. Ela não a está tocando, mas você olha para ela mesmo assim, percebendo que ela acabou de fazer... algo. Algo que você não entende. Orogenia, com certeza, mas empregada de um jeito que você nunca experimentou antes.

– Ei – ela diz. Não há nada semelhante a compaixão no rosto dela. No entanto, sua voz está mais suave quando ela fala com você, embora talvez seja apenas porque ela está mais perto. – Ei. Você está bem agora?

Você engole em seco. Sua garganta dói.

– Não – você responde. (Essa palavra outra vez! Você quase dá uma risadinha, mas engole em seco e o impulso desaparece.) – Não. Mas eu... eu consigo aguentar.

Ykka concorda com a cabeça lentamente.

– Estou vendo que consegue. – Atrás dela, a loira parece cética quanto a essa possibilidade.

Depois, com um suspiro fundo, Ykka se vira para Tonkee e Hoa... Este último parece ilusoriamente calmo e normal agora. Bom, normal para os padrões de Hoa.

– Tudo bem, então – ela fala. – As coisas são assim. Vocês podem ficar ou podem ir. Se decidirem ficar, acolherei vocês na comu. Mas precisam saber desde já: Castrima é algo único. Estamos tentando uma coisa muito diferente aqui. Se esta Estação for curta, então vamos estar em um lago de lava quando Sanze nos castigar. Mas não acho que esta Estação será curta.

Ela olha para você de lado, não exatamente em busca de confirmação. *Confirmação* não é a palavra para isso, uma vez que nunca houve dúvida. Qualquer rogga sabe disso da mesma forma como sabe o próprio nome.

– Esta Estação não será curta – você concorda. Sua voz está rouca, mas você está se recuperando. – Vai durar décadas. – Ykka ergue uma sobrancelha. É, ela está certa: você está tentando ser gentil pelo bem dos seus companheiros, e eles não precisam de gentileza. Eles precisam da verdade. – Séculos.

Mesmo isso é um eufemismo. Você está bastante segura de que esta vai durar pelo menos mil anos. Talvez *alguns* milhares.

Tonkee franze um pouco a testa.

– Bem, tudo aponta ou para uma grande deformação epirogênica, ou talvez apenas uma simples perturbação da isostasia ao longo de toda a rede de placas. Mas a quantidade de orogênese necessária para superar essa quantia de inércia é... proibitiva. Você tem certeza?

Você a está encarando, a tristeza momentaneamente esquecida. Ykka e a loira também. Tonkee faz uma careta, irritada, fazendo cara feia para você em especial.

– Ah, em nome das ferrugens, pare de agir como se estivesse surpresa. Chega de segredos, certo? Você sabe o que eu sou e eu sei o que você é. Precisamos continuar fingindo?

Você chacoalha a cabeça, embora não esteja de fato respondendo a pergunta dela. Em vez disso, você decide responder a outra pergunta.

– Tenho certeza – você diz. – Séculos. Talvez mais.

Tonkee se encolhe.

– Nenhuma comu tem provisões suficientes para durar tanto tempo. Nem Yumenes.

Os lendários estoques vastos de provisão de Yumenes são escombros em um tubo de lava em algum lugar. Parte de você lamenta o desperdício de todo esse alimento. Parte de você pensa, *bem, é um fim mais rápido e misericordioso para a raça humana.*

Quando você aquiesce com a cabeça, Tonkee silencia-se, horrorizada. Ykka transfere o olhar de você para Tonkee e, aparentemente, decide mudar de assunto.

– Há 22 orogenes aqui – ela afirma. Você vacila. – Acredito que haverá mais com o passar do tempo. Algum problema com isso? – Ela olha para Tonkee em particular.

No que se refere a mudanças de assunto, essa é perfeita para distrair todos.

– Como? – pergunta Tonkee sem demora. – Como está fazendo com que eles venham para cá?

– Isso não importa. Responda a pergunta.

Você poderia ter dito a Ykka para não se preocupar.

– Por mim, tudo bem – responde Tonkee de imediato. Você fica surpresa de que ela não esteja visivelmente salivando. Acabou-se o choque que ela sentiu pela morte inevitável da humanidade.

– Ótimo. – Ykka vira-se para Hoa. – E você? Há mais alguns da sua espécie aqui também.

– Mais do que você pensa – Hoa responde bem baixinho.

– É. Bem... – Ykka ouve isso com notável desenvoltura.
– Você ouviu como são as coisas. Se quiser ficar aqui, você segue as regras. Sem brigas. Sem... – Ela faz um movimento com os dedos e mostra os dentes. Isso é surpreendentemente compreensível. – E faça o que eu digo. Entendeu?

Hoa inclina um pouco a cabeça, seus olhos com um brilho de pura ameaça. É algo tão chocante de ver quanto seus dentes de diamante; você havia começado a pensar nele como uma criatura doce, embora um pouco excêntrica. Agora não sabe ao certo o que pensar.

– Você não manda em mim.

Ykka, para sua grande surpresa, inclina-se para a frente e coloca o rosto bem em frente ao dele.

– Deixe-me colocar as coisas da seguinte forma – diz ela. – Você pode continuar fazendo o que obviamente tem feito, tentando ser tão sutil quanto uma avalanche do modo como a sua espécie sempre faz, ou eu posso começar a contar a todo mundo o que todos vocês estão *realmente* tramando.

E Hoa... vacila. Os olhos dele, e apenas os olhos, se movem rapidamente para a não mulher na varanda. Ela dá um sorriso de novo, embora não mostre os dentes desta vez, e é um sorriso de arrependimento. Você não sabe o que nada disso significa, mas Hoa parece esmorecer um pouco.

– Muito bem – ele diz a Ykka com estranha formalidade. – Concordo com os seus termos.

Ykka aquiesce e endireita-se, detendo seu olhar sobre ele um instante mais antes de virar as costas.

– O que eu ia dizer antes do seu pequeno, ah, momento, era que acolhemos algumas pessoas – ela diz para você por sobre o ombro, enquanto se vira e caminha de volta para os degraus da casa. – Nenhum homem viajando com meninas, acho que não, mas outros viajantes procurando um lugar, inclusive alguns do Distritante de Cebak. Nós os adotamos se achamos que são úteis. – É o que qualquer comu esperta faz em tempos como estes: livrar-se dos indesejados e acolher aqueles com habilidades e atributos valiosos. As comus que têm líderes fortes fazem isso sistematicamente, impiedosamente, com algum grau de fria humanidade. Comus não tão bem administradas o fazem de forma igualmente impiedosa, mas mais desordenada, da mesma maneira como Tirimo se livrou de você.

Jija é apenas um britador. Útil, mas a britagem não é exatamente uma habilidade rara. Nassun, porém, é como você e Ykka. E, por alguma razão, as pessoas desta comu parecem *querer* orogenes por perto.

– Quero conhecer essas pessoas – você diz. Há uma pequena chance de que Jija ou Nassun estejam disfarçados. Ou de que alguém possa tê-los visto na estrada. Ou que… Bem. É uma chance realmente pequena.

No entanto, você vai aproveitá-la. Ela é sua filha. Você vai aproveitar qualquer coisa para encontrá-la.

– Tudo bem, então. – Ykka se vira e a chama com um gesto. – Entre e vou lhe mostrar umas maravilhas. – Como se ela já não houvesse feito isso. Mas você começa a segui-la porque nem mitos nem mistérios chegam aos pés da mais infinitesimal faísca de esperança.

✦   ✦   ✦

O CORPO ESMORECE. UM LÍDER QUE PERDURA DEPENDE DE ALGO MAIS.

– *TÁBUA TRÊS*, "*ESTRUTURAS*", *VERSÍCULO DOIS*

16

Syen na terra escondida

Syenite acorda com um lado do corpo frio. É o lado esquerdo... o quadril e o ombro e boa parte das costas. A fonte do frio, um vento penetrante, sopra quase dolorosamente em meio ao seu cabelo por toda a nuca, o que significa que ele deve ter se soltado do coque obrigatório segundo as regras do Fulcro. Além disso, ela sente um gosto de terra na boca, embora a língua esteja seca.

Ela tenta se mexer e sente uma dor fraca pelo corpo inteiro. É um tipo estranho de dor, não é localizada, não é latejante nem penetrante nem nada específico. É mais como se seu corpo todo fosse um grande hematoma. Ela geme inadvertidamente quando deseja mexer uma das mãos e encontra um chão duro debaixo de si. Apoia-se contra o solo o suficiente para se sentir em controle de si mesma, embora não consiga se levantar de fato. A única coisa que consegue fazer com êxito é abrir os olhos.

Há pedaços de pedras prateadas sob sua mão e diante de seu rosto: monzonito, talvez, ou um dos xistos de menor importância. Ela nunca se lembra das rochas subvulcânicas, pois o instrutor de geomestria dos grãos lá no Fulcro era incrivelmente chato. A poucos metros de distância, a pedra seja-lá-qual-for é pontilhada por trevos e por uma grama esparsa e algum tipo de erva daninha com folhas espessas. (Ela prestava menos atenção ainda em biomestria.) As plantas se agitam incessantemente ao vento, embora não muito, porque seu corpo as protege de grande parte das lufadas.

Dane-se, pensa ela, e é acordada pelo ligeiro choque que lhe causa a sua própria grosseria mental.

Ela se senta. Dói e é difícil, mas ela se senta, e isso lhe permite ver que está deitada em uma rocha com um declive suave, cercada por mais ervas daninhas. Para além da rocha, está a amplidão contínua do céu com nuvens esparsas. Há um cheiro de oceano, mas é diferente daquele a que ela se acostumou nas últimas semanas, menos salgado, mais rarefeito. O ar é mais seco. A posição do sol mostra que é o final da manhã, e o frio parece ser de fim de inverno.

Mas deveria ser final de tarde. E Allia é equatorial; a temperatura deveria ser amena. E o chão frio e duro no qual ela está sentada deveria ser quente e arenoso. Onde diabos ferrugentos e ardentes ela está?

Tudo bem. Ela consegue descobrir. Ela sensa que a rocha onde está sentada está bem acima do nível do mar, relativamente perto de um limite familiar: é a extremidade da Máxima, uma das duas principais placas tectônicas que formam a Quietude. A Mínima fica bem ao norte. E ela já sensou esta extremidade da placa antes: eles não estão longe de Allia.

Mas não estão em *Allia*. Na verdade, não estão sequer no continente.

Automaticamente, Syenite tenta fazer mais do que apenas sensar, projetando-se em direção à extremidade da placa como fez algumas vezes...

...e não acontece nada.

Ela fica lá sentada por um instante, enregelada de um modo que só o vento não é o bastante para explicar.

Mas ela não está sozinha. Alabaster está encolhido ali perto, seus longos membros dobrados em posição fetal, inconsciente ou morto. Não, a lateral do corpo dele se movimenta para cima e para baixo, devagar. Tudo bem, isso é bom.

Para além dele, no alto do declive, há um vulto alto e esbelto coberto por um flutuante roupão branco.

Assustada, Syen fica paralisada por um momento.

– Olá? – Sua voz sai rouca.

O vulto (uma mulher, supõe Syen) não se vira. Ela está olhando para longe, para alguma coisa por cima daquela elevação que Syenite não consegue ver.

– Olá.

Bem, isso é um começo. Syen se obriga a relaxar, embora isso seja difícil quando não consegue se projetar em direção à terra para se sentir garantida quanto ao seu poder. Não há nenhum motivo para ficar alarmada, ela se repreende; seja quem for essa mulher, se quisesse lhes fazer mal, poderia tê-lo feito com facilidade a essa altura.

– Onde estamos?

– Em uma ilha, talvez a algumas centenas de quilômetros da costa.

– Uma *ilha*? – Isso é aterrorizante. Ilhas são armadilhas mortais. Os únicos lugares piores para viver são sobre falhas geológicas e em caldeiras de vulcões adormecidos-porém-não-extintos. Mas sim, agora Syen ouve o murmúrio das ondas batendo contra as pedras em algum lugar, descendo o declive onde eles estão. Se estão a apenas alguns quilômetros da extremidade da Máxima, então isso os coloca perto demais de uma falha geológica subaquática. Basicamente em cima dela. É por isso que as pessoas não vivem em ilhas, em nome da Terra; elas poderiam morrer por conta de um tsunami a qualquer momento.

Ela se põe de pé, de súbito desesperada ao ver como a situação é ruim. Suas pernas estão duras por ter ficado deitada na rocha, mas, de qualquer forma, passa aos tropeções ao lado de Alabaster até ficar ao lado da mulher na elevação. Lá ela vê:

Oceano, até onde a vista alcança, aberto e ininterrupto. A rocha se precipita em um declive íngreme a alguns metros de onde ela está, tornando-se um penhasco completamente ir-regular que fica a algumas centenas de metros acima do mar. Quando ela se aproxima devagar dessa beirada e olha para baixo, uma espuma rodopia em torno de rochas afiadas como facas bem lá embaixo: a queda significa morte. Ela se afasta rápido.

– Como chegamos aqui? – sussurra ela, horrorizada.

– Eu os trouxe.

– Você... – Syen se vira para a mulher, a raiva já despontando em meio ao choque. Então, a raiva desaparece, deixando que o choque reine inconteste.

Faça uma estátua de mulher: não muito alta, o cabelo preso em um coque simples, traços elegantes, uma pose graciosa. Deixe sua pele e suas vestes da cor do velho marfim cálido, mas aplique um tom mais profundo nas íris e no cabelo (preto em ambos os casos) e nas pontas dos dedos. A cor aqui é um degradê desbotado e oxidado, pulverizado como sujeira. Ou sangue.

Uma comedora de pedras.

– Pelas crueldades da Terra – Syenite murmura. A mulher não responde.

Ouve-se um gemido vindo de trás delas que interrompe qualquer outra coisa que Syenite pudesse ter dito. (Mas o que ela pode dizer? O quê?) Ela tira os olhos da comedora de pedras e se concentra em Alabaster, que está se remexendo e obviamente não está se sentindo nem um pouco melhor do que Syenite com relação a isso. Mas ela o ignora por ora quando enfim pensa em algo para dizer.

– Por quê? – Ela pergunta. – Por que nos trouxe para cá?

– Para que *ele* fique a salvo.

É exatamente como os sabedoristas dizem. A boca da comedora de pedras não abre quando ela fala. Seus olhos não se mexem. Ela poderia muito bem ser a estátua que parece ser. Então, o bom senso reaparece e Syenite percebe o que a criatura disse.

– Para que... *ele* fique a salvo?

Outra vez, a comedora de pedras não responde.

Alabaster geme de novo, então Syenite finalmente vai até ele, ajudando-o a se sentar quando ele começa a se mexer. A camisa dele repuxa no ombro e ele chia, e ela se lembra um tanto tarde do punhal do Guardião. O punhal sumiu agora, mas a ferida superficial está pregada ao tecido da camisa com o sangue seco. Ele fala palavrões quando abre os olhos.

– *Decaye, shisex unrelabbemet.*

É a língua estranha que ela o ouviu usar antes.

– Fale sanze-mat – ela diz com rispidez, embora não esteja realmente irritada com ele. Ela mantém os olhos na comedora de pedras, que continua imóvel.

– Maldita *ferrugem* escamada – ele fala, agarrando a região ferida. – Isso dói.

Syenite afasta a mão dele com um tapa.

– Não mexa. Você pode reabrir a ferida.

E eles estão a centenas de quilômetros da civilização, separados dela pelo mar até onde a vista alcança na maioria das direções. À mercê de uma criatura cuja raça é a própria definição de *enigmática* e também de *mortal*.

– Temos companhia.

Alabaster desperta por completo, piscando para Syenite e depois olhando para além dela; ele abre um pouco mais os olhos ao ver a comedora de pedras. Depois ele geme.

– Merda. *Merda.* O que você fez desta vez?

De alguma forma, Syenite não fica totalmente surpresa ao perceber que Alabaster conhece a comedora de pedras.

– Salvei sua vida – responde a comedora de pedras.

– O quê?

O braço da comedora de pedras ergue-se de forma tão regular que o movimento deixa de ser *gracioso* e beira o *antinatural*. Nenhuma outra parte dela se mexe. Ela está apontando. Syenite se vira para seguir o gesto e vê o horizonte oeste. Mas o horizonte está partido, diferentemente do resto: há uma linha reta de mar e de céu à esquerda e à direita, mas ao meio dessa linha há uma bolha volumosa e vermelha e fumegante.

– Allia – diz a comedora de pedras.

+   +   +

Acontece que há um povoado na ilha. A ilha não passa de colinas e grama e rocha sólida... Sem árvores, sem camada superficial do solo. Um lugar totalmente inútil para se viver. E, no entanto, quando chegam ao outro lado da ilha, onde os rochedos são um pouco menos pontudos, eles veem outra enseada semicircular não muito diferente daquela de Allia. (Não muito diferente daquela que *havia* em Allia.) A semelhança termina aí, todavia, porque este porto é muito menor e este povoado foi construído diretamente na parede íngreme da falésia.

É difícil distinguir em princípio. De início, Syen pensa que o que está vendo são entradas de cavernas, pontilhando de forma irregular a parede da rocha. Depois percebe que as entradas de cavernas têm um formato uniforme, ainda que variem em tamanho: linhas retas na parte de baixo e subindo pelas laterais, arqueando-se de um lado a outro da parte de cima até se encontrar em um ponto gracioso. E, em torno de cada abertura, alguém esculpiu a fachada de um edifício: pilares elegantes, o retângulo chanfrado de um batente, mísulas detalhadas com flores cheias de voltinhas e animais fazendo cabriolas. Ela já viu coisas mais estranhas. Não muito mais do que isso, com certeza, mas viver em Yumenes, à sombra da Estrela Negra e do Palácio Imperial que a coroa, e no Fulcro, com suas paredes de obsidiana modelada, deixa uma pessoa habituada a estranhezas de arte e arquitetura.

– Ela não tem nome – Alabaster lhe diz enquanto descem alguns degraus de pedra com corrimão que eles acharam, que parece ir em direção ao povoado. Ele está falando da comedora de pedras, que os deixou no alto da escada. (Syen desviou o olhar por um instante e, quando olhou de volta, a comedora de pedras havia desaparecido. Alabaster assegurou-lhe que ela ainda está por perto. Como ele sabe disso, Syen não tem certeza se quer saber.)

– Eu a chamo de Antimony. Você sabe, porque ela é quase inteiramente branca. É um metal em vez de uma pedra porque ela não é uma rogga e, de qualquer forma, "Alabaster" já tinha dono.

Bonitinho.

– E ela… isso… responde por esse nome?

– Responde. – Ele olha de volta para Syenite, o que é um tipo arriscado de coisa a se fazer, considerando que os degraus aqui são muito, muito íngremes. Apesar de haver um corrimão, qualquer um que cair de cabeça pelos degraus abaixo provavelmente acabará passando por cima da grade e encontrando uma morte desagradável na parede da rocha. – De todo modo, ela não se importa, e acho que teria objetado se se importasse.

– Por que ela nos trouxe para cá? – Para salvá-los. Tudo bem, e eles podem ver Allia soltando fumaça por sobre a água. Mas a espécie de Antimony costuma ignorar e evitar a raça humana, a menos que os humanos os irritem.

Alabaster chacoalha a cabeça, concentrando-se em seus pés outra vez.

— Não existe um "porquê" para nada do que eles fazem. Ou, se houver, eles nunca se dão ao trabalho de nos contar. Francamente, eu parei de perguntar, era um gasto de saliva. Antimony tem vindo ao meu encontro pelos últimos, hum, cinco anos? Geralmente quando não há mais ninguém por perto. — Ele faz um barulho suave e pesaroso. — Eu costumava pensar que ela era uma alucinação.

Bem, pois é.

— E ela não fala nada para você?

— Diz apenas que posso contar com ela. Não consigo decidir se é uma declaração de apoio, sabe, "Conte comigo, Bas, vou te amar para sempre, esqueça que eu sou uma estátua viva que só parece uma mulher bonita, eu protejo você", ou algo mais sinistro. Mas isso importa? Se ela salvou nossas vidas?

Syen supõe que não.

— E onde ela está agora?

— Se foi.

Syen resiste ao impulso de chutá-lo escada abaixo.

— Para a, ahn... — Ela sabe o que leu, mas parece absurdo de falar em voz alta. — Para dentro da terra?

— Acho que sim. Eles se movem pela rocha como se fosse ar; eu os vi fazer isso. — Ele para em um dos frequentes patamares da escada, o que quase faz Syen trombar nas costas dele. — Você *sabe* que provavelmente foi assim que ela nos trouxe para cá, certo?

Isso é algo em que Syen estava tentando não pensar. Até mesmo a ideia de ser tocada pela comedora de pedras é perturbadora. Pensando ainda em ser carregada pela criatura, arrastada por debaixo de quilômetros de rocha sólida e oceano, ela não consegue deixar de estremecer. Um comedor de pedras é uma coisa que desafia a razão... como a orogenia ou os artefatos das civextintas, ou qualquer outra coisa que não possa ser medida e prevista de um modo que faz sentido. Mas, enquanto a orogenia pode ser entendida (de certa forma) e controlada (com esforço), e enquanto os artefatos das civextintas podem ser evitados até emergirem do oceano ferrugento bem na sua frente, os comedores de pedras fazem o que bem entendem, vão aonde querem. As histórias dos sabedoristas estão repletas de avisos a respeito dessas criaturas; ninguém tenta impedi-las.

Esse pensamento faz a própria Syen parar, e Alabaster continua descendo outro lance de escada antes de perceber que ela não está seguindo-o.

– O comedor de pedras – diz a moça quando ele se vira para ela com um olhar irritado. – Aquele no obelisco.

– Não é o mesmo – ele replica com o tipo de paciência que as pessoas reservam para aqueles que estão sendo particularmente burros, mas não merecem que alguém lhes jogue isso na cara porque tiveram um dia difícil. – Eu lhe disse, conheço esta há algum tempo.

– Não foi isso que eu quis dizer. – *Seu idiota.* – O comedor de pedras que estava no obelisco olhou para mim antes... antes. Aquilo se mexeu. Não estava morto.

Alabaster a encara.

– Quando você viu isso?

– Eu... – Ela gesticula sem poder fazer nada. Não há palavras para isso. – Havia... Foi quando eu... Eu *acho* que vi aquilo. – Ou talvez tenha tido uma alucinação. Alguma visão do tipo quando a vida-passa-diante-dos-seus-olhos, desencadeada pela faca do Guardião? Parecia tão real.

Alabaster a observa por um longo instante, seu rosto flexível mantendo-se estático daquele jeito que ela está começando a associar com reprovação.

– Você fez algo que deveria tê-la matado. Não matou, mas só por uma questão de pura e estúpida sorte. Se você... viu coisas... não estou surpreso.

Syenite aquiesce sem protestar contra a avaliação dele. Ela sentiu o poder do obelisco naqueles momentos. Esse poder a *teria* matado se fosse completo. Fragmentado como era, ela se sente... queimada, meio que anestesiada, depois de ter seguido o rastro dele. Será por isso que ela não consegue usar mais a sua orogenia? Ou será o efeito prolongado do que quer que o Guardião tenha feito?

– O que aconteceu lá? – ela pergunta para ele, frustrada. Há tanta coisa que não faz sentido em tudo isso. Por que alguém tentou matar Alabaster? Por que veio um Guardião para terminar o trabalho? O que qualquer uma dessas coisas tem a ver com o obelisco? Por que estão aqui em uma ilha que é uma armadilha mortífera no meio desse mar ferrugento? – O que está acontecendo *agora*? Bas, que a Terra nos devore, você sabe mais do que está dizendo.

O rosto dele assume uma expressão de pesar, mas por fim ele suspira e cruza os braços.

– Não é verdade, sabe. O que quer que você possa pensar, eu realmente não tenho todas as respostas. Não faço ideia por que você acha que eu tenho.

Porque ele sabe tantas coisas que ela não sabe. E porque ele é um dez-anéis: ele pode fazer coisas que ela não consegue imaginar, não consegue sequer descrever, e parte dela pensa que ele provavelmente também pode *entender* coisas que ela não entende.

– Você sabia sobre aquele Guardião.

– Sim. – Agora ele parece zangado, embora não com ela.

– Esbarrei com um desse tipo antes. Mas não sei por que ele estava lá. Só posso fazer suposições.

– Isso é melhor do que nada!

Ele parece exasperado.

– Tudo bem, então. Uma suposição: alguém ou muitos alguéns sabiam sobre aquele obelisco quebrado no porto de Allia. Fosse quem fosse, a pessoa também sabia que um dez-anéis provavelmente perceberia a coisa no momento em que começasse a sensar lá embaixo. E já que só foi preciso um quatro-anéis sensando por ali para reativá-lo, é evidente que esses alguéns misteriosos não tinham ideia de como o obelisco era sensível, ou de como era perigoso, de fato. Ou nem eu nem você jamais teríamos conseguido chegar a Allia vivos.

Syenite franze a testa, colocando uma das mãos no corrimão para se firmar quando uma lufada de vento especialmente forte uiva pelas paredes do rochedo.

– Alguéns.

– Grupos. Facções em algum conflito sobre o qual não sabemos nada e no qual apenas resvalamos por uma questão de pura e estúpida sorte.

– Facções de Guardiões?

Ele bufa debochadamente.

– Você diz isso como se fosse impossível. Todos os roggas têm os mesmos objetivos, Syen? Todos os quietos? Até mesmo os comedores de pedras provavelmente têm rusgas uns com os outros.

E só a Terra sabe como é isso.

– Então, uma dessas, ahn, facções, mandou aquele... Guardião... para nos matar. – Não. Não depois que Syenite contou ao Guardião que havia sido ela quem ativara o obelisco. – Para *me* matar.

Alabaster aquiesce, sombrio.

– Imagino que foi ele quem me envenenou também, pensando que seria eu quem acionaria o obelisco. Os Guardiões não gostam de nos punir onde os quietos possam ver, se puderem evitar; poderia nos render simpatia pública inapropriada. Aquele ataque em plena luz do dia foi o último recurso. – Ele encolhe os ombros, franzindo o cenho enquanto reflete sobre o assunto. – Acho que temos sorte de ele não ter tentado envenenar você em meu lugar. Mesmo comigo, deveria ter funcionado. Qualquer tipo de paralisia tende a afetar os sensapinae também; eu teria ficado completamente impotente. Se.

Se ele não houvesse conseguido invocar o poder do obelisco ametista, aproveitando os sensapinae de Syenite para fazer o que os dele não podiam. Agora que Syen entende melhor o que ele fez aquela noite, de certo modo fica pior. Ela inclina a cabeça na direção dele.

– Ninguém sabe ao certo do que você é capaz, sabe?

Alabaster dá um pequeno suspiro, desviando o olhar.

– Nem *eu* sei do que sou capaz, Syen. As coisas que o Fulcro me ensinou... tive que deixá-las para trás depois de certo ponto. Tive que fazer meu próprio treinamento. E, às vezes, parece que, se eu puder *pensar* diferente, se eu puder me despojar o suficiente do que eles me ensinaram e tentar algo novo, eu poderia... Sua voz vai se perdendo e ele franze a testa, pensando. – Eu não sei. Realmente não sei. Mas acho que é bom que eu não saiba, ou os Guardiões teriam me matado há muito tempo.

É uma conversa em parte sem sentido, mas dá um suspiro de compreensão.

– Então, quem tem o poder de mandar Guardiões assassinos para, para... – Caçar dez-anéis. Matar quatro-anéis de susto.

– Todos os Guardiões são assassinos – ele retruca de forma brusca, com amargor. – Quanto a quem tem o poder de comandar um Guardião, eu não faço ideia. – Alabaster encolhe os ombros. – Dizem que os Guardiões prestam contas ao Imperador... Supostamente, os Guardiões são a última fração de poder que ele possui. Ou talvez isso seja mentira e as famílias da Liderança yumenescense os controlem como controlam todo o resto. Ou são controlados pelo próprio Fulcro? Não tenho ideia.

– Ouvi dizer que eles controlam a si mesmos – diz Syen.

– Provavelmente é só fuxico de grãos.

– Talvez. Os Guardiões certamente têm tanta presteza para matar quietos quanto para matar roggas quando se trata de manter seus segredos, ou quando um quieto simplesmente os atrapalha. Se têm alguma hierarquia, apenas os Guardiões a reconhecem. Quanto a como fazem o que fazem... – Ele respira fundo. – É algum tipo de procedimento cirúrgico. São todos filhos de roggas, mas eles mesmos não são roggas, porque há algo sobre os seus sensapinae que faz esse procedimento funcionar melhor neles. Envolve um implante. No cérebro. Só a Terra sabe como descobriram isso ou quando começaram a fazê-lo, mas lhes dá a habilidade de neutralizar a orogenia. E outras habilidades. Habilidades piores.

Syenite se encolhe, lembrando-se do som de tendões se rompendo. Ela sente uma intensa fisgada na palma da mão.

– No entanto, ele não tentou matar você – ela comenta. Ela está olhando para o ombro dele, que ainda está visivelmente mais escuro do que o tecido ao redor, embora a caminhada provavelmente tenha soltado o sangue seco de modo que não está mais grudado à ferida. Há um pouco de umidade recente ali; está sangrando de novo, mas felizmente não muito. – Aquela faca...

Alabaster aquiesce com uma expressão sombria.

– Uma especialidade dos Guardiões. Suas facas parecem vidro soprado comum, mas não são. São como os próprios Guardiões, interrompendo de alguma forma o que quer que haja em um orogene que nos torna o que somos. – Ele estremece. – Nunca soube como era; doeu como o fogo da Terra. E não – ele acrescenta rápido, impedindo que Syen abra a boca –, eu não sei *por que* ele me feriu com ela. Ele já havia imobilizado a nós dois; eu estava tão impotente quanto você.

E isso. Syenite passa a língua nos lábios.

– Você consegue... ainda está...

– Sim. Isso passa depois de alguns dias. – Ele sorri ao ver o ar de alívio dela. – Eu te disse, já esbarrei com Guardiões como esse antes.

– Por que você me disse para não deixá-lo me tocar com a pele?

Alabaster fica em silêncio. Syenite pensa de início que ele só está sendo teimoso de novo, então olha de verdade para a expressão dele e vê as sombras que há nela. Depois de um instante, ele pisca.

– Eu conheci outro dez-anéis quando era mais novo. Quando eu era... ele era meio que um mentor. Como Feldspar é para você.

– Feldspar não é... Esqueça.

De qualquer forma, ele a ignora, perdido em lembranças.

– Não sei por que aconteceu. Mas, um dia, estávamos andando pelo Anel, apenas desfrutando uma noite agradável... – Ele vacila abruptamente, depois olha para ela com um ar irônico, embora doloroso. – Estávamos procurando algum lugar para ficar sozinhos.

Ah. Talvez isso explique algumas coisas.

– Entendo – diz ela desnecessariamente.

Ele aquiesce, desnecessariamente.

– Bem, aparece esse Guardião. Sem camisa, como o que você viu. Ele também não falou nada sobre por que tinha vindo. Ele apenas... atacou. Eu não vi... Aconteceu rápido. Como em Allia. – Bas passa uma das mãos no rosto. – Ele deu uma gravata em Hessonita, mas não forte o bastante para sufocá-lo de fato. O Guardião precisava de contato pele com pele. Então, ele só segurou Hess e *sorriu* enquanto aquilo acontecia. Como se fosse a coisa mais bonita do mundo, o filho da puta.

– O quê? – Ela quase não quer saber e, no entanto, ela quer. – O que a pele do Guardião faz?

Alabaster cerra o maxilar, os músculos formando nós.

– Ela vira a sua orogenia para o lado de dentro. Eu acho. Não conheço uma maneira melhor de explicar. Mas tudo dentro de nós que pode afastar placas e fechar falhas e assim por diante, todo esse poder com que nascemos... esses Guardiões o voltam contra nós.

– Eu, eu não... – Mas a orogenia não funciona em corpos, não diretamente. Se funcionasse...

...Oh.

Ele se cala. Syenite não o incentiva a continuar desta vez.

– Pois é. Então. – Alabaster chacoalha a cabeça, depois dá uma olhada em direção ao povoado talhado no rochedo. – Vamos seguir adiante?

É difícil conversar depois dessa história.

– Bas. – Ela faz um gesto mostrando a si mesma, ao seu uniforme, que está empoeirado, mas ainda é claramente a jaqueta preta de um Orogene Imperial. – Nenhum de nós consegue mover um pedregulho neste exato momento. Não conhecemos essas pessoas.

– Eu sei. Mas meu ombro dói e eu estou com sede. Você está vendo água corrente por aqui?

Não. E comida também não. E é impossível nadar de volta para o continente, não através de uma extensão tão grande. Isso se Syenite soubesse nadar, o que ela não sabe, e se o oceano não estivesse cheio de monstros como contam as histórias, o que ele provavelmente está.

– Então, está bem – diz ela e o empurra para ir à frente. – Deixe-me falar com eles primeiro para você não acabar fazendo com que nos matem. – Ferrugento maluco.

Alabaster dá uma risadinha como se houvesse escutado o pensamento da moça, mas não reclama, retomando a descida atrás dela.

As escadas se nivelam por fim, dando em um passadiço plano que faz a curva em torno da parede do rochedo uns trinta metros acima da linha d'água mais alta. Syen imagina que isso significa que a comu está a salvo de tsunamis devido à sua elevação. (Ela não tem como ter certeza, claro. Toda essa *água* ainda é estranha para ela.) Ela também compensa a falta de um muro de proteção, embora, considerando todos os aspectos, o oceano crie uma barreira bastante eficaz entre essas pessoas e qualquer um de fora da sua... comu, se for possível chamá-la assim. Há mais ou menos uma dúzia de barcos atracados lá embaixo, balançando para cima e para baixo em píeres que parecem ter sido feitos de pedras empilhadas cobertos casualmente de tábuas, feios e primitivos em comparação com os píeres e os pilares bem feitos de Allia, mas eficientes. E os barcos têm uma aparência estranha também, pelo menos em comparação com os barcos que ela já viu: alguns são coisas simples e elegantes que parecem ter sido escavadas inteiramente a partir de troncos de árvores, sustentadas em cada lado por algum tipo de escora. Alguns são maiores e têm velas, mas mesmo esses têm um desenho completamente diferente do que ela está acostumada a ver.

Há pessoas dentro e ao redor dos barcos, algumas delas carregando cestos de um lado para o outro, outros trabalhando em um elaborado cordame de velas em um deles. Eles não olham para cima; Syenite resiste ao impulso de chamá-los com um grito. De qualquer maneira, ela e Alabaster já foram vistos. Na primeira das entradas de caverna ali à frente (cada uma das quais é enorme, agora que eles estão no "térreo" e podem dar uma boa olhada), começou a se reunir um grupo de pessoas.

Syenite passa a língua pelos lábios e respira fundo conforme eles se aproximam. Eles não parecem hostis.

– Olá – ela se aventura e depois espera. Ninguém tenta matá-la de imediato. Até aqui, tudo bem.

O grupo de mais ou menos vinte pessoas que os espera parece em grande parte confuso ao avistá-los. É composto na maioria por crianças de variadas idades, alguns adultos mais jovens, um punhado de idosos e, preso a uma coleira, um kirkhusa que parece amigável, a julgar pelo abanar de seu rabo curto. Essas pessoas definitivamente são costeiras do leste, quase todos altos e de pele escura como Alabaster, embora com uma pitada de cidadãos mais claros, e ela vê pelo menos um tufo de cabelo de cinzas sopradas erguendo-se na brisa constante. Eles também não parecem alarmados, o que é bom, embora Syen fique com a nítida impressão de que eles não estão acostumados com visitas surpresas.

Então, um homem mais velho com ar de Liderança, ou talvez apenas liderança, dá um passo à frente. E diz algo totalmente incompreensível.

Syen o observa. Ela não consegue sequer distinguir que língua é aquela, embora seja de algum modo familiar. Então... Oh, pelas ferrugens, é *claro*... Alabaster meio que balbucia e responde algo na mesma língua, e de repente todos riem e cochicham e relaxam. Menos Syenite.

Ela o encara.

– Tradução?

– Disse a eles que você estava com receio de que eu fosse fazer com que nos matassem se falasse primeiro – ele diz, e ela pensa na possibilidade de matá-lo ali mesmo e naquele exato momento.

E assim vai. Eles começam a conversar, as pessoas desse estranho povoado e Alabaster, enquanto Syen não pode fazer nada a não ser ficar lá tentando não parecer frustrada. Alabaster faz uma pausa para traduzir quando pode, embora tropece em parte do que os estranhos estão dizendo; estão todos falando muito rápido. Ela tem a impressão de que ele está resumindo. Muito. Mas, no final das contas, a comu se chama Meov, e o homem que deu um passo à frente é Harlas, o chefe deles.

Além disso, eles são piratas.

✦ ✦ ✦

– É impossível cultivar alimentos aqui – explica Alabaster. – Eles fazem o que é preciso para sobreviver.

Isso aconteceu mais tarde, depois que o povo de Meov os convidou para entrar nos salões abobadados que constituem sua comu. Está tudo dentro do rochedo (o que não é surpresa, já que a ilha consiste em pouco mais do que uma coluna reta de rocha comum), sendo algumas cavernas naturais e outras escavadas por meios desconhecidos. Tudo é espantosamente bonito também, com tetos habilmente abobadados, aquedutos ao longo de muitas paredes, e tochas e lanternas suficientes, de modo que nada parece claustrofóbico. Syen não gosta da sensação de toda aquela quantidade de rocha pairando sobre sua cabeça e esperando para esmagá-los da próxima vez que houver um tremor, mas, já que ela tem que ficar presa dentro de uma armadilha mortal, pelo menos essa é aconchegante.

Os meovitas os colocaram em uma casa para hóspedes, ou melhor, uma casa que está abandonada há algum tempo e não está em muito mau estado. Deram a ela e a Alabaster comida das fogueiras comunitárias, acesso aos banheiros comunitários e duas mudas de roupa do estilo local. Concederam-lhes até um mínimo de privacidade, embora isso seja difícil, pois as crianças curiosas ficam espiando pelas janelas esculpidas e sem cortina para rir deles e sair correndo. É quase bonitinho.

Syen agora está sentada em uma pilha de cobertores dobrados, que parece ter sido feita com o propósito de sentar, observando enquanto Alabaster enrola um pedaço de pano limpo ao redor do ombro ferido, segurando a outra ponta com os dentes por um instante para apertar a atadura. Ele poderia pedir ajuda para ela, claro, mas não pede, então ela não oferece.

– Eles não negociam muito com o continente – continua ele enquanto trabalha. – A única coisa que têm a oferecer é peixe, e as comus costeiras do continente têm isso de sobra.

Então, Meov faz ataques. Ataca navios mercantes ao longo das principais rotas de comércio ou extorque comus em troca de proteção contra ataques. Sim, contra os ataques *deles*. Não me pergunte como funciona, foi só o que o chefe me contou.

Parece... precário.

– O que eles estão fazendo aqui? – Syen olha para as paredes e o teto toscamente talhados ao redor. – É uma *ilha*. Quero dizer, essas cavernas são meio que boas, até o próximo tremor ou tsunami varrer a coisa toda para fora do mapa. E, como você disse, é impossível cultivar comida. Eles por acaso têm um esconderijo de provisões? O que acontece se houver uma Estação?

– Eles vão morrer, eu acho. – Bas encolhe os ombros, em grande parte para arrumar a atadura recentemente amarrada. – Perguntei isso a eles também, e eles apenas riram da pergunta. Você notou que esta ilha está em cima de um ponto quente?

Syen pisca. Ela não havia notado, mas sua orogenia está tão dormente quanto um dedo que levou uma martelada. A dele está também, mas a dormência é relativa, ao que parece.

– A que profundidade?

– Muita. É pouco provável que vá explodir em breve ou que explodirá algum dia, mas, se explodir, haverá uma cratera aqui em vez de ilhas. Claro, isso se um tsunami não atingir a ilha primeiro, considerando que aqui estamos tão perto do limite da placa. Há *tantas* formas de morrer neste lugar. Mas eles sabem tudo sobre todas elas... é sério... e, até onde posso perceber, não se importam. Pelo menos morrerão livres, eles dizem.

– Livres do quê? Da vida?

– De Sanze. – Alabaster sorri quando Syen deixa o queixo cair. – De acordo com Harlas, esta ilha faz parte de uma série de pequenas ilhas-comu por todo o arquipélago... Esse é o nome para um grupo de ilhas, caso você não saiba, que vai daqui até quase o Antártico, criadas por esse ponto quente. Algumas das comus nesse conjunto, inclusive esta, existem há dez Estações ou mais...

– Mentira!

– ...e eles nem lembram quando Meov foi fundada e, ahn, talhada, então talvez seja mais antiga que isso. Existem desde *antes de Sanze*. E até onde sabem, Sanze não sabe ou não se importa que estejam aqui. Nunca foram anexados. – Ele balança a cabeça. – As comus costeiras estão sempre acusando umas às outras de acolher piratas, e ninguém com bom senso navega tão longe; talvez ninguém saiba que essas ilhas-comu existem. Quero dizer, provavelmente sabem que essas ilhas existem, mas devem pensar que ninguém seria idiota o bastante para viver nelas.

Ninguém deveria ser. Syen balança a cabeça, impressionada com a audácia desse povo. Quando outra criança da comu assoma no parapeito, observando-os descaradamente, Syen não consegue deixar de sorrir, e a menina arregala os olhos antes de cair na risada, balbucia alguma coisa no seu idioma agitado e então é puxada por seus colegas. Coisinha louca e corajosa.

Alabaster ri.

– Ela disse: "a malvada na verdade sorri!".

Pestinha ferrugenta.

– Não consigo acreditar que eles sejam loucos o suficiente para viver aqui – diz ela, meneando a cabeça. – Não posso acreditar que essa ilha não tenha se partido com um tremor nem tenha virado escombros nem tenha sido inundada cem vezes.

Alabaster se remexe um pouco, parecendo cauteloso e, por conta disso, Syen sabe que deve se preparar.

– Bem, eles sobrevivem em grande parte porque vivem de peixes e algas marinhas, entende? Os oceanos não morrem durante uma Estação do mesmo modo que a terra ou um corpo de água menor. Se você souber pescar, sempre haverá comida. Acho que sequer têm esconderijos para provisões. – Ele olha ao redor, pensativo. – Se puderem manter o lugar estável contra tremores e impactos, então acho que *seria* um bom lugar para viver.

– Mas como eles poderiam...

– Roggas. – Ele olha para ela e sorri, e ela percebe que ele estava esperando para lhe contar isso. – Foi assim que sobreviveram esse tempo todo. Eles não matam seus roggas aqui. Eles os colocam *no comando*. E estão muito, muito felizes de nos ver.

✦   ✦   ✦

O COMEDOR DE PEDRA É LOUCURA TORNADA CARNE. APRENDA A LIÇÃO DE SUA CRIAÇÃO E TOME CUIDADO COM SEUS DONS.

– *TÁBUA DOIS, "A VERDADE INCOMPLETA", VERSÍCULO SETE*

17

DAMAYA NO TESTE FINAL

As coisas mudam. Há uma ordem para a vida no Fulcro, mas o mundo jamais fica parado. Um ano se passa.

Depois que Colapso desaparece, Maxixe Beryl nunca mais conversa com Damaya outra vez. Quando a vê pelos corredores ou após a inspeção, ele simplesmente se afasta. Se a pega olhando para ele, faz cara feia. Porém, isso não acontece muito, porque ela não olha para ele com frequência. Ela não se importa que ele a odeie. Ele era apenas um amigo *em potencial* mesmo. Agora ela sabe que não deve querer uma coisa dessas nem acreditar que algum dia merecerá um.

(Amigos não existem. O Fulcro não é uma creche. Grãos não são crianças. Orogenes não são pessoas. Armas não precisam de amigos.)

No entanto, é difícil, porque sem amigos ela se sente entediada. Os instrutores ensinaram-lhe a ler como seus pais não ensinaram, mas ela só consegue fazer isso por certo tempo, até as palavras começarem a saltar e se agitar na página como pedregulhos durante um tremor. De qualquer forma, a biblioteca não tem muitos livros que sejam somente para diversão e não utilitários. (Armas também não precisam de diversão.) Ela só tem permissão para praticar sua orogenia em Orogenia Aplicada e, apesar de ela às vezes se deitar no beliche e lembrar das aulas repetidas vezes para uma prática extra (o poder de um orogene está em seu foco, afinal), ela só pode fazer isso por certo tempo também.

Então, para ocupar sua Hora Livre e qualquer outra hora em que não está atarefada, ela perambula pelo Fulcro.

Ninguém impede os grãos de fazer isso. Ninguém fica de guarda no dormitório dos grãos durante a Hora Livre ou depois. Os instrutores não os obrigam a cumprir um toque de recolher; a Hora Livre pode ser uma Noite Livre, se um grão estiver disposto a passar o dia seguinte lutando contra o sono. Os adultos também não fazem nada para impedir os grãos de saírem do prédio. Qualquer criança pega no Jardim do Anel, que é proibido para os que não têm anéis, ou perto dos portões que levam para fora do Fulcro, terá que responder aos seniores. Mas qualquer coisa menos importante do que isso e as sanções serão moderadas, suportáveis; o habitual castigo que condiz com o crime. Só isso.

Ninguém é expulso do Fulcro, afinal de contas. Armas disfuncionais simplesmente são retiradas do estoque. E armas funcionais deveriam ser espertas o bastante para tomar conta de si mesmas.

Por isso, Damaya se mantém nas áreas menos interessantes do Fulcro em seus passeios, mas isso deixa muito para explorar, porque o complexo do Fulcro é enorme. Fora o Jardim e as quadras de treinamento dos grãos, há conjuntos de alojamentos que abrigam orogenes com anéis, bibliotecas e teatros, um hospital, e lugares onde todos os orogenes adultos fazem seu trabalho quando não estão fora em missões para além do Fulcro. Há também quilômetros de caminhos pavimentados com obsidiana e campos que não estão cultivados e nem foram preparados para uma possível Quinta Estação; em vez disso, são só paisagens. Estão ali apenas para ser belos. Damaya chega à conclusão de que isso significa que alguém deveria olhá-los.

Então, é em meio a tudo isso que Damaya anda durante as primeiras horas da noite, imaginando onde e como vai morar quando se juntar às categorias dos que têm anéis. Os adultos dessa área em grande parte a ignoram, indo e vindo ao fazer seus trabalhos, conversando uns com os outros ou murmurando para si mesmos, concentrados em suas coisas de adultos. Eles foram grãos um dia. Somente em uma ocasião uma mulher para e pergunta: "Você deveria estar aqui?" Damaya confirma com a cabeça e passa andando ao lado dela, e a mulher não a segue.

Os edifícios administrativos são mais interessantes. Ela vai até as grandes câmaras de treinamento que os orogenes com anéis usam: grandes salões semelhantes a anfiteatros, sem teto, com anéis em mosaico gravados no solo descoberto em círculos concêntricos. Às vezes, há blocos imensos de basalto espalhados por lá, e às vezes o solo está remexido, mas o basalto sumiu. Às vezes ela pega adultos nas câmaras, praticando; eles movem os blocos pelo lugar como brinquedos de criança, enterrando-os bem fundo na terra e erguendo-os de novo só com a vontade, nublando o ar ao redor deles com anéis de gelo. É entusiasmante e intimidador, e ela acompanha o que eles estão fazendo o melhor que pode, embora isso não seja muita coisa. Ela ainda tem muito caminho pela frente antes de poder sequer começar a fazer algumas dessas coisas.

É o Principal que deixa Damaya mais fascinada. Esse edifício é o centro do complexo do Fulcro: um amplo hexágono coberto por uma cúpula maior do que todos os edifícios juntos. É nesse edifício que o trabalho do Fulcro é feito. Aqui, orogenes com anéis ocupam os escritórios, fazem o trabalho burocrático e pagam as contas, porque é claro que eles mesmos devem fazer todas essas coisas. Ninguém dirá que os orogenes são gastadores inúteis dos recursos de Yumenes; o Fulcro é autossuficiente em termos fiscais e em quaisquer outros termos. A Hora Livre é depois das principais horas de trabalho do edifício, então não está tão movimentado como deve ser durante o dia, mas, sempre que Damaya vagueia pelo lugar, percebe que muitos dos escritórios ainda estão iluminados por velas e, de vez em quando, por um lampião elétrico.

Os Guardiões têm uma ala no Principal também. Volta e meia Damaya vê uniformes vinho em meio aos conjuntos de uniformes pretos e, quando vê, vira para outro lado. Não por medo. Eles provavelmente a veem, mas não a incomodam porque ela não está fazendo nada que lhe disseram para não fazer. É como Schaffa lhe disse: só é preciso temer os Guardiões em circunstâncias específicas e limitadas. Ela os evita, no entanto, porque, ao passo que se torna mais habilidosa, começa a notar uma sensação estranha sempre que um Guardião está presente. É uma... sensação barulhenta, uma coisa meio irregular e *ácida*, algo mais ouvido e provado do que sensado. Ela não entende, mas percebe que não é a única orogene a manter uma distância razoável dos Guardiões.

No Principal, há alas que não são mais usadas porque o Fulcro é maior do que precisa ser, pelo menos é o que os instrutores de Damaya lhe dizem quando ela pergunta sobre isso. Ninguém sabia quantos orogenes havia no mundo antes de o Fulcro ser construído, ou talvez os construtores pensaram que mais orogenes sobreviveriam à infância para ser trazidos para cá do que acabou se verificando com o tempo. Independente disso, a primeira vez que Damaya abre uma porta com uma aparência importante que ninguém parece estar usando e encontra corredores escuros e vazios atrás dela, a garota fica instantaneamente intrigada.

Está escuro demais para ver muito além. Por perto, ela consegue distinguir móveis descartados e cestos de armazenamento, então ela decide não explorar de imediato. A chance de ela se machucar é grande demais. Em vez disso, volta aos dormitórios dos grãos e, durante os dias seguintes, prepara-se. É fácil pegar uma pequena faca de vidro usada para cortar carne de uma das bandejas com refeição, e o dormitório tem várias lamparinas a óleo das quais ela pode se apropriar sem que ninguém se importe, então ela faz isso. Faz um alforje com uma fronha que ela pega no seu dia de trabalho na lavanderia, que tem uma ponta esfarrapada e estava na pilha de "descarte", e, enfim, quando se sente pronta, ela parte.

É uma exploração lenta, de início. Com a faca, ela marca as paredes aqui e ali para não se perder até se dar conta de que esta parte do Principal tem exatamente a mesma estrutura que o resto do Principal: um corredor central com escadas em curtos intervalos e portas dos dois lados levando a quartos ou suítes. Salas de reunião, mais escritórios, um ocasional espaço grande o suficiente para servir como auditório, embora a maioria desses pareça ser usada para armazenar livros velhos e roupas.

Mas os livros! Muitos deles são o tipo de histórias frívolas das quais a biblioteca tem tão poucos; livros de romance e aventura e porções de sabedoria popular irrelevante. E, às vezes, as portas levam a coisas incríveis. Ela descobre um andar que um dia aparentemente foi usado como alojamento; talvez em algum ano de prosperidade em que havia muitos orogenes para alojar confortavelmente nos edifícios de apartamentos. Por qualquer que seja o motivo, entretanto, parece que muitos dos habitantes simplesmente foram embora e deixaram seus pertences para trás. Damaya descobre elegantes vestidos longos nos armários, apodrecidos; brinquedos para bebês; joias que sua mãe morreria de vontade de usar. Experimenta algumas coisas e ri de si mesma no espelho manchado com excremento de mosquitos, e então para, surpresa com o som da própria risada.

Há coisas mais estranhas. Um cômodo cheio de cadeiras felpudas e ornamentadas, gastas e roídas pelas traças agora, todas organizadas em um círculo de frente umas para as outras: por que, ela nem imagina. Um cômodo que ela não entende até mais tarde, depois que suas explorações a levaram aos edifícios do Fulcro dedicados à pesquisa: aí ela sabe que o que encontrou é um tipo de laboratório, com estranhos recipientes e aparelhos que ela por fim descobre serem usados para análise de energia e manipulação de elementos químicos. Talvez os geomestas não ousem estudar orogenia e reste aos orogenes fazer isso por conta própria também? Ela nem consegue imaginar.

E há mais, infinitamente mais. Isso se torna a coisa que ela mais espera em qualquer dia, depois de Orogenia Aplicada. Ela arranja problemas de vez em quando nas aulas, pois, às vezes, devaneia a respeito de coisas que encontrou e perde perguntas durante os testes. Toma o cuidado de não se desleixar demais a ponto de os professores a questionarem, embora suspeite que eles saibam sobre suas explorações noturnas. Ela até já viu alguns deles enquanto perambula, descansando e parecendo estranhamente humanos em seu tempo livre. Porém, não a incomodam quanto a isso, o que a deixa extremamente feliz. É bom sentir como se tivesse um segredo para compartilhar com eles, embora na verdade ela não tenha. Há uma ordem para a vida no Fulcro, mas essa é a ordem *dela*; ela a estabelece, e ninguém mais atrapalha essa ordem. É bom ter algo que ela guarda para si mesma.

E então, um dia, tudo muda.

+ + +

A garota estranha entra na fila dos grãos de forma tão discreta que Damaya quase não percebe. Eles estão passando pelo Jardim do Anel outra vez, no caminho de volta para o dormitório depois de Orogenia Aplicada, e Damaya está cansada, mas satisfeita consigo mesma. O instrutor Marcasite a elogiou por formar uma espiral de apenas sessenta centímetros em torno de si mesma enquanto estendia, simultaneamente, sua zona de controle a uma profundidade aproximada de trinta metros.

– Você está quase pronta para o primeiro teste de anel – ele lhe disse ao final da aula. Se isso for verdade, ela poderia acabar fazendo o teste um ano mais cedo do que a maioria dos grãos e antes do que qualquer um de sua faixa etária.

Como Damaya está tão envolvida pela sensação de plenitude desse pensamento e porque é o fim de tarde de um longo dia, e todos estão cansados e há poucas pessoas no Jardim e os instrutores estão conversando uns com os outros, quase ninguém vê a garota estranha entrar na fila bem na frente de Damaya. Até mesmo Damaya quase deixa de notar, porque a garota astutamente esperou até eles fazerem uma curva em volta de uma cerca viva; entre um passo e outro ela está ali, acompanhando o ritmo deles, olhando para a frente como a maioria dos outros faz. Mas Damaya sabe que ela não estava lá antes.

Por um instante, Damaya fica perplexa. Ela não conhece *bem* todos os outros grãos, mas os conhece de vista, e essa garota não é um deles. Quem é ela então? Ela se pergunta se deveria dizer alguma coisa.

De modo abrupto, a garota olha para trás e vê Damaya olhando. Ela sorri e dá uma piscadela; Damaya pisca os olhos. Quando a garota se afasta, ela continua seguindo-a, agora agitada demais para delatar.

Elas continuam andando pelo Jardim, entram no quartel, e então os instrutores partem para aproveitar o início da noite, deixando os grãos com a Hora Livre antes de dormir. As outras crianças se dispersam, algumas indo pegar comida no aparador, as mais novas arrastando-se para a cama. Alguns dos grãos mais animados começam de imediato um tipo de jogo bobo, caçando umas às outras ao redor dos beliches. Como de costume, eles ignoram Damaya e o que ela está fazendo.

Então, Damaya se vira para o grão que não é um grão.

– Quem é você?

– É isso mesmo que você quer perguntar? – A garota parece sinceramente perplexa. Ela tem a idade de Damaya, alta, magricela e mais pálida do que a maioria dos jovens sanzed, e seu cabelo é encaracolado e escuro em vez de firme e cinzento. Ela está usando um uniforme de grão e, na verdade, prendeu o cabelo para trás da mesma maneira que os outros grãos com cabelo solto fazem. Apenas o fato de que ela é uma completa estranha quebra a ilusão. – Quero dizer, você realmente se importa com quem eu sou? – a garota continua, ainda parecendo quase ofendida pela primeira pergunta de Damaya. – Se eu fosse você, ia querer saber o que estou fazendo aqui.

Damaya a encara, estupefata. Nesse meio tempo, a garota olha ao redor, franzindo um pouco a testa.

– Pensei que muitas outras pessoas me notariam. Não há tantos de vocês... Sei lá, trinta neste dormitório? É menos do que na minha escola, e *eu* notaria se alguém novo de repente aparecesse...

– *Quem é você?* – indaga Damaya, meio que rosnando as palavras. Instintivamente, no entanto, ela mantém a voz baixa e, para maior garantia, agarra o braço da menina, arrastando-a para um canto fora do caminho onde é menos provável que as pessoas notem. Mas todos tiveram anos de prática em não prestar atenção a Damaya, então eles não prestam. – Diga-me ou eu vou chamar os instrutores.

– Ah, assim está melhor. – A garota sorri. – Bem mais parecido com o que eu estava esperando! Mas ainda é estranho que você seja a única... – E então a expressão dela muda para uma de apreensão quando Damaya inspira e abre a boca, claramente preparando-se para gritar. Rapidamente, ela responde de forma brusca: – Meu nome é Binof! Binof! E você é...?

É uma apresentação tão corriqueira a se fazer, o padrão de cortesia que Damaya usou durante a maior parte da vida antes de vir para o Fulcro, que ela responde automaticamente:

– Damaya Costa-F... – Ela não pensa em seu nome de uso ou no fato de que ele não se aplica mais a ela há tanto tempo que fica chocada ao ouvir a si mesma quase dizendo-o. – Damaya. O que você está fazendo aqui? De onde veio? Por que você... – Ela faz gestos vagos para a garota, abrangendo o uniforme, o cabelo, a existência de Binof.

– Shhh. *Agora* você quer fazer um milhão de perguntas? – Binof balança a cabeça. – Escute, eu não vou ficar e não vou criar problemas para você. Só preciso saber... Você viu algo estranho por aqui em algum lugar? – Damaya olha para ela de novo, e Binof faz uma careta. – Um lugar. Com um formato. Meio que. Uma coisa... grande que... – Ela faz uma série de gestos complicados, aparentemente tentando imitar o que ela quer dizer. É completamente sem sentido.

Mas não é. Não de todo.

O Fulcro é circular. Damaya sabe disso, embora só consiga ter uma noção quando ela e os outros grãos transitam pelo Jardim do Anel. A Estrela Negra paira a oeste do território do Fulcro e, ao norte, Damaya viu um conjunto de edifícios altos o bastante para se enxergar por cima dos muros de obsidiana. (Ela com frequência se pergunta o que os habitantes desses edifícios pensam, olhando para Damaya e os da sua espécie de lá de suas elevadas janelas e telhados.) Mas o que é mais significativo é que o *Principal* é circular também... Quase. Damaya vagou por seus corredores escuros muitas vezes a essas alturas, com apenas um lampião e seus dedos e sensapinae para guiá-la que, quando vê Binof fazer um formato hexagonal com as mãos, ela sabe de imediato o que a garota estranha quer dizer.

Veja, as paredes e os corredores do Principal não são largos o suficiente para explicar todo o espaço que o edifício ocupa. O telhado do edifício cobre uma área em seu centro, para a qual seus espaços de trabalho e de locomoção não se estendem; deve haver uma enorme câmara vazia ali dentro. Um pátio, talvez, ou um teatro, embora existam outros teatros no Fulcro. Damaya encontrou as paredes ao redor desse lugar e as seguiu, e elas não são circulares; há planos e ângulos. Seis de cada. Mas, se há uma porta que abre para essa sala hexagonal central, ela não está em lugar algum das alas não utilizadas...

– Uma sala sem portas – murmura Damaya sem pensar. Foi dessa forma que ela começou a chamar na sua mente a câmara que não podia ver, no dia em que percebeu que ela deve existir. E Binof puxa o ar e se inclina para a frente.

– Sim. *Sim.* É assim que se chama? Ela fica naquele grande edifício no centro do complexo do Fulcro? É onde eu pensei que poderia estar. Sim.

Damaya pisca e franze o cenho.

– Quem. *É*. Você? – A garota está certa; na verdade não é isso que ela quer dizer. No entanto, cobre todas as perguntas importantes de uma vez.

Binof faz uma careta. Ela olha ao redor, pensa por um momento, assume uma expressão determinada, e por fim diz:

– Binof Liderança Yumenes.

Quase não significa nada para Damaya. No Fulcro, ninguém tem nome de uso nem nome de comu. Qualquer um que fosse Liderança antes de ser levado pelos Guardiões não é mais. Os grãos que nasceram aqui ou foram trazidos jovens o bastante têm um nome de rogga, e todos os demais devem adotar um quando ganham o primeiro anel. É a única coisa que recebem.

Mas então a intuição gira uma chave aqui e faz várias pistas se encaixarem ali, e de repente Damaya percebe que Binof não está apenas expressando uma lealdade desproposita a uma convenção social que não se aplica mais. Ela se *aplica* a Binof porque *Binof não é orogene.*

E Binof não é uma quieta qualquer: ela é uma Liderança e vem de Yumenes, o que faz dela filha de uma das famílias mais poderosas de Quietude. *E ela se esgueirou para dentro do Fulcro, fingindo ser uma orogene.*

É tão impossível, tão insano, que o queixo de Damaya cai. Binof vê que ela entende e se aproxima, baixando a voz.

– Eu te disse, não vou te causar problemas. Vou embora agora e vou encontrar aquela sala, e a única coisa que peço é que não conte a ninguém ainda. Mas você queria saber por que estou aqui. É por *isso* que estou aqui. Essa sala é o que estou procurando.

Damaya fecha a boca.

– Por quê?

– Não posso te dizer. – Quando Damaya a encara, Binof ergue as mãos. – Isso é para a sua segurança, e para a minha. Há coisas que só os Líderança devem saber, e eu nem deveria sabê-las ainda. Se alguém descobrir que eu te contei, então... – Ela hesita. – Eu não sei o que fariam com qualquer uma de nós, mas não quero descobrir.

Colapso. Damaya aquiesce, distraída.

– Eles vão pegar você.

– Provavelmente. Mas quando me pegarem, eu simplesmente vou dizer a eles quem sou. – A garota dá de ombros, com a tranquilidade de alguém que nunca conheceu medo de verdade na vida. – Não vão saber por que estou aqui. Alguém vai chamar os meus pais e eu estarei encrencada, mas arranjo problemas o tempo todo. E se eu conseguir descobrir as respostas de algumas perguntas primeiro, vai valer a pena. Agora, onde fica aquela sala sem portas?

Damaya chacoalha a cabeça, vendo de pronto a armadilha.

– *Eu* poderia arranjar problemas por te ajudar. – Ela não é uma Liderança, nem uma pessoa; ninguém vai salvá-la. – Você deveria ir embora do mesmo modo como chegou aqui. Agora. Não vou contar a ninguém, se você for.

– Não. – Binof parece convencida. – Eu tive um trabalhão para chegar aqui. E, de qualquer forma, você já está encrencada porque não gritou por um instrutor no momento em que percebeu que eu não era um grão. Agora você é minha cúmplice. Certo?

Damaya se sobressalta, ficando com um aperto no estômago ao se dar conta de que a garota está certa. Ela também está furiosa, porque Binof está tentando manipulá-la, e ela odeia isso.

– É melhor eu gritar agora do que deixar você cometer um erro e ser pega depois.

E ela se levanta e se dirige à porta do dormitório.

Binof arqueja e corre atrás dela, agarrando seu braço e falando em um sussurro áspero:

– Não! Por favor... Olhe, eu tenho dinheiro. Três lascas de diamante vermelho e uma alexandrita inteira! Você quer dinheiro?

Damaya está ficando cada vez mais irritada.

– O que ferrugens eu ia querer com dinheiro?

– Privilégios, então. Da próxima vez que você sair do Fulcro...

– *Nós não saímos.* – Damaya faz cara feia e puxa o braço, libertando-se da mão de Binof. Como foi que essa quieta idiota entrou aqui? Há guardas, membros da milícia da cidade, em todas as portas que levam para fora do Fulcro. Mas esses guardas estão lá para manter os orogenes dentro, não os quietos fora... E talvez essa garota Liderança, com seu dinheiro e seus privilégios e sua coragem, teria encontrado uma maneira de entrar mesmo se os guardas tivessem tentado detê-la. – Estamos aqui porque é o único lugar onde podemos ficar a salvo de pessoas como *você. Saia.*

De súbito, Damaya tem que se afastar, cerrando os punhos e concentrando-se bastante e respirando profunda e rapidamente, porque está tão irritada que a parte dela que sabe mover falhas geológicas está começando a vaguear pela terra. É uma vergonhosa falta de controle, e ela reza para que nenhum dos seus instrutores a sense, porque assim não vão mais pensar nela como alguém que está quase pronta para o teste do primeiro anel. Isso sem falar que ela poderia acabar congelando essa garota.

Irritantemente, Binof se inclina a um lado dela e pergunta:

– Oh! Você está brava? Está fazendo orogenia? Qual é a sensação?

As perguntas são tão ridículas, sua falta de medo tão absurda, que a orogenia de Damaya se retrai. De repente, ela não está mais brava, só perplexa. Será que todos os da Liderança são assim quando crianças? Palela era tão pequena que não tinha nenhuma; as pessoas da casta de uso Liderança em geral preferem viver em lugares onde valha a pena liderar. Talvez esse seja apenas o jeito como são os Líderes *yumenescenses*. Ou talvez essa garota seja simplesmente ridícula.

Como se o silêncio de Damaya fosse uma resposta em si, Binof sorri e dança diante dela.

– Nunca tive a chance de conhecer um orogene antes. Os adultos, quero dizer, aqueles com anéis que vestem os uniformes pretos, mas não uma criança como eu. Você não é tão assustadora quanto os sabedoristas disseram que seria. Mas os sabedoristas mentem muito.

Damaya chacoalha a cabeça.

– Eu não entendo você de jeito nenhum.

Para sua surpresa, Binof fica séria.

– Você parece a minha mãe. – Ela desvia o olhar por um instante, aperta os lábios e encara Damaya, aparentemente determinada. – Você vai me ajudar a encontrar essa sala ou não? Se não for ajudar, pelo menos não diga nada.

Apesar de tudo, Damaya está intrigada. Pela garota, pela possibilidade de encontrar um modo de entrar na sala sem portas, pela novidade da própria curiosidade. É… entusiasmante. Ela se vira e olha ao redor com desconforto, mas uma parte dela já decidiu, não decidiu?

– Tudo bem. Mas eu nunca achei um jeito de entrar, e venho explorando o Principal há meses.

– Principal, é assim que se chama o edifício grande? E sim, eu não estou surpresa; é provável que não exista um modo *fácil* de entrar. Ou talvez tenha existido algum dia, mas agora esteja fechado. – Sem notar que Damaya está olhando de novo, Binof coça o queixo. – Mas eu tenho uma ideia de onde procurar. Vi algumas plantas antigas... Bem, em todo caso, estaria no lado sul do edifício. No térreo.

Inconvenientemente, isso não fica na ala não utilizada. No entanto, ela diz:

– Eu sei o caminho. – E é animador ver Binof se alegrar ao ouvir essas palavras.

Ela conduz Binof pelo caminho que costuma fazer, andando da forma como costuma andar. Estranho é que, talvez porque está nervosa desta vez, ela percebe que mais pessoas a notam. Há mais surpresas do que o habitual e, quando ela avista o instrutor Galena por acaso ao passar por uma fonte (Galena, que uma vez a pegou bêbada e salvou sua vida não informando o ocorrido), ele de fato sorri antes de voltar sua atenção ao companheiro falante. É nesse momento que Damaya por fim se dá conta de *por que* as pessoas estão olhando: porque sabem sobre o estranho grão silencioso que fica perambulando por lá o tempo todo. Provavelmente ouviram falar de Damaya através de boatos ou coisa assim e *gostam* que ela tenha enfim trazido mais alguém consigo. Acham que ela fez uma amizade. Damaya daria risada, se a verdade não fosse tão sem graça.

– Estranho – diz Binof enquanto passam por um dos caminhos de obsidiana em meio a um dos jardins secundários.

– O quê?

– Bem, eu fico pensando que alguém vai me notar. Mas, em vez disso, quase ninguém presta a atenção. Apesar de sermos as únicas crianças aqui.

Damaya dá de ombros e continua andando.

– Era de se esperar que alguém nos parasse e fizesse perguntas, ou algo do tipo. Nós poderíamos estar fazendo algo perigoso.

Damaya balança a cabeça.

– Se uma de nós se machucar e alguém nos encontrar antes de sangrarmos até a morte, vão nos levar ao hospital.

E então Damaya terá uma marca em seus registros que poderá impedi-la de fazer o teste do anel. Tudo o que ela fizer neste exato momento pode atrapalhar isso. Ela suspira.

– Isso é bom – continua Binof –, mas talvez fosse melhor parar as crianças *antes* que elas fizessem coisas que pudessem machucá-las.

Damaya para no meio da trilha em meio ao gramado e se vira para Binof.

– Nós não somos crianças – diz ela, irritada. Binof pisca.

– Somos grãos... Orogenes imperiais em treinamento. É o que você parece, então é o que todos supõem que seja. Ninguém dá a mínima se duas orogenes se machucam.

Binof a está encarando.

– Oh.

– E você está falando demais. Os grãos não fazem isso. Nós só relaxamos nos dormitórios, e só quando não há instrutores por perto. Se vai fingir que é uma de nós, faça *direito*.

– Tudo bem, tudo bem! – Binof ergue as mãos como que para acalmá-la. – Sinto muito, eu apenas... – Ela faz uma careta quando Damaya olha para ela. – Certo. Chega de conversa.

Ela se cala, então Damaya volta a andar.

Elas chegam ao Principal e entram do modo como Damaya sempre faz. Só que desta vez ela vira à direita em vez de virar à esquerda, e desce as escadas em vez de subir. O teto é mais baixo nesse corredor e as paredes são decoradas de uma maneira que ela nunca viu antes, com pequenos afrescos pintados espaçadamente que retratam cenas agradáveis e inofensivas. Depois de um tempo, ela começa a se preocupar, porque estão chegando cada vez mais perto de uma ala que ela nunca explorou nem quer explorar: a dos Guardiões.

– Onde no lado sul do edifício?

– O quê? – Preocupada em olhar em volta (o que a faz se destacar ainda mais do que o falatório sem fim), Binof pisca para Damaya, surpresa. – Ah. Simplesmente... em algum lugar no lado sul. – Ela faz uma careta quando Damaya olha para ela. – Eu não sei onde! Só sei que havia uma porta, mesmo que não haja mais nenhuma. Você não consegue... – Ela agita os dedos. – Os orogenes deveriam ser capazes de fazer esse tipo de coisa.

– O que, encontrar portas? Não, a menos que elas estejam *no chão*. – Mas, enquanto Damaya diz isso, ela franze a testa porque... Bem, ela *consegue* meio que sensar onde as portas estão, por inferência. Paredes que sustentam o peso de uma estrutura se parecem muito com o leito de rocha, e os batentes parecem lacunas nos estratos, lugares onde a pressão do edifício contra o chão é menor. Se uma porta em algum lugar neste andar tiver sido recoberta, os seus batentes teriam sido retirados também? Talvez. Mas esse lugar não pareceria diferente das paredes à sua volta?

Ela já está se virando, esticando os dedos da forma como tende a fazer quando está tentando estender sua zona de controle para além. Nos tormentos de Orogenia Aplicada, há marcadores no subsolo, pequenos blocos de mármore com palavras gravadas na superfície. É preciso um grau de controle muito refinado para não apenas encontrar os blocos, mas também determinar a palavra; é como experimentar a página de um livro e notar as minúsculas diferenças entre a tinta e a página nua e usar isso para ler. Mas, como ela tem feito isso repetidas vezes sob o olhar atento dos instrutores, percebe que o mesmo exercício serve para esse propósito.

– Você está fazendo orogenia? – pergunta Binof com avidez.

– Sim, então cale a *boca* antes que eu a congele sem querer.

Por sorte, Binof de fato obedece, embora sensar não seja orogenia e não exista nenhum risco de congelar ninguém. Damaya simplesmente fica aliviada com o silêncio.

Ela vai tateando as paredes do edifício. São como sombras de força em comparação ao conforto impassível da rocha, mas, se ela for delicada, consegue rastreá-las. E *ali* e *ali* e *ali* ao longo das paredes internas do edifício, aquelas que envolvem a câmara escondida, ela consegue sentir onde as paredes são... interrompidas. Inspirando, Damaya abre os olhos.

– E então? – Binof está praticamente morta de curiosidade.

Damaya se vira, andando paralela à parede e afastada dela. Quando chega ao lugar certo e para, há uma porta ali. É arriscado abrir portas em alas ocupadas; este provavelmente é o escritório de alguém. O corredor está silencioso, vazio, mas Damaya pode ver luzes por debaixo de algumas portas, o que significa que pelo menos algumas pessoas estão trabalhando até tarde. Ela bate primeiro. Quando ninguém responde, ela respira fundo e experimenta o trinco. Trancada.

– Espere – diz Binof, vasculhando os bolsos. Depois de um instante, ela tem nas mãos algo que parece uma ferramenta que Damaya certa vez usou para tirar pedaços de casca das nozes kurge que cresciam na fazenda de sua família. – Eu li sobre como fazer isso. Com sorte, é uma fechadura simples. – Ela começa a mexer com a ferramenta na fechadura, o rosto com um ar de concentração.

Damaya espera um pouco, recostando-se casualmente na parede e ouvindo tanto com os ouvidos quanto com os sensapinae, atenta a qualquer vibração de pés ou vozes se aproximando; ou pior, o zumbido da aproximação de Guardiões. Todavia, já é mais de meia-noite a essas alturas, e até os trabalhadores mais dedicados ou estão planejando dormir em seus escritórios ou foram embora, então, ninguém as perturba durante o tempo penosamente longo que demora para Binof descobrir como usar a coisa.

– Chega – diz Damaya após uma eternidade. Se alguém aparecer e pegá-las aqui, ela não conseguirá disfarçar. – Volte amanhã e tentaremos fazer isso outra vez...

– Eu *não posso* – replica Binof. Está suando e suas mãos estão tremendo, o que não ajuda. – Consegui despistar as minhas babás uma noite, mas não vai funcionar de novo. Eu quase consegui da última vez. Me dê só mais um minuto.

Então Damaya espera, ficando cada vez mais ansiosa, até que por fim ouve-se um ruído e Binof ofega, surpresa.

– Deu certo? Acho que deu! – A garota tenta abrir a porta e ela se abre. – Pelos *peidos* flamejantes da Terra, funcionou!

A sala além da porta é de fato o escritório de alguém: há uma mesa e duas cadeiras com espaldares altos, e estantes enfileiram-se pelas paredes. A mesa é maior do que a maioria, as cadeiras, mais detalhadas; quem quer que trabalhe aqui é alguém importante. É perturbador para Damaya ver um escritório que ainda é utilizado após tantos meses vendo escritórios fora de uso nas alas antigas. Não há pó e os lampiões já estão acesos, embora à meia-luz. Tão estranho.

Binof olha ao redor, franzindo a testa; nenhum sinal de porta dentro do escritório. Damaya passa por ela, indo em direção ao que parece ser um armário. Ela o abre: vassouras e esfregões e um uniforme preto extra pendurado no suporte.

— Só isso? — pragueja Binof em voz alta.

— Não. — Porque Damaya consegue sensar que esse escritório é pequeno demais da porta até a parede oposta para corresponder à largura do edifício. Esse armário não é fundo o suficiente para explicar a diferença.

Hesitante, ela estende o braço para além da vassoura e pressiona a parede. Nada; é puro tijolo. Bem, era uma ideia.

— Tudo bem. — Binof se põe ao lado dela, apalpando as paredes por todo o armário e tirando o uniforme extra fora do caminho. — Esses edifícios antigos sempre têm portas escondidas que levam até um esconderijo de provisões subterrâneo ou...

— Não há esconderijos de provisões no Fulcro. — Enquanto diz isso, ela pisca, porque nunca pensou no assunto antes. O que devem fazer se houver uma Estação? De algum modo, ela acha que as pessoas de Yumenes não vão estar dispostas a compartilhar sua comida com um punhado de orogenes.

— Ah. Certo. — Binof faz uma careta. — Bem, ainda assim, aqui é Yumenes, mesmo que seja o Fulcro. Sempre...

E ela fica paralisada, arregalando os olhos quando os dedos tropeçam em um tijolo que está solto. Ela sorri, empurra uma ponta até a outra se ressaltar; usando essa extremidade, ela o retira. Há um trinco atrás do tijolo, feito do que parece ser ferro fundido.

— Sempre há alguma coisa acontecendo sob a superfície — diz Binof, respirando.

Damaya se aproxima, imaginando.

– Puxe.

– *Agora* você está interessada? – Mas Binof de fato passa a mão pelo trinco e puxa.

Aquela parede inteira do armário se solta, revelando uma abertura adiante revestida com o mesmo tijolo. O túnel estreito se perde de vista em uma curva quase que de imediato em meio à escuridão.

Tanto Damaya quanto Binof olham para dentro dele, nenhuma das duas dando o primeiro passo.

– O que tem lá? – sussurra Damaya.

Binof passa a língua pelos lábios, olhando para o túnel escuro.

– Não sei ao certo.

– Besteira. – É uma emoção vergonhosa falar desse jeito, como um dos adultos com anéis. – Você veio aqui na esperança de encontrar *alguma coisa*.

– Vamos ver primeiro... – Binof tenta forçar a passagem, e Damaya agarra seu braço. Binof se sobressalta, o braço se endurecendo sob a mão de Damaya; ela olha para ele, como que ofendida. Damaya não liga.

– *Não*. Diga o que está procurando, ou eu vou fechar essa porta atrás de você e criar um tremor que derrubará as paredes e prenderá você lá dentro. Depois vou contar aos Guardiões. – Isso é um blefe. Seria a coisa mais estúpida em todo o Pai Terra usar orogenia não autorizada bem debaixo do nariz dos Guardiões e então ir contar a eles que foi ela que usou. Mas Binof não sabe disso.

– Eu falei para você, só Lideranças podem saber disso! – Binof tenta se livrar do aperto dela.

– Você é uma Liderança, mude as regras. Não é isso que vocês também devem fazer?

Binof pisca e olha para ela. A garota fica em silêncio durante um bom tempo. Então ela suspira, esfrega os olhos e a tensão desaparece de seu braço magro.

– Certo. Tudo bem. – Ela respira fundo. – Existe uma coisa, um artefato, no centro do Fulcro.

– Que tipo de artefato?

– Não sei ao certo. Não sei mesmo! – Binof ergue as mãos rapidamente, livrando-se de Damaya no processo. – A única coisa que eu sei é que... está faltando algo na história. Há uma falha, uma lacuna.

– O quê?

– Na *história*. – Binof encara Damaya como se isso devesse significar algo. – Você sabe, as coisas que os tutores ensinam? Sobre como Yumenes foi fundada?

Damaya nega com a cabeça. Fora uma linha que ela mal lembra na creche sobre Yumenes ter sido a primeira cidade do Velho Império Sanze, ela não consegue se lembrar de jamais ter ouvido falar sobre sua fundação. Talvez os Lideranças recebam uma educação melhor.

Binof revira os olhos, mas explica.

– Houve uma Estação. A que veio pouco antes de o Império ser fundado foi a Errante, quando o norte de repente se moveu de lugar e as plantações minguaram porque os pássaros e os insetos não conseguiam encontrá-las. Depois disso, guerreiros assumiram o controle em quase toda parte, que é o que costumava acontecer sempre após uma Estação. Não havia nada além do Saber das Pedras para orientar as pessoas naquela época, e boatos, e superstição. E foi por conta de boatos que muita gente não se estabeleceu nesta região durante muito tempo. – Ela aponta para baixo, para os pés das duas. – Yumenes era o lugar perfeito para uma cidade: bom clima, no meio da placa tectônica, com água, porém distante do oceano, tudo isso. Mas as pessoas tinham medo deste local e o haviam temido durante séculos, porque *havia alguma coisa aqui.*

Damaya nunca ouviu nada sobre isso.

– O quê?

Binof parece irritada.

– É o que estou tentando descobrir! É isso que está faltando. A história imperial começa após a Estação Errante. A Estação da Loucura aconteceu pouco tempo depois, e a Guerreira Verishe, a Imperatriz Verishe, a primeira imperatriz, deu então início a Sanze. Ela fundou o Império aqui, na terra que todos temiam, e construiu uma cidade em volta do que todos tinham medo. Isso na verdade ajudou a manter Yumenes segura naqueles primeiros anos. E, mais tarde, quando o império estava mais estabelecido, em algum momento entre a Estação dos Dentes e a Estação Ofegante, o Fulcro foi fundado neste local. De propósito. *Em cima da* coisa de que todos tinham medo.

– Mas o que... – Damaya vai parando de dizer as palavras, compreendendo enfim. – As histórias não contam do que tinham medo.

– Exatamente. E eu acho que está aí. – Binof aponta na direção da porta.

Damaya franze o cenho.

– Por que só os Lideranças devem saber disso?

– Eu não *sei.* É por isso que estou *aqui.* Então, você vai entrar comigo ou não?

Em vez de responder, Damaya passa por Binof e entra no corredor revestido de tijolos. Binof pragueja, depois a segue a passos rápidos e, por conta disso, elas entram juntas.

O túnel dá em um enorme espaço escuro. Damaya para assim que sente ventilação e deslocamento de ar à sua volta; está escuro como breu, mas ela consegue sentir o formato do chão à frente. Ela agarra Binof, a idiota, que está andando adiante às cegas de um modo determinado apesar do escuro, e diz:

– Espere. O chão foi comprimido mais à frente. – Ela está sussurrando porque é isso que as pessoas fazem no escuro. Sua voz faz eco; demora um pouco para o eco voltar. É um espaço amplo.

– Compri... o quê?

– Comprimido. – Damaya tenta explicar, mas é sempre tão difícil dizer as coisas para os quietos. Outro orogene simplesmente *saberia*. – Como... como se já tivesse havido algo muito pesado aqui. – Algo como uma montanha. – Os estratos estão deformados e... há uma depressão. Um grande buraco. Você vai cair.

– Porra ferrugenta – murmura Binof. Damaya quase vacila, embora tenha ouvido coisas piores de alguns dos seus companheiros grãos mais grosseiros quando os instrutores não estavam por perto. – Precisamos de um pouco de luz.

Luzes aparecem no chão à frente, uma a uma. Ouve-se um leve estalo (que também ecoa) enquanto cada uma é ativada: luzinhas redondas e brancas perto dos pés delas e em dupla fileira conforme elas avançam, e depois luzes muito maiores que são retangulares e amarelo-manteiga, espalhando-se para as laterais a partir das luzes da passarela. Os painéis amarelos continuam ativando-se na sequência e espalhando-se, formando aos poucos um hexágono e iluminando gradualmente o espaço onde elas estão: um átrio cavernoso com seis paredes, coberto pelo que deve ser o telhado do Principal bem lá em cima. O teto está tão longe que elas mal conseguem distinguir seus raios de sustentação. As paredes são monótonas, a mesma pedra lisa que constitui o resto do Principal, mas a maior parte do chão desta câmara foi recoberta com asfalto ou com algo muito parecido, plano, semelhante a pedra, mas que não o é, levemente áspero, durável.

No centro do local, entretanto, há de fato uma depressão. Isso é um eufemismo: é um enorme poço afunilado com paredes retas e extremidades exatas e bem proporcionadas, seis delas, cortadas com tanto primor quanto se corta um diamante.

– Pelas crueldades da Terra – Damaya sussurra enquanto avança aos poucos pela passarela até onde as luzes amarelas iluminam o formato do poço.

– É – diz Binof, parecendo igualmente impressionada.

Ele tem vários metros de profundidade, esse poço, e é íngreme. Se ela caísse, rolaria pelo declive e provavelmente quebraria todos os ossos do corpo lá no fundo. Mas o seu formato a incomoda, porque é *facetado*. Afunilando-se até um ponto bem lá embaixo. Ninguém cava um poço nesse formato. Seria quase impossível sair dele, mesmo com uma escada que pudesse chegar tão fundo.

Mas ninguém *cavou* esse poço. Ela consegue sensar: alguma coisa monstruosamente pesada *perfurou* esse poço na terra, e ficou sobre a depressão tempo suficiente para fazer toda a rocha e todo o solo embaixo se solidificar nessas placas planas e bem proporcionadas. Então, o-que-quer-que-fosse levantou-se, limpo como um pãozinho retirado de uma assadeira, não deixando nada além de seu formato para trás.

Mas, espere, as paredes do poço não são totalmente lisas. Damaya agacha para olhar mais de perto enquanto ao seu lado Binof apenas observa.

Ali: ao longo de cada suave saliência, ela consegue ver objetos finos e pontudos que mal se pode ver. Agulhas? Elas se erguem de finas rachaduras nas paredes lisas, pontudas e aleatórias, como raízes de plantas. As agulhas são feitas de ferro; Damaya consegue sentir o cheiro de ferrugem no ar. Risque o palpite anterior dela: se caísse nesse poço, ela seria retalhada muito antes de chegar ao fundo.

– Eu não estava esperando isso – Binof enfim respira. Ela está falando baixinho, talvez por reverência ou medo. – Muitas coisas, mas... não isso.

– O que é? – pergunta Damaya. – Para que serve?

Binof balança a cabeça devagar.

– *Deveria* estar...

– Escondido – diz uma voz atrás delas, e as duas se sobressaltam e se viram, alarmadas. Damaya está mais perto da beira do poço e, quando tropeça, há um momento terrível e vertiginoso durante o qual ela tem certeza absoluta de que vai cair nele. Na verdade, ela relaxa e não tenta se inclinar para a frente nem se reequilibrar nem fazer nenhuma das coisas que faria se tivesse uma chance de *não* cair. Ela se sente pesada, e o poço se abre inevitavelmente atrás dela.

Então, Binof agarra seu braço e a puxa para a frente e, abruptamente, ela percebe que ainda estava a quase um metro de distância da beirada. Ela só teria caído lá dentro se tivesse se *deixado* cair. Isso é uma coisa tão estranha que ela quase esquece *por que* quase caiu, e aí a Guardiã desce pela passarela.

A mulher é alta, tem ombros largos e pele bronzeada, com uma beleza de traços um tanto angulosos, seu cabelo de cinzas sopradas raspado, formando uma cobertura eriçada. Ela passa a sensação de ser mais velha do que Schaffa, embora seja difícil dizer; sua pele não tem rugas, seus olhos cor de mel não são marcados por pés de galinha. Sua presença simplesmente... parece mais pesada. E seu sorriso tem a mesma combinação perturbadora entre pacíficos e ameaçadores como o de todos os Guardiões que Damaya já viu.

Damaya pensa: *só preciso ter medo se ela pensar que sou perigosa.*

Mas eis a questão: uma orogene que vai aonde ela sabe que não deveria ir é perigosa? Damaya passa a língua pelos lábios e tenta não parecer que está com medo.

Binof não se perturba, lançando um olhar entre Damaya e a mulher e o poço e a porta. Damaya quer lhe dizer para não fazer o que quer que esteja pensando em fazer... Provavelmente, tentar fugir. Não com uma Guardiã aqui. Mas Binof não é uma orogene; talvez isso a proteja, mesmo que faça algo estúpido.

— Damaya — diz a mulher, embora Damaya nunca a tenha visto antes. — Schaffa ficará desapontado.

— Ela está comigo — diz Binof de forma brusca, antes que Damaya possa responder. Damaya olha para ela, surpresa, mas Binof já está falando e, agora que começou, parece que nada poderá fazê-la parar. — Eu a trouxe aqui. Mandei que ela viesse para cá. Ela nem sabia sobre a porta e esse... lugar... até eu contar para ela.

Isso não é verdade, Damaya quer dizer, porque havia calculado que o lugar existia, só não sabia como encontrá-lo. Mas a Guardiã está olhando para Binof com curiosidade, e isso é um bom sinal porque ninguém teve as mãos quebradas ainda.

— E você é...? — A Guardiã sorri. — Não é orogene, suponho, apesar do uniforme.

Binof se sobressalta um pouco, como se houvesse esquecido que estava fazendo o papel de garotinha perdida.

– Ah. Ahn. – Ela se endireita e ergue o queixo. – Meu nome é Binof Liderança Yumenes. Perdoe-me pela invasão, Guardiã; eu tinha uma dúvida que pedia uma resposta.

Binof está falando de um jeito diferente, Damaya percebe de repente: suas palavras uniformemente espaçadas e sua voz firme, seus modos não exatamente soberbos, mas sérios. Como se o destino do mundo dependesse do fato de ela encontrar a resposta para a sua dúvida. Como se ela não fosse apenas uma garota mimada de uma família poderosa que decidiu, por capricho, fazer algo incrivelmente estúpido.

A Guardiã para, inclinando a cabeça e piscando enquanto seu sorriso desaparece por um momento.

– Liderança Yumenes? – Então de repente ela sorri. – Que adorável! Tão jovem e já tem um nome de comu. Você é bem-vinda entre nós, Binof Liderança. Se tivesse nos dito que viria, poderíamos ter *mostrado* o que queria ver.

Binof vacila ligeiramente ao ouvir a reprimenda.

– Acho que eu tinha o desejo de ver por mim mesma. Talvez não tenha sido prudente, mas meus pais provavelmente estão cientes de que eu vim para cá, então por favor, sinta-se à vontade para conversar com eles sobre isso.

É uma coisa inteligente a se fazer, Damaya está surpresa em perceber, porque até agora ela não havia pensado em Binof como inteligente. Mencionando que outras pessoas sabem aonde ela foi.

– Vou fazer isso – responde a Guardiã, e então sorri para Damaya, o que a faz sentir um aperto no estômago. – E vou falar com o seu Guardião, e vamos todos conversar juntos. Não seria maravilhoso? Sim. Por favor. – Ela dá um passo ao lado e se curva um pouco, indicando com um gesto para elas irem à frente e, por mais educado que pareça, ambas sabem que não é um pedido.

A Guardiã as conduz para fora da câmara. Quando todas as três pisam no corredor de tijolos outra vez, as luzes atrás delas se apagam. Quando a porta foi fechada e o escritório foi trancado e elas entraram na ala dos Guardiões, a mulher toca o ombro de Damaya para fazê-la parar enquanto Binof continua andando mais um ou dois passos. Então, quando Binof para, olhando confusa para elas, a Guardiã diz a Damaya:

— Por favor, espere aqui. — Depois avança para juntar-se a Binof outra vez.

Binof olha para ela, talvez tentando transmitir algo com os olhos. Damaya desvia o olhar, e a mensagem se perde conforme a Guardiã conduz a garota pelo corredor afora e para dentro de uma sala com porta fechada. Binof já fez estrago suficiente.

Damaya espera, claro. Ela não é idiota. Ela está em frente à porta que dá para uma área movimentada; apesar da hora, outros Guardiões surgem de vez em quando e olham para ela. Ela não devolve o olhar, e algo nessa atitude parece deixá-los satisfeitos, então eles continuam sem incomodá-la.

Após alguns instantes, a Guardiã que as pegou na câmara do poço retorna e a conduz pela porta com uma delicada mão no seu ombro.

— Agora. Por que não conversamos um pouquinho? Mandei chamarem Schaffa; felizmente ele está na cidade neste exato momento, e não em um percurso como de costume. Mas até ele chegar aqui...

Há uma ampla área atapetada e lindamente dividida para além da porta, com muitas mesinhas. Algumas estão ocupadas e outras não, e as pessoas que se movem entre elas vestem um misto de uniforme preto e vinho. Poucos não estão usando uniforme algum, e sim roupas civis. Damaya observa tudo, fascinada, até a Guardiã colocar uma das mãos em sua cabeça e leve, mas inexoravelmente, desviar seu olhar.

Damaya é levada a um pequeno escritório particular ao final dessa câmara. No entanto, a mesa aqui está completamente vazia, e a sala tem um ar de desuso. Há uma cadeira em cada um dos lados da mesa, então Damaya pega a que se destina aos visitantes.

– Sinto muito – diz ela quando a Guardiã se senta atrás da mesa. – E-eu não pensei.

A Guardiã chacoalha a cabeça como se isso não importasse.

– Você tocou algum deles?

– O quê?

– No soquete. – A Guardiã ainda está sorrindo, mas eles sempre sorriem; isso não significa nada proveitoso. – Você viu as extrusões na parede dos soquetes. Não ficou curiosa? Havia um bem ao alcance do seu braço, para baixo de onde você estava.

Soquete? Ah, os pedaços de ferro saindo das paredes.

– Não, eu não toquei nenhum deles.

Soquete para quê?

A Guardiã se senta mais na beirada da cadeira e seu sorriso desaparece de maneira abrupta. Toda forma de expressão simplesmente deixa de transparecer em seu rosto.

– Ele a chamou? Você respondeu?

Há algo errado. Damaya sente isso de modo repentino, instintivo, e essa percepção estanca as palavras de sua boca. A Guardiã até soa diferente, sua voz está mais grave, mais suave, quase sussurrada, como se estivesse dizendo algo que não quer que os outros ouçam.

– O que ele disse a você? – A Guardiã estende a mão e, embora Damaya estenda a sua de imediato em obediente resposta, ela não quer fazê-lo. Ela o faz de qualquer forma porque se deve obedecer aos Guardiões. A mulher pega a mão de Damaya e a segura com a palma para cima, seu polegar alisando a linha longa. A linha da vida. – Você pode me contar.

Damaya balança a cabeça, completamente confusa.

– *O que* disse o que para mim?

– Ele está irritado. – O tom de voz da mulher se torna mais baixo, monótono, e Damaya percebe que ela não está mais tentando evitar que a ouçam. A Guardiã está falando diferente porque *não é mais a voz dela*. – Irritado e... assustado. Eu ouço as duas coisas se acumulando, crescendo, a raiva e o medo. Preparando-se para o momento do retorno.

É como... como se alguma outra pessoa estivesse dentro da Guardiã, e é *essa* pessoa que está falando, mas com o rosto e a voz e todo o resto da Guardiã. Mas, quando a mulher diz isso, sua mão começa a apertar a de Damaya. Seu polegar, que está bem em cima do osso que Schaffa quebrou um ano e meio antes, começa a pressionar, e Damaya se sente fraca quando uma parte sua pensa *não quero que me machuquem de novo*.

– Vou lhe contar o que quiser – oferece ela, mas a Guardiã continua pressionando. É como se não estivesse sequer ouvindo.

– Ele fez o que tinha que fazer da última vez. – Pressiona e aperta. Essa Guardiã, diferente de Schaffa, tem unhas mais compridas; a unha do polegar começa a entrar na carne de Damaya. – Ele gotejou pelas paredes e manchou a pura criação deles, explorou-os antes que pudessem explorá-lo. Quando as conexões misteriosas foram feitas, ele *mudou* aqueles que o controlariam. Acorrentou-os, destino a destino.

– Por favor, não – murmura Damaya. Sua palma começou a sangrar. Quase no mesmo instante, ouve-se uma batida na porta. A mulher ignora ambos.

– Ele os tornou parte de si.

– Eu não *entendo* – diz Damaya. Aquilo dói. Aquilo *dói*. Ela está tremendo, esperando pelo estalo do osso.

– Ele esperava por comunhão. Conciliação. Em vez disso, a batalha... agravou-se.

– Eu não entendo! O que a senhora diz não faz sentido!

– Está errado. Damaya está erguendo a voz para um Guardião e *sabe* que não deveria, mas isso não está certo. Schaffa prometeu que só a machucaria por um bom motivo. Todos os Guardiões trabalham segundo esse princípio; Damaya viu a prova disso no modo como eles interagem com seus companheiros grãos e com os orogenes com anéis. Há uma ordem para a vida no Fulcro, e essa mulher está *transgredindo-a*. – Me solte! Eu faço o que quiser, apenas me solte!

A porta se abre e Schaffa entra. Damaya prende a respiração, mas ele não olha para ela. Seu olhar repousa fixamente sobre a Guardiã que aperta a mão de Damaya. Ele não está sorrindo quando avança para ficar atrás dela.

– Timay. Controle-se.

Timay não está, pensa Damaya.

– Ele só fala sobre alertas agora – continua ela em um tom monótono. – Não haverá conciliação da próxima vez...

Schaffa dá um pequeno suspiro, depois enfia o dedo na parte detrás da cabeça de Timay.

Não fica claro de início, da perspectiva de Damaya, que foi isso que ele fez. Ela apenas o vê fazer um movimento súbito, brusco e violento, e depois a cabeça de Timay se inclina para a frente. Ela faz um barulho tão áspero e gutural que é quase vulgar e arregala os olhos. O rosto de Schaffa fica inexpressivo enquanto ele faz alguma coisa, flexionando o braço, e é nesse ponto que os primeiros fios de sangue escorrem ao redor do pescoço de Timay, começando a cair pela sua túnica e a gotejar no seu colo. Sua mão, em torno da de Damaya, abre-se de imediato, e seu rosto se afrouxa.

Também é nesse ponto que Damaya começa a gritar. Ela continua gritando enquanto Schaffa gira a mão outra vez, as narinas dilatadas pelo esforço do que quer que esteja fazendo, e o som de ossos sendo esmagados e de tendões sendo arrebentados é inegável. Depois, Schaffa levanta a mão, segurando algo pequeno e indistinto... coberto com sangue demais... entre o polegar e o indicador. Timay cai para a frente então, e agora Damaya vê o estrago no que antes foi a base do crânio dela.

– Fique quieta, pequenina – diz Schaffa em um tom suave, e Damaya se cala.

Outro Guardião entra, olha para Timay, olha para Schaffa, e suspira.

– Triste.

– Muito triste. – Schaffa oferece a coisa coberta de sangue a esse homem, que estende as mãos em forma de concha para recebê-la com cuidado. – Gostaria que isso fosse removido. – Ele acena em direção ao corpo de Timay.

– Pois não. – O homem sai com a coisa que Schaffa tirou de Timay, e depois mais dois Guardiões entram, suspiram como fez o primeiro, e tiram o corpo dela da cadeira. Eles a arrastam para fora, um deles parando para limpar com um lenço as gotas de sangue na mesa onde Timay caiu. É tudo muito eficiente. Schaffa senta-se no lugar de Timay, e Damaya olha para ele apenas porque deve. Eles se entreolham em silêncio por alguns instantes.

– Deixe-me ver – diz Schaffa em um tom gentil, e ela lhe oferece a mão. Surpreendentemente, não está tremendo.

Ele a toma com a mão esquerda, a que ainda está limpa porque não arrancou o tronco cerebral de Timay. Ele vira a mão dela, examinando-a com cuidado, fazendo careta ao ver a meia-lua de sangue onde a unha de Timay rompeu a pele. Uma única gota do sangue de Damaya rola pela extremidade da mão, estatelando-se na mesa exatamente no lugar onde alguns segundos antes havia estado o sangue de Timay.

– Ótimo. Tive medo que ela tivesse machucado você mais do que isso.

– O... – começa Damaya. Ela não consegue fazer mais do que isso.

Schaffa sorri, embora seja um sorriso marcado pelo pesar.

– Algo que você não devia ter visto.

– *O quê?* – Isso requer o esforço de um dez-anéis.

Schaffa pensa por um momento, depois diz:

– Você está ciente de que nós, Guardiões, somos... diferentes. – Ele dá um sorriso, como que para lembrá-la em que sentido são diferentes. Todos os Guardiões sorriem muito.

Ela aquiesce com a cabeça, muda.

– Há um... procedimento. – Ele solta a mão dela por um instante, toca a parte detrás da própria cabeça, por baixo de onde cai seu longo cabelo preto. – Há uma coisa que é feita para nos tornar o que somos. Um implante. Às vezes dá errado, e então deve ser retirado, como você viu. – Ele encolhe os ombros. Sua mão direita ainda está coberta de sangue. – As conexões de um Guardião com os orogenes designados a ele pode ajudar a evitar o pior, mas Timay havia permitido que as dela se desgastassem. Uma estupidez.

Um celeiro gelado nas Latmedianas no Norte; um momento de aparente afeição; dois dedos cálidos pressionados contra a base do crânio de Damaya. *Primeiro, o dever*, ele disse naquela época. *Algo que vai me deixar mais confortável.*

Damaya passa a língua pelos lábios.

– E-ela estava. Dizendo coisas. Não faziam. Sentido.

– Eu ouvi um pouco do que ela disse.

– Ela não era. *Ela mesma.* – Agora é Damaya quem está dizendo coisas sem sentido. – Ela não era mais a pessoa que era. Quero dizer, era outra pessoa. Falando como se... outro alguém estivesse lá. – Em sua cabeça. Em sua boca, falando através dela. – Ela ficava falando de um soquete. E sobre ele estar irritado.

Schaffa inclina a cabeça.

– O Pai Terra, claro. É uma alucinação comum.

Damaya pisca. O quê? *Está irritado.* O quê?

– E você está certa; Timay não era mais ela mesma. Sinto muito que ela tenha machucado você. Sinto muito que tenha visto isso. Sinto muito mesmo, pequenina. – E há um pesar tão genuíno em sua voz, tanta compaixão em seu rosto, que Damaya faz o que não fazia desde certa noite fria e escura em um celeiro das Latmedianas do Norte: ela começa a chorar.

Depois de um instante, Schaffa se levanta e contorna a mesa e a pega, sentando-se na cadeira e deixando que ela se encolha em seu colo para chorar em seu ombro. Há uma ordem para a vida no Fulcro, sabe, e é esta: se a pessoa não os desagradou, os Guardiões são a coisa mais próxima à segurança que um rogga jamais terá. Então Damaya chora por um bom tempo... Não só por conta do que viu esta noite. Ela chora porque tem estado indizivelmente sozinha, e Schaffa... Bem, Schaffa a ama, do seu modo afetuoso e assustador. Ela não presta atenção à marca vermelha que a sua mão direita deixa no quadril dela, ou à pressão dos seus dedos... dedos fortes o bastante para matar... contra a base do crânio dela. Tais detalhes são irrelevantes no grande esquema das coisas.

No entanto, quando a tempestade de choro se acalma, Schaffa passa a mão limpa nas costas dela.

– Como está se sentindo, Damaya?

Ela não levanta a cabeça do ombro dele. Ele tem cheiro de suor e couro e ferro, coisas que ela sempre associará a conforto e medo.

– Estou bem.

– Ótimo. Preciso que faça algo por mim.

– O quê?

Ele dá um aperto suave nela, encorajando-a.

– Vou levá-la corredor abaixo para um dos tormentos, e lá você enfrentará o primeiro teste de anel. Preciso que passe por mim.

Damaya pisca, franzindo a testa, e ergue a cabeça. Ele sorri para ela, afetuosamente. Com isso ela entende, em um lampejo de intuição, que isso é um teste que abrange mais do que a sua orogenia. Afinal, a maioria dos roggas fica sabendo do teste com antecedência, de modo que possa praticar e se preparar. Isso está acontecendo com ela agora, sem aviso, porque é sua única chance. Ela se mostrou desobediente. Não confiável. Devido a isso, Damaya também precisará se mostrar útil. Se ela não conseguir...

– Preciso que viva, Damaya. – Schaffa encosta sua testa na dela. – Minha pequena compassiva. Minha vida está tão cheia de morte. Por favor, passe no teste por mim.

Há tantas coisas que ela quer saber. O que Timay quis dizer; o que acontecerá com Binof; o que é o *soquete* e por que estava escondido; o que aconteceu com Colapso ano passado. Por que Schaffa está lhe dando toda essa chance. Mas há uma ordem para a vida no Fulcro, e seu lugar dentro dela é não questionar a vontade de um Guardião.

Mas...

Mas...

Mas. Ela vira a cabeça e olha para aquela única gota de seu sangue na mesa.

Isso não está certo.

– Damaya?

Não está certo, o que estão fazendo com ela. O que esse lugar faz com todos dentro de suas paredes. O que ele a está obrigando a fazer para sobreviver.

– Vai fazer isso? Por mim?

Ela ainda o ama. Isso também não está certo.

– Se eu passar. – Damaya fecha os olhos. Ela não pode olhar para ele e dizer isso. Não sem deixá-lo ver o *isso não está certo* em seus olhos. – Eu, eu escolhi um nome de rogga.

Ele não a repreende por conta do palavreado.

– Você escolheu mesmo? – Ele parece satisfeito. – Qual?

Ela passa a língua pelos lábios.

– Syenite.

Schaffa recosta na cadeira, parecendo pensativo.

– Eu gosto.

– Você gosta?

– Claro que gosto. Você o escolheu, não escolheu? – Ele está rindo, mas de uma maneira boa. Com ela, não dela. – Ela se forma na extremidade de uma placa tectônica. Com o calor e a pressão, ela não se decompõe; em vez disso, fica mais forte.

Ele *entende*. Ela morde o lábio e sente a ameaça de novas lágrimas. Não é certo que ela o ame, mas muitas coisas no mundo não são certas. Então, ela repele as lágrimas e toma uma decisão. Chorar é fraqueza. Chorar era uma coisa que Damaya fazia. Syenite será mais forte.

— Vou fazer isso — responde Syenite em voz baixa. — Vou passar no teste para você, Schaffa. Eu prometo.

— Boa menina — diz Schaffa, e sorri, abraçando-a.

✦ ✦ ✦

[OCULTADO] AQUELES QUE TRAZEM A TERRA MUITO PARA DENTRO DE SI MESMOS. ELES NÃO SÃO DONOS DE SI MESMOS; NÃO PERMITA QUE TENHAM DOMÍNIO SOBRE OS OUTROS.

— *TÁBUA DOIS, "A VERDADE INCOMPLETA", VERSÍCULO NOVE*

18

VOCÊ DESCOBRE MARAVILHAS LÁ EMBAIXO

Ykka leva você para dentro da casa de onde ela e as companheiras saíram. Há poucos móveis ali dentro, e as paredes não têm adornos. Há marcas de arranhões no chão e nas paredes, um cheiro de comida que ainda paira no ar e um velho odor corporal almiscarado; alguém *morava* aqui até recentemente. Talvez até a Estação ter começado. Entretanto, você vê que a casa é apenas uma casca agora, conforme você e os outros passam pela porta de um porão. No final das escadas, você descobre uma grande câmara vazia iluminada somente por tochas de alcatrão vegetal.

É aqui que você começa a perceber que isto é mais do que uma simples comunidade bizarra de pessoas e não pessoas: as paredes do porão são de puro granito. Ninguém extrai granito só para construir um porão e... e você não sabe ao certo se alguém *escavou* isso. Todos param enquanto você vai até uma das paredes e a toca. Você fecha os olhos e *se projeta*. Sim, há a sensação de algo familiar aqui. Algum rogga moldou essa parede perfeitamente lisa, usando a vontade e uma concentração mais refinada do que você pode imaginar. (Embora não seja a concentração *mais refinada* que você já sensou.) Você nunca ouviu falar sobre ninguém fazendo nada desse tipo com orogenia. Não serve para construção.

Virando-se, você vê Ykka observando-a.

– É obra sua?

Ela sorri.

– Não. Essa e as outras entradas escondidas existem há séculos, muito antes de mim.

– As pessoas desta comu têm trabalhado com orogenes esse tempo todo? – Ela havia dito que a comu tinha só cinquenta anos de existência.

Ykka dá risada.

– Não, eu só quis dizer que este mundo já passou por muitas mãos ao longo das Estações. Nem todas elas foram tão estúpidas como as nossas quanto à utilidade dos orogenes.

– Não somos estúpidos a esse respeito agora – você diz.

– Todos entendem perfeitamente bem como nos *usar*.

– Aah! – Ikka faz uma careta. – Treinada pelo Fulcro? Os que sobrevivem a isso sempre falam como você.

Você se pergunta quantos orogenes treinados pelo Fulcro essa mulher já conheceu.

– Sim.

– Bem. Agora você vai ver de quantas coisas mais nós somos capazes quando queremos. – E Ykka faz um gesto, indicando uma ampla abertura na parede poucos metros além dela, que você não havia notado em meio ao seu fascínio com a construção do porão. Uma leve corrente de vento entra no porão, vinda de lá. Também há três pessoas vagando pela boca da abertura, observando você com expressões variadas de hostilidade, cautela, graça. Não estão carregando nenhuma arma (essas estão escoradas contra a parede) e não chamam a atenção nesse sentido, mas você percebe que são os guardas de portão que essa comu deveria ter, para o portão que essa comu não tem. Aqui, neste porão.

A loira conversa baixinho com um dos guardas; isso enfatiza ainda mais o quanto ela é pequena, trinta centímetros mais baixa e provavelmente uns 45 quilos mais magra do que o menor deles. Suas ancestrais de fato deveriam ter lhe feito um favor e dormido com um ou dois sanzeds. De qualquer forma, você então avança e os guardas ficam para trás, dois deles se sentando em cadeiras próximas, o terceiro subindo as escadas, presumivelmente para ficar vigiando de dentro da parte de cima dos prédios vazios.

Você muda de paradigma então: o povoado abandonado lá em cima *é* o muro da comu. Camuflagem em vez de barreira. Mas camuflagem para quê? Você segue Ykka pela abertura e para a escuridão além dela.

– O centro deste lugar sempre foi aqui – ela explica enquanto você desce por um longo túnel escuro que poderia ser um poço de mina abandonado. Há trilhos para carrinhos, embora estejam tão velhos e tenham afundado tanto na pedra granulosa que você não consegue vê-los. Apenas sulcos desajeitados debaixo dos seus pés. As proteções de madeira do túnel parecem velhas, bem como as arandelas que sustentam as luzes elétricas penduradas por fios; elas parecem ter sido feitas originalmente para comportar tochas de madeira e foram modernizadas por um grande geoneiro. As luzes ainda funcionam, o que significa que a comu têm sistemas geo ou hidro ou ambos operando; já está em melhores condições que Tirimo. O poço também está quente, mas você não vê nenhum dos canos de aquecimento habituais. Ele simplesmente está aquecido, e vai ficando mais quente conforme você desce pelo chão suavemente inclinado.

– Eu disse a você que há minas na região. Foi dessa maneira que encontraram estas antigamente. Alguém quebrou uma parede que não devia ter quebrado e acabou esbarrando em um labirinto inteiro de túneis que ninguém sabia que estava ali. – Ykka fica em silêncio por um longo instante conforme o poço se alarga, e todos vocês descem uma série de degraus de metal que parecem perigosos. Há muitos deles. Parecem velhos também... e, no entanto, estranhamente, o metal não parece envelhecido nem enferrujado. Está liso e brilhante e inteiro. Os degraus não estão nem um pouco instáveis.

Depois de um tempo você percebe, um tanto tarde, que a comedora de pedras ruiva sumiu. Ela não seguiu vocês para dentro do poço. Ykka parece não notar, então você toca o braço dela.

– Onde está sua amiga? – Embora você meio que saiba.

– Minha... Ah, aquela lá. Mover-se do jeito como nós nos movemos é difícil para eles, então eles têm as próprias maneiras de andar por aí. Inclusive maneiras que eu jamais teria imaginado. – Ela dá uma olhada em Hoa, que desceu os degraus com você. Ele devolve um olhar frio para ela, e ela expira, dando risada. – Interessante.

Ao final dos degraus, há outro túnel, embora pareça diferente por algum motivo. Curvo no alto em vez de quadrado, e as sustentações são algum tipo de colunas de pedra espessas e prateadas, que se arqueiam a partir de certo ponto das paredes até em cima, como costelas. Você quase pode sentir a idade desses corredores através dos poros da sua pele.

Ykka recomeça.

– É sério, todo o leito de rocha nessa área está cheio de túneis e intrusões, minas sobre minas. Uma civilização após a outra construindo sobre o que veio antes.

– Aritussid – diz Tonkee. – Jyamaria. Os estados Ottey do Sul.

Você ouviu falar de Jyamaria através da história que costumava ensinar na creche. Era o nome de uma nação vasta, a que deu início ao sistema de estradas que Sanze aprimorou, e que um dia se estendeu sobre a maior parte do que hoje são as Latmedianas do Sul. Ela se extinguiu mais ou menos dez Estações atrás. O resto dos nomes são provavelmente os daquelas outras civextintas; esse parece o tipo de coisa com que os geomestas se importariam, mesmo que ninguém mais se importe.

– Perigoso – você diz enquanto tenta não deixar tão evidente o seu desconforto. – Se a rocha aqui estiver muito comprometida...

– Sim, sim. Embora seja um risco com qualquer atividade de mineração, tanto por conta de incompetência quanto por conta de tremores.

Tonkee fica virando e virando enquanto anda, assimilando tudo e ainda assim não trombando em ninguém; incrível.

– Aquele tremor no norte foi grave a tal ponto que até isto deveria ter vindo abaixo – diz ela.

– Você está certa. Aquele tremor, nós o estamos chamando de Fenda de Yumenes, já que ninguém inventou nome melhor. Foi o pior que o mundo já viu em séculos. – Ykka encolhe os ombros e olha de volta para você. – Mas, claro, os túneis não desabaram porque eu estava aqui. Eu não os *deixei* cair.

Você aquiesce lentamente. Não é diferente do que você fez por Tirimo, exceto pelo fato de que Ykka deve ter tomado o cuidado de proteger mais do que apenas a superfície. De qualquer forma, a área deve ser relativamente estável, ou esses túneis teriam desabado séculos atrás.

Mas você diz:

– Você não estará por perto para sempre.

– Quando eu não estiver, outra pessoa fará isso. – Ela dá de ombros. – Como eu disse, há vários de nós aqui agora.

– Sobre essa questão... – Tonkee gira sobre um dos pés e de repente toda a sua atenção está em Ykka. Ykka dá risada.

– Você é meio que obcecada, não é?

– Na verdade, não. – Você suspeita que Tonkee ainda esteja simultaneamente tomando notas das sustentações e da composição da parede, contando os seus passos, o que quer que seja, tudo enquanto fala.

– Então, como você está fazendo isso? Atraindo os orogenes para cá.

– Atraindo? – Ykka chacoalha a cabeça. – Não é tão sinistro. E é difícil de descrever. Tem uma... uma coisa que eu faço. Como... – Ela se cala.

E, de repente, você tropeça enquanto está andando. Não há nenhuma obstrução no chão. De súbito, simplesmente fica difícil andar em linha reta, como se o chão houvesse desenvolvido uma inclinação invisível para baixo. Em direção a Ykka.

Você para e a encara. Ela para também, virando-se para sorrir para você.

– Como você está fazendo isso? – você questiona.

– Eu não sei. – Ela faz um gesto largo com os braços ao ver seu olhar de incredulidade. – É só uma coisa que eu tentei alguns anos atrás. E não muito depois que eu comecei a fazer isso, um homem veio para a cidade e disse que me sentiu a quilômetros de distância. Depois apareceram duas crianças; elas nem perceberam a que estavam reagindo. Depois outro homem. Eu continuei fazendo isso desde então.

– Fazendo o quê? – pergunta Tonkee, olhando de você para Ykka.

– Somente roggas sentem – explica Ykka, embora a essa altura você o tenha compreendido por conta própria. Então ela olha para Hoa, que está observando vocês duas, completamente imóvel. – E eles, eu percebi mais tarde.

– Sobre essa questão... – diz Tonkee de forma brusca.

– Pelos fogos da Terra e pelos baldes de ferrugem, você faz perguntas demais. – Isso vem da loira, que chacoalha a cabeça e gesticula para todos vocês continuarem andando.

Ouvem-se leves ruídos ocasionais mais à frente agora, e o ar se move de modo perceptível. Mas como isso é possível? Vocês devem estar um quilômetro abaixo, talvez o dobro disso. A brisa é cálida e marcada por cheiros que você quase já esqueceu após semanas respirando enxofre e cinza através de uma máscara. Um pouco de comida sendo preparada aqui, uma lufada de lixo se deteriorando ali, um sopro de madeira se queimando. Pessoas. Você sente o cheiro de pessoas. Muitas delas. E há uma luz, não muito mais forte do que os fios de lâmpadas elétricas ao longo das paredes, bem à frente.

– Uma comu *subterrânea*? – Tonkee diz o que você está pensando, embora ela pareça mais cética. (Você sabe mais sobre coisas impossíveis do que ela.) – Não, ninguém é tão estúpido.

Ykka apenas dá risada.

Então, conforme a luz peculiar começa a iluminar o poço ao seu redor e o ar se movimenta mais rápido e o barulho aumenta, há um lugar onde o túnel se abre e se torna uma ampla saliência com um parapeito de metal para segurança. Um mirante pitoresco, porque algum geoneiro ou Inovador entendeu exatamente como os recém-chegados reagiriam. Você faz exatamente o que aquele projetista de tempos remotos pretendia: você observa de boca aberta, em estado de abjeto assombro.

É um *geodo*. Você consegue sensar isso, o modo como a rocha à sua volta se transforma de maneira abrupta em outra coisa. O pedregulho no riacho, a deformação na trama; incontáveis eras atrás uma bolha se formou em um fluxo de mineral derretido dentro do Pai Terra. Dentro desse bolsão, alimentados por incompreensíveis pressões e banhados em água e fogo, cresceram cristais. Este é do tamanho de uma cidade.

Que provavelmente é a razão pela qual *alguém construiu uma cidade neste aqui*.

Você está diante de uma vasta caverna abobadada que está cheia de colunas de cristal brilhante do tamanho de troncos de árvores. *Grandes* troncos de árvores. Ou de prédios. Grandes prédios. Elas se projetam das paredes em amontoados completamente aleatórios: diferentes comprimentos, diferentes circunferências, algumas brancas e translúcidas e umas poucas enfumaçadas ou com tons de roxo. Algumas são curtas e grossas, suas extremidades pontudas terminando apenas poucos metros das paredes que lhes deram origem, mas muitas se estendem de um dos lados da caverna a uma distância indistinta. Elas formam escoras e sendas íngremes demais para escalar, seguindo direções que não fazem sentido. É como se alguém encontrasse uma arquiteta, fizesse com que ela construísse uma cidade com os materiais mais belos à disposição, depois colocasse todos esses prédios em uma caixa e os embaralhasse por brincadeira.

E eles estão definitivamente morando nela. Conforme observa, você nota estreitas pontes de corda e plataformas de madeira por toda parte. Há fios pendurados com lampiões elétricos, cordas e roldanas fazendo pequenos carregamentos de uma plataforma para a outra. À distância, um homem desce uma escada de madeira construída em torno de uma titânica coluna inclinada de cristal branco. Duas crianças brincam no chão bem mais embaixo, entre cristais curtos e grossos do tamanho de casas.

Na verdade, alguns dos cristais *são* casas. Há buracos cortados neles... portas e janelas. Você consegue ver pessoas andando de um lado para o outro dentro de algumas delas. Sai uma fumaça que se encrespa dos buracos de chaminé cortados em extremidades pontudas de cristal.

– Pelas crueldades da Terra devoradora – você sussurra.

Ykka está de pé com as mãos no quadril, observando sua reação com algo semelhante a orgulho em seu semblante.

– Não fomos nós que fizemos a maior parte disso – ela admite. – As adições recentes, as pontes mais novas, sim, mas a escavação do poço já havia sido feita. Não sabemos como conseguiram fazer isso sem estilhaçar os cristais. As passarelas que são feitas de metal... são a mesma coisa que os degraus nos túneis pelos quais acabamos de passar. Os geoneiros não fazem ideia de como foram feitos; meta-sabedoristas e alquimistas têm orgasmos quando veem isso. Há mecanismos lá em cima... – Ela aponta em direção ao teto da caverna, que mal dá para ver, centenas de metros acima de suas cabeças. Você mal a escuta, sua mente entorpecida, seus olhos começando a doer de olhar sem piscar. – ...que bombeiam o ar de má qualidade para uma camada de terra porosa que o filtra e o dispersa de volta na superfície. Outras bombas trazem ar de boa qualidade para dentro. Há mecanismos do lado de fora do geodo que desviam água de uma fonte termal subterrânea distante, por meio de uma turbina que nos dá energia elétrica (demorou anos para entender essa parte), e também traz a água para o uso cotidiano. – Ela suspira. – Mas, para ser bastante sincera, não sabemos como funciona metade das coisas que encontramos aqui. Tudo isso foi construído há muito tempo. Muito antes de o Velho Sanze existir.

– Os geodos são instáveis uma vez que suas crostas se rompem. – Até Tonkee parece desconcertada. Olhando de lado, você percebe que ela está parada pela primeira vez desde que você a conheceu. – Nem ao menos faz sentido pensar em construir dentro de um deles. E por que os cristais estão *brilhando*?

Ela está certa. Estão brilhando.

Ykka encolhe os ombros, cruzando os braços.

– Não faço ideia. Mas as pessoas que construíram queriam que resistisse, mesmo a um tremor, então fizeram coisas com o geodo para se certificar de que sobrevivesse. E sobreviveu… mas *eles* não. Quando as pessoas de Castrima o encontraram, estava cheio de esqueletos, alguns tão velhos que se transformaram em pó assim que tocamos neles.

– Então, os antepassados da sua comu decidiram trazer todo mundo para morar dentro do gigantesco artefato de uma civextinta que matou as últimas pessoas que correram esse risco – você fala de forma arrastada. Mas o sarcasmo no seu comentário é fraco. Você está chocada demais para conseguir de fato acertar o tom. – Claro. Por que *não* repetir um erro colossal?

– Acredite em mim, este tem sido um debate contínuo. – Ykka suspira e se recosta no parapeito, o que faz você se contrair. É uma longa descida se ela escorregar, e alguns dos cristais no assoalho do geodo parecem afiados. – Ninguém estava disposto a morar aqui por muito tempo. Castrima usava este lugar e os túneis que traziam a ele como esconderijo de provisões, embora nunca para produtos essenciais como alimentos e remédios. Mas, em todo esse tempo, nunca houve sequer uma rachadura nas paredes, mesmo depois de tremores. Além do mais, fomos convencidos pela história: a comu que controlava esta área durante a última Estação… uma comu de verdade, uma comu em si, com muros e tudo… foi invadida por um grupo de sem-comu. A comu inteira foi completamente queimada, todas as suas provisões vitais foram levadas. Os sobreviventes tinham uma escolha entre se mudar para cá ou tentar sobreviver lá em cima, sem aquecimento nem muros e com todos os grupos de carniceiros ao redor concentrando-se nos alvos fáceis que sobraram. Então, eles nos precederam.

Necessidade é a única lei, diz o Saber das Pedras.

– Não que tenha dado certo. – Ykka se endireita e gesticula para vocês a seguirem outra vez. Todos começam a descer uma larga rampa plana que se inclina levemente em direção ao assoalho da caverna. Só tardiamente você percebe que é um cristal, e você está descendo por um de seus lados. Alguém pavimentou a coisa com concreto para tração, mas, depois da beirada da faixa cinza, você consegue ver um leve brilho branco. – A maioria das pessoas que se mudaram para cá durante aquela Estação morreu também. Eles não conseguiram fazer funcionar o mecanismo do ar; ficar aqui por mais do que alguns dias seguidos significava sufocamento. E não tinham nenhum alimento, então, embora estivessem aquecidos, seguros e tivessem bastante água, a maioria deles morreu de fome antes que o sol retornasse.

É uma história antiga, renovada apenas pelo cenário singular. Você aquiesce, distraída, tentando não tropeçar enquanto sua atenção se volta para um homem atravessando a caverna suspenso por uma roldana e um cabo, a bunda dele confortavelmente acomodada em um laço de corda. Ykka faz uma pausa para acenar; o homem acena de volta e continua deslizando.

– Os sobreviventes desse pesadelo deram início a esse entreposto comercial que acabou por se tornar Castrima. Transmitiram histórias sobre este lugar, mas, ainda assim, ninguém queria morar aqui... até a minha bisavó perceber por que os mecanismos não funcionavam. Até *ela* fazê-los funcionar simplesmente passando por aquela entrada. – Ykka faz um gesto, apontando para o caminho por onde vocês vieram. – Funcionou comigo também quando vim aqui embaixo pela primeira vez.

Você para. Todos continuam sem você por um instante. Hoa é o primeiro a notar que você não está seguindo. Ele se vira e olha para você. Há algo de cauteloso na expressão dele que não estava lá antes, você percebe distraidamente em meio ao horror e ao espanto. Mais tarde, quando houver tido tempo de você superar isso, você e ele terão uma conversa. Agora há considerações mais importantes.

– Os mecanismos – você diz. Sua boca está seca. – Eles funcionam à base de *orogenia*.

Ykka concorda com a cabeça, dando um meio-sorriso.

– É o que os geoneiros pensam. Claro, o fato de que tudo está funcionando agora torna a conclusão óbvia.

– Isso é… – Você procura pelas palavras, não consegue. – *Como?*

Ykka dá risada, balançando a cabeça.

– Não faço ideia. Simplesmente funciona.

Isso, mais do que qualquer outra coisa que ela mostrou, deixa você apavorada.

Ykka suspira e coloca as mãos no quadril.

– Essun – diz ela, e você se contrai. – Esse é o seu nome, certo?

Você passa a língua pelos lábios.

– Essun Resis… – E então você para. Porque estava prestes a dar o nome que deu às pessoas em Tirimo durante anos, e esse nome é uma mentira. – Essun – você diz outra vez, e para aí. Uma mentira restrita.

Ykka olha para os seus companheiros.

– Tonkee Inovadora Dibars – diz Tonkee. Ela lança um olhar quase constrangido para você, depois olha para os próprios pés.

– Hoa – diz Hoa. Ykka o observa por um pouco mais de tempo, como se esperasse mais, mas ele não oferece nada.

– Muito bem. – Ykka abre os braços, como que para abranger o geodo inteiro; ela olha para todos vocês com o queixo erguido, quase em desafio. – Isto é o que estamos tentando fazer em Castrima: sobreviver. O mesmo que todos. Só estamos dispostos a *inovar* um pouco. – Ela inclina a cabeça em direção a Tonkee, que dá uma risadinha nervosa. – Podemos todos morrer fazendo isso, mas, pelas ferrugens, talvez isso aconteça de qualquer forma; é uma Estação.

Você passa a língua pelos lábios.

– Podemos partir?

– O que ferrugens você quer dizer, se podemos partir? Mal tivemos tempo de explorar... – Começa Tonkee, parecendo irritada, e então abruptamente ela percebe o que você quis dizer. O rosto pálido dela fica ainda mais lívido. – Ah.

O sorriso de Ykka é afiado como um diamante.

– Bem, você não é idiota, isso é bom. Venha. Temos algumas pessoas a encontrar.

Ela acena para vocês seguirem de novo, retomando a caminhada rampa abaixo, e não responde a sua pergunta.

✦ ✦ ✦

Na prática, descobriu-se que os sensapinae, órgãos emparelhados que se localizam na base do tronco cerebral, são sensíveis a muito mais coisas do que

MOVIMENTOS SÍSMICOS LOCAIS E PRESSÃO ATMOSFÉRICA. EM TESTES, OBSERVARAM-SE REAÇÕES À PRESENÇA DE PREDADORES, ÀS EMOÇÕES DOS OUTROS, A DISTANTES EXTREMOS DE CALOR OU FRIO E AO MOVIMENTO DE OBJETOS CELESTIAIS. O MECANISMO DESSAS REAÇÕES NÃO PODE SER DETERMINADO.

– Nandvid Inovador Murkettsi, "Observações da variação sensual em indivíduos super-desenvolvidos", comu de aprendizado em biomestria da Sétima Universidade. Agradecemos ao Fulcro pela doação de cadáveres.

19

Syenite na expectativa

Eles estão em Meov há três dias quando algo muda. Syenite passou esses três dias sentindo-se bastante deslocada, em mais de um sentido. O primeiro problema é que ela não sabe falar a língua, que, segundo Alabaster lhe diz, chama-se etúrpico. Várias comus costeiras ainda a falam como língua nativa, embora a maioria das pessoas também aprenda sanze-mat com o objetivo de negociar. A teoria de Alabaster é a de que as pessoas das ilhas são, em grande parte, descendentes dos costeiros, o que parece bem óbvio, dada a cor predominante e o usual cabelo enrolado, mas, já que eles fazem ataques em vez de negócios, não tinham necessidade de manter o sanze-mat. Ele tenta lhe ensinar etúrpico, mas ela não está exatamente com ânimo para "aprender algo novo". Isso se deve ao segundo problema, que Alabaster ressalta quando eles têm tempo suficiente para se recuperar de suas labutas: não há como partir. Ou melhor, eles não têm aonde ir.

– Se os Guardiões tentaram nos matar uma vez, vão tentar de novo – explica ele. Isso acontece enquanto caminham por uma das áridas elevações da ilha; é a única maneira de conseguirem alguma privacidade de fato, uma vez que, caso contrário, hordas de crianças os seguem e tentam imitar os estranhos sons do sanze-mat. Há muito a fazer aqui, as crianças estão na creche na maioria das noites, depois que todos terminaram de pescar e pegar caranguejos e afins, mas fica claro que não há muita diversão.

– Sem saber o que fizemos para provocar a ira dos Guardiões – continua Alabaster –, seria loucura voltar ao Fulcro. Pode ser que não consigamos sequer passar pelos portões antes que alguém lance outra faca de interrupção.

O que é óbvio, agora que Syenite pensa sobre o assunto. No entanto, há outra coisa que é óbvia, sempre que ela olha para o horizonte e vê a coluna de fumaça que é o que sobrou de Allia.

– Eles acham que estamos mortos. – Ela desgruda os olhos daquela coluna, tentando não imaginar o que deve ter acontecido com aquela pequena comu litorânea de que ela se lembra. Todos os alarmes de Allia, todos os seus preparos, foram formulados em torno da ideia de sobreviver a um tsunami, não ao vulcão que obviamente, impossivelmente, ocorreu em seu lugar. Coitada de Heresmith. Nem mesmo Asael merecia a morte que provavelmente teve.

Ela não consegue pensar nessa questão. Em vez disso, concentra-se em Alabaster.

– É disso que está falando, não é? Estar morto em Allia nos permite estar vivos e livres aqui.

– Exatamente! – Agora Alabaster está sorrindo, praticamente dançando no lugar. Ela nunca o viu tão entusiasmado antes. É como se ele não estivesse sequer ciente do preço que foi pago pela liberdade deles… Ou talvez ele simplesmente não se importe. – Quase não há contato com o continente aqui e, quando há, não é exatamente amigável. Os Guardiões que nos foram designados conseguem nos sensar se estiverem perto o bastante, mas ninguém da espécie deles jamais virá para cá. Essas ilhas nem sequer estão em muitos mapas! – Então ele fica sério. – Mas, no continente, seria impossível escapar do Fulcro. Todos os Guardiões ao leste de Yumenes vão bisbilhotar as ruínas de Allia em busca de pistas da nossa sobrevivência. Eles provavelmente estão espalhando cartazes com os nossos retratos entre a Patrulha das Estradas Imperiais e as milícias de distritantes da região. Suponho que serei representado como Misalem renascido, e você como minha cúmplice solícita. Ou, talvez, você enfim consiga um pouco de respeito e eles decidam que você é o cérebro.

Pois é.

Mas ele tem razão. Com uma comu destruída de uma forma tão terrível, o Fulcro precisará de bodes expiatórios a quem culpar. Por que não os dois roggas que estavam no local, que deveriam ser mais do que qualificados o suficiente para conter qualquer acontecimento sísmico entre eles? A destruição de Allia representa uma traição de tudo o que o Fulcro promete à Quietude: orogenes domesticados e obedientes, segurança contra os piores tremores e impactos. Libertação do medo, pelo menos até chegar a próxima Quinta Estação. Claro que o Fulcro os difamará de todas as maneiras possíveis porque, caso contrário, as pessoas demolirão seus muros de obsidiana e massacrarão todos ali dentro, até o menor dos grãos.

Não ajuda em nada a gravidade da situação em Allia o fato de que Syen consegue sensar, agora que seus sensapinae não estão mais dormentes. Está na extremidade de sua consciência, o que é uma surpresa em si; por algum motivo, ela consegue alcançar muito mais longe agora do que conseguia antes. No entanto, está claro: na superfície plana da extremidade leste da placa Máxima, surgiu um poço que se projeta para baixo e para baixo e *para baixo* até o manto do planeta. Syen não consegue sensar além desse ponto, e não precisa, pois sabe dizer o que criou esse poço. Suas beiradas são hexagonais, e ele tem exatamente a mesma circunferência que o obelisco granada.

E Alabaster está *muito contente*. Ela poderia odiá-lo só por isso.

O sorriso dele desvanece quando vê o rosto dela.

— Pelas crueldades da Terra, você nunca fica feliz?

— Eles vão nos achar. Nossos Guardiões conseguem nos rastrear.

Ele nega com a cabeça.

– A minha não. – Você se lembra de o estranho Guardião em Allia comentar isso. – Quanto ao seu, quando a sua orogenia foi anulada, ele perdeu você. A anulação corta tudo, sabe, não apenas as suas habilidades. Ele precisará tocá-la para a conexão funcionar de novo.

Você não fazia ideia.

– Mas ele não vai parar de procurar.

Alabaster faz uma pausa.

– Você gostava tanto assim de estar no Fulcro?

A pergunta a deixa perplexa e ainda mais irritada.

– Pelo menos lá eu podia ser eu mesma. Não tinha que esconder o que sou.

Ele aquiesce lentamente, algo em sua expressão mostrando-lhe que ele entende muito bem o que ela está sentindo.

– E o que você é quando está lá?

– *Vai. Se.* Foder – De repente, ela fica brava demais para saber por que está brava.

– Eu fodi. – Seu sorriso malicioso faz o rosto dela arder tanto quanto Allia deve estar ardendo. – Lembra? Nós fodemos só a Terra sabe quantas vezes, apesar de não nos suportarmos, por ordem de outras pessoas. Ou você se convenceu de que queria aquilo? Você precisava tanto assim de um pinto, de qualquer pinto, mesmo do meu, medíocre e entediante?

Ela não responde com palavras. Não está mais pensando nem falando. Está na terra, e a terra está reverberando com a sua fúria, ampliando-a; a espiral que ela materializa à sua volta é alta e estreita e deixa um anel de frio de 2,5 centímetros tão intenso que o ar assobia e embranquece por um instante. Ela vai congelá-lo até transformá-lo inteiro no próprio Ártico.

Mas Alabaster só suspira e se dobra um pouco, e a espiral dele desmancha a dela com tanta facilidade quanto a de dedos apagando uma vela. É delicado perto do que ele poderia fazer. Mas a profundidade de ter sua fúria acalmada com tanta rapidez e tanto poder a fazem cambalear. Ele dá um passo à frente como que para ajudá-la, e ela desvia com um grunhido fraco. Ele se afasta de imediato, erguendo as mãos como que pedindo trégua.

– Sinto muito. – Ele parece verdadeiramente sentir, então ela não vai embora irada naquele exato momento. – Eu só estava tentando me fazer entender.

Ele fez. Não que ela não soubesse antes: que ela é uma escrava, que todos os roggas são escravos, que a segurança e a sensação de valor próprio que o Fulcro oferece está envolto na corrente do seu direito de viver, e até mesmo do direito de controlar seu próprio corpo. Saber disso, admitir isso para si mesmo, é uma coisa, mas é um tipo de verdade que nenhum deles usa contra os outros, nem para se fazer entender, porque fazê-lo é cruel e desnecessário. É por isso que ela odeia Alabaster: não porque ele é mais poderoso, nem mesmo porque é louco, mas porque se recusa a lhe permitir qualquer uma das ficções corteses e verdades veladas que a mantiveram confortável e segura durante anos.

Eles se entreolham por mais um instante, então Alabaster balança a cabeça e se vira para ir embora. Syenite vai atrás, porque de fato não há nenhum outro lugar aonde ir. Eles voltam para o nível das cavernas. Enquanto descem as escadas, Syenite não tem escolha a não ser encarar o terceiro motivo pelo qual se sente tão deslocada em Meov.

Flutuando agora no porto da comu está um enorme e gracioso veleiro (talvez uma fragata, talvez um galeão, ela não sabe distinguir nenhuma dessas duas palavras de *barco*) que faz todos os outros barcos menores juntos parecerem miniaturas. Seu casco é de uma madeira tão escura que é quase preta, remendado com madeira mais clara aqui e ali. Suas velas são de lona de um tom amarelo-acastanhado, também bastante remendadas e desbotadas pelo sol e manchadas pela água... E, no entanto, de algum modo, apesar das manchas e dos remendos, o navio como um todo é estranhamente belo. É chamado de *Clalsu*, ou pelo menos é o que parece a palavra aos seus ouvidos, e ele voltou dois dias depois que Syenite e Alabaster chegaram a Meov. A bordo estava boa parte dos adultos sadios da comu, e muitos dos ganhos ilegais resultantes da atividade predatória de várias semanas ao longo das rotas marítimas costeiras.

O *Clalsu* também trouxe a Meov o seu capitão... o braço direito do chefe, na verdade, que só é o braço direito devido ao fato de que ele passa mais tempo longe da ilha do que nela. Caso contrário, Syen teria sabido, no instante em que esse homem desceu pela prancha de desembarque para saudar a multidão animada, que ele era o verdadeiro líder de Meov, porque ela consegue dizer, mesmo sem entender uma palavra, que todos aqui o amam e o admiram. Innon é o nome dele: Innon Resistente Meov, no linguajar do continente. Um homem grande, de pele negra como a maioria dos meovitas, com a constituição física mais parecida com a de um Costa--forte do que com a de um Resistente, e com personalidade suficiente para ofuscar qualquer Liderança yumenescense.

Mas não é realmente um Resistente, nem um Costa--forte, nem um Liderança, não que qualquer um desses nomes de uso signifiquem de fato alguma coisa nessa comu que rejeita tantos dos costumes sanzed. Ele é um orogene. Um selvagem, nascido livre e criado como tal por Harlas, que também é rogga. *Todos* os líderes são roggas aqui. Foi dessa forma que a ilha sobreviveu mais Estações do que eles se deram ao trabalho de contar.

E além desse fato... Bem, Syen não sabe ao certo como lidar com Innon.

Por exemplo, ela o ouve no instante em que eles chegam à caverna da entrada principal da comu. Todos podem ouvi-lo, já que ele fala tão alto dentro das cavernas quanto aparentemente fala quando está no convés do navio dele. Ele não precisa; as cavernas fazem eco até do som mais leve. Simplesmente não é o tipo de homem que se impõe limites, mesmo quando deveria.

Como agora.

– Syenite, Alabaster! – A comu se reuniu em torno das suas fogueiras comunitárias para compartilhar a refeição da noite. Todos estão sentados em bancos de pedra ou de madeira, relaxando e conversando, mas há um grupo grande de pessoas sentadas ao redor de Innon onde ele esteve regalando-os com... alguma coisa. Ele muda para sanze-mat de imediato, entretanto, já que é uma das poucas pessoas na comu que sabem falar o idioma, ainda que com um forte sotaque. – Estive esperando vocês dois. Guardamos boas histórias para vocês. Aqui! – Ele se levanta e os chama com um gesto como se gritar com todas as suas forças não fosse o suficiente para conseguir a atenção deles e como se um homem de dois metros de altura com uma enorme juba de tranças e roupas de três nações diferentes, todas espalhafatosas, fosse difícil de localizar no meio da multidão.

No entanto, Syenite se vê sorrindo quando entra no círculo de bancos onde Innon aparentemente manteve um desocupado só para eles. Outros membros da comu murmuram cumprimentos, que Syen está começando a reconhecer; por educação, ela tenta balbuciar algo semelhante de volta e tolera as risadinhas deles quando fala errado. Innon sorri para ela e repete a expressão de forma apropriada; ela tenta de novo e vê pessoas acenando afirmativamente à sua volta.

– Excelente – diz Innnon de modo tão enfático que ela não consegue deixar de acreditar nele.

Então ele sorri para Alabaster, ao lado dela.

– Você é um bom professor, eu acho.

Alabaster abaixa um pouco a cabeça.

– Na verdade, não. Parece que não consigo fazer meus alunos pararem de me odiar.

– Hmm. – A voz de Innon é baixa e grave e reverbera como o mais profundo dos tremores. Quando ele sorri, é como a ruptura de uma vesícula na superfície, algo luminoso e quente e alarmante, em especial de perto. – Precisamos ver se conseguimos mudar isso, hmm? – E ele olha para Syen, descaradamente mostrando seu interesse e claramente não se importando quando os outros membros da comu dão risadinhas.

Esse é o problema, sabe. Esse homem ridículo, barulhento e vulgar não fez segredo do fato de que *quer* Syenite. E, infelizmente (porque, caso contrário, seria fácil), existe algo nele pelo qual Syen de fato se sente atraída. Sua natureza selvagem, talvez. Ela nunca conheceu alguém como ele.

Acontece que ele parece querer Alabaster *também*. E Alabaster não parece desinteressado.

É um tanto confuso.

Uma vez que conseguiu desconcertar os dois, Innon volta seu charme infinito ao seu povo.

– Bem, aqui estamos nós, com comida em abundância e coisas boas e novas que os outros povos fizeram e compraram. – Ele muda para o etúrpico então, repetindo as palavras para todos; eles riem da última parte, em grande parte porque muitos deles *vêm usando* roupas novas e joias e afins desde que o navio chegou. Depois Innon continua, e Syen não precisa que Alabaster explique que ele está contando uma história para todo mundo... porque Innon faz isso com o corpo todo. Ele se inclina para a frente e fala mais baixo, e todos ficam atentos a qualquer que seja o momento tenso que ele está descrevendo. Então ele faz mímica de alguém caindo de alguma coisa, e produz o barulho de água respingando ao colocar as mãos em forma de xícara e comprimir o ar entre as palmas. As crianças pequenas que estão ouvindo praticamente se dobram de tanto rir, enquanto as crianças mais velhas dão risadas abafadas e os adultos sorriem.

Alabaster traduz um pouco da história para ela. Ao que parece, Innon está contando a todos sobre o ataque mais recente a uma pequena comu costeira a uns dez dias de viagem ao norte. Syen está ouvindo apenas em parte o que Bas acrescenta, prestando atenção sobretudo aos movimentos do corpo de Innon e imaginando-o realizar movimentos completamente diferentes, até que, de repente, Alabaster para de traduzir. Quando ela enfim percebe, surpresa, ele está com o olhar fixo nela.

– Você o quer? – ele pergunta para ela.

Syen faz uma careta, em grande parte por constrangimento. Ele falou baixo, mas eles estão ali bem ao lado de Innon e, se ele decidir, de súbito, prestar atenção... Bem, e *se* ele prestar? Talvez tornasse as coisas mais fáceis tratar do assunto às claras. Porém, ela realmente preferiria ter escolha a esse respeito e, como de costume, Alabaster não está lhe dando uma.

– Você não é nem um pouco sutil, não é?

– Não, não sou. Responda.

– E daí? Isso é algum tipo de desafio? – Porque ela viu o modo como Alabaster olha para Innon. É quase bonitinho ver um homem de quarenta anos corar e gaguejar como uma virgem. – Quer que eu recue?

Alabaster se encolhe e parece quase magoado. Depois franze a testa, como que confuso pela própria reação, assim como ela, e se afasta um pouco. Ele entorta um pouco a boca quando murmura:

– Se eu dissesse sim, você faria isso? Faria mesmo?

Syenite pisca. Bem, ela sugeriu. Mas será que faria? De repente, ela não sabe.

Mas, quando ela não consegue responder, o semblante de Alabaster se contorce de frustração. Ele resmunga algo que poderia ser "deixe para lá", então se levanta e sai do círculo onde a história está sendo contada, tomando o cuidado de não incomodar nenhuma outra pessoa enquanto vai embora. Isso significa que Syenite perde a capacidade de acompanhar a história, mas tudo bem. É um prazer observar Innon mesmo sem palavras e, já que não precisa prestar atenção na história, ela pode levar em consideração a pergunta de Alabaster.

Depois de um tempo, a história termina e todos batem palmas; quase de imediato surgem pedidos para contar outra. Em meio ao aglomerado geral, enquanto as pessoas se levantam para pegar uma segunda porção da imensa caçarola de camarão temperado, arroz e bexiga-do-mar defumada, que é a refeição de hoje, Syenite decide ir encontrar Alabaster.

Ela não sabe ao certo o que vai dizer, mas... Bem, ele merece algum tipo de resposta.

Ela o encontra na casa deles, onde está encolhido em um canto do grande cômodo vazio, a uns poucos metros da cama de algas marinhas secas e peles curtidas na qual eles têm dormido. Ele não se deu ao trabalho de acender as lamparinas; ela o distingue como um borrão mais escuro em contraste com as sombras.

– Vá embora – diz ele de modo brusco quando ela entra no quarto.

– Eu também moro aqui – responde ela de maneira abrupta. – Vá para algum outro lugar se quiser chorar ou fazer o que estiver fazendo. – Pela Terra, ela espera que ele não esteja chorando.

Ele dá um suspiro. Não parece que ele está chorando, embora esteja com as pernas dobradas e os cotovelos apoiados no joelho e a cabeça meio enterrada nas mãos. Poderia estar.

– Syen, você tem um coração tão duro.

– Você também, quando quer.

– Eu *não* quero. Não sempre. Pelas ferrugens, Syen, você nunca se *cansa* de tudo isso? – Ele se remexe um pouco. Os olhos dela se adaptaram ao escuro e ela vê que ele está olhando para ela. – Você nunca sente vontade de... de ser humana?

Ela entra na casa e se recosta contra a parede perto da porta, cruzando os braços e os tornozelos.

– Não somos humanos.

– Nós. Somos. Sim. – A voz dele se torna impetuosa. – Eu não ligo a mínima para o que o conselho não-sei-que--enésimo dos grandes peidorreiros importantes declarou, nem para o modo como os geomestas classificam as coisas, nem para nada disso. A ideia de que não somos humanos é apenas uma mentira que eles contam a si mesmos para não ter que se sentir mal pela forma como nos tratam...

Isso também é algo que todos os roggas sabem. Só Alabaster é vulgar o bastante para dizer em voz alta. Syenite suspira e encosta a cabeça na parede.

– Se você o quiser, seu idiota, diga a ele. Você pode ficar com ele. – E, simples assim, a pergunta dele foi respondida.

Alabaster cala-se no meio de um discurso inflamado, encarando-a.

– Você também o quer.

– Sim. – Não lhe custa nada dizer isso. – Mas, por mim, tudo bem se... – Ela encolhe um pouco os ombros. – Sim.

Alabaster respira fundo uma vez, depois outra. Depois uma terceira vez. Ela não faz ideia do que nada disso significa.

– Eu deveria fazer a mesma oferta que você acabou de fazer – diz ele, enfim. – Fazer o que é nobre, ou pelo menos fingir fazê-lo. Mas eu... – Em meio às sombras, ele se curva mais, apertando os braços ao redor dos joelhos. Quando ele fala outra vez, mal se pode ouvir sua voz. – É que faz tanto tempo, Syen.

Que ele não tem um amante, claro. Que ele não tem um amante que queira.

As risadas vêm do centro da caverna onde todos se reúnem, e agora as pessoas estão andando pelos corredores, conversando e dispersando-se por aquela noite. Ambos podem ouvir a voz forte de Innon ressoando não muito longe; mesmo quando ele está tendo uma conversa normal, praticamente todos conseguem ouvi-lo. Ela espera que ele não seja do tipo que grita muito na cama.

Syen respira fundo.

– Quer que eu vá buscá-lo? – E só para esclarecer, ela acrescenta: – Para você?

Alabaster fica em silêncio por um instante. Ela pode sentir que ele a está encarando, e há algum tipo de pressão emocional no quarto que ela não consegue interpretar muito bem. Talvez ele esteja ofendido. Talvez esteja tocado. Que as ferrugens a levem se algum dia conseguir entendê-lo... E que as ferrugens a levem se souber por que está fazendo isso.

Então ele aquiesce, passa uma das mãos pelo cabelo e abaixa a cabeça.

– Obrigado. – As palavras são quase frias, mas ela conhece esse tom porque já o usou. Todas as vezes que precisou se agarrar à sua dignidade à unha e com a respiração contida.

Depois ela sai e segue o som, encontrando enfim Innon perto da fogueira comunitária em uma conversa profunda com Harlas. Todo mundo se foi a essa altura, e a caverna ecoa em constantes zumbidos sobrepostos de bebês inquietos lutando contra o sono, risadas, conversas e o rangido oco dos barcos no cais lá fora conforme balançam nos ancoradouros. E, sobre tudo isso, o barulho do mar. Ela se encosta a uma parede próxima, ouvindo todos esses sons exóticos, e esperando. Após talvez dez minutos, Innon termina a conversa e se levanta. Harlas vai embora, rindo de algo que Innon disse; sempre encantador. Como Syen esperava, Innon vem depois para se encostar à parede ao lado dela.

– Minha tripulação acha que sou idiota por ir atrás de você – diz ele casualmente, olhando para o teto abobadado como se houvesse alguma coisa interessante ali. – Eles acham que você não gosta de mim.

– Todos acham que eu não gosto deles – responde Syenite. Na maior parte do tempo, é verdade. – Eu gosto de você.

Ele olha para ela, pensativo, algo de que ela gosta. Paquerar a deixa nervosa. Muito melhor ser direto assim.

– Conheci pessoas da sua espécie antes – ele diz. – Os que foram levados ao Fulcro. – O sotaque dele deforma a palavra, transformando-a em *fungo*, o que ela acha particularmente adequado. – Você é a mais feliz que já vi.

Syenite bufa ao ouvir a piada, e então, vendo seus lábios amargamente contorcidos, seu olhar carregado de grande compaixão, ela percebe que ele não está fazendo piada alguma. Ah.

– Alabaster está bastante feliz.

– Não, não está.

Não. Não está. Mas é por isso que Syenite também não gosta de piadas. Ela dá um suspiro.

– Eu vim... aqui em nome dele, na verdade.

– Ah? Então, você decidiu compartilhar?

– Ele... – Ela pisca quando se dá conta do significado das palavras. – Hein?

Innon encolhe os ombros, o que é um gesto impressionante, dado o seu tamanho e o modo como o movimento faz todas as suas tranças farfalharem.

– Você e ele já são amantes. Foi uma ideia.

Que ideia.

– É... Não. Eu não... Ahn. Não. – Há coisas nas quais ela não está pronta para pensar. – Talvez mais tarde. – Bem mais tarde.

Ele ri, embora não ria dela.

– Sim, sim. Você veio então para quê? Para me pedir para ir ver o seu amigo?

– Ele não é... – Mas aqui está ela conseguindo um amante para ele durante a noite. – *Pelas ferrugens.*

Innon ri, baixinho, para si mesmo, e vira de lado contra a parede, perpendicular a Syenite, de modo que ela não se sinta encurralada, embora ele esteja perto o bastante para ela conseguir sentir o calor do corpo dele. É algo que homens grandes fazem se querem ser atenciosos em vez de intimidadores. Ela aprecia a consideração. E se odeia por decidir a favor de Alabaster porque, pelos fogos da Terra, até o *cheiro* dele é sexy quando diz:

— Você é uma boa amiga, eu acho.

— Sim, pelas ferrugens, eu sou. — Ela esfrega os olhos.

— Ora, ora. Todo mundo vê que você é a mais forte dos dois. — Syenite pisca ao ouvir isso, mas ele fala muito sério. Ele ergue uma das mãos e alisa a lateral do rosto dela com um dedo, da têmpora ao queixo, numa lenta provocação. — Muitas coisas o alquebraram. Ele se mantém inteiro com cuspe e infinitos sorrisos, mas todos podem ver as rachaduras. Mas você, você está machucada, ferida, porém intacta. É muito gentil da sua parte. Cuidar dele assim.

— Ninguém nunca cuida de *mim*. — Então ela fecha a boca com tanta força que seus dentes estalam. Ela não queria dizer isso.

Innon sorri, mas é uma coisa delicada e gentil.

— Eu vou cuidar — ele diz, e se inclina para beijá-la. É um beijo do tipo que arranha; os lábios dele estão secos, o queixo está começando a ficar coberto de pelo. A maioria dos homens costeiros parece não ter barba, mas Innon talvez tenha um pouco de Sanze no sangue, especialmente com todo aquele cabelo. Em todo caso, o beijo dele é tão suave apesar da aspereza que parece mais um agradecimento do que uma tentativa de seduzir. Provavelmente porque essa é a intenção dele. — Mais tarde, prometo que vou.

Então, ele sai, dirigindo-se à casa que ela compartilha com Alabaster, e Syenite o segue com o olhar e pensa, um tanto tarde: *Bem, onde ferrugens eu devo dormir hoje à noite?*

Acontece que é uma pergunta irrelevante porque ela não está com sono. Ela vai à saliência do lado de fora da caverna, onde outros se deixam ficar para tomar o ar da noite ou conversar em um lugar onde metade da comu não consegue ouvi-los, e ela não é a única melancolicamente de pé diante do corrimão, olhando por sobre a água de noite. As ondas chegam continuamente, fazendo os barcos menores e o *Clalsu* balançarem e rangerem, e a luz das estrelas lança reflexos delgados e difusos sobre as ondas que parecem estender-se a perder de vista.

É tranquilo aqui em Meov. É bom ser quem ela é em um lugar que a aceita. Melhor ainda saber que não tem nada a temer por conta disso. Uma mulher que Syen conheceu nos banhos, membro da tripulação do *Clalsu* (a maioria dos quais fala pelo menos um pouco de sanze-mat), explicou para ela enquanto permaneciam mergulhadas na água aquecida por pedras que as crianças esquentaram no fogo como parte de suas atividades diárias. É simples, na verdade.

– Com vocês, nós vivemos – ela disse a Syen, dando de ombros e encostando a cabeça de novo na beirada da banheira, e aparentemente sem se importar com a estranheza das próprias palavras. No continente, todos estão convencidos de que, com roggas por perto, eles vão morrer.

E então a mulher disse uma coisa que a irritou de verdade.

– Harlas está velho. Innon encara muitos perigos durante os ataques. Você e o risonho... – Esse é o termo dos habitantes locais para Alabaster, uma vez que os que não falam sanze-mat têm dificuldade de pronunciar o nome dele – Se tiverem bebês, deem um para nós, certo? Ou vamos ter que ir roubar um do continente.

A própria ideia dessas pessoas, que se destacam como comedores de pedra em uma multidão, tentando se infiltrar no Fulcro para sequestrar um grão, ou pegando uma criança selvagem pouco antes dos Guardiões, faz Syenite estremecer. Ela também não sabe ao certo se gosta da ideia de eles esperarem avidamente que ela fique grávida. Mas eles não são diferentes do Fulcro nesse aspecto, são? E aqui, qualquer filho que ela e Alabaster tenham não terminará em uma estação de ligação.

Ela se demora na saliência durante algumas horas, perdendo-se no som das ondas e deixando-se aos poucos escapar para um tipo de estado em que a mente não pensa. Então, percebe enfim que suas costas e seus pés estão doendo, e o vento que vem da água está ficando gelado; ela não pode simplesmente ficar aqui a noite toda. Aí volta para a caverna, sem saber ao certo aonde pretende ir, apenas deixando que seus pés a carreguem para onde forem. Provavelmente é por isso que ela acaba voltando para a casa "dela", ficando de pé diante da cortina que é tida como sinal de privacidade e ouvindo, através dela, Alabaster chorar.

Definitivamente é ele. Ela conhece essa voz, apesar de estar entrecortada por soluços agora e meio abafada. Mal dá para ouvir, na verdade, apesar da falta de portas e janelas, mas ela sabe o porquê disso, não sabe? Todos os que crescem no Fulcro aprendem a chorar bem, bem baixinho.

É esse pensamento, e o senso de camaradagem que vem a seguir, que a fazem estender a mão devagar e puxar a cortina para o lado.

Eles estão no colchão, felizmente meio cobertos pelas cobertas de pele (não que isso importe, já que ela pode ver roupas jogadas pelo quarto, e o ar tem cheiro de sexo, é tão óbvio o que eles andaram fazendo). Alabaster está encolhido do lado dele, de costas para ela, os ombros ossudos tremendo. Innon está apoiado em um dos cotovelos, alisando o cabelo dele. Ele ergue os olhos quando Syenite abre a cortina, mas não parece chateado nem surpreso. Na verdade, e à luz da conversa que tiveram, ela não deveria estar surpresa, mas *está*. Ele levanta uma das mãos, chamando-a.

Ela não sabe ao certo por que obedece. E não sabe ao certo por que se despe enquanto atravessa o quarto, nem por que ergue a coberta de pele e entra naquela quentura redolente com ele. Nem por que, uma vez tendo feito isso, ela se curva contra as costas de Alabaster e passa um braço pela cintura dele, e olha por cima para ver o triste sorriso de boas-vindas de Innon. Mas ela faz.

Syen dorme desse jeito. Até onde sabe, Alabaster chora pelo resto da noite, e Innon fica acordado para consolá-lo o tempo inteiro. Então, quando ela acorda na manhã seguinte e sai com muito custo da cama e vai aos tropeços até o penico para vomitar nele de forma ruidosa, eles dois continuam dormindo. Não há ninguém para consolá-la enquanto ela fica ali sentada, tremendo, na sequência. Mas não há nada de novo nisso.

Bem, pelo menos o povo de Meov não vai ter que roubar um bebê agora.

+   +   +

NÃO COLOQUE PREÇO NA CARNE HUMANA.

– *TÁBUA UM, "DA SOBREVIVÊNCIA", VERSÍCULO SEIS*

INTERLÚDIO

Transcorre um tempo de felicidade na sua vida, que eu não vou descrever para você. Não é importante. Talvez você ache errado eu falar tanto dos horrores, da dor, mas ela é o que nos molda, no fim das contas. Somos criaturas nascidas do calor e da pressão e do movimento cansativo e incessante. Estar quieto é... não estar vivo.

Mas o que importa é que você saiba que nem tudo foi terrível. Houve longos intervalos de paz, entre cada crise. Uma chance de se acalmar e solidificar antes de o atrito recomeçar.

Eis aqui o que você precisa entender. Em qualquer guerra, há facções: aquelas que querem a paz, aquelas que querem mais guerra por inúmeras razões, e aquelas cujo desejo transcende as duas. E esta é uma guerra com muitos lados, não só dois. Você pensou que eram apenas os quietos e os orogenes? Não, não. Lembre-se dos comedores de pedra e dos Guardiões também... Ah, e das Estações. Nunca se esqueça do Pai Terra. Ele não se esqueceu de você.

Então, enquanto ela, você, descansava, essas são as forças que se reuniram. Por fim, elas começaram a avançar.

20

Syenite, esticada e puxada de volta

Não é bem o que Syenite tinha em mente para o resto de sua vida, ficar sentada e ser inútil, então, um dia, ela vai procurar Innon enquanto a tripulação do *Clalsu* está equipando o navio para outra série de ataques.

– Não – diz ele, encarando-a como se ela estivesse louca.

– Você não vai *ser pirata* quando acabou de ter um bebê.

– Eu tive um bebê dois anos atrás. – Ela não consegue mais trocar tantas fraldas, amolar as pessoas para que lhe deem aulas de etúrpico com tanta frequência e ajudar na pesca com rede tantas vezes sem enlouquecer. Ela já parou de amamentar, que é a desculpa que Innon usou até agora para dissuadi-la e que, de qualquer forma, não fazia sentido, uma vez que em Meov essas coisas são feitas comunitariamente, como todo o resto. Quando ela não está por perto, Alabaster simplesmente leva o bebê para uma das outras mães da comu, do mesmo modo como Syen, por sua vez, alimentou os bebês das outras, se acontecesse de estarem com fome quando ela estava por perto e cheia de leite. E já que Bas troca as fraldas a maior parte do tempo e canta para o pequeno Corundum dormir e lhe fala em tom suave e brinca com ele e o leva para passear e assim por diante, Syenite tem que se manter ocupada de alguma maneira.

– Syenite. – Ele para no meio da rampa de carregamento que leva ao porão do navio. Estão colocando barris de água e comida estocados a bordo, junto com cestos de coisas mais herméticas: baldes com correntes para a catapulta, bexigas com piche e óleo de peixe, um pedaço de tecido pesado para servir de vela substituta se precisarem. Quando Innon para ao ver Syenite no final da rampa, todo o resto fica imóvel, e quando surgem reclamações em voz alta vindas do cais, ele ergue a cabeça e fica olhando até todos se calarem. Todos, claro, menos Syenite.

– Estou *entediada* – diz ela em um tom frustrado. – Não há nada para fazer aqui além de pescar e esperar você e os outros voltarem de um ataque, e fofocar sobre pessoas que não conheço e contar histórias sobre coisas que não me importam! Passei a minha vida inteira treinando ou trabalhando, pelo amor da Terra, você não pode esperar que eu simplesmente fique sentada sem fazer quase nada e olhe para a água o dia inteiro.

– Alabaster faz isso.

Syenite revira os olhos, embora seja verdade. Quando Alabaster não está com o bebê, ele passa a maior parte dos dias lá nas alturas, acima da colônia, olhando para o mundo e tendo pensamentos insondáveis durante horas a fio. Ela sabe; ela o viu fazendo isso.

– Eu não sou ele! Innon, você pode me usar.

E a expressão de Innnon muda porque... Ah, sim. *Essa* acerta na mosca.

É algo velado entre eles, mas Syenite não é idiota. Há muitas coisas que um rogga habilidoso pode fazer para ajudar nos tipos de investidas que a tripulação de Innon faz. Não criar tremores ou explosões, ela não faria isso e ele nunca pediria, mas é simples absorver força suficiente do ambiente para baixar a temperatura na superfície da água, e assim encobrir o navio com névoa para ocultar sua aproximação ou retirada. É igualmente fácil causar uma perturbação nas florestas ao longo da costa com a mais delicada das vibrações subterrâneas, fazendo bandos de aves ou grupos de ratos sair às pressas das árvores e entrar nos povoados próximos como distração. E mais. A orogenia é extremamente útil, Syenite está começando a entender, para muito, muito mais do que apenas acalmar tremores.

Ou melhor, *poderia* ser útil, se Innon conseguisse usar a orogenia dele dessa forma. No entanto, apesar de todo o seu incrível carisma e destreza física, Innon ainda é um selvagem, com nada além do pouco treinamento que Harlas (ele próprio um selvagem e mal treinado) pôde lhe dar. Ela sentiu a orogenia de Innon quando ele acalmou tremores locais menores, e a bruta ineficiência do poder dele a choca por vezes. Ela tentou ensinar a ele a ter um controle melhor, e ele ouve, e *tenta*, mas não melhora. Ela não entende por quê. Sem esse nível de habilidade, a tripulação do *Clalsu* obtém seus espólios à moda antiga: eles lutam, e morrem, em nome de cada migalha.

– Alabaster pode fazer essas coisas para nós – diz Innon, parecendo desconfortável.

– Alabaster – diz Syen, tentando ter paciência – fica enjoado só de olhar para essa coisa. – Ela faz um gesto, apontando o porão recurvado do *Clalsu*. A piada que corre por toda a comu é a de que Bas de algum modo consegue mudar de cor apesar de sua negrura sempre que é forçado a entrar em um navio. Syen vomitou menos quando teve enjoos matinais. – E se eu não fizer nada além de encobrir o navio? Ou o que quer que você mandar que eu faça.

Innon põe as mãos no quadril, com ar de deboche.

– Você finge que vai seguir minhas ordens? Você nem ao menos faz isso na cama.

– Ah, seu *cretino*. – Agora ele está sendo um babaca porque na verdade não tenta lhe dar ordens na cama. É só uma coisa meovita estranha ficar provocando no que se refere a sexo. Agora que Syen consegue entender o que todos estão dizendo, um a cada dois comentários parece ser sobre ela compartilhar suas horas de sono com dois dos homens mais bonitos da comu.

Innon diz que eles só fazem isso com ela porque ela fica com cores tão interessantes quando senhorinhas de idade fazem piadas vulgares sobre posições e nós feitos com cordas. Ela está tentando se acostumar. – Isso é completamente irrelevante!

– É? – Ele cutuca o peito dela com um dedo grande. – Nada de amantes no barco; essa é a regra que eu sempre segui. Não podemos nem ser amigos depois que zarparmos. O que eu digo é uma ordem; se fizerem qualquer outra coisa, nós morremos. Você questiona *tudo*, Syenite, e não há tempo para questionamentos no mar.

Não é... um argumento injusto. Syen se remexe, desconfortável.

– Eu consigo seguir ordens sem questionar. A Terra sabe que eu já fiz o suficiente disso. Innon... – Ela respira fundo. – Pelo amor da Terra, Innon, eu farei qualquer coisa para sair desta ilha por um tempo.

– E esse é outro problema. – Ele se aproxima e abaixa a voz. – Corundum é *seu filho*, Syenite. Você não sente nada por ele a ponto de estar sempre impaciente por ficar longe?

– Eu verifico se ele está sendo bem cuidado. – E ela verifica mesmo. Corundum está sempre limpo e bem alimentado. Ela nunca quis uma criança, mas agora que teve uma, que a segurou e a amamentou, e tudo isso... ela tem uma sensação de realização, talvez, e de pesaroso reconhecimento, porque ela e Alabaster conseguiram fazer uma bela criança juntos. Ela olha para o rosto do filho às vezes e se admira de que ele exista, de que ele pareça tão inteiro e tão certo, quando ambos os seus genitores não têm nada exceto uma amarga tristeza entre eles. A quem ela está tentando enganar? É amor. Ela ama o filho. Mas isso não significa que queira passar cada hora de cada dia ferrugento na presença dele.

Innon balança a cabeça e vira as costas, erguendo as mãos.

– Está bem! Está bem, está bem, mulher ridícula. Então, vá *você* dizer a Alabaster que nós dois estaremos fora.

– Tudo b... – Mas ele já se foi, subiu a rampa e entrou no porão, onde ela o escuta gritar com outra pessoa por conta de alguma coisa que ela não consegue entender muito bem porque seus ouvidos não conseguem processar o etúrpico quando ecoa naquele volume.

Independentemente, ela desce a rampa um pouco entusiasmada, acenando um vago pedido de desculpas aos outros membros da tripulação que estão por lá, parecendo um tanto irritados. Então ela se dirige à comu.

Alabaster não está em casa, e Corundum não está com Selsi, a mulher que, na maioria das vezes, fica com as crianças menores da colônia quando seus pais estão ocupados. Selsi ergue as sobrancelhas, olhando para Syen, quando esta cutuca sua cabeça.

– Ele disse sim?

– Ele disse sim. – Syenite não consegue deixar de sorrir, e Selsi dá risada.

– Então nunca mais veremos você, eu aposto. As ondas esperam apenas pelas redes. – O que Syenite supõe que seja algum tipo de provérbio meovita, seja lá qual for o seu significado. – Alabaster está nas elevações com Coru outra vez.

Outra vez.

– Obrigada – ela diz, e chacoalha a cabeça. É de se admirar que não tenha brotado asas no seu filho.

Ela sobe os degraus até o nível mais alto da ilha e atravessa a primeira elevação da rocha, e lá estão eles, sentados em um cobertor perto do penhasco. Coru levanta os olhos quando ela se aproxima, sorrindo e apontando-lhe o dedo;

Alabaster, que provavelmente sentiu seus passos na escada, não se dá ao trabalho de virar.

– Innon finalmente vai levá-la com eles? – ele pergunta quando Syen chega perto o bastante para ouvir sua voz baixa.

– Ã-hã – Syenite se senta no cobertor ao lado deles e abre os braços para Coru, que sai do colo de Alabaster, onde estava sentado, e vai para o de Syenite. – Se eu soubesse que você já sabia, não teria tido o trabalho de subir todos esses degraus.

– Foi uma suposição. Você não costuma vir aqui com um sorriso no rosto. Eu sabia que tinha que ser alguma coisa. – Alabaster enfim se vira, observando Coru enquanto ele se põe de pé no colo dela e pressiona seus seios. Syenite o segura de maneira reflexiva, mas, na verdade, ele está se saindo muito bem em manter o equilíbrio, apesar de o colo dela ser irregular. Então Syen nota que não é só Corundum que Alabaster está observando.

– O que foi? – pergunta ela, franzindo a testa.

– Você vai voltar?

E isso, completamente do nada, faz Syenite deixar as mãos caírem. Felizmente, Coru pegou a manha de se manter de pé no seu colo, o que ele faz, dando risadinhas, enquanto ela encara Alabaster.

– Por que você está... *O quê?*

Alabaster encolhe os ombros, e é só nesse momento que Syenite percebe uma ruga entre as sobrancelhas e a expressão assombrada nos olhos dele, e é só nesse momento que ela entende o que Innon estava tentando lhe dizer. Como que para reforçar isso, Alabaster diz com amargura:

– Você não precisa mais ficar comigo. Você tem a sua liberdade, como queria. E Innon tem o que *ele* queria... Uma criança rogga para cuidar da comu se algo lhe acontecer. Ele tem até a mim para treinar a criança melhor do que Harlas jamais poderia, pois ele sabe que eu não vou embora.

Pelos-fogos-debaixo-da-Terra. Syenite suspira e afasta as mãos de Coru, o que machuca.

– Não, criancinha gulosa, não tenho mais leite. Fique quieto. – E porque isso de imediato faz Coru contorcer o rosto, contrariado e triste, ela o traz para perto e o envolve com os braços e começa a brincar com os pés dele, o que em geral é uma boa maneira de distraí-lo antes que ele saia do seu colo. Funciona. Ao que parece, crianças pequenas são desmesuradamente fascinadas pelos próprios dedões. Quem diria? E, tendo cuidado da criança, ela pode concentrar-se em Alabaster, que agora está olhando para o mar de novo, mas que provavelmente está muito perto de ter um colapso.

– *Você* poderia partir – ela diz, salientando o óbvio porque é o que sempre tem que fazer com ele. – Innon já se ofereceu para nos levar de volta para o continente, se quisermos ir. Se não fizermos nada estúpido como acalmar um tremor diante de uma multidão, qualquer um de nós pode provavelmente ter uma vida digna em algum lugar.

– Nós temos uma vida digna aqui. – É difícil ouvi-lo com o vento e, no entanto, ela consegue de fato sentir o que ele não está dizendo. *Não me deixe.*

– Pelas cascas da ferrugem, Bas, o que há de errado com você? Não pretendo partir. – De qualquer forma, não agora. Mas é bem ruim que eles estejam tendo essa conversa; ela não precisa piorar as coisas. – Só estou indo a um lugar onde posso ser útil...

– Você é útil aqui. – E agora ele se vira para olhar em cheio para ela, e isso realmente a incomoda, a dor e a solidão que espreitam sob a aparência superficial de raiva no rosto dele. Incomoda-a mais ainda o fato de que isso a incomoda.

– Não. Não sou. – E, quando ele abre a boca para protestar, ela o atropela. – *Não* sou. Você mesmo disse: Meov tem um dez-anéis para protegê-la agora. Não pense que não notei como não tivemos sequer uma contração subterrânea ao meu alcance, não durante todo o tempo em que estivemos aqui. Você vem acalmando qualquer ameaça possível muito antes que Innon ou eu possamos sentir... – Mas aí as palavras vão sumindo, e ela franze a testa, porque Alabaster está balançando a cabeça, e há um sorriso nos lábios dele que a deixa abruptamente desconfortável.

– Eu não – ele diz.

– O quê?

– *Eu* não acalmo nada faz mais ou menos um ano. – E então ele acena em direção à criança, que agora está examinando os dedos de Syenite, muito concentrado. Ela olha para Coru, e Coru olha para ela e sorri.

Corundum é exatamente o que o Fulcro esperava quando a juntaram a Alabaster. Ele não herdou muito da aparência de Alabaster, sendo apenas um tom um pouco mais escuro do que Syen e com pelos que já estão deixando de ser uma penugem e começando a se tornar um cabelo de cinzas sopradas, e bem espetado; ela é quem tem ancestrais sanzed, então isso também não veio de Bas. Mas o que Coru tem do pai é uma consciência da terra imensamente poderosa. Nunca, até este momento, havia ocorrido a Syenite que seu bebê pudesse ser consciente o bastante para sensar, e *acalmar*, microtremores. Isso não é instinto, é habilidade.

– Pelas crueldades da Terra – ela murmura. Coru dá uma risadinha. Então Alabaster estende a mão em um gesto abrupto e o tira dos braços dela, levantando-se. – Espere, isso...

– Vá – ele diz em um tom ríspido, pegando o cesto que trouxe com eles e agachando-se para jogar brinquedos de bebê e uma fralda dobrada dentro dele. – Vá, ande em seu barco ferrugento, acabe sendo morta com Innon, que me importa. *Eu* vou estar aqui para ajudar Coru, não importa o que *você* faça.

E depois ele vai embora, seus ombros rígidos e seus passos rápidos, ignorando o protesto em tom agudo de Coru e nem ao menos se dando ao trabalho de pegar o cobertor no qual Syen ainda está sentada.

Pelos fogos da Terra.

Syenite fica lá em cima um pouco, tentando entender como acabou se tornando a cuidadora emocional de um dez-anéis louco, presa no meio do nada ferrugento com o filho desumanamente poderoso desse sujeito. Então, o sol se põe e ela se cansa de pensar nisso, depois se levanta e pega o cobertor e volta para a comu lá embaixo.

Todos estão se reunindo para a refeição da noite, mas Syenite se recusa a ser sociável desta vez, simplesmente pegando um prato de tulipeixe assado e três-folhas refogadas com cevada adoçada que deve ter sido roubada de alguma comu do continente. Ela leva o prato de volta para casa e fica surpresa de encontrar Alabaster lá, encolhido na cama com Coru adormecido. Eles passaram para uma cama maior por conta de Innon, este colchão suspenso por quatro postes robustos através de uma espécie de rede que é surpreendentemente confortável e durável apesar do peso e da atividade que eles lhe impõem. Alabaster está quieto, mas acordado, quando Syen entra, então ela suspira e pega Coru e o coloca para dormir na cama suspensa menor, que fica mais perto do chão caso ele role ou desça dela durante a noite. Então, ela sobe na cama com Alabaster, fica só olhando para ele e, depois de um tempo, ele desiste do tratamento frio e se aproxima um pouco. Não olha diretamente para ela enquanto faz isso. Mas Syenite sabe do que ele precisa, então suspira e rola para ficar de barriga para cima, e ele se aproxima mais ainda, pousando enfim sua cabeça no ombro dela, onde ele provavelmente queria estar o tempo todo.

– Me desculpe – ele diz.

Syenite encolhe os ombros.

– Não se preocupe com isso. – E então, porque Innon está certo e isso em parte é culpa sua, ela suspira e acrescenta: – Eu vou voltar. Eu *gosto* daqui, sabe. Eu só fico... inquieta.

– Você está sempre inquieta. O que está procurando?

Ela chacoalha a cabeça.

– Não sei.

Mas ela pensa, quase mas não exatamente de modo subsconsciente: *Uma maneira de mudar as coisas. Porque isto não está certo.*

Ele é sempre bom em adivinhar seus pensamentos.

– Você não pode tornar nada melhor – diz ele pesadamente. – O mundo é o que é. A menos que você o destrua e comece tudo de novo, é impossível modificá-lo. – Ele suspira e esfrega o rosto contra o seio dela. – Pegue o que você puder dele, Syen. Ame seu filho. Viva até mesmo a vida de pirata se isso a fizer feliz. Mas pare de procurar por algo melhor do que isso.

Ela passa a língua pelos lábios.

– Corundum deveria ter coisa melhor.

Alabaster suspira.

– Sim, deveria. – Ele não diz mais nada, mas o não dito é palpável: *Mas não terá.*

Isso não está certo.

Ela cai no sono. Algumas horas depois ela acorda porque Alabaster está balbuciando "oh, *caralho*; oh, por favor;

oh, Terra; não posso, Innon" contra o ombro de Innon e se remexendo de um jeito que atrapalha o balanço suave da cama enquanto Innon resfolega e se esfrega nele, pinto contra pinto melado. E então, porque Alabaster está exausto, mas Innon não está, e este nota que ela está olhando, ele sorri para ela e beija Alabaster e desliza uma das mãos até o meio das pernas de Syen. Claro que ela está molhada. Ele e Alabaster ficam sempre lindos juntos.

Innon é um amante atencioso, então ele se inclina e acaricia os seios dela com o nariz e faz coisas maravilhosas com os dedos, e não para de trepar com Alabaster até ela praguejar e exigir *toda* a atenção dele por um tempo, o que o faz rir e mudar para o outro lado da cama.

Alabaster observa enquanto Innon faz a vontade dela, e isso deixa seu olhar excitado, o que Syenite não entende, mesmo depois de estar com eles há quase dois anos. Bas não a quer, não dessa forma, nem ela a ele. E, no entanto, é incrivelmente excitante para ela ver Innon fazê-lo gemer e implorar, e Alabaster claramente também adora vê-la perder o controle com outra pessoa. Ela gosta *mais* quando Bas está olhando, na verdade. Eles não suportam fazer sexo um com o outro diretamente, mas indiretamente é bárbaro. E que nome se dá a isso? Não é um *ménage à trois*, nem um triângulo amoroso. É um *ménage* a dois e meio, um diedro afetivo. (E, bem, talvez seja amor.) Ela deveria estar preocupada com outra gravidez, talvez de Alabaster de novo, considerando como as coisas ficam confusas entre eles três, mas não consegue se forçar a ficar preocupada, pois não importa. Alguém amará seus filhos, não importa o que aconteça. Da mesma maneira como não pensa muito no que faz durante o tempo que passa na cama ou em como essa coisa entre eles funciona; ninguém em Meov vai ligar, não importa o que aconteça. É outro fator excitante, provavelmente: a completa falta de medo. Imagine só.

Então, eles adormecem, Innon roncando de barriga para cima no meio dos dois e Bas e Syen descansando a cabeça sobre seus grandes ombros, e não pela primeira vez Syen pensa: *se pelo menos isso pudesse durar.*

Ela sabe que não deveria desejar algo tão impossível.

+ + +

O *Clalsu* zarpa no dia seguinte. Alabaster está no píer com metade do resto da comu, que está acenando e desejando boa sorte. Ele não acena mas aponta para eles conforme o navio se afasta, incentivando Coru a acenar quando Syenite e Innon o fazem. Coru acena e, por um instante, Syen sente algo semelhante a arrependimento. Passa rápido.

Depois, há apenas o mar aberto e trabalho a ser feito: jogar linhas para pescar e subir bem alto nos mastros para fazer coisas com as velas quando Innon lhes manda fazer isso e, a certa altura, prender vários barris que se soltaram lá embaixo no porão. É trabalho duro, e Syenite adormece em seu pequeno beliche sob uma das divisórias não muito depois do pôr do sol, pois Innon não vai deixá-la dormir com ele e, de qualquer forma, ela não tem energia para subir até a cabine dele.

Mas as coisas melhoram, e ela fica mais forte conforme se passam os dias, começando a ver por que a tripulação do *Clalsu* sempre pareceu um pouco mais vibrante, um pouco mais interessante, do que todos os demais em Meov. No quarto dia de viagem, ouve-se um grito à esquerda; ferrugens, a *bombordo* do navio, e ela e os outros vêm até o parapeito para ver algo incrível: as plumas encrespadas de um borrifo do oceano onde grandes monstros das profundezas subiram para nadar ao lado deles. Um deles emerge sobre a superfície para olhar para eles e é ridiculamente enorme; o olho dele é maior do que a cabeça de Syenite. Mas ele não os machuca, e uma das tripulantes lhe diz que ele só está curioso. Ela parece achar graça do espanto de Syenite.

À noite, eles olham para as estrelas. Syen nunca prestou muita atenção no céu; o chão debaixo de seus pés sempre foi mais importante. Mas Innon aponta padrões no modo como as estrelas se movem e explica que as "estrelas" que ela vê na verdade são outros sóis, com seus próprios mundos e talvez outras pessoas vivendo outras vidas e encarando outras lutas. Ela ouviu falar de pseudo-ciências como astronomestria, sabe que seus partidários fazem afirmações indemonstráveis como essa, mas agora, olhando para o céu que constantemente se move, ela entende por que eles acreditam nisso. Ela entende por que eles se *importam*, quando o céu é tão imutável e irrelevante para a maior parte da vida cotidiana. Em noites como esta, por um pequeno instante, ela também se importa.

Também à noite, a tripulação bebe e canta canções. Syenite pronuncia errado palavras vulgares, inadvertidamente tornando-as mais vulgares, e faz amizade de modo instantâneo com metade da tripulação ao fazer isso.

A outra metade da tripulação não tem uma opinião formada até avistar um provável alvo no sétimo dia. Eles vinham espreitando perto das rotas marítimas entre duas penínsulas densamente povoadas, e as pessoas na gávea vinham observando com binóculos em busca de navios que valessem o esforço de roubar. Innon não dá a ordem até a pessoa de vigia lhes dizer que avistou um navio particularmente grande, do tipo que costuma ser usado para transportar mercadorias pesadas ou perigosas demais para fazê-lo com facilidade em carroças: petróleo e pedras extraídas, produtos químicos voláteis e madeira. Exatamente o tipo de coisa de que uma comu presa em uma ilha árida no meio do nada poderia precisar mais. Esse está acompanhado por outro navio, que é menor e que, de acordo com aqueles que o veem através dos binóculos e sabem distinguir essas coisas só de olhar, provavelmente está cheio de soldados da milícia, aríetes e armamentos próprios. (Talvez um seja uma carraca e o outro, uma caravela, essas são as palavras que os marinheiros usam, mas ela não consegue lembrar qual é qual e é um saco tentar, então ela vai ficar com "o navio grande" e "o navio pequeno.") Sua prontidão para repelir piratas confirma que o cargueiro carrega algo que vale a pena saquear.

Innon olha para Syenite, e ela dá um sorriso impetuoso.

Ela levanta duas névoas. A primeira requer que ela absorva energia ambiente da extremidade mais distante de seu raio de alcance… Mas ela faz isso, porque é onde está o navio menor. A segunda névoa ela levanta em um corredor entre o *Clalsu* e o navio de carga, de modo que estarão em cima do alvo antes mesmo que ele os veja chegar.

Funciona como um relógio. A tripulação de Innon é, em sua maior parte, experiente e altamente habilidosa; aqueles como Syenite, que ainda não sabem o que estão fazendo, são forçados a sair do caminho enquanto os outros põem as mãos à obra. O *Clalsu* sai da névoa e o outro navio começa a tocar os sinos para soar o alarme, mas é tarde demais. O pessoal de Innon aciona as catapultas e retalha as velas deles com cestos de corrente. Então, o *Clalsu* se aproxima sorrateiramente, Syen acha que eles vão bater, mas Innon sabe o que está fazendo, e outras pessoas do navio jogam ganchos por sobre a brecha entre eles, atando os dois navios e então aproximando-os com a grande manivela que ocupa boa parte do convés.

É perigoso a essa altura, e um dos membros mais velhos da tripulação enxota Syen para baixo do convés quando as pessoas do navio de carga começam a atirar flechas e pedras e facas neles. Ela se senta à sombra dos degraus enquanto os outros membros da tripulação sobem e descem a escada, e seu coração está disparado; as palmas da mão estão úmidas. Algo pesado bate com estrondo no casco a menos de um metro e meio de sua cabeça, e ela se encolhe.

Mas, pelas crueldades da Terra, isso é *muito* melhor do que ficar sem fazer nada na ilha, pescando e cantando cantigas de ninar.

Tudo acaba em minutos. Quando a agitação diminui e Syenite se atreve a subir ao convés de novo, ela vê que pranchas foram colocadas entre os dois navios e o pessoal de Innon está indo e vindo sobre elas. Alguns deles capturaram membros da tripulação do cargueiro e os encurralaram no convés, mantendo-os na mira de uma faca de vidro; o resto da tripulação está se rendendo, entregando armas e objetos de valor de medo que os reféns sejam feridos. Alguns dos marinheiros de Innon já estão indo aos porões, trazendo barris e engradados para cima e transportando-os para o convés do *Clalsu*. Eles vão separar os espólios mais tarde. A rapidez é essencial agora.

Mas, de repente, ouvem-se gritos, e alguém no cordame toca um sino de maneira frenética... e da névoa agitada sai o navio de ataque que acompanhava o navio cargueiro. Está em cima deles e, um tanto tardiamente, Syen percebe seu erro: ela havia suposto que o navio de ataque *pararia*, considerando que não conseguiria ver, sabendo estar próximo de outros navios. Agora o navio de ataque está vindo a toda velocidade e, embora ela possa ouvir gritos de alarme vindos dos conveses quando também percebem o perigo, é impossível que consiga parar antes de bater no *Clalsu* e no navio de carga... E provavelmente afundar os três.

Syenite está transbordando com o poder que absorveu do calor e das ondas ilimitadas do mar. Ela reage, como lhe ensinaram em uma centena de treinos no Fulcro, sem pensar. Lá embaixo, por entre a estranha propriedade escorregadia dos minerais da água do mar, por entre a inutilidade encharcada dos sedimentos do oceano, lá embaixo. Há rocha debaixo do oceano, e ela é antiga, pura e está sob seu comando.

Em outro lugar, ela agarra com as mãos e grita e pensa *Para Cima* e, de repente, o navio de ataque estala e para com uma sacudidela. As pessoas param de gritar, forçadas a se calar por conta do choque, em todos os três navios. Isso ocorre porque, de súbito, aparece uma enorme e pontuda faca de leito de rocha sobressaindo vários metros acima do convés do navio de ataque, espetando o navio da quilha para cima.

Tremendo, Syenite abaixa as mãos devagar.

Os gritos a bordo do *Clalsu* vão de alarme a vivas dissonantes. Mesmo algumas das pessoas do navio cargueiro parecem aliviadas; um navio danificado é melhor do que três navios afundados.

As coisas acontecem rápido depois disso, com o navio de ataque sem poder fazer nada e espetado como está. Innon vem encontrá-la no exato momento em que a tripulação informa que o porão do navio de carga está vazio. Syen foi para a proa, onde pode ver pessoas no navio de ataque tentando cinzelar a pilastra.

Innon para ao lado dela, e ela levanta os olhos, preparada para a raiva dele. Mas ele está longe de estar bravo.

– Eu não sabia que era possível fazer esse tipo de coisa – diz ele, admirado. – Pensei que você e Alabaster estivessem só se gabando.

É a primeira vez que Syenite recebe um elogio pela sua orogenia de alguém que não é do Fulcro e, se ela ainda não houvesse começado a amar Innon, começaria agora.

– Eu não deveria ter erguido essa coluna tão alto – diz ela, acanhada. – Se tivesse pensado primeiro, eu a teria erguido o suficiente para rachar o casco, para eles pensarem que bateram em um obstáculo.

Innon fica sério quando entende.

– Ah. E agora eles sabem que temos um orogene de certa habilidade a bordo. – A expressão dele endurece de um modo que Syenite não entende, mas decide não questioná-la. É tão boa a sensação de estar aqui com ele, saboreando o sucesso. Por um instante, eles apenas observam o descarregamento do navio cargueiro juntos.

Então, um dos tripulantes de Innon vai até eles para dizer que terminaram, que as pranchas foram recolhidas, as cordas e os ganchos foram enrolados de volta em suas rodas de manivela. Eles estão prontos para partir. Innon diz com uma voz grave:

– Aguarde.

Ela quase sabe o que vem na sequência. Mas ainda a faz se sentir mal quando ele olha para Syenite, sua expressão fria.

– Afunde os dois.

Ela prometeu jamais questionar as ordens de Innon. Mesmo assim, ela hesita. Ela nunca matou ninguém antes, não de propósito. Foi apenas um erro o fato de ela ter erguido a projeção de pedra tão alto. Será realmente necessário que pessoas morram por conta de sua loucura? Ele se aproxima, e ela se encolhe preventivamente, embora ele nunca a tenha machucado. Independentemente disso, ela sente pontadas nos ossos da mão.

Mas Innon apenas lhe fala ao ouvido:

– Por Bas e Coru.

Isso não faz sentido. Bas e Coru não estão aqui. Mas aí tudo o que suas palavras implicam, que a segurança de todos em Meov depende dos habitantes do continente vê-los como um inconveniente em vez de uma séria ameaça, penetra sua mente e a torna fria também. Mais fria.

Então ela diz:

– Você deveria mandar nos afastarem.

Innon se vira de imediato e dá ordem para o *Clalsu* zarpar. Quando eles se afastaram a uma distância segura, Syenite respira fundo.

Por sua família. É estranho pensar neles dessa maneira, embora seja o que são. É mais estranho ainda fazer algo deste tipo por um motivo real, e não simplesmente porque ela recebeu ordens para fazê-lo. Será que isso significa que ela não é mais uma arma? O que isso a torna, então, se não for?

Não importa.

Em um ímpeto de sua vontade, a coluna de leito de rocha se retrai do casco do navio de ataque, deixando um buraco de trinta metros perto da popa. Ele começa a afundar imediatamente, virando para cima conforme entra água. Então, absorvendo mais força da superfície do oceano e levantando névoa suficiente para obscurecer a vista por quilômetros, Syenite vira a coluna para mirar na quilha do navio cargueiro. Uma rápida estocada para cima, uma retirada mais rápida ainda. Como dar um golpe mortal em alguém com um punhal. O casco do navio racha como um ovo e, depois de um instante, divide-se em duas metades. Está feito.

A névoa esconde por completo ambos os navios afundando enquanto o *Clalsu* veleja para longe. Os gritos das duas tripulações seguem Syenite muito tempo depois, na brancura flutuante.

+   +   +

Innon abre uma exceção para ela naquela noite. Mais tarde, sentada em sua cama de capitão, Syen diz:

– Quero ver Allia.

Innon dá um suspiro.

– Não. Não quer.

Mas ele dá a ordem mesmo assim, porque a ama. O navio traça uma nova rota.

+   +   +

De acordo com a lenda, o Pai Terra originalmente não odiava a vida.

Na verdade, como contam os sabedoristas, houve um tempo em que o Pai Terra fazia tudo o que ele podia para facilitar o estranho surgimento de vida em sua superfície. Ele criava inclusive estações previsíveis, mantinha as mudanças de vento e onda e temperatura lentas a ponto de cada ser vivo poder se adaptar, evoluir, invocava águas que se purificavam, céus que sempre clareavam após uma tempestade. Ele não criou a vida, isso foi uma casualidade, mas ele ficou satisfeito com ela e fascinado por ela, e orgulhoso de nutrir uma beleza selvagem tão estranha sobre a sua superfície.

Então, as pessoas começaram a fazer coisas horríveis ao Pai Terra. Elas envenenaram as águas até mesmo para além da capacidade que ele tinha de limpar, e mataram muitas das outras formas de vida que viviam em sua superfície. Perfuraram através da crosta da sua pele, atravessaram o sangue do seu manto, para chegar à doce medula de seus ossos. E, no auge da arrogância e do poder humanos, foram os orogenes que fizeram algo que nem mesmo o Pai Terra poderia perdoar: eles destruíram sua única cria.

Nenhum sabedorista com quem Syenite já conversou sabe o que significa essa expressão enigmática. Não é Saber das Pedras, é só tradição oral ocasionalmente gravada em materiais efêmeros como papel e couro; e demasiadas Estações a modificaram. Por vezes é a faca de vidro preferida do Pai Terra que os orogenes destruíram; em outras é sua sombra; às vezes, seu Reprodutor mais valioso. O que quer que as palavras signifiquem, os sabedoristas e os mestas concordam quanto ao que aconteceu depois que os orogenes cometeram seu grande pecado: a superfície do Pai Terra rachou como a casca de um ovo. Quase todos os seres vivos morreram quando sua fúria se tornou manifesta na primeira e mais terrível das Quintas Estações: a Estação do Estilhaçamento. Por mais poderosas que fossem, aquelas pessoas antigas não tiveram nenhum aviso, nem um pouco de tempo para construir esconderijos de provisões e nenhum Saber das Pedras para orientá-los. Foi pura sorte que uma quantidade suficiente da raça humana sobreviveu para se restabelecer posteriormente, e nunca mais a vida alcançou o auge de poder que um dia teve. A fúria recorrente da Terra jamais permitirá isso.

Syenite sempre pensou nessas histórias. Há um grau de licença poética nelas, claro, pessoas primitivas tentando explicar o que não entendiam, mas todas as lendas contêm um fundo de verdade. Talvez os orogenes antigos tenham rachado a crosta do planeta de alguma forma. Mas como? Está claro agora que a orogenia é mais do que aquilo que o Fulcro ensina, e talvez haja um motivo pelo qual o Fulcro não ensina isso, se a lenda for verdadeira. Mas fatos são fatos: mesmo que, de algum modo, todos os orogenes existentes, até os bebês, pudessem ser emparelhados, eles não conseguiriam destruir a superfície do mundo. Isso congelaria tudo: não há calor nem movimento suficientes *em parte alguma* para fazer tanto estrago. Eles todos se esgotariam tentando e morreriam.

O que significa que parte da história não pode ser verdade; não se pode colocar a culpa pela fúria da Terra na orogenia. Não que qualquer um exceto outro rogga fosse aceitar essa conclusão.

É verdadeiramente incrível, contudo, que a humanidade tenha conseguido sobreviver aos fogos dessa primeira Estação. Porque, se o mundo inteiro era naquela época o que Allia é agora… Syenite tem um novo entendimento de quanto o Pai Terra odeia todos eles.

Allia é uma cena noturna de morte vermelha e borbulhante. Não restou nada da comu, exceto o anel da caldeira que um dia a aninhou, e mesmo isso é difícil de ver. Estreitando os olhos para ver em meio à trêmula neblina vermelha, Syen acha que conseguiu ver de relance alguns restos de edifícios e ruas nos declives da caldeira, mas isso poderia ser apenas ilusão.

O céu noturno está carregado de nuvens de cinza, iluminadas na parte de baixo pelo brilho do fogo. Onde estava o porto, existe agora um cone vulcânico em desenvolvimento, expelindo nuvens mortíferas e o sangue vermelho e quente de seu nascimento e elevação para fora do mar. Ele já é enorme, ocupando quase toda a cratera da caldeira, e já deu cria. Duas crateras secundárias surgiram em seu flanco, jorrando gás e lava como o progenitor. Provavelmente, todos os três acabarão se juntando para se tornar um único monstro, tragando as montanhas ao redor e ameaçando todas as comus ao alcance de suas nuvens de gás ou de sua subsequente explosão.

Todas as pessoas que Syenite conheceu em Allia estão mortas agora. O *Clalsu* não pode se aproximar a menos de oito quilômetros da costa; se chegarem mais perto, arriscam-se a morrer, seja deformando o casco do navio nas águas aquecidas, seja sufocando nas quentes nuvens que gotejam de vez em quando da montanha. Ou sendo cozidos por uma das crateras secundárias que ainda estão se desenvolvendo por aquela área, espalhando-se a partir do que um dia foi o porto de Allia como os raios de uma roda e emboscando-os como minas mortais sob as águas próximas ao litoral. Syen consegue sensar cada um desses pontos quentes, luminosas tempestades de ira agitando-se logo abaixo da pele da Terra. Até mesmo Innon consegue sensá-los, e ele desviou o navio para longe dos que poderiam, mais provavelmente, explodir em pouco tempo. Mas, frágil como os extratos estão neste exato momento, uma nova cratera poderia se abrir bem embaixo deles antes que Syen tivesse a chance de detectá-la ou impedi-la. Innon está arriscando muita coisa para fazer sua vontade.

– Muitas pessoas das partes mais afastadas da comu conseguiram escapar – Innon fala baixinho ao lado dela. A tripulação inteira do *Clalsu* veio ao convés, observando Allia em silêncio. – Dizem que houve um clarão de luz vermelha vindo do porto, depois uma série de lampejos, seguindo um ritmo. Como algo... pulsando. Mas o abalo inicial, quando todo esse porto condenado sumiu de uma vez, derrubou a maior parte das casas menores da comu. Foi isso que matou a maioria das pessoas. Não houve aviso.

Syenite se encolhe.

Sem aviso. Havia quase cem mil pessoas em Allia... Pequena para os padrões equatoriais, mas grande para uma comu costeira. Orgulhosa, e com toda razão. Eles tinham tantas esperanças.

Que isso vá para as *ferrugens*. Que vá para as ferrugens e se queime nas entranhas fétidas e odiosas do Pai Terra.

– Syenite? – Innon está olhando para ela. Isso porque Syen ergueu os punhos diante de si, como se estivesse agarrada às rédeas de um cavalo tenso e ávido. E porque uma espiral estreita, alta e firme se manifestou de repente ao redor dela. Ela não é fria; há bastante força da terra para ela explorar por perto. Mas é poderosa, e mesmo um rogga não treinado consegue sensar o fio da sua vontade acumulando forças. Innon respira e dá um passo atrás. – Syen, o que você...

– Não posso deixar isso desse jeito – murmura ela, quase que para si mesma. Aquela área inteira é um furúnculo inchado e mortal pronto para explodir. O vulcão é só o primeiro aviso. A maioria das crateras na terra é uma coisa minúscula e intricada, lutando para escapar através das variadas camadas de rocha e metal e a sua própria inércia. Elas vazam e resfriam e se fecham e depois vazam para cima de novo, torcendo-se e serpenteando para todos os lados durante o processo. *Isso*, contudo, é um tubo de lava gigantesco canalizado diretamente de onde quer que o obelisco granada tenha ido, direcionando o puro ódio do Pai Terra para a superfície. Se nada for feito, a região inteira em breve explodirá tão alto como o céu, em uma explosão monumental que quase com certeza desencadeará uma Estação. Ela não consegue acreditar que o Fulcro tenha deixado as coisas desse jeito.

Então, Syenite se insere naquele calor agitado que está se expandindo e o rasga com toda a fúria que sente ao ver *Allia*, *esta era Allia, este era um lugar humano, havia* pessoas *aqui*. Pessoas que não mereciam morrer por

minha causa

porque foram idiotas a ponto de deixar obeliscos adormecidos quietos ou porque ousaram sonhar com um futuro. Ninguém merece morrer por isso.

É quase fácil. É o que os orogenes fazem, afinal, e o ponto quente é perfeito para seu uso. O perigo está em não usá-lo, na verdade. Se ela absorver todo esse calor e poder sem canalizá-lo para outro lugar, ele a destruirá. Mas, felizmente (ela ri para si mesma, e seu corpo todo chacoalha com isso), ela tem um vulcão para sufocar.

Então, ela fecha os dedos de uma das mãos, cerrando o punho, e desce ardendo pela garganta do vulcão com sua consciência, sem queimar nem esfriar, voltando sua fúria contra si mesma para fechar cada fenda. Ela força a crescente câmara de magma de volta, de volta, para baixo, para baixo, e, ao fazer isso, ela arrasta deliberadamente os estratos em padrões sobrepostos, de modo que cada um vai pressionar o que está embaixo e *manter* o magma lá embaixo, pelo menos até que ele encontre outro modo mais lento de abrir caminho até a superfície. É um tipo delicado de operação, pois envolve milhões de toneladas de rocha e o tipo de pressão que força a criação de diamantes. Mas Syenite é uma filha do Fulcro, e o Fulcro a treinou bem.

Ela abre os olhos para se encontrar nos braços de Innon, com o navio agitando-se sob seus pés. Piscando, surpresa, ela levanta o olhar para Innon, cujos olhos estão arregalados e agitados. Ele percebe que ela voltou, e as expressões de alívio e medo no rosto dele são tanto gratificantes quanto preocupantes.

– Eu disse para todo mundo que você não nos mataria – diz ele por sobre a agitação dos borrifos do mar e dos gritos de sua tripulação. Ela olha ao redor e os vê freneticamente tentando amainar as velas, de modo que possam ter mais controle em meio a um mar que de repente se tornou tudo, menos plácido. – Por favor, tente não me fazer passar por mentiroso, tudo bem?

Merda. Ela está acostumada a usar a orogenia na terra e esqueceu-se de levar em conta os efeitos de seu ato de fechar a falha na água. Foram tremores por uma boa causa, mas foram tremores mesmo assim, e, ah, Terra, ela consegue senti-lo. Ela desencadeou um tsunami. E… ela franze o cenho e geme quando seus sensapinae dão início a um alarme ressonante na parte detrás de sua cabeça. Ela exagerou.

– Innon – Sua cabeça ressoa agonia. – Você precisa… Hmmm. Impelir ondas de amplitude correspondente, sob a superfície…

– O quê? – Ele desvia o olhar dela para gritar algo a alguma das mulheres da tripulação na língua dele, e ela pragueja de si para si. Claro que ele não faz ideia do que ela está falando. Ele não fala Fulcro.

Mas então, de súbito, o ar em torno deles se resfria. A madeira do navio range com a mudança de temperatura. Syen arqueja, alarmada, mas, na verdade, não é uma mudança muito grande. Apenas a diferença entre uma noite de verão e uma de outono, embora no espaço de minutos, e há uma presença nessa mudança que é familiar como mãos quentes durante a noite. Innon respira abruptamente quando a reconhece também: Alabaster. Claro que a zona de alcance dele se estende até essa distância. Ele acalma as ondas que se avolumavam em instantes.

Quando termina, o navio repousa sobre águas plácidas mais uma vez, de frente para o vulcão de Allia... Que agora ficou quieto e escuro. Ainda está soltando fumaça e permanecerá quente durante décadas, mas não expele mais magma fresco ou gases. O céu acima dele já está clareando.

Leshiye, o imediato de Innon, aproxima-se, lançando a Syenite um olhar de desconforto. Ele diz algo rápido demais para Syenite traduzir por completo, mas ela entende a essência da coisa: *Diga a ela, da próxima vez que decidir deter um vulcão, que desça do navio primeiro.*

Leshiye está certo.

– Me desculpe – murmura Syen em etúrpico, e o homem resmunga e sai como um furacão.

Innon balança a cabeça e a solta, mandando desfraldarem as velas outra vez. Ele olha para ela.

– Você está bem?

– Estou. – Ela esfrega a cabeça. – É só que eu nunca tinha trabalhado com algo desse tamanho antes.

– Não achei que você pudesse. Pensei que só os que são como Alabaster... com muitos anéis, mais do que você... conseguiam fazer isso. Mas você é tão poderosa quanto ele.

– Não. – Syenite ri um pouco, agarrando o corrimão e abraçando-se a ele para não ter mais que se apoiar em Innon. – Eu faço apenas o que é possível. *Ele* reescreve as ferrugentas leis da natureza.

– Huh – Innon soa estranho, e Syenite olha para ele, surpresa, para ver uma expressão quase de arrependimento no rosto. – Às vezes, quando vejo o que você e ele conseguem fazer, eu queria ter ido a esse Fulcro de vocês.

– Não, não queria. – Ela não quer nem pensar sobre como ele seria se houvesse crescido em cativeiro com o resto deles. Innon, mas sem a sua risada estridente ou seu hedonismo vivaz ou sua confiança entusiasmada. Innon, com suas graciosas e fortes mãos mais fracas e mais desajeitadas por terem sido quebradas. Um *não* Innon.

Ele sorri tristemente para ela agora, como se houvesse adivinhado seus pensamentos.

– Um dia desses, você tem que me contar como é lá. Por que todos os que saem desse lugar parecem tão competentes... e têm tanto medo.

Tendo dito isso, ele afaga as costas dela e vai supervisionar a mudança de curso.

Mas Syenite fica onde está, na amurada, repentinamente arrepiada até os ossos de um modo que não tem nada a ver com o frio passageiro do poder de Alabaster.

Isso ocorre porque, conforme o navio pende para um lado ao dar uma guinada, e ela dá uma última olhada para o lugar que foi Allia antes que sua loucura a destruísse...

...ela vê alguém.

Ou pensa ter visto. Não tem certeza de início. Estreita os olhos e só consegue distinguir uma das faixas mais claras que seguem até a cratera de Allia em sua curva ao sul, que está mais fácil de ver agora que a luz rósea em torno do vulcão se dissipou. Obviamente, não é a Estrada Imperial pela qual ela e Bas viajaram para chegar a Allia, um bom tempo e um erro colossal atrás. O mais provável é que o que ela está vendo seja só uma estrada de terra usada pelos habitantes locais, construída a partir da floresta que a circunda, uma árvore por vez, e que se manteve desbastada por décadas de trânsito a pé.

Há um cisco minúsculo se movendo ao longo daquela estrada, que parece, a distância, uma pessoa descendo a colina. Mas não pode ser. Nenhuma pessoa sã ficaria perto de uma explosão ativa e mortal que já matou milhares de pessoas.

Ela aperta mais os olhos, indo para a popa do navio para poder continuar perscrutando daquele lado enquanto o *Clalsu* se afasta da costa. Se ao menos ela tivesse um dos binóculos de Innon. Se ao menos ela pudesse ter certeza.

Porque, por um instante, ela pensa, por um instante ela *vê*, ou tem uma alucinação em meio ao seu cansaço, ou imagina em meio à sua ansiedade…

Os seniores do Fulcro não deixariam um desastre daqueles sem mitigá-lo. A menos que pensassem haver um ótimo motivo para fazê-lo. A menos que houvessem recebido ordens para fazê-lo.

…que o vulto caminhando está vestindo um uniforme vinho.

✦   ✦   ✦

ALGUNS DIZEM QUE O PAI TERRA ESTÁ BRAVO

PORQUE ELE NÃO QUER COMPANHIA;

EU DIGO QUE O PAI TERRA ESTÁ BRAVO,

PORQUE ELE VIVE SOZINHO.

– *CANÇÃO POPULAR ANTIGA (PRÉ-IMPERIAL)*

21

VOCÊ ESTÁ REUNINDO A BANDA NOVAMENTE

— V ocê – você diz de repente a Tonkee. Que não é Tonkee.

Ela, que está se aproximando de uma das paredes de cristal, com olhos brilhantes e uma lâmina minúscula que tirou de algum lugar, para e olha para você, confusa.

– O quê?

É o fim do dia, e você está cansada. Descobrir comus impossíveis escondidas em um gigantesco geodo subterrâneo exige muito de você. O pessoal de Ykka colocou você e os outros em um apartamento que se situa ao longo do ponto central de uma das colunas cristalinas mais compridas. Você teve que atravessar uma ponte de corda e contornar uma plataforma de madeira que o rodeia para alcançá-lo. O apartamento é horizontal, embora o cristal em si não seja: as pessoas que escavaram esse lugar parecem não ter entendido que ninguém se *esquece* de que está morando em algo que se inclina a um ângulo de 45° só porque o chão é reto. Mas você tentou tirar isso da cabeça.

E, em algum momento, enquanto você dava uma olhada no lugar e colocava a sua mochila no chão e pensava *isso é o meu lar até eu poder escapar daqui*, você de repente percebeu que *conhece* Tonkee. Você sempre a conheceu, até certo grau, o tempo todo.

– *Binof. Liderança. Yumenes.* – você diz bruscamente, e cada uma das palavras parece atingir Tonkee como um golpe. Ela se encolhe e dá um passo para trás, depois outro. Depois um terceiro, até ela se encostar na parede lisa e cristalina do apartamento. A expressão no rosto dela é de horror, ou talvez um pesar tão grande que poderia muito bem ser horror. Passado certo ponto, é tudo a mesma coisa.

– Não achei que você se lembrasse – diz ela em voz baixa.

Você se põe de pé, as palmas das mãos plantadas na mesa.

– Não foi por acaso que você começou a viajar conosco. Não pode ser.

Tonkee tenta sorrir; é uma careta.

– Coincidências improváveis *acontecem*...

– Não com você. – Não com uma criança que armou um esquema para entrar no Fulcro e descobriu um segredo que culminou na morte de uma Guardiã. A mulher que era essa criança não vai deixar as coisas por conta do acaso. Você tem certeza disso. – Pelo menos os seus *disfarces* ferrugentos melhoraram com o passar dos anos.

Hoa, que esteve de pé na entrada do apartamento, de guarda outra vez, você pensa, vira a cabeça de uma para a outra, para lá e para cá. Talvez ele esteja observando que rumo esse confronto vai tomar e se preparando para o que você precisa ter com ele em seguida.

Tonkee desvia o olhar. Ela está tremendo, só um pouquinho.

– Não é. Uma coincidência. Digo... – Ela respira fundo. – Eu não andei seguindo você. *Mandei pessoas* seguirem você, mas isso é diferente. Não comecei eu mesma a seguir você até esses últimos anos.

– Você mandou pessoas me seguirem? *Por quase trinta anos?*

Ela pisca, depois relaxa um pouco, dando uma risadinha. Parece amargurada.

– Minha família tem mais dinheiro que o Imperador. De qualquer forma, foi fácil durante os primeiros vinte anos mais ou menos. Nós quase perdemos você dez anos atrás. Mas... Bem...

Você bate com as mãos na mesa, e talvez seja sua imaginação que as paredes de cristal do apartamento brilham um pouco mais por um momento. Isso quase distrai você. Quase.

– Eu realmente não posso aguentar mais surpresas hoje – você diz meio entredentes.

Tonkee suspira e se recosta à parede.

– Me desculpe.

Você balança a cabeça tão forte que os seus cachos se soltam do coque.

– Não quero desculpas! *Explique.* Qual das duas coisas você é, a Inovadora ou a Liderança?

– As duas?

Você vai congelá-la. Ela vê isso nos seus olhos e diz abruptamente:

– Eu nasci Liderança. Nasci mesmo! Sou Binof. Mas.... – Ela faz um gesto largo com as mãos. – O que eu posso liderar? Não sou boa nesse tipo de coisa. Não tenho sutileza nenhuma. Não sou boa com... pessoas. Mas com coisas, com coisas eu sei lidar.

– Não estou interessada na sua história ferrugenta...

– Mas é relevante! A história sempre é relevante. – Tonkee, Binof, ou quem quer que ela seja, afasta-se da parede, uma expressão de súplica no rosto. – Eu sou uma geomesta de verdade. Eu realmente fui para a Sétima Universidade, embora... embora... – Ela faz uma careta de um jeito que você não entende. – Não deu muito certo. Mas passei mesmo a minha vida inteira estudando aquela coisa, aquele *soquete*, que nós encontramos no Fulcro. Essun, você sabe o que era aquilo?

– Não quero saber.

Ao ouvir isso, no entanto, Tonkee-Binof faz cara feia.

– Isso importa – ela diz. Agora ela é que parece furiosa, e você é que recua, surpresa. – Eu dei a minha vida por esse segredo. *Importa.* E deveria importar para você também, porque você é uma das únicas pessoas em toda a Quietude que pode *fazer* isso importar.

– Do que, em nome dos fogos da Terra, você está falando?

– *É onde eles os construíram.* – Binof-Tonkee avança a passos rápidos, seu rosto iluminado. – O soquete no Fulcro. *É de onde vêm os obeliscos.* E também é onde tudo deu errado.

✦ ✦ ✦

Vocês terminam se apresentando de novo. Por completo desta vez.

Tonkee é de fato Binof. Mas prefere Tonkee, que é o nome que ela assumiu ao entrar na Sétima Universidade. Acontece que uma criança da Liderança yumenescense seguir qualquer profissão que não seja política, adjudicação ou comércio em grande escala é uma coisa que Não Se Faz. Uma criança que nasce menino ser menina também é uma coisa que Não Se Faz... Ao que parece, as famílias da Liderança não usam Reprodutores, eles se reproduzem entre si, e a feminilidade de Tonkee arruinou um ou dois casamentos arranjados. Eles poderiam simplesmente ter arranjado casamentos diferentes, mas entre isso e a tendência da jovem Tonkee de dizer coisas que não deveria e fazer coisas que não faziam sentido, essa foi a gota d'água. Assim, a família de Tonkee a enterrou no melhor centro de aprendizagem da Quietude, dando-lhe uma nova identidade e uma casta de uso falsa, e discretamente a rejeitaram sem todo o estardalhaço e o incômodo de um escândalo.

Entretanto, Tonkee prosperou ali, exceto por algumas brigas violentas com estudiosos renomados, a maioria das quais ela ganhou. E passou sua vida profissional estudando a obsessão que a levou ao Fulcro todos aqueles anos atrás: os obeliscos.

– Não era bem em *você* que eu estava interessada – explica ela. – Quero dizer, eu estava, você tinha me ajudado, e eu precisava garantir que não sofresse por isso, foi assim que começou, mas, conforme eu a investiguei, descobri que você tinha *potencial*. Você era um daqueles que poderia, um dia, desenvolver a habilidade de comandar obeliscos. Veja bem, é uma habilidade rara. E… Bem, eu esperava… Bem…

A essa altura, você se sentou de novo, e as duas abaixaram a voz. Você não consegue sustentar a raiva com relação a isso; há coisas demais com que lidar agora. Você olha para Hoa, que está de pé na extremidade da sala, observando vocês duas, sua postura cautelosa. Você ainda precisa ter aquela conversa com ele. Todos os segredos estão sendo revelados. Inclusive o seu.

– Eu morri – você diz. – Era a única forma de me esconder do Fulcro. Eu *morri* para escapar deles e, no entanto, não me livrei de você.

– Pois é. Meu pessoal não usou poderes misteriosos para rastrear você; usamos dedução. Muito mais confiável. – Tonkee se deixa cair na cadeira defronte à sua. O apartamento tem três cômodos: este espaço central semelhante a uma saleta e dois quartos que levam para fora. Tonkee precisa de um quarto para si porque está começando a feder outra vez. Você só está disposta a continuar compartilhando seu espaço com Hoa depois que conseguir algumas respostas, então, talvez fique dormindo na saleta por algum tempo.

– Nos últimos anos, venho trabalhando com… algumas pessoas. – Tonkee abruptamente parece reservada, o que não é difícil para ela. – Outros mestas, em sua maioria, que também têm feito o tipo de pergunta que ninguém quer responder. Especialistas em outras áreas. Você notou que há padrões no modo como eles se movem? Eles convergem, devagar, onde quer que haja um orogene de habilidade suficiente por perto. Alguém que possa usá-los. Só dois estavam se movendo em sua direção, em Tirimo, mas isso foi o suficiente para extrapolar.

Você levanta os olhos, franzindo a testa.

– Movendo-se em minha direção?

– Ou na de outro orogene nas redondezas, sim. – Tonkee está relaxada agora, comendo um pedaço de fruta seca de sua bolsa. Alheia à sua reação enquanto você a encara, seu sangue enregelado. – As linhas da triangulação eram bastante claras. Tirimo era o centro do círculo, por assim dizer. Você devia estar lá há anos; um dos obeliscos vindo em sua direção vinha viajando pela mesma trajetória há quase uma década, desde a costa leste.

– O ametista – você sussurra.

– Sim. – Tonkee observa você. – Foi por isso que suspeitei que você ainda estava viva. Os obeliscos... meio que criam um laço com certos orogenes. Não sei como isso funciona. Não sei por quê. Mas é específico e previsível.

Dedução. Você balança a cabeça, muda por conta do choque, e ela continua.

– De qualquer maneira, os dois ganharam velocidade nos últimos dois ou três anos, então viajei para a região e fingi ser uma sem-comu para fazer uma leitura melhor deles. Nunca tive a intenção de abordar você. Mas aí aconteceu essa coisa lá no norte, e comecei a pensar que seria importante ter uma manejadora, uma manejadora de obeliscos por perto. Então... tentei encontrar você. Eu estava a caminho de Tirimo quando a avistei na hospedaria. Dei sorte. Eu a seguiria por alguns dias, decidiria se ia te contar quem eu realmente era... Mas aí ele transformou um kirkhusa em estátua. – Ela inclina a cabeça na direção de Hoa. – Pensei que talvez fosse melhor calar a boca e observar por um tempo.

De certo modo, compreensível.

– Você disse que mais de um obelisco se dirigia a Tirimo. – Você passa a língua pelos lábios. – Deveria haver só um. – O ametista é o único com o qual você tem conexão. O único que sobrou.

– Havia dois. O ametista e um outro de Merz.

É um grande deserto ao nordeste.

Você nega com a cabeça.

– Nunca estive no Merz.

Tonkee fica em silêncio por um instante, talvez intrigada, talvez irritada.

– Bem, quantos orogenes havia em Tirimo?

Três. Mas...

– Ganharam velocidade. – De repente, você não consegue pensar. Não consegue responder a pergunta dela. Não consegue criar frases completas. *Ganharam velocidade nos últimos dois ou três anos.*

– Sim. Não sabíamos o que estava causando isso. – Tonkee faz uma pausa, depois olha para você de lado, estreitando os olhos. – Você sabe?

Uche tinha dois anos de idade. Quase três.

– Saia – você murmura. – Vá tomar um banho ou algo assim. Preciso pensar.

Ela hesita, evidentemente querendo fazer mais perguntas. Mas então você olha para ela, e ela se levanta de imediato para sair. Alguns minutos depois que ela saiu do apartamento, com a pesada tapeçaria caindo após a sua passagem (os apartamentos neste lugar não têm portas, mas as tapeçarias funcionam bem o bastante para dar privacidade), você fica ali sentada, em silêncio, sua cabeça vazia por um instante.

Em seguida, você levanta o olhar para Hoa, que está ao lado da cadeira de Tonkee, que ficou desocupada, obviamente esperando a sua vez.

– Então você é um comedor de pedras – você diz.

Ele aquiesce, solene.

– Você parece… – Você faz um gesto, apontando para ele, sem saber ao certo como dizer isto. Ele nunca pareceu normal, não de fato, mas definitivamente não tem a aparência de um comedor de pedras. O cabelo deles não se mexe. A pele deles não sangra. Eles transitam através da rocha sólida no espaço de um minuto, mas levaria horas para vencerem uma escada.

Hoa se movimenta um pouco, colocando sua mochila no colo. Ele vasculha por um momento e tira a mão com o pacote enrolado em trapos que você não via há algum tempo. Então, foi lá que ele o colocou. Ele o desamarra, deixando enfim você ver o que esteve carregando esse tempo todo.

O pacote contém, até onde você sabe, pedacinhos de um cristal toscamente lavrado. Algo como quartzo, ou talvez gipsita, exceto pelo fato de que alguns pedaços não são de um branco turvo, mas sim vermelho venoso. E você não tem certeza, mas acha que o pacote está menor agora do que costumava ser. Será que ele perdeu alguns pedaços?

– Pedras – você diz. – Você esteve carregando… pedras?

Hoa hesita, então estende a mão em direção a um dos pedaços brancos. Ele o pega; é mais ou menos do tamanho da ponta do seu polegar, quadrado, bastante lascado de um lado. Parece duro.

Ele o come. Você observa, e ele olha para você enquanto come. Ele o movimenta pela boca por um instante, como que procurando o ângulo certo para o ataque, ou talvez esteja apenas rolando-o pela língua, apreciando o sabor. Talvez seja sal.

Mas, então, ele flexiona o maxilar. Ouve-se um ruído de algo sendo mastigado, surpreendentemente alto no silêncio da sala. Várias outras mastigadas, não tão barulhentas, mas não deixando restar dúvida de que o que ele está mastigando não é comida de modo algum. E, em seguida, ele o engole e lambe os lábios.

É a primeira vez que você o vê comer.

– Comida – você diz.

– Eu. – Ele estende uma das mãos e a coloca sobre a pilha de pedras com uma delicadeza curiosa.

Você franze um pouco a testa, porque ele está fazendo menos sentido que de costume.

– Então isso é… o quê? Algo que permite que você se pareça com um de nós? – O que você não sabia que eles podiam fazer. Mas comedores de pedras não compartilham nada a respeito de si mesmos e não toleram perguntas dos outros. Você leu relatos de tentativas, por parte da Sexta Universidade, em Arcara, de capturar um comedor de pedras para estudo, duas Estações atrás. O resultado foi a Sétima Universidade em Dibars, que só foi construída depois que desenterraram livros suficientes dos destroços da Sexta.

– Estruturas cristalinas são um meio eficiente de armazenamento. – As palavras não fazem sentido. Então Hoa repete claramente: – Isto sou eu.

Você quer perguntar mais sobre o assunto, mas decide não fazê-lo. Se ele quisesse que você entendesse, teria explicado. E, de qualquer forma, não é a parte que importa.

– Por quê? – você pergunta. – Por que você assumiu essa aparência? Por que não simplesmente ser... o que você é?

Hoa lhe lança um olhar tão cético que você percebe como essa pergunta é idiota. Você teria mesmo deixado que ele viajasse em sua companhia se soubesse o que ele era? Mas, se soubesse o que ele era, você não teria tentado impedi-lo. Ninguém impede comedores de pedra de fazer o que querem.

– Por que se dar ao trabalho, quero dizer? – você pergunta. – Você não pode só... A sua espécie consegue viajar através das pedras.

– Sim. Mas eu queria viajar com você.

E aqui chegamos ao ponto crucial da conversa.

– Por quê?

– Eu gosto de você. – E então ele encolhe os ombros. *Encolhe os ombros.* Como qualquer criança quando lhe perguntam algo que ou ela não sabe como articular ou não quer tentar. Talvez não seja importante. Talvez tenha sido apenas um impulso. Talvez ele acabe por sumir, seguindo algum outro capricho. Só o fato de que ele não é uma criança... De que, pelas ferrugens, ele não é humano, de que provavelmente está vivo há *Estações*, de que vem de uma raça inteira que não consegue agir por capricho porque é difícil como as ferrugens... torna isso uma mentira.

Você esfrega o rosto. Suas mãos ficam ásperas de cinzas; você precisa de um banho também. Quando suspira, você o ouve dizer baixinho:

– Não vou machucar você.

Você pisca ao ouvir isso, depois abaixa as mãos devagar. Não havia sequer lhe ocorrido que ele poderia machucá-la. Mesmo agora, sabendo o que ele é, tendo visto as coisas que ele pode fazer... você está achando difícil pensar nele como uma coisa assustadora, misteriosa, indecifrável. E isso, mais do que qualquer outra coisa, lhe diz por que ele fez isso consigo mesmo. Ele gosta de você. Ele não quer que você o tema.

– Bom saber – você diz. E depois não há mais nada a dizer, e vocês simplesmente se entreolham por algum tempo.

– Não é seguro aqui – ele diz então.

– É, eu percebi.

As palavras escapam, tom sarcástico e tudo, antes que você consiga se conter. E assim... Bem, é mesmo de surpreender que você esteja se sentindo um pouco amarga a essa altura? Você vem criticando as pessoas desde Tirimo, na verdade. Mas aí lhe vem à mente: você não era assim com Jija, nem com nenhuma outra pessoa, antes da morte de Uche. Naquela época, você sempre tomava o cuidado de ser mais gentil, mais calma. Nunca sarcástica. Se você ficava zangada, não deixava transparecer. Não era quem Essun deveria ser.

Pois é, você não é exatamente Essun. Não *apenas* Essun. Não mais.

– Os outros como você que estão aqui... – você começa. O rostinho dele se contrai, no entanto, em um sinal inconfundível de raiva. Você para, surpresa.

– Eles não são como eu – replica ele friamente.

Bem, é isso então. E você terminou.

– Preciso descansar – você diz. Esteve andando o dia todo e, apesar de que gostaria muito de tomar banho também, você não tem certeza se está pronta para se despir e ficar ainda mais vulnerável diante dessas pessoas de Castrima. Especialmente considerando que, ao que parece, eles vão mantê-la em cativeiro do bom e discreto modo deles.

Hoa aquiesce. Ele começa a recolher seu pacote de pedras outra vez.

– Eu fico de guarda.

– Você dorme?

– Às vezes. Menos do que você. Não preciso dormir agora.

Que conveniente. E você confia mais nele do que nas pessoas dessa comu. Você não deveria, mas confia.

Assim, você se levanta, se dirige ao quarto e se deita no colchão. É uma coisa simples, só palha e algodão revestidos por uma capa de lona, mas é melhor do que o chão duro ou mesmo que o seu saco de dormir, então você se joga sobre ele. Você dorme em segundos.

Quando acorda, não sabe ao certo quanto tempo se passou. Hoa está encolhido ao seu lado, como tem feito nas últimas semanas. Você se senta e franze a testa para ele; ele pisca para você com cautela. Você chacoalha a cabeça, por fim, e se levanta, resmungando para si mesma.

Tonkee voltou para o quarto dela. Dá para ouvi-la roncar. Quando você sai do apartamento, percebe que não faz ideia de que horas são. Lá em cima, você sabe dizer se é dia ou noite, apesar das nuvens e da chuva de cinzas: ou se tem uma chuva clara de cinzas e nuvens ou se tem uma chuva de cinzas escura e manchada de vermelho e nuvens. Mas aqui… você olha ao redor e não vê nada além de gigantescos cristais brilhantes. E a cidade que as pessoas impossivelmente construíram neles.

Você pisa na plataforma grosseira do lado de fora da sua porta e dá uma olhada em seu completamente inadequado parapeito de segurança. Qualquer que seja a hora, parece haver várias dezenas de pessoas cuidando de suas tarefas no chão mais abaixo. Bem, de qualquer modo, você precisa saber mais sobre esta comu. Antes de destruí-la, isto é, se eles tentarem de fato impedi-la de partir.

(Você ignora a voz baixinha em sua cabeça, que murmura: *Ykka é uma rogga também. Você vai mesmo lutar com ela?*)

(Você é muito boa em ignorar vozes baixinhas.)

Descobrir como chegar ao nível do solo é difícil em princípio, porque todas as plataformas e pontes e escadas do lugar são construídas para conectarem os cristais. Os cristais vão para todos os lados, e as conexões também. Não há nada de intuitivo nelas. Você tem que subir um lance de escadas e circundar uma das maiores colunas de cristal a fim de encontrar outro lance de escadas que desce... só para descobrir que ele termina em uma plataforma sem escada alguma, o que força você a voltar. Há algumas pessoas andando por lá, e elas olham para você com curiosidade ou hostilidade ao passar, provavelmente porque é tão óbvio que você é nova na cidade: eles estão limpos e você está suja com a cinza da estrada. Parecem bem fornidos, e as suas roupas pendem do seu corpo porque você não fez outra coisa que não andar e comer rações para viagem durante semanas. Você não consegue deixar de ficar ressentida ao vê-los, então teima em não pedir instruções.

No entanto, finalmente você chega ao chão. Aqui embaixo fica mais óbvio do que nunca que você está caminhando ao longo do chão de uma enorme bolha de pedra porque ele se inclina de leve para baixo e faz uma curva à sua volta para formar uma bacia perceptível, embora vasta. Essa é a extremidade pontuda da estrutura ovoide que é Castrima. Há cristais aqui embaixo também, mas eles são curtos e grossos, alguns alcançam a altura da sua cintura apenas; os maiores têm de 3 a 4,5 metros. Divisórias de madeira circundam alguns deles e, em alguns lugares, você consegue distinguir trechos evidentes de chão áspero e mais claro onde os cristais foram removidos para abrir espaço. (Você se pergunta inutilmente como eles fizeram isso.) Todas essas coisas criam um tipo de labirinto de trilhas entrecruzadas, cada uma das quais leva a um ou outro ponto essencial da comu: uma fornalha, uma oficina de ferreiro, uma vidraçaria, uma padaria. Fora de algumas das trilhas, você vislumbra barracas e locais de acampamento, alguns ocupados. Obviamente, nem todos os habitantes desta comu se sentem confortáveis andando por feixes de tábuas de madeira amarrados a centenas de metros acima do chão recoberto de gigantescas estacas. Engraçado isso.

(Lá está ele outra vez, aquele sarcasmo que não é típico de Essun. Que tudo vá para as ferrugens; você está cansada de mantê-lo sob controle.)

Na verdade, é fácil encontrar os banheiros porque há um padrão de passagem de pés úmidos ao longo do chão de pedra verde-acinzentada, todas as pegadas molhadas indo para uma direção. Você segue o caminho de onde elas vieram e fica agradavelmente surpresa ao descobrir que a banheira é uma enorme piscina de água vaporosa e clara. Fizeram uma mureta ao redor dela um pouco acima do nível natural do assoalho do geodo, e há um canal que sai dela, desaguando em um de vários tubos grandes de latão que vão para... algum lugar. Do outro lado da piscina, você pode ver um tipo de cascata surgindo de outro cano para abastecê-la. A água provavelmente circula o suficiente para ficar limpa no período de algumas horas, mas, apesar disso, há uma importante área para banho a um lado, com longos bancos de madeira e prateleiras contendo vários acessórios. Algumas pessoas já estão ali, diligentemente se esfregando antes de entrar na piscina maior.

Você está despida e já esfregou metade do corpo quando uma sombra recai sobre você, e você se contrai e se levanta aos tropeções e derruba o banco e busca a terra antes que lhe ocorra que talvez essa seja uma reação exagerada. Mas aí você quase deixa cair a bucha ensaboada da sua mão porque...

...é *Lerna*.

– Sim – ele diz quando você olha para ele. – Pensei que poderia ser você, Essun.

Você continua olhando. Ele parece diferente, de certo modo. Meio que mais pesado, embora mais magro também, da mesma forma que você; cansado de viajar. Faz... semanas? Meses? Você está perdendo a noção do tempo. E o que ele está fazendo aqui? Ele deveria estar lá em Tirimo; Rask nunca deixaria um médico partir...

Ah. Certo.

– Então Ykka conseguiu convocar você. Eu fiquei pensando... – Cansado. Ele parece cansado. Há uma cicatriz ao longo da extremidade do maxilar dele, um talho claro em formato de meia lua que provavelmente não vai recuperar sua cor. Você continua olhando enquanto ele se mexe e diz: – De todos os lugares onde eu poderia ir parar... e aqui está você. Talvez seja destino, ou talvez existam mesmo outros deuses além do Pai Terra... Isso é, um que realmente se importa conosco. Ou talvez sejam maus também, e essa seja a piada deles. Que as ferrugens me levem se eu souber.

– Lerna – você diz, o que é útil.

Ele abaixa os olhos, e só um tanto tarde é que você se lembra de que está nua.

– Eu deveria deixar você terminar – ele diz, desviando rapidamente o olhar. – Conversamos quando você terminar.

– Você não se importa de que ele veja a sua nudez (ele fez o parto de um dos seus filhos, pelas ferrugens), mas ele está sendo educado. É um hábito familiar dele, tratar você como uma pessoa, apesar de saber o que você é, e estranhamente encorajador depois de tanta estranheza e de tudo o que mudou na sua vida. Você não está acostumada a ter uma vida que a siga quando você a deixa para trás.

Ele sai de lá, deixando a área de banho e, depois de um momento, você volta a se sentar e termina de se lavar. Ninguém mais a incomoda enquanto você toma banho, embora você flagre algumas das pessoas de Castrima olhando-a com uma curiosidade crescente agora. Com menos hostilidade também, mas isso não é de surpreender: você não parece particularmente intimidadora. É aquilo que eles não conseguem ver que os fará odiá-la.

Por outro lado... Será que eles sabem o que Ykka é? A loira que estava com ela na superfície com certeza sabe. Talvez Ykka tenha algo que a incrimine, algum meio de garantir seu silêncio. Entretanto, não parece ser assim. Ykka é aberta demais quanto ao que ela é, confortável demais falando sobre isso para completos estranhos. Ela é carismática demais, chamativa demais. Ykka age como se ser uma orogene fosse apenas mais um talento, apenas mais uma característica pessoal. Você só viu esse tipo de atitude e esse tipo de aceitação de toda a comu uma vez.

Quando terminou seu banho de imersão e se sente limpa, você sai da banheira. Não tem nenhuma toalha, apenas as suas imundas roupas cinzentas, que você aproveita o tempo para esfregar na área de banho. Elas estão molhadas quando você termina, mas você não é ousada o bastante para andar nua por uma comu estranha e, de qualquer forma, parece verão dentro do geodo. Então, como no verão, você veste as roupas molhadas, imaginando que elas vão secar suficientemente rápido.

Lerna está esperando quando você sai.

– Por aqui – ele diz, virando-se para andar com você.

Você o segue, e ele a conduz pelo labirinto de escadas e plataformas até vocês chegarem a um cristal cinza achatado que se projeta só uns seis metros mais ou menos para fora da parede. Ele tem um apartamento aqui que é menor do que aquele que você compartilha com Tonkee e Hoa, mas você vê prateleiras cheias de pacotes de ervas e ataduras dobradas e não é difícil adivinhar que os estranhos bancos no cômodo principal talvez tenham, na realidade, o propósito de servir como camas provisórias. Um médico deve estar preparado para visitas em domicílio. Ele orienta você a se sentar em um dos bancos, e se senta à sua frente.

– Eu fui embora de Tirimo um dia depois de você – diz ele em voz baixa. – Oyamar, o suplente de Rask, você se lembra dele, um completo idiota, na verdade estava tentando realizar uma eleição para escolher um novo chefe. Ele não quis a responsabilidade com uma Estação prestes a acontecer. Todo mundo sabia que Rask nunca deveria tê-lo escolhido, mas a família dele fez um favor a Rask quanto aos direitos comerciais da exploração madeireira no oeste... – Suas palavras vão sumindo porque nada disso importa agora. – Bem, metade dos malditos Costas-fortes corriam de um lado para o outro, bêbados e armados, atacando os esconderijos de provisões, acusando todas as outras pessoas de serem roggas ou amantes de roggas. A outra metade estava fazendo a mesma coisa, mas mais silenciosos, e sóbrios, o que era pior. Eu sabia que era só uma questão de tempo até eles pensarem em mim. Todos sabiam que eu era seu amigo.

Isso também é culpa sua então. Por sua causa, ele teve que fugir de um lugar que deveria ter sido seguro. Você abaixa os olhos, desconfortável. Ele também está usando a palavra "rogga" agora.

– Eu estava pensando que poderia descer até Brilliance, de onde veio a família da minha mãe. Eles mal me conhecem, mas sabem *sobre* mim, e eu sou médico, então... achei que tivesse chance. De qualquer modo, melhor do que ficar em Tirimo ou ser linchado. Ou morrer de fome, quando viesse o frio e os Costas-fortes tivessem comido ou roubado tudo. E eu pensei... – Ele hesita, olha rapidamente para você, depois olha de novo para as mãos. – Também pensei que poderia alcançá-la na estrada, se andasse rápido o bastante. Mas isso era idiotice; claro que não consegui.

É algo velado o que sempre existiu entre vocês. Lerna descobriu o que você era em algum momento durante a sua estadia em Tirimo; você não contou a ele. Ele descobriu porque *observava* você o suficiente para perceber os sinais, e porque ele é inteligente. Ele sempre gostou de você, o menino de Makenba. Você imaginou que isso passaria quando ele enfim crescesse. Você se remexe um pouco, desconfortável com a constatação de que não passou.

– Eu saí à noite – continua ele – através de uma das rachaduras no muro perto de... perto de onde você... de onde eles tentaram detê-la. – Ele está com os braços pousados nos joelhos, olhando para as mãos entrelaçadas. Elas estão em grande parte imóveis, mas ele esfrega um polegar no nó do outro polegar, lentamente, repetidas vezes. O gesto parece meditativo. – Caminhei acompanhando o fluxo de pessoas, seguindo um mapa que eu tinha, mas nunca estive em Brilliance. Pelos fogos da Terra, eu mal tinha saído de Tirimo até agora. Aliás, só uma vez, na verdade, quando fui terminar minha formação médica em Hilge. Ou o mapa estava errado ou eu não soube ler. Provavelmente ambos. Eu não tinha bússola. Saí da Estrada Imperial cedo demais, talvez... Fui para o sudeste quando pensei estar indo direto para o sul... Eu não sei. – Ele suspira e esfrega uma das mãos na cabeça. – No momento em que eu percebi o quanto estava perdido, eu tinha ido para tão longe que apenas esperei encontrar uma rota melhor se continuasse indo pelo mesmo caminho. Mas havia um grupo em uma encruzilhada. Bandidos, sem-comu, algo assim. Eu estava com um grupo pequeno a essa altura, um homem mais velho que tinha no peito um corte feio que eu tratei, e a filha dele, com talvez quinze anos. Os bandidos...

Ele faz uma pausa, cerrando o maxilar. Você pode adivinhar muito bem o que aconteceu. Lerna não é um lutador. Mas ele ainda está vivo, o que é a única coisa que importa.

– Marald, esse era o homem, simplesmente se jogou em cima de um deles. Ele não tinha armas nem nada, e a mulher tinha um facão. Não sei o que ele pensou que podia fazer. – Lerna respira fundo. – Mas ele olhou para mim e... e eu... eu agarrei a filha dele e corri. – Ele cerra ainda mais o maxilar. Você fica surpresa de não conseguir ouvir os dentes dele rangerem. – Ela me deixou mais tarde. Me chamou de covarde e fugiu sozinha.

– Se você não a tivesse levado embora – você diz –, eles teriam matado vocês dois também. – Isso é o Saber das Pedras: *Honra em tempos de segurança, sobrevivência em tempos de ameaça.* É melhor um covarde vivo do que um herói morto.

Lerna contorce os lábios, estreitando-os.

– Foi isso que eu disse a mim mesmo naquela época. Mais tarde, quando ela partiu... pelos fogos da Terra. Talvez a única coisa que eu tenha feito foi só adiar o inevitável. Uma garota da idade dela, sem armas e sozinha pelas estradas...

Você não diz nada. Se a garota for saudável e tiver a constituição física certa, alguém vai aceitá-la, nem que seja como Reprodutora. Se ela tiver um nome de uso melhor, ou se ela conseguir adquirir arma e suprimentos e demonstrar sua habilidade, isso pode ajudar também. Com certeza, suas chances seriam muito melhores com Lerna do que sem ele, mas ela fez sua escolha.

– Eu nem sei o que eles queriam – Lerna está olhando para as mãos. Talvez ele estivesse se consumindo por conta disso desde então. – Nós não tínhamos nada a não ser nossas bolsas de fuga.

– Isso é o que basta, se eles estavam ficando sem suprimentos – você diz, antes de se lembrar de se censurar. De qualquer forma, ele não parece ouvir.

– Então eu continuei andando sozinho. – Ele dá uma risadinha com amargura. – Eu estava tão preocupado com ela que nem sequer me ocorreu que *eu* estava em uma situação tão ruim quanto a dela. – Isso é verdade. Lerna é um latmediano comum, igual a você, exceto pelo fato de que ele não herdou a massa corporal ou a altura dos sanzed; provavelmente por isso ele se esforçou tanto para provar sua aptidão mental. Mas ele acabou ficando bonito, em grande parte por acidente de herança, e algumas pessoas se reproduzem por conta disso. O nariz comprido dos cebaki, os ombros e a cor dos sanzed, os lábios dos costeiros do oeste... Ele é multirracial demais para o gosto das comus equatoriais, mas, pelos padrões latmedianos do sul, ele é atraente.

– Quando passei por Castrima – continua ele –, ela parecia abandonada. Eu estava exausto depois de fugir de...

Bom, pensei em me esconder em uma das casas para passar a noite, talvez tentar fazer uma pequena fogueira em uma lareira e esperar que ninguém notasse. Comer uma refeição decente para variar. – Ele abriu um breve sorriso. – E, quando acordei, eu estava cercado. Eu disse a eles que era médico, e eles me trouxeram aqui para baixo. Talvez isso tenha acontecido umas duas semanas atrás.

Você meneia a cabeça. E depois conta a ele a sua própria história, sem se dar ao trabalho de esconder nada nem de mentir. A coisa toda, não só a parte em Tirimo. Você está se sentindo culpada, talvez. Ele merece toda a verdade.

Depois que vocês dois ficaram em silêncio por um tempo, Lerna apenas chacoalha a cabeça e suspira.

– Eu não esperava vivenciar uma Estação – diz ele em voz baixa. – Quero dizer, eu ouvi o Saber das Pedras a minha vida inteira, como todo mundo… Mas sempre imaginei que isso nunca aconteceria *comigo*.

Todos pensam assim. *Você* certamente não estava esperando ter que lidar, ainda por cima, com o fim do mundo.

– Nassun não está aqui – diz Lerna depois de um tempo. Ele fala baixo, mas você ergue a cabeça. A expressão do rosto dele se suaviza ao ver a expressão que deve estar no seu. – Sinto muito. Mas estou aqui há tempo suficiente para conhecer todos os outros "recém-chegados" desta comu. Sei que é a pessoa que você estava esperando encontrar.

Sem Nassun. E agora sem direção, sem um modo realista de encontrá-la. Você de repente fica despojada até de esperança.

– Essun – Lerna se inclina para a frente de maneira abrupta e toma suas mãos. Só um tanto tarde é que você percebe que suas mãos começaram a tremer; os dedos dele imobilizam os seus.

As palavras não têm sentido. Tagarelice reflexiva com a intenção de confortar. Mas isso a fere de novo, mais forte desta vez do que naquele momento lá em cima quando você começou a ter uma crise nervosa na frente de Ykka. *Acabou.* Durante toda essa estranha viagem, mantendo-se sob controle, mantendo-se focada no seu objetivo... Tudo isso foi inútil. Nassun se foi, você a perdeu, e Jija nunca vai pagar pelo que fez, e você...

Que ferrugens *você* importa? Quem liga para você? Bem, essa é a questão, não é? Uma vez, você teve pessoas que ligavam para você. Uma vez houve crianças que a admiravam e viviam com base em cada palavra sua. Uma vez, duas vezes, três vezes, mas os dois primeiros não contam, havia um homem ao lado do qual você acordava todas as manhãs, que se importava que você existia. Uma vez, você viveu cercada pelas paredes que ele construiu para você, em um lar que vocês construíram juntos, em uma comunidade que na verdade *escolheu* acolhê-la.

Tudo isso construído em cima de mentiras. Era uma questão de tempo, na realidade, até desmoronar.

– Escuta – diz Lerna. A voz dele faz você piscar, e isso faz lágrimas caírem. Mais lágrimas. Você esteve ali sentada em silêncio, chorando, durante algum tempo agora. Ele passa para o seu banco e você se encosta nele. Você sabe que não deveria. Mas encosta, e quando ele a envolve com um braço, você se sente confortada. Ele é um amigo, pelo menos. Sempre será isso. – Talvez... talvez não seja uma coisa ruim, estar aqui. Você não consegue pensar com... tudo... acontecendo. Esta comu é estranha. – Ele faz uma careta. – Não sei ao certo se gosto de estar aqui, mas é melhor do que estar lá em cima neste exato momento. Talvez, com um pouco de tempo para pensar, você descubra aonde Jija poderia ter ido.

Ele está se esforçando tanto. Você chacoalha um pouco a cabeça, mas está vazia demais para conseguir expressar uma objeção.

– Você tem um lugar para ficar? Eles me deram este, devem ter te dado algo. Há bastante espaço aqui. – Você aquiesce, e Lerna respira fundo. – Então vamos para lá. Você pode me apresentar para esses seus acompanhantes.

Então. Você se recompõe. Depois o conduz para fora do apartamento dele e por uma direção que parece que poderia levá-los ao apartamento que foi designado a você. No decorrer do caminho, você tem mais tempo para avaliar quão insuportavelmente estranha é essa comu. Há uma câmara pela qual vocês passam, incrustada dentro de um dos cristais mais brancos e mais brilhantes, que guarda prateleiras e prateleiras de travessas lisas como formas para biscoito. Há outra câmara, empoeirada e em desuso, que guarda o que você presume serem instrumentos de tortura, exceto pelo fato de que foram feitos inadequadamente; você não sabe ao certo como um par de argolas suspensas do teto por correntes deve machucar. E então há os degraus de metal, aqueles construídos por quem quer que tenha criado este lugar. Há outros degraus, feitos mais recentemente, mas é fácil distingui-los dos originais porque os degraus originais não enferrujam, não deterioraram nem um pouco e não são puramente utilitários. Há estranhas decorações ao longo dos corrimãos e das extremidades das passarelas: faces em relevo, videiras forjadas no formato de nenhuma planta que você já tenha visto, algo que você acha que é escrita, exceto pelo fato de que consiste unicamente em formas pontiagudas em tamanhos variados. Tentar entender o que você está vendo a tira daquele seu estado de humor.

– Isso é loucura – você diz, passando os dedos por uma decoração que parece um kirkhusa que está rosnando. – Este lugar é a grande ruína de uma civextinta, igualzinho a cem mil outras por toda a Quietude. Ruínas são armadilhas mortais. As comus equatoriais derrubam ou afundam as suas se conseguem, e é a coisa mais inteligente que qualquer uma já fez. Se as pessoas que construíram este lugar não conseguiram sobreviver a ele, por que qualquer um de nós deveria tentar?

– Nem todas as ruínas são armadilhas mortais – Lerna está se esgueirando pela plataforma enquanto se mantém bem próximo da coluna de cristal em torno da qual ela passa e mantém os olhos fixos sempre em frente. Gotas de suor se formam sobre o seu lábio superior. Você não havia percebido que ele tem medo de altura, mas Tirimo era tão plana quanto entediante. A voz dele está cuidadosamente calma. – Há boatos de que Yumenes foi construída sobre uma série de ruínas de civextintas.

E veja qual foi o resultado, você não diz.

– Essas pessoas deviam simplesmente ter construído um muro como todo o resto – você diz, mas aí você para, porque lhe ocorre que o objetivo é a sobrevivência e, às vezes, sobreviver requer mudanças. Só porque as estratégias de costume funcionaram (construir um muro, acolher os úteis e excluir os inúteis, armar-se e armazenar e contar com a sorte), não significa que outros métodos não funcionariam. Mas isso? Descer por um buraco e esconder-se em uma bola de cristais pontiagudos com um punhado de comedores de pedra e de *roggas*? Parece particularmente imprudente. – E, se tentarem me manter aqui, eles vão descobrir isso – você murmura.

Se Lerna a ouviu, não respondeu.

Por fim, você encontra o seu apartamento. Tonkee está acordada na sala de estar, comendo uma grande tigela de alguma coisa que não veio de suas bolsas. Parece algum tipo de mingau, e ele contém umas coisas amareladas que fazem você recuar de início, até que ela inclina a tigela e você percebe que se trata de grãos germinados. Típica comida armazenada.

(Ela olha para você com cautela quando você entra, mas as revelações dela foram tão pequenas comparadas a todo o resto que você teve que encarar hoje que você apenas acena uma saudação e se senta de frente para ela como de costume. Ela relaxa.)

Lerna é educado, porém reservado, com Tonkee, e ela se comporta da mesma maneira com ele, até ele mencionar que vem fazendo exames de sangue e urina nas pessoas de Castrima para verificar a deficiência de vitaminas. Você quase sorri quando ela se inclina para a frente e pergunta "com que tipo de equipamento?" com uma expressão ávida no rosto.

Então, Hoa entra no apartamento. Você fica surpresa, já que não havia notado que ele havia saído. Seu olhar branco-gelo passa imediatamente para Lerna e o examina de forma implacável. Depois, ele relaxa de modo tão visível que só agora você percebe que Hoa esteve tenso esse tempo todo. Desde que vocês entraram nessa comu maluca.

Mas você registra isso como apenas mais uma excentricidade a explorar mais tarde, porque Hoa diz:

– Essun, há uma pessoa aqui que você deveria ver.

– Quem?

– Um homem. De Yumenes.

Vocês três olham para ele.

– Por que – você pergunta devagar, caso tenha entendido mal alguma coisa – eu ia querer ver alguém de Yumenes?

– Ele perguntou por você.

Você decide tentar ter paciência.

– Hoa, eu não conheço ninguém de Yumenes. – De qualquer forma, não conhece mais.

– Ele disse que conhece você. Seguiu a sua pista até aqui, chegou aqui na sua frente quando percebeu que era o lugar para onde você estava se dirigindo. – Hoa faz cara feia, só um pouquinho, como se isso o incomodasse. – Ele disse que quer ver você, ver se você ainda consegue fazer aquilo.

– Fazer o quê?

– Ele só disse "aquilo". – O olhar de Hoa passa para Tonkee, depois para Lerna, antes de voltar para você. Algo que ele não quer que eles ouçam, talvez. – Ele é como você.

– O quê... – Tudo bem. Você esfrega os olhos, respira fundo e diz isto de modo que ele saiba que não há razão para esconder. – Um rogga, então.

– Sim. Não. Como você. Ele... – Hoa mexe os dedos em vez de pronunciar palavras. Tonkee abre a boca; você faz um gesto brusco para ela. Ela devolve o olhar. Depois de um momento, Hoa suspira. – Ele disse que, se você não quisesse vir, era para dizer que você deve isso a ele. Por Corundum.

Você fica paralisada.

– Alabaster – você murmura.

– Sim – diz Hoa, animando-se. – Esse é o nome dele. – E, então, ele franze mais a testa, pensativo desta vez. – Ele está morrendo.

✦   ✦   ✦

A ESTAÇÃO DA LOUCURA: ANO 3 ANTES DA ERA IMPERIAL - ANO 7 DA ERA IMPERIAL. A ERUPÇÃO DAS

DERRAME DE BASALTO DE KIASH, MÚLTIPLAS CRATERAS DE UM ANTIGO SUPERVULCÃO (O MESMO RESPONSÁVEL PELA ESTAÇÃO GÊMEA, QUE SE ACREDITA TER OCORRIDO APROXIMADAMENTE 10.000 ANOS ANTES), LANÇOU GRANDES QUANTIDADES DE SEDIMENTO DE OLIVINA E OUTROS PIROCLASTOS DE COR ESCURA AO AR. OS DEZ ANOS DE ESCURIDÃO DECORRENTES DISSO NÃO FORAM DEVASTADORES APENAS DO MODO COMO AS ESTAÇÕES SÃO DE COSTUME, MAS RESULTARAM EM UMA INCIDÊNCIA MUITO MAIS ALTA DO QUE A HABITUAL DE DOENÇAS MENTAIS. A GUERREIRA VERISHE, DE SANZE, CONQUISTOU MUITAS COMUS ATORMENTADAS ATRAVÉS DO USO DE GUERRA PSICOLÓGICA COM A FINALIDADE DE CONVENCER SEUS ADVERSÁRIOS DE QUE OS PORTÕES E OS MUROS NÃO OFERECIAM PROTEÇÃO CONFIÁVEL E DE QUE FANTASMAS ESTAVAM À ESPREITA. ELA FOI NOMEADA IMPERATRIZ NO DIA EM QUE REAPARECEU O PRIMEIRO RAIO DE SOL.

– AS ESTAÇÕES DE SANZE

22

SYENITE, FRAGMENTADA

É a manhã que se segue a uma festa estrondosa que os meovitas deram para celebrar o regresso seguro do *Clalsu* e a aquisição de algumas mercadorias particularmente valorizadas: pedra de alta qualidade para fazer entalhes decorativos, madeiras aromáticas para fazer móveis, brocado luxuoso que vale duas vezes o seu peso em diamantes e uma quantia considerável de moeda negociável, inclusive cédulas de valor elevado e pedaços inteiros de madrepérola. Nenhum alimento, mas, com essa quantidade de dinheiro, eles podem mandar negociantes comprar canoas cheias de qualquer coisa de que precisem no continente. Harlas abriu um barril de hidromel antártico tremendamente forte para celebrar, e metade da comu ainda está dormindo para curar a ressaca.

Passaram-se cinco dias desde que Syenite obstruiu o vulcão ao qual ela deu início, que matou uma cidade inteira, e oito dias desde que ela matou dois navios cheios de pessoas para manter a existência de sua família em segredo. Parece que todos estão celebrando os múltiplos assassinatos em massa que ela cometeu.

Ela ainda está na cama, tendo se recolhido assim que o navio foi descarregado. Innon não veio para casa ainda; ela lhe disse para ir e contar as histórias da viagem, porque as pessoas esperam isso dele, e ela não o quer sofrendo por conta de sua melancolia. Coru está com ele porque adora celebrações; todos dão comida para ele, todos o afagam. Ele até tenta ajudar Innon a contar as histórias, gritando bobagens com todas as suas forças. A criança se parece mais com Innon do que tem qualquer direito físico de se parecer.

Alabaster foi quem ficou com Syen, conversando com ela em meio a seu silêncio, forçando-a a responder quando ela preferia simplesmente parar de pensar. Ele diz que sabe como é se sentir assim, embora não lhe diga como ou o que aconteceu. Ela acredita nele independente disso.

– Você deveria ir – ela diz por fim. – Junte-se à contação de histórias. Lembre Coru que ele tem pelo menos dois pais que valem alguma coisa.

– Não seja tola. Ele tem três.

– Innon acha que eu sou uma mãe horrível.

Alabaster suspira.

– Não. Você só não é o tipo de mãe que Innon quer que você seja. Mas você é o tipo de mãe de que o nosso filho precisa. – Ela vira a cabeça para franzir a testa para ele. Ele dá de ombros. – Corundum será forte um dia. Ele precisa de pais fortes. Eu... – Ele vacila abruptamente. Você praticamente o sente decidir mudar de assunto. – Tudo bem. Eu trouxe uma coisa para você.

Syen suspira e se levanta um pouco enquanto ele se agacha ao lado da cama, abrindo um pequeno embrulho de tecido. Dentro dele, quando ela fica curiosa mesmo sem querer e chega mais perto, estão dois anéis de pedra polida, do tamanho exato dos seus dedos. Um é feito de jade, o outro é de madrepérola.

Ela olha para ele, e ele encolhe os ombros.

– Obstruir um vulcão ativo não é algo que um mero quatro-anéis poderia fazer.

– Nós estamos livres. – Ela diz isso de forma obstinada, embora não se sinta livre. Ela consertou Allia, afinal, completando a missão para a qual o Fulcro a enviou até lá, embora atrasada e de maneira perversa. É o tipo de coisa que a faz rir incontrolavelmente quando pensa sobre isso, então ela continua antes de começar a dar risada. – Não precisamos mais usar *nenhum* anel. Nem uniformes pretos. Não faço coque no meu cabelo há meses. Você não precisa emprenhar todas as mulheres que eles te mandam, como algum tipo de garanhão. Esqueça o Fulcro.

Bas sorri um pouco, com tristeza.

– Não podemos, Syen. Um de nós terá que treinar Coru...

– Não temos que treiná-lo para fazer nada. – Syen se deita de novo. Ela queria que ele fosse embora. – Deixe-o aprender o básico com Innon e Harlas. Tem sido o suficiente para permitir que essas pessoas sobrevivam há séculos.

– Innon não poderia ter bloqueado aquela explosão, Syen. Se ele tivesse tentado, poderia ter rompido o ponto quente que havia abaixo e desencadeado uma Estação. Você salvou o mundo disso.

– Então, me dê uma medalha, não anéis. – Ela está olhando para o teto. – Exceto pelo fato de que foi por minha causa que aquela explosão existiu, então *talvez não*.

Alabaster estende a mão para afastar o cabelo dela do rosto. Ele faz isso com bastante frequência, agora que ela o usa solto. Ela sempre teve um pouco de vergonha do cabelo... Ele é enrolado, mas sem firmeza alguma, seja a lisa do cabelo sanzed ou a crespa do cabelo costeiro. Ela é tão vira-lata latmediana que não sabe sequer a qual dos seus ancestrais deve culpar pelo seu cabelo. Pelo menos não atrapalha.

– Nós somos o que somos – diz ele com tanta delicadeza que ela sente vontade de chorar. – Nós somos Misalem, não Shemshena. Você ouviu essa história?

Os dedos de Syenite se contraem com a lembrança da dor.

– Sim.

– Do seu Guardião, certo? Eles gostam de contar essa para as crianças. – Bas se vira para se encostar no suporte da cama com as costas voltadas para ela, relaxando. Syenite pensa em lhe dizer para ir embora, mas nunca diz isso em voz alta. Ela não está olhando para ele, então não faz ideia do que ele faz com o embrulho dos anéis que ela não pegou. Se depender dela, ele pode comê-los.

– Minha Guardiã me contou essa besteira também, Syen. O monstruoso Misalem, que decidiu declarar guerra contra uma nação inteira e assassinar o imperador sanzed sem um motivo particular.

Mesmo sem querer, Syen franze a testa.

– Ele teve um motivo?

– Ah, pelas crueldades da Terra, é claro. Use a sua cabeça ferrugenta.

É irritante ser repreendida, e a irritação afasta a apatia dela um pouco mais. O bom e velho Alabaster, deixando-a irada para animá-la. Ela vira a cabeça para olhar para a parte detrás da cabeça dele.

– Bem, e qual foi o motivo?

– O mais simples e mais poderoso de todos os motivos: vingança. Aquele imperador era Anafumeth, e a coisa toda aconteceu pouco depois do final da Estação dos Dentes. Essa é a Estação sobre a qual não se fala muito em nenhuma creche. Houve fome em massa nas comus do hemisfério norte. Elas foram as mais atingidas, já que o tremor que originou a coisa toda foi perto do polo norte. A Estação demorou um ano a mais para tomar conta dos Equatoriais e do sul…

– Como você sabe de tudo isso? – Não é nada que Syen já tenha ouvido nos tormentos dos grãos ou em qualquer outra parte.

Alabaster encolhe os ombros, chacoalhando a cama inteira.

– Eu não tinha permissão para treinar com os outros grãos da minha faixa etária; eu tinha anéis antes de a maioria deles ter pelos púbicos. Os instrutores me deixavam solto na biblioteca dos seniores para me compensar por isso. Não prestavam muita atenção no que eu lia. – Ele suspira. – Além do mais, na minha primeira missão, eu... havia um arqueomesta que... ele... Bem, nós conversávamos, além de... fazer outras coisas.

Ela não sabe por que Alabaster se dá ao trabalho de se envergonhar de seus casos amorosos. Ela observou Innon fodê-lo até ele balbuciar coisas incoerentes em mais de uma ocasião. Mas talvez não seja do sexo que ele se envergonhe.

– Bem, está tudo ali se você juntar os fatos e pensar além do que nos ensinam. Sanze era então um império novo, ainda se expandindo, no auge do seu poder. Mas ele ficava em grande parte na metade norte dos equatoriais naquela época... Yumenes na verdade não era a capital naquele tempo... E algumas das maiores comus sanzed não eram tão boas em se preparar para uma Estação como são agora. De algum modo, perderam sua comida armazenada. Para sobreviver, todas as comus sanzed decidiram trabalhar juntas, atacando as comus de qualquer raça inferior. – Ele contorce os lábios. – Foi *nesse momento* que começaram a nos chamar de raça inferior, na realidade.

– Então, eles pegaram a comida armazenada dessas outras comus. – Syen pode adivinhar até aí. Ela está ficando entediada.

– Não. Ninguém tinha mais provisões ao final daquela Estação. Os sanzed levavam *pessoas*.

– Pessoas? Para qu... – Então ela entende.

Escravos não são necessários durante uma Estação. Toda comu tem seus Costas-fortes e, se precisarem de mais, sempre há pessoas sem-comu desesperadas o suficiente para trabalhar em troca de comida. Mas a carne humana se torna valiosa por outras razões, quando as coisas ficam ruins o bastante.

– Então – diz Alabaster, indiferente enquanto Syen fica ali, lutando contra a náusea –, aquela Estação foi quando os sanzed desenvolveram gosto por certas iguarias raras. E, mesmo depois que a Estação terminou e os vegetais cresceram e o rebanho se tornou herbívoro ou parou de hibernar, eles continuaram consumindo-as. Eles enviavam grupos para atacar assentamentos menores e novas comus que pertenciam a raças sem aliados sanzed. Todos os relatos se diferem quanto aos detalhes, mas estão de acordo quanto a uma coisa: Misalem foi o único sobrevivente quando sua família foi levada em um ataque. Supostamente, seus filhos foram mortos para a própria mesa de Anafumeth, embora eu desconfie que exista um pouco de floreado dramático nisso. – Alabaster suspira. – Independentemente, eles morreram, e foi culpa de Anafumeth, e ele queria que Anafumeth morresse por isso. Como qualquer homem ia querer.

Mas um rogga não é qualquer homem. Roggas não têm direito de ficar irritados, de querer justiça, de proteger o que amam. Por seu atrevimento, Shemshena o matou... E tornou-se uma heroína por fazer isso.

Syenite reflete sobre o assunto em silêncio. Então, Alabaster se mexe um pouco, e ela sente a mão dele pressionar o embrulho, aquele com os anéis, na palma da sua, que não oferece resistência.

– Orogenes construíram o Fulcro – diz ele. Ela quase nunca o ouviu falar *orogene*. – Fizemos isso sob ameaça de um genocídio, e o usamos para abotoar uma coleira em torno dos nossos próprios pescoços, mas fizemos. *Nós* somos o motivo pelo qual o velho Sanze se tornou tão poderoso e durou tanto tempo e pelo qual ainda governa parcialmente o mundo, embora ninguém vá admitir isso. Fomos nós que descobrimos como a nossa espécie pode ser incrível, se aprendermos a refinar o dom com que nascemos.

– É uma maldição, não um dom. – Syenite fecha os olhos. Mas não rechaça o embrulho.

– É um dom se nos tornar melhores. É uma maldição se deixarmos que nos destrua. *Você* decide isso... não os instrutores, não os Guardiões, nem nenhuma outra pessoa. – Outra virada, e a cama se mexe um pouco quando Alabaster se apoia contra ela. Um instante depois, ela sente os lábios dele em sua sobrancelha, secos e aprovadores. Em seguida, ele se senta de novo no chão ao lado da cama e não diz mais nada.

– Acho que vi um Guardião – diz ela depois de um tempo. Bem baixinho. – Em Allia.

Alabaster não responde por um instante. Ela havia concluído que ele não ia responder quando ele diz:

– Eu vou destruir o mundo inteiro se eles nos machucarem outra vez.

Mas nós ainda estaríamos machucados, pensa ela.

Entretanto, de certo modo, é reconfortante. O tipo de mentira que ela precisa ouvir. Syenite mantém os olhos fechados e não se mexe por um bom tempo. Ela não está dormindo; está pensando. Alabaster permanece ali enquanto ela pensa, e por isso ela fica indescritivelmente feliz.

+ + +

Quando o mundo termina três semanas depois, acontece no dia mais bonito que Syenite já viu. O céu está limpo em um raio de quilômetros, salvo por uma ocasional nuvem flutuando. O mar está calmo, e até o vento onipresente está quente e úmido para variar, em vez daquele vento gelado que machuca a pele.

É tão bonito que a comu inteira decide subir até a elevação. Os sadios carregam os que não conseguem subir os degraus, enquanto as crianças ficam no meio do caminho e quase matam todo mundo. As pessoas designadas para trabalhar na cozinha colocam tortas de peixe e pedaços de frutas cortadas e bolas de grãos temperados em pequenos potes que podem ser facilmente transportados, e todos levam cobertores. Innon está com um instrumento musical que Syenite nunca viu, algo como um tambor com cordas de violão, que estaria na moda em Yumenes se algum dia se popularizasse por lá. Alabaster está com Corundum. Syenite traz um romance verdadeiramente horrível que alguém achou no cargueiro saqueado, o tipo de coisa cuja primeira página a fez franzir a testa e cair na risada. Depois, é claro, ela continuou lendo. Ela adora livros que são só para diversão.

Os meovitas espalham-se pelo declive atrás do cimo que bloqueia a maior parte do vento, mas onde o sol bate em cheio, reluzente. Syenite coloca seu cobertor longe de todos os outros, mas eles rapidamente invadem seu espaço, estendendo seus cobertores bem ao lado e sorrindo para ela quando ela encara.

Ela percebeu, ao longo dos últimos três anos, que a maioria dos meovitas a consideram, e Alabaster também, como algo semelhante a animais selvagens que decidiram revirar habitações humanas... Impossíveis de civilizar, meio que fofinhos e, pelo menos, uma amolação que diverte. Então, quando veem que ela obviamente precisa de ajuda com algo e não admite, eles a ajudam mesmo assim. E eles *acariciam* Alabaster constantemente e o abraçam e pegam suas mãos e o fazem dançar, e Syen ao menos se sente grata porque ninguém tenta fazer isso com ela. Mas todos podem ver que Alabaster gosta de ser tocado, por mais que finja ser reservado. É provável que seja algo que ele não tinha com muita frequência no Fulcro, onde todos tinham medo do seu poder. Talvez, da mesma maneira, pensem que Syen gosta de ser lembrada de que faz parte de um grupo agora, de que contribui e recebe contribuição e de que não precisa mais se proteger de tudo e de todos.

Eles estão certos. Isso não significa que ela vai dizer a eles que estão.

Então, tudo o que se vê é Innon jogando Coru para cima enquanto Alabaster tenta fingir que não está aterrorizado, mesmo quando a orogenia do menino envia microtremores através dos estratos subaquáticos da ilha a cada vez que ele é jogado; e Hemoo começando algum tipo de jogo com poesia cantada ao som de música que todos os meovitas parecem conhecer; e Owel, a bebê de Ough, tentando correr pelos cobertores estendidos e pisando em pelo menos dez pessoas antes que alguém a pegue e faça cócegas na menina até ela sentar; e as pessoas passando de mão em mão uma cesta contendo garrafinhas de argila com algo que queima o nariz de Syen quando ela sente o cheiro; e.

E.

Ela poderia amar essas pessoas, ela pensa às vezes.

Talvez já ame. Ela não sabe ao certo. Mas depois que Innon se deixa afundar no cobertor para tirar uma soneca com Coru já adormecido em seu peito, e depois que o canto poético se transformou em uma competição de piadas vulgares, e depois que ela bebeu o suficiente da coisa que havia na garrafa a ponto de o mundo estar de fato começando a se mover sozinho... Syenite levanta os olhos e chama a atenção de Alabaster. Ele se ergueu, apoiando-se em um cotovelo para folhear o livro terrível que ela enfim abandonou. Ele está fazendo caras horríveis e hilárias enquanto dá uma lida nele. Enquanto isso, sua mão livre brinca com uma das tranças de Innon, e ele não se parece nem um pouco com aquele monstro meio enlouquecido com quem Feldspar a mandou partir no começo dessa viagem.

Ele levanta os olhos para encontrar o olhar dela e, só por um instante, há apreensão neles. Syenite pisca, surpresa ao perceber isso. Mas ela *é* a única pessoa aqui que sabe como era a vida dele antes. Será que ele se ressente de que ela esteja aqui, uma lembrança constante do que ele preferiria esquecer?

Ele sorri, e ela franze a testa como reação automática. Ele dá um sorriso maior.

– Você ainda não gosta de mim, não é?

Syenite bufa.

– O que te importa?

Ele balança a cabeça, achando graça... E então estende o braço e passa a mão no cabelo de Coru. A criança se mexe e murmura enquanto dorme, e o rosto de Alabaster se suaviza.

– Você gostaria de ter outro filho?

Syenite se assusta, deixando o queixo cair.

– Claro que não. Eu não queria *esse*.

– Mas ele está aqui agora. E ele é lindo. Não é? Você faz filhos tão bonitos. – O que é a coisa mais idiota que ele poderia dizer, mas ele é Alabaster. – Você poderia ter o próximo com Innon.

– Talvez Innon devesse dar o seu voto sobre isso, antes de nós decidirmos o seu futuro reprodutivo.

– Ele ama Coru e é bom pai. Ele já tem dois outros filhos, e eles estão bem. Mas são quietos. – Ele reflete. – Você e Innon poderiam ter um filho quieto. Isso não seria uma coisa terrível aqui.

Syenite balança a cabeça, mas está pensando sobre o pequeno pessário que as mulheres da ilha lhe mostraram como usar. Pensando que talvez vá parar de usá-lo. Mas ela diz:

– Liberdade significa que *nós* controlamos o que fazemos agora. Ninguém mais.

– Sim. Mas agora que posso pensar sobre o que eu quero... – Ele dá de ombros como se estivesse indiferente, mas há uma intensidade em seu olhar quando olha para Innon e Coru. – Nunca quis muito da vida. Só ser capaz de *vivê-la*, na verdade. Não sou como você, Syen. Não preciso provar o meu valor. Não quero mudar o mundo, nem ajudar as pessoas, nem ser grandioso. Eu só quero... isto.

Ela entende. Então se deita a um lado de Innon e Alabaster se deita ao outro, e eles relaxam e desfrutam da sensação de plenitude, de contentamento, por um instante. Porque eles podem.

Claro que isso não pode durar.

Syenite acorda quando Innon se senta e faz sombra sobre ela. Ela não pretendia tirar uma soneca, mas tirou uma das boas, e agora o sol está se inclinando em direção ao oceano. Coru está fazendo um rebuliço, e ela se senta automaticamente, esfregando o rosto com uma das mãos e estendendo a outra para ver se a fralda de tecido dele está cheia. Está tudo certo, mas os sons que ele produz são de ansiedade e, quando ela fica mais desperta, entende por quê. Innon está sentado, segurando Coru distraidamente em um braço, mas está franzindo a testa enquanto olha para Alabaster. Alabaster está de pé, o corpo inteiro tenso.

– Alguma coisa... – ele murmura. Ele está voltado para o continente, mas não pode ver nada; o espinhaço está no caminho. Mas ele não está usando os olhos.

Em seguida, Syen franze o cenho e projeta a sua própria consciência, preocupada, pensando haver um tsunami ou coisa pior a caminho. Mas não há nada.

Um nada *conspícuo*. Deveria haver algo. Há um limite entre placas entre a ilha que é Meov e o continente; os limites entre as placas nunca são estáticos. Elas saltam e se contraem e vibram umas contra as outras de um milhão de formas infinitesimais que só um rogga consegue sensar, como a eletricidade que os geoneiros conseguem criar a partir de turbinas e tanques de produtos químicos. Mas, de repente, impossivelmente, pode-se sensar que a borda da placa está imóvel.

Confusa, Syenite começa a olhar para Alabaster. Mas sua atenção se volta para Conrundum, que está pulando e se debatendo nas mãos de Innon, choramingando e tendo um ataque de birra, embora não seja o tipo de bebê que faz esse tipo de coisa. Alabaster está olhando para o bebê também. A expressão dele se transforma em algo contorcido e terrível.

– Não – ele diz. Ele está chacoalhando a cabeça. – Não. Não, não vou *deixá-los*, não outra vez.

– O quê? – Syenite está olhando para ele, tentando não notar o pavor que está surgindo dentro de si, sentindo em vez de vendo quando os outros se levantam ao redor deles, murmurando e reagindo à inquietação deles. Duas pessoas sobem o espinhaço a passos rápidos para ver o que conseguem ver.

– Bas, o quê? Em nome da Terra...

Ele produz um som que não é uma palavra, apenas uma negação, e de súbito ele sobe correndo o declive em direção ao espinhaço. Syenite o acompanha com o olhar, depois olha para Innon, que parece ainda mais confuso do que ela; Innon balança a cabeça. Mas as pessoas que chegaram antes de Bas ao espinhaço estão gritando agora e fazendo sinais para todo o resto. Há algo errado.

Syenite e Innon correm declive acima junto com os outros. Todos chegam ao topo juntos e lá param, olhando para a extensão de oceano do lado da ilha que está voltado para o continente.

Onde há quatro navios, minúsculos, porém cada vez mais próximos, no horizonte.

Innon diz um palavrão e empurra Coru para os braços de Syenite, que quase se atrapalha ao pegá-lo, mas então o aperta contra si enquanto Innon vasculha os bolsos e pacotes e surge com seu binóculo menor. Ele o estende e olha com atenção por um instante, depois franze a testa, enquanto Syenite tenta em vão consolar Coru. Ele está inconsolável. Quando Innon abaixa o binóculo, Syenite pega o seu braço e lhe dá Coru, tirando o objeto da sua mão quando ele pega o menino.

Os quatro navios estão maiores agora. Suas velas são brancas, comuns; ela não consegue descobrir o que deixou Alabaster tão irritado. E, então, ela nota a figura de pé na proa de um dos navios.

Usando vinho.

O choque dessa visão arranca-lhe o ar do peito. Ela se afasta, articula com os lábios a palavra que Innon precisa ouvir, mas ela sai sem força, inaudível. Innon toma o binóculo dela porque ela parece estar prestes a deixá-lo cair. Então, como eles têm que *fazer* alguma coisa, ela tem que *fazer* alguma coisa, ela se concentra e se mantém focada e diz mais alto:

– *Guardiões.*

Innon franze a testa.

– Como... – Ela vê quando também ele percebe o que isso significa. Desvia o olhar por um momento, pensando, depois meneia a cabeça. Como encontraram Meov não importa. Eles não podem desembarcar. Eles não podem viver.

– Dê Coru a alguém – diz ele, afastando-se do espinhaço; sua expressão endurecida agora. – Vamos precisar de você, Syen.

Syenite aquiesce e se vira, olhando ao redor. Deelashet, uma das poucas pessoas sanzed na comu, passa correndo com o seu próprio bebê, que talvez seja seis meses mais velho do que Coru. Ela cuidou de Coru algumas vezes, amamentou-o quando Syenite estava ocupada; Syenite acena e corre até ela.

– Por favor – diz ela, empurrando Coru para os braços da mulher. Deelashet acena positivamente com a cabeça.

Coru, no entanto, não concorda com esse plano. Ele se agarra a Syenite, gritando e chutando e... pelas crueldades da Terra, a ilha inteira balança de repente. Deelashet cambaleia e então olha para Syenite, horrorizada.

– Merda – ela murmura e pega Coru de volta. Então, com ele apoiado no quadril (ele se acalma de imediato), ela corre para alcançar Innon, que já está correndo em direção aos degraus de metal, gritando para a sua tripulação para embarcar no *Clalsu* e prepará-lo para o combate.

É loucura. É tudo loucura, ela pensa enquanto corre. Não faz sentido que os Guardiões tenham descoberto este lugar. Não faz sentido que estejam vindo. Por que aqui? Por que agora? Meov existe e vem pirateando a costa há gerações. A única coisa que é diferente são Syenite e Alabaster.

Ela ignora a pequena voz no fundo de sua mente que sussurra: *eles a seguiram de algum modo, você nunca deveria ter voltado a Allia, era uma armadilha, você nunca deveria ter vindo aqui, tudo o que você toca perece.*

Ela não olha para as mãos, onde (só para Alabaster saber que ela apreciou o gesto) ela colocou os quatro anéis que o Fulcro lhe deu, mais os dois dele. Os últimos dois não são reais, afinal de contas. Ela não passou em nenhum tipo de teste de anel para obtê-los. Mas quem saberia se ela merece esses anéis melhor do que um homem que conquistou dez? E, que merda, ela obstruiu um vulcão criado por um obelisco quebrado com um comedor de pedras dentro dele.

Então, Syenite decide, repentina e impetuosamente, que vai mostrar a esses Guardiões ferrugentos o que uma seis--anéis pode fazer.

Ela chega ao nível da comu, onde há caos: pessoas pegando facas de vidro e tirando catapultas e bolas de corrente de seja-lá-onde-ferrugens eles as estavam guardando, reunindo seus pertences, carregando barcos com arpões. Então, Syen sobe correndo a prancha para entrar no *Clalsu*, onde Innon ordena aos gritos que recolham a âncora, e de repente lhe ocorre se perguntar aonde Alabaster foi.

Ela para aos tropeços no convés do navio. E, ao fazer isso, sente um lampejo de orogenia tão profundo e poderoso que, por um instante, ela pensa que o mundo inteiro estremece. Toda a água do porto dança com pontilhações minúsculas por um momento. Syen desconfia que as nuvens sentiram esse.

E, subitamente, há uma *parede* se elevando a partir do mar, a menos de quinhentos metros de distância do porto. É um bloco imenso de pedra maciça, perfeitamente retangular como se houvesse sido esculpido, enorme o bastante para... Oh, pelas ferrugens descamadas, *não...* Isolar o maldito porto.

– Bas! Que droga... – É impossível ser ouvida por sobre o estrondo da água e o rangido da pedra (tão grande quanto a própria ilha de Meov) que Alabaster está erguendo. Como ele consegue fazer isso sem nenhum tremor ou ponto quente por perto? Metade da ilha deveria estar congelada. Mas, então, algo cintila no canto do campo de visão de Syenite, e ela se vira para ver o obelisco ametista à distância. Está mais próximo que antes. Está vindo ao encontro deles. É assim que ele consegue.

Innon está praguejando, furioso; ele entende muito bem que Alabaster está sendo um tolo superprotetor, seja qual for o modo como esteja fazendo isso. Sua fúria torna-se esforço. Uma névoa se ergue da água em torno do navio e as tábuas do convés perto dele rangem e ficam cobertas de gelo quando ele tenta destruir a parte mais próxima da parede, de modo que possam sair ao mar e lutar. A parede se estilhaça... e depois ouvem um estrondo baixo por trás dela. Quando a parte da parede que Innon estilhaçou desmorona, há outro bloco de pedra atrás dela.

Syenite está ocupada tentando modular as ondas na água. É possível usar a orogenia na água, só que é difícil. Ela está pegando o jeito enfim, depois de tanto tempo vivendo perto de uma extensão tão grande de água; é uma das poucas coisas que Innon foi capaz de ensinar a ela e a Alabaster. Há calor e minérios suficientes no mar que ela pode sentir, e a água se move como a pedra, só que mais rápido; tanto que ela consegue manipulá-la um pouco. Delicadamente. No entanto, ela está fazendo isso agora, apertando Coru contra si de modo que ele esteja dentro da zona segura da sua espiral, e concentrando-se bastante para enviar ondas de choque contra as ondas que estão vindo apenas em velocidade suficiente para quebrá-las. Funciona em grande parte; o *Clalsu* chacoalha com violência e se solta do ancoradouro, e um dos píeres desaba, mas nada emborca e ninguém morre. Syenite conta isso como uma vitória.

– O que ferrugens ele está fazendo? – pergunta Innon, arfando, e ela segue o olhar dele para ver Alabaster por fim.

Ele está no ponto mais alto da ilha, lá em cima nas elevações. Mesmo daqui Syen consegue ver o frio intenso da sua espiral; o ar mais quente ao redor dela ondula conforme a temperatura muda, e toda a umidade do vento que passa por ela se precipita em forma de neve. Se ele está usando o obelisco, não deveria precisar do ambiente, deveria? A menos que esteja fazendo tanto que nem mesmo o obelisco possa abastecê-lo.

– Pelos fogos da Terra – diz Syen. – Tenho que ir lá em cima.

Innon agarra o braço dela. Quando ela o encara, os olhos dele estão arregalados e um pouco receosos.

– Nós só iríamos atrapalhá-lo.

– Não podemos apenas ficar aqui e esperar! Ele não é... confiável. – Ao mesmo tempo em que diz isso, sente um aperto na barriga. Innon nunca viu Alabaster perder o controle. Ela não *quer* que Innon veja isso. Alabaster tem sido tão bom aqui em Meov; ele quase não é mais louco. Mas Syen pensa

o que se quebrou uma vez se quebrará de novo, com mais facilidade

e ela chacoalha a cabeça e tenta entregar-lhe Coru.

– Eu preciso. Talvez eu possa ajudar. Coru não vai com mais ninguém... Por favor...

Innon pragueja, mas pega a criança, que se agarra à camisa de Innon e coloca o dedão na boca. Então, Syen parte, correndo pela saliência da comu e subindo os degraus.

Quando ela sobe a um nível acima da barreira de rocha, finalmente consegue ver o que está acontecendo para além dela e, por um instante, para, em estado de choque. Os navios estão muito mais perto, logo depois da parede que Bas levantou para proteger o porto. Mas há só três deles porque um dos navios se atrapalhou, saiu da rota e está adernando bastante... Não, está afundando. Ela não faz ideia de como ele conseguiu isso. Outro navio está singrando de maneira estranha na água, o mastro quebrado e a proa elevada e a quilha visível, e é nesse momento que Syenite percebe que há *rochas* empilhadas na parte detrás do convés. Alabaster esteve jogando pedras sobre os malditos. Ela não tem ideia de como, mas ver isso lhe dá vontade de aplaudir.

Mas os outros dois navios se dividiram: um deles está vindo diretamente para a ilha, o outro está saindo da formação, talvez para circundar o lugar ou para sair do alcance do ataque com pedras de Alabaster. *Não, você não vai*, pensa Syen, e tenta fazer o que fez com o navio de ataque durante a última incursão deles, puxando uma lasca de leito de rocha do fundo do mar para atingir a coisa. Ela congela um espaço de uns três metros à sua volta para fazer isso, e faz pedaços de gelo se espalharem pela água entre ela e o navio, mas começa a moldar e a soltar a lasca, e começa a puxá-la para cima...

E a lasca para. E a força crescente de sua orogenia simplesmente... se dissipa. Ela arqueja conforme o calor e a força vazam, e então ela entende: há um Guardião neste navio também. Talvez haja em todos, o que explica por que Bas não os destruiu ainda. Ele não pode atacar um Guardião diretamente; a única coisa que pode fazer é arremessar pedras de fora do raio de bloqueio dos Guardiões. Ela não consegue nem imaginar quanta energia isso deve exigir. Ele jamais teria conseguido sem o obelisco, e se não fosse o dez-anéis louco e genioso que é.

Bem, só porque ela não consegue atingir a coisa diretamente, não significa que não consiga encontrar alguma outra forma de fazê-lo. Ela corre pelo espinhaço ao passo que o navio que ela tentou destruir passa por trás da ilha, mantendo-o à vista. Será que eles pensam que há outro meio de subir? Se pensarem, ficarão muito desapontados; o porto de Meov é a única parte da ilha que é remotamente acessível. O resto da ilha é uma única coluna pontuda e íngreme. O que lhe dá uma ideia. Syenite sorri e para, depois se deixa cair com as mãos e os joelhos na terra para se concentrar.

Ela não tem a força de Alabaster. Ela nem ao menos sabe como alcançar o obelisco sem a orientação dele... E, depois do que aconteceu em Allia, ela tem medo de tentar. A fronteira entre as placas está longe demais para ela alcançar, e não há crateras secundárias nem pontos quentes por perto. Mas ela tem a própria Meov. Aquele adorável, pesado e *laminoso* xisto inteiro.

Então ela se lança para baixo. Para o fundo. Mais para o fundo. Ela sente o caminho pelos espinhaços e pelas camadas de rocha que é Meov, procurando o melhor ponto de fratura... O *fulcro*; ela ri sozinha. Pelo menos ela o encontra, ótimo. E ali, fazendo a curva da ilha, está o navio. Sim.

Syenite absorve todo o calor e a vida infinitesimal da rocha em um ponto concentrado. A umidade ainda está ali, contudo, e é isso que congela, e se expande, conforme Syenite o força a ficar cada vez mais gelado, tirando cada vez mais dela, prolongando sua espiral estreita e oblonga de forma que ela desça cortando o grão de rocha como uma faca cortaria a carne. Um anel de gelo se forma ao seu redor, mas não é nada comparado à longa e intensa placa de gelo que está crescendo dentro da rocha, rompendo-a.

E então, no exato momento em que o navio se aproxima do ponto, ela libera toda a força que a ilha lhe deu, empurrando-a de volta para o lugar de onde veio.

Um pedaço enorme de pedra se parte da face do rochedo. A inércia o segura onde está, só por um instante... E então, com um rangido baixo e oco, ele se desprende da ilha, estilhaçando-se na base perto da linha d'água. Syenite abre os olhos e se levanta e corre, escorregando uma vez no próprio anel de gelo, para aquela extremidade da ilha. Ela está cansada e, depois de alguns passos, tem que passar a caminhar, respirando com dificuldade por conta de uma pontada ao lado do corpo. Mas ela chega a tempo de ver:

O pedaço de rocha caiu bem em cima do navio. Ela dá um sorriso impetuoso ao ver o convés despedaçado enquanto ouve gritos, enquanto vê pessoas já na água. A maioria veste uma variedade de roupas; mercenários, então. Mas ela pensa ter visto um lampejo de tecido vinho sob a superfície da água sendo arrastado mais para baixo por uma das metades do navio que está afundando.

– Guarde *isso*, seu ferrugento filho de um canibal. – Sorrindo, Syenite se levanta e segue em direção a Alabaster de novo.

Conforme ela desce da elevação, ela consegue vê-lo, uma figura minúscula ainda criando seu próprio fronte gelado e, por um instante, ela de fato o admira. Ele é incrível, apesar de tudo. Mas então, de repente, ouve-se um estranho estrondo oco vindo do mar, e algo explode em torno de Alabaster em uma nuvem de pedras e fumaça e força explosiva.

Um canhão. Um ferrugento *canhão*. Innon lhe contou sobre eles: são uma invenção que as comus equatoriais vêm experimentando nos últimos anos. *Claro* que os Guardiões teriam um. Syen começa a correr, de forma irregular e desajeitada, impulsionada pelo medo. Ela não consegue ver Bas muito bem em meio à fumaça do tiro de canhão, mas consegue ver que ele está no chão.

Quando chega lá, ela sabe que ele está ferido. O vento gelado parou de soprar; ela pode ver Alabaster com as mãos e os joelhos no chão, cercado por um círculo de gelo cheio de bolhas que tem metros de extensão. Syenite para no anel de gelo mais externo; se ele estiver fora, pode não notar que ela está dentro do alcance do seu poder.

– Alabaster!

Ele se mexe um pouco, e ela consegue ouvi-lo gemendo, murmurando. Qual é a gravidade dos seus ferimentos? Syenite dança à beira do gelo por um momento, depois decide enfim correr o risco, andando rápido até a área limpa imediatamente ao redor dele. Ele ainda está ereto, mas mal consegue se manter assim, a cabeça inclinada, e ela sente um aperto no estômago quando vê respingos de sangue na pedra sob os pés dele.

– Eu eliminei o outro navio – diz ela ao chegar até ele, esperando tranquilizá-lo. – Posso eliminar este também, se você não eliminou.

É bravata. Ela não sabe ao certo quanta força lhe restou. Com sorte, ele já cuidou do navio. Mas ela levanta os olhos e pragueja para si porque o navio remanescente ainda está lá no mar, aparentemente intacto. Parece estar ancorado. Esperando. Pelo que, ela não consegue imaginar.

– Syen – ele diz. Sua voz está tensa. Com medo, ou alguma outra coisa? – Prometa que não vai deixar que levem Coru. Não importa o que aconteça.

– O quê? Claro que não vou deixar. – Ela se aproxima e se agacha ao lado dele. – Bas. – Ele olha para ela, atordoado, talvez por conta do tiro de canhão. Algo cortou a sua testa e, como todos os ferimentos na cabeça, está sangrando copiosamente. Ela o examina, tocando o seu peito, esperando que não haja mais ferimentos. Ele ainda está vivo, então o tiro de canhão deve ter errado por pouco, mas basta um pouco de estilhaço de pedra à velocidade certa no lugar errado...

E é nesse momento que ela enfim se dá conta. Os braços dele à altura dos punhos. Os joelhos dele e o resto das pernas entre a coxa e o tornozelo... sumiram. Eles não foram decepados nem destruídos; cada membro termina suavemente, perfeitamente, bem no ponto onde o chão começa. E ele os está mexendo como se estivesse preso na água, e não em pedra maciça. *Lutando*, ela percebe um tanto tarde. Ele não está de pé porque não consegue se levantar; ele está sendo *arrastado para dentro do solo* contra a sua vontade.

A comedora de pedras. Oh, Terra ferrugenta.

Syenite agarra os ombros dele e tenta puxá-lo de volta, mas é como tentar puxar uma pedra. De algum modo, ele está mais pesado. A carne dele não parece exatamente carne. A comedora de pedras fez o corpo dele atravessar a pedra maciça tornando-o mais semelhante à pedra, de alguma forma, e Syenite não consegue tirá-lo. Ele se afunda mais na pedra a cada respiração; ele afundou até o quadril e os ombros agora, e ela não consegue mais ver os pés dele de maneira alguma.

– Solte-o, que a Terra o carregue! – A ironia da praga só lhe ocorrerá mais tarde. O que lhe ocorre no momento é fincar sua consciência na pedra. Ela tenta sentir a comedora de pedras...

Há algo ali, mas não se parece com nada que já tenha sentido: uma sensação de peso. Um peso profundo e sólido e imenso demais para ser possível... Não em um espaço tão pequeno, não tão compacto. Parece haver uma *montanha* ali, arrastando Alabaster para baixo com todo o seu peso. Ele está lutando contra esse peso; é o único motivo pelo qual ainda está aqui. Mas ele está fraco e está perdendo a luta, e ela não tem a mínima ideia de como ajudá-lo. É demais, grande demais, poderoso demais, e ela não consegue deixar de se encolher e voltar a si com a sensação de que quase foi atingida.

– Prometa – ele arqueja, enquanto ela puxa de novo os ombros dele e tenta fazer pressão contra a pedra com toda a sua força, recuando diante daquele peso terrível, de qualquer coisa, de tudo. – Você sabe o que vão fazer com ele, Syen. Uma criança tão forte, meu filho, criado fora do Fulcro? Você *sabe*.

Uma cadeira de arame em uma estação de ligação escura... Ela não consegue nem pensar nisso. Nada está *funcionando*, e grande parte dele já desapareceu dentro da pedra agora; só o rosto dele e os ombros estão visíveis, e isso só porque ele está se esforçando para manter essas partes acima da linha da pedra. Ela balbucia alguma coisa para ele, chorando, procurando desesperadamente por palavras que possam consertar isso.

– Eu sei. Eu prometo. Oh, pelas ferrugens, Bas, por favor, eu não consigo... Não sozinha, eu não consigo...

A mão da comedora de pedras se ergue da rocha, branca e sólida e com as pontas cor de ferrugem. Surpresa, Syenite grita e se encolhe, pensando que a criatura a está atacando... Mas não. Essa mão envolve a parte de trás da cabeça de Alabaster com extraordinária delicadeza. Ninguém espera que uma montanha seja gentil. Mas eles são inexoráveis e, quando a mão puxa, Alabaster vai. Os ombros dele escapam das mãos de Syen. O queixo dele, depois a boca, depois o nariz, depois seus olhos aterrorizados...

Ele se foi.

Syenite se ajoelha na pedra dura e fria, sozinha. Ela está gritando. Ela está chorando. Suas lágrimas caem na rocha onde estava a cabeça de Alabaster um momento antes, e o lugar não absorve as lágrimas. Elas apenas salpicam.

E, então, ela sente: o pingo. O arrasto. Forçada pela perplexidade a deixar a dor de lado, ela se levanta às apalpadelas e vai aos tropeções até a beirada do rochedo, de onde pode ver o navio remanescente. Navios, aquele que Bas alvejou com pedras parece ter se endireitado de alguma forma. Não, não de alguma forma. Uma camada de gelo se espalha pela superfície da água em torno dos dois navios. Há um rogga em um dos navios, trabalhando para os Guardiões. Um quatro-anéis, pelo menos; há um grande controle refinado no que ela está sentindo. E com esse tanto de gelo. Ela vê um grupo de botos pular para fora da água, fugindo do gelo que se espalha, e então ela o vê alcançá-los, subindo aos poucos pelos seus corpos e solidificando-os metade dentro e metade fora da água.

Que diabos esse rogga vai fazer com tanto poder?

Em seguida, ela vê uma porção da parede de pedra que Bas ergueu tremer.

– Não... – Syenite se vira e corre de novo, ofegante, sensando mais do que vendo quando o rogga dos Guardiões ataca a base da parede. É fraco o ponto onde a parede se curva para se unir à curva natural do porto de Meov. O rogga vai derrubá-la.

Demora uma eternidade para chegar ao nível da comu e depois ao cais. Ela está aterrorizada com a ideia de que Innon vá zarpar sem ela. Ele tem que ser capaz de sensar o que está acontecendo também. Mas, graças à pedra, o *Clalsu* ainda está lá e, quando ela entra cambaleando no convés, vários membros da tripulação a seguram e a ajudam a se sentar antes que ela caia. Eles recolhem a prancha atrás dela, e ela consegue ver que estão içando as velas.

– Innon – diz ela, arquejando, enquanto toma fôlego. – Por favor.

Eles meio que a carregam até ele. Ele está no convés superior, uma das mãos no leme e a outra segurando Coru contra o quadril. Ele não olha para ela, toda a sua atenção concentrada na parede; já existe um buraco nela, perto da parte de cima e, quando Syenite chega até ele, ocorre uma explosão final. A parede se desintegra e cai aos pedaços, balançando o barco com certa violência, mas Innon permanece completamente firme.

– Vamos sair navegando para enfrentá-los – diz ele em um tom sombrio enquanto ela se deixa cair sobre o banco ali perto, e ao passo que o barco se afasta do cais. Todos estão prontos para a luta. As catapultas estão carregadas, os dardos estão em mãos. – Vamos afastá-los da comu primeiro. Dessa forma, todos os outros podem evacuar nos barcos de pesca.

Não há barcos de pesca suficientes para todos, Syenite sente vontade de dizer, e não diz. De qualquer forma, Innon sabe disso.

Assim, o navio passa pela fresta estreita que o orogene dos Guardiões abriu, e o navio dos Guardiões está em cima deles quase que de imediato. Vê-se um sinal de fumaça no convés deles e ouve-se um som sibilante e oco assim que o *Clalsu* aparece: o canhão de novo. Passou de raspão. Innon grita e um dos tripulantes responsáveis pelas catapultas retribui o favor com um cesto de correntes pesadas, que destrói a vela do traquete e o mastro do meio do navio deles. Outra descarga e desta vez é um barril de piche em chamas; Syen vê pessoas pegando fogo e correndo pelo convés do navio dos Guardiões depois que essa descarga os atinge. O *Clalsu* avança rapidamente enquanto o navio dos Guardiões afunda em direção à parede que é a rocha de Meov, seu convés agora tomado por uma conflagração flamejante.

Mas, antes que eles possam ir longe, vê-se outro sinal de fumaça, ouve-se outro estrondo e, desta vez, o *Clalsu* sacode quando é atingido. Pelas ferrugens e pelos fogos lá de baixo, quantas dessas coisas eles têm? Syenite se levanta e vai até o parapeito, tentando ver esse canhão, embora não saiba o que pode fazer quanto a ele. Há um buraco na lateral do *Clalsu* e ela consegue ouvir pessoas gritando sob o convés, mas, por enquanto, o navio continua se movendo.

É o navio sobre o qual Alabaster lançou pedras. Algumas delas sumiram da popa do convés e ele repousa normalmente sobre a água outra vez. Ela não vê o canhão, mas vê três vultos de pé perto da proa do navio. Dois vestidos de vinho, um terceiro de preto. Enquanto ela observa, outro vulto trajando vinho vem se juntar a eles.

Ela pode sentir que estão olhando para ela.

O navio dos Guardiões se vira ligeiramente, ficando mais para trás. Syenite começa a ter esperanças, mas vê quando os canhões são disparados desta vez. Três deles, coisas pretas e grandes perto do parapeito a estibordo; eles sacodem e rolam um pouco para trás quando disparam, quase em uníssono. E, um momento depois, ouve-se um estrondo violento e um rangido e o *Clalsu* sacode como se acabasse de ser atingido por um tsunami de nível cinco. Syenite olha para cima a tempo de ver o mastro se estilhaçar em incontáveis gravetos, e então tudo dá errado.

O mastro range e cai como uma árvore cortada, e atinge o convés com a mesma força. Pessoas gritam. O navio range e começa a se inclinar a estibordo, puxado pelas velas caídas que o arrastam. Ela vê dois homens caírem na água com as velas, esmagados ou asfixiados pelo peso do tecido e da corda e da madeira, e que a Terra a ajude, ela não consegue pensar neles. O mastro está entre ela e o convés superior. Ela está isolada de Innon e Coru.

E o navio dos Guardiões agora está se aproximando.

Não! Syenite busca a água, tentando absorver alguma coisa, qualquer coisa, para dentro dos seus maltratados sensapinae. Mas não há nada. Sua mente está tão inerte quanto o vidro. Os Guardiões estão próximos demais.

Ela não consegue pensar. Ela engatinha por cima das partes do mastro, fica embolada em um emaranhado de cordas e precisa lutar durante infindáveis horas, parece-lhe, para se libertar. E, enfim, ela está livre, mas todos estão correndo para o lugar de onde ela veio, facas de vidro e dardos em mãos, gritando e berrando, porque o navio dos Guardiões está *bem ali* e eles estão subindo a bordo.

Não.

Ela pode ouvir as pessoas morrendo à sua volta. Os Guardiões trouxeram algum tipo de tropa consigo, a milícia de alguma comu pela qual eles pagaram ou da qual se apropriaram, e a batalha não está sequer próxima. O pessoal de Innon é bom, experiente, mas seus alvos habituais são navios mercantes e navios de passageiros com segurança escassa. Quando Syenite chega ao convés superior (Innon não está lá, então deve ter descido), ela vê a prima dele, Ecella, acertar o rosto de um miliciano com sua faca de vidro. Ele cambaleia com o golpe, mas então se reequilibra e enfia a própria faca na barriga dela. Ele a empurra para fora do caminho, e ela cai sobre o corpo de outro meovita que já está morto. Mais membros da tropa estão subindo a bordo a cada minuto.

Acontece a mesma coisa por todas as partes. Eles estão perdendo.

Ela precisa chegar até Innon e Coru.

Abaixo do convés não há quase ninguém. Todos subiram para defender o navio. Mas ela consegue sentir o tremor que é o medo de Coru, e ela o segue até a cabine de Innon. A porta se abre quando ela a alcança, e Innon sai com uma faca na mão, quase esfaqueando-a. Ele para, sobressaltado, e ela olha por sobre o ombro dele para ver que Coru foi colocado em um cesto debaixo do anteparo dianteiro... O lugar mais seguro do navio, ao que parece. Mas enquanto ela fica ali, sem conseguir pensar direito, Innon a agarra e a empurra para dentro da cabine.

– O quê...

– Fique aqui – diz Innon. – Tenho que ir lutar. Faça o que tiver que fazer...

Não dá tempo de ele dizer mais nada. Alguém passa por trás dele, rápido demais para Syenite dar um grito de alerta. Um homem, despido até a cintura. Ele coloca as mãos dos dois lados da cabeça de Innon, os dedos espraiados pelas bochechas dele como aranhas, e sorri para Syenite enquanto os olhos de Innon se arregalam.

E então é...

Oh, pela Terra, é...

Ela *sente* aquilo, quando acontece. Não só em seus sensapinae. É um atrito como uma pedra friccionando contra a sua pele; é um esmagamento ao longo dos seus ossos; é, é, é tudo o que é Innon, todo o poder e a vitalidade e a beleza e a impetuosidade dele, *transformado em algo ruim*. Amplificado e concentrado e voltado contra ele da forma mais cruel. Innon não tem tempo de sentir medo. Syenite não tem tempo de gritar enquanto Innon *se despedaça*.

É como observar um tremor de perto. Ver o chão se abrir, observar os fragmentos se misturarem enquanto são triturados e estilhaçados, depois se separarem. Mas tudo acontece com a carne.

Bas, você nunca me contou, você não me contou *que era como*
Agora Innon está no chão, em uma pilha. O Guardião que o matou fica ali, salpicado de sangue e sorrindo durante o processo.

– Ah, pequenina – diz uma voz, e o sangue dela se transforma em pedra. – Aqui está você.

– Não – ela sussurra. Ela balança a cabeça, recusando-se a acreditar, e dá um passo atrás. Coru está chorando. Ela dá outro passo atrás e tropeça na cama de Innon, manuseia desajeitadamente o cesto, pega Coru nos braços. Ele se agarra a ela, tremendo e dando puxões intermitentes. – Não.

O Guardião sem camisa olha para um lado, depois se afasta para dar lugar para outro entrar. *Não.*

– Não precisa dessa histeria, Damaya – Schaffa Guardião Garantia diz em voz baixa. Então ele faz uma pausa, parece arrependido. – Syenite.

Ela não o vê há anos, mas a voz dele é a mesma. O rosto dele é o mesmo. Ele nunca muda. Está até sorrindo, embora o sorriso desvaneça um pouco de desgosto quando nota o caos que era Innon. Ele olha para o Guardião sem camisa; o homem ainda está sorrindo. Schaffa suspira, mas sorri em resposta. Então, os dois viram aqueles horríveis, horríveis sorrisos para Syenite.

Ela não pode voltar. Ela não vai voltar.

– E o que é isto? – Schaffa sorri, seu olhar fixo em Coru, que está nos braços dela. – Que adorável. É do Alabaster? Ele também está vivo? Todos nós gostaríamos de ver Alabaster, Syenite. Onde está ele?

O hábito de responder é profundo demais.

– Uma comedora de pedras o levou. – A voz dela está trêmula. Ela dá um passo atrás de novo e sua cabeça encosta no anteparo. Não sobrou nenhum lugar para onde correr.

Pela primeira vez desde que o conheceu, Schaffa pisca e parece surpreso.

– Uma comedora de pedras... Hmm. – Ele fica sério. – Entendo. Deveríamos tê-lo matado então, antes que chegassem a ele. Como uma forma de gentileza, claro; você não pode imaginar o que farão com ele, Syenite. Lamentável.

Então Schaffa sorri outra vez, e ela se lembra de tudo que tentou esquecer. Ela se sente sozinha de novo, e impotente como estava naquele dia, perto de Palela, perdida no mundo odioso sem ter ninguém em quem confiar a não ser um homem cujo amor vem envolto em dor.

– Mas o filho dele será um substituto mais do que vantajoso – diz Schaffa.

✦   ✦   ✦

Há momentos em que tudo muda, entende.

✦   ✦   ✦

Coru está gemendo, aterrorizado, e talvez até entenda, de algum modo, o que aconteceu com seus pais. Syenite não consegue consolá-lo.

– Não – ela diz outra vez. – Não. Não. Não.

O sorriso de Schaffa desaparece.

– Syenite. Eu disse a você. Nunca diga não para mim.

✦   ✦   ✦

Até a pedra mais dura pode se fragmentar. Só é necessária a força certa, aplicada na juntura certa de ângulos. Um *fulcro* de pressão e fraqueza.

✦   ✦   ✦

Prometa, Alabaster havia dito.

Faça o que tiver que fazer, Innon havia tentado dizer.

E Syenite diz: *Não*, seu canalha.

Coru está chorando. Ela põe a mão sobre a boca e o nariz dele, para fazê-lo ficar quieto, para consolá-lo. Ela o manterá a salvo. Ela não deixará que o levem, que o escravizem, que transformem seu corpo em uma ferramenta e sua mente em uma arma e sua vida em uma imitação grotesca de liberdade.

✦   ✦   ✦

Você entende esses momentos, eu acho, de forma instintiva. É a nossa natureza. Nascemos de tais pressões e, às vezes, quando as coisas se tornam insuportáveis...

✦   ✦   ✦

Schaffa para.

– Syenite...

– *Esse não é o meu nome ferrugento! Vou dizer não a você quantas vezes eu quiser, seu desgraçado!* – Ela está gritando as palavras. Saliva espumeja de sua boca. Há um espaço escuro e pesado dentro dela que pesa mais do que a comedora de pedras, que pesa muito mais do que uma montanha, e que está devorando todo o resto como um sumidouro.

Todas as pessoas que ela ama estão mortas. Todas, menos Coru. E se eles o levarem...

✦   ✦   ✦

...às vezes, nós até... *temos um colapso.*

✦   ✦   ✦

É melhor que uma criança nunca chegue a viver do que viver como escrava.

É melhor que ele morra.

É melhor que *ela* morra. Alabaster a odiará por isso, por deixá-lo sozinho, mas Alabaster não está aqui, e sobreviver não é o mesmo que viver.

Então, ela se projeta para cima. Para fora. O ametista está lá, no alto, esperando com a paciência dos mortos, como se, de alguma forma, soubesse que esse momento chegaria.

Ela o busca agora e reza para que Alabaster esteja certo sobre aquela coisa ser demais para ela controlar.

E quando sua consciência se dissolve em meio à luz em tom de joia e ondulações facetadas, quando Schaffa arqueja ao perceber o que se passa e arremete contra ela, quando os olhos de Coru tremulam até se fecharem sob sua mão que pressiona e asfixia...

Ela se abre a todo o poder do antigo desconhecido, e destrói o mundo.

✦ ✦ ✦

Aqui é a Quietude. Aqui é um lugar distante da costa leste, um pouco ao sul do equador.

Há uma ilha aqui... De uma cadeia de pedacinhos de terra precários que raramente duram mais do que algumas centenas de anos. Esta tem existido há vários milhares de anos, em testemunho da sabedoria dos seus habitantes. Este é o momento em que essa ilha morre, mas pelo menos alguns desses habitantes devem sobreviver para ir a algum outro lugar. Talvez isso faça você se sentir melhor.

O obelisco roxo que paira sobre ela pulsa, uma vez, com uma grande pulsação de poder que seria familiar a qualquer um que houvesse estado na extinta comu chamada Allia no dia de sua morte. Quando esse pulso desvanece, o oceano se agita enquanto seu solo rochoso convulsiona. Estacas, encharcadas e parecidas com facas, irrompem para fora das ondas e estilhaçam por completo os navios que flutuam perto das margens da ilha. Várias das pessoas a bordo (algumas são piratas, algumas são seus inimigos) são alvejadas, tão grande é o emaranhado de morte ao seu redor.

Essa convulsão se estende para longe da ilha em uma longa ondulação que segue seu caminho, formando uma cadeia de lanças pontiagudas e terríveis do porto de Meov até o que sobrou de Allia. Uma ponte de terra. Não do tipo que qualquer pessoa ia querer atravessar, mas, não obstante, uma ponte.

Quando toda a matança termina e o obelisco fica calmo, apenas um punhado de pessoas está vivo, no oceano ali embaixo. Uma delas, uma mulher, flutua inconsciente em meio aos escombros do seu navio despedaçado. Não muito longe dela, um vulto menor... uma criança... flutua também, mas com o rosto virado para baixo.

Seus companheiros que sobrevivem a encontrarão e a levarão para o continente. Lá ela vagará, perdida e perdendo-se, durante dois anos.

Mas não sozinha... pois foi nesse momento que eu a encontrei, sabe. O momento em que o obelisco pulsou foi o momento em que a presença dela foi cantada por todo o mundo: uma promessa, uma exigência, um convite arrebatador demais para resistir. Muitos de nós convergimos para ela, então, mas fui eu que a encontrei primeiro. Eu repeli os outros e a rastreei, a observei, a protegi. Fiquei contente quando ela encontrou um vilarejozinho chamado Tirimo, e conforto, se não felicidade, por algum tempo.

Eu acabei me apresentando para ela, finalmente, dez anos depois, quando ela partiu de Tirimo. Não é o modo como nós costumamos fazer essas coisas, claro; nós normalmente não procuramos nos relacionar com os da espécie dela. Mas ela é... era... especial. *Você* era, é, especial.

Eu disse a ela que me chamava Hoa. Era um nome tão bom quanto qualquer outro. Foi assim que começou. Ouça. Aprenda. Foi assim que o mundo mudou.

23

VOCÊ É TUDO DE QUE VOCÊ PRECISA

Há uma estrutura em Castrima que reluz. Está no nível inferior do grande geodo, e você acha que deve ter sido construído em vez de ter surgido: suas paredes não são de cristal maciço esculpido, mas sim pedaços de mica branca extraídos de uma pedreira, delicadamente salpicados com flocos infinitesimais de cristal que não são menos belos que seus primos maiores, embora não tão dramáticos. Por que alguém carregaria esses pedaços até aqui e construiria uma casa com eles em meio a todos esses apartamentos pré-fabricados e desabitados, você não faz ideia. Você não pergunta. Você não ousa.

Lerna vem com você, porque essa é a enfermaria oficial da comu, e o homem que você vem ver é paciente dele. Mas você o detém à porta, e há algo em seu rosto que deve alertá-lo do perigo. Ele não protesta quando você entra sem ele.

Você passa devagar pela entrada aberta e para quando avista a comedora de pedras do outro lado do salão principal da enfermaria. Antimony, sim; você quase havia se esquecido do nome que Alabaster lhe deu. Ela devolve o olhar para você, impassivelmente, quase indistinguível da parede branca, exceto pela ferrugem das pontas dos seus dedos e pelo preto escuro de seu "cabelo" e de seus olhos. Ela não mudou desde a última vez que você a viu: doze anos atrás, no fim de Meov. Mas, para a espécie dela, doze anos não são nada.

De qualquer forma, você acena para ela. É a coisa educada a se fazer, e ainda resta um pouco em você da mulher que o Fulcro criou. Você consegue ser educada com qualquer pessoa, não importa o quanto você a odeie.

– Não chegue mais perto – diz ela.

Ela não está falando com você. Você se vira, sem se surpreender, para ver que Hoa está atrás de você. De onde ele veio? Está tão imóvel quanto Antimony... Anormalmente imóvel, o que faz você perceber enfim que ele não respira. Nunca respirou em todo o tempo desde que o conheceu. Como ferrugens você deixou de notar isso? Hoa a observa com o mesmo olhar fixo de ameaça com que brindou a comedora de pedra de Ykka. Talvez nenhum deles goste dos demais. Isso deve tornar as reuniões embaraçosas.

– Não estou interessado nele – diz Hoa.

Os olhos de Antimony passam para você por um instante. Então, seu olhar volta para Hoa.

– Estou interessada nela apenas em nome dele.

Hoa não diz nada. Talvez esteja refletindo sobre isso; talvez seja uma oferta de trégua, ou talvez uma reivindicação. Você balança a cabeça e passa por eles dois.

Na parte de trás do salão principal, sobre uma pilha de almofadas e cobertores, está deitada uma magra figura negra, arquejando. Ela se mexe um pouco, levantando a cabeça devagar conforme você se aproxima. Quando você agacha um pouco fora do alcance de seu braço, fica aliviada ao reconhecê-lo. Todo o resto mudou, mas os olhos dele, pelo menos, são os mesmos.

– Syen – diz ele. Sua voz é cascalho grosso.

– Essun, agora – você diz automaticamente.

Ele aquiesce. Isso parece lhe causar dor; por um instante, ele fecha os olhos, apertando-os. Depois, puxa o ar mais uma vez, faz um esforço visível para relaxar e revive um pouco.

– Eu sabia que você não estava morta.

– Por que você não veio, então?

– Eu tinha que cuidar de meus problemas. – Ele sorri um pouco. Você, na verdade, ouve a pele do lado esquerdo do rosto dele (há uma grande parte queimada ali) enrugar-se.

Os olhos dele passam para Antimony, tão lentamente quanto os movimentos de um comedor de pedras. Então, ele volta sua atenção a você.

(A ela, Syenite.)

A *você*, Essun. Que se enferruje tudo, você vai ficar feliz quando finalmente descobrir quem você é de verdade.

– E eu estive ocupado. – Agora Alabaster ergue o braço direito. Ele acaba de forma abrupta, no meio do antebraço; não está vestindo nada na parte de cima do corpo, então você consegue ver claramente o que aconteceu. Não sobrou muita coisa dele. Faltam-lhe muitos pedaços, e ele fede a sangue e pus e urina e carne cozida. O ferimento do braço, entretanto, não é algo que ele obteve nos incêndios de Yumenes, ou pelo menos não diretamente. O cotoco do braço dele está tampado com algo duro e marrom que definitivamente não é pele: muito duro, muito uniformemente parecido com greda em sua composição visível.

Pedra. O braço dele virou *pedra*. A maior parte dele sumiu, no entanto, e o cotoco...

...marcas de dente. Aquelas são marcas de dente. Você olha para Antimony de novo, e pensa em um sorriso de diamante.

– Ouvi dizer que você esteve ocupada também – diz Bas.

Você aquiesce, tirando enfim o olhar da comedora de pedra.

(Agora você sabe que tipo de pedra eles comem.)

– Depois de Meov, eu estava... – Você não sabe ao certo como dizer isso. Há dores profundas demais a serem suportadas e, no entanto, você as suportou repetidas vezes. – Eu precisava ser diferente.

Não faz sentido. Mas Alabaster faz um suave som afirmativo, como se entendesse.

– Você permaneceu livre, pelo menos.

Se esconder tudo o que você é for liberdade.

– Sim.

– Você constituiu família?

– Eu me casei. Tive dois filhos. – Alabaster fica em silêncio. Com todas as partes carbonizadas e constituídas de pedra gredosa marrom no rosto dele, você não sabe dizer se ele está sorrindo ou fazendo cara feia. Mas presume que se trata do último, então você acrescenta: – Eles dois eram... como eu... eu... meu marido...

As palavras tornam as coisas reais de uma maneira que nem as memórias conseguem, então você para por aí.

– Entendo por que você matou Corundum – diz Alabaster bem baixinho. E então, enquanto você oscila em sua posição agachada, literalmente cambaleando com o impacto da frase, ele acaba com você. – Mas eu nunca vou perdoá-la por ter feito isso.

Maldição. Maldito seja ele. Maldita seja você mesma.

Demora um momento para responder.

– Eu entendo se quiser me matar – você consegue dizer enfim. Então você passa a língua pelos lábios. Engole em seco. Cospe as palavras. – Mas eu tenho que matar o meu marido primeiro.

Alabaster solta um suspiro chiado.

– Os seus outros dois filhos.

Você aquiesce. Não importa que Nassun esteja viva, neste caso. Jija a tirou de você; isso é insulto suficiente.

– Eu não vou matar você, Sy... Essun. – Ele parece cansado. Talvez ele não tenha ouvido o pequeno som que você faz, que não é nem alívio nem decepção. – Não mataria mesmo que pudesse.

– Se você...

– Você ainda consegue fazer aquilo? – Ele atropela a sua confusão do modo como sempre fez. Nada nele mudou exceto seu corpo arruinado. – Você se valeu do granada em Allia, mas aquele estava meio morto. Você deve ter usado o ametista em Meov, mas aquilo foi... uma situação extrema. Você consegue fazer aquilo quando bem entende, agora?

– Eu... – Você não quer entender. Mas agora seus olhos se desviaram do horror que restou de seu mentor, de seu amante, de seu amigo. Seguiram para um ponto ao lado e atrás de Alabaster, onde há um estranho objeto apoiado contra a parede da enfermaria. Parece uma faca de vidro, mas a lâmina é comprida e larga demais para ter um uso prático. Ela tem um cabo enorme, talvez porque a lâmina seja tão absurdamente comprida, e um guarda-mão que vai atrapalhar na primeira vez que alguém tentar usar essa coisa para cortar carne ou um nó. E não é feita de vidro, ou pelo menos não de qualquer vidro que você já tenha visto. É cor-de-rosa, puxando para o vermelho, e...

e. Você olha para ela. Para dentro dela. Você a sente tentando arrastar a sua mente para dentro, para baixo. Caindo. Caindo *para cima*, por meio de um infinito eixo de luz cor-de-rosa cintilante e facetada...

Você arqueja e se contrai de volta para dentro de si mesma de forma defensiva, depois olha para Alabaster. Ele sorri de novo, dolorosamente.

– O espinélio – diz ele, confirmando seu choque. – Esse é meu. Você já tomou posse de algum deles? Os obeliscos vêm quando você chama?

Você não quer entender, mas entende. Você não quer acreditar, mas, na verdade, sempre acreditou.

– *Você* abriu aquela fenda lá no norte – você respira. Seus punhos estão cerrados. – *Você* dividiu o continente. *Você* começou esta Estação. Com os obeliscos! Você fez... tudo isso.

– Sim, com os obeliscos, e com a ajuda dos mantenedores das estações de ligação. Eles estão em paz agora. – Ele solta o ar com um chiado. – Eu preciso da sua ajuda.

Você balança a cabeça automaticamente, mas não recusando.

– Para consertar isso?

– Oh, não, Syen. – Você nem se dá ao trabalho de corrigi-lo desta vez. Você não consegue tirar os olhos do rosto dele, quase esquelético e com ar de quem acha graça. Quando ele fala, você percebe que alguns dos seus dentes se transformaram em pedra também. Quantos de seus órgãos passaram pelo mesmo processo? Quando tempo mais ele consegue... ele deve... viver desse jeito?

– Não quero que você conserte isso – diz Alabaster. – Foi um dano colateral, mas Yumenes teve o que merecia. Não, o que eu quero que você faça, minha Damaya, minha Syenite, minha Essun, é piorar as coisas.

Você o encara, estupefata. Em seguida, ele se inclina para a frente. Fica claro que isso é doloroso para ele; você ouve o ranger e o esticar da carne, e um leve estalido quando algum pedaço de pedra em algum lugar dentro dele se parte. Mas quando ele está perto o bastante, ele sorri de novo, e de repente lhe ocorre. Pelas crueldades da Terra devoradora. Ele não é louco de modo algum, nem nunca foi.

– Diga-me – ele diz –, você já ouviu falar de uma coisa chamada *lua*?

APÊNDICE 1

*Um catálogo das Quintas Estações que foram registradas
antes e desde a fundação da Afiliacão Equatorial Sanzed,
da mais recente para a mais antiga*

ESTAÇÃO DA ASFIXIA: do ano 2714 ao 2719 da Era Imperial. Causa aproximada: erupção vulcânica. Localização: os Antárticos, perto de Deveteris. A erupção do monte Akok cobriu um raio de aproximadamente oitocentos quilômetros com nuvens de cinza fina que se solidificava em pulmões e membranas mucosas. Cinco anos sem luz do sol, embora o hemisfério norte não tenha sido tão afetado (apenas dois anos).

ESTAÇÃO ÁCIDA: do ano 2322 ao 2329 da Era Imperial. Causa aproximada: tremor de nível maior que dez. Localização: desconhecida; em algum ponto distante do oceano. Um deslocamento repentino de placa tectônica deu origem a uma cadeia de vulcões no caminho de uma grande corrente de jato. Essa corrente de jato acidificou-se, fluindo em direção à costa oeste e enfim por toda a Quietude. A maioria das comus costeiras pereceu no tsunami inicial; as restantes fracassaram ou foram forçadas a mudar de lugar quando suas frotas e instalações portuárias se corroeram e a pesca se esgotou. A oclusão atmosférica causada pelas nuvens durou sete anos; os níveis de pH permaneceram insustentáveis por muitos anos mais.

ESTAÇÃO DA EBULIÇÃO: do ano 1842 ao 1845 da Era Imperial. Causa aproximada: erupção de um ponto quente sob um grande lago. Localização: Latmedianas do Sul, distritante do Lago Tekkaris. A erupção lançou milhões de galões de vapor e partículas ao ar, o que provocou chuvas ácidas e oclusão atmosférica sobre a metade sul do continente durante três anos. Entretanto, a metade norte não sofreu impactos negativos, então os arqueomestas contestam se isso se qualifica como uma "verdadeira" Estação.

ESTAÇÃO OFEGANTE: do ano 1689 ao 1798 da Era Imperial. Causa aproximada: acidente de mineração. Localização: Latmedianas do Norte, distritante de Sathd. Uma Estação inteiramente causada pelos humanos, provocada quando mineiros na extremidade das regiões carboníferas do nordeste das Latmedianas do Norte deram origem a incêndios subterrâneos. Estação relativamente amena, apresentando ocasional luz do sol e nenhuma chuva de cinzas nem acidificação, exceto na região; poucas comus declararam Lei Sazonal. Aproximadamente catorze milhões de pessoas da cidade de Heldine morreram na erupção inicial de gás natural e no buraco de fogo que se espalhava rapidamente antes que Orogenes Imperiais acalmassem e fechassem com êxito as extremidades do fogo para evitar que se espalhasse mais. A massa restante só pôde ser isolada e continuou queimando durante 120 anos. A fumaça desse fogo, espalhada através dos ventos predominantes, causou problemas respiratórios e ocasionais sufocamentos em massa nessa região durante várias décadas. Um efeito secundário da perda das regiões carboníferas das Latmedianas do Norte foi um aumento catastrófico nos custos do combustível para fins de aquecimento e a adoção mais ampla do aquecimento geotermal e hidroelétrico, levando à criação do Licenciamento para Geoneiros.

A ESTAÇÃO DOS DENTES: do ano 1553 ao 1566 da Era Imperial. Causa aproximada: tremor oceânico que provocou uma explosão supervulcânica. Localização: Fissuras Árticas. Um abalo secundário do tremor oceânico rompeu um ponto quente antes desconhecido próximo ao polo norte. Isso provocou uma explosão supervulcânica; testemunhas relatam ter ouvido o som da explosão até nos Antárticos. A cinza subiu até os níveis mais altos da atmosfera e se espalhou ao redor do globo rapidamente, embora os Árticos tenham sido mais fortemente afetados. O dano dessa Estação foi exacerbado pela má preparação da parte de muitas comus, porque uns novecentos anos haviam se passado desde a última Estação; a crença popular na época era a de que as Estações eram apenas lendas. Relatos de canibalismo se espalharam do norte até os Equatoriais. Ao final dessa Estação, o Fulcro foi fundado em Yumenes, com instalações satélite nos Árticos e nos Antárticos.

ESTAÇÃO DOS FUNGOS: ano 602 da Era Imperial. Causa aproximada: erupção vulcânica. Localização: oeste dos Equatoriais. Uma série de erupções durante a estação das monções aumentou a umidade e obstruiu a luz do sol sobre aproximadamente 20% do continente durante seis meses. Embora essa tenha sido uma Estação branda no que se refere a esse tipo de coisa, a época em que ela veio criou condições perfeitas para o aparecimento de fungos que se espalharam pelos equatoriais e chegaram até as Latmedianas do Norte e do Sul, dizimando um alimento que então era básico, o miroq (agora extinto). A fome que resultou disso durou quatro anos (dois anos para a ferrugem do fungo encerrar o seu ciclo, mais dois anos para a agricultura e os sistemas de distribuição se recuperarem). Quase todas as comus afetadas conseguiram subsistir com os seus estoques, provando assim a eficácia das reformas imperiais e do planejamento sazonal, e o Império foi generoso em compartilhar sementes estocadas com aquelas regiões que dependiam do miroq. No período subsequente, muitas comus das latitudes medianas e das regiões costeiras uniram-se voluntariamente ao Império, dobrando sua extensão e dando início à sua Era de Ouro.

Estação da Loucura: do ano 3 antes da Era Imperial ao ano 7 da Era Imperial. Causa aproximada: erupção vulcânica. Localização: Derrame de Basalto de Kiash. A erupção de múltiplas crateras de um antigo supervulcão (o mesmo responsável pela Estação Gêmea de aproximadamente 10.000 anos antes) lançou ao ar grandes quantidades de sedimento de augito, um mineral de cor escura. Os decorrentes dez anos de escuridão não foram devastadores apenas no sentido sazonal habitual, mas resultaram em uma incidência maior que o comum de doenças mentais. A Afiliação Equatorial Sanzed (comumente chamada de Império Sanze) nasceu nessa Estação quando a Guerreira Verishe de Yumenes conquistou múltiplas comus atormentadas usando técnicas de guerra psicológica. (Veja *A Arte da Loucura*, vários autores, Editora da Sexta Universidade.) Verishe se autonomeou Imperatriz no dia em que reapareceu o primeiro raio de sol.

[**Nota do Editor:** Muitas das informações sobre Estações anteriores à fundação de Sanze são contraditórias ou não confirmadas. As próximas são Estações reconhecidas pela Conferência Arqueoméstrica da Sétima Universidade de 2532.]

Estação Errante: Aproximadamente 800 anos antes da Era Imperial. Causa aproximada: mudança do polo magnético. Localização: não verificável. Essa estação resultou na extinção de várias importantes culturas comerciais da época e em vinte anos de fome devido à confusão dos polinizadores por conta do movimento do verdadeiro norte.

A Estação da Mudança de Ventos: Aproximadamente 1900 anos antes da Era Imperial. Causa aproximada: desconhecida. Localização: não verificável. Por motivos desconhecidos, a direção dos ventos predominantes mudou durante muitos anos antes de voltar ao normal. É consenso que essa tenha sido uma Estação, apesar da falta de oclusão atmosférica, pois apenas um evento sísmico substancial (e provavelmente em um ponto distante do oceano) poderia tê-la provocado.

Estação dos Metais Pesados: Aproximadamente 4200 anos antes da Era Imperial. Causa aproximada: erupção vulcânica. Localização: Latmedianas do Sul, perto das regiões costeiras do leste. Uma erupção vulcânica (que se acredita ter sido no Monte Yrga) causou oclusão atmosférica durante dez anos, exacerbada pela contaminação generalizada por mercúrio por toda a metade leste da Quietude.

Estação dos Mares Amarelos: Aproximadamente 9200 anos antes da Era Imperial. Causa aproximada: desconhecida. Localização: Regiões Costeiras do Leste e do Oeste, e nas regiões costeiras até os Antárticos. Essa Estação só é conhecida por meio de relatos escritos encontrados em ruínas equatoriais. Por motivos desconhecidos, o aparecimento generalizado de uma bactéria intoxicou quase toda a vida marinha e causou fome nas regiões costeiras durante várias décadas.

Estação Gêmea: Aproximadamente 9800 anos antes da Era Imperial. Causa aproximada: erupção vulcânica. Localização:

Latmedianas do Sul. De acordo com canções e histórias orais datadas daquela época, a erupção de uma cratera vulcânica causou uma oclusão de três anos. Quando ela começou a clarear, foi seguida por uma segunda erupção de uma cratera diferente, que estendeu a oclusão por mais trinta anos.

APÊNDICE 2

Um glossário de termos comumente usados em todos os distritantes da Quietude

ANÉIS: usados para denotar classificação entre os Orogenes Imperiais. Orogenes em treinamento e sem classificação devem passar por uma série de testes para obter o primeiro anel; dez anéis é a classificação mais alta que um orogene pode alcançar. Cada anel é feito de uma pedra semipreciosa polida.

ANTÁRTICOS: as latitudes mais ao sul do continente. Também se refere às pessoas das comus da região antártica.

ARMAZENADOS: comida armazenada e suprimentos. As comus mantêm protegidas e trancadas as provisões armazenadas o tempo todo devido à possibilidade de uma Quinta Estação. Apenas membros reconhecidos da comu têm direito a uma cota dos armazenados, embora os adultos possam usar sua cota para alimentar crianças não reconhecidas e outros. Residências individuais costumam manter seus próprios armazenados caseiros, igualmente protegidos contra pessoas que não são membros da família.

ÁRTICOS: as latitudes mais ao norte do continente. Também se refere às pessoas das comus da região ártica.

BASTARDO: uma pessoa nascida sem casta de uso, o que só é possível para meninos cujos pais são desconhecidos. Aqueles que se distinguirem podem receber permissão para usar a casta de uso da mãe ao receber o nome de comu.

BOLSA DE FUGA: um pequeno estoque facilmente carregável de provisões armazenadas que as pessoas mantêm em suas casas em caso de tremores ou outras emergências.

BORBULHA: um gêiser, uma fonte termal ou saídas de vapor.

BRITADOR: um artesão que, com ferramentas pequenas, trabalha em pedra, vidro, osso ou outro material. Em grandes comus, britadores podem usar técnicas mecânicas ou de produção em massa. Britadores que trabalham em metal, ou britadores incompetentes, são coloquialmente chamados de ferrugentos.

CABEÇAS QUIETAS: termo pejorativo usado pelos orogenes para as pessoas que não têm orogenia, em geral abreviado para "quietos".

CABELO DE CINZAS SOPRADAS: um traço racial sanzed peculiar, considerado nas atuais diretrizes da casta de uso Reprodutora como sendo vantajoso e, portanto, tem preferência na seleção. O cabelo de cinzas sopradas é notadamente grosso e espesso, geralmente crescendo em direção ascendente; quanto ao comprimento, ele recai sobre o rosto e os ombros. É resistente a ácidos, retém pouca água após a imersão e mostrou-se eficaz como filtro de cinzas em circunstâncias extremas. Na maioria das comus, as diretrizes dos Reprodutores reconhecem somente a textura; entretanto, os Reprodutores Equatoriais em geral também requerem uma coloração natural "cinza" (de cinzento ardósia a branco, presente desde o nascimento) para a cobiçada designação.

Campos verdes: uma área não cultivada dentro ou bem próxima dos muros da maioria das comus, segundo é aconselhado pelo Saber das Pedras. Os campos verdes das comus podem ser usados para agricultura ou criação de animais o tempo todo, ou podem ser mantidos como parques ou áreas não cultivadas durante as épocas não Sazonais. Residências individuais costumam manter também seus próprios espaços verdes, ou jardins.

Cebaki: um membro da raça cebaki. Cebak foi um dia uma nação (unidade de um sistema político obsoleto antes da Era Imperial) nas Latmedianas do Sul, embora tenha sido reorganizado dentro do sistema de distritantes quando o Velho Império Sanze a conquistou séculos atrás.

Comu: comunidade. A menor unidade sócio-política do sistema de governo imperial, geralmente correspondendo a uma cidade ou vilarejo, embora cidades muito grandes possam conter várias comus. Membros aceitos de uma comu são aqueles a quem foram concedidos direitos de cota de armazenados e proteção, e que, por sua vez, sustentam a comu através de impostos e outras contribuições.

Comedores de pedra: espécie humanoide senciente raramente vista cuja pele, cabelo etc., assemelham-se à pedra. Pouco se sabe sobre eles.

Costa-forte: uma das sete castas de uso comuns. Costas-fortes são indivíduos selecionados por sua destreza física, responsáveis por trabalhos pesados e pela segurança quando acontece uma Estação.

COSTEIRO: uma pessoa de uma comu costeira. Poucas comus costeiras têm condições de contratar Orogenes Imperiais para erguer recifes de corais ou para se proteger de outra forma contra tsunamis, então as cidades costeiras precisam sempre se reconstruir e, como consequência, tendem a ter poucos recursos. As pessoas da costa oeste do continente tendem a ser claras, de cabelo liso, e às vezes têm olhos com dobras epicânticas. As pessoas da costa leste tendem a ter a pele escura, cabelo crespo, e às vezes têm olhos com dobras epicânticas.

CRECHE: um lugar onde as crianças pequenas demais para trabalhar recebem cuidados enquanto os adultos realizam as tarefas necessárias na comu. Quando as circunstâncias permitem, é um local de ensino.

DISTRITANTE: o nível intermediário do sistema de governo imperial. Quatro comus geograficamente adjacentes formam um distritante. Cada distritante tem um governador ao qual os chefes individuais das comus se reportam, e que, por sua vez, reporta-se a um governador regional. A maior comu em um distritante é sua capital; as maiores capitais de distritante estão ligadas umas às outras por meio do sistema da Estrada Imperial.

EQUATORIAIS: latitudes ao redor do equador, inclusive este, exceto as regiões costeiras. Também se refere às pessoas das comus da região equatorial. Graças ao clima temperado e à relativa estabilidade no centro da placa continental, as comus equatoriais tendem a ser prósperas e politicamente poderosas. Os equatoriais um dia formaram o centro do Velho Império Sanze.

Estação de ligação: a rede de estações mantida pelo Império e localizada por toda a Quietude a fim de reduzir ou acalmar eventos sísmicos. Devido à relativa raridade dos orogenes treinados pelo Fulcro, as estações de ligação se agrupam principalmente nos Equatoriais.

Estrada Imperial: uma das grandes inovações do velho Império Sanze, as estradas altas (rodovias elevadas para andar a pé ou a cavalo) ligam todas as principais comus e a maior parte dos grandes distritantes uns aos outros. As estradas altas foram construídas por equipes de geoneiros e Orogenes Imperiais, com os orogenes determinando o caminho mais estável em meio a áreas de atividade sísmica (ou acalmando a atividade sísmica se não houvesse um caminho estável) e os geoneiros determinando o trajeto da água e de outros recursos importantes perto da estrada para facilitar a viagem durante as Estações.

Explosão: um vulcão. Também chamado de montanhas de fogo em algumas línguas costeiras.

Falha geológica: Um lugar onde rupturas na terra criam frequentes e graves tremores e explosões são mais comuns.

Fulcro: uma ordem paramilitar criada pelo Velho Sanze após a Estação dos Dentes (1560 da Era Imperial). A sede do Fulcro fica em Yumenes, embora dois Fulcros satélites estejam localizados nas regiões árticas e antárticas, para uma máxima cobertura continental. Orogenes treinados pelo Fulcro (ou "Orogenes Imperiais") têm permissão legal para praticar a habilidade da orogenia que, de outra forma, é ilegal, sob estritas regras organizacionais e com supervisão atenta da ordem dos Guardiões. O Fulcro é autoadministrado e autossuficiente. Orogenes Imperiais são marcados por seus uniformes pretos e coloquialmente conhecidos como "jaquetas pretas".

Geoneiro: Um engenheiro que trabalha com a terra: mecanismos de energia geotermal, túneis, infraestrutura subterrânea, mineração.

Geomesta: pessoa que estuda a pedra e seu lugar no mundo natural; termo geral para cientista. Especificamente, geomestas estudam litologia, química e geologia, que não são consideradas disciplinas separadas na Quietude. Alguns geomestas se especializam em orogênese, o estudo da orogenia e seus efeitos.

Grãos: no Fulcro, crianças orogenes sem anéis que ainda estão no treinamento básico.

Guardião: membro de uma ordem que se diz preceder o Fulcro. Os Guardiões rastreiam, protegem, combatem e orientam os orogenes na Quietude.

Hospedaria: postos localizados a intervalos ao longo de todas as Estradas Imperiais e de muitas estradas secundárias. Todas as hospedarias contêm uma fonte de água e ficam perto de terras aráveis, florestas ou outros recursos úteis. Muitas delas estão localizadas em áreas de mínima atividade sísmica.

Inovador: uma das sete castas de uso comuns. Os Inovadores são indivíduos selecionados por sua criatividade e inteligência aplicada, responsável pela resolução de problemas técnicos e logísticos durante uma Estação.

KIRKHUSA: um mamífero de porte médio, às vezes criado como animal de estimação ou usado para proteger as casas ou o gado. Normalmente herbívoro; durante as Estações, carnívoro.

LATMEDIANAS: as latitudes "médias" do continente, aquelas entre o equador e as regiões árticas o antárticas. Também se refere às pessoas das regiões latmedianas (às vezes chamados "latmedianos"). Essas regiões são vistas como o lugar mais atrasado da Quietude, embora produzam boa parte da comida, dos materiais e de outros recursos essenciais do mundo. Existem duas regiões latmedianas: a do norte (Latmedianas do Norte) e a do sul (Latmedianas do Sul).

LEI SAZONAL: lei marcial que pode ser declarada por qualquer chefe de comu, governador de distritante, governador regional ou membro reconhecido da Liderança Yumenescense. Durante a Lei Sazonal, os governos distritante e regional ficam suspensos, e as comus funcionam como unidades políticas soberanas, embora a cooperação local com outras comus seja fortemente encorajada de acordo com a política imperial.

MELA: uma planta das latmedianas, da família dos melões dos climas equatoriais. As melas são plantas terrestres em forma de vinha que normalmente produzem as frutas acima do solo. Durante uma Estação, as frutas crescem abaixo do solo como tubérculos. Algumas espécies de mela produzem flores que prendem insetos.

META-SABER: como a alquimia e a astromestria, uma descreditada pseudociência repudiada pela Sétima Universidade.

NOME DE COMU: o terceiro nome usado pela maioria dos cidadãos, indicando sua lealdade e seus direitos no que se refere a uma comu. Esse nome geralmente é concedido na puberdade como sinal da passagem à maioridade, indicando que uma pessoa foi considerada um membro de valor da comunidade. Aqueles que imigraram para uma comu podem solicitar adoção a essa comu; se forem aceitos, tomam o nome da comu adotiva como seu.

NOME DE USO: o segundo nome usado pela maioria dos cidadãos, indicando a casta de uso à qual aquela pessoa pertence. Há vinte castas de uso reconhecidas, embora apenas sete sejam correntemente usadas por todo o atual e o antigo Velho Império Sanze. Uma pessoa herda o nome de uso do progenitor de mesmo sexo, com base na teoria de que traços úteis são mais facilmente passados dessa forma.

NOVA COMU: termo coloquial para comus que surgiram apenas desde a última Estação. Comus que sobreviveram a pelo menos uma Estação geralmente são vistas como lugares mais desejáveis para morar, tendo provado sua eficácia e força.

OROGENE: pessoa que possui orogenia, quer seja treinada ou não. Forma pejorativa: rogga. (N.T.: Para criar esse neologismo, a autora se inspirou na palavra "nigga", criada a partir de "nigger", termo usado nos Estados Unidos para se referir aos negros que foram escravizados. "Nigga" é considerada uma palavra extremamente ofensiva.)

Orogenia: a habilidade de manipular energia termal, cinética e formas de energia relacionadas para lidar com eventos sísmicos.

Região: o nível mais alto do sistema de governo imperial. Regiões imperialmente reconhecidas são os Árticos, as Latmedianas do Norte, as Costeiras do Oeste, as Costeiras do Leste, os Equatoriais, as Latmedianas do Sul e os Antárticos. Cada região tem um governador a quem todos os distritantes locais se reportam. Os governadores regionais são oficialmente nomeados pelo Imperador, embora, na prática, sejam geralmente escolhidos pela Liderança Yumenescense ou são membros dela.

Reprodutor: uma das sete castas de uso comuns. Reprodutores são indivíduos selecionados por sua saúde e por sua desejável constituição física. Durante uma Estação, são responsáveis pela manutenção de linhagens saudáveis e pela melhoria da comu ou da raça por meio de medidas seletivas.

Resistente: uma das sete castas de uso comuns. Resistentes são indivíduos escolhidos pela habilidade de sobreviver à fome e à pestilência. São responsáveis por cuidar dos enfermos e dos cadáveres durante as Estações.

Sabedorista: pessoa que estuda o Saber das Pedras e a história perdida.

Sanze: originalmente uma nação (unidade de um sistema político obsoleto, Antes da Era Imperial) nos Equatoriais; origem da raça sanzed. Ao final da Estação da Loucura (ano 7 da Era

Imperial), a nação Sanze foi abolida e substituída pela Afiliação Equatorial Sanzed, consistindo em seis comus predominantemente sanzed sob o domínio da Imperatriz Verish Liderança Yumenes. A Afiliação se expandiu após a Estação, englobando por fim todas as regiões da Quietude em torno do ano 800 da Era Imperial. Mais ou menos na época da Estação dos Dentes, a Afiliação se tornou coloquialmente conhecida como o Velho Império Sanze, ou simplesmente o Velho Sanze. A partir dos Acordos Shilteen de 1850 da Era Imperial, a Afiliação oficialmente deixou de existir, já que o controle local (segundo recomendação da Liderança Yumenescense) foi considerado mais eficiente no caso de uma Estação. Na prática, a maioria das comus ainda seguem os sistemas imperiais de governo, finanças, educação e outros, e a maioria dos governadores regionais ainda pagam impostos em tributo a Yumenes.

SANZED: um membro da raça sanzed. De acordo com os padrões de Reprodução Yumenescense, os sanzeds têm, idealmente, pele cor de bronze e cabelo de cinzas sopradas, com constituições mesomórficas e endomórficas e uma altura na fase adulta de no mínimo 1,80m.

SANZE-MAT: língua falada pela raça sanze e língua oficial do Velho Império Sanze, agora língua franca da maior parte da Quietude.

SEGURA: uma bebida tradicionalmente servida em negociações, primeiros encontros entre partes potencialmente hostis e outras reuniões formais. Ela contém o leite de uma planta que reage à presença de todas as substâncias estranhas.

SEM-COMU: criminosos e outros indivíduos indesejados incapazes de conquistar aceitação em qualquer comu.

SENSUNA: consciência dos movimentos da terra. Os órgãos sensoriais que realizam essa função são os sensapinae, localizados no tronco cerebral. Forma verbal: sensar.

SÉTIMA UNIVERSIDADE: uma faculdade famosa para o estudo de geomestria e do Saber das Pedras, atualmente financiada pelo Império e localizada na cidade equatorial de Dibars. Versões anteriores da Universidade foram mantidas pelo setor privado ou de forma coletiva; notadamente, a Terceira Universidade em Am-Elat (aproximadamente 3000 antes da Era Imperial) foi reconhecida na época como uma nação soberana. Faculdades regionais ou distritantais menores pagam tributos à Universidade e recebem conhecimentos especializados e recursos em troca.

TERRENO QUEBRADO: solo que foi revolvido por atividade sísmica extrema e/ou muito recente.

TREMOR: um movimento sísmico da terra.

AGRADECIMENTOS

Este romance de fantasia nasceu em parte no espaço. É provável que você saiba, se leu o livro todo até a última linha do manuscrito. O ponto de germinação para essa ideia foi o Launch Pad, um workshop então financiado pela NASA, do qual eu participei em julho de 2009. O objetivo do Launch Pad era reunir influenciadores digitais (surpreendentemente, escritores de ficção científica e de fantasia estão entre eles) e garantir que entendessem A Ciência se fossem usá-la em quaisquer de suas obras. Sabe, muitas informações falsas que o público acredita ser astronomia foram espalhadas por escritores. Lamentavelmente, ao juntar astronomia e seres sencientes feitos de pedra, não sei ao certo se estou fazendo o melhor trabalho do mundo no que se refere a passar informação científica correta.

Não posso falar sobre a discussão espirituosa e incrível que semeou este romance no meu cérebro. (Esta parte precisa ser curta.) Mas posso dizer que essas discussões espirituosas e incríveis eram a norma do Launch Pad, então, se você também for um influenciador digital e tiver a chance de participar, eu recomendo muito. E devo agradecer às pessoas que participaram do Launch Pad aquele ano, todas as quais contribuíram para a germinação deste romance, quer tenham percebido ou não. De improviso, seriam pessoas como Mike Brotherton (diretor do workshop, professor da Universidade de Wyoming, e ele próprio um escritor de ficção científica), Phil Plait, o Astrônomo Mau (é um título, sabe, ele não é mau de verdade, eu quero dizer... Tudo bem, apenas busquem os dados dele); Gay e Joe Haldeman, Pat Cadigan, o comediante científico Brian Malow, Tara Fredette (agora Malow) e Gord Sellar.

Também dou os parabéns ao meu editor, Devi Pillai, e à minha agente, Lucienne Diver, por me convencerem a não jogar fora este romance. A trilogia The Broken Earth (A Terra Partida) é a obra mais desafiadora que eu já escrevi e, em certos momentos durante a escrita de *A Quinta Estação*, a tarefa pareceu tão avassaladora que pensei em desistir. (Na verdade, acredito que minhas palavras exatas foram: "Delete essa desgraça, invada o Dropbox para pegar os backups que estão lá, deixe o meu laptop cair de um penhasco, passe por cima dele com um carro, ateie fogo nos dois, depois use uma escavadeira para enterrar as provas. Será que é necessário um tipo especial de carteira de motorista para dirigir uma escavadeira?) Kate Elliot (outro agradecimento, por ser minha eterna mentora e amiga) chama esses momentos de "Abismo da Dúvida", a que todo escritor chega em algum momento durante um projeto importante. O meu foi tão profundo e terrível quanto a Fenda Yumenescense.

Outras pessoas que ajudaram a sair da beira do penhasco: Rose Fox, Danielle Friedmand, minha consultora médica, Mikki Kendall, meu grupo de escrita, meu chefe do meu trabalho diurno (que não sei ao certo se gostaria de ter o nome revelado) e meu gato, KING OZZYMANDIAS. É, até a droga do gato. É preciso uma vila inteira para impedir que uma escritora surte, tá bom?

E, como sempre, obrigada a todos vocês, pela leitura.

Esta obra foi composta pela Desenho Editorial
em Caslon Pro e impressa em papel Pólen Soft
70g com revestimento de capa em Couché
Brilho 150g pela RR Donnelley para Editora
Morro Branco em outubro de 2017